李劍國 輯校

唐五代傳奇集

第二册

中華書局

唐五代傳奇集第二編卷四

朱同

戴孚 撰

朱同者，年十五時，其父爲瓔陶〔一〕令。暇日出門，忽見素所識里正二人云：「判官令追。」倉卒隨去。出瓔陶城，行可五十里，見十餘人臨河飲酒。二里正並入岸〔二〕坐，立同於後。同大忿怒，罵云：「何物里正，敢作如此事！」里正云：「郎君已死，何故猶作生時氣色？」同悲淚久之。俄而坐者散去，同復隨行。

行至一城，城門尚閉，不得入。里正又與十餘輩共食，雖命同坐，而不得食。須臾城開，内判官出，里正拜謁道左，以狀引同過判官。判官去〔三〕，里正引同入城，立衙門。尚盤桓，未有所適，忽聞傳語云：「主簿退食。」尋有一青衫人，從門中出，曳履徐行，從者數四。其人見同識之，因問：「朱家郎君，何得至此？」同初不識，無以叙展。主簿云：「曾與賢尊連官，情好甚篤。」遂領同詣〔四〕判官，與極言相救。久之，判官云：「此兒〔五〕算亦未盡，當相爲放去。」乃令向前二里正送還。同拜辭欲出，主簿又喚，書其臂作主簿名，以印印之，誡云：「若被拘留，當以示之。」

同既出城，忽見其祖父奴，下馬再拜，云：「翁知郎君得還，故令將馬送至宅。」同便上馬。可行五十里，至一店，奴及里正請同下馬，從店中過。店中悉是大鑊，煮人，人熟，乃將出几上，裁割賣之，如是數十按〔六〕，交關者甚衆。其人見同，亦〔七〕欲烹煮，同以臂印示之，得免。前出店門，復見里正、奴、馬等。行五十里，又至店，累度二店。店中皆持叉竿弓矢，欲來殺同。以臂印示之，得全。久之，方至癭陶城外。里正令同下馬，云：「遠路疲極，不復更能入城。」兼求還書與主簿，云：「送至宅訖。」同依其言，與書畢，各拜辭去。

同遂〔八〕獨行入城，未得至宅，從孔子廟堂前過，因入廨歇。見堂前西樹下，有人自縊，心亦〔九〕不懼。乃入堂中假寐，忽然便醒。醒後使人視樹，果有死人〔一〇〕。（據中華書局版汪紹楹點校本《太平廣記》卷三八四引「史傳」校録，孫校本作《廣異記》）

〔一〕癭陶　《新唐書·地理志三·河北道·趙州》「寧晉縣」注：「本癭陶，天寶元年更名。」中華書局點校本校：「『癭』，《舊書》卷三九《地理志》、《通典》卷一七八同，《漢書》卷八二上《地理志》、《後漢書志》第二〇《郡國》、《元和志》卷一七、《寰宇記》卷六〇均作『廮』。按字本作『廮』，然諸書『癭』『廮』雜出，混用已久，不改。」今亦仍其舊。

〔二〕岸　原作「匡」，汪本據明鈔本改作「廳」。孫校本作「岸」，是也，據改。

〔三〕去　原作「問」，當譌，據明鈔本改，

〔四〕詣　原作「至」，據明鈔本改。

〔五〕兒　明鈔本作「人」，《會校》據改。按：朱同年十五，作「兒」是。

〔六〕按　明鈔本作「案」，《會校》據改。按，通「案」。

〔七〕亦　原作「各」，據孫校本改。

〔八〕遂　原作「還」，據明鈔本改。

〔九〕亦　原作「並」，據孫校本改。

〔一〇〕「乃入堂中假寐」至「果有死人」　此數句原闕，唯首字「乃」作「力」，黄本、《筆記小説大觀》本改作「也」，《四庫》本改作「怯」。今據孫校本改補。

按：此篇原注「出史傳」，末有闕文。孫校本不闕，注「出《廣異記》」。

郜澄

戴孚　撰

郜澄者，京兆武功人也。嘗因選集至東都，騎驢行槐樹下。見一老母，云善相手，求澄手相。澄初甚惡之，母云：「彼此俱閒，何惜一〔一〕相？」澄坐驢上，以手授之。母看畢，

謂澄曰：「君安所居，道里遠近？宜速還家，不出十日必死。」澄聞甚懼，求其料理。母云：「施食糧獄[二]，或得福助。不然，必不免。」澄竟[三]如言，市食糧獄[四]。事畢，往見母，母令速還[五]。

澄自爾便還[六]，至武功一[七]日許，既無疾，意甚懽然。因脱衫出門，忽見十餘人拜迎道左。澄問所以，云：「是神山[八]百姓，聞公得縣令，故來迎候。」澄曰：「我不選，何得此官？」須臾，有策馬來者，有持緑衫來者，不得已，著衫乘馬，隨之而去。行至[九]十里，有碧衫吏下馬趨澄拜[一〇]。問之，答曰：「身任慈州博士。聞公新除長史，故此遠迎。」因與所乘馬載澄，自乘小驢隨去。行二十里所，博士奪澄馬。澄問：「何故相迎，今復無禮？」博士笑曰：「汝是新死鬼，官家捉汝，何得有官乎？」其徒因驅[一一]澄過水。

水西有甲宅一所，狀如官府，門牓云「中丞理寃屈[一二]院」。澄乃大叫寃屈，中丞遣問有何屈。答云：「澄算未盡，又不奉符，枉被鬼拘録。」中丞問：「有狀否？」澄曰：「倉卒被拘，實未有狀。」中丞與澄紙，令作狀，狀後判檢。旁有一人，將檢入内。中丞復[一三]舉一手，求五百千，澄遥許之。檢云：「枉被追録，算實未盡。」中丞判放，又令檢人領過大夫通判。至廳，見一佛廪小胡[一四]，頭冠氈帽，著麖靴，在廳上打葉錢。令通云：「中丞親人，令放却還生。」胡兒持按入，大夫依判。遂出，復至王所。通判守門者，就澄求錢。領人大怒曰：「此是中丞親眷，小鬼何敢求錢！」還報中丞，中丞令送出外。

澄不知所適，徘徊衢路，忽見故妹夫裴氏，將千〔一五〕餘人西山打獵。驚喜問澄：「何得至此？」澄具言之。裴云：「若不相值，幾成閑鬼。三五百年不得變轉，何其痛哉！」時府門有賃驢者，裴呼小兒，令驢〔一六〕送大郎至舍，自出二十五千錢與之。澄得還家，心甚喜悦。行五六里，驢弱，行不進，日勢又晚，澄恐不達。小兒在後百餘步唱歌，澄大呼之，小兒走至，以杖擊驢。驚澄墮地，因爾遂活。（據中華書局版汪紹楹點校本《太平廣記》卷三八四引《廣異記》校録）

〔一〕一　原作「來」，據明鈔本改。

〔二〕施食糧獄　明鈔本作「試食狼肉」，《會校》據改。按：下文云「或得福助」，食狼肉非修福之事，誤。施食糧獄，謂向獄中囚犯施送食物。糧，餉也，進食於人。孫校本作「識食報獄」，「識」疑爲「施」字之誤。

〔三〕竟　明鈔本作「逕」，孫校本作「還」。

〔四〕市食糧獄　明鈔本作「市食狼肉」，《會校》據改。孫校本作「市人報獄」。

〔五〕母令速還　「母」字原無，據明鈔本、孫校本補。「還」孫校本作「發」。

〔六〕還　明鈔本、孫校本作「發」，《會校》據改。

〔七〕一　明鈔本作「十」。

〔八〕山　明鈔本、孫校本作「仙」，《會校》據改。

〔九〕至　原作「之」，據孫校本改。明鈔本作「未」。

〔一〇〕趨澄拜　明鈔本、孫校本作「趨拜澄」，「澄」字連下讀。

〔一一〕驅　原譌作「驢」，汪本據明鈔本改作「驅」，孫校本同。《四庫》本改作「負」。

〔一二〕屈　明鈔本無此字。

〔一三〕復　原作「後」，據明鈔本改。

〔一四〕佛廩小胡　孫校本「佛」作「弗」。明鈔本作「小胡兒」。按：佛廩、弗廩，即拂菻，又作拂臨、拂懍，古稱大秦。指東羅馬帝國及其所屬西亞地中海沿岸一帶。《舊唐書》卷一九八《西戎傳》、《新唐書》卷二二一下《西域傳下》有《拂菻傳》。

〔一五〕千　明鈔本作「十」。

〔一六〕令驢　原乙作「驢令」，據明鈔本改。

劉長史女

戴孚撰

吉州劉長史，無子，獨養三女，皆殊色，甚念之。其長女年二十〔一〕，病死官舍中。劉素與司兵〔二〕掾高廣相善，俱秩滿，與同歸。劉載女喪還。高廣有子，年二十餘〔三〕，甚聰慧，有姿儀。路次豫章，守冰不得行，兩船相去百餘步，日夕相往來。一夜，高氏子獨在船中披書。二更後，有一婢，年可十四五，容色甚麗，直詣高云：「長史船中燭滅，來乞火耳。」高子甚愛之，因與戲調，婢〔四〕亦忻然就焉。曰：「某不足顧，家中小娘子，豔絶無雙，爲郎通意〔五〕，必可致〔六〕也。」高甚驚喜，意爲是其存者，因與爲期而去。至明夜，婢又來，曰：「事諧矣，即可便待。」高甚踴躍，立俟於船次〔七〕。時天無纖雲，月甚清朗。有頃，遥見一女，自後船出，從〔八〕此婢直來。未至十步，光彩映發，馨香襲人。高不勝其意，便前持之。女縱體入懷，姿態横發。乃與俱就船中，倍加款密。此後夜夜輒來，情念彌重。

如此月餘日。忽謂高曰：「欲論密事，得無嫌難乎？」高曰：「固請説之。」乃曰：「兒本長史亡女，命當更生，業〔九〕得承奉君子。若垂意相採，當爲白家君〔一〇〕知也。」高大驚喜，曰：「幽明契合，千載未有，方當永同〔一一〕枕席，何樂如之！」女又曰：「後三日必生，使爲開棺，夜中以面承霜露〔一二〕，晝〔一三〕飲以薄粥，當遂活也。」高許諾。明旦，遂白廣，廣未之甚信，亦以其絶異，乃使詣劉長史，具陳其事。夫人甚怒，曰：「吾女今已消爛，寧有玷辱亡靈乃至此耶？」深〔一四〕拒之。高求之轉苦。至夜，劉及夫人俱夢女曰：「某命當更生，天使配合，必謂喜而見許，今乃靳固〔一五〕如此，是不欲某再生耶？」及覺，遂大感悟，亦以其姿色衣服，皆如所白，乃許焉。

至期，乃共開棺。見女姿色鮮明，漸有暖氣，家中大驚喜。乃設帷幕於岸側，舉置其中。夜以面承露，晝哺飲，父母皆守視之。一日，轉有氣息，稍開目，至暮能言，數日如故。高問其婢，云：「先女死，屍柩亦在舟中。」女既蘇，遂臨，悲泣與決。乃擇吉日，遂於此地成婚，後生數子。因名其地，號爲「禮會村」也。（據中華書局版汪紹楹點校本《太平廣記》卷三八六引《廣異記》校録）

〔一〕二十　原作「十二」，據明鈔本、《太平廣記鈔》卷六一、明徐應秋《玉芝堂談薈》卷一一《入墓再生》引《廣異志》改。《情史類略》卷一〇《劉長史女》作「二十六」，《廣豔異編》卷一八《劉長史女》、《續豔異編》卷一七《劉長史女》作「十五」，《分門古今類事》卷一六《高氏陰配》引《廣異志》作「十七」。

〔二〕司兵　「兵」原譌作「丘」，據明鈔本、孫校本及《古今類事》、《情史》改。

〔三〕二十餘　《古今類事》作「二十一」。

〔四〕婢　原作「妾」，據明鈔本改。孫校本作「女」。

〔五〕爲郎通意　孫校本作「若郎適意」。

〔六〕致　孫校本作「叙」。

〔七〕次　原作「外」，據明鈔本改。

〔八〕從　孫校本作「促」。

〔九〕業　《古今類事》作「合」。

〔一〇〕家君　「君」原作「令」，據孫校本改。按：家君，稱己父，亦可稱人父。

〔一一〕同　孫校本作「固」。

〔一二〕承　原作「乘」，下文作「承」，據《古今類事》、《玉芝堂談薈》、《情史》改。明鈔本無「霜」字。

〔一三〕晝　此字原無，據明鈔本補。按：下文云「晝哺飲」。

〔一四〕深　孫校本作「累」。

〔一五〕斬固　明鈔本作「斬絶」。

按：《廣豔異編》卷一八、《續豔異編》卷一七、《情史類略》卷一〇自《廣記》採入，均題《劉長史女》。

安南獵者

戴　孚　撰

安南人以射獵爲業，每藥附箭鏃，射鳥獸，中者必斃。開元中，其人曾入深山，假寐樹下。忽有物觸之，驚起，見是白象，大倍他象，南人呼之爲「將軍」，祝之而拜。象以鼻卷人上背，復取其弓矢藥筒等以授之。因爾遂騁行百餘里，入邃谷，至平石。迴望十里許，兩崖悉是大樹〔一〕，圍如巨屋，森然隱天。象至平石，戰懼，且行且望。經六七里，往倚大樹，以鼻仰拂人。人悟其意，乃攜弓箭，緣樹上，象于樹下望之。可上二十餘丈，欲止，象鼻直指，意如導令復上。人知其意，逕上六十丈，象視畢走去。

其人夜宿樹上。至明，見平石上有二目光。久之，見巨獸，高十餘丈，毛色正黑。須臾清朗，昨所見大象，領凡象百餘頭，循山而來，伏于其前。巨獸攫食二象，食畢，各引去。人乃思象意，欲令其射，因傅藥矢端，極力射之，累中二矢。獸視矢吼奮，聲震林木，人亦大呼引獸。獸來尋人，人附樹，會其開口，又當口中射之。獸吼而自擲，久之方死。俄見大象從平石入，一步一望，至獸所，審其已〔二〕死，以頭觸之，仰天大吼。頃間，群象五六百輩，雲萃吼叫，聲徹數十里。大象來至樹所，屈膝再拜，以鼻招人。人乃下樹，上其背，象載人前行，群象從之。尋至一所，植木如隴，大象以鼻揭楂，群象皆揭。日旰而盡，中有象牙數萬枚。象載人行，數十步内，必拔一枝，蓋示其路。訖，尋至昨寐之處，下人於地，再拜而去。

其人歸白都護。都護發使隨之，得牙數萬，嶺表牙爲之賤。使人至平石所，巨獸但餘骨存。都護取一節骨，十人舁致之。骨有孔，通人來去。（據中華書局版汪紹楹點校本《太平

廣記》卷四四一引《廣異記》校録）

〔一〕樹　孫校本作「樟」。

〔二〕已　孫校本作「必」。

楊伯成

戴孚撰

楊伯成，開元〔一〕初，爲京兆少尹。一日〔二〕，有人詣門，通云吴南鶴。伯成出〔三〕見，年三十餘，身長七尺，容貌甚盛。引之升座，南鶴文辨無雙，伯成接對不暇。久之，請屏左右，欲有密語，乃云：「聞君〔四〕小娘子令淑，願事門下。」伯成甚愕，謂南鶴曰：「女因媒而嫁，且邂逅相識，君何得便爾？」南鶴大怒，呼伯成爲老奴：「我索汝女，何敢有逆！」慢辭甚衆。伯成不知所以。南鶴逕脱衣入内，直至女所，坐紙隔子中。久之，與女兩隨而出。女言：「令嫁吴家，何因嗔責？」伯成知是狐魅，令家人十餘輩擊之，反被料理，多遇泥塗兩耳者。伯成以此請假二十餘日，敕問何以不見楊伯成，皆言其家爲狐惱。詔令學葉道士術者十餘輩至其家，悉被泥耳及縛，無能屈伏，伯成以爲媿恥。及賜告，舉家還莊，於莊上立吴郎院。家人竊駡，皆爲料理毒害〔五〕，以此無敢言者。

伯成暇日無事，自於田中看人刈麥，休息於樹下。忽有道士，形甚瘦悴，來伯成所求漿水，伯成因爾設食。食畢，道士問：「君何故憂愁？」伯成懼南鶴，附耳説其事。道士笑曰：「身是天仙，正奉帝命，追捉此等四五輩。」因求紙筆，楊伯成使小奴取之，然猶懼其知覺，戒令無喧。紙筆至，道士書作三字，狀如古篆，令小奴持至南鶴所，放前云：「尊師唤汝。」奴持書入房，見南鶴方與家婢相謔。奴以書授之，南鶴見書，匍匐而行，至樹下。道士呵曰：「老野狐敢作人形！」遂變爲狐，異常病疥。道士云：「天曹驅使此輩，不可殺之。然以君故，不可徒爾。」以小杖決之一百，流血被地。伯成以珍寶贈饋，道士不受，驅狐前行。自後隨之，行百餘步，至柳林邊，冉冉昇天，久之遂滅。

伯成喜懼，至舍，舉家稱慶〔六〕。其女睡食頃方起，驚云：「本在城中隔子裏，何得至此？」衆人方知爲狐所魅，精神如睡中。（據中華書局版汪紹楹點校本《太平廣記》卷四四八引《廣異記》校録）

〔一〕開元　前原有「唐」字，今删。

〔二〕一日　孫校本作「衙後」。按：衙後，坐衙辦公之後。

〔三〕出　此字原無，據明鈔本、孫校本補。

〔四〕聞君　孫校本作「承賢」。

〔五〕毒害　此二字原無，據孫校本補。

〔六〕伯成喜懼至舍舉家稱慶　原作「伯成喜甚，至於舉家稱慶」，據孫校本改，爲其義勝也。

按：明憑虚子《狐媚叢談》卷一、《廣豔異編》卷二九採入，分别題《道士收狐》、《吴南鶴》。

李參軍

戴　孚　撰

兖州〔一〕李參軍，拜職赴上，途次新鄭逆旅。遇老人讀《漢書》，李因與交言，便及身事〔二〕。老人問先婚何家〔三〕，李辭未婚。老人曰：「君名家子，當選婚好。今聞陶貞益〔四〕爲彼州都督，若逼以女妻君，君何以辭之？陶、李爲婚，深駭物聽！僕雖庸劣〔五〕，竊爲足下羞之。今去此數里，有蕭公，是吏部璿之族，門第亦高。見有數女，容色殊麗。」李聞而悦之，因求老人紹介于蕭氏，其人便許之。去久之方還，言蕭公甚歡，敬以待客。

李乃〔六〕與僕御偕行，既至蕭氏，門館清肅，甲第顯焕，高槐修竹，蔓延連亘，絶世之勝境。初，二黄門持金倚牀〔七〕延坐。少時蕭出，著紫蜀衫，策鳩杖，兩袍袴扶側，雪髯神鑒，舉動可觀。李望敬之，再三陳謝。蕭云：「老叟懸車之所，久絶人事，何期君子，迂道見過。」延李入廳，服玩隱暎，當世罕遇。尋薦珍膳，海陸交錯，多有未名之物。食畢觴宴，老人乃云：「李參軍向欲論親，已蒙許諾。」蕭便叙數十句語，深有士風。作書與縣官，請卜人尅日。須臾卜人至，云：「卜吉，正在此宵。」蕭又作書與縣官，借頭花、釵、媚〔八〕兼手力等，尋而皆至。其夕，亦有縣官來作儐相，歌樂之事，與世不殊。至入青廬，婦人又姝〔九〕美，李生愈悦。暨明，蕭公乃言：「李郎赴上有期，不可久住。」便遣女子隨去，寶鈿犢車五乘，奴婢三十〔一〇〕人，馬三十疋，其他服玩，不可勝數。見者謂是王妃公主之流，莫不健羡。

李至任，積二年，奉使入洛，留婦在舍。婢等並妖媚蠱冶，眩惑丈夫，往來者多經過焉。異日，參軍王顒曳狗將獵。李氏群婢，見狗甚駭，咸騁而入門〔一一〕。顒素疑其妖媚，爾日心動，逕牽狗入其宅。合家拒堂門，不敢喘息。狗亦掣攣號吠。李氏婦門中大詬曰：「昨婢等夢爲犬咋〔一二〕，今尚遑懼〔一三〕，王顒何事牽犬入人家？同官爲僚，獨不爲李參軍之地乎〔一四〕？」顒意是狐，乃決意排窗放犬，咋殺群狐。唯李妻〔一五〕死，身是人，而其尾不變。

顒往白貞益，貞益往取驗覆，見諸死狐，嗟歎久之。時天寒，乃埋一處。經十餘日，蕭使君遂至，入門號哭，莫不驚駭。數日，來詣陶聞訴，言詞確實，容服高貴，陶甚敬待，因收王顒下獄。王固執是狐，取前犬令咋蕭。時蕭、陶對食，犬至蕭邊〔一六〕，引犬頭膝上，以手撫之，然後與食，犬無搏噬之意。後數日，李生亦還，號哭累日，欻然發狂〔一七〕，嚙王通身盡腫。蕭謂李曰：「奴輩皆言死者悉是野狐，何其苦痛〔一八〕！當日〔一九〕即欲開瘞，恐李郎被眩惑，不見信，今宜開視，以明姦妄也。」命開視，悉是人形，李愈悲泣。貞益以顒罪重，錮身推勘〔二〇〕。顒私白云：「已令持十萬，于東都取咋狐犬，往來可十餘日。」貞益又以公錢百千益之。其犬既至，所由謁蕭對事，陶于正廳立待。蕭入府，顏色沮喪，舉動惶擾，有異于常。俄犬自外入，蕭作老狐，下階走，數步，爲犬咋死。貞益使驗死者，悉是野狐，顒遂見免此難。（據中華書局版汪紹楹點校本《太平廣記》卷四四八引《廣異記》校録）

〔一〕兖州　前原有「唐」字，今删。
〔二〕身事　原作「姻事」，孫校本、《廣記詳節》卷四〇、《豔異編》卷三三《李參軍》、《狐媚叢談》卷二《李參軍娶狐》作「身事」，義勝，據改。
〔三〕何家　孫校本、《豔異編》作「何誰」，《廣記詳節》、《狐媚叢談》作「阿誰」。
〔四〕陶貞益　黄本、《四庫》本、《筆記小説大觀》本及《狐媚叢談》「貞」作「真」，下文皆作「貞」。《廣記詳節》「益」作「盖」。按：郁賢皓《唐刺史考全編》卷六九列陶貞益爲《待考録》。
〔五〕尖　《廣記詳節》、《豔異編》、《狐媚叢談》作「叟」。
〔六〕乃　此字原無，據《廣記詳節》、《豔異編》補。

〔七〕倚牀　孫校本、《太平廣記鈔》卷七七、《情史類略》卷二一《狐精》作「椅牀」。《會校》同，未出校。按：「椅」字譌。倚牀，可以斜靠之坐牀。《廣異記·仇嘉福》(《廣記》卷三〇一)：「當前有牀，貴人當案而坐，以竹倚牀坐嘉福。」

〔八〕釵媚　「媚」原譌作「絹」，據明鈔本、《廣記詳節》、《豔異編》、《狐媚叢談》改。《豔異編》、《狐媚叢談》「釵」譌作「叙」。按：媚即媚子，一種首飾。北周庾信《庾子山集》卷一《鏡賦》：「懸媚子於搔頭，拭釵梁於粉絮。」張鷟《朝野僉載》卷三：「妙簡長安、萬年少女婦千餘人，衣服、花釵、媚子亦稱是。」

〔九〕姝　《廣記詳節》作「殊」。

〔一〇〕三十　此二字原脱，據《廣記詳節》補。

〔一一〕咸騁而入門　「咸」原作「多」，《豔異編》、《狐媚叢談》作「咸入門」，據改。

〔一二〕昨婢等夢爲犬咋　原作「婢等頃爲犬咋」，據《豔異編》改，《狐媚叢談》無「昨」字。

〔一三〕今尚遑懼　《廣記詳節》作「今悉兇懼」，《豔異編》作「今見而懼」。

〔一四〕獨不爲李參軍之地乎　《豔異編》作「獨不知爲李參軍之第乎」，《狐媚叢談》亦同，唯無「爲」字。按：獨不爲李參軍之地乎，意謂就不看李參軍的情面嗎？爲之地，又作爲地，有提供支持、幫助、照顧情面、爲人説項等多種含義。

〔一五〕李妻　「李」字原脱，據孫校本、《豔異編》、《狐媚叢談》補。《廣記詳節》脱「妻」字。

〔一六〕邊　此字原無，據孫校本、《廣記詳節》、《豔異編》、《狐媚叢談》補。

〔一七〕欻然發狂　「欻」原譌作「歘」，據《廣記詳節》、《豔異編》改。《廣記詳節》、《豔異編》、《狐媚叢談》「狂」作「怒」。

〔一八〕何其苦痛　《廣記詳節》作「何期苦慟」，《豔異編》、《狐媚叢談》作「何期冤抑如是」。

〔一九〕日　明鈔本、孫校本、《廣記詳節》、《豔異編》作「時」，《會校》據明鈔本、孫校本改。

〔二〇〕錮身推勘　「勘」孫校本、《廣記詳節》作「劾」。《豔異編》、《狐媚叢談》作「繫錮深刻」。

按：《豔異編》卷三三《李參軍》、《狐媚叢談》卷二《李參軍娶狐》，即本篇，輯自《廣記》。《情史類略》卷二一《狐精》亦取入。

汧陽令

戴孚　撰

汧陽令〔一〕，不得姓名，在官，忽云欲出家，念誦懇至。月餘，有五色雲生其舍，又見菩薩坐獅子上，呼令嗟歎云：「發心弘大，當得上果。宜堅固自保，無爲退敗耳。」因爾飛去。令因禪坐，閉門不食六七日。家以〔二〕憂懼，恐以堅持損壽。會羅道士公遠自蜀之京，途次隴上，令子請問其故，公遠笑曰：「此是天狐，亦易耳。」因與書數符，當愈。令子投符井中，遂開門，見父餓憊，逼令吞符。忽爾明晤，不復論修道事。

後數載，罷官過家。家素郊居，平陸澶漫直千里。令暇日倚杖出門，遥見桑林下有貴人，自南方來，前後十餘騎，狀如王者。令入門避之，騎尋至門，通云：「劉成謁令。」令甚驚愕，初不相識，何以見詣？既見，升堂坐，謂令曰：「蒙賜婚姻，敢不拜命。」初，令在任，有室女年十歲，至是十六矣。令云：「未省相識，何嘗有婚姻？」成云：「不許我婚姻，事亦易耳。」以右手掣口而立，令宅須臾震動，井厠交流，百物飄蕩。令不得已許之，婚期尅翌日，送禮成親。成親後，恒在宅，禮甚豐厚，資以饒益，家人不之嫌也。

他日，令子詣京，求〔三〕見公遠。公遠曰：「此狐舊日無能，今已善符籙，吾所不能及，奈何！」令子懇請，公遠奏請行。尋至所居，于令宅外十餘步設壇。成策杖至壇所，罵「老道士」，云：「汝何爲往來？」靡所忌憚。公遠法成，求與交戰〔四〕。成坐令門，公遠坐壇，乃以物擊成，成仆于地。久之方起，亦以物擊公遠，公遠亦仆，如成焉。如是往返數十。公遠忽謂弟子云：「彼擊余殪，爾宜大臨〔五〕，吾當以神法縛之。」及其擊也，公遠仆地，弟子大哭。成喜，不爲之備，公遠遂使神往擊之。成大戰恐，自言力竭，變成老狐。公遠既起，以坐具撲狐，重〔六〕之以大袋，乘驛〔七〕還都。玄宗視之，以爲歡笑。公遠上白云：「此是天狐，不可得殺，宜流之東裔耳。」書符流于新羅，狐持符飛去。今新羅有劉成神，土人敬事之。（據中華書局版汪紹楹點校本《太平廣記》卷四四九引《廣異記》校録）

〔一〕汧陽令　前原有「唐」字，今删。

〔二〕以　黄本、《四庫》本、《筆記小説大觀》本作「人」。

〔三〕求　孫校本作「故」。

〔四〕公遠法成求與交戰　《狐媚叢談》卷二《羅公遠縛狐》作「公遠設法，成求與戰」。

〔五〕臨　《狐媚叢談》作「哭」。按：臨，讀去聲。《儀禮・士虞禮》：「宗人告有司具，遂請拜賓，如臨，入門，哭，婦人哭。」鄭玄注：「臨，朝夕哭。」《左傳》宣公十二年：「卜臨于大宫，且巷出車，吉。」杜預注：「臨，哭也。」

〔六〕重　《四庫》本改作「裹」，《筆記小説大觀》本改作「盛」。

〔七〕驛　孫校本作「騎」。按：驛指驛站車馬。

按：《狐媚叢談》卷二採入此篇，題《羅公遠縛狐》。

李氏

戴孚撰

開元〔一〕中，有李氏者，早孤，歸于舅氏。年十二，有狐欲媚之。其狐雖不見形，言語酬酢甚備。累月後，其狐復來，聲音少異。家人笑曰：「此又别是一野狐矣。」狐亦笑云：

「汝何由得知？前來者是十四兄，己是弟。頃者我欲取韋家女，造一紅羅半臂，家兄無理[一一]盜去，令我親事不遂，恒欲報之，今故來此。」李氏因相辭謝，求其禳理。狐云：「明日是十四兄王相之日，必當來此，大相惱亂，可且令女掐無名指第一節以禳之。」言訖便去。大狐至，值女方食。女依小狐言，掐指節。狐以藥顆如菩提子十[一三]六七枚，擲女飯椀中，累擲不中。驚歎甚至，大言云：「會當入嵩岳學道，始得耳。」座中有老婦持其藥者，懼復棄之。人問其故，曰：「野狐媚我。」狐慢罵云：「何物老嫗，寧有人用汝[一四]輩！」

狐去之後，小狐復來，曰：「事理如何？言有驗否？」家人皆辭謝。小狐[一五]曰：「後十餘日，家兄當復來，宜慎之。此人與天曹已通，符禁之術，無可奈何，唯我能制之。待欲至時，當復至此。」將至其日，小狐又來。以藥裹如松花，授女曰：「我兄明日必至。明早，可以車騎載女，出東北行。有[一六]騎相追者，宜以藥布車後，則免其横。」李氏候明日，如小[一七]狐言，載女行五六里，甲騎追者甚衆。待其[一八]欲至，乃布藥。追者見藥，止不敢前。是暮，小狐又至，笑云：「得吾力否？再有[一九]一法，當得永免，我亦不復[二〇]來矣。」李氏再拜固求，狐乃令取東引桃枝，以朱書板上，作「齊州縣鄉里胡綽、胡邈」，以符安大門及中門外釘之，必當永無怪矣。狐遂不至。其女尚小，未及適人，後數載，竟失之也。（據中華書局版汪紹楹點校本《太平廣記》卷四四九引《廣異記》校録）

〔一〕開元　前原有「唐」字，今删。

〔二〕理　《四庫》本、《狐媚叢談》卷二《小狐破大狐婚》作「禮」。

〔三〕十　原作「大」，據明鈔本改。

〔四〕汝　原作「此」，據明鈔本、孫校本改。

〔五〕小狐　此二字原無，據《狐媚叢談》、《廣豔異編》卷二九《破狐婚》補。

〔六〕有　明鈔本作「車」。

〔七〕小　此字原無，據《狐媚叢談》、《廣豔異編》補。

〔八〕待其　原作「且」，據孫校本改。

〔九〕再有　孫校本作「然後教」。

〔一〇〕復　孫校本作「得」。

按：《狐媚叢談》卷二、《廣豔異編》卷二九輯入，分别題《小狐破大狐婚》、《破婚狐》。

韋明府

戴孚　撰

開元〔一〕中，有詣韋明府，自稱崔參軍，求娶。韋氏驚愕，知是妖媚，然猶以禮遣之。其狐尋至後房，自稱女婿，女便悲泣，昏狂妄語。韋氏累延術士，狐益慢言，不能却也。聞峨嵋有道士，能治邪魅〔二〕，求出爲蜀令，冀因其伎以禳之。既至，道士爲立壇治之。少時，狐至壇，取道士懸大樹上，縛之。韋氏來院中，問：「尊師何以在此？」狐云：「敢行禁術，適聊縛之。」韋氏自爾甘奉其女，無復覬望。家人謂曰：「若爲女婿，可下錢二千貫爲聘。」崔令于堂簷下布席，修貫穿錢，錢從簷上下，群婢穿之，正得二千貫。久之，乃許婚。令韋請假送禮，兼會諸親。及至，車騎輝赫，儐從風流，三十餘人。至韋氏，送雜綵五十匹，紅〔三〕羅五十匹，他物稱是，韋乃與女。

經一年，其子又〔四〕病。父母令問崔郎，答云：「八叔房小妹，今頗成人，叔父令事高門。其所以病者，小妹入室故也。」母極駡云：「死野狐魅！你公然魅我一女不足，更惱我兒。吾夫婦暮年，唯仰此子，與汝野狐爲壻〔五〕，絶吾繼嗣耶？」崔無言，但歡笑。父母日夕拜請，紿云：「爾若能愈兒疾，女寔不敢復論。」久之，乃云：「疾愈易得，但恐負心耳。」母頻爲設盟誓。異日，崔乃于懷出一文字，令母效書。及取鵲巢，于兒房前燒之，兼持鵲頭自衛，當得免疾。韋氏行其術，數日子愈。女亦效爲之，雄狐亦去，駡云：「丈母果爾負約，知何言，今去之〔六〕。」

後五日，韋氏臨軒坐，忽聞庭前臭不可奈，仍有旋風，自空而下，崔狐在焉。衣服破斃，流血淋漓，謂韋曰：「君夫人不義，作字〔七〕太彰。天曹知此事，杖我幾死。今長流沙磧，不得來矣。」韋極聲訶之曰：「窮老魅！何不速行，敢此逗留耶？」狐云：「獨不念我錢物恩耶？我坐偷用天府中錢，今無可還，受此荼毒，君何無情至此？」韋深感其言，數致辭謝。徘徊，復爲旋風而去。（據中華書局版汪紹楹點校本《太平廣記》卷四四九引《廣異記》校録）

〔一〕開元　前原有「唐」字，今删。

〔二〕邪魅　孫校本作「符術」。

〔三〕紅　孫校本作「纖」。

〔四〕又　原作「有」，據孫校本改。

〔五〕壻　《四庫》本、《狐媚叢談》卷二《焚鵲巢斷狐》作「婚」。

〔六〕知何言今去之　《狐媚叢談》作「知復何言。遂去之」，《廣豔異編》作「如何言。崔去之」。

〔七〕字　《狐媚叢談》作「事」。

按：《狐媚叢談》卷二、《廣豔異編》卷三〇輯入本篇，分别題《焚鵲巢斷狐》、《韋明府》。

唐參軍

戴孚　撰

洛陽[一]思恭里，有唐參軍者，立性修整，簡于接對。有趙門福及康三者投刺謁，唐未出見之，問其來意。門福曰：「止求點心飯耳。」唐使門人辭，云不在。二人逕入，至堂所。門福曰：「唐都官何以云不在，惜一餐耳？」唐辭以門者不報。引出外廳，令家人供食。私誡奴，令寘劍盤中，至則刺之。奴至，唐引劍刺門福，不中。次擊康三，中之，猶躍入庭前池中。門福罵云：「彼我雖是狐，我已千年。千年之狐，姓趙姓張；五百年狐，姓白姓康。奈何無道，殺我康三？必當修報于汝，終不令康氏子徒死也。」唐氏深謝之，令召康三。門福至池所，呼康三，輒應曰：「唯。」然求之不可得，但餘鼻[二]存。門福既去，唐氏以桃湯沃洒門户，及懸符禁[三]。自爾不至，謂其施行有[四]驗。

久之，園中櫻桃熟，唐氏夫妻暇日檢行。忽見門福在櫻桃樹上，採櫻桃食之。唐氏驚曰：「趙門福，汝復敢來耶？」門福笑曰：「君以桃物見欺，今聊復採食。君亦食之否？」乃頻擲數四以授唐。唐氏愈恐，乃廣召僧，結壇持呪，門福遂逾日[五]不至。其僧持誦甚切，冀其有效，以爲己功[六]。後一日，晚齋之後，僧坐檻前。忽見五色雲自西來，逕至唐氏堂前。中有一佛，容色端嚴，謂僧曰：「汝爲唐氏却野狐耶？」僧稽首。唐氏長幼，虔禮甚至，喜見真佛，拜請降止。久之方下，坐其壇上，奉事甚勤。佛謂僧曰：「汝是修道，謂〔七〕通達，亦何須久蔬食？而爲法能食肉乎？但問心能堅持否，肉雖食之，可復無累。」乃令唐氏市肉，佛自設〔八〕食，次以授僧及家人，悉食。食畢，忽見壇上是趙門福，舉家歎恨，爲其所誤。門福笑曰：「無勞厭我，我不來矣。」自爾不至也。（據中華書局版汪紹楹點校本《太平廣記》卷四五〇引《廣異記》校録）

〔一〕洛陽　前原有「唐」字，今删。

〔二〕鼻　《狐媚叢談》卷二《狐化佛戲僧》作「聲」。

〔三〕懸符禁　孫校本作「書符斷」。

〔四〕有　孫校本作「符」。

〔五〕日　明鈔本、孫校本作「月」，《會校》據改。

〔六〕功　孫校本作「德」。

〔七〕謂　原作「請」，據明鈔本、孫校本改。

〔八〕設　明鈔本作「先」。

按：《狐媚叢談》卷二輯入，題《狐化佛戲僧》。

李麐

戴孚撰

東平尉李麐，初得官，自東京之任，夜投故城店中。有故人賣胡餅爲業，其妻姓鄭，有美色。李目而悦之，因宿其舍，留連數日，乃以十五千轉索胡婦〔一〕。既到東平，寵遇甚至。性婉約，多媚黠風流，女工之事，罔不心了〔二〕，於音聲特究其妙〔三〕。在東平三歲，有子一人。其後李充租綱入京，與鄭同還。至故城，大會鄉里飲宴，累十餘日。李催發數四，鄭固稱疾不起，李亦憐而從之。又十餘日，不獲已，事理須去。行至郭門，忽言腹痛，下馬便走，勢疾如風。李與其僕數人極騁，追不能及。便入故城，轉入易水邨，足力少息，李不能捨，復逐之。垂及，因入小穴。極聲呼之，寂無所應。戀結悽愴，言發淚下。會日暮，村人以〔四〕草塞穴口，還店止宿。及明，又往呼之，無所見，乃以火燻。久之，村人爲掘深數丈，見牝狐死穴中，衣服脱卸如蜕，脚上著錦襪。李歎息良久，方埋之，歸店。取獵犬噬其子，子略不驚怕。便將入都，寄親人家養之。

輸納畢，復還東京，婚於蕭氏。蕭氏常呼李爲「野狐壻」，李初無以答。一日晚，李與蕭攜手與歸本房狎戲，復言其事。忽聞堂前有人聲，李問：「阿誰夜來？」答曰：「君豈不識鄭四娘耶？」李素所鍾念，聞其言，遽欣然躍起，問：「鬼乎？人乎？」答云：「身即鬼也。」欲近之而不能。四娘因謂李：「人神道殊，賢夫人何至數相謾罵？且所生之子，遠寄人家。其人皆言狐生，不給衣食，豈不念乎？宜早爲撫育，九泉無恨也。若夫人云云相侮，又小兒不收，必將爲君之患。」言畢不見。蕭遂不復敢説其事。天寶〔五〕末，子年十餘歲〔六〕，甚無恙。（據中華書局版汪紹楹點校本《太平廣記》卷四五一引《廣異記》校録）

〔一〕胡婦　《狐媚叢談》卷三《狐死見形》作「鄭婦」，《太平廣記鈔》卷七七、《情史類略》卷二一《狐精》作「此婦」。

〔二〕心了　明鈔本作「畢曉」。

〔三〕於音聲特究其妙　明鈔本作「於音律尤究其妙」。

〔四〕以　原作「爲」，據明鈔本、《四庫》本、《狐媚叢談》改。《廣記鈔》、《情史》作「將」。

〔五〕天寶　前原有「唐」字，今删。

〔六〕歲　此字原無，據明鈔本補。

按：《狐媚叢談》卷三、《廣豔異編》卷二九、《情史類略》卷二一輯入此篇，分别題《狐死見形》、《鄭四娘》、《狐精》。

唐五代傳奇集第二編卷五

郭翰

張薦 撰

張薦（七四四—八〇四），字孝舉。行二十九。深州陸澤（今河北深州市西南）人。張鷟之孫。博學能文，爲顔真卿所賞識，遂知名。大曆中授左司禦率府兵曹參軍、史館修撰。貞元中歷仕左拾遺、太常博士、殿中侍御史、工部員外郎、工部郎中、左諫議大夫、祕書少監、祕書監。貞元二十年（八〇四）吐蕃贊普死，以薦爲工部侍郎兼御史大夫，充吐蕃弔祭使，次赤嶺病卒。順宗即位，贈禮部尚書。撰有《宰輔傳略》、《五服圖》、《江左寓居録》、《同僚籍》、《十祖贊》、《史遁先生傳》、《張薦集》三十卷等，並佚。（據《舊唐書》卷一四九、《新唐書》卷一六一本傳，《舊唐書·禮儀志六》，唐權德輿《權載之文集》卷二二《唐故中大夫守尚書工部侍郎兼御史大夫史館修撰上柱國賜紫金魚袋充弔贈吐番使贈禮部尚書張公墓誌銘并序》、卷四九《祭故張工部文》，韓愈《順宗實録》卷三，《新唐書·藝文志》等）

太原郭翰，少簡貴，有清標。姿度美秀，善談論，工〔一〕草隸。早孤，獨處一室，甚瀟灑〔二〕。當盛暑，乘月卧庭中。時有清風〔三〕，稍聞香氣漸濃。翰甚怪之，仰視空中，見有人冉冉而下，直至翰前，乃一少女也。明豔絶代，光彩溢目。衣玄綃之衣，曳霜羅之帔，戴翠翹鳳凰之冠，躡瓊文〔四〕九章之履。侍女二人，皆有殊色，感蕩心神。翰整衣巾，下牀拜謁曰：「不意尊靈迥降〔五〕，願垂德音。」女微笑曰：「吾天上織女也。久無主對〔六〕，而佳期阻曠，幽態盈懷。上帝賜命，許〔七〕遊人間，尋擇佳侶〔八〕。仰慕清風，願託神〔九〕契。」翰曰：「非敢望也，益深所感〔一〇〕。」女爲勑侍婢，浄掃室中，張霜霧丹縠之幃〔一一〕，施水晶〔一二〕玉華之簟，轉會風〔一三〕之扇，宛若清秋。乃攜手昇堂，解衣共卧。其襯體輕紅綃衣〔一四〕，似小香囊，氣盈一室。並〔一五〕同心龍腦之枕，覆雙縷鴛文之衾。柔肌膩體，深情密態，妍豔無匹。欲曉辭去，面粉如故。爲試拭之，乃本質也。翰送出户，凌雲而去。

自後夜夜皆來，情好轉切。翰戲之曰：「牽郎〔一六〕何在？那敢獨行？」對曰：「陰陽變化，關渠何事？且河漢隔絶，無可復知〔一七〕。縱復知之，不足爲慮。」因撫翰心前曰：「世人不明瞻矚耳。」翰又曰：「卿已託靈辰象，辰象之門〔一八〕，可得聞乎？」對曰：「人間觀之，只見是星，其中自有宫室居處，群仙皆遊觀焉。萬物之精，各有交接，在天成象，在地成形〔一九〕。下人之變，必形於上也。吾今觀之，皆了了自識。天人之間，本由一理；情慾之好，無間聖凡〔二〇〕。」因爲翰指列宿分位，盡詳紀度〔二一〕。時人不悟者，翰遂洞知之。後將至七夕，忽不復來，經數夕方至。翰問曰：「牽郎〔二二〕相見樂乎？」笑而對曰：「天上那比人間？正以感運〔二三〕當爾，非有他故也。況一年一度相會，爭如今日夜夜相逢〔二四〕。君無相忌。」又〔二五〕問曰：「卿來何遲？」答曰：「人中五日，彼一夕也。」又爲翰致天廚，悉非世物。徐視其衣，並無縫。翰問之，謂翰曰：「天衣渾然天成〔二六〕，本非針綫爲也。」每去，輒以衣服自隨。

經一年，忽於一夕，顔色悽惻，涕流交下，執翰手曰：「帝命有程，便可〔二七〕永訣。」遂嗚咽不自勝。翰驚惋曰：「尚餘幾日在？」對曰：「只今夕耳。」遂悲泣，徹曉不眠。及旦，撫抱爲別，以七寶枕一枚〔二八〕留贈，言明年某日，當有書相問。翰答以玉環一雙。便履空而去，迴顧招手，良久方滅。翰思之成疾，未嘗暫忘。明年至期，果使前者侍女將書函致〔二九〕。翰遂開封，以青縑爲紙，鉛丹爲字，言詞清麗，情意重疊。書末有詩二首，詩曰：「河漢雖云闊，三秋尚有期。情人終已矣，良會更何時〔三〇〕？」又曰：「朱閣臨清漢，瓊宮御〔三一〕紫房。佳期情〔三二〕在此，只是〔三三〕斷人腸。」翰以香牋答書，意甚慊切。並有酬贈詩二首，詩曰：「人世將天上，由來不可〔三四〕期。誰知一迴顧，交〔三五〕作兩相思。」又曰：「贈枕猶香澤，啼衣尚淚痕。玉顔霄漢裏，空有往來魂。」自此而絶。

是年，太史奏織女星失躔度，無光彩〔三六〕。翰思不已，凡人間麗色，不復措意，以其無足與爲者[三七]。復以繼嗣大義須婚，强娶程氏女，所[三八]不稱意，復以無嗣，遂成反目。翰後官至侍御史而卒[三九]。（據中華書局版汪紹楹點校本《太平廣記》卷六八引《靈怪集》校録）

〔一〕工　南宋陳元靚《歲時廣記》卷二七引《墨莊冗録》作「尚」。

〔二〕一室甚瀟灑　此五字原無，據宋末羅燁《新編醉翁談録》己集卷二《郭翰感織女爲妻》補。

〔三〕時有清風　《歲時廣記》、《醉翁談録》「清」作「微」，《豔異編》卷一《郭翰》、秦淮寓客《緑窗女史》卷一〇《織女星傳》、詹詹外史《情史類略》卷一九《織女》、馮夢龍《增補批點圖像燕居筆記》卷九《郭翰遇織女星傳》、蟲天子《香豔叢書》第八集卷二《織女》作「時時有微風」。

〔四〕瓊文　《類説》卷三七《神異經·織女降》作「瓊元」，「元」字當譌。《歲時廣記》作「復文」。

〔五〕尊靈迴降　《歲時廣記》作「真靈迺降」，《醉翁談録》作「尊仙下降」，《豔異編》、《情史》、《燕居筆記》作「尊靈迺降」，《香豔叢書》作「尊靈迺降」。

〔六〕久無主對　《醉翁談録》作「久居清闕」。

〔七〕許　此字原無，據《歲時廣記》補。《醉翁談録》作「自」。

〔八〕尋擇佳侶　此句原無，據《醉翁談録》補。元佚名《氏族大全》卷二一《織女爲偶》、明凌迪知《萬姓統譜》卷一一九「侶」作「偶」。

〔九〕神　《醉翁談録》作「慈」。

〔一〇〕益深所感　《歲時廣記》作「乃所願也」，《醉翁談録》作「實所願也」。

〔一一〕幃　《紺珠集》卷五《神異經·會風扇》、《類説》、《歲時廣記》、明董斯張《廣博物志》卷二引東方朔《神異記》作「幬」，《醉翁談録》作「帳」，《豔異編》、《情史》、《燕居筆記》、《香豔叢書》作「帷」。按：幃、帷、幬、帳，意同。

〔一二〕水晶　《廣記》明沈與文野竹齋鈔本、清孫潛校本、《醉翁談録》作「水精」，意同。《紺珠集》、《類説》、《廣博物志》作「九晶」。

〔一三〕會風　《歲時廣記》作「回風」，《豔異編》、《情史》、《燕居筆記》、《香豔叢書》作「惠風」。

〔一四〕輕紅綃衣　明鈔本、孫校本作「紅䐉之衣」。《醉翁談録》、《豔異編》、《緑窗女史》、《情史》、《燕居筆記》、《香豔叢書》作「紅腦之衣」。按：「䐉」同「腦」，指瑪瑙，又寫作「馬腦」、「瑪腦」，以其形似馬腦也。《藝文類聚》卷七三引有隋江總《馬腦盌賦》。

〔一五〕並　原作「有」，據《歲時廣記》、《醉翁談録》改。

〔一六〕牽郎　《廣記》《四庫全書》本、《緑窗女史》作「牛郎」，《類説》、《紺珠集》卷五《神異經·牽牛郎何在》及南宋謝維新《古今合璧事類備要》前集卷一七、元陰勁弦等《韻府群玉》卷一二、明彭大翼《山堂肆考》卷一二引《墨莊冗録》，清蓮塘居士《唐人説薈》第十六集《靈怪録·郭翰》作「牽牛郎」，《醉翁談録》作「仙郎」。

〔一七〕河漢隔絶無可復知　《紺珠集》、《類説》作「河漢阻隔，不復相聞」。南宋葉廷珪《海録碎事》卷二引《神異經》作「河漢阻隔，不復相見」。

〔一八〕門　《豔異編》、《緑窗女史》、《情史》、《香豔叢書》作「間」。

〔一九〕萬物之精各有交接在天成象在地成形　原作「萬物之精，各有象在天，成形在地」，據《醉翁談録》補改。

〔二〇〕天人之間本由一理情慾之好無間聖凡　以上四句原無，據《醉翁談録》補。

〔二一〕紀度　《歲時廣記》、《醉翁談録》作「躔度」。

〔二二〕牽郎　此二字原無，據《歲時廣記》補。《醉翁談録》作「牛郎」。

〔二三〕感運　《歲時廣記》、《醉翁談録》作「期運」。

〔二四〕況一年一度相會爭如今日夜夜相逢　此二句據《歲時廣記》、《醉翁談録》補，後書「況」前有「又」字。

〔二五〕又　此字原無，據《歲時廣記》、《醉翁談録》補。

〔二六〕渾然天成　此四字原無，據《醉翁談録》補。

〔二七〕可　孔傳《後六帖》卷四引《墨莊冗録》、《歲時廣記》、《醉翁談録》、《事類備要》、《韻府群玉》、《氏族大全》、《萬姓統譜》、《山堂肆考》、《豔異編》、《緑窗女史》、《情史》、《燕居筆記》、《香豔叢書》並作「當」。

〔二八〕七寶枕一枚　「枕」原誤作「椀」，與下文「贈枕猶香澤」不合，據孫校本、《歲時廣記》、《醉翁談録》等書改。「一枚」原無「枚」字，據《醉翁談録》、《豔異編》、《氏族大全》、《萬姓統譜》、《情史》、《香豔叢書》補。

〔二九〕致　《歲時廣記》、《醉翁談録》、《豔異編》、《緑窗女史》、《情史》、《燕居筆記》、《香豔叢書》作「至」。按：「致」通「至」。

〔三〇〕情人終已矣良會更何時　此二句《歲時廣記》作「情人知有意，良會在何時」，《醉翁談録》作「情人如有意，後會在何時」。

〔三一〕御　南宋洪邁《萬首唐人絶句》卷二二織女《贈郭翰二首》作「結」，《歲時廣記》作「締」，《全唐詩》卷八六三織女《贈郭翰二首》作「銜」，校：「一作『御』。」按：御，相望，連接之意。《戰國策·秦策二》：「韓、楚必相御也。」高誘注：「御，猶相瞰望也。」

〔三二〕情　《豔異編》、《緑窗女史》、《情史》、《燕居筆記》、《香豔叢書》作「空」，《全唐詩》作「期」。

〔三三〕只是　《醉翁談録》作「思憶」。

〔三四〕可　《醉翁談録》作「爽」。

〔三五〕交　《醉翁談録》作「反」，《唐人絶句》、明曹學佺《石倉歷代詩選》卷一一三郭翰《答織女》、《全唐詩》卷八六三郭翰《酬織女》作「更」，《全唐詩》校：「一作『交』。」

〔三六〕失躔度無光彩　原作「無光」，據《醉翁談録》補。《歲時廣記》作「失度無光」。

〔三七〕以其無足與爲者　此句原無，據《醉翁談録》補。

〔三八〕所　《豔異編》、《緑窗女史》、《情史》、《香豔叢書》作「殊」。

〔三九〕按：《燕居筆記》末云：「每夜只于星斗間仰望。忽一夕，見織女駕雲而下，謂翰曰：『子當上昇矣，急趨仙班，勿遲也。』翰遂卒于星下。」乃增飾之詞。

按：《新唐書·藝文志》小説家類著録張薦《靈怪集》二卷，《通志·藝文略》傳記類冥異目同。《宋史·藝文志》小説類作一卷，云不知作者，疑爲殘卷，且闕失撰名。顧況《戴氏廣異記序》提及「張孝舉之徒，互相傳説」，乃指本書。顧序約作於貞元五年至九年間（七八九—七九三），其時《靈怪集》已行世。而《姚康成》（《太平廣記》卷三七一引）一篇提及姚康成奉使汧隴，會節使交代，姚假邢君牙舊宅。考《舊唐書》卷一四四《邢君牙傳》，貞元三年鳳翔隴右節度使李晟召還朝，邢君牙代爲鳳翔尹、鳳翔隴州都防禦觀察使，尋遷右神策行營節度、鳳翔隴州觀察使，所謂節使交代，即指邢代李。君牙遷入使府，舊宅空置。然則本書殆成於貞元四五年間。

本書久佚。《太平廣記》引十六條，或題作《靈怪録》。《類説》卷二九《靈怪集》摘録五條。他書亦有引録。但所引佚文不盡屬本書，可靠者十四條耳。疑宋代流傳本已經後人增益。明冰華居士《合刻三志》志怪類載有託名唐牛嶠《靈怪録》，後又收入《唐人説薈》第十六集（按：同治八年刻本卷二〇，又題《唐代叢書》）。《合刻三志》七條，《唐人説薈》九條。《靈怪録》實雜湊《廣記》所引《靈怪集》等而成。

《豔異編》卷一《郭翰》、《情史類略》卷一九《織女》、《緑窗女史》卷一〇神仙部星娥門《織女星傳》、馮夢龍增補《燕居筆記》卷九《郭翰遇織女星傳》、《香豔叢書》第八集卷二《織女》，均據《廣記》採録。《緑窗女史》妄題撰人爲宋張君房。《唐人説薈》本《靈怪録》亦收有《郭翰》。《歲時廣記》卷二七引《墨莊冗録》亦載此文，有所删削。又《新編醉翁談録》己集卷二《郭翰感織女爲妻》亦即此篇。《醉翁談録》與《墨莊冗録》所載，均非採自《廣記》，當别有他據。《類説》卷三七《神異經》摘録《織女降》一節，《紺珠集》卷五《神異經》摘《會風扇》、《牽牛郎何在》二節，均係本篇文字。《神異經》舊題東方朔撰，不當有此，二書有誤。

姚康成

張薦 撰

太原掌書記姚康成，奉使之汧隴。會節使交代，入蕃使迴，郵館填咽，遂假邢君牙舊宅，設中堂〔一〕，以爲休息之所。其宅久空廢，庭木森然〔二〕。康成晝爲公宴所牽，夜則醉歸，及明復出，未嘗暫歇於此。一夜，自軍城歸早，其屬有博戲之會，故得不醉焉。而〔三〕坐堂中，因命茶，又復召客，客無至者。乃令館人取酒，徧賜僕使，以慰其道路之勤。既而皆醉，康成就寢。

二更後，月色如練，因披衣而起，出於宅門。獨步移時，方歸入院。遥見一人，入一廊房内。尋聞數人飲樂之聲，康成乃躡履而聽之。聆其言語吟嘯，即非僕夫也。因坐於門側，且窺伺之。仍聞曰：「諸公知近日詩人〔四〕所作，皆務一時巧麗。其於託情喻己，體〔五〕物賦懷，皆失之矣。」又曰：「今三人可各賦一篇，以取樂乎？」皆曰：「善。」乃見一人，細長而甚〔六〕黑，吟曰：「昔日〔七〕炎炎徒自知，今無烽竈欲何爲〔八〕。可憐國柄全無用〔九〕，曾見人人下第時〔一〇〕。」又見一人，亦長細而黄，面多瘡孔，而吟曰：「當時得意氣填心，一曲君前直萬金。今日不如庭下竹，風來猶得學龍吟〔一一〕。」又一人肥短，鬢髮垂散，而吟曰：「頭〔一二〕焦鬢秃但心存，力盡塵埃不復論。莫笑今來同腐草〔一三〕，曾經終日掃朱門〔一四〕。」

康成不覺失聲，大贊其美。因推門求之，則皆失矣。俟曉，召舒吏詢之，曰：「近並無此色人。」康心疑其必魅精〔一五〕也，遂尋其處。方見有鐵銚子一柄，破笛一管，一秃黍穰箒而已。康成不欲傷之，遂各埋於他處。（據中華書局版汪紹楹點校本《太平廣記》卷三七一引《靈怪集》校録）

〔一〕中堂　「堂」原作「室」，明鈔本、孫校本作「堂」。按：下文云「坐堂中」，作「堂」是，據改。

〔二〕然　明鈔本作「陰」。

〔三〕而　《四庫》本作「乃」，《太平廣記鈔》卷七四作「既」。

〔三〕詩人　原作「時人」，據《廣豔異編》卷二二《姚康成》改。

〔五〕體　《廣豔異編》作「擬」。

〔六〕而甚　元佚名《湖海新聞夷堅續志》後集卷二《古器爲怪》作「面」。

〔七〕日　原作「人」，誤，據明鈔本、孫校本、《類説》卷二九《靈怪集·廢宅三怪》、《錦繡萬花谷》後集卷二九引《靈怪集·廢宅三怪》、謝維新《古今合璧事類備要》前集卷六九《宅怪賡唱》引羅隱（按：出處誤，《四庫全書》本末注「闕」）、《夷堅續志》、明彭大翼《山堂肆考》卷一五一引《靈怪録》、《全唐詩》卷八六七《邢君才舊宅三怪詩》改。

〔八〕爲　明鈔本作「施」，張國風《太平廣記會校》據改。

〔九〕可憐國柄全無用　《類説》明天啓刊本作「可怜長柄今何用」，《類説》嘉靖伯玉翁舊鈔本「何」作「無」，《萬花谷》、《夷堅續志》同。《山堂肆考》作「可憐長柄全無用」。

〔一〇〕曾見人人下第時　《類説》天啓刊本作「曾見燧人火化時」，伯玉翁舊鈔本作「曾見人人未下時」，《萬花谷》、《夷堅續志》、《山堂肆考》同。《全唐詩》作「曾見家人下第時」。按：此爲鐵銚子精詩。銚乃帶柄有嘴小鍋。詩言下第之人貧寒，親執銚而炊，當以《廣記》爲是。

〔一一〕風來猶得學龍吟　《夷堅續志》「得」作「自」，《廣豔異編》「學」作「效」。

〔一三〕頭　明鈔本、孫校本作「頤」。

〔一三〕腐草　《類説》作「荻草」。

〔一四〕曾經終日掃朱門　《類説》作「曾經中日掃柴門」，《萬花谷》、《夷堅續志》、《山堂肆考》作「曾經終日掃柴門」，作「中」、「柴」誤。

〔一五〕魅精　明鈔本作「精魅」，《會校》據改。按：魅精即精魅。

按：《廣記》明鈔本注出《神奇録》，誤。《廣豔異編》卷二二《姚康成》，據《廣記》輯録。

王生

張薦　撰

杭州有王生者，建中初，辭親之上國，收拾舊業，將投於親知，求一官耳。行至圃田，下道〔一〕，尋訪外家舊莊。日晚，柏林中見二野狐倚樹，如人立，手執一黄紙文書，相對言笑，旁若無人。生乃叱之，不爲變動。生乃取彈弓〔二〕，因引滿彈之，直〔三〕中其執書者之目。二狐遺書而走，王生遽往，得其書，纔一兩紙。文字類梵書，而莫究識，遂緘於書袋〔四〕中而去。其夕，宿於前店，因話於主人。方訝其事，忽有一人攜裝來宿，眼疾之甚，若不可忍，而語言分明。聞王之言，曰：「大是異事。如何得見其書？」王生方將出書示之〔五〕，主人見患眼者一尾垂下牀，因謂生曰：「此狐也。」王生遽收書於懷中，以手摸刀逐之，則化爲狐而走。一更後，復有人扣門。王生心動，曰：「此度更來，當與刀箭敵汝矣。」其人隔門曰：「爾若不還我文書，後無悔也。」自是更無消息。

王生祕其書，緘縢甚密，行至都下。以求官伺謁之事，期方賒〔六〕緩，即乃典貼舊業田園，卜居近坊，爲生生之計。月餘，有一僮自杭州而至，縗裳入門，手執凶訃。王生迎而問之，則生丁家難已數日〔七〕，聞之慟哭。生因視其書，則母之手字，云：「吾本家秦，不願葬於外地。今江東田地物業，不可分毫破除，但都下之業，可一切處置，以資喪事。備具皆畢，然後自來迎接。」王生乃盡貨田宅，不候善價。得其資，備塗芻之禮，無所欠少。既而復籃舁東下，以迎靈轝。及至揚州，遥見一船子，上有數人，皆喜笑歌唱。漸近視之，則皆王生之家人也。意尚謂其家貨之，今屬他人矣。須臾，又見〔八〕小弟妹搴簾而出，皆綵服笑語。驚怪之際，則見〔九〕其家人船上驚呼，又曰：「郎君來矣，是何服飾之異也？」王生潛令人問之，乃見其母驚出。生遽毁其縗絰，行拜而前。母迎而問之。其母駭曰：「安得此理！」王生乃出母送遺書，乃一張空紙耳。母又曰：「吾所以來此者，前月得汝書，云近得一官，令吾盡貨江東之産，爲入京之計。今無可歸矣。」及母出王生所寄之書，又〔一〇〕一空紙耳。王生遂發使入京，盡毁其凶喪之具。因鳩集餘資，自淮却扶侍，且往江東。所有十無一二，纔得數間屋，僅〔一一〕以庇風雨而已。

有〔一二〕弟一人，别且數歲。一旦忽至，見其家道敗落，因徵其由。王生具話本末，又述妖狐事。曰：「但應以此爲禍耳。」其弟驚嗟。因出妖狐之書以示之，其弟纔執其書，退而置於懷中，曰：「今日還我天書得未〔一三〕？」言畢，乃化作一狐而去。（據中華書局版汪紹楹點校本《太平廣記》卷四五三引《靈怪録》校録）

〔一〕下道　孫校本作「道下」，連上讀。
〔二〕弓　此字原無，據明鈔本補。
〔三〕直　原作「且」，據明鈔本、孫校本改。
〔四〕袋　明鈔本作「笥」。
〔五〕方將出書示之　「示之」二字原無，據明鈔本、朝鮮成任編《太平廣記詳節》卷四一補，《廣記詳節》作「將出示之」。
〔六〕賒　明鈔本作「徐」。
〔七〕則生丁家難已數日　「丁」上原有「已」，明鈔本無「已丁」二字。按：兩「已」字重復，删前「已」字。《廣記詳節》作「則生已丁家難矣數日」，《狐媚叢談》卷三《狐戲王生》、《廣豔異編》卷二九《王生》同，唯「難」作「艱」。《唐人説薈》第十六集《靈怪録・王生》作「則生已丁家難矣」。
〔八〕見　原作「有」，據《廣記詳節》改。

〔九〕見　此字原無，據明鈔本補。

〔一〇〕又　明鈔本作「亦」。

〔一一〕僅　原作「至」，據明鈔本、《四庫》本改。《廣記詳節》作「室」，連上讀。

〔一二〕有　明鈔本作「表」。

〔一三〕得未　此二字原無，據明鈔本、孫校本、《廣記詳節》補。

按：《狐媚叢談》卷三、《廣豔異編》卷二九據《廣記》輯入。《唐人説薈》第十六集（同治八年刊本卷二〇）收有託名唐牛嶠《靈怪録》，中亦收入《王生》，有所删節。

周廣傳

劉　復　撰

劉復（七二一—七九三），字公孫。祖籍彭城（今江蘇徐州市）綏餘里，五代祖家於修武縣（今屬河南焦作市），遂爲修武人。十二歲習《古文尚書》、《周易》，二十四歲通《史記》、《漢書》。文辭爲時人所重，王昌齡、李白等多所器異。大曆初，爲河南尹崔昭所薦，登進士第，仕至祕書省正字。十四年爲河陽主簿。建中末，淮西節度使李希烈叛，寓食河陽。興元元年（七八四），宰相盧翰奏拜監察御史，以足疾留臺東都。除祕書郎、集賢殿直學士。遷尚書省水部員外郎，以足疾，除著作郎致仕。九年二月病卒，年七十三。有文集三十卷，凡五百餘篇。（據《全唐文補遺》第八輯梁寧《唐故尚書水部員外郎以著作郎致仕彭城劉府君墓誌文》、第六輯劉復《唐故銀青光禄大夫上柱國上邽縣開國子鄆州别駕李府君〔餘〕墓誌銘并序》、《唐詩紀事》卷二九《劉復》，參見陶敏《全唐詩作者小傳補正》卷三〇五）

開元中，有名醫紀朋〔一〕者，吴人也，嘗授祕訣於隱士周廣。觀人顔色談笑，便知疾深淺，言之精詳，不待診候。上聞其名，徵至京師，令於掖庭中召有疾者，俾周驗焉。有宫人，每日昃則笑歌啼號，若中狂疾，而又足不能及〔二〕地。周視之曰：「此必因食且飽，而大促力〔三〕，頃復〔四〕仆於地而然也。」周乃飲以雲母湯，既已，令熟寐。寐覺，乃失所苦。問之，乃言：「嘗因太華公主〔五〕載誕三日，宫中大陳歌吹，某乃主謳者，懼其聲不能清，且長食㹠蹄羹遂飽〔六〕。而當筵歌大曲〔七〕，曲罷，覺胷中甚熱〔八〕，戲於砌臺。乘高而下，未及其半，復爲〔九〕後來者所激，因仆於地。久而方蘇而病狂，因兹足不能及地也。」上大異之。

有黄門奉使，自交、廣而至，拜舞於殿下。周顧謂曰：「此人腹中有蛟龍，明日當産一子，則不可活也。」上驚，問黄門曰：「卿有疾否？」乃曰：「臣馳馬大庾嶺，時當大熱。既困且渴，因於路傍飲野水，遂腹中堅痞如石。」周即以消石、雄黄，煮而飲之，立吐一物，不數寸，其大如指。細視之，鱗甲備具。投之以水，俄頃長數尺。周遽以苦酒沃之，復如故形，以器覆之。明日，器中已生一龍矣。上深加禮焉，欲授以官爵。周固請還吴中，上不違其意，遂令還鄉。（據中華書局版汪紹楹點校本《太平廣記》卷二一九引《明皇雜録》校録，又《太平御覽》卷九三〇引《唐明皇雜録》、宋唐慎微《重修政和經史證類備用本草》卷三引《明皇雜録》、范成大《吴郡志》卷四三引《明皇雜録》、張杲《醫説》卷五引《明皇雜録》、明王鏊《姑蘇志》卷五六、李時珍《本草綱目》卷八引《明皇雜録》、江瓘《名醫類案》卷八）

〔一〕紀朋　原作「紀明」，據朝鮮成任編《太平廣記詳節》卷一六、《證類本草》、《吴郡志》、《醫説》、《姑蘇志》、《本草綱目》、《名醫類案》改。《御覽》作「紀周」。

〔二〕及　《證類本草》、《醫説》、《本草綱目》、《名醫類案》作「履」。

〔三〕大促力　《名醫類案》作「太竭力」。

〔四〕頃復　《證類本草》、《醫説》、《本草綱目》、《名醫類案》作「頓」。《吴郡志》、《醫説》、《姑蘇志》無「頃」字。

〔五〕太華公主　原作「大華宫主」，據《廣記詳節》、《證類本草》、《吴郡志》、《姑蘇志》、《本草綱目》、《名醫類案》改。按：《新唐書》卷八三《諸帝公主傳》載玄宗二十九女中有太華公主，「貞順皇后所生，下嫁楊錡，薨天寶時」。又卷七六《楊貴妃傳》：「宗兄……錡，侍御史，尚太華公主。主惠妃所生，最見寵遇。」

〔六〕且長食豘蹄羹遂飽　「長」汪校本據明鈔本改作「常」。按：《廣記詳節》、《證類本草》、《吴郡志》、《醫説》、《本草綱目》、《名醫類案》作「長」。長，經常。今回改。「遂」明鈔本作「甚」。

〔七〕大曲　原作「數曲」，據明鈔本、《廣記詳節》、《證類本草》、《吴郡志》、《醫説》、《姑蘇志》、《本草綱目》、《名醫類案》改。

〔八〕胷中甚熱　「胷」明鈔本作「胃」。「熱」《吴郡志》、《姑蘇志》作「憒」。

〔九〕爲　原作「有」，據《四庫全書》本、《吴郡志》、《姑蘇志》改。

按：鄭處誨《明皇雜録》今本不載，乃佚文。《廣記》所引末云：「水部員外劉復爲周作傳，叙述甚詳。」《明皇雜録》乃節録，原文不存。《廣記》題《周廣》，今加「傳」字。此傳作於水部員外郎之時，時在貞元九年（七九三）前。

梁大同古銘記

李吉甫　撰

李吉甫（七五八—八一四），字弘憲，趙郡贊皇（今屬河北）人。御史大夫李栖筠子。少好學，能屬文，以父蔭補左司禦率府倉曹參軍。德宗貞元初爲太常博士，歷屯田、駕部員外郎，明州員外長史，忠、郴、饒州刺史。憲宗立，徵拜考工郎中、知制誥，俄入翰林院，轉中書舍人。元和二年（八〇七）擢中書侍郎、同中書門下平章事，次年進封趙國公，帶相出爲淮南節度使。六年以中書侍郎、集賢殿大學士再度入相，居相四年，九年冬暴病卒。吉甫博學，著述極富。著有《注一行易》、《六代略》三十卷、《元和國計簿》十卷、《元和百司舉要》一卷、《元和郡縣圖誌》五十四卷（今存四十卷）、《十道圖》十卷、《古今説苑》十一卷、《一行傳》一卷、《古今文集略》二十卷、《國朝哀册文》四卷、《李吉甫集》二十卷等，大都散佚。（據《舊唐書》卷一四八、《新唐書》卷一四六《李吉甫傳》及《新唐書·藝文志》）

天寶中，有商洛隱者任昇之，嘗貽右補闕鄭欽悦〔一〕書，曰：「昇之白：頃退居商洛，久〔二〕闕披陳。山林獨往，交親兩絶。意有所問，别日垂訪。昇之五代祖，仕梁爲太常。初，任南陽王帳下，於鍾山懸岸圮壙之中得古銘，不言姓氏。小篆文云：『龜言土，蓍言水，甸服黄鍾啓靈趾〔三〕。瘞在三上庚，墮遇七中巳。六千三百浹辰交，二九重三四百圮。』文雖剥落，仍且分明。大雨之後，纔墮而獲。即梁武大同四年秋也〔四〕。數日，遇盂蘭大會，從駕同泰寺，録示史官姚訾〔五〕並諸學官，詳議數月，無能知者。篋〔六〕笥之内，遺文尚在。足下學乃天生而知，計捨運籌而會，前賢所不及，近古所未聞。願採其旨要，會其歸趣，著之遺簡，以成先祖之志，深所望焉。樂安任昇之白。」

數日，欽悦即復書曰：「使至，忽辱簡翰，用浣襟懷。不遺舊情，俯見推訪〔七〕。又示以大同古銘，前賢未達。僕非遠識，安敢輕言，良增懷媿也。屬在途路，無所披求。據鞍運思，頗有所得。發壙者未知誰氏之子，卜宅者實爲絶代之賢。藏往知來，有若指掌；契終論始，不差錙銖。隗炤之預識龔使，無以過也。不説葬者之歲月，先識圮時之日辰，以圮之日，却求初兆〔八〕，事可知矣。姚史官亦爲當世達識，復與諸儒詳之，沉吟月餘，竟不知其指〔九〕趣，豈止〔一〇〕於是哉！原卜者之意，隱其事，微其言，當待僕爲龔使耳。不然，何忽見顧訪也？謹稽諸曆術，測以微詞，試一探言，庶會微旨。當梁武帝大同四年，歲次戊午。言『甸服』者，五百也。『黄鍾』者，十一也。五百一十一年而圮。從大同四年，上求五百一十一年，得漢光武帝建武四年戊子歲也。『三上庚』，三月上旬之庚也。其年三月辛巳朔，十日得庚寅，是三月初葬於鍾山也。『七中〔一一〕巳』，乃七月戊午朔，十二日得己巳，是初圮墉之日，是日己巳可知矣。『浹辰』，十二也。從建武四年三月，至大同四年七月，總六千三百一十二月，每月一交，故云『六千三百浹辰交』也。『二九』爲十八，『重三』爲六，末言『四百』，則『六』爲千、『十八』爲萬可知。從建武四年三月十日庚寅初葬，至大同四年七月十二日己巳初圮，計一十八萬六千四百日，故云『二九重三四百圮』也。其所言者，但説年月日數耳。據年，則五百一十一，會於『甸服』、『黄鍾』；言月，則六千三百一十二，會於『六千三百浹辰交』；論日，則一十八萬六千四百，會於『二九重三四百圮』。從『三上庚』至於『七中巳』，據曆計之，無所差也。所言年則〔一二〕月日，但差一數，則不相照會矣。原卜者之意，當待僕言之。吾子之問，契使然也。從吏已久，藝業荒蕪。古人之意，復難遠測。足下更詢能者，時〔一三〕報焉。使還不代。鄭欽悦白。」

記：貞元中，李吉甫任尚書屯田員外郎兼太常博士，時宗人巽爲户部郎中。於南宫暇日，語及近代儒術之士，謂吉甫曰：「故右補闕、集賢殿直學士鄭欽悦，於術數研精，思通玄奥，蓋僧一行所不逮。以其夭閼當世，名不甚聞，子知之乎？」吉甫對曰：「兄何以覈諸〔一四〕？」巽曰：「天寶中，商洛隱者任昇之，自言五代祖仕梁爲太常。大同四年，於鍾山下獲古銘，其文隱秘，博求時儒，莫曉其旨。因緘其銘，誡諸子曰：『我代代子孫，以此銘訪於通人，倘有知者，吾無所恨〔一五〕。』至昇之，頗耽道博雅，聞欽悦之名，即告以先祖之意。欽悦曰：『子當録以示我，我試思之。』昇之書遺其銘。會欽悦適奉朝使，方授駕於長樂驛，得銘而繹〔一六〕之。行及滋水，凡三十里〔一七〕，則釋然悟矣。故其書曰：『據鞍運思，頗有所得。』不亦異乎！」

辛未歲，吉甫轉駕部員外郎，欽悦子克鈞，自京兆府司録授司門員外郎，吉甫數以巽之説質焉。雖且符其言，然克鈞自云亡其草，每想其微言至賾而不獲見，吉甫甚惜之。壬申歲，吉甫貶明州長史。海島之中，有隱者姓張氏，名玄陽，以明《易經》，爲州將所重，召置閣下。因講《周易》卜筮之事，即以欽悦之書示吉甫。吉甫喜得其書，抃〔一八〕逾獲寶，即編次之，仍爲著論。曰：夫一丘之土，無情也。遇雨而圮，偶然也。窮象數者，已懸定於十八萬六千四百日之前。矧於理亂之運，窮達之命，聖賢不逢，君臣偶合，則姜牙得璜而尚父，仲尼無鳳而旅人，傅説夢達於巖埜，子房神授於圯上，亦必定之符也。然而，孔不暇暖其席，墨不俟黔其突，何經營如彼？孟去齊而宿晝〔一九〕，賈造湘而投弔，又眷戀如此？豈大聖大賢，猶惑於性命之理歟？將浼身存教，示人道之不可廢歟？余不可得而知也。欽悦尋自右補闕歷殿中侍御史，爲時宰李林甫所惡，斥擯於外，不顯其身。故余叙其所聞，係於二篇之後，以著蓍筮之神明，聰哲之懸解，奇偶之有數。貽諸好事，爲後學之奇翫焉。時貞元九年十一月二十八日，趙郡李吉甫記。（據中華書局版汪紹楹點校本《太平廣記》卷三九一引《異聞記》校録）

〔一〕鄭欽悦　《新唐書》卷二〇〇《儒學傳下》作「鄭欽説」。按：説，通「悦」。《廣記》卷三〇三引《戎幕閑談》亦作「鄭欽説」。

〔二〕久　《廣記》清黄晟校刊本、《全唐文》卷四〇八任昇之《遺鄭補闕書》作「入」，誤。

〔三〕靈趾　《新唐書》、《全唐文》「趾」作「址」。按：趾，通「址」。靈趾，墓穴也。

〔四〕秋也　此二字原無，據明沈與文野竹齋鈔本、清孫潛校本、《紺珠集》卷一〇《異聞集·鍾山壙銘》補。《新唐書》作「七月」。

〔五〕姚詧　「詧」原作「訾」，明鈔本、孫校本作「詧」。按：姚訾，史無其人。姚詧即姚察，「詧」乃「察」之古字。察仕梁、陳、隋三朝，爲著名史家，曾著梁、陳二代史。《陳書》卷二七《姚察傳》載：姚察（五三三—六〇六），字伯審，吴興武康人。梁簡文帝時起家南海王國左常侍，兼司文侍郎。元帝時授原鄉令，中書侍郎領著作杜之偉表用佐著作，仍撰史。入陳歷仕始興王府功曹參軍、嘉德殿學士、宣明殿學士、散騎侍郎、東宫學士、中書侍郎、太子僕、給事黄門侍郎、祕書監、吏部尚書等。入隋授祕書丞，官終太子内舍人。梁武帝大同四年（五三八）姚察才六歲，稱其爲梁武史官，顯爲小説家言。《宋史》卷六六《五行志四》載：「周廣順初，江南伏龜山圮得石函，長二尺，廣八寸，中有鐵銘，云：『維天監十四年秋八月，葬寶公於是。』銘有引曰：『寶公嘗爲偈，大事（按：《四庫全書》本作字）書于版，帛冪之。人欲讀之者，必施數錢乃得，讀訖即冪之。是時名士陸倕、王筠、姚察而下，皆莫知其旨。或問之，云在五百年後。至卒，乃歸其銘同葬焉。』銘曰……」亦以姚察爲梁天監中人，殊不知姚尚未出生。

〔六〕筐　明鈔本作「篋」，張國風《太平廣記會校》據改。按：《詩經·召南·采蘋》：「于以盛之？維筐及筥。」毛傳：「方曰筐，圓曰筥。」筐笥、筐篋、篋笥，其物一也，古常用以盛書。杜甫《送從弟亞赴河西判官》：「兵法五十家，爾腹爲筐笥。」南宋陳思《書苑菁華》卷九竇臮《述書賦》：「誰與別其羅紈，且欲同乎筐笥。」《漢書》卷四八《賈誼傳》：「俗吏之所務，在於刀筆筐篋，而不識大體。」顔師古注：「刀所以削書札，筐篋所以盛書。」

〔七〕推訪　明鈔本作「追訪」，《會校》據改。按：推訪，查尋，或徵詢意見。《北齊書》卷一八《孫騰傳》：「初北境亂離，亡一女，及貴，遠加推訪，終不得。」唐玄奘《大唐西域記》卷四《秣底補羅國》：「於是學徒四三俊彦持所作論，推訪世親。」

〔八〕初兆　《全唐文》卷四〇八鄭欽悦《復任昇之書》作「物兆」，誤。

〔九〕指　明鈔本作「旨」，《會校》據改。按：指，意旨。《尚書·盤庚上》：「王播告之脩，不匿厥指。」《晉書》卷七五《王承傳》：「言理辯物，但明其指要，而不飾文辭。」

〔一〇〕止　明鈔本作「至」，《會校》據改。按：《詩經·魯頌·泮水》：「魯侯戾止，言觀其旂。」鄭玄箋：「戾，來。止，至也。」

〔一一〕中　明鈔本作「月」，《會校》據改，誤。按：前文作「中」，中，中旬也。《新唐書》亦作「中」。

〔一二〕年則　《四庫全書》本改作「年歲」。按：年則，年度、年份、年歲。

〔一三〕時　明鈔本作「待」，《會校》據改。按：時，及時。

〔一四〕覈諸　明鈔本作「得諳」，《會校》據改。按：《文選》卷二張衡《西京賦》：「化俗之本，有與推移。何以覈諸？」薛綜注：「覈，驗也。」

〔一五〕吾無所恨　《新唐書》作「吾死無恨」。

〔一六〕繹　明鈔本作「譯」，《會校》據改，誤。按：繹，尋繹，解析。

〔一七〕行及滋水凡三十里　《新唐書》作「至敷水三十里」。按：滋水、敷水皆驛名。北宋宋敏求《長安志》卷一一《萬年縣》：「滋水驛，在縣東北三十里。《兩京道里記》曰：『隋開皇十六年置。』長樂驛，在縣東十五里長樂坡下。《兩京道里記》曰：『聖曆元年敕：滋水驛去都亭驛路遠，馬多死損，中間置長樂驛。東去滋水驛一十三里，西去都亭驛一十三里。』」滋水驛即霸橋驛，嚴耕望《唐代交通圖考》第一卷《京都關内區》篇一《兩京館驛》云：「滋水又名霸水，架石爲橋，即有名之霸橋，置霸橋鎮。驛近橋、鎮，故又名霸橋驛。」第一卷篇二《長安洛陽驛道》云：「由華州東北行經東石橋十五里至漢沈陽故城北，又十五里至敷水店，置敷水驛，在敷水西岸，（今敷水鎮）。」長樂驛東爲滋水驛，而敷水驛遠在華州鄭縣（今陝西華縣）東北，其去長樂驛路程過長，《新唐書》當誤。

〔一八〕抃　《會校》：「疑爲『忭』之誤。」按：抃，拍手，表示欣喜。

〔一九〕孟去齊而宿晝　「宿晝」原作「接淅」，誤，據明鈔本改。按：《孟子·公孫丑下》：「孟子去齊，宿於晝。」趙岐注：「晝，齊西南近邑也。孟子去齊欲歸鄒，至晝地而宿也。」接淅爲孔子事。《孟子·萬章下》：「孔子之去齊，接淅而行。」朱熹集注：「接，猶承也；淅，漬米水也。漬米將炊，而欲去之速，故以手承米而行，不及炊也。」

按：此記作於貞元九年（七九三）。《新唐書·藝文志》總集類著録李吉甫《梁大同古銘記》一卷，《廣記》所引，依其體例，改題《鄭欽悦》。《廣記》據《異聞記》引，《異聞記》即《異聞集》，唐末陳翰編。《紺珠集》卷一〇摘録《異聞集》，其《鍾山壙銘》即此文節録。《全唐文》卷五一二自《廣記》録入記末之論，題《編次鄭欽悦辨大同古銘論》，魯迅《唐宋傳奇集》收此記，即用《全唐文》題，非原題也。《全唐文》卷四〇八録入任昇之《遺鄭補闕書》與鄭欽悦《復任昇之書》。《新唐書》卷二〇〇《儒學傳下·鄭欽説傳》據此記載入辨古銘事。宋孔傳《後六帖》卷五《壙中銘》、卷三〇《鍾山壙中銘》、卷七三《辨鍾山壙中銘》，章如愚《群書考索》後集卷三三所引，明彭大翼《山堂肆考》卷一二五《辨中山銘》，均不著出處，實皆據《新唐書》節引。《錦繡萬花谷》前集卷二〇《辨中山銘》，則注《唐本傳》。明陳耀文《天中記》卷二五引《異聞記》，乃據《廣記》。

秀師言記

闕　名　撰

崔晤〔一〕、李仁鈞二人，中外弟兄，崔年長於李。在建中末，偕來京師調集。時薦福寺〔二〕有僧神秀，曉陰陽術，得供奉禁中。會一日，崔、李同詣秀師，師泛叙寒温而已，更不開一語。别揖李於門扇後曰：「九郎能惠然獨賜一宿否？」小僧有情曲，欲陳露左右。」李曰：「唯唯。」後李特赴宿約，饌且〔三〕豐潔，禮甚謹敬。及夜半，師曰：「九郎今合選得江南縣令〔四〕，甚稱意。從此後更六年，攝本府糺曹。斯乃小僧就刑之日，監刑官人即九郎耳。小僧是吴兒，酷好瓦棺寺〔五〕後松林中一段地，最高敞處，上元佳境，盡在其間。死後乞九郎作窣堵波梵語浮圖。於此，爲小師藏骸骨之所。」李徐曰：「斯言不謬，違之如皎日。」秀泫然流涕者良久。又謂李曰：「爲余寄謝崔家郎君，且崔只有此一政官，家事零落，飄寓江徼。崔之孤，終得九郎殊力，九郎終爲崔家女婿。祕之！祕之！」李詰旦歸旅舍，見崔，唯説秀師云：「某〔六〕終爲兄之女壻。」崔曰：「我女縱薄命死，且何能嫁與田舍老翁作婦？」李曰：「比昭君出降單于，猶是生活〔七〕。」二人相顧大笑。

後李補南昌令，到官，有能稱，罷攝本府糺曹。有驛遞流人至州，坐洩宫内密事者，遲明宣詔書，宜付府笞死。流人解衣就刑次，熟視監刑官，果李糺也〔八〕。流人即神秀也，大呼曰：「瓦棺松林之請，子勿食言。」秀既死，乃掩泣請告，捐俸賃扁舟，擇幹事小吏，送尸柩於上元縣。買瓦棺寺松林中地，壘浮圖以葬之。時崔令即棄世已數年矣，崔之異母弟曄，攜孤幼來于高安。曄落拓者，好遠游，惟小妻殷氏獨在。殷氏號太乘，又號九天仙也。殷學秦箏於常守堅，盡傳其妙。護食孤女，甚有恩意。會南昌軍伶能箏者，求丐高安，亦守堅之弟子，故殷得見之。謂軍伶曰：「崔家小娘子，容德無比，年已及笄〔九〕。供奉與把取〔一〇〕家狀，到府日，求秦晉之匹，可乎？」軍伶依其請。至府，以家狀歷抵士人門，曾無影響。後因謁鹽鐵李侍御，即李仁鈞也。出家狀於懷袖中，鋪張几案上。李憫然曰：「余有妻喪，已大朞矣，侍余飢飽寒燠者，頑童老媪而已，徒增余孤生半死之恨，蚤夜往來于心。矧崔之孤女，寔余之表姪女也，余視之，等於女弟矣，彼亦視余猶兄焉。徵曩秀師之言，信如符契。納〔一二〕爲繼室，永〔一三〕固崔兄之夙眷也。」遂定婚崔氏。（據中華書局版汪紹楹點校本《太平廣記》卷一六〇引《異聞録》校録，朝鮮成任編《太平廣記詳節》卷一一作《異聞集》）

〔一〕崔晤　前原有「唐」字，爲《廣記》編纂者加，今删。

〔二〕薦福寺　明徐應秋《玉芝堂談薈》卷五引《異聞録》「薦」作「存」，誤。按：薦福寺在長安開化坊，見清徐松《唐兩京城坊考》卷二。

〔三〕且　《玉芝堂談薈》作「餚」。

〔四〕今合選得江南縣令　「今」《廣記詳節》及朝鮮成任編《太平通載》卷一九引《太平廣記》作「必」。「江南」《玉芝堂談薈》誤作「南江」。按：江南，指江南道，開元二十一年（七三三）分東西兩道。下文云李仁鈞補南昌令。南昌縣乃江南西道洪州治所，即今江西南昌市。

〔五〕瓦棺寺　《廣記詳節》、《太平通載》「棺」作「官」。下同。按：瓦官寺又作瓦棺寺。

〔六〕某　下原有「説」字，《廣記詳節》、《太平通載》、明馮夢龍《太平廣記鈔》卷二一《李仁鈞》、吴大震《廣豔異編》卷一七《秀師言記》、《玉芝堂談薈》無此字，據删。

〔七〕生活　《廣記詳節》、《太平通載》作「王嬙」。按：生活，快活。南宋楊萬里《誠齋集》卷八《春曉》其三：「一年生活是三春，二月春光儘十分。」

〔八〕李糺也　《廣記詳節》、《太平通載》「也」作「曹」。按：糺曹，指州郡屬官録事參軍事，掌糺舉諸曹。糺爲省稱。

〔九〕及笄　《廣記詳節》、《太平通載》作「及事」。按：及事，謂女子長成，已及事人之年，亦及笄之意。《五百家注昌黎文集》卷五《寄崔二十六立之》：「長女當及事，誰助出帨縭。」

〔一〇〕把取　「把」明沈與文野竹齋鈔本、清孫潛校本作「他」，汪校本及張國風《太平廣記會校》據改。按：《廣記詳節》、《太平通載》作「把取」。把取，拿取。《廣記》卷二九四《陳緒》（出《幽明録》）：「疑是狐狸之類，因跪，急把取。」北魏賈思勰《齊民要術》卷一〇《烏藨》：「初生其心挺出，其下本大如箸，上鋭而細，有黄黑勃，著之汙人手，把取正白，噉之甜脆。」今回改。

〔一一〕納　明鈔本、孫校本、清陳鱣校宋本作「約」，《會校》據改。

〔一二〕永　原作「余」，據《廣記詳節》、《太平通載》改。

按：此記見於《遂初堂書目》小説類著録，無卷數、撰人。《廣記》據《異聞録》引，即唐末陳翰《異聞集》也。《太平廣記詳節》及《太平通載》作《秀師言紀》，「紀」、「記」義同。原作者不詳。《廣豔異編》卷一七採録，《續豔異編》卷一六《秀師言記》乃陳其梗概。文中云建中末（七八三）崔晤、李仁鈞來京師調集，六年後李爲南昌令，攝府糺曹（即洪州録事參軍事），則時在貞元五年（七八九）。李娶崔女之時，乃在洪州，文中稱其爲「鹽鐵李侍御」，乃用後來官稱。《五百家注昌黎文集》卷二一《送李正字歸湖南序》：「貞元中，愈從太傅隴西公平汴州，李生之尊父，以侍御史管汴之鹽鐵，日爲酒殺羊享賓客。……公薨，軍亂，軍司馬、從事皆死，侍御亦被讒，爲民日南。」孫汝聽注：「礎父仁鈞，知河陰院。」又注：「仁鈞爲人所告，流愛州。」元代黎崱《安南志略》卷一〇《歷代羈臣》亦云：「李仁鈞，礎父也。唐貞元中，太傅隴西公董晉平津（按：當作汴）州，仁鈞爲侍御史，管幹鹽鐵。隴西公薨，軍亂，軍司馬、從事皆被殺，仁鈞亦被讒，貶爲日南民。」據《舊唐書》卷一四五《董晉傳》，貞元十二年晉爲汴州刺史、宣武軍節度營田、汴宋觀察使，十五年二月卒，贈太傅。卒後未十日，汴州大亂，殺行軍司馬陸長源、判官孟叔度等。董晉鎮汴之時，仁鈞以侍御史知河陰鹽鐵院，管幹汴州鹽鐵。此作未言仁鈞被貶，似記作於貞元十二年至十五年間。

稚川記

鄭　伸　撰

鄭伸（七四九—八〇七），字君舒。祖籍滎陽開封（今屬河南）。約德宗貞元初（七八五）爲陝虢觀察使判官，三年曹王李皋爲山南東道節度使，署爲節度參謀。十六年爲蘄州刺史，十八年遷鄂州刺史、鄂岳蘄沔觀察使，兼御史中丞。順宗永貞元年（八〇五）入爲國子祭酒。憲宗元和二年卒，年五十九，贈禮部尚書。（據《八瓊室金石補正》卷六八韓臯《唐故朝請大夫守國子祭酒鄭伸碑》、《全唐文》卷六八八符載《蘄州新城門頌并序》、《舊唐書·德宗紀》、《新唐書·宰相世系表五上》）

浮屠氏契虛者，本姑臧李氏子，其父爲御史於玄宗時〔一〕。契虛自孩提好佛氏法律，年二十七〔二〕，髡髮衣褐，居長安佛寺中。及禄山破潼關，玄宗西幸蜀門〔三〕，契虛遁入太白山，採柏葉而食之，自是絶粒。嘗一日，有道士喬君，顔貌清瘦，鬚髮盡白，來詣契虛，謂契虛曰：「師神骨甚孤秀，後當遨遊僊都中矣。」契虛曰：「吾塵俗之人，安能詣僊都乎？」喬君曰：「僊都甚近，吾師可立〔四〕去也。」契虛因請喬君導其徑，喬君曰：「師當備食於商山逆旅中，遇桻子〔五〕，音奉，即荷竹橐而販者。即犒而於商山餽焉〔六〕。或有問師所詣者，師第言願遊稚川，桻子當導師而去矣。」契虛聞其言，喜且甚。

及禄山敗，上自蜀門還長安，天下無事。契虛即往商山，舍逆旅中，備甘美，以俟桻子而餽焉。僅數月，遇桻子百餘，俱食畢而去。契虛敬稍殆，且謂喬君見欺，將歸長安。既治裝，是夕，一桻子年甚少，謂契虛曰：「吾師安所詣乎？」契虛曰：「吾願遊稚川有年矣。」桻子驚曰：「稚川，僊府也，吾師安得而至乎？」契虛對曰：「吾始自孩提好神僊，嘗遇至人，勸我遊稚川。路幾何耳？」桻子曰：「稚川甚近，師能偕我而去乎？」契虛曰：

「誠得遊稚川，死不足悔。於是棒子與契虛俱至藍田〔七〕上，治行具〔八〕。其夕，即登玉山，涉危險，逾岩巇，且八十里〔九〕，至一洞。水出洞中，棒子與契虛共負巨石寘洞口，以壅其流。三日，洞水方絶。二人俱入洞中，昏晦不可辨，見一門，在數十步〔一〇〕外，遂望門而去。既出洞外，風日恬煦，山水清麗，真神僊都也。又行百餘步〔一一〕，見一高山，其山攢峰迴拔，道〔一二〕逕危峻，契虛眩惑不敢登。棒子曰：「僊都且近，何爲彷徨耶？」即挈手而去。既至山頂，其上坦平〔一三〕，下視川原〔一四〕，邈然不可見矣〔一五〕。又行百餘里，入一洞中〔一六〕，及出，見積水無窮。水中〔一七〕有石逕，横尺餘，縱且百里餘。棒子引契虛躡石逕而去〔一八〕，至山下，前有巨木，煙影繁茂，高數十〔一九〕尋。棒子登木長嘯，久之，忽有秋風起於林杪，俄見巨絙系一竹橐，自山頂縋下。棒子命契虛瞑目坐橐中〔二〇〕，僅半日，棒子曰：「師可寤而視矣。」契虛既望〔二一〕，已在山頂，見有城邑宫闕，璣玉交映於雲霞〔二二〕之外。棒子指語：「此稚川也。」於是相與詣〔二三〕其所。

見有僊童百輩，羅列前後。有一僊人〔二四〕謂棒子曰：「此僧何爲者？莫非人間人乎？」棒子對曰：「此僧名契虛，嘗〔二五〕願遊稚川，故吾挈而至此。」已而至一殿上，有具簪笏〔二六〕者，憑玉几而坐，其貌甚偉，侍衛環列，呵禁極嚴。棒子命契虛稽首上謁且拜，謂曰：「此稚川真君也。」契虛拜。真君召契虛上，訊曰：「爾嘗絶三彭之讎乎？」契虛不能對。

真君曰：「慎勿久留於此〔二七〕。」因命棒子與登翠霞〔二八〕亭。其亭亘空，欄〔二九〕檻雲矗，見一人，袒而瞬目〔三〇〕，髮長數十尺，凝膩黯〔三一〕黑，洞瑩心目。棒子謂之曰：「爾可謁而拜。」契虛既〔三二〕拜，問：「此人爲誰？乃於此瞬目乎？」棒子曰：「此人名楊外郎也。外郎迺隋氏宗室，嘗爲外郎於南宫。屬隋末，帝主荒淫，天下分裂，兵戈四起〔三三〕，國屬他人，因避地居山，今已得道。此非瞬目，乃徹視也。夫徹視者，寓目於人世爾。」契虛曰：「請寤其目可乎？」棒子即面〔三四〕請，外郎忽寤而視〔三五〕，其兩目光，皆若日月之昭明。契虛悸然背汗，毛髮盡勁。既而又見一人，卧石壁之下。棒子曰：「此人姓乙支〔三六〕，潤其名，亦人間之人，得道而至此者。」於是棒子引契虛歸，其道途皆去〔三七〕時之履歷。契虛因問棒子曰：「吾向者謁覲真君，真君問我三彭之讐，我不能對，三彭爲何物也〔三八〕？」棒子曰：「夫彭者，三尸之姓。常居人身中，伺察功〔三九〕罪，每至庚申日，籍于上帝。故凡學僊者，當先絶其三尸，如是則神僊可得。不然，雖苦其心無補也。」契虛悟其事。

自是而歸，因廬於太白山，絶粒吸氣，未嘗以稚川之事聞於人。貞元中，徙居華山下。有滎陽鄭伸與吴興沈津〔四〇〕，俱自長安東出關，行至華山下，會天暮大雨，二人遂止。契虛已絶粒，故不置庖爨。鄭君異其不食，而骨狀豐秀，因徵其實，契虛始以稚川之事告於鄭。鄭好奇者，既聞其事，且嘆且驚。及自關東回，重至契虛舍，而契虛已遁去，竟不知所在。

（據清康熙振鷺堂重刊明萬曆商濬半埜堂刊《稗海》本《宣室志》卷一校録，又《太平廣記》卷二八引《宣室志》）

〔一〕其父爲御史於玄宗時　「於」字原無，據《廣記》補。杜光庭《神仙感遇傳》卷五《僧契虚》、北宋張君房《雲笈七籤》卷八二《遊稚川記》作「其父開元中爲御史」。

〔二〕二十七　《廣記》、《感遇傳》、《七籤》作「二十」。

〔三〕蜀門　《廣記》清孫潛校本作「劍門」，張國風《太平廣記會校》據改。按：蜀門，指蜀地、蜀中。《宣室志·韋皋》（《廣記》卷九六）：「今降生於世，將爲蜀門帥。」韋皋曾爲劍南西川節度使。又山名，即劍門山。楊炯《楊盈川集》卷一〇《爲梓州官屬祭陸郪縣文》：「蜀門如劍，長安如日，歸路何從，我心如疾。」《宣室志》卷九《鄭又玄》：「有吴道士者，以道藝聞，廬于蜀門山。」

〔四〕立　《廣記》作「力」。

〔五〕棒子　《廣記》作「搼子」，下同。《感遇傳》、《永樂大典》卷七三二八引《太平廣記》「搼」作「捀」，當爲「搼」字俗體。《大典》卷九一〇引王充《小説集異》作「棒子」，「棒」殆亦「棒」字俗體。按：搼子、棒子，義同。

〔六〕即犒而於商山餽焉　「犒」原譌作「搞」，據《廣記》、《小説集異》改。《廣記》作「即犒於商山而餽焉」。《廣記》孫校本同《稗海》本。

〔七〕藍田　《廣記》明沈與文野竹齋鈔本及孫校本無「田」字。《小説集異》「田」作「川」。

〔八〕行具　「行」字原無，據《感遇傳》、《小説集異》補。

〔九〕八十里　「里」字原脱，據《廣記》、《感遇傳》、《七籤》補。《感遇傳》作「八十餘里」，《七籤》作「十八餘里」。

〔一〇〕數十步　《廣記》「步」作「里」。《感遇傳》、《七籤》作「十數里」。

〔一一〕又行百餘步　「又」《感遇傳》、《七籤》作「凡」，「步」《廣記》、《感遇傳》、《七籤》、《小説集異》作「里」。

〔一二〕道　《廣記》、《感遇傳》、《七籤》作「石」。

〔一三〕其上坦平　《感遇傳》、《七籤》作「緬然平坦」。緬然，遥遠貌。

〔一四〕川原　《感遇傳》、《七籤》上有「山峰」二字。《七籤》「原」作「源」。

〔一五〕邈然不可見矣　《感遇傳》、《七籤》作「杳不可辨」。

〔一六〕入一洞中　《感遇傳》、《七籤》下有「又數十里」四字。

〔一七〕中　原作「傍」，據《廣記》、《感遇傳》、《七籤》改。

〔一八〕棒子引契虚躡石逕而去　《感遇傳》、《七籤》下有「頗加悚慄，不敢顧視」八字。按：《七籤》本《感遇傳》，而《感遇傳》非嚴格照録原文，文句有删改，或亦有增飾，疑此爲增飾之詞。

〔一九〕十　《廣記》作「千」，明鈔本、孫校本作「十」。

〔二〇〕棒子命契虚瞑目坐橐中　《感遇傳》作「捀（《七籤》作棒）子與契虚入竹橐中，閉目危坐，勢如騰飛，舉巨絙引之」。按：此蓋亦爲增飾之詞。

〔二一〕望　原譌作「忘」，據《廣記》、《小説集異》改。

〔二二〕雲霞　《廣記》、《感遇傳》、《七籤》、《類説》卷二三《宣室志·稚川真君》作「雲物」，《小説集異》作「虚物」。

〔二三〕詣　原譌作「語」，據《廣記》、《七籤》改。

〔二四〕僊人　《七籤》作「大仙」。

〔二五〕當　《廣記》作「常」。當，通「常」。

〔二六〕簪笏　《廣記》、《小説集異》、《類説》、南宋陳葆光《三洞群仙録》卷五引《宣望（室）志》「笏」作「冕」。《七籤》作「冠冕」。

〔二七〕慎勿久留於此　《七籤》作「此未知道，不可留此」。按：此亦《感遇傳》增飾語。

〔二八〕霞　《七籤》作「華」。

〔二九〕欄　《廣記》作「居」，《七籤》作「丹」。

〔三〇〕瞬目　《七籤》作「寐」。

〔三一〕黯　《大典》卷七三二八作「鬒」。

〔三二〕既　此字原無，據《廣記》補。

〔三三〕兵戈四起　《廣記》作「兵甲大擾」。

〔三四〕面　原作「而」，據《廣記》改。

〔三五〕視　《廣記》作「四視」。

〔三六〕乙支　「乙」原作「一」，據《廣記》改。按：乙支，複姓。《隋書》卷六〇《崔仲方傳》有高麗將乙支文德。《七籤》「支」譌作「友」。

〔三七〕去　《廣記》、《小説集異》作「前」。

〔三八〕三彭爲何物也　此句原無，據《小説集異》補。

〔三九〕功　《廣記》作「其」。

〔四〇〕滎陽鄭仲與吴興沈津　「滎陽鄭仲」原誤作「滎陽鄭紳」，《七籤》亦作「紳」，今改。按：滎陽，鄭姓郡望。《舊唐書·德宗紀下》貞元十八年：「以蘄州刺史鄭紳爲鄂州刺史、鄂岳蘄沔觀察使。」亦誤。「津」《廣記》、《七籤》作「聿」。

按：此篇原載張讀《宣室志》卷一，末云：「鄭君嘗傳其事，謂之《稚川記》。」文字頗詳，當據鄭仲《稚川記》原作而記，唯「有滎陽鄭仲與吴興沈津」以下乃改爲張讀轉述語。今自《宣室志》取出，屬之鄭仲。

鄭仲貞元中自長安出關途中見契虚，東回重至契虚舍而契虚已遁去，此後遂作此傳。考鄭貞元十六年刺蘄，十八年鎮鄂，永貞元年還京任職，觀其自長安出關過華山之狀，似非刺史身份，其見契虛當在貞元十六年前任職幕府期間，記即作於此時。

唐末道士杜光庭《神仙感遇傳》卷五採入此篇，題《僧契虛》。《神仙感遇傳》見《道藏》，殘存前五卷，本篇止於「雲物之外」，以下闕。《雲笈七籤》卷八二《遊稚川記》，取《神仙感遇傳》，爲全文。

唐五代傳奇集第二編卷六

趙旭

陳劭 撰

陳劭，生平不詳。記有貞元中事，約爲德宗時人。（據《通幽記》）

天水趙旭[一]，少孤介好學，有姿貌，善清言，習黄老之道。家於廣陵，嘗獨葺幽居，唯二奴侍側。嘗夢一女子，衣青衣，挑笑牖間。及覺[二]而異之，因祝曰：「是何靈異？願覩仙姿，幸賜神契。」夜半[三]，忽聞窗外切切[四]笑聲。旭知其神[五]，復祝之[六]，乃言[七]曰：「吾上界仙女也。聞君累德清素[八]，幸因寤寐，願託清風[九]。」旭驚喜[一〇]，整衣而起曰：「襄王巫山之夢，洞簫秦樓[一一]之契，乃今知之。靈鑒忽臨，忻歡交集。」乃迴[一二]燈拂席以延之。

忽有清香滿室，有一女，年可十四五[一三]，容範曠代，衣六銖霧綃之衣，躡五色連文之履，開簾而入。旭載拜[一四]，女笑曰：「吾天上青童[一五]，久居清禁，幽懷阻曠，位居末品，時有世念。帝罰我人間，隨所感配。以君氣質虛爽，體洞〔一六〕玄默，幸託清音，願諧神韻〔一七〕。」旭曰：「蜉蝣之質，假息刻漏，不意高真，俯垂濟度，豈敢妄興俗懷？」女乃笑曰：「君宿世有道，骨法應仙，然已名在金格〔一八〕，當相與〔一九〕吹洞簫於紅樓之上，撫雲璈〔二〇〕於碧落之中。」乃延坐，話《玉皇》、《内景》之事。夜鼓，乃令施寢具〔二一〕。旭貧〔二二〕無可施，女笑曰：「無煩仙郎。」乃命備寢内。須臾霧暗〔二三〕，食頃方收。其室中施設珍奇，非所知也〔二四〕。遂攜手入〔二五〕内，其瓌姿發越，希世罕儔〔二六〕。

夜深，忽聞外一女呼「青夫人」，旭駭〔二七〕以問之，答曰：「同宮女子相尋爾，勿應。」乃扣柱清歌〔二八〕曰：「月露飄飄星漢斜〔二九〕，獨行窈窕浮雲車。仙郎獨邀青童君〔三〇〕，結情羅帳連心花〔三一〕。」歌甚長，旭唯記兩韻。謂青童君曰：「可延入否？」答曰：「此女多言，慮洩吾事於上界耳。」旭曰：「設琴瑟者，由人調之，何患乎！」乃起迎之。見一神女在空中，去地丈餘許，侍女六七人，建九明蟠龍之蓋，戴金精舞鳳之冠，長裙曳風，璀璨心〔三二〕目。旭載拜邀之，乃下曰：「吾嫦娥女〔三三〕也。聞君與青君集會，故逋逃〔三四〕耳。」便入室。青君笑曰：「卿何已〔三五〕知吾處也？」答曰：「佳期不相告〔三六〕，誰過耶？」相與笑樂。旭喜悦，不知所裁〔三七〕，既同歡洽〔三八〕。將曉，侍女進曰：「雞鳴矣，巡人案之。」女曰：「命車〔三九〕。」答曰：「備矣。」約以後期，答曰：「慎勿言之世人，吾不相棄也。」及出户，有五雲車二乘，浮於空中。遂各登車訣别，靈〔四〇〕風颯然，凌虚而上，極目乃滅。旭不自意如此，喜悦交甚〔四一〕。自後〔四二〕但灑掃、焚名香，絶人事以待之。

隔數夕復來，來時皆先有清風肅然，異香從之，其所從仙女益多，歡娱日洽。爲旭致行廚珍膳，皆不可識，甘美殊常。每一食，經旬不饑，但覺體氣沖爽。旭因求長生久視之道，密受隱訣。其大抵如《抱朴子内篇》修行，旭亦精誠感通。又爲旭致天樂，有仙妓飛奏簷楹而不下，謂旭曰：「君未列仙品，不合正御，故不下也。」其樂唯笙簫琴瑟，略同人間，其餘並不能識，聲韻清鏘。奏訖而雲霧霏然，已不見矣〔四三〕。又爲旭致珍寶奇麗之物，乃曰：「此物不合令世人見。吾以卿宿世當仙，得肆所欲。然仙道密妙，與世殊途，君若洩之，吾不得來也。」旭言誓重疊。

後歲餘，旭奴盗琉璃珠鬻於市，適值胡人，捧而禮之，酧價百萬。奴驚不伏，胡人逼之而相擊。官勘之，奴悉陳狀。旭都未知〔四四〕。其夜女至，愴然無容曰：「奴洩吾事，當逝矣。」旭方知失奴，而悲不自勝。女曰：「甚知君心，然事亦不合長與君往來，運數然耳。自此訣别，努力修持，當速相見也。其大要以心死可以身生〔四五〕，保精可以致神。」遂留《仙樞龍席隱訣》五篇，内多隱語，亦指驗於旭，旭洞曉之。將旦而去，旭悲哽執手。女曰：「悲自何來？」旭曰：「在心所牽耳。」女曰：「身爲心牽，鬼道至矣。」言訖，竦身而上，忽不見，室中簾帷器具悉無矣，旭恍然自失。其後寤寐，彷彿猶尚往來。旭大曆初，猶在淮泗。或有人於益州見之，短小，美容範，多在市肆商貨，故時人莫得辨也。《仙樞》五篇，篇後有旭紀事，詞甚詳悉[四六]。（據中華書局版汪紹楹點校本《太平廣記》卷六五引《通幽記》校録）

〔一〕趙旭　宋末羅燁《新編醉翁談録》己集卷二《趙旭得青童君爲妻》下有「字子明」三字。按：《醉翁談録》多有增益，非盡原文。

〔二〕及覺　此二字下《醉翁談録》有「無見」二字。

〔三〕夜半　《醉翁談録》作「是夕，近一更許」，明胡文焕《稗家粹編》卷三《趙旭》作「夜後」。

〔四〕切切　《稗家粹編》作「巧」。

〔五〕旭知其神　《醉翁談録》作「子明知其異」。

〔六〕復祝之　《醉翁談録》作：「復祝之，曰：『果諧夙夢，願賜光臨。』」

〔七〕言　《醉翁談録》作「荅言」。

〔八〕累德清素　《醉翁談録》作「清絶」。

〔九〕清風　《醉翁談録》作「高風」。

〔一〇〕旭驚喜　《醉翁談録》作「子明當時」，連下讀。

〔一一〕樓　原作「女」，據《醉翁談録》改。

〔一二〕迴　《醉翁談録》作「燃」，《稗家粹編》作「點」。

〔一三〕十四五　《醉翁談録》作「十五六」。

〔一四〕載拜　《醉翁談録》、《稗家粹編》、馮夢龍《太平廣記鈔》卷八《青童君》、詹詹外史《情史類略》卷一九《青童君》作「再拜」。按：「載」通「再」。

〔一五〕青童　南宋周守忠《姬侍類偶》卷下《青童叩柱》引《通幽記》作「青童女」，《醉翁談録》作「青童君」。

〔一六〕體洞玄默　「洞」，《醉翁談録》作「同」。「玄默」，《廣記》明沈與文野竹齋鈔本、清孫潛校本作「默玄」。

〔一七〕願諧神韻　《醉翁談録》作「冀諧素韻」。

〔一八〕君宿世有道骨法應仙然已名在金格　《醉翁談録》作「君有仙風道骨，名在金格」，《廣記鈔》、《情史》作「君宿世有道骨，名在金格」，《稗家粹編》作「君夙世有道骨，名存金榜」。

〔一九〕當相與　原作「相當與」，據《醉翁談録》、《稗家粹編》、《廣記鈔》、《情史》改。

〔二〇〕璈　《醉翁談録》作「琴」。

〔二一〕寢具　《醉翁談録》作「寢席床帳之具」。

〔二二〕貧　《醉翁談録》作「辭」。

〔二三〕霧暗　《醉翁談録》作「雲霧藹鬱」。

〔二四〕其室中施設珍奇非所知也　《稗家粹編》「奇」作「麗」，「知」作「識」。《醉翁談録》作「見房内帳設珍麗，青紅間錯，非所識也」。

〔二五〕入　原作「於」，據《醉翁談録》、《稗家粹編》改。

〔二六〕儔　原作「傳」，據《醉翁談録》、《稗家粹編》改。

〔二七〕駭　《稗家粹編》作「驚」。

〔二八〕清歌　「清」字原無，據南宋王銍《補侍兒小名録》引《通幽記》補。

〔二九〕月露飄飄星漢斜　《補侍兒小名録》、《全唐詩》卷八六三青童《與趙旭叩柱歌》作「白雲飄飄星漢斜」，《姬侍類偶》引作「白雲飄飄星河斜」，南宋曾慥《類説》卷六〇《拾遺類總》作「月露飄飄星漢斜」（無出處），洪邁《萬首唐人絶句》卷六六同。

〔三〇〕君　北宋陳師道《后山詩注》卷一〇《雙櫻絶句》「連心稱意紅」任淵注引《太平廣記》作「會」。

〔三一〕連心花　《唐人絶句》「連」作「蓮」。《稗家粹編》作「心蓮花」。

〔三二〕心　《稗家粹編》作「奪」。

〔三三〕嫦娥女　《類説》作「娥媚」。明鈔本、孫校本、《醉翁談録》作「姮娥女」，姮娥即嫦娥。

〔三四〕逋逃　原作「捕逃」，據明嘉靖伯玉翁舊鈔本《類説》改。《醉翁談録》作「來奉賀」。

〔三五〕已　明鈔本、孫校本、《醉翁談録》、《稗家粹編》作「以」，張國風《太平廣記會校》據明鈔本、孫校本改。按：已，通「以」。

〔三六〕佳期不相告　《醉翁談録》作「好事天上知，然佳期不遠告」。

〔三七〕裁　原作「栽」，據《四庫全書》本、《醉翁談録》、《稗家粹編》、《廣記鈔》、《情史》改。按：裁，作爲。

〔三八〕既同歡洽　《醉翁談録》作「於是三人共同寢枕」。

〔三九〕車　《醉翁談録》作「直」。

〔四〇〕靈　《醉翁談録》作「清」。

〔四一〕喜悦交甚　《醉翁談録》作「歡悦交集」。

〔四二〕自後　此二字原無，據《醉翁談録》補。

〔四三〕「旭因求長生久視之道」至「已不見矣」《醉翁談録》作：「子明因求長生久遠之道，女笑曰：『仙郎，此即佳合，便是長生久視，更何求耶？』」

〔四四〕「奴驚不伏」至「旭都未知」　《醉翁談録》作：「言有此實者，可以絶粒輕身。問奴從何得之，奴具以告。」

〔四五〕身生　《類説》作「長生」。

〔四六〕「奴泄吾事」至「詞甚詳悉」　《醉翁談録》全爲增飾之詞，云：「『君奴洩吾事，不得與君久處。』遲明執別，哽咽悲酸，吟詩而去。詩曰：『與君宿世有仙緣，衾枕交歡豈偶然。十載爲期君記取，洞明山上鶴沖天。』趙子明酬以詩曰：『凡庸弱質感天仙，歡合交情僅一年。十載爲期專在念，莫忘歷歷枕前言。』果後十三年，於益州見子明，形容短小，如八九歲小兒模樣，行歌於市曰：『塵緣盡兮仙緣來，清風泠（按：通泠）然入我懷。青童仙君事已諧，洞明山上瑞雲埋。九月九日黄花開，仙人招我上天階，凌空雙鶴何快哉！』子明如此在階（按：當作街）上或出或没，經兩月餘，人知其異。至九月九日，只見洞明山上，仙霞飄飄，仙樂清響，雙鶴自朝至午，回翔于山頂之上。益州傾城登山觀之。須臾，見一神女自空而降招接，引趙子明各乘一鶴，白日昇天。異哉！」

按：陳劭《通幽記》見《崇文總目》小説類、《新唐書·藝文志》小説家類、《通志·藝文略》傳記類冥異著録，《新唐志》作一卷，餘作三卷，似作三卷爲是。《宋史·藝文志》小説類亦作三卷，撰人作陳邵，注：「一作『召』。」皆譌。原書已佚，《廣記》引有二十七條。《盧瑗》（《廣記》卷三六三）事在貞元九年（七九三），書成於此後，殆亦未出貞元中（貞元共二十一年）。

《通幽記》作品非全爲自撰，多篇有所依據或鈔録成文。《廣記》卷三三二所引《唐晅》，末稱「事見唐晅手記」，可見乃鈔自唐晅所記，故而將《唐晅手記》歸於唐晅名下。此篇末稱「《仙樞》五篇，篇後有旭紀事，詞甚詳悉」，實亦據趙旭自紀而作。但末節「旭大曆初，猶在淮泗」云云，乃非趙旭自紀口吻，當係陳劭據聞而記，故將此篇屬之陳劭。

本篇見引於《廣記》。《新編醉翁談録》己集卷二《趙旭得青童君爲妻》，亦即此篇，但文字多有增益鋪飾。《稗家粹編》卷三據《廣記》輯入，後半删削甚多。《情史》卷一九《青童君》亦取自《廣記》，末云「出淮泗《幽通記》」，誤。

妙女

陳劭撰

貞元〔一〕元年五月，宣州旌德縣崔氏婢，名妙女，年可十三四。夕汲庭中，忽見一僧，以錫杖連擊三下，驚怖而倒，便言心痛。須臾迷亂，針灸莫能知。數日稍間，而吐痢不息。及瘥，不復食，食輒嘔吐，唯餌蜀葵花及鹽茶。既而清瘦爽徹，顔色鮮華。方説初昏迷之際，見一人引乘白霧，至一處，宫殿甚嚴，悉如釋門西方部。其中天仙，多是妙女之族。言本是提〔二〕頭賴吒天王小女，爲洩天門間事，故謫墮人世，已兩生矣。賴吒王姓韋名寬，第大〔三〕，號上尊。夫人姓李，號善倫。東王公是其季父，名括，第八。妙女自稱小娘，言父與姻族同遊世間尋索，今於此方得見〔四〕。前所見僧打腰上，欲女吐瀉藏中穢惡俗氣，然後得昇天。天上居處華盛，各有姻戚及奴婢，與人間不殊。所使奴名群角，婢名金霄、偏條、鳳樓。其前生有一子，名逍遥〔五〕，見並依然相識。昨來之日，於金橋上與兒别賦詩，惟記兩句，曰：「手攀橋柱立，滴淚天河滿。」時自吟詠，悲不自勝。如此五六日病卧，敘先世事。

一旦，忽言上尊及阿母並諸天仙及僕隸等，悉來參謝，即託靈而言曰：「小女愚昧，落在人間，久蒙存邺，相媿無極。」其家初甚驚惶，良久乃相與問答，仙者悉憑之叙言。又曰：「暫借小女子之宅，與世人言語。」其上尊語，即是丈夫聲氣，善倫阿母語，即是婦人聲，各變其語。如此或來或往，日月漸久，談諧戲謔，一如平人。每來即香氣滿室，有時酒氣，有時蓮花香氣。後妙女本狀如故。忽一日，妙女吟唱。是時晴朗，空中忽有片雲如席〔六〕，徘徊其上。俄而雲中有笙聲，聲調清鏘。舉家仰聽，感動精神。妙女呼大郎復唱，其聲轉厲。妙女謳歌，神色自若，音韻奇妙清暢不可言，其〔七〕曲名《桑柳條》。又言：「阿母適在雲中。」如此竟日方散。

旬時，忽言：「家中二人欲有腫疾，吾代其患之。」數日後，妙女果背上脅下各染一腫，並大如杯，楚痛異常。經日，其主母見此痛苦，令求免之。妙女遂冥冥如卧，忽語令添香於鐘樓上，呼天仙懺念，其聲清亮，悉與西方相應。如此移時，醒悟腫消，須臾平復。後有一婢卒染病，甚困。妙女曰：「我爲爾白大郎，請兵救女。」即如睡狀。須臾却醒，言兵已到，急令灑掃，添香浄室。遂起，支分兵馬，匹配幾人於某處檢校，幾人於病人身上束縛邪鬼，其婢即瘥如故。言見兵馬形像，如筆畫神王，頭上着胡帽子，悉金鈿也。其家小女子見，良久乃滅。大將軍姓許名光，小將曰陳萬，每呼之，驅使部位甚多，來往如風雨聲。更旬時，忽言織女欲嫁，須往看之。又睡醒而説，婚嫁禮一如人間。言女名垂陵子，嫁薛氏，事多不備紀。

其家常令妙女繡，忽言今要暫去，請婢鳳樓代繡。如此竟日，便作鳳樓姿容，精神時異〔八〕。繡作巧妙，疾倍常時，而不與人言語，時時俛首笑。久之言却迴，即復本態，無鳳樓狀也。言大郎欲與僧伽和尚來看娘子，即掃室添香，煎茶待之。須臾遂至，傳語問訊。妙女忽笑曰：「大郎何爲與上人相撲？」此時舉家俱聞牀上踏蹴聲甚厲，良久乃去。有時言向西方飲去，迴遂吐酒，竟日醉卧。一夕，言將娘子一魂、小娘子一魂遊看去，使與善倫友言笑。是夕，娘子等並夢向一處，與衆人遊樂。妙女至天明，便問娘子夢中事，一一皆同。如此月餘絶食。忽一日悲咽而言：「大郎、阿母喚某歸，甚悽愴，苦言久在世間，戀慕娘子，不忍捨去。如此數日涕泣。又言：『不合與世人往來，汝意須住。』如之奈何！」便向空中辭别，詞頗鄭重，從此漸無言語。告娘子曰：「某相戀不去，既在人間，還須飲食。但與某一紅衫子着，及瀉藥。」如言與之，遂漸飲食。雖時説未來事，皆無應。

其有繁細，不能具録，其家紀事狀盡如此。不知其婢後復如何。（據中華書局版汪紹楹點校本《太平廣記》卷六七引《通幽記》校録）

〔一〕貞元　前原有「唐」字，乃《廣記》編纂者所加，今删。

〔二〕提　《太平廣記鈔》卷九、《五朝小説・唐人百家小説》傳奇家、清蓮塘居士《唐人説薈》第十二集、馬俊良《龍威秘書》四集、顧之逵《藝苑捃華》、蟲天子《香豔叢書》九集、民國俞建卿《晉唐小説六十種》之《妙女傳》作「題」，誤。按：提頭賴吒天王，佛經四大天王之一，在東方。

〔三〕第大　「第」原作「弟」，「弟」古「第」字。孫校本、《廣記鈔》、《唐人百家小説》、《唐人説薈》同治八年刊本卷一四、《龍威秘書》、《藝苑捃華》、《香豔叢書》、《晉唐小説六十種》作「第」，下文亦作「第」，今改。《唐人説薈》民國二年石印本誤作「第六」。按：第，行第。

〔四〕今於此方得見　《廣記鈔》、《唐人百家小説》、《唐人説薈》、《龍威秘書》、《藝苑捃華》、《香豔叢書》、《晉唐小説六十種》作「至此」，連上讀。

〔五〕逍遥　原作「遥」，據明鈔本補。

〔六〕席　孫校本作「緋席」。

〔七〕其　原作「又」，據《廣記鈔》、《唐人百家小説》、《唐人説薈》、《龍威秘書》、《藝苑捃華》、《香豔叢書》、《晉唐小説六十種》改。

〔八〕精神時異　孫校本作「神情特異」。

按：此篇亦非自作，乃據宣州旌德縣崔氏家所記妙女事狀而記，原文繁細，此當作删削隱括。《五朝小説・唐人百家小説》傳奇家、《唐人説薈》第十二集（同治八年刊本卷一四）、《龍威秘書》四集、《藝苑捃華》、《香豔叢書》九集、《晉唐小説六十種》、《舊小説》乙集等有《妙女傳》，即取自《廣記》，妄加撰人爲唐顧非熊。

竇凝妾

陳劭　撰

開元〔一〕二十五年，晉州刺史柳涣外孫女博陵崔氏，家于汴州。有扶風竇凝者，將聘焉，行媒備禮。而凝舊妾有孕，崔氏約遣妾後成禮，凝許之。遂與妾俱之宋州，揚舲下至車道口宿。妾是夕産二女，凝因其困羸斃之，實沙於腹，與女俱沈之。既而還汴，紿崔氏曰：「妾已遣去。」遂擇日結親。

後一十五年，崔氏産男女數人。男不育，女二人各長成〔二〕。永泰二年四月，無何，几〔三〕上有書一函。開見之，乃凝先府君之札也。言：「汝枉魂〔四〕事發，近在朞月，宜疾理家事。長女可嫁汴州參軍崔延，幼女嫁前開封尉李馹，並良偶也。」凝不信，謂其妻曰：「此狐狸之變，不足徵也。」更旬日，又於室内見一書：「吾前已示汝危亡之兆，又〔五〕何顛倒之甚也？」凝尚猶豫。明日，庭中復得一書，詞言哀切，曰：「禍起旦夕。」凝方倉惶。妻曰：「君自省如何？宜禳避之。」凝雖祕之，而實心憚妾事。

五月十六日午時，人皆休息。忽聞扣門甚急，凝心動，出候之，乃是所殺妾，盛粧飾，前拜凝曰：「別久安否？」凝大怖，疾走入内隱匿。其鬼隨踵至庭，見崔氏。崔氏驚問之，乃斂容自叙曰：「某是竇十五郎妾。凝欲娶娘子時，殺妾於車道口，並二女同命。但妾無負凝，而凝枉殺妾。凝欲娶妻，某自屏迹，奈何忍害某性命，以至於此！妾以賤品，十五餘年訴諸嶽瀆，怨氣上達，聞于帝庭。上帝降鑒，許妾復讎。今來取凝，不干娘子，無懼也。」崔氏悲惶請謝：「願以功德贖罪，可乎？」鬼厲色曰：「凝以命還命足矣，何功德而當命也？譬殺娘子，豈以功德可計乎？」詞不爲屈，乃罵凝曰：「天網不漏，何用狐伏鼠竄？」便升堂擒得凝，而嚙咬掐捩，宛轉楚毒，竟日而去，言曰：「汝未慮即死，且可受吾能事耳。」如是每日輒至，則啗嚼支體。其鬼或奇形異貌，變態非常。舉家危懼，而計無從出。並搏二女，不堪其苦。

于時有僧曇亮，頗善持呪。凝請之，置壇内閤。須臾鬼至，不敢升階，僧讓之曰：「鬼道不合干人，何至是耶？吾召金剛，坐見虀碎。」鬼曰：「和尚〔六〕事佛，心合平等，奈何掩義隱賊？且凝不〔七〕非理殺妾，妾豈干人乎？上命照臨，許妾讎凝，金剛豈私殺負冤者耶？」言訖登階，擒凝如初。崔氏令僧潛求聘二女，鬼知而怒曰：「和尚爲人作媒，得無怍乎？」僧慙而去。後崔氏、李氏聘女遁逃，而鬼不追，乃言曰：「吾長縛汝足，豈能遠耶？」

數年，二女皆卒。凝中鬼毒，發狂，自食支體，入水火，啗糞穢，肌膚焦爛，數年方死。崔氏於東京出家，衆共知之。（據中華書局版汪紹楹點校本《太平廣記》卷一三〇引《通幽記》校録）

〔一〕開元　前原有「唐」字，今删。

〔二〕長成　原作「成長」，據孫校本、《大明仁孝皇后勸善書》卷一七改。

〔三〕几　孫校本、《永樂大典》卷九七六二引《太平廣記》、《勸善書》作「机」。机，通「几」。

〔四〕枉魂　朝鮮成任編《太平廣記詳節》卷九作「構冤」。

〔五〕又　《勸善書》作「爾」。

〔六〕和尚　《廣記詳節》作「和上」，下同。按：和尚即和上，尚，上也。

〔七〕不　此字原無，據《廣記詳節》、《勸善書》補。

按：明梅鼎祚《才鬼記》卷三《竇凝妾》，末注《通幽記》，乃據《廣記》録入。

東巖寺僧

陳劭　撰

博陵崔簡，少敏惠，好異術。嘗遇道士張元肅，曉以道要，使役神物，坐通變化。天寶〔一〕二載如蜀郡，郡有吕誼者，遇簡而厚幣以遺，意有所爲。簡問所欲，乃曰：「有女絶代〔二〕，未嘗見人，閨帷之中，一夕而失。意者明公藴非常之術，願知所捕，瞑目無恨矣。」簡曰：「易耳。」即於别室夜設几席，焚名香以降神靈。簡令吕生伏劍於户，若胡僧來，可執之求女，慎無傷也。

簡書符呵之，符飛出，食頃間，風聲拔樹發屋。忽聞一甲卒進曰：「神兵備，願王所用。」簡曰：「主人某日失女，可捕來。」卒曰：「唯東山上人，每日以呪水取人，得非是乎？」簡曰：「若然，可速捕來。」卒去。須臾還曰：「東山上人聞之駭怒，將下金剛伐君，奈何？」簡曰：「無苦。」又書符飛之。倏忽有神兵萬計，皆奇形異狀，執劍戟列庭。俄而西北上見一金剛來，長數十丈，張目叱簡兵，簡兵俯伏不敢動。簡按〔三〕劍步於壇前，神兵忽隱，即見金剛走〔四〕矣，久之無所見。

忽有一物，猪頭人形，著豹皮小〔五〕褌，云：「上人願起居仙官。」簡踞坐而命之，紫衣胡僧趨入，簡讓曰：「僧盗主人女，安敢妄有役使？」初僧拒諱〔六〕，吕生忽於户間躍出，執而尤之。僧迫不隱，即曰：「伏矣。貧道行大力法，蓋聖者致耳，非僧所求。今即歸之，無苦相逼。向非仙官之命，君豈望乎？願令聖者取來。」俄頃，見猪頭負女至，冥然如睡。簡曰：「宜取井花水爲桃湯，洒〔七〕之即醒。」遂自陳云：「初睡中，夢一物猪頭人身攝〔八〕

去，不知行近遠。至一小房中，見胡僧相凌。問何處，乃云天上也，便禁閉無得出。是夜，有兵騎造門，猪頭又至，云崔真人有命，方得歸。然某來時，私於僧房門上塗少脂粉，有三指跡，若以此尋可獲。」

吕生厚遺簡，而陰求僧門所記。餘數月，遊東巖寺，入曲房，忽見指跡於門右扇，遽追之，僧宿昔已去，莫知所之。寺與吕生居處，可十里有餘耳。（據中華書局版汪紹楹點校本《太平廣記》卷二八五引《通幽記》校録）

〔一〕天寶　前原有「唐」字，今删。

〔二〕有女絶代　原作「繼代有女」，據明鈔本、孫校本改。

〔三〕按　此字原脱，據明鈔本、孫校本補。

〔四〕走　原作「駭」，據明鈔本改。

〔五〕小　原譌作「水」，據明鈔本改。

〔六〕諱　原作「詐」，據孫校本改。

〔七〕洒　原作「洗」，據明鈔本改。

〔八〕攝　孫校本作「抱」。

皇甫恂

陳劭　撰

皇甫恂，字君和，開元中授華州參軍。暴亡，其魂神若在長衢路中，夾道多槐樹。見數吏擁篲，恂問之，答曰：「五道將軍常於此息馬〔一〕。」恂方悟死耳。嗟歎而行，忽有黄〔二〕衣吏數人，執符，言天曹追。遂驅迫至一處，門闕甚崇，似上東門。又有一門，似尚書省門，門衛極衆。方引入，一吏曰：「公有官，須别通，且伺務隙耳。」恂拱立候之。須臾，見街〔三〕中人驚矍辟易，俄見東來數百騎，戈矛前驅，恂匿身牆門以窺。漸近，見一老姥，擁大蓋，策四馬，從騎甚衆。恂細視之，乃其親叔母薛氏也。恂遂趨出拜伏，自言姓名。姥駐馬，問恂是何人，都不省記。恂即稱小名，姥乃喜曰：「汝安得來此？」恂以實對。姥曰：「子姪中惟爾福最隆，來當誤耳。且吾近充職務，苦驅馳，汝就府相見也。」言畢遂過。逡巡，判官務隙命入，見一衣冠昂然，與之承迎。恂哀祈之，謂恂曰：「足下陽中有功德否？」恂對曰：「有之。」俛而笑曰：「此非妄語之所。」顧左右曰：「唤咼古瓦反割家〔四〕來。」恂甚惶懼。忽聞疾報聲：「王有使者來。」判官遽趨出，拜伏〔五〕受命。恂窺之，見一閹人傳命畢，方去，判官拜送門外。却入，謂恂：「向來大使有命，言足下未合來，所司誤耳。足下自見大使，便可歸也。」

數吏引去，西行三四里，至一府郡，旌旗擁門。恂被命入，仰視，乃見叔母據大殿，命上令坐，恂俯伏而坐，羽衛森然。旁有一僧，趺寶座，二童子侍側，恂亦禮〔六〕揖。叔母方叙平生委曲親族，誨恂以仁義之道，陳報應之事，乃曰：「兒豈不聞地獄乎？此即〔七〕其所也，須一觀之。」叔母顧白僧：「願導引此兒。」僧遂整衣，而命恂：「從我。」恂隨後行，北〔八〕一二里，遥望黑氣〔九〕自上屬下，煙漲不見其際。中有黑城，飛焰赫然。漸近其城，其黑氣即自去和尚丈餘而開。至城，門即自啓。其始入也，見左右罪人，被〔一〇〕剥皮吮血，砍刺糜碎，其叫呼怨痛，宛轉其間，莫究其數，楚毒之聲動地。恂震怖不安，求還。又北望一門，熾〔一一〕然炎火，和尚指曰：「此無間門也。」言訖欲歸，忽聞火中一人呼恂，恂視之，見一僧坐鐵牀，頭上有鐵釘釘其腦，流血至地。細視之，是恂門徒僧胡辨〔一二〕也。驚問之，僧曰：「生平與人及公〔一三〕飲酒食肉，今日之事，自悔何階。君今隨和尚，必當多福，幸垂救。」曰：「何以奉救？」僧曰：「寫《金光明經》一部，及於都市爲造石幢，某方得作畜生耳。」恂悲而諾之。遂迴至殿，具言悉見。叔母曰：「努力爲善，自不至是。」又曰：「兒要知官爵否？」恂曰：「願知之。」俄有黄〔一四〕衣抱案來，敕于廡下發視〔一五〕之，見京官至多，又一節言至〔一六〕太府卿，貶錦州刺史〔一七〕。其後掩之，吏曰：「不合知矣。」遂令二人送恂歸，再拜而出。出門後，問二吏姓氏，一姓焦，一姓王。

相與西行十餘里，有一羊三足，截路吼噉，駡徇曰：「我待爾久矣，何爲割我一脚？」徇實不省，且問之，羊曰：「君某年月〔一八〕日，向某縣縣尉廳上，誇能割羊脚。其時無羊，少府打屠伯，屠伯活割我一脚將去，我自此而斃，吾由爾而夭。」徇方省之，乃卑詞以謝，託屠者自明。焦、王二吏，亦同解紛。羊當路立，徇不得去，乃謝曰：「與爾造功德，可乎？」羊曰：「速爲我寫《金剛經》。」許之，羊遂喜而去。二吏又曰：「幸得奉送，亦須得同幸惠，各乞一卷。」並許之。更行里餘，二吏曰：「某只合送至此，郎君自尋此逕，更一二里，有一賣漿店，店旁斜路，百步已下，則到家矣。」遂別去。

徇獨行，苦困渴，果至一店，店有水甕，不見人。徇竊取漿飲，忽有一老翁大叫怒，持刀以趁〔一九〕，駡云：「盜飲我漿。」徇大懼却走，翁甚疾來，徇反顧，忽陷坑中，怳然遂活。而殯棺中，死已五六日。既而妻覺有變，發視之，緜緜有氣。久而能言，令急寫三卷《金剛經》。其夜，忽聞敲門聲，時有風欻欻然，空中朗言曰：「焦某、王某，蒙君功德，今得生天矣。」舉家聞之。更月餘，胡辨師自京來，徇異之，而不復與飲。其僧甚恨，徇於静處，略爲説冥中見師如此，師輒不爲之信。既而去至信州，忽患頂瘡，宿昔潰爛困篤。僧曰：「徇言其神乎！」數日而卒。徇因爲市〔二〇〕中造石幢，幢工〔二一〕始畢，其日市中豕生六子，一白色〔一二〕，自詣幢，環遶數日，疲困而卒。今幢見存焉。恂後果爲太府卿，貶錦州刺史而卒。

（據中華書局版汪紹楹點校本《太平廣記》卷三〇二引《通幽記》校録）

〔一〕馬　清陳鱣校宋本作「焉」。

〔二〕黄　《勸善書》卷二作「皂」。

〔三〕街　明鈔本作「衙」。

〔四〕咼割家　「咼」原作「閹」，明鈔本、陳校本、《勸善書》作「咼」。按：「閹」字下注「古瓦反」，明非「閹」字。《龍龕手鑑》口部：「古馬切。咼，割也。」咼割家，指後文所云被割脚之羊。下文云閹人傳命，蓋涉此而譌。據明鈔本等改。

〔五〕伏　此字原無，據明鈔本、陳校本、《勸善書》補。

〔六〕禮　原譌作「理」，據《勸善書》改。

〔七〕即　原作「則」，據孫校本改。

〔八〕北　原作「比」，據《勸善書》、日本沙門妙幢編《金剛般若經靈驗傳》卷中引《通幽記》改。

〔九〕氣　原作「風」，《四庫全書》本作「雲」，《勸善書》作「氣」。按：下文云黑氣，據《勸善書》改。

〔一〇〕被　原譌作「初」，據《勸善書》改。

〔一一〕熾　《勸善書》作「盛」。

〔一二〕辨　明鈔本作「辦」，陳校本作「辯」，下同。

〔一三〕及公　陳校本作「友善」。按：下文云「胡辨師自京來，恂異之，而不復與飲」，是則飲酒者有恂。

〔一四〕黄　《勸善書》作「青」。

〔一五〕視　《勸善書》作「示」。

〔一六〕至　此字原無，據明鈔本、孫校本補。

〔一七〕錦州刺史　「錦」原作「綿」，據《勸善書》改，下同。《勸善書》作「錦州勑吏」，「勑吏」連下讀，下文作「刺史」。按：《舊唐書》卷九五《惠善太子業傳》：開元十三年，「左遷皇甫恂爲錦州刺史」。錦州垂拱二年（六八六）分辰州置，治盧陽縣（今湖南懷化市麻陽苗族自治縣西南）。綿州隋置，治巴西縣（今四川綿陽市東）。

〔一八〕月日　「月」字原脱，據孫校本、《勸善書》補。《勸善書》無「日」字。

〔一九〕趁　《勸善書》作「逐」。

〔二〇〕市　陳校本、《勸善書》作「肆」，下文作「市」。

〔二一〕工　明鈔本、陳校本作「功」，《會校》據改。工，通「功」。

〔二二〕豕生六子一白色　《勸善書》作「豕生一子，五白色」，有誤。

李咸

陳劭撰

太原王容與姨弟趙郡李咸，居相、衛間。永泰中，有故之荆、襄，假公行乘傳，次鄧州，夜宿郵之廳。時夏月，二人各據一牀於東西間，僕隸息外舍，二人相與言論。將夕各罷息，而王生竊不得寐。

三更後，雲月朦朧，而王卧視庭木，蔭宇蕭蕭然。忽見廚屏間有一婦人窺覘，去而復還者再三。須臾出半身，緑裙紅衫，素顔奪目。時又竊見李生起坐，招手以挑之。王生謂李昔日有契，又心忖婦人是驛吏之妻奔淫〔一〕。王生乃佯寐，以窺其變。俄而李子起就婦人，相執於屏間，語切切然。久之，遂攜手大門外。王生潛行陰處〔二〕，遥覘之，二人俱坐，言笑殊狎。須臾，見李獨歸，行甚急，婦人在外屏立，以待。李入廚取燭，開出書笥，顔色慘悽，取紙筆作書，又取衣物等，皆緘題之。王生竊見之，直謂封衣以遺婦人，輒不忍〔三〕驚。伺其睡，乃擬掩執。封衣畢，置牀上却出，顧王生且睡，遂出屏，與婦人語。久之，把被俱入下廳偏院。院中有堂，堂有牀帳，供樹森森然。既入食頃，王生自度曰：「我往襲之，必同私狎。」乃持所卧枕往，潛欲驚之。比至入簾，正見李生卧於牀，而婦人以披帛絞李之頸，咯咯〔四〕然垂死。婦人白面，長三尺餘，不見面目，下按悉力以勒之。王生倉卒驚叫，因以枕投〔五〕之，不中，婦人遂走。王生乘勢奔逐，直入西北隅廚屋中，據牀坐，頭及屋梁，久之方滅。童隸聞呼聲悉起，見李生斃，七竅流血，猶心〔六〕稍煖耳。方爲招魂將養，及明而蘇。王生取所封書開視之，乃是寄書與家人，叙以辭訣，衣物爲信念，不陳所往，但詞句鄭重，讀之〔七〕惻愴。

及李生能言，問之，都不省記。但言髣髴夢一麗人，相誘去耳，諸不記焉。驛之故吏云，舊傳厠有神，先天中已曾殺一客使。此事王容逢人則説，勸人夜不令獨寐。（據中華書局版汪紹楹點校本《太平廣記》卷三三七引《通幽録》校録）

〔一〕又心忖婦人是驛吏之妻奔淫　原作「又必謂婦人是驛吏之妻」，據明鈔本改補。

〔二〕陰處　明鈔本、孫校本、陳校本「陰」作「蔭」，《會校》據改。按：陰處，暗處。

〔三〕忍　孫校本、陳校本作「甚」。

〔四〕咯咯　明鈔本、孫校本作「喀喀」。按：喀喀，嘔吐聲。《列子·説符》：「兩手據地而歐之，不出，喀喀然遂伏而死。」咯咯，意同。

〔五〕投　明鈔本、孫校本、陳校本作「擊」，《會校》據改。

〔六〕猶心　《四庫》本乙改作「心猶」。明鈔本「猶」作「唯」，《會校》據改。明冰華居士《合刻三志》志鬼類、舊題楊循吉《雪窗談異》卷七、清蓮塘居士《唐人説薈》第十五集《尸媚傳・李咸》「猶」作「獨」。

按：猶，只也。

〔七〕之　原作「書」，據明鈔本、《尸媚傳》改。

按：《合刻三志》志鬼類《尸媚傳》一卷，三條，託名唐張泌撰。又載《雪窗談異》卷七、《唐人説薈》第十五集（同治八年刊本卷一九），中有《李咸》，取自《廣記》。

唐五代傳奇集第二編卷七

盧仲海

陳劭 撰

大曆四年，處士盧仲海，與從叔纘客於吴。夜就主人飲，歡甚，大醉。郡屬〔一〕皆散，而纘大吐，甚困。更深無救者，獨仲海侍之。仲海性孝友，悉篋中之物藥以護之。半夜纘亡，仲海悲惶，伺其心尚煖，計無所出。忽思《禮》有招魂望反諸幽之旨〔二〕，又先是有方〔三〕士説招魂之驗，乃大呼纘名，連聲不息，數萬計。忽蘇而能言，曰：「賴爾呼救我。」

即問其狀，答曰：「我向被數吏引，言尹郎中〔四〕令邀迎。問其名，乃稱沔〔五〕。逡巡至宅，門閥甚峻，車馬極盛。引入，尹迎，勞曰：『飲道〔六〕如何？常思曩日被〔七〕酒縱思，忽承戾止，浣濯難申，故奉迎耳。』乃遥入，詣竹亭坐。客人皆朱紫，相揖而坐。左右進酒，杯盤炳曜，妓樂雲集。吾意且洽，都忘行李之事。中宴之際，忽聞爾喚聲，衆樂齊奏，心神已眩，爵行無數，吾殆〔八〕忘之。俄頃，又聞爾喚聲且悲，我心惻然。如是數四，且心不便，請辭。主人苦留，吾告以家中有急。主人暫放我來，當或繼請，授吾職事。吾向以〔九〕虚諾，及到此，方知是死。若不呼我，都忘身在此。吾始去也，宛然如夢。今但畏再命，爲之奈何？」仲海曰：「情之至隱，復無可行〔一〇〕。前事既驗，當復執用〔一一〕耳。」因〔一二〕焚香誦呪以備之。

言語之際，忽然又没〔一三〕。仲海又呼之，聲且哀厲激切。直至欲〔一四〕明方蘇，曰：「還賴爾呼我。我向復飲，至於〔一五〕酣暢，坐寮徑醉，主人方敕文牒，授我職。聞爾唤聲哀厲，依前惻怛。主人訝我不怡，又暫乞放歸再三，主人笑曰：『大奇。』遂放我來。今去留未訣，雞鳴興，陰物向息。又聞鬼神不越疆，吾與爾逃之，可乎？」仲海曰：「上計也。」即具舟，倍道併行而愈。（據中華書局版汪紹楹點校本《太平廣記》卷三三八引《通幽録》校録）

〔一〕郡屬　宋末沈氏《鬼董》卷四作「群賓」，疑是。

〔二〕招魂望反諸幽之旨　《鬼董》作「招魂望反之文」。

〔三〕方　原譌作「力」，據明鈔本改。

〔四〕尹郎中　原無「尹」字，據明鈔本、孫校本補。

〔五〕沔　原作「尹」，據孫校本改。明鈔本作「尹沔」，上文無「尹」字。

〔六〕飲道　明鈔本作「世道」，《會校》據改，誤。按：飲道，猶言飲事，道同茶道之道。

〔七〕被　原作「破」，疑誤，據明鈔本改。

〔八〕殆　原作「始」，據《鬼董》改。
〔九〕以　明鈔本作「已」。
〔一〇〕復無可行　《鬼董》「無」作「何」。明鈔本「行」作「言」，《會校》據改。
〔一一〕執用　《鬼董》作「執意」。
〔一二〕因　《鬼董》《説庫》本作「當」，《知不足齋叢書》本作「因」。
〔一三〕忽然又没　明鈔本作「溘然又歿」。
〔一四〕欲　明鈔本作「天」，《會校》據改。
〔一五〕於　明鈔本作「甘」。

按：《鬼董》多取唐傳奇成文，此篇載卷四，删去開首「大曆四年」，没其年代，以隱剿襲之迹。其餘文字亦微有删縮。

王垂

陳　劭　撰

太原王垂，與范陽盧收友善。大曆〔一〕初，嘗乘舟於淮浙往來〔二〕，至石門驛旁，見一婦人於樹下憩〔三〕，容色殊麗，衣服甚華，負一錦囊。王、盧相謂曰：「婦人獨息，婦囊可圖〔四〕耳。」乃彌〔四〕棹伺之。婦人果問曰：「船何適？可容寄載否？妾夫病在嘉興，今欲省之，足痛不能去。」二人曰：「虚舟且便，可寄爾。」婦人攜囊而上，居船之首。又徐挑之〔六〕，婦人正容曰：「蹔附，何得不正耶？」二人色怍。垂善鼓琴，以琴悦之，婦人顧盼〔七〕，美豔粲然。二人振蕩，乃曰：「娘子固善琴耶？」婦人曰：「少所習。」王生拱〔八〕琴以授，乃撫軫泛弄泠然。王生曰：「未嘗聞之，有以見〔九〕文君之誠心矣。」婦人笑曰：「委相如之深〔一〇〕也。」遂稍親合。其談諧慧辯不可言，相視感悦。

是夕，與垂偶會船前，收稍被隔礙，而深嘆慕。夜深，收竊探囊中物視之，滿囊髑髏耳。收大駭，知是鬼矣，而無因達於垂，聽其私狎，甚繾綣。既而天明，婦人有故蹔下〔一一〕。收告垂，垂大懾〔一二〕，曰：「計將安出？」收曰：「宜伏簣下。」如其言。須臾，婦人來，問：「王生安在？」收紿之曰：「適上岸矣。」婦人甚劇，委收而追垂。望之稍遠，乃棄囊〔一三〕於岸，併棹倍行。數十里外，不見來，夜藏船鬧處〔一四〕。半夜後，婦人至，直入船，拽垂。婦人頭四面有眼，腥穢甚〔一五〕，嚙咬垂，垂困。二人大呼，衆船皆助，遂失婦人。明日，得紙梳一枚〔一六〕於席上。垂數月而卒。（據中華書局版汪紹楹點校本《太平廣記》卷三三八引《通幽記》校録）

〔一〕大曆　前原有「唐」字，今刪。
〔二〕於淮浙往來　《鬼董》卷四作「商于淮浙」。
〔三〕於樹下憩　「憩」字原無，據明鈔本、孫校本、《永樂琴書集成》卷一七引《通幽記》補。《鬼董》作「立樹下」。
〔四〕婦囊可圖　明鈔本作「將有所適」。
〔五〕彌　孫校本、《琴書集成》、《鬼董》作「弭」，《會校》據孫校本改。按：彌，通「弭」，止也。
〔六〕又徐挑之　「又」《琴書集成》作「二人」。「徐」明鈔本作「以詞」。
〔七〕顧盼　此二字原無，據明鈔本、孫校本、《琴書集成》補。
〔八〕拱　明鈔本作「捧」，《會校》據改。按：拱，持也，執也。
〔九〕見　明鈔本作「卜」。
〔一〇〕深　《琴書集成》下有「況」字。按：況，通「貺」，惠顧。
〔一一〕有故蹔下　《鬼董》作「暫登厓」。
〔一二〕慴　明鈔本作「怖」，《會校》據改。按：慴，恐懼。
〔一三〕囊　此字原無，據明鈔本、孫校本、《琴書集成》、《鬼董》補。
〔一四〕鬧處　原作「處鬧」，據明鈔本、《筆記小説大觀》本、《琴書集成》、《鬼董》乙改。
〔一五〕婦人頭四面有眼腥穢甚　「頭」字原在「婦人」前，據孫校本、《琴書集成》改。《鬼董》作「婦人頭白，面有血腥，穢不可言」。

〔一六〕一枚　此二字原無，據《鬼董》補。

按：《鬼董》卷四取此文，多有删削。删去「大曆初」，有意隱没時代。

蕭遇

陳劭 撰

信州刺史蕭遇，少孤，不知母墓數十年。將改葬，舊塋在都。既至啓，乃悮開盧會昌墓。既而知其非，號慟而歸。聞河陽方士道華者，善召鬼，乃厚幣以迎。既至，具以情訴。華曰：「試可耳。」乃置壇潔誠，立召盧會昌至，一丈夫也，衣冠甚偉。華〔一〕呵之曰：「蕭郎中太夫人塋，被爾墓侵雜，使其迷悮。急當〔二〕尋求，不爾，當旦夕加罪。」會昌再拜曰：「某賤役者，所管地累土三尺，方十里，力可及，周外則不知矣。但管内無蕭郎中太夫人墓，當爲索之，以旦日爲期。」及朝，華與遇俱往□□〔三〕，行里餘，遥見會昌奔來，曰：「吾緣尋索，頗擾鬼神。今□□□使〔四〕按責甚急，二人可疾去。」言訖而滅。二人去之數百步，顧視，見青黑氣覆地，竟日乃散。既而會昌來曰：「吾爲君尋求，大受陰司譴罰，今計窮矣，請辭去。」華歸河陽，遇號哭，自是端居一室。

夜忽如夢中，聞户外有聲，呼遇小名，曰：「吾是爾母。」遇驚走，出户拜迎，見其母。母從暗中出，遇與相見，如平生。謂遇曰：「汝至孝動天，誠達星神，祇靈降鑒，令〔五〕我與汝相見，悲愴盈懷。」遇號慟久之。又嘆曰：「吾家孝子，有聞於天，雖在泉壤，甚爲衆流所仰。然孝子之感天達神，非惟毁形滅性，所尚由哀耳。」因與遇論幽冥報應之旨，性命變通之道。乃曰：「禍福由人，但可累德。上天下臨，實如影響。其有樹善不感者，皆是心不固〔六〕耳。」言叙久之，遇悲慰感激曰：「不意更聞過庭〔七〕之言，庶萬分不恨矣。」乃述迷悮塋域之恨〔八〕，乃曰：「吾來亦爲此。年歲寖遠，汝小，何由而知？吾墓上已有李五娘墓，亦已平坦，何可辨也？汝明日，但見烏鵲群集，其下是也。」又曰：「若護我西行，當以二魂輿〔九〕入關。」問其故，答曰：「爲叔母在此，亦須歸鄉。」遇曰：「叔母爲誰耶？」母曰：「叔母則是汝外婆，吾亦自呼作叔母。憐吾孤獨，嘗從咸陽來此伴吾。後因神祇隔絶，不得去，故要二魂輿耳。」言訖而去，倏忽不見。遇哀號待曉，即於烏鵲所集平地，掘之，信是李五娘墓，更於下得母墓，方得合葬。（據中華書局版汪紹楹點校本《太平廣記》卷三三八引《通幽記》校録）

〔一〕華　此字原無，孫校本此處有一闕字，明鈔本作「華」，據補。

〔二〕急當　原作「忽急」，孫校本作「忽當」，《四庫》本作「急急」。按：「忽」字當爲「急」字形譌，今改。明鈔本作「爾當」，《會校》據改。

〔三〕□□　明鈔本、孫校本有二闕字，據補。

〔四〕□□□使　原作「使」，三闕字據明鈔本、孫校本補，乃神鬼之使。

〔五〕令　原作「今」，據明鈔本改。

〔六〕固　原作「同」，據明鈔本、黄本、《四庫》本、《筆記小説大觀》本改。

〔七〕過庭　原作「過獎」，誤，據孫校本改。

〔八〕恨　明鈔本作「事」，《會校》據改。

〔九〕魂輿　明鈔本「輿」作「與」，誤。按：魂輿，即魂車。《儀禮·既夕禮》「薦車直東榮北輈」鄭玄注：「薦，進也。進車者，象生時將行陳駕也。今時謂之魂車。」賈公彦疏：「以其神靈在焉，故謂之魂車也。」《文選》卷二八陸機《挽歌詩三首》其三：「魂輿寂無響，但見冠與帶。」張銑注：「魂輿，魂車也，中有平生冠帶也。」

盧頊

陳劭　撰

貞元六年十月〔一〕，范陽盧頊家於錢塘。妻弘農楊氏，其姑王氏，早歲出家，隸邑之安養寺，項宅於寺之北里。有家〔二〕婢曰小金，年可十五六。項家貧，假食於郡内郭西堰。堰去其宅數十步，每令小金於堰主事。常〔三〕有一婦人，不知何來，年可四十餘，著瑟瑟裙，蓬髮，曳漆履，直詣小金坐，自言姓朱，第十二。久之而去，如是數日。時天寒，小金爇火以燎。須臾，婦人至，顧見牀下炭，怒謂小金曰：「有炭而焚煙薰我，何也？」舉足踏火，火即滅，以手批小金，小金絶倒於地。小金有弟，年可四五歲，在傍大駭，馳報於家。家人至，已失婦人，而小金瞑〔四〕然如睡，其身殭强〔五〕如束。命巫人祝〔六〕之，釋然，如是〔七〕具陳其事。居數日，婦人至，抱一物如狸狀，而尖觜捲尾，尾類犬，身斑似虎，謂小金曰：「何不食我猫兒？」小金曰：「素無爲之〔八〕，奈何〔九〕？」復批之，小金又倒，火亦撲滅。童子奔歸以報，家人至，小金復瞑然。又祝之，隨而愈，自此不令之堰。

後數日，令小金引船於寺迎外姑。船至寺門外，寺殿後有一塔，小金忽見塔下有車馬，朱紫甚盛，竚立而觀之，即覺身不自制。須臾，車馬出，左右辟易，小金遂倒。見一紫衣人策馬，問小金是何人，旁有一人對答，二人舉扶階上〔一〇〕，不令損。紫衣者駐馬，促後騎曰：「可速行，冷落他筵饌〔一一〕。」小金問傍人曰：「行何適？」人曰：「過大雲寺寺主家耳。」須臾，車馬過盡。其院中人來，方見小金倒於堦上，復驚異載歸，祝酹之而醒。

是夕冬至除夜，盧家方備粢盛〔一二〕之具，其婦人鬼倏閃於牖户之間〔一三〕，以其鬧，不得入。盧生以二虎目，繫小金左右臂。夜久，家人怠寢，婦人忽曳[一四]小金驚叫。婦人怒曰：「還「作餅子，何不啖我？」家人驚起，小金乃醒，而左臂失一虎目。忽窗外朗[一五]言：「還你！」遂擲窗有聲。燭之，果得。後數日視之，帛裹乾茄子，不復虎目矣。冬至方旦，有女巫來坐[一六]，話[一七]其事未畢，而婦人來，小金即瞑然。其女巫[一八]甚懼，方食，遂筴[一九]一枚餺飩，置户限上，祝之。於時小金忽[二〇]笑曰：「笑朱十二喫餺飩，以兩手拒[二一]地，合面於餺飩上吸之。」盧生以古鏡照之，小金遂泣，言：「朱十二母在鹽官縣[二二]，若得一頓餺飩，及顧船錢，則不復來。」盧生如言，遂訣别而去。方欲焚錢財之時，已見婦人背上負錢，焚畢而去，小金遂釋然。

居間者[二三]，小金母先患風疾，不能言，忽於[二四]廚中應諾，便入房，切切然語，出大門。良久，摳衣闊步而入，若人騎馬狀，直至堂而拜曰：「花容起居。」其家大驚，花容即楊氏家舊婢，死來十餘年，語聲行動酷似之。乃問花容何得來，答曰：「楊郎遣來，傳語娘子，别久好在。要小金母子，故遣取來[二五]。」楊郎盧生舅也[二六]，盧生具傳，懇辭以留，受語而出門[二七]。久之，復命[二八]曰：「楊郎見傳語，切令不用也，急作紙人代之。」依言剪人，題其名字，焚之。又言：「楊郎在安養寺塔上，與楊二郎雙陸。」盧[二九]問：「楊二郎是何人？」答曰：「神人耳。又有木下三郎，亦在其中。」又問：「小金前見車馬何人？」曰：「此是精魅耳。」又問：「婦人何鬼？」曰〔三〇〕：「本是東鄰吴家阿嫂朱氏，平生苦毒，罰作蛇身。今在天竺寺楮樹中，有穴，久而能變化通靈〔三一〕，故化作婦人。」又問：「既是蛇身，如何得衣裳著？」答曰：「向某家塚中偷來。」又問：「前抱來者是何物？」言野狸，遂辭去。即酌一杯令飲，飲訖，更請一杯，與門前鑊八。問：「鑊八是何人？」云是楊二郎下行官。又問：「楊二郎出入如此，人遇之皆禍否？」答曰：「如他楊二郎等神物，出入如風如雨，在虚中，下視人如螻蟻然，命衰者則自禍耳，他亦無意〔三二〕焉。」言訖而去，至門方醒，醒後問之，皆不知也。

後小金夜夢一老人，騎大獅子，獅子如文殊所乘，毛彩奮迅，不可視，旁有二崑崙奴操轡。老人謂小金曰：「吾聞爾被鬼物纏繞，故萬里來救。汝是衰厄之年，故鬼點爾作客。云〔三三〕以取錢應點而已，渠亦自得錢。汝若不值我來，至四月，當被作土户，汝則不免死矣。汝於某日拾得繡佛子否？」小金曰：「然。」曰〔三四〕：「汝看此樣，繡取七軀佛子，七口幡子。」言訖，又曰：「作八口，吾誤言耳。八口，一伴四口。又截頭髮少許贖香，以供養之，其厄則除矣。」小金曰：「受教矣。今苦腰背痛，不可忍，慈悲爲除之。」老人曰：「易耳。」即令崑崙奴向前，令展手，便於手掌摩指，則如墨〔三五〕染指上，便背上點二灸處。小金方醒，具説其事，即造佛及幡。視背上，信有二點處，遂灸之，背痛立愈。

盧頊秉志剛直，不信其事，又罵之曰：「焉有聖賢來救一婢？此必是鬼耳。」其夜，又夢老人曰：「吾哀爾疾危〔三六〕，是以來救。汝愚郎主，却唤我作鬼魅也，吾亦不計此事。汝至四月，必作土户。然至三月末，當須出〔三七〕杭州界以避之矣。夫鬼神所部，州縣各異，亦猶人之〔三八〕有逃户。」小金曰：「於餘杭可乎？」老人曰：「餘杭亦杭州耳，何益也！」又曰：「嘉興可乎？」曰：「可。」老人曰：「汝於嘉興投誰家？」答曰：「某家有親，欲投之。」老人曰：「某家有孝〔三九〕，汝今避鬼，還投鬼家，何益也！凡孝有靈筵，神道交通，他則知汝所在。汝投吉人家，則可矣。又臨發時，脱汝所愛惜衣一事，剪去身，留領縫襟帶，餘處盡去之，縛一草人衣之，著宅之陰闇處，汝則易衣而潛去也。」小金曰：「諾。聖賢前度灸背，當時獲愈，今尚苦腰痛。」老人曰：「吾前不除爾腰者，令爾知有我耳。汝今欲除之耶？」復於崑崙手掌中研墨，點腰間一處而去。悟而驗之，信有點跡，便灸之，又差。其後婦人亦不來矣。至三月盡，如言潛之嘉興，自後無事。頊宣言於衆人，猶有廢志〔四〇〕。

（據中華書局版汪紹楹點校本《太平廣記》卷三四〇引《通幽録》校録）

〔一〕貞元六年十月　《合刻三志》志鬼類、《雪窗談異》卷七、《唐人説薈》第十五集《尸媚傳》删略作「貞元中」。

〔二〕家　明陸楫《古今説海》説淵部别傳六十二《小金傳》作「佳」。

〔三〕常　《唐人説薈》作「嘗」。

〔四〕瞑　明鈔本作「昏」。

〔五〕强　《説海》作「仆」。

〔六〕祝　原作「祀」，《太平廣記鈔》卷五六、《四庫》本《説海》、《尸媚傳》作「祝」。按：下文云「又祝之」，當作「祝」，據改。下文「祝酹之而醒」，「祝」原作「祀」，亦據《四庫》本《説海》改。

〔七〕釋然如是　《尸媚傳》作「良久方醒」。

〔八〕之　明鈔本作「備」。

〔九〕奈何　明鈔本作「婦怒」，《會校》據改。

〔一〇〕上　孫校本作「下」。

〔一一〕冷落他筵饌　談愷刻本原作「冷□地筵饌」，汪校本據明鈔本補改。按：冷落他筵饌，意謂人家（大雲寺寺主）準備了酒菜，不要冷落了人家。《尸媚傳》「冷落」作「莫冷」。黄本、《四庫》本、《筆記小説大觀》本作「冷浄地筵饌」，《會校》據改。浄地指佛寺。

〔一二〕方備粢盛　明鈔本作「盛備菜蔬」。

〔一三〕其婦人鬼倏閃於牖户之間　「其」《説海》作「見」。明鈔本作「其婦人倏忽閃於户牖之間」，《會校》據改。

〔一四〕曳　明鈔本作「至」，《會校》據改。

〔一五〕朗　原作「即」，據孫校本、《説海》改。明鈔本作「大」，《會校》據改。

〔一六〕女巫來坐　明鈔本作「偶與傳婦人來坐」，孫校本作「通傳婦人求坐」。按：通傳婦人即女巫。通傳，交通鬼神而傳達消息。明鈔本脱「通」字。

〔一七〕話　明鈔本作「詰」。

〔一八〕女巫　明鈔本作「□傳婦人」，孫校本作「女通傳婦人」。

〔一九〕筴　《説海》作「挾」，《唐人説薈》作「夾」，義同。

〔二〇〕忽　此字原無，據明鈔本、孫校本、《説海》補。

〔二一〕拒　明鈔本作「據」，《會校》據改。按：拒，抵也，撑也。

〔二二〕縣　明鈔本作「場中」。

〔二三〕居間者　《説海》「居」作「爲」。按：《孟子·滕文公上》：「夷子憮然爲間曰：『命之矣。』」趙岐注：「爲間者，有頃之間也。」居間、爲間，義同。《尸媚傳》、《廣記鈔》作「居有間」。

〔二四〕於　孫校本、《説海》作「然」。

〔二五〕取來　《尸媚傳》作「來取」。

〔二六〕楊郎盧生舅也　此句原錯在「别久好在」下，據《尸媚傳》移改。

〔二七〕盧生具傳懇辭以留受語而出門　《唐人説薈》作「盧生具言不可狀，受語出門」。

〔二八〕命　明鈔本作「來」。

〔二九〕盧　原作「又」，據明鈔本改。

〔三〇〕又問婦人何鬼曰　此七字原無，據《尸媚傳》補。

〔三一〕通靈　明鈔本作「神通」，《尸媚傳》作「精靈」。

〔三二〕意　明鈔本作「異」，疑譌。

〔三三〕云　《尸媚傳》作「去」。

〔三四〕曰　此字原無，據《四庫》本、《説海》補。

〔三五〕墨　原作「黑漆」，孫校本作「黑」，《四庫》本作「墨漆」，《説海》作「墨」。按：觀下文云「復於崑崙手掌中研黑」，《説海》「黑」亦作「墨」，既曰「研」，必是墨也。據改，下同。

〔三六〕危　明鈔本作「厄」。

〔三七〕須出　明鈔本作「潛至」。

〔三八〕之　此字原無，據孫校本、《説海》補。

〔三九〕某家有孝　「有」原作「是」，據明鈔本改。《説海》作「其家有喪」。按：此處「孝」指戴孝，亦即服喪、居喪。下句「孝有靈筵」之「孝」，《説海》作「喪家」。

〔四〇〕項宣言於衆人猶有廢志　此二句原無，據孫校本、明鈔本補。明鈔本「廢」作「□」。

按：《古今説海》説淵部别傳六十二《小金傳》，即《廣記》此篇，而自製篇名，未著撰人。《合刻三志》志鬼類、《雪窗談異》卷七、《唐人説薈》第十五集《尸媚傳》，託名唐張泌撰，中有小金事，取自《廣記》，略有删改。

李哲

陳劭撰

貞元[一]四年春，常州録事參軍李哲，家於丹陽縣東郭。去郭[二]五里有莊，多茅舍。晝日無何，有火自焚，救之而滅。視地有[三]麻屨跡廣尺餘，意爲盜，索之無狀。旬時屢災而易撲滅[四]，方悟其妖異。後乃有投擲空間，家人怖悸，輒失衣物。有乳母阿万[五]者，性通鬼神，常見一丈夫，出入隨之，或爲胡形，鬚髯偉然，羔裘貂帽，間以朱紫，倏閃去[六]來。方祝哲弟浼[七]習《春秋》於閤，阿万見胡人竊書一卷而去，馳報浼[八]，浼閲書，欠一卷。方祈之，須臾書復帙中，亦無損污。李氏患之，意其庭竹聳茂，鬼魅可棲，潛議伐去之，以植桃。忽於庭中得一書，云[九]：「聞君議伐竹種桃，實爲良籌[一〇]。州下粟方賤，一船竹可貿一船粟，幸速圖之。」其筆札不工，紙方數寸。哲兄子士温、士儒，並剛勇，常罵之，輒失冠履。後稍祈之，而歸所失。復投書曰：「惟聖罔念作狂，唯狂克念作聖，君始罵我而見祈，今並還之。」書後言「墨荻君狀」。

居旬，鄰人盜哲犬，殺而食之。事發，又得一書曰：「里仁爲美，擇不處仁，焉得智？」數旬之後，其家失物至〔一一〕多，家人意其鬼爲盜，又一書言：「劉長卿詩曰：『直氏偷金枉。』君謂我爲盜，今既得盜，如之何？」士溫、士儒竟〔一二〕扞禦之。是夏夜，士溫醉卧，背燭牀頭，見一丈夫，自門直入，不虞〔一三〕有人，因至燭前。士溫忽躍身擒之，果獲，燭亦滅，於暗中扞禦盡力。久之，喀喀有聲，燭至漸堅，是一〔一四〕瓦。瓦背畫作眉目，以紙爲頭巾，衣一小兒衣，又以婦人披帛，纏腰〔一五〕數匝，方結之。李氏遂釘於柱，碎之。數日外，有婦人喪服哭於圃，言：「殺我夫。」明日哭於庭。乃投書曰：「諺所謂『一雞死，一雞鳴』。吾屬百户，當相報耳。」如是往來如初。嘗取人衣著中庭樹，扶疏〔一六〕，莫知所由也，求而遂解之。又以大器物投小器中，出入不礙。旬時，士儒又張燈，見一婦人外來，戲燭下，復爲士儒擒焉。扞力良久，撥而硬，燭之，亦瓦而衣也，遂末〔一七〕之。而明日復有其類哀哭。常畏二〔一八〕姪，呼爲二郎。二郎至，即不多來。

李氏潛欲徙其居，而得一書曰：「聞君欲徙居，吾已先至其所矣。」李氏有二老犬，一名韓兒，一名猛子〔一九〕，自有此妖，不復食，常摇尾戲於空暗處，遂斃之。自後家中有竊議事，魅莫能知。又〔二〇〕一書：「自無韓大、猛二，吾屬無依。」又家人自郭返，至其里，見二丈夫於道側，迎問家人曰：「聞爾家有怪異，若之何？」遂以事答。及行，顧〔二二〕已不見。李氏於潤州迎山人韋士昌，士昌以符〔二三〕置諸瓦橿間，以壓之。鬼書至曰：「符至聖也，而置之屋上，不亦輕爲？」士昌無能爲，乃去。聞淮楚有衛生者，久於呪術，乃邀之。衛生至，其鬼頗憚之，其來稍疏。衛生乃設道場，以考召，置箱於壇〔二三〕中。宿昔箱中得一狀，狀件所失物，云：「若干物已貨訖，得錢若干，買果子及梳子等食訖，其餘若干，並送還。」驗其物，悉在箱中。又言：「失鐺子，某實不取，請問諸水濱。」狀言狐狢〔二四〕等狀。自此更不復來。異日，於河中果得鐺子，乃驗水濱之說也。（據中華書局版汪紹楹點校本《太平廣記》卷三六三引《通幽記》校録）

〔一〕貞元　前原有「唐」字，今删。
〔二〕郭　此字原無，據孫校本補。明鈔本作「郡」，指常州城。
〔三〕有　此字原無，據明鈔本、孫校本補。
〔四〕滅　此字原無，據孫校本補。
〔五〕万　明鈔本作「方」，下同。
〔六〕去　原作「出」，據孫校本改。明鈔本作「往」。
〔七〕弟浼　原作「晚」，據明鈔本、孫校本改。

〔八〕浼　原作「哲」，據明鈔本、孫校本改，下句同。

〔九〕云　此字原無，據明鈔本補。

〔一〇〕實爲良籌　原作「盡爲竹籌」，據孫校本改。

〔一一〕至　孫校本作「甚」，《會校》據改。按：至，甚也，極也。

〔一二〕竟　明鈔本作「競」，《會校》據改。按：竟，一直。

〔一三〕虞　明鈔本作「悟」。

〔一四〕一　明鈔本、孫校本作「半」，《會校》據改。

〔一五〕腰　原作「頭」，據孫校本改。明鈔本作「頭腰」。

〔一六〕扶疏　孫校本前原有「樹」字，《會校》據補。按：「樹」字衍。扶疏，回旋飄拂之狀，言樹上衣也。《文選》卷一八嵇康《琴賦》：「忽飄摇以輕邁，乍留聯而扶疏。」李善注：「言扶疏四布也。」

〔一七〕末　明鈔本作「焚」，《會校》據改，誤。按：末即碎爲粉末，猶前文之「碎之」。瓦何得焚之！

〔一八〕二　原作「三」，據明鈔本、孫校本、《四庫》本改。

〔一九〕猛子　孫校本作「老猛子」，《會校》據補「老」字。

〔二〇〕又　原作「之」，屬上讀，據孫校本改。

〔二一〕顧　明鈔本作「忽」。

〔二二〕符　明鈔本作「佛」，下同，《會校》據改。

〔二三〕壇　孫校本作「埸」，《會校》據改。按：道場當設壇，以作法。

〔二四〕㺐　原作「㺒」，據明鈔本改。㺐即山㺐，又作山臊。

韋諷女奴

陳劭　撰

韋諷〔一〕家于汝潁，常虛默，不務交〔二〕朋。誦習時暇，緝園林，親稼植。小童薙草鋤地，見人髮，鋤漸深漸多而不亂，若新梳理之狀。諷異之，即掘深尺餘，見婦人頭，其肌膚容〔三〕色，儼然如生。更加鍬鍤，連身皆全〔四〕，唯衣服隨手如粉。其形氣漸盛，少頃〔五〕能起，便前再拜，言曰：「某〔六〕是郎君祖之女奴也，名麗容〔七〕。初無〔八〕過，娘子多妬，郎不在，便生埋於園中，託以他事亡去，更無外人知。某初死，被二黑衣人引去，至一處，大闕廣殿，責勇甚嚴。拜其王，略問事故，黑衣人具述端倪，某亦不敢訴娘子。須臾，引至一曹司，見文案積屋，吏人或三〔九〕或五，檢勘案集〔一〇〕。某初〔一一〕一吏執案而問，檢案，言某命未合死，以娘子因妬非理强殺，冥〔一二〕斷減娘子十一年禄以與某。又經一判官按問，其事亦明。判官尋別有故，被罰去職，某案便被寢絕，九十餘年矣，彼此散行。昨〔一三〕忽有天官，來搜求幽繫冥司積滯者，皆決遣，某方得處分。如某之流，亦甚多數，蓋以下賤之人，冥官不急故也。天官一如今之道士，絳服朱冠，羽騎隨從。方決幽滯，令某重生，亦不失十一年禄。」

諷問曰：「魂既有所詣，形何不壞？」答曰：「凡事未了之人，皆地界主者以藥傅之，遂不至壞。」諷驚異之，乃爲沐浴易衣，貌如二十許來〔一四〕。其後潛〔一五〕道幽冥中事，無所不至，諷亦洞曉之。常曰：「修身累德，天報以福。神仙之道，宜勤求之。」數年後，失諷及婢所在。親族於其家得遺文，紀再〔一六〕生之事。時武德二〔一七〕年八月也。（據中華書局版汪紹楹點校本《太平廣記》卷三七五引《通幽記》校録）

〔一〕韋諷　前原有「唐」字，今删。
〔二〕交　明鈔本、孫校本作「友」，《會校》據改。
〔三〕容　孫校本作「形」。
〔四〕連身皆全　「皆」原作「背」，《四庫》本改作「臂」。孫校本作「連見皆全」，「見」字當爲「身」之形譌，「皆」則是也，據改。
〔五〕少頃　原無「少」字，據明鈔本補。
〔六〕言曰某　原作「言是」，據宋王銍《補侍兒小名録》引《會昌解頤集》、周守忠《姬侍類偶》卷下引《通幽記》改。

〔七〕麗容　《小名録》、《姬侍類偶》作「麗質」。《廣豔異編》卷一八、《續豔異編》卷一七、《情史類略》卷一〇作「麗春」。

〔八〕無　原作「有」，據明鈔本改。

〔九〕三　原作「二」，據明鈔本、孫校本、《四庫》本改。

〔一〇〕檢勘案集　原作「檢尋甚鬧」，孫校本作「檢尋甚鬧集」，據明鈔本改。

〔一一〕初　明鈔本作「見」，《會校》據改。

〔一二〕冥　原作「其」，據明鈔本、孫校本改。《廣豔異編》作「因」。

〔一三〕昨　明鈔本作「昨日」，《會校》據補「日」字。

〔一四〕許來　明鈔本「來」作「人」，《會校》據改。按：許來，表示約數。

〔一五〕潛　明鈔本作「歷」，《會校》據改。

〔一六〕再　原作「在」，當爲「再」字之譌，今改。《筆記小説大觀本》改作「再」。

〔一七〕二　明鈔本作「三」。

按：《補侍兒小名録》引「韋諷」、「開元士人」二事，「韋諷」事末注出處，「開元士人」末注「已上《會昌解頤集》」，乃以「韋諷」出自《會昌解頤集》（即《會昌解頤録》，又稱《會昌解頤》）。《姬侍類偶》卷下亦引，文同《小名録》，但注作《通幽記》。《小名録》「韋諷」條前爲「趙旭」條，注《通幽記》，疑此條當亦屬《通幽記》，而下條「開元士人」所注「已上」有誤。據篇末所言，此篇蓋據韋諷遺文而作，此正《通幽記》多採他作之體，其出陳劭書，當無疑也。《廣豔異編》卷一八自《廣記》採入，題《麗春》。《續豔異編》卷一七《麗春》，乃據《廣豔異編》概括大意而成。《情史類略》卷一〇略載其事，亦題《麗春》。

王掄

陳劭 撰

天寶十一年，朔方節度判官、大理司直王掄，巡至中城，病死，凡一十六日而蘇。初疾亟，屬纊之際，見二人追去，恍惚以爲人間，不知其死也。須臾入大城門，見朔方節度李林甫，相見拜揖，以爲平生時也。又見李邕、裴敦復數人，於一府庭，言責林甫命〔一〕，掄方悟死耳。林甫手持紙筆，與邕等辨對。俄而見其案，冥司斷曰：「林甫死後破家，楊國忠代爲相。」其冬，林甫死，楊國忠果代之。掄兄攝，亡已六年，時見之。攝云：「爾未當死，若得錢三千貫，即重生也。」掄家在西定遠〔二〕，去中城數百里。便見一山，下有崎嶇小道，馳歸其家。斯須至〔三〕，升堂告妻曰：「我已死矣，若得錢三千貫，即再生。」其夕，舉家咸聞窗牖間窣然有物聲，犬亦迎吠。既明，其妻泣言夢掄已死，求錢三千貫。即取紙剪爲錢財，召巫者焚之。掄得之，即與人間錢不殊矣。

冥中無晝夜，長如十一月、十二月太〔四〕陰雪時。有鬼王，衣紫衣，決罪福，判官數十人。其定罪以負心爲至重，其被考理者，多僧尼及衣冠。掄在生時無他過，及定罪，唯舉食肉〔五〕。旁見小吏〔六〕曰：「此人雖食肉，不故殺。然食肉者信罪矣，殺而食之，罪又甚焉。」掄未病時，曾解衣寫《金光明經》，手自封裹，置於佛堂内。及冥中，以此業〔七〕得見地藏菩薩，曰〔八〕：「汝由此善，當得更生。」即令取經，經即掄所封裹之經也。鬼王、判官數人，皆平生相友善，相見恍惚，不敘故〔九〕。亦見其先府君、夫人，拜伏之後，都無問訊，如不相識。又見諸先亡兄弟，亦無兄弟情。兄攝近亡，相睦如生，當以日近故也。至其視事之所，見親故有富〔一〇〕貴及壽夭，皆宿命先定，不可移改。俄而放歸，有一吏曰：「君有禄及壽，然此中之事，必不得洩之。」言畢，奄然而活，亡已十六日也。（據中華書局版汪紹楹點校本《太平廣記》卷三七九引《通幽記》校録）

〔一〕林甫命　明鈔本作「李林甫」。

〔二〕西定遠　明鈔本無「西」字。按：定遠，城名，唐時於此設軍，在今寧夏平羅縣南，以其在西，故此稱西定遠。《新唐書·方鎮表一》載：開元九年（七二一）置朔方軍節度使，治靈州（治今寧夏靈武市西南），領單于大都護府，夏、鹽、綏、銀、豐、勝六州，定遠、豐安二軍，東、中、西三受降城。前文云「巡至中城」，下文云「去中城數百里」，中城即中受降城，在今内蒙古包頭市西。中城至定遠城直綫距離約五六百里。

〔三〕至　原作「而」，據明鈔本、孫校本改。

〔四〕太　《合刻三志》志鬼類、《唐人説薈》第十五集、《龍威秘書》四集、《晉唐小説六十種》之《再生記·王掄》作「大」。

〔五〕食肉　下原有「罪」字，據《合刻三志》、《唐人説薈》、《龍威秘書》、《晉唐小説六十種》删。

〔六〕見小吏　《合刻三志》、《唐人説薈》、《龍威秘書》、《晉唐小説六十種》作「一吏」。

〔七〕業　《合刻三志》、《唐人説薈》、《龍威秘書》、《晉唐小説六十種》作「善」。

〔八〕曰　此字原無，據明鈔本補。

〔九〕不叙故　明鈔本作「若不相知」，《會校》據改。按：不叙故，謂不叙舊情。

〔一〇〕富　原譌作「當」，據孫校本改。

按：《合刻三志》志鬼類、《唐人説薈》第十五集（同治八年刊本卷一八）、《龍威秘書》四集《晉唐小説暢觀》、《晉唐小説六十種》從《廣記》輯《再生記》一卷，凡九事，託名唐閻選撰，中有《王掄》，文有删節。

唐五代傳奇集第二編卷八

洞庭靈姻傳

李朝威 撰

李朝威，隴西（治今甘肅隴西縣東南）人。約生活於貞元間前後。《新唐書·宗室世系表上》蜀王李湛（李淵弟）七世孫有李朝威，殆即其人。

儀鳳〔一〕中，有儒生柳毅者，應舉下第，將還湘濱。念鄉人有客於涇陽者，遂往告别。至六七里，鳥起馬驚，疾逸道左，又六七里，乃止。見有婦人，牧羊於道畔。毅怪而〔二〕視之，乃殊色也。然而蛾〔三〕臉不舒，巾袖無光，凝聽翔立，若有所伺。毅詰之曰：「子何苦而自辱如是？」婦始楚〔四〕而謝，終泣而對曰：「賤妾不幸，今日見辱問〔五〕於長者。然而恨貫肌骨，亦何能媿避，幸一聞焉。妾，洞庭龍君小女也，父母配嫁涇川次子。而夫壻樂逸，爲婢僕所惑，日以厭薄。既而將訴於舅姑，舅姑愛其子，不能禦。迨訴頻切〔六〕，又得罪舅姑，舅姑毁黜以至此。」言訖，歔欷流涕，悲不自勝。又曰：「洞庭於兹，相遠不知其幾多也。長天茫茫，信耗莫通，心目斷盡，無所知哀〔七〕。聞君將還鄉〔八〕，密邇〔九〕洞庭，或以尺書寄託侍者〔一〇〕，未卜〔一一〕將以爲可乎？」毅曰：「吾義夫也。聞子之説，氣血俱動，恨無毛羽，不能奮飛，是何可否之謂乎！然而洞庭深水也，吾行塵間，寧可致意耶？唯恐道途顯晦，不相通達，致負誠託，又乖懇願。子有何術，可導我邪？」女悲泣且謝曰：「負載〔一二〕珍重，不復言矣。脱獲回耗，雖死必謝。君不許，何敢言，既許而問，則洞庭之與京邑，不足爲異也。」毅請聞之。女曰：「洞庭之陰，有大橘樹焉，鄉人謂之社橘〔一三〕。君當解去繖帶〔一四〕，束以他物，然後叩樹三發，當有應者。因而隨之，無有礙矣。幸君子書叙之外，悉以心誠之話倚託，千萬無渝。」毅曰：「敬聞命矣。」女遂於襦帶〔一五〕間解書，再拜以進，東望愁泣，若不自勝。毅深爲之戚，乃置書囊中。因復問曰：「吾不知子之牧羊，何所用哉？神祇豈宰殺乎？」女曰：「非羊也，雨工也。」「何爲雨工？」曰：「雷霆之類也。」毅顧視之〔一六〕，則皆矯顧怒〔一七〕步，飲齕甚異，而大小毛角，則無別羊焉。毅又曰：「吾爲使者，他日歸洞庭，幸勿相避。」女笑〔一八〕曰：「寧止不避，當如親戚耳。」語竟，引別東去。不數十步，回望女與羊，俱亡所見矣。

其夕，至邑而別其友。月餘，到鄉還家，乃訪於洞庭。洞庭之陰，果有橘社〔一九〕，遂易帶向樹，以物〔二〇〕三擊而止。俄有武夫出於波間，再拜請曰：「貴客將自何所至也〔二一〕？」毅不告其實〔二二〕，曰：「徒〔二三〕謁大王耳。」武夫揭水指路，引毅以進，謂毅曰：「當閉目，數息可達矣。」毅如其言，遂至其宫。始見臺閣相向，門户千萬，奇草珍木，無所不有。夫乃止毅停於大室之隅，曰：「客當居此以伺焉。」毅曰：「此何所也？」夫曰：「此靈虚殿也。」諦〔二四〕視之，則人間珍寶，畢盡於此。柱以白璧，砌以青玉，牀以珊瑚，簾以水精，雕琉璃於翠楣，飾琥珀於虹棟。奇〔二五〕秀深杳，不可殫言。然而王久不至，毅謂夫曰：「洞庭君安在哉？」曰：「吾君方幸玄珠閣，與太陽道士講《火經》〔二六〕，少選當畢。」毅曰：「何謂《火經》？」夫曰：「吾君龍也。龍以水爲神，舉一滴〔二七〕可包陵谷。道士乃人也，人以火爲神聖，發一焰〔二八〕可燎阿房。然而靈用不同，玄化各異。太陽道士精於〔二九〕人理，吾君邀以聽。」

言語〔三〇〕畢，俄而宫門闢〔三一〕，景從雲合。而見一人披紫衣，執青圭〔三二〕，夫躍曰：「此吾君也。」乃至〔三三〕前以告之。君望毅而問曰：「豈非人間之人乎？」毅對曰：「然。」毅遂設拜〔三四〕，君亦拜，命坐於靈虚之下。謂毅曰：「水府幽深〔三五〕，寡人暗昧，重荷〔三六〕夫子不遠千里，將有爲乎？」毅曰：「毅，大王之鄉人也。長於楚，遊學於秦。昨下第，間驅涇水右涘〔三七〕，見大王愛女，牧羊於野，風鬟雨鬢〔三八〕，所不忍視。毅因詰之，謂毅曰：『爲夫壻所薄，舅姑不念，以至於此。』悲泗淋〔三九〕漓，誠怛人心。遂託書於毅，毅許之，今以至此。」因取書進之。洞庭君覽畢，以袖掩面而泣曰：「老父〔四〇〕之罪，不能〔四一〕鑒聽，坐貽聾瞽，使閨幸被齒髮，何敢負德！」詞畢，又哀咤聰孺弱，遠罹橫〔四二〕害。公乃陌上人也，而能急之。幸被齒髮，何敢負德！」詞畢，又哀咤良久，左右皆流涕。

時有宦人密侍〔四三〕君者，君〔四四〕以書授之，令達宫中。須臾，宫中皆慟哭。君驚，謂左右曰：「疾告宫中，無使有聲，恐錢塘所知。」毅曰：「錢塘何人也？」曰：「寡人之愛弟。昔爲錢塘長，今則致政〔四五〕矣。」毅曰：「何故不使知？」曰：「以其勇過人耳。昔堯遭洪水九年者，乃此子一怒也。近與天將失意，塞〔四六〕其五山。上帝以寡人有薄德於古今，遂寬其同氣之罪。然猶縻繫於此，故錢塘之人，日日候焉。」語未畢，而大聲忽發，天拆地裂，宫殿擺簸，雲烟沸湧。俄有赤龍長千〔四七〕餘尺，電目血舌，朱鱗火鬣，項掣金鎖，鎖牽玉柱，千雷萬霆，激繞其身，霰雪雨雹，一時〔四八〕皆下，乃擘〔四九〕青天而飛去。毅恐蹶仆地，君親起持之，曰：「無懼〔五〇〕！固無害。」毅良久稍安〔五一〕，乃獲自定。因〔五二〕告辭曰：「願得生歸，以避〔五三〕復來。」君曰：「必不〔五四〕如此。其去則然，其來則不然。幸爲少盡繾綣。」因命酌互舉，以款人事。

俄而祥風慶雲，融融怡怡，幢節玲瓏，簫韶以隨，紅粧千萬，笑語熙熙。中〔五五〕有一人，自然蛾眉，明璫滿身，綃縠參差。迫而視之，乃前寄辭〔五六〕者。然若喜若悲，零淚如絲〔五七〕。須臾，紅烟蔽其左，紫氣舒其右，香氣〔五八〕環旋，入於宫中。君笑謂毅曰：「涇水之囚人〔五九〕

至矣。」君乃辭歸宫中。須臾，又聞怨苦，久而不已。有頃，君復出，與毅飲食。又有一人，披紫裳，執青圭，貌聳神溢，立於君左〔六〇〕。君謂毅曰：「此錢塘也。」毅起，趨拜之。錢塘亦盡禮相接，謂毅曰：「女姪不幸，爲頑童所辱，賴明君子信義昭彰，致達遠冤。不然者，是爲涇陵之土矣〔六一〕。饗〔六二〕德懷恩，詞不悉〔六三〕心。」毅撝退辭謝，俯仰唯唯。然後回告兄曰：「向者辰發靈虚，巳至涇陽，午戰於彼，未還於此。中間馳至九天，以告上帝。帝知其冤而宥其失，前所遣責〔六四〕，因而獲免。然而剛腸激發，不遑辭候，驚擾宫中，復忤賓客，愧惕慚懼，不知所失。」因退而再拜。君曰：「所殺幾何？」曰：「六十萬。」「傷稼乎？」曰：「八百里。」君曰〔六五〕：「無情郎安在？」曰：「食之矣。」君撫然〔六六〕曰：「頑童之爲是心也，誠不可忍，然汝亦太草草。賴上帝顯〔六七〕聖，諒其至冤。不然者，吾何辭焉？從此已去，勿復如是。」錢塘復再拜。

是夕〔六八〕，遂宿毅於凝光殿。明日，又宴毅於凝碧宫〔六九〕。會友戚〔七〇〕，張廣樂，具以醪醴，羅以甘潔。初笳角鼙鼓，旌旗劍戟，舞萬夫於其右。中有一夫前曰：「此《錢塘破陣樂》。」雄鋩〔七一〕傑氣，顧驟悍慄。坐客視之，毛髮皆豎。復有金石絲竹，羅綺珠翠，舞千女於其左。中有一女前進曰：「此《貴主還宫樂》。」清音宛轉，如訴如慕，坐客聽之，不覺淚下。二舞既畢，龍君大悦，錫以紈綺，頒於舞人。然後密席貫坐，縱酒極娱。酒酣，洞庭君乃擊席而歌曰：「大天蒼蒼兮大地茫茫，人各有志兮何可思量。狐神鼠聖〔七二〕兮薄社依牆，雷霆一發兮其孰敢當。荷貞〔七三〕人兮信義長，令骨肉兮還故鄉，永〔七四〕言慚愧兮何時忘。」洞庭君歌罷，錢塘君再拜而歌曰：「上天配合兮生死有途，此不當婦兮彼不當夫。腹〔七五〕心辛苦兮涇水之隅，風霜滿鬢〔七六〕兮雨雪羅襦。賴明公兮引素書，令骨肉兮家如〔七七〕初，永言珍重兮無時無。」錢塘君歌闋，洞庭君俱起，奉觴於毅。毅踧踖而受爵，飲訖，復以二觴奉二君，乃歌曰：「碧雲悠悠兮涇水東流，傷心美人兮露泣花愁〔七八〕。尺書遠達兮以解君憂，哀冤果雪兮還處其休。荷和雅兮感甘羞〔七九〕，山家寂寞兮難久留，欲將辭去兮悲綢繆。」歌罷，皆呼萬歲。洞庭君因出碧玉箱，貯以開水犀，錢塘君復出紅珀盤，貯以照夜璣，皆起進毅，毅辭謝而受。然後宮中之人，咸以綃綵珠璧，投於毅側，重疊煥赫，須臾埋沒前後。毅笑語四顧，愧揖不暇。洎酒闌歡極，毅辭起，復宿於凝光殿。

翌日，又宴毅於清光閣。錢塘因酒作色，踞謂毅曰：「不聞猛石可裂不可捲，義士可殺不可羞耶？愚有衷曲，欲一陳於公。如可，則俱在〔八〇〕雲霄；如不可，則皆夷〔八一〕糞壤。足下以爲何如哉？」毅曰：「請聞之。」錢塘曰：「涇陽之〔八二〕妻，則洞庭君之愛女也。淑性茂〔八三〕質，爲九姻所重。不幸見辱於匪人，今則絕矣。將欲求託高義，世爲親戚。使受恩者知其所歸，懷愛者知其所付，豈不爲君子始終之道者？」毅肅然而作，欻然而笑曰：「誠不知錢塘君孱困如是！毅始聞跨九州，懷〔八四〕五岳，洩其憤怒。復見斷金鎖〔八五〕，掣〔八六〕玉柱，赴其急難。毅以爲剛決明直，無如君者。蓋犯之者不避其死，感之者不愛其生，此真丈夫之志。奈何簫管方洽，親賓正和，不顧其道，以威加人？豈僕之素望哉！若遇公於洪波之中，玄山之間，鼓以鱗鬚，被以雲雨，將迫毅以死，毅則以禽獸視之，亦何恨哉！今體被衣冠，坐談禮義，盡五常之志性，窮〔八七〕百行之微旨，雖人世賢傑，有不如者，況江河靈類乎？而欲以蠢然〔八八〕之軀，悍然之性，乘酒假氣，將迫於人，豈近直哉！且毅之質，不足以藏王一甲之間〔八九〕，然而敢以不伏之心，勝王不道之氣，則毅之死，猶不死也〔九〇〕。惟王籌之。」錢塘乃逡巡致謝曰：「寡人生長宫房，不聞正論。向者詞述狂妄〔九一〕，搪突高明。退自循顧，戾不容責，幸君子不爲此乖間可也。」其夕，復歡宴，其樂如舊。毅與錢塘，遂爲知心友。明日，毅辭歸。洞庭君夫人别宴毅於潛景殿，男女僕妾等悉出預會。夫人泣謂毅曰：「骨肉受君子深恩，恨不得展媿戴，遂至睽别。」使前涇陽女當席拜毅以致謝。夫人又曰：「此别豈有復相遇之日乎？」毅其始雖不諾錢塘之請，然當此席，殊有歎恨之色。宴罷辭别，滿宫悽然。贈遺珍寶，怪不可述。毅於是復循來途出岸〔九二〕，見從者十餘人，擔囊以隨，至其家而辭去。

毅因適廣陵寶肆，鬻其所得。百〔九三〕未發一，財以〔九四〕盈兆。故淮右富族，咸以爲莫如。

遂娶於張氏，歲餘張氏亡[九五]，而又娶韓氏，數月，韓氏又亡。徙家金陵。常以鰥曠多感，或謀[九六]新匹。有媒氏告之曰：「有盧氏女，范陽人也。父名曰浩，嘗爲清流宰。晚歲好道，獨遊雲泉，今則不知所在矣。母曰鄭氏。前年適清河張氏，不幸而張夫早亡。母憐其少艾[九七]，惜其慧美，欲擇德[九八]以配焉。不識何如？」毅乃卜日就禮。既而男女二姓，俱爲豪族，法用禮物，盡其豐盛。金陵之士，莫不健仰。居月餘，毅因晚[九九]入户，視其妻，深覺類於龍女，而逸豔豐厚，則又過之。因與話昔事，妻謂毅曰：「人世豈有如是之理乎？」經歲餘，有一子，端麗奇特[一〇〇]，毅益愛[一〇一]重之。既產踰月，乃穠飾煥[一〇二]服，召毅於簾室之間[一〇三]，笑謂毅曰：「君不憶余之於昔也？」毅曰：「夙非姻好，何以爲憶[一〇四]？」妻曰：「余即洞庭君之女也。涇川之冤[一〇五]，君使得白。銜君之恩，誓心求報[一〇六]。洎錢塘季父論親不從，遂至睽違，天各一方，不能相問。乖負宿心，悵望成疾。中間父母欲配嫁於濯錦小兒，某遂閉户剪髮，以明無意。雖君子棄絶，分無見期，而當初之心，死不自替。他日父母憐其志[一〇七]，復欲馳白於君子[一〇八]，值君子累娶，當娶於張，已而又娶於韓[一〇九]。迨張、韓繼卒，君卜居於兹，故余之父母，乃喜余得遂報君之意[一一〇]。今日獲奉君子，咸善[一一一]終世，死無恨矣。」因嗚咽，泣涕交下[一一二]。復謂[一一三]毅曰：「始不言者，知君無重色之心；今乃言者，知君有愛子[一一四]之意。婦人匪薄，不足以確[一一五]厚永心，故因君愛子，以託賤質〔一一六〕，未知君意如何？愁懼兼心，不能自解。君附書之日，笑謂妾曰：『他日歸洞庭，慎無相避。』誠不知當此之際，君豈有意於今日之事乎？其後季父請於君，君固不許。君乃誠將不可邪，抑忿然邪？君其話之。」毅曰：「似有命者。僕始見君於〔一一七〕長涇之隅，枉抑憔悴，誠有不平之志。然自約其心者，達君之冤，餘無及也。初〔一一八〕言慎勿相避者，偶然耳，豈有意〔一一九〕哉？洎錢塘逼迫之際，唯〔一二〇〕理有不可直，乃激人之怒耳。夫始以義行爲之〔一二一〕志，寧有殺其壻而納其妻者邪？一不可也。吾素以操直爲志尚〔一二二〕，寧有屈於己而伏於心者乎？二不可也。且以率肆胸臆，酧酢紛綸，唯直是圖，不遑避害。然而將別之日，見君有依然之容，心甚恨之，終以人事扼束，無由報謝。吁！今日君盧氏也，又家於人間，則吾始心未爲惑矣。從此以往，永奉懽好，幸〔一二三〕無纖慮也。」妻因深感嬌泣，良久不已。有頃，謂毅曰：「勿以他類，遂爲無心，固當知報耳。夫龍壽萬歲，今與君同之。水陸無往不適，君不以爲妄也？」毅嘉之曰：「吾不知國容〔一二四〕乃復爲神仙之餌。」乃相與覲洞庭，既至而賓主盛禮，不可具紀。

後徙〔一二五〕居南海，僅四十年。其邸第輿馬，珍鮮服玩，雖侯伯之室無以加也。毅之族咸遂濡澤。以其春秋積序，容狀不衰，南海之人，靡不驚異〔一二六〕。洎開元中，上方屬意於神仙之事，精索道術。毅不得安，遂相與歸洞庭。凡十餘歲，莫知其跡〔一二七〕。至開元末，毅之表弟薛嘏爲京畿令，謫官東南。經洞庭，晴晝長望，俄見碧山出於遠波。舟人皆側立，曰：「此本無山，恐水怪耳。」指顧之際，山與舟稍〔一二八〕相逼，乃有彩船自山馳來，迎問於嘏。其中有一人呼之曰：「柳公來候耳。」嘏省然記之，乃促至山下，攝衣疾上。山有宫闕如人世，見毅立於宫室之中，前列絲竹，後羅珠翠，物玩之盛，殊倍人間。毅詞理益玄，容顔益少。初迎嘏於砌，持嘏手曰：「别來瞬息，而髮毛已黄。」嘏笑曰：「兄爲神仙，弟爲枯骨，命也。」毅因出藥五十丸遺嘏，曰：「此藥一丸，可增一歲耳。歲滿復來，無久居人世，以自苦也〔一二九〕。」歡宴畢，嘏乃辭行。自是已後，遂絶影響。嘏常以是事告於人世。殆四紀，嘏亦不知所在。

隴西李朝威叙而嘆曰：五蟲之長，必以靈者〔一三〇〕，别斯見矣。人，裸也，移信鱗蟲。洞庭含納大〔一三一〕直，錢塘迅疾磊落，宜有承焉。嘏詠而不載，獨可鄰其境〔一三二〕。愚義之，爲斯文。（據中華書局版汪紹楹點校本《太平廣記》卷四一九引《異聞集》校録）

〔一〕儀鳳　前原有一「唐」字，乃《廣記》編纂者所加。南宋曾慥《類説》卷二八《異聞集·洞庭靈姻傳》、羅燁《新編醉翁談録》辛集卷一《柳毅傳書遇洞庭水仙女》、明陸采《虞初志》卷二《柳毅傳》、《五朝小説·唐人百家小説》傳奇家《柳毅傳》、《重編説郛》卷一一三《柳毅傳》、清蓮塘居士（陳世熙）《唐人説薈》第十集(同治八年刊本卷一三)《柳毅傳》、馬俊良《龍威秘書》四集《柳毅傳》、顧之逵《藝苑捃華·柳毅傳》、民國俞建卿《晉唐小説六十種·柳毅傳》無此字,據删。

〔二〕而　此字原無,據《醉翁談録》補。

〔三〕蛾　明沈與文野竹齋鈔本、清陳鱣校宋本作「娥」。按:娥、蛾義同,女子眉也。

〔四〕始楚　「楚」朝鮮成任編《太平廣記詳節》卷三六、《醉翁談録》、《豔異編》卷三《柳毅傳》、詹詹外史《情史類略》卷一九《洞庭君女》、《唐人説薈》、《龍威秘書》、《藝苑捃華》、《晉唐小説六十種》、朝鮮佚名《文苑楂橘》卷二《柳毅》作「笑」。明鈔本作「怡悦」。

〔五〕問　此字原無,據《豔異編》、《情史》、《唐人説薈》、《龍威秘書》、《藝苑捃華》、《文苑楂橘》補。

〔六〕追訴頻切　「追」明鈔本、陳校本、《廣記詳節》、《唐人百家小説》、《唐人説薈》、《龍威秘書》、《藝苑捃華》、《晉唐小説六十種》作「逮」。「切」明鈔本、陳校本作「妾」,屬下讀。

〔七〕哀　明鈔本作「盡」,《廣記詳節》作「達」。

〔八〕將還鄉　原作「將還吴」,與開頭「將還湘濱」及下文「長於楚」抵牾。《類説》、南宋皇都風月主人《緑窗新話》卷上《柳毅娶洞庭龍女》、祝穆《古今事文類聚》前集卷三四(無出處)、謝維新《古今合璧事類備要》前集卷五〇引《柳毅傳》作「聞君將還」,《醉翁談録》作「聞君還鄉」。今據《醉翁談録》改「吴」爲「鄉」。

〔九〕密邇　原作「密通」,據《廣記》《四庫全書》本、《太平廣記鈔》卷六九、七卷本《虞初志》、《豔異編》、《情史》、《唐人百家小説》、《重編説郛》、《唐人説薈》、《龍威秘書》、《藝苑捃華》、《晉唐小説六十種》、《文苑楂橘》改。《醉翁談録》作「甚近」。按：《山海經·海内東經》晉郭璞注：「洞庭，地穴也，在長沙巴陵。今吴縣南太湖中有包山，下有洞庭，穴道潛行水底，云無所不通，號爲地脉。」西晉張華《博物志》卷八《史補》：「君山有道，與吴包山潛通。」君山，在楚地之洞庭湖。古人以爲太湖與洞庭湖有穴道相通，而《廣記》誤以柳毅還吴，故又誤「邇」爲「通」。邇，近也。柳毅歸湘濱，與洞庭湖相近也。

〔一〇〕寄託侍者　「侍」陳校本作「使」，明鈔本作「附」。按：侍者，猶言執事、左右，爲對對方之表敬語，以侍者代替對柳毅之稱呼，意謂不敢勞動柳毅大駕，而拜託柳毅侍從。

〔一一〕卜　明鈔本、陳校本作「識」，張國風《太平廣記會校》據改。按：卜（《會校》謁作「蔔」），預知。《宣室志·張鋋》（《廣記》卷四四五）：「未卜君侯所以尚者，願教之。」

〔一二〕載　明鈔本、陳校本、《醉翁談録》、《虞初志》、《豔異編》、《重編説郛》、《唐人説薈》、《龍威秘書》、《藝苑捃華》、《晉唐小説六十種》、《文苑楂橘》作「戴」。

〔一三〕社橘　下文作「橘社」，意同。《類説》、宋朱勝非《紺珠集》卷一〇《異聞集·橘社》、孔傳《後六帖》卷九九引《異聞集》、《醉翁談録》作「橘社」。

〔一四〕織帶　原作「兹帶」，《廣記詳節》作「鉄帶」，據《醉翁談録》改。

〔一五〕帶　此字原無，據《醉翁談録》補。

〔一六〕數顧視之　明鈔本、陳校本「顧」作「覆」。《四庫》本（所據爲談本）改作「毅顧視之」。《廣記詳節》、《古今事文類聚》後集卷三九引《靈烟（姻）傳》、《古今合璧事類備要》别集卷八三（無出處）、

《情史》、《唐人百家小説》、《重編説郛》、《唐人説薈》、《龍威秘書》、《藝苑捃華》作「毅復視之」，《類説》作「毅視之」，《醉翁談録》作「毅因視之」。

〔一七〕怒　《廣記詳節》作「拏」。

〔一八〕笑　此字原無，據《醉翁談録》補。

〔一九〕橘社　《廣記詳節》作「社橘」。

〔二〇〕以物　此二字原無，據《醉翁談録》補。

〔二一〕貴客將自何所至也　《醉翁談録》作「貴客將至，有何所言」。

〔二二〕實　明鈔本、孫校本、陳校本、《廣記詳節》作「事」。

〔二三〕徒　原作「走」，據明鈔本、陳校本、《廣記詳節》改。徒，但也，只也。

〔二四〕諦　《廣記詳節》作「精」。

〔二五〕奇　《廣記詳節》作「清」。

〔二六〕火經　原作「大經」，據《四庫》本、《廣記詳節》、《紺珠集》、《類説》、《豔異編》、《情史》、《唐人説薈》、《龍威秘書》、《藝苑捃華》、《文苑楂橘》改。下同。

〔二七〕滴　明鈔本、《廣記詳節》作「杯」，陳校本作「水」。

〔二八〕焰　原作「燈」，據明鈔本改。《廣記詳節》、七卷本《虞初志》、《豔異編》、《情史》、《唐人百家小説》、《重編説郛》、《唐人説薈》、《龍威秘書》、《藝苑捃華》、《晉唐小説六十種》、《文苑楂橘》作

「炬」。

〔二九〕於　《廣記詳節》作「諭」。

〔三〇〕言語　「言」《唐人百家小説》、《重編説郛》、《唐人説薈》、《龍威秘書》、《藝苑捃華》、《晉唐小説六十種》作「焉」，屬上讀。《廣記詳節》「焉」、「言」二字並有。「語」明鈔本、《廣記詳節》、《豔異編》、《情史》、《文苑楂橘》作「粗」。

〔三一〕俄而宫門闢　「俄」字原無，據《廣記》清孫潛校本、陳校本、《虞初志》、《唐人百家小説》、《重編説郛》、《唐人説薈》、《龍威秘書》、《藝苑捃華》、《晉唐小説六十種》補。「而」明鈔本作「見」。「闢」明鈔本、陳校本、《虞初志》、《豔異編》、《情史》、《唐人百家小説》、《重編説郛》、《唐人説薈》、《龍威秘書》、《晉唐小説六十種》、《文苑楂橘》作「間」，《廣記詳節》作「開」。

〔三二〕圭　原作「玉」，據《廣記詳節》、《類説》、《緑窗新話》、《醉翁談録》、《事文類聚》前集、《事類備要》前集改。下同。

〔三三〕至　《廣記詳節》作「奔」。

〔三四〕毅遂設拜　「遂」原作「而」，明許自昌刊本、《廣記鈔》作「遂」，魯迅《唐宋傳奇集》、汪闢疆《唐人小説》同，據改。陳校本「毅」作「既」。明鈔本作「既而對後拜」，孫校本作「既而復拜」，《會校》據改。《廣記詳節》作「既而後拜」。《四庫》本改作「毅趨而拜」。按：設拜即行拜禮。《舊唐書》卷八八《韋思謙傳》：「思謙在憲司，每見王公，未嘗行拜禮。或勸之，答曰：『鵰鶚鷹鸇，豈衆禽之偶，奈何設拜以狎之？且耳目之官，固當獨立也。』」

〔三五〕 深 《廣記詳節》作「猥」。

〔三六〕 重荷 此二字原無，據《醉翁談録》補。

〔三七〕 間驅涇水右涘 「間驅」明鈔本、八卷本《虞初志》、《唐人百家小説》、《重編説郛》、《唐人説薈》、《龍威秘書》、《藝苑捃華》、《晉唐小説六十種》、《文苑楂橘》作「閑驅」，《醉翁談録》作「閒遊」。「右」七卷本《虞初志》、《豔異編》、《情史》、《唐人百家小説》、《重編説郛》、《唐人説薈》、《龍威秘書》、《藝苑捃華》、《文苑楂橘》、《唐宋傳奇集》作「之」。

〔三八〕 風鬟雨鬟 「鬟」原作「環」，據明鈔本、陳校本、《四庫》本、《廣記詳節》、《類説》、《虞初志》、《豔異編》、《情史》、《唐人百家小説》、《重編説郛》、《唐人説薈》、《龍威秘書》、《藝苑捃華》、《文苑楂橘》改。按：環亦指鬟。《醉翁談録》作「髮」。《紺珠集》、《孔帖》卷三一引《異聞集》、南宋施元之《施注蘇詩》卷三四《題毛女真》「霧鬢風鬟木葉衣」注引《異聞集》「雨」作「霧」。《經進東坡文集事略》卷二《洞庭春色賦》「攜佳人而往游，勤(動)霧鬢與風鬟」，李流謙《澹齋集》卷八《彦博歸自劍陽其家梅已半落作詩見示因次其韻》其二「風鬟霧鬢不勝寒」，陸游《放翁詩選》前集卷九《采蓮》「風鬟霧鬢歸來晚」，楊萬里《誠齋集》卷三四《新路店道中》「霧鬢風鬟錦綉幪」，亦同。

〔三九〕 淋 明鈔本、陳校本作「流」。

〔四〇〕 老父 《廣記詳節》、《廣記鈔》、《類説》、《緑窗新話》、《醉翁談録》、《事文類聚》前集、《事類備要》前集作「老夫」。

〔四一〕 能 《廣記詳節》作「慎」。

〔四二〕橫　原作「搆」，據《廣記詳節》、《類説》改。《豔異編》、《情史》、《文苑楂橘》作「辱」，七卷本《虞初志》、《唐人百家小説》、《重編説郛》、《唐人説薈》、《龍威秘書》、《藝苑捃華》、《晉唐小説六十種》作「詬」。

〔四三〕侍　原作「視」，據明鈔本、陳校本、《廣記詳節》、《虞初志》、《豔異編》、《情史》、《唐人百家小説》、《重編説郛》、《唐人説薈》、《龍威秘書》、《藝苑捃華》、《晉唐小説六十種》、《文苑楂橘》改。

〔四四〕君　此字下《廣記詳節》、《虞初志》、《豔異編》、《情史》、《唐人百家小説》、《重編説郛》、《唐人説薈》（同治八年刻本卷一三）、《龍威秘書》、《藝苑捃華》、《晉唐小説六十種》、《文苑楂橘》有「目」字，《唐人説薈》民國二年石印本作「自」。

〔四五〕致政　明鈔本作「致仕」，《會校》據改。按：致政即致仕，謂將官位還君也。《禮記·王制》：「五十而爵，六十不親學，七十致政。」鄭玄注：「還君事。」

〔四六〕塞　陳校本作「褫」，褫，奪也。《會校》據改。《廣記詳節》作「震」，《虞初志》、《豔異編》、《情史》、《唐人百家小説》、《重編説郛》、《唐人説薈》、《龍威秘書》、《藝苑捃華》、《晉唐小説六十種》、《文苑楂橘》作「穿」。按：塞，堵塞。

〔四七〕千　明鈔本、《廣記詳節》、《類説》、《緑窗新話》、《醉翁談録》、《事文類聚》前集、《事類備要》前集、《虞初志》、《豔異編》、《情史》、《唐人百家小説》、《重編説郛》、《文苑楂橘》作「萬」。

〔四八〕時　明鈔本、陳校本、《廣記詳節》、《虞初志》、《豔異編》、《情史》、《唐人百家小説》、《重編説郛》、《唐人説薈》、《龍威秘書》、《藝苑捃華》、《晉唐小説六十種》、《文苑楂橘》作「瞬」。

〔四九〕擘　原譌作「臂」。據明鈔本、陳校本、《四庫》本、《廣記詳節》、《廣記鈔》、《類説》、《緑窗新話》、《醉翁談録》、《事文類聚》前集、《事類備要》前集、《虞初志》、《豔異編》、《情史》、《唐人百家小説》、《重編説郛》、《唐人説薈》、《龍威秘書》、《藝苑捃華》、《晉唐小説六十種》、《文苑楂橘》改。

〔五〇〕無懼　《醉翁談録》作「無懼無懼」。

〔五一〕稍安　《廣記詳節》作「安抑」。

〔五二〕因　《廣記詳節》作「固」。

〔五三〕避　明鈔本作「冀」。

〔五四〕必不　明鈔本、《廣記詳節》作「不必」。《會校》據明鈔本改。

〔五五〕中　原作「後」，據明鈔本、孫校本、陳校本、《廣記詳節》、《類説》、《事文類聚》前集、《事類備要》前集、《東坡先生詩集注》卷四《芙蓉城》注引《異聞集》、《醉翁談録》、《虞初志》、《豔異編》、《情史》、《唐人百家小説》、《重編説郛》、《唐人説薈》、《龍威秘書》、《藝苑捃華》、《晉唐小説六十種》、《文苑楂橘》改。

〔五六〕辭　明鈔本、《類説》、《醉翁談録》、《事文類聚》前集、《事類備要》前集作「書」。

〔五七〕絲　原作「系」，據明鈔本、孫校本、陳校本、《四庫》本、《廣記詳節》、《醉翁談録》、《虞初志》、《豔異編》、《唐人百家小説》、《重編説郛》、《唐人説薈》、《龍威秘書》、《藝苑捃華》、《晉唐小説六十種》改。

〔五八〕氣　《廣記詳節》作「飆」。

〔五九〕囚人　《類説》作「姻」。

〔六〇〕左　原作「左右」，下句無「君」字，必是譌「君」爲「右」，今改。《廣記詳節》無「右」字，《醉翁談録》「左」作「側」，「右」作「君」。左，側也，旁也。

〔六一〕是爲涇陵之土矣　《醉翁談録》作「終抱恨於涇陵而不聞也」。

〔六二〕饗　《廣記詳節》作「嚮」。

〔六三〕悉　明鈔本、《廣記詳節》、《虞初志》、《豔異編》、《唐人百家小説》、《重編説郛》、《唐人説薈》、《龍威秘書》、《藝苑捃華》、《晉唐小説六十種》、《文苑楂橘》作「諭」。

〔六四〕遣責　許本、陳校本、《廣記鈔》、《唐人説薈》、《龍威秘書》、《藝苑捃華》、《晉唐小説六十種》作「譴責」，《會校》據許、陳二本改。《廣記詳節》作「譴縶」，八卷本《虞初志》作「遣執」，七卷本《虞初志》、《豔異編》、《情史》、《唐人百家小説》、《重編説郛》、《文苑楂橘》作「譴執」。按：遣，發配。

〔六五〕君曰　此二字原無，據《醉翁談録》補。《文苑楂橘》作「曰」。

〔六六〕憮然　明鈔本、《廣記詳節》、《虞初志》、《豔異編》、《情史》、《唐人百家小説》、《重編説郛》、《唐人説薈》、《龍威秘書》、《藝苑捃華》、《晉唐小説六十種》、《文苑楂橘》作「憮然」，陳校本作「慨然」。按：憮，通「憮」。

〔六七〕顯　明鈔本、陳校本、《廣記詳節》、《虞初志》、《豔異編》、《唐人百家小説》、《重編説郛》、《唐人説薈》、《龍威秘書》、《藝苑捃華》、《晉唐小説六十種》作「靈」。《會校》據明鈔本、陳校本改。

〔六八〕是夕　明鈔本、陳校本、《廣記詳節》作「坐定」，與上句相連。

〔六九〕凝碧宫　《類説》、《醉翁談録》、《事文類聚》前集、《事類備要》前集作「碧雲宫」。

〔七〇〕友戚　《廣記詳節》、《醉翁談録》作「九戚」。按：九戚，與下文「九姻」，指全部親戚。南宋葉廷珪《海録碎事》卷七上《四姻九戚》引韓公遺文《夫人魏氏墓銘》：「四姻九戚方走贄來賀，不幸以其月卒。」

〔七一〕雄鋩　原作「旌鍷」，字書無「鍷」字，據《廣記詳節》改。雄鋩，謂兵器之强烈光芒。《豔異編》、《情史》、《文苑楂橘》作「旌鈚」，《唐人説薈》、《龍威秘書》、《藝苑捃華》作「旌銚」，《廣記鈔》作「旌旗」。按：鈚，斧。銚，矛。

〔七二〕聖　《情史》作「怪」。

〔七三〕貞　原作「真」，據明鈔本、陳校本、《虞初志》、《豔異編》、《情史》、《唐人百家小説》、《重編説郛》、《唐人説薈》、《龍威秘書》、《藝苑捃華》、《晉唐小説六十種》、《文苑楂橘》改。

〔七四〕永　原作「齊」，據明鈔本、《廣記詳節》、七卷本《虞初志》、《豔異編》、《情史》、《唐人百家小説》、《重編説郛》、《唐人説薈》、《龍威秘書》、《藝苑捃華》、《晉唐小説六十種》、《文苑楂橘》改。

〔七五〕腹　《廣記詳節》刻本字跡漫漶，似爲「傷」字。

〔七六〕風霜滿鬢　明鈔本「滿」作「兩」，陳校本、七卷本《虞初志》、《唐人百家小説》、《重編説郛》、《唐人説薈》、《龍威秘書》、《藝苑捃華》、《晉唐小説六十種》作「鬢」，八卷本《虞初志》作「眉」。《豔異編》、《情史》、《文苑楂橘》作「鬢鬢風霜」。

〔七七〕如　《廣記詳節》作「始」。

〔七八〕傷心美人兮露泣花愁　原作「傷美人兮雨泣花愁」，據《廣記詳節》補改。按：此句九字，正與上句相合。雨泣，乃淚水滂沱之狀。唐詩多以花草含露喻女子傷心落淚，如曹鄴《題女郎廟》：「年年嶺上春無主，露泣花愁斷客魂。」李咸用《緋桃花歌》：「便是花中傾國容，牡丹露泣長門月。」無名氏《雜詩》：「青天無雲月如燭，露泣梨花白如玉。子規一夜啼到明，美人獨在空房宿。」

〔七九〕感甘羞　《廣記鈔》「甘」作「且」，《豔異編》、《情史》、《文苑楂橘》「感」作「盛」。

〔八〇〕在　《類説》、《醉翁談録》作「逸」，七卷本《虞初志》、《豔異編》、《情史》、《唐人百家小説》、《重編説郛》、《唐人説薈》、《龍威秘書》、《藝苑捃華》、《晉唐小説六十種》、《文苑楂橘》作「履」。

〔八一〕夷　《醉翁談録》作「遺」。

〔八二〕之　《類説》、《醉翁談録》作「嫠」。

〔八三〕茂　陳校本作「芳」。

〔八四〕懷　《醉翁談録》作「摧」，《虞初志》、《唐人百家小説》、《重編説郛》、《唐人説薈》、《龍威秘書》、《藝苑捃華》、《晉唐小説六十種》作「壞」，《豔異編》、《文苑楂橘》作「攘」。按：壞，通「攘」，侵凌。

〔八五〕金鎖　原作「鎖金」，據明鈔本、《類説》、《醉翁談録》、《豔異編》、《文苑楂橘》改。

〔八六〕 掣 《類説》、《醉翁談録》作「折」。

〔八七〕 窮 原作「負」，據明鈔本、陳校本、《廣記詳節》改。

〔八八〕 螽然 《廣記詳節》作「大然」，七卷本《虞初志》、《豔異編》、《情史》、《唐人百家小説》、《重編説郛》、《唐人説薈》、《龍威秘書》、《藝苑捃華》、《晉唐小説六十種》、《文苑楂橘》作「介然」。

〔八九〕 藏王一甲之間 《類説》作「乘王一甲之力」。

〔九〇〕 則殺之死猶不死也 此八字原無，據《醉翁談録》補。

〔九一〕 狂妄 《廣記詳節》、《醉翁談録》、《虞初志》、《豔異編》、《情史》、《唐人百家小説》、《重編説郛》、《文苑楂橘》作「狂狷」。

〔九二〕 循來途出岸 原作「循途出江岸」，據《廣記詳節》補改。按：岸乃洞庭湖岸，非江岸也。

〔九三〕 百 《醉翁談録》作「萬」。

〔九四〕 以 明鈔本、陳校本、《四庫》本、《廣記詳節》、《醉翁談録》、《虞初志》、《豔異編》、《情史》、《唐人百家小説》、《重編説郛》、《唐人説薈》、《龍威秘書》、《藝苑捃華》、《晉唐小説六十種》、《文苑楂橘》作「已」。以，通「已」。

〔九五〕 歲餘張氏亡 此句原無，據《醉翁談録》補。《四庫》本、《廣記詳節》、七卷本《虞初志》、《豔異編》、《情史》、《唐人百家小説》、《重編説郛》、《唐人説薈》、《龍威秘書》、《藝苑捃華》、《晉唐小説六十種》、《文苑楂橘》作「亡」。

〔九六〕或謀　《廣記詳節》作「屢求」。

〔九七〕少艾　「艾」字原無，據《虞初志》、《豔異編》、《情史》、《唐人百家小説》、《重編説郛》、《唐人説薈》、《龍威秘書》、《藝苑捃華》、《晉唐小説六十種》、《文苑楂橘》補。明鈔本、陳校本作「小」。

〔九八〕德　孫校本作「婿」。

〔九九〕晚　《醉翁談録》作「曉晴」。

〔一〇〇〕端麗奇特　此四字原無，據《豔異編》、《情史》、《文苑楂橘》補。

〔一〇一〕愛　此字原無，據《豔異編》、《情史》、《文苑楂橘》補。

〔一〇二〕焕　原作「换」，據《醉翁談録》、《豔異編》、《文苑楂橘》改。

〔一〇三〕召毅於簾室之間　原作「召親戚相會之間」，據明鈔本、陳校本、《醉翁談録》、《虞初志》、《唐人百家小説》、《重編説郛》、《唐人説薈》、《龍威秘書》、《藝苑捃華》、《晉唐小説六十種》改。

〔一〇四〕夙非姻好何以爲憶　原作「夙爲洞庭君女傳書，至今爲憶」。據明鈔本、陳校本、《醉翁談録》、《虞初志》、《豔異編》、《唐人百家小説》、《重編説郛》、《唐人説薈》、《龍威秘書》、《藝苑捃華》、《晉唐小説六十種》、《文苑楂橘》改。《廣記詳節》文字漫漶，「好何以爲憶」五字亦隱約可辨。

〔一〇五〕冤　明鈔本、陳校本作「辱」。

〔一〇六〕君使得白銜君之恩誓心求報　《類説》作「君能救之，此時誓心，永以爲好」。《醉翁談録》同，惟「好」作「報」。明鈔本、陳校本、《廣記詳節》、《虞初志》、《豔異編》、《文苑楂橘》作「君能救之，自此誓心求報」。

〔一〇七〕「乖負宿心」至「他日父母憐其志」　原作「父母欲配嫁於濯錦小兒，某惟以心誓難移，親命難背。既爲君子棄絶，分無見期，而當初之冤，雖得以告諸父母，而誓報不得其志」，文意不暢，據明鈔本、陳校本、《虞初志》、《豔異編》、《唐人百家小説》、《重編説郛》、《唐人説薈》、《龍威秘書》、《藝苑捃華》、《晉唐小説六十種》、《文苑楂橘》改（《豔異編》、《文苑楂橘》「某」作「妾」，無「其」字）。《醉翁談録》作「辜負宿心，悵怏成疾。父母欲嫁於濯錦小兒，妾閉户剪髮，以明無意」。《類説》作「悵望成疾，父母欲嫁於濯錦小兒，某閉户剪髮，以明無意」。

〔一〇八〕君子　明鈔本、陳校本、八卷本《虞初志》作「吾人」，下句同。按：吾人，吾子也。

〔一〇九〕當娶於張已而又娶於韓　明鈔本、陳校本、《虞初志》、《唐人百家小説》、《重編説郛》、《唐人説薈》、《龍威秘書》、《藝苑捃華》、《晉唐小説六十種》作「張韓二氏，理不可遣」，《豔異編》、《文苑楂橘》作「張韓不可申志」，皆連上讀。

〔一一〇〕乃喜余得遂報君之意　明鈔本、陳校本、《廣記詳節》、《虞初志》、《豔異編》、《唐人百家小説》、《重編説郛》、《唐人説薈》、《龍威秘書》、《藝苑捃華》、《晉唐小説六十種》、《文苑楂橘》作「得以爲心矣，誠不意」，連下讀。

〔一一一〕咸善　明鈔本、陳校本、《廣記詳節》、《虞初志》、《豔異編》、《唐人百家小説》、《重編説郛》、《唐人説薈》、《龍威秘書》、《藝苑捃華》、《晉唐小説六十種》、《文苑楂橘》作「感喜」。

〔一一二〕交下　明鈔本、陳校本、《廣記詳節》、《虞初志》、《唐人百家小説》、《重編説郛》、《唐人説薈》、《龍威秘書》、《藝苑捃華》、《晉唐小説六十種》作「良久」。

〔二三〕復謂　原作「對」，據明鈔本、陳校本、《廣記詳節》改。

〔二四〕愛子　原作「感余」，據明鈔本、孫校本、陳校本、《廣記詳節》、《廣記鈔》、《醉翁談録》、《虞初志》、《豔異編》、《情史》、《唐人百家小説》、《重編説郛》、《唐人説薈》、《龍威秘書》、《藝苑捃華》、《晉唐小説六十種》、《文苑楂橘》改。

〔二五〕確　孫校本、《廣記詳節》、《虞初志》、《豔異編》、《唐人百家小説》、《重編説郛》、《唐人説薈》、《龍威秘書》、《藝苑捃華》、《晉唐小説六十種》、《文苑楂橘》作「㩧」。

〔二六〕賤質　原作「相生」，據明鈔本、陳校本、《虞初志》、《豔異編》、《唐人百家小説》、《重編説郛》、《唐人説薈》、《龍威秘書》、《藝苑捃華》、《晉唐小説六十種》、《文苑楂橘》改。《廣記詳節》「質」字亦模糊可辨。

〔二七〕於　原作「子」，據明鈔本、陳校本、《四庫》本、《虞初志》、《豔異編》、《唐人百家小説》、《重編説郛》、《唐人説薈》、《龍威秘書》、《藝苑捃華》、《晉唐小説六十種》、《文苑楂橘》改。《廣記詳節》字跡模糊，然非「子」字。

〔二八〕初　原作「以」，據明鈔本、孫校本、陳校本、《虞初志》、《豔異編》、《情史》、《唐人百家小説》、《重編説郛》、《唐人説薈》、《龍威秘書》、《藝苑捃華》、《晉唐小説六十種》、《文苑楂橘》改。

〔二九〕有意　原作「思」，據《虞初志》、《豔異編》、《情史》、《唐人百家小説》、《重編説郛》、《唐人説薈》、《龍威秘書》、《藝苑捃華》、《晉唐小説六十種》、《文苑楂橘》改。

〔二〇〕 唯 《廣記詳節》上有一字，似爲「但」字。

〔二一〕 之 《廣記詳節》作「深」。

〔二二〕 吾素以操直爲志尚 「吾」原作「善」，據《廣記詳節》改。《虞初志》、《豔異編》、《唐人百家小説》、《重編説郛》、《唐人説薈》、《龍威秘書》、《藝苑捃華》、《晉唐小説六十種》、《文苑楂橘》作「某」。「直」原作「真」，據《廣記詳節》、《豔異編》、《文苑楂橘》改。《四庫》本、《虞初志》、《唐人百家小説》、《重編説郛》、《唐人説薈》、《龍威秘書》、《藝苑捃華》作「貞」。

〔二三〕 幸 原作「心」，據《廣記詳節》改。

〔二四〕 國容 原譌作「國客」，據明鈔本、陳校本、《廣記詳節》改。按：國容，國色，指龍女。

〔二五〕 徙 此字原無，據明鈔本、陳校本、《廣記詳節》、《虞初志》、《豔異編》、《唐人百家小説》、《重編説郛》、《唐人説薈》、《龍威秘書》、《藝苑捃華》、《晉唐小説六十種》、《文苑楂橘》補。

〔二六〕 異 明鈔本、陳校本、《廣記詳節》作「惑」。

〔二七〕 莫知其跡 《廣記詳節》作「代莫知跡」。

〔二八〕 稍 此字原無，據明鈔本、陳校本、《廣記詳節》、《虞初志》、《豔異編》、《唐人百家小説》、《重編説郛》、《唐人説薈》、《龍威秘書》、《藝苑捃華》、《晉唐小説六十種》、《文苑楂橘》補。

〔二九〕 以自苦也 《廣記詳節》作「自覩衰狀」，明鈔本「衰」譌作「之」。

〔三〇〕 者 《唐人小説》校改作「著」。

〔三二〕大　《廣記詳節》作「鯁」。

〔三三〕鄰其境　八卷本《虞初志》「境」作「意」，陳校本、《廣記詳節》作「憐其意」，七卷本《虞初志》、《豔異編》、《唐人百家小説》、《重編説郛》、《唐人説薈》、《龍威秘書》、《藝苑捃華》、《晉唐小説六十種》、《文苑楂橘》作「憐其意矣」。《會校》據陳本改。

按：本篇原收於唐末陳翰《異聞集》，《廣記》即據《異聞集》引録。《廣記》多以人名爲題，此篇題爲《柳毅》，故後世稗編多題作《柳毅傳》。然據《類説》卷二八《異聞集》，原名作《洞庭靈姻傳》。又者，南宋胡穉《箋注簡齋詩集》卷一八《遊南嶂同孫信道》注引《異聞録·洞庭靈煙（姻）傳》，《施注蘇詩》卷一四《起伏龍行》注引《洞庭靈姻傳》，同書卷三四《題毛女真》注引《異聞集·洞庭靈姻傳》，李壁《王荆公詩箋注》卷三六《舒州七月十七日雨》注引《洞庭靈姻傳》，郎曄《經進東坡文集事略》卷二《洞庭春色賦》注引《洞庭靈姻傳》，張邦基《墨莊漫録》卷五云「雨工見《洞庭烟傳》」（按：《稗海》本「烟」作「靈怪」，「靈怪」乃「靈姻」之譌），凡此皆可爲證。又者，晚唐裴鉶《傳奇·蕭曠》云「近日人世或傳柳毅靈姻之事」，五代佚名《鐙下閑談》卷下《湘妃神會》洞庭龍女詩云「當此不知多少恨，至今空寄在靈姻」，北宋晏殊《晏元獻公類要》卷一《兩浙路·蘇》引《異聞集》，云「有儒生柳毅與龍女靈姻」。傳文中並無「靈姻」二字，亦必是據題而言也。

《廣記》此篇，後又收入《虞初志》、《豔異編》、《情史類略》、《五朝小説·唐人百家小説》、《重編説郛》、《唐人説薈》、《龍威秘書》、《藝苑捃華》、《晉唐小説六十種》等，大都題作《柳毅傳》，《情史》有所删削。明晁瑮《寶文堂書目》子雜類、高儒《百川書志》傳記類著録有《柳毅傳》，未必有單行本傳世，蓋據《虞初志》耳。

傳文云開元末薛嘏爲京畿令，謫官東南，經洞庭見毅，遺藥五十丸，云一丸可增一歲，歲滿復來，嘏殆四紀，亦不知所在。自開元末（七四一）下數四十八年或五十年，在貞元五年至七年間（七八九—七九一），然則此傳約作於貞元中。

柳氏傳

許堯佐　撰

許堯佐，峽州（治今湖北宜昌市）人。禮部尚書許康佐之弟。德宗貞元三年（七八七）邢君牙爲鳳翔隴州觀察使，堯佐時方下第，曾往謁求丐。六年，及進士第。十年，舉賢良方正能直言極諫科，授太子校書郎。秩滿，西川節度使韋臯雅聞其才，辟爲判官，帶協律郎銜。十六年，復入涇原節度使劉昌幕。憲宗元和八年（八一三），任吉州司户參軍。十年，爲江西觀察使推官。十一年，以左贊善大夫充册立弔祭副使出使南詔。官終諫議大夫，卒年不詳。（據《舊唐書》卷一八九下、《新唐書》卷二〇〇《許康佐傳》，《舊唐書》卷一九七《西南蠻傳》，元稹《元氏長慶集》卷一一《酬許五康佐》，權德輿《權載之文集》卷三八《送許協律判官赴西川序》，《太平廣記》卷四九六引《乾巽子》，《唐會要》卷七六，《太平寰宇記》卷一〇七《江南西道五·信州·上饒縣》，計有功《唐詩紀事》卷四一，陳思《寶刻叢編》卷一五《唐東林寺律大德粲公碑》，參考陶敏《全唐詩作者小傳補正》）

天寶中，昌黎韓翃〔一〕有詩名，性頗落托，羈滯貧甚。有李生者，與翃友善，家累千金，負氣愛才。其幸姬曰柳氏，豔絶一時，喜談謔，善謳詠。李生居之别第，與翃爲宴歌之地，而館翃於其側。翃素知名，其所候問，皆當時之彦。柳氏自門窺之，謂其侍者曰：「韓夫子豈長貧賤者乎！」遂屬意〔二〕焉。李生素重翃，無所悋惜。後知其意，乃具膳請翃飲。酒酣，李生曰：「柳夫人容色非常，韓秀才文章特異。欲以柳薦枕於韓君，可乎？」翃驚慄，避席曰：「蒙君之恩，解衣輟食久之，豈宜奪所愛乎？」李堅請之。柳氏知其意誠，乃再拜，引衣接席，李坐翃於客位〔三〕，引滿極歡。李生又以資三十萬，佐翃之費。翃仰柳氏之色，柳氏慕翃之才，兩情皆獲，喜可知也。明年，禮部侍郎陽浚〔四〕擢翃上第。屏居間歲，柳氏謂翃曰：「榮名及親，昔人所尚。豈宜以濯浣之賤，稽採蘭之美乎？且用器資物，足以待〔五〕君之來也。」翃於是省家于清池〔六〕。歲餘，乏食，鬻粧具以自給。

天寶末，盜覆二京，士女奔駭。柳氏以豔獨異，且懼不免，乃剪髮毁形，寄跡法雲寺〔七〕。是時，侯希逸自平盧節度淄青，素藉翃名，請爲書記。洎宣皇帝以神武返正，翃乃遣使間行求柳氏，以練囊盛麩金，題之曰：「章臺柳，章臺柳，昔日青青今在否〔八〕？縱使長條似舊垂〔九〕，亦應攀折〔一〇〕他人手。」柳氏捧金嗚咽，左右悽憫，答之曰：「楊柳枝，芳菲節，所恨〔一一〕年年贈離別。一葉隨風忽報秋，縱使君來豈堪折〔一二〕！」無何，有蕃將沙吒利〔一三〕者，初立功。竊知柳氏之色，劫以歸第，寵之專房。及希逸除左僕射〔一四〕，入覲，翃得從行。至京師，已失柳氏所止，歎想不已。偶於龍首岡，見蒼頭以駮牛駕輜軿，從兩女奴。翃偶隨之，自車中問曰：「得非韓員外乎？某乃柳氏也。」使女奴竊言失身沙吒利，阻同車者，請詰旦幸相待於道政里門。及期而往，以輕素結玉合，實以香膏，自車中授之，曰：「當遂永訣，願寘誠念。」乃回車，以手揮之，輕袖摇摇，香車轔轔，目斷意迷，失於驚塵〔一五〕，翃大不勝情。

會淄青諸將合樂酒樓，使人請翃。翃强應之，然意色皆喪，音韻悽咽。有虞候許俊者，以材力自負，撫劍言曰：「必有故，願一效用。」翃不得已，具以告之。俊曰：「請足下數字，當立致之。」乃衣縵胡，佩雙鞬，從一騎，徑造沙吒利之第。候其出行里餘，乃被衽執轡，犯關排闥，急趨而呼曰：「將軍中惡，使召夫人！」僕侍辟易，無敢仰視。遂升堂，出翃札示柳氏，挾之跨鞍馬，逸塵斷鞅，倏忽乃至。引裾而前曰：「幸不辱命。」四座驚歎。柳氏與翃執手涕泣，相與罷酒。是時沙吒利恩寵殊等，翃、俊懼禍，乃詣希逸。希逸大驚曰：「吾平生所爲事，俊乃能爾乎！」遂獻狀曰：「檢校尚書金部員外郎兼御史韓翃，久列參佐，累彰勳效。頃從鄉賦，有妾柳氏，阻絶凶寇，依止名尼。今文明撫運，遐邇率化。將軍沙吒利兇恣撓法，憑恃微功，驅有志之妾，干無爲之政。臣部將兼御史中丞許俊，族本幽薊，雄心勇決，却奪柳氏，歸於韓翃。義切中抱，雖昭感激之誠；事不先聞，固乏訓齊之令。」尋有詔，柳氏宜還韓翃，沙吒利賜錢二百萬。柳氏歸翃，翃後累遷至中書舍人。

然即柳氏，志防閑而不克者；許俊，慕感激而不達者也。向使柳氏以色選，則當熊、辭輦之誠可繼；許俊〔二六〕以才舉，則曹柯、澠池之功可建。夫事由跡彰，功待事立。惜鬱堙不偶，義勇徒激，皆不入於正。斯豈變之正乎？蓋所遇然也。（據中華書局版汪紹楹點校本《太平廣記》卷四八五《雜傳記二》校録）

〔一〕韓翃　「翃」原作「翊」，據南宋曾慥《類説》卷二八《異聞集·柳氏述》、皇都風月主人《緑窗新話》卷上《沙吒利奪韓翃妻》引《異志》、祝穆《古今事文類聚》後集卷一七引《異聞集》（按：實取《本事詩》文）、羅燁《新編醉翁談録》癸集卷二《韓翃柳氏遠離再會》、元佚名《氏族大全》卷一六《章臺柳》、明林近陽及馮夢龍增補之《燕居筆記》卷九《柳氏傳》、彭大翼《山堂肆考》卷九九引《異聞録》改。下同。按：韓翃，大曆十才子之一，《新唐書》卷二〇三、南宋計有功《唐詩紀事》卷三〇、元辛文房《唐才子傳》卷四皆有傳略。唐人唐詩選本，高仲武《中興間氣集》卷上、姚合《極玄集》卷下、韋莊《又玄集》卷上均亦作「翃」，唯韋縠《才調集》卷九作「翊」。孟啓《本事詩·情感》亦載此事，《津逮祕書》本、《歷代詩話續編》本作「翃」，《顧氏文房小説》本作「翊」。

〔二〕屬意　明陸采《虞初志》卷六《柳氏傳》、秦淮寓客《緑窗女史》卷一一《章臺柳傳》、胡文煥《稗家粹編》卷一《柳氏傳》、《五朝小説·唐人百家小説》傳奇家《章臺柳傳》作「適意」，舊題明王世貞《豔異編》卷二三《柳氏傳》、《燕居筆記》、《山堂肆考》作「通意」。

〔三〕李坐翃於客位　王夢鷗《唐人小説校釋》上集《柳氏傳》校：「『翊』字疑當爲『柳』。此處李具饍邀翊飲宴，翊本即坐於客位。惟柳氏隨侍李側，既遣嫁故使伴韓翊坐於客位也。……孟棨《本事詩》之文可以比校。」按：原文未必有誤。已言柳引衣接席，復又言坐柳於客席，意思顛倒重復。而先言柳氏接席，再言坐翃於客位，二者實同時所爲。李、柳、韓别第飲宴，其始殆隨意而坐，未曾分主客之位（客位面東爲尊）。待贈柳與韓，爲示恭敬，故特别坐韓於客位，柳氏亦與韓接席而坐。《本事詩》云：「一日，具饌邀韓。酒酣，謂韓曰：『秀才當今名士，柳氏當今名色，以名色配名士，不亦可乎？』遂命柳從坐接韓。」謂柳接韓而坐，亦即此傳「引衣接席」也。

〔四〕陽浚　原作「楊度」，《豔異編》、《燕居筆記》、《山堂肆考》作「楊渡」。按：徐松《登科記考》卷九天寶十二載：「知貢舉：楊浚。」注：「見《唐語林》。按諸書所引，楊或作陽，浚或作俊，又作涣，皆非。李華《三賢論》：『禮部侍郎楊浚掌貢舉，問蕭穎士求人，海内以爲德選。』」岑仲勉《登科記考訂補》云：「余按曲石藏《唐故朝散大夫太子左贊善大夫隴西李府君（咄）墓誌銘并序》，咄卒天寶十三載十二月，以翌年十一月葬，撰人題『禮部侍郎集賢院學士陽浚撰』，是作『陽』者不誤。徐氏唯知信《三賢論》，殊不知傳刻之訛，固不限於某書也。」孟二冬《登科記考補正》引岑語，按云：「岑補所引墓誌又見《彙編》『天寶二七二』（周紹良藏拓本），惟『咄』作『朏』。」嚴耕望《唐僕尚丞郎表》卷一六《輯考五下・禮侍》亦云：「諸書所引，其姓『楊』、『陽』不同，其名『浚』、『俊』（如摭言七）、『涣』亦異，徐考定從『楊浚』。今考萃編八九顔真卿元結墓誌云：『天寶十二載舉進士，作文編，禮部侍郎陽浚曰，一第汙元子耳。』全唐文三四四收此碑及新一四二元結傳並同。姑從石刻作『陽浚』。又太平廣記四八五許堯佐柳氏傳：『天寶中，昌黎韓翊有詩名……禮部侍郎楊度擢翊上第……』云云。『度』必『浚』之譌。」李朏墓誌拓片釋文今載《唐代墓誌彙編》，《金石萃編》所載元結墓誌，《唐代墓誌彙編》及《續集》未收，蓋拓本已亡。二墓誌皆作「陽浚」，石刻當時之物，不應有誤，是作「陽浚」鑿然無疑。而許堯佐去天寶未遠，其叙韓翊經歷班班可考，似不應不詳陽浚姓名正確寫法。嚴耕望謂「度」必「浚」之譌固是，然頗疑「楊」字亦係傳寫傳刻譌字，非堯佐原稿即有此誤也。今改作「陽浚」。

〔五〕待　《虞初志》，《緑窗女史》，《稗家粹編》，《唐人百家小説》、清蓮塘居士《唐人説薈》第十一集、馬俊良《龍威秘書》四集、顧之逵《藝苑捃華》、民國俞建卿《晉唐小説六十種》之《章臺柳傳》作「佇」，《豔異編》、《燕居筆記》作「伺」。按：佇、伺，皆有待意。

〔六〕清池　《山堂肆考》作「清河」。按：清池縣唐爲滄州（天寶中名景城郡）治所，即今河北滄州市東南東關鎮。清河縣唐爲貝州（天寶中改清河郡）治所，即今河北清河縣舊城西北。諸本皆作「清池」，《山堂肆考》誤。

〔七〕法雲寺　「雲」原作「靈」，據《類説》、《醉翁談録》改。按：唐長安一帶無法靈寺而有法雲寺。李芳民《唐五代佛寺輯考》於關内道京兆府列入法靈寺，所據即《柳氏傳》，且云「據下文所述文意，法靈寺當在西京長安，具體所在與創建沿革未詳，俟考」，殊不知「法靈寺」乃「法雲寺」之譌。法雲寺在長安宣平坊西南隅，乃尼寺。徐松《唐兩京城坊考》卷三：「隋開皇三年（五八三）鄖國公韋孝寬所立，初名法輪寺，睿宗在儲，改法雲寺。景龍二年（七〇八），韋庶人改翊聖寺，景雲元年（七一〇）復舊。」

〔八〕章臺柳章臺柳昔日青青今在否　《本事詩·情感》「昔」作「往」；宋阮閲《詩話總龜》前集卷二三引《古今詩話》「青青」作「依依」；《唐詩紀事》「章臺柳」未重疊，「昔日」作「顔色」；南宋佚名《錦繡萬花谷》後集卷一五引（無出處）作「往日依依」；《事文類聚》、南宋謝維新《古今合璧事類備要》前集卷五三引《異聞録》（實引《本事詩》）「章臺柳」未重疊，「昔」作「往」。

〔九〕似舊垂　《詩話總龜》「似舊」作「拂地」，《萬花谷》「垂」作「時」。

〔一〇〕亦應攀折　《詩話總龜》「亦應」作「如今」，《醉翁談録》作「争知」；凌性德刊七卷本《虞初志》、《緑窗女史》、《稗家粹編》、《唐人百家小説》、《唐人説薈》、《龍威秘書》、《藝苑捃華》及《唐詩紀事》、《萬花谷》、《事文類聚》、《事類備要》、《氏族大全》、清萬樹《詞律》卷一韓翃《章臺柳》「亦」作「也」。《豔異編》、《燕居筆記》「攀」作「扳」。

〔一一〕所恨　《詩話總龜》作「可惜」；《本事詩》、《唐詩紀事》、《事文類聚》、《事類備要》、《氏族大全》、

《山堂肆考》、《詞律》「所」作「可」。

〔一二〕君來豈堪折　《詩話總龜》作「歸來不堪折」，《氏族大全》作「君來不堪折」。

〔一三〕沙吒利　《類説》、《氏族大全》、《虞初志》、《緑窗女史》、《稗家粹編》、《唐人百家小説》、《燕居筆記》、《唐人説薈》、《龍威秘書》、《藝苑捃華》、《晉唐小説六十種》「吒」謁作「叱」。按：《舊唐書》卷八四《劉仁軌傳》載：顯慶五年（六六〇），「高宗征遼，令仁軌監統水軍……百濟諸城皆復歸……先是，百濟首領沙吒相如、黑齒常之，自蘇定方軍迴後，鳩集亡散，各據險，以應福信，至是率其衆降唐。」又有將軍沙吒忠義，兩《唐書》多有記，《舊唐書》卷六《則天皇后紀》載：萬歲通天二年（六九七）五月，命右武威衛大將軍沙吒忠義爲前軍總管。沙吒一姓出百濟，百濟乃朝鮮半島古國，地域在今韓國西部。

〔一四〕左僕射　《舊唐書》卷一二四、《新唐書》卷一四四《侯希逸傳》均作右僕射，《金石萃編》卷一〇二《顏魯公書朱巨川告身》則作左僕射。

〔一五〕驚塵　《虞初志》、《緑窗女史》、《稗家粹編》、《唐人百家小説》、《唐人説薈》、《龍威秘書》、《藝苑捃華》、《晉唐小説六十種》作「魂魄」。

〔一六〕俊　《虞初志》、《緑窗女史》、《唐人百家小説》作「侯」。

按：堯佐貞元中數遊邊幕，此作當作於此間。本篇原載《太平廣記》卷四八五《雜傳記二》，題許堯佐譔，後取入《虞初志》卷六（凌性德刊七卷本卷五）、《豔異編》卷二三、林近陽及馮夢龍增補《燕居筆記》卷九、《稗家粹編》卷一、《緑窗女史》卷一一、《五朝小説·唐人百家小説》、《唐人説薈》第十一集（同治八年刊本卷一四）、《龍威秘書》四集《晉唐小説暢觀》、《藝苑捃華》、《晉唐小説六十種》、《舊小説》乙集等。《緑窗女史》以下諸書改題《章臺柳傳》。《虞初志》八卷本、《豔異編》、《燕居筆記》、《稗家粹編》不著撰人，餘皆題唐許堯佐。《稗家粹編》删去篇末議論。明晁瑮《寶文堂書目》子雜類著録《柳氏傳》，高儒《百川書志》傳記類著録許堯佐《柳氏傳》一卷，蓋據《虞初志》。宋末羅燁《醉翁談録》癸集卷二《重圓故事》有《韓翃柳氏遠離再會》一篇，文同《類説》。唐末陳翰《異聞集》收入此傳，《類説》卷二八《異聞集》有節，題《柳氏述》，述亦傳也。

魂遊上清記

趙 業 撰

趙業，明經及第，貞元中官巴州清化縣（今四川旺蒼縣木門鎮木門場）令。（據本篇）

明經趙業〔一〕，貞元中，選授巴州清化縣令。失志成疾，惡明，不飲食四十餘日。忽覺空〔二〕中雷鳴，頃有赤氣如鼓，輪轉至牀，騰上，當心而住。初覺精神遊散，奄如夢中。有朱衣平幘者，引之東行，出山斷處，有水東西流，人甚衆，久立視之。又東行〔三〕，一橋餙以金碧。過橋，北入一城，至曹司中，人吏甚衆。見妹聟賈奕與己争殺牛事，疑是冥司，遽逃避至一壁間，牆如黑石〔四〕，高數丈，聽有呵喝聲。朱衣者遂領入大院，吏通曰：「司命過人。」復見賈奕，因與辨對。奕固執之，無以自明。忽有巨鏡徑丈，虛懸空中，仰視之，宛見賈奕鼓刀，趙負門，有不忍之色，奕始伏罪。朱衣人又引至司人院，一人被褐帔紫霞冠，狀如尊像，責曰：「何故竊撥〔五〕幞頭二事，在滑州市隱橡子三升？」因拜之無數。

朱衣者復引出，謂曰：「能遊上清乎？」乃共登一山，下臨流水，其水懸注騰沫，人隨流而入者千萬，不覺身亦隨流。良久，住大石上，有青白暈道。朱衣者變成兩人，一道〔六〕之，一促之，乃升石崖上立，坦然無塵。行數里，旁有草如紅藍，莖葉密，無刺，其花拂拂然飛散空中。又有草如苣，附地，亦飛花，初出如馬勃，破，大如疊，赤黄色。過此，見火如山，横亘天，候燄絶乃前。至大城，城上重譙，街列菓樹，仙子爲伍，迭謡鼓樂，仙姿絶世。凡歷三重門，丹雘〔七〕交焕，其地及壁，澄光可鑑。上不見天，若有絳暈都覆之。正殿三重，悉列尊像。見道士一人，如舊相識。趙求爲弟子，不許。諸樂中如琴者，長四尺，九絃，近頭尺餘方廣。中有兩道横，以變聲。又一如〔八〕酒榼，三絃，長三尺，腹面上廣下狹，背豐隆。頃有過録，乃引出。闕南一院，中有絳冠紫霞帔，命與二朱衣人坐廳事，乃命先過戊申録。録如人間詞狀，首冠人生辰，次言姓名年紀，下注生月日，别行横布六旬甲子，所有功過，日下具之，如無，即書無事。趙自窺其録，姓名生辰日月，一無差錯也。過録者數盈億兆。朱衣人言：「每六十年，天下人一過録，以考校善惡，增損其筭也。」朱衣者引出北門，至向路，執手别曰：「遊此是子之魂也。可尋此行，勿返顧，當達家矣。」依其言，行稍急，蹶倒，如夢覺，死已七日矣。（據《四部叢刊初編》景印明李雲鵠刊趙琦美脉望館校本《酉陽雜俎》前集卷二《玉格》校録，又《太平廣記》卷三八一引《酉陽雜俎》）

〔一〕趙業　《廣記》談愷刻本、清黄晟校刊本「業」作「裴」，清孫潛校本、《四庫》本作「業」，《類説》卷四二《酉陽雜俎·上清戊申録》作「光」。

〔二〕空　《廣記》、《稗海》本、《津逮祕書》本、《四庫》本、《學津討原》本及清蓮塘居士《唐人説薈》第十二集、馬俊良《龍威秘書》四集、顧之逵《藝苑捃華》、民國王文濡《説庫》、俞建卿《晉唐小説六十種》之《酉陽雜俎》卷上作「室」。

〔三〕久立視之又東行　「之又」原作「又之」，據《學津》本、《廣記》乙改。

〔四〕黑石　原作「石黑」，據《津逮》本、《四庫》本、《學津》本及《唐人説薈》、《龍威秘書》、《藝苑捃華》、《説庫》本改。

〔五〕撥　明趙琦美校脉望館本校：「一作『他』。」按：《廣記》作「他」。撥，取也。

〔六〕道　《廣記》作「導」。道，通「導」。

〔七〕臒　《廣記》及《唐人説薈》、《龍威秘書》、《藝苑捃華》、《説庫》、《晉唐小説六十種》作「臒」。按：臒，同「臒」，紅色顔料，代指紅色。

〔八〕一如　原作「如一」，據《廣記》乙改。

按：《酉陽雜俎》末云：「趙著《魂遊上清記》，叙事甚詳悉。」知乃取自趙業之作，文字當有删略。此乃趙業自述，原文當爲第一人稱。事在貞元中，作記之時也。

唐五代傳奇集第二編卷九

南柯太守傳

李公佐 撰

李公佐，字顓蒙，隴西（治今甘肅隴西縣東南）人。行二十三。曾舉進士。代宗大曆中官廬州。憲宗元和六年（八一一）爲淮南節度使從事，後又爲江南西道觀察使判官，八年罷居建業，是年冬於潤州館於浙西觀察使薛苹處。一生浪跡江湖，與白行簡爲友。撰《建中河朔記》六卷，已佚。（據杜光庭《神仙感遇傳》卷三《李公佐》、《雲笈七籤》卷九九《李公佐仙僕詩一首并序》、唐段成式《酉陽雜俎》前集卷一四《諾皋記上》、宋陳振孫《直齋書録解題》卷五雜史類及李公佐傳奇作品自叙）

東平淳于棼，吴楚游俠之士。嗜酒使氣，不守細行，累巨産，養豪客。曾以武藝補淮南軍裨將，因使酒忤帥，斥逐落魄，縱誕飲酒爲事。家住廣陵郡東十里，所居宅南有大古槐一株，枝幹修密[一]，清陰數畝，淳于生日與群豪大飲其下。貞元十年[二]九月，因沈醉致疾，時二友人於坐扶生歸家，卧於堂東廡之下。二友謂生曰：「子其寢矣，余將秣馬濯足，俟子小愈而去。」生解巾就枕，昏然忽忽，髣髴若夢。見二紫衣使者，跪拜生曰：「槐安國王遣小臣致命奉邀。」生不覺下榻整衣，隨二使至門，見青油小車，駕以四[三]牡，左右從者七八人[四]，扶生上車，出大户，指古槐穴而去。使者即驅入穴中，生意頗甚異之，不敢致問。

忽[五]見山川風候，草木道路，與人世甚[六]殊。前行數十里，有郛郭城堞，車輿人物，不絶於路。生左右傳車者傳呼甚嚴，行者亦争闢於左右。又入大城，朱門重樓，樓上有金書，題曰「大槐安國」。執門[七]者趨拜奔走，旋有一騎傳呼曰：「王以駙馬遠降，令且息東華館。」因前導而去。俄見一門洞開，生降車而入。彩檻雕楹，華木珍果，列植於庭下；几案茵褥，簾幃殽膳，陳設於庭上。生心甚自悦。復有呼曰：「右相且至。」生降階祗奉。有一人紫衣象簡前趨，賓主之儀敬盡焉。右相曰：「寡君不以弊國遠僻，奉迎君子，託以姻親。」生曰：「某以賤劣之軀，豈敢是望！」右相因請生同詣其所。行可百步，入朱門，矛戟斧鉞，布列左右；軍吏數百，辟易道側。生有平生酒徒周弁者，亦趨其中，生私心悦之，不敢前問。右相引生升廣殿，御衛嚴肅，若至尊之所。見一人長大端嚴，居正位，衣素練服，簪朱華冠。生戰慄，不敢仰視。左右侍者令生拜。王曰：「前奉賢尊命，不棄小國，許令次女瑶芳奉事君子。」生但俯伏而已，不敢致詞。王曰：「且就賓宇，續造儀式。」有頃[八]，右相亦與生偕還館舍。生思念之，意以爲父在邊將，因殁〔九〕虜中，不知存亡。將謂父北蕃交遜〔一〇〕，而致兹事。心甚迷惑，不知其由。

是夕，羔雁〔一一〕幣帛，威容儀度，妓樂絲竹，殽膳燈燭，車騎禮物之用，無不咸備。有群女，或稱華陽姑，或稱青溪姑，或稱上仙子，或稱下仙子，若是者數輩，皆侍從數十〔一二〕，冠翠鳳冠，衣金霞帔，綵碧金鈿，目不可視。遨遊戲樂，往來其門〔一三〕，争以淳于郎爲戲弄。風態妖麗，言詞巧豔，生莫能對。復有一女謂生曰：「昨上巳日，吾從靈芝夫人過禪智寺，於天竺院觀石延〔一四〕舞《婆羅門》。吾與諸女坐北牖石榻上。時君少年，亦解騎來看，君獨强來親洽，言調笑謔。吾與瓊英〔一五〕妹結絳巾，挂於竹枝上，君獨不憶念之乎？又七月十六日，吾於孝感寺侍上真子，聽契玄法師講《觀音經》。吾於講下捨金鳳釵兩隻，上真子捨水犀合子一枚。時君亦謁〔一六〕筵中，於師處請釵合視之，賞歎再三，嗟異良久，顧余輩曰：『人之與物，皆非世間所有。』或問吾氏〔一七〕，或訪吾里，吾亦不答。情意戀戀，矚盼不捨，君豈不思念之乎？」生乃應〔一八〕曰：「中心藏之，何日忘之。」群女曰：「不意今日與君爲眷屬。」復有三人，冠帶甚偉，前拜生曰：「奉命爲駙馬相者。」中一人，與生且故，生指曰：「子非馮翊田子華乎？」田〔一九〕曰：「然。」生前，執手叙舊久之。生謂曰：「子何以居此？」子華曰：「吾放遊，獲受知於右相武成侯段公，因以栖託。」生復問曰：「周弁在此，知之乎？」

子華曰：「周生貴人也，職爲司隸，權勢甚盛，吾數蒙庇護。」言笑甚歡。俄傳聲曰：「駙馬可進矣。」三子取劍佩冕服，更衣之。子華曰：「不意今日獲覩盛禮，無以相忘也。」又〔二〇〕有仙姬數十，奏諸異樂，婉轉清亮，曲調悽悲，非人間之所聞聽。有執燭引導者亦數十，左右見金翠步障，彩碧玲瓏，不斷數里。生端坐車中，心意恍惚，甚不自安，田子華數言笑以解之。向者群女姑姊〔二一〕，各乘鳳翼輦，亦往來其間。至一門，號「修儀宮〔二二〕」，群仙姑姊，亦紛然在側，令生降車輦拜，揖讓升降，一如人間。徹障去扇，見一女子，云號「金枝公主」，年可十四五，儼若神仙。交歡之禮，頗亦明顯。

生自爾情義日洽，榮曜日盛，出入車服，遊宴賓御，次於王者。王命生與群寮備武衛，大獵於國西靈龜山。山阜峻秀，川澤〔二三〕廣遠，林樹豐茂，飛禽走獸，無不蓄之。師徒大獲，竟夕而還。生因他日啓王曰：「臣頃結好之日，大王云奉臣父之命。臣父頃佐邊將，用兵失利，陷没胡中，爾來絶書信〔二四〕十七八歲矣。王既知所在，臣請一往拜覲。」王遽謂曰：「親家翁職守北土，信問不絶，卿但具書狀知聞，未用便去。」遂命妻致饋賀之禮，一以遣之〔二五〕。數夕還答，生驗書本意，皆父平生之跡。書中憶念教誨，情意委曲，皆如昔年。復問生親戚存亡，閭里興廢。復言路道乖遠，風煙阻絶，詞意悲苦，言語哀傷。又不令生來覲，但〔二六〕云：「歲在丁丑，當與女〔二七〕相見。」生捧書悲咽，情不自堪。

他日，妻謂生曰：「子豈不思爲政[二八]乎？」生曰：「我放蕩，不習政事。」妻曰：「卿但爲之，余當奉贊。」妻遂白於王。累日[二九]，謂生曰：「吾南柯郡[三〇]政事不理，太守黜廢，欲藉卿才，可曲屈之[三一]，便與小女同行。」生敦授教命[三二]。王遂敕有司備太守行李，因出金玉、錦繡、箱奩、僕妾、車馬，列於廣衢，以餞公主之行。生少遊俠，曾不敢有望，至是甚悅。因上表曰：「臣將門餘子，素無藝術，猥當大任，必敗朝章。自悲[三三]負乘，坐致覆餗。今欲廣求賢哲，以贊不逮。伏見司隸潁川周弁，忠亮剛直，守法不回，有毗佐之器；處士馮翊田子華，清慎通變，達政化之源。二人與臣有十[三四]年之舊，備知才用，可託政事。周請署南柯司憲，田請署司農，庶使臣政績有聞，憲章不紊也。」王並依表以遣之。其夕，王與夫人餞于國南。王謂生曰：「南柯，國之大郡，土地豐壤[三五]，人物豪盛，非惠政不能以治之，況有周、田二贊[三六]。卿其勉之，以副國念。」夫人戒公主曰：「淳于郎性剛好酒，加之少年，爲婦之道，貴乎柔順，爾善事之，吾無憂矣。南柯雖封境不遥，晨昏有間，今日睽別，寧不沾巾！」生與妻拜首[三七]南去，登車擁騎，言笑甚歡。

累日[三八]達郡。郡有官吏、僧道、耆老、音樂、車轝、武衛、鑾鈴，争來迎奉。人物闐咽，鐘鼓喧譁，不絶十數里。見雉堞臺觀，佳氣鬱鬱。抵[三九]大城門，門亦有大榜，題以金字，曰「南柯郡城」。入[四〇]見朱軒棨户，森然深邃。生下車，省風俗，療病苦[四一]，政事委以[四二]

周、田，郡中大理。自守郡二十載，風化廣被，百姓歌謡，建功德碑，立生祠宇。王甚重之，賜食邑錫爵，位居台輔。周、田皆以政治著聞，遞遷大位。生有五男二女，男以門蔭授官，女亦娉于王族，榮耀顯赫，一時之盛，代〔四三〕莫比之。

是歲，有檀蘿國者，來伐是郡，王命生練將訓師以征之。乃表周弁將兵三萬，以拒賊之衆于瑶臺城。弁剛勇輕進〔四四〕，師徒敗績。弁單騎裸身潛遁，夜歸城，賊亦收輜重鎧甲而還。生因囚弁以請罪，王並捨〔四五〕之。是月，司憲周弁疽發背，卒。生妻公主遘疾，旬日又薨。生因請罷郡，護喪赴國，王許之。便以司農田子華行南柯太守事。生哀慟發引，威儀在途，男女叫號，人吏奠饌，攀轅遮道者，不可勝數。遂達于國，王與夫人素衣哭于郊，候靈轝之至。謚公主曰「順儀公主」，備儀仗、羽葆、鼓吹，葬于國東十里盤龍岡。是月，故司憲子榮信亦護喪赴國。

生久鎮外藩，結好中國，貴門豪族，靡不是洽。自罷郡還國，出入無恒，交遊賓從，威福日盛，王意疑憚之。時有國人上表云：「玄象謫見，國有大恐，都邑遷徙，宗廟崩壞。釁起他族，事在蕭牆。」時議以生侈僭之應也。遂奪生侍衛，禁生遊從，處之私第。生自恃守郡多年，曾無敗政，流言怨悖，鬱鬱不樂。王亦知之，因命生曰：「姻親二十餘年，不幸小女夭枉，不得與君子偕老，良用痛傷。夫人因留孫自鞠育之。」又謂生曰：「卿離家多時，可暫歸本里，一見親族，諸孫留此，無以爲念。後三年，當令迎卿〔四六〕。」生曰：「此乃家矣，何更歸焉？」王笑曰：「卿本人間，家非在此。」生忽若惛睡，瞢然久之，方乃發悟前事，遂流涕請還。王顧左右以送生，生再拜而去，復見前二紫衣使者從焉。至大户外，見所乘車甚劣，左右親使御僕，遂無一人，心甚歎異。

生上牛車〔四七〕，行可數里，復出大城，宛是昔年東來之途，山川原〔四八〕野，依然如舊。所送二使者，甚無威勢，生逾怏怏。乃〔四九〕問使者曰：「廣陵郡何時可到？」二使謳歌自若，久之〔五〇〕，乃〔五一〕答曰：「少頃即至。」俄出一穴，見本里閭巷，不改往日。潸然自悲，不覺流涕。二使者引生下車，入其門，升自階，己身卧于堂東廡之下。生甚驚畏，不敢前近。二使因大呼生之姓名數聲，生遂發寤如初。見家之僮僕擁篲〔五二〕于庭，二客濯足于榻，斜日未隱于西垣，餘樽尚湛于東牖〔五三〕。夢中倏忽，若度一世矣。

生感念嗟嘆，遂呼二客而語之，驚駭，因與生出外，尋槐下穴。生指曰：「此即夢中所經〔五四〕入處。」二客將謂狐狸木媚之所爲祟，遂命僕夫荷斤斧，斷擁腫，折查〔五五〕枿，尋穴究源。旁可袤丈，有大穴，洞然〔五六〕明朗，可容一榻。根〔五七〕上有積土壤，以爲城郭臺殿之狀，有〔五八〕蟻數斛，隱聚其中。中有小臺，其色若丹，二大蟻處之，素翼朱首，長可三寸。左右大蟻數十輔之，諸蟻不敢近，此其王矣，即槐安國都也。又窮一穴，直上南枝可四丈，宛轉方平〔五九〕，亦有土城小樓，群蟻亦處其中，即生所領南柯郡也。又一穴，西去二丈，磅礴空朽〔六〇〕，嵌窞〔六一〕異狀。中有一腐龜殼〔六二〕，大如斗，積雨浸潤，小草叢生，繁茂翳薈，掩暎振殼，即生所獵靈龜山也。又窮一穴，東去丈餘，古根盤屈，若龍虺之狀。中有小土壤〔六三〕，高尺餘，即生所葬妻盤龍岡之墓也。追想前事，感歎于懷，披閲〔六四〕窮跡，皆符所夢。不欲二客壞之，遽令掩塞如舊。是夕，風雨暴發。旦視其穴，遂失群蟻，莫知所去。故先言「國有大恐，都邑遷徙」，此其驗矣。復念檀蘿征伐之事，又請二客訪其〔六五〕跡于外。宅東一里，有古涸澗，側有大檀樹一株，藤蘿擁織，上不見日。旁有小穴，亦有群蟻隱聚其間。檀蘿之國，豈非此耶？

嗟乎！蟻之靈異，猶不可窮，况山藏木伏之大者所變化乎？時生酒徒周弁、田子華，並居六合縣，不與生過從旬日矣。生遽遣家僮疾往候之，周生暴疾已逝，田子華亦寢疾于牀。生感南柯之浮虚，悟人世之倏忽，遂栖心道門，絶棄酒色。後三年，歲在丁丑，亦終于家，時年四十七，將符宿契之限矣。

公佐貞元十八年秋八月，自吴之洛，暫泊淮浦，偶覩淳于生兒楚〔六六〕，詢訪遺跡。翻〔六七〕覆再三，事皆摭實，輒編録成傳，以資好事。雖稽神語怪，事涉非經，而竊位著生，冀將爲戒。後之君子，幸以南柯爲偶然，無以名位驕于天壤間云。

前華州參軍李肇贊曰：「貴極禄位，權傾國都。達人視此，蟻聚何殊。」（據中華書局版汪紹楹點校本《太平廣記》卷四七五引《異聞録》校録）

〔一〕密　明沈與文野竹齋鈔本、陸采《虞初志》卷三、冰華居士《合刻三志》志夢類、清蓮塘居士《唐人説薈》第十二集、馬俊良《龍威秘書》四集、《無一是齋叢鈔》、民國王文濡《説庫》、俞建卿《晉唐小説六十種》之《南柯記》作「永」，舊題明王世貞《豔異編》卷二二《淳于棼》作「長」。

〔二〕貞元十年　「貞元」前原有「唐」字，乃《廣記》編纂者所加，今删。明鈔本作「其後以」，《虞初志》、《合刻三志》、《唐人説薈》、《龍威秘書》、《説庫》「唐」作「以」字。「十年」原作「七年」，按：後文云淳于棼「後三年，歲在丁丑，亦終于家」，丁丑是貞元十三年，「七」字當爲「十」字之譌。王夢鷗《唐人小説校釋》下集亦謂：「七年當作十年。……『七』『十』二字易誤，此當依文改正。」今改。

〔三〕四　《虞初志》、《豔異編》、《合刻三志》、《唐人説薈》、《龍威秘書》、《無一是齋叢鈔》、《説庫》、《晉唐小説六十種》、朝鮮人編《删補文苑楂橘》卷二《淳于棼》作「白」。

〔四〕七八人　「人」字原無，據明鈔本補。《虞初志》、《合刻三志》、《唐人説薈》、《龍威秘書》、《無一是齋叢鈔》、《説庫》、《晉唐小説六十種》作「七人」，明馮夢龍《太平廣記鈔》卷五一作「數人」。

〔五〕忽　明鈔本、清孫潛校本、陳鱣校宋本、《虞初志》、《豔異編》、《合刻三志》、《文苑楂橘》作「豁」，張國風《太平廣記會校》據明鈔等三本改。按：豁，豁然。

〔六〕甚 《廣記鈔》作「不甚」。

〔七〕執門 明鈔本作「守門」，《會校》據改。按：執門即守門，執，掌管。

〔八〕有頃 原作「有旨」，據明鈔本、陳校本、《虞初志》、《豔異編》、《合刻三志》、《唐人説薈》、《龍威秘書》、《無一是齋叢鈔》、《説庫》、《晉唐小説六十種》、《文苑楂橘》改。

〔九〕殁 汪校本及《會校》據明鈔本改作「没」。按：殁，通「没」。《李太白全集》卷二二《安州應城玉女湯作》：「神女殁幽境，湯池流大川。」今回改。《虞初志》、《合刻三志》、《唐人説薈》、《龍威秘書》、《説庫》、《晉唐小説六十種》作「投」。

〔一〇〕交遜 汪校本及《會校》據明鈔本改作「交通」，《廣記鈔》同。《唐人説薈》民國二年石印本、《説庫》作「交遊」。按：作「交遜」不誤。唐代北部外族有突厥、契丹、奚、室韋、黑水靺鞨等。交遜，交好，友好來往，遜是謙恭之意。宋黄公度《知稼翁集》卷下《送同年林嘉言孔彰序》：「與人則廉、藺交遜，平、勃交歡之事，余知其優爲之矣。」劉克莊《後村先生大全集》卷一一六《謝聶閣舉自代啓》：「昔者虞廷夔、龍交遜，至於晉國韓、趙相先。」今回改。

〔一一〕羔雁 明鈔本、陳校本作「奠雁」，《會校》據改。按：二者皆通。羔雁，古用作徵召、晉謁、婚聘之禮物。《周禮·大宗伯》：「以禽作六摯，以等諸臣。孤執皮帛，卿執羔，大夫執雁，士執雉，庶人執鶩，工商執雞。」《玉臺新詠》卷二晉傅玄《有女篇豔歌行》：「媒氏陳束帛，羔雁鳴前堂。」奠雁，古人婚禮，定親迎親均獻雁爲禮，稱「奠雁」。《儀禮·士昏禮》：「昏禮，下達納采，用雁。……主人升，西面；賓升，北面，奠雁，再拜稽首。」

〔一二〕數十　原作「數千」，據明鈔本、《虞初志》、《合刻三志》、《唐人説薈》、《龍威秘書》、《無一是齋叢鈔》、《説庫》、《晉唐小説六十種》改。《豔異編》作「左右」。

〔一三〕門　明鈔本作「間」，《會校》據改。

〔一四〕石延　「石」原譌作「右」，據明鈔本、《虞初志》、《豔異編》、《合刻三志》、《唐人説薈》、《龍威秘書》、《無一是齋叢鈔》、《説庫》、《晉唐小説六十種》、《文苑楂橘》改。按：唐代西域有石國，在今烏兹别克斯坦塔什干一帶，國王以石爲姓。其國人擅長舞蹈，多有來唐居住者，並以石爲姓。李益詩《夜宴觀石將軍舞》（《全唐詩》卷二八三），石將軍當即石國人在唐因功爲將軍者。

〔一五〕瓊英　原作「窮英」，據《廣記》《四庫》本、《廣記鈔》、《虞初志》七卷本、《豔異編》、《合刻三志》、《唐人説薈》、《龍威秘書》、《無一是齋叢鈔》、《説庫》、《晉唐小説六十種》、《文苑楂橘》改。

〔一六〕謁　原作「講」，據《虞初志》、《合刻三志》、《唐人説薈》、《龍威秘書》、《無一是齋叢鈔》、《説庫》、《晉唐小説六十種》改。明鈔本作「時君在講筵中」，《會校》據改。

〔一七〕氏　原作「民」，據《虞初志》、《合刻三志》、《豔異編》、《唐人説薈》、《龍威秘書》、《無一是齋叢鈔》、《説庫》、《晉唐小説六十種》、《文苑楂橘》改。

〔一八〕乃應　此二字原無，據明鈔本補。

〔一九〕田　明鈔本、孫校本、陳校本作「因」，《會校》據改。

〔二〇〕又　此字原無，據明鈔本補。

〔二一〕姊　原作「娣」，據明鈔本、陳校本、《四庫》本、《虞初志》七卷本、《豔異編》、《合刻三志》、《唐人説薈》、《龍威秘書》、《無一是齋叢鈔》、《説庫》、《晉唐小説六十種》、《文苑楂橘》改。按：下文亦作「姊」。

〔二二〕宮　陳校本作「館」。

〔二三〕澤　明鈔本、陳校本、《虞初志》、《合刻三志》、《唐人説薈》、《龍威秘書》、《説庫》、《晉唐小説六十種》作「潭」。

〔二四〕信　明鈔本作「音」，孫校本、《虞初志》、《豔異編》、《合刻三志》、《唐人説薈》、《龍威秘書》、《無一是齋叢鈔》、《説庫》、《晉唐小説六十種》作「告」。

〔二五〕一以遺之　「一以」明鈔本作「遺人」，「遺」陳校本、《虞初志》、《豔異編》、《合刻三志》、《唐人説薈》、《龍威秘書》、《無一是齋叢鈔》、《説庫》、《晉唐小説六十種》作「遺」。

〔二六〕但　此字原無，據明鈔本補。

〔二七〕女　明鈔本作「汝」，《會校》據改。按：女，通「汝」。

〔二八〕政　明鈔本、孫校本、陳校本、《虞初志》、《豔異編》、《合刻三志》、《唐人説薈》、《龍威秘書》、《無一是齋叢鈔》、《説庫》、《晉唐小説六十種》作「官」，《會校》據明鈔等三本改。按：政，政事，爲政亦即做官。《論語·爲政》：「或謂孔子曰：『子奚不爲政？』」

〔二九〕累日　明鈔本作「王」。

〔三〇〕郡　此字原無，據明鈔本補。

〔三一〕可曲屈之　「曲屈」，《四庫》本作「曲就」，《廣記鈔》作「屈就」，《豔異編》、《文苑楂橘》作「屈往」。明鈔本此四字作「撫之」，南宋曾慥《類説》卷二八《異聞集·南柯太守傳》、祝穆《古今事文類聚》後集卷二一引陳翰《大槐宫記》、謝維新《古今合璧事類備要》別集卷五〇引《異聞》、陳景沂《全芳備祖》後集卷五引《異聞録》、《錦繡萬花谷》別集卷二三引《異聞集》、潘自牧《記纂淵海》明刊重編百卷本（《四庫全書》）卷七四引《異聞集》、元陰勁弦等《韻府群玉》卷三引《異聞録》、明唐順之《稗編》卷六五及彭大翼《山堂肆考》卷一三九引陳翰《大槐宫記》作「屈卿爲守」。

〔三二〕敦授教命　明鈔本、《豔異編》作「敬受教命」，《會校》據明鈔本改。陳校本、《文苑楂橘》作「敬授教命」。按：敦，恭敬。授，通「受」。《陳書》卷三五《周迪傳》：「璽書綸誥，撫慰綢繆，冠蓋縉紳，敦授重疊。」

〔三三〕悲　明鈔本作「慚」，《會校》據改。

〔三四〕十　明鈔本作「廿」。

〔三五〕壤　《虞初志》、《豔異編》、《合刻三志》、《唐人説薈》、《龍威秘書》、《無一是齋叢鈔》作「穰」。按：壤，通「穰」。

〔三六〕贊　明鈔本作「賢」，《會校》據改。

〔三七〕拜首　明鈔本作「拜辭」，《會校》據改。按：拜首，一種跪拜禮。下跪兩手相拱於地，俯頭至手。又稱拜手。張説《梁四公記》（《廣記》卷八一）：「使者流涕拜首，具言情實。」

〔三八〕日　原作「夕」，據《類説》、《事文類聚》、《事類備要》、《萬花谷》、重編本《記纂淵海》、《韻府群玉》、《稗編》改。

〔三九〕抵　原作「入」，據明鈔本改。

〔四〇〕入　此字原無，據明鈔本補。

〔四一〕療病苦　《類説》、《事文類聚》、《事類備要》、《全芳備祖》、《萬花谷》、重編本《記纂淵海》、《韻府群玉》、《稗編》、《山堂肆考》作「察疾苦」。

〔四二〕以　明鈔本、陳校本作「於」，《會校》據改。按：以，與也。

〔四三〕代　明鈔本作「殆」，《會校》據改。按：代，世也。唐人避李世民諱，改「世」爲「代」。

〔四四〕進　清黄晟校刊本、《四庫》本、《筆記小説大觀》本、《虞初志》七卷本、《豔異編》、《合刻三志》、《唐人説薈》、《龍威秘書》、《無一是齋叢鈔》、《説庫》、《晉唐小説六十種》、《文苑楂橘》作「敵」。《虞初志》八卷本作「適」。

〔四五〕捨　陳校本作「赦」，《會校》據改。

〔四六〕卿　原作「生」，據明鈔本改。

〔四七〕牛車　原無「牛」字，據孫校本、《虞初志》、《唐人説薈》、《龍威秘書》、《晉唐小説六十種》補。

〔四八〕原　原作「源」，據明鈔本、陳校本、《廣記鈔》、《虞初志》、《豔異編》、《合刻三志》、《唐人説薈》、《龍威秘書》、《無一是齋叢鈔》、《説庫》、《晉唐小説六十種》改。

〔四九〕乃　原作「生」，據明鈔本改。

〔五〇〕久之　「久」原爲闕字，汪校本據明鈔本補。孫校本、《虞初志》、《豔異編》、《合刻三志》、《唐人説薈》、《龍威秘書》、《無一是齋叢鈔》、《説庫》、《晉唐小説六十種》作「强」。《會校》據孫校本、明鈔本補作「强」。明鈔本究竟作何字，説法不一。《文苑楂橘》無「之」字。

〔五一〕乃　明鈔本作「方」。

〔五二〕簪　《類説》作「生」。

〔五三〕餘樽尚湛於東牖　明鈔本「湛」作「留」，《會校》據改。《萬花谷》「湛於」作「留」。按：湛，清澄。謂喝剩的酒還是清亮如新，未變得混濁，言時間之極短也。作「留」唯言尚在而已。《類説》嘉靖伯玉翁舊鈔本作「餘光尚映東牖」。

〔五四〕經　原作「驚」，據明鈔本、孫校本、陳校本、《虞初志》、《豔異編》、《合刻三志》、《唐人説薈》、《龍威秘書》、《無一是齋叢鈔》、《説庫》、《晉唐小説六十種》、《文苑楂橘》改。

〔五五〕查　陳校本作「木」。

〔五六〕洞然　前原有「根」字，據明鈔本、孫校本、《虞初志》、《豔異編》、《合刻三志》、《唐人説薈》、《龍威秘書》、《無一是齋叢鈔》、《説庫》、《晉唐小説六十種》删。

〔五七〕根　此字原誤植於上句「洞然明朗」上，據明鈔本、孫校本、陳校本、《虞初志》、《合刻三志》、《唐人説薈》、《龍威秘書》、《説庫》、《晉唐小説六十種》移改。

〔五八〕有　明鈔本上有「四週」二字，《會校》據補。

〔五九〕平　原作「中」，據明鈔本、孫校本、陳校本、《虞初志》、《豔異編》、《合刻三志》、《唐人説薈》、《龍威秘書》、《説庫》、《晉唐小説六十種》、《文苑楂橘》改。

〔六〇〕空朽　黄本、《四庫》本、《筆記小説大觀》本、《虞初志》八卷本、《無一是齋叢鈔》「朽」作「圬」，《虞初志》七卷本、《豔異編》、《合刻三志》、《唐人説薈》、《龍威秘書》、《説庫》、《晉唐小説六十種》、《文苑楂橘》作「墟」。按：「圬」同「圩」，凹陷。明鈔本作「中汙」。

〔六一〕窨　《虞初志》、《合刻三志》、《唐人説薈》、《龍威秘書》、《説庫》、《晉唐小説六十種》作「空」。

〔六二〕殼　《虞初志》、《合刻三志》、《唐人説薈》、《龍威秘書》、《説庫》、《晉唐小説六十種》作「板」。

〔六三〕小土壤　《類説》、《事文類聚》、《萬花谷》、重編本《記纂淵海》、《稗編》作「小墳」。

〔六四〕閲　明鈔本、《虞初志》、《豔異編》、《合刻三志》、《唐人説薈》、《龍威秘書》、《説庫》、《晉唐小説六十種》作「穴」。按：「閲」通「穴」。《詩經・曹風・蜉蝣》：「蜉蝣掘閲，麻衣如雪。」《文選》卷一三宋玉《風賦》「空穴來風」李善注引《莊子》曰：「空閲來風，桐乳致巢。」

〔六五〕其　此字原無，據明鈔本補。

〔六六〕兒楚　原誤作「棼」，據孫校本改。明鈔本作「貌」，《虞初志》、《豔異編》作「皃（或貌）楚」，「皃」即「貌」，乃「兒」字之形譌。

〔六七〕黐　明鈔本作「反」。

按：中唐李肇《國史補》卷下最早言及此傳，稱「近代……有傳蟻穴而稱李公佐《南柯太守》……文之妖也」。《唐語林》卷二《文學》引述，作李公佐《南柯太守傳》。晚唐陳翰唐傳奇選集《異聞集》收入此傳，《廣記》卷四七五所引據《異聞録》，亦即《異聞集》也。《廣記》依其體例，標目《淳于棼》，未用原題。《紺珠集》卷一〇陳翰《異聞集》摘《槐安國》、《南柯太守》、《檀蘿國》三節。《類説》卷二八陳翰《異聞集》有《南柯太守傳》節文。此外宋以降諸書引用《異聞集》、《異聞録》、《異聞》者頗多，皆爲片斷。南宋謝維新《古今合璧事類備要》别集卷六三引作李公佐《南柯太守傳》，實亦據《異聞集》，《異聞集》引録原作，皆用原題，且署作者姓名。祝穆《古今事文類聚》後集卷二一節録《大槐宫記》，署名陳翰，知亦據《異聞集》，撰人則誤。其後明王罃《群書類編故事》卷九《大槐宫記》，末注陳翰記，唐順之《稗編》卷六五陳翰《大槐宫記》，彭大翼《山堂肆考》卷一三九陳翰《大槐宫記》，皆鈔自《事文類聚》。《大槐宫記》乃宋人改題，趙彦衛《雲麓漫鈔》卷三云「唐人《大槐國傳》」，復别出一名。明清近世稗叢，從《廣記》收入此傳，改作《南柯記》，見《虞初志》卷三、《合刻三志》志夢類、《唐人説薈》第十二集（同治八年刊本卷一五）、《龍威秘書》四集《晉唐小説暢觀》、《無一是齋叢鈔》、《説庫》、《晉唐小説六十種》、《舊小説》等，署名唐李公佐。諸本除《虞初志》、《舊小説》，皆删去李肇贊語。《百川書志》卷五傳記類、《寶文堂書目》卷中子雜類著録《南柯記》，當爲《虞初志》本。《豔異編》卷二二夢遊部亦收，題從《廣記》，依例未署撰名。朝鮮人編刊《删補文苑楂橘》卷二亦收此傳，題《淳于棼》，無撰人，亦删李肇贊。

公佐此傳當作貞元十八年（八〇二）。篇末所附前華州參軍李肇贊，非原傳所有。李肇，元和七年（八一二）任江西觀察使從事、試協律郎。十三年以監察御史充翰林學士，遷右補闕，加司勳員外郎。長慶元年（八二一）出守本官，貶澧州刺史。遷左司郎中、中書舍人。太和三年（八二九）貶將作少監。著有《國史補》三卷、《翰林志》一卷。（據丁居晦《重修承旨學士壁記》、《舊唐書·穆宗紀》、《新唐書·藝文志》雜史類、《廬山記》卷一等。參見岑仲勉《跋〈唐摭言〉》、《岑仲勉史學論文集》）李肇任華州參軍殆在元和七年後、十三年前。肇曾覽《南柯太守傳》，繫贊於末，時已卸華州參軍任，然尚未官監察御史，故署作「前華州參軍」。觀其「有傳蟻穴」云云，似肇與公佐不相識。陳翰編輯此傳，乃將肇贊附末。

北宋陳善卿《祖庭事苑》卷五《南柯》亦略載此事，作淳于芬，末云「見《靈怪集》」，蓋後人以此傳增益張薦書也。

廬江馮媪傳

李公佐　撰

馮媪者，廬江里中嗇夫之婦，窮寡無子，爲鄉民賤棄。元和四年，淮楚大歉。媪逐食於舒，途經牧犢墅。暝值風雨，止於桑下。忽見路隅一室，燈燭熒熒，媪因詣求宿。見一女子，年二十餘，容服美麗，攜三歲兒，倚門悲泣。前，又見老叟與媪，據牀而坐，神氣慘戚，言語呫囁〔一〕，有若徵索財物追〔二〕逐之狀。見馮媪至，叟媪默然捨去。女久乃止泣，入户備饌食，理牀榻，邀媪食息焉。媪問其故，女復泣曰：「此兒父，我之夫也，明日別娶。」媪曰：「向者二老又〔三〕何人也？於汝何求而發怒？」女曰：「我舅姑也。今嗣子別娶，徵我筐筥刀尺祭祀舊物，以授新人。我不忍與，是有斯責。」媪曰：「汝前夫何在？」女曰：「我淮陰令梁倩女，適董氏七年，有二男一女。男皆隨父，女即此也。今前邑中董江，即其人也。江官爲酇丞，家累巨産。」發言不勝嗚咽。媪不之異，又久困寒餓，得美食甘寢，不復言。女泣至曉。

媪辭去，行二十里，至桐城縣。縣東有甲第，張簾帷，具羔雁，人物紛然，云今夕有官家禮事。媪問其郎，即董江也。媪曰：「董有妻，何更娶焉？」邑人曰：「董妻及女亡矣。」媪曰：「昨宵我遇雨，寄宿董妻梁氏舍，何得言亡？」邑人詢其處，即董妻墓也。詢其二老容貌，即董江之先父母也。董江本舒州〔四〕人，里中之人皆得詳之。有告董江者，董以妖妄罪之，令部者迫逐媪去。媪言於邑人，邑人皆爲感嘆。是夕，董竟就婚焉。

元和六年夏五月，江淮從事李公佐使至京，回次漢南，與渤海高鉞〔五〕、天水趙儹、河南宇文鼎會於傳舍。宵話徵異，各盡見聞。鉞具道其事，公佐因爲之傳。（據中華書局版汪紹

楹點校本《太平廣記》卷三四三引《異聞録》校録）

〔一〕呫囁 「呫」原譌作「呫」，據黄本、《四庫》本、《筆記小説大觀》本改。

〔二〕追 明鈔本、孫校本作「迫」。

〔三〕又 原作「人」，據明鈔本、孫校本改。

〔四〕舒州 明鈔本、孫校本、《太平廣記鈔》卷五八作「舒」。按：唐無舒縣，舒亦指舒州。

〔五〕渤海高鉞 按：高鉞疑爲高釴之譌。釴字翹之，進士及第。憲宗元和中累遷右補闕、史館修撰。文宗太和中爲刑部侍郎、吏部侍郎、同州刺史，八年（八三四）卒。見《舊唐書》卷一六八及《新唐書》卷一七七《高釴傳》、《舊唐書·文宗紀下》。據《唐故朝議郎河南府壽安縣令賜緋魚袋渤海高府君〔瀚〕墓誌銘并序》（《唐代墓誌彙編》），高瀚乃釴長子，渤海蓨（今河北景縣）人。

按：此篇《廣記》引自《異聞録》，即陳翰編《異聞集》。公佐原傳題目不可考，《廣記》題《廬江馮媪》，而末云「公佐因爲之傳」，姑依《廣記》題而加「傳」字。傳文作於元和六年（八一一）。

古岳瀆經

李公佐 撰

貞元〔一〕丁丑歲，隴西李公佐泛瀟湘蒼梧，偶遇征南從事弘農楊衡泊舟古岸，淹留佛寺，江空月浮[二]，徵異話奇。楊告公佐云：「永泰中，李湯任楚州刺史。時有漁人，夜釣於龜山之下。其釣[三]因物所制，不復出。漁者健，疾沉於水下五十丈[四]。見大鐵鎖，盤繞山足，尋不知極。遂告湯，湯命漁人及能水者數十，獲其鎖，力莫能制。加以牛[五]五十餘頭，鎖乃振動，稍稍就岸。時無風濤，忽[六]驚浪翻湧，觀者大駭。鎖之末，見一獸，狀有如青猿[七]，白首長鬐[八]，雪牙金爪，闖然上岸，高五丈許。蹲踞之狀若猿猴[九]，但兩目不能開，兀若昏昧[一〇]。耳目口鼻，皆悉水流如泉[一一]，涎沫腥穢，人不可近。久乃引頸伸欠，雙目忽開，光彩若電，顧視人焉，欲發狂怒。觀者奔走，獸亦徐徐引鎖，拽牛入水去，竟不復出。時楚多知名士，與湯相顧愕慄，不知其由。爾時，乃漁者知鎖所，其獸竟不復見[一二]。」

公佐至元和八年冬，自常州餞送給事中孟簡[一三]至朱方，廉使薛公苹館待禮備。時扶風馬植、范陽盧簡能、河東裴蘧皆同館之，宵[一四]環爐會語，終夕焉。公佐復説前事，如楊[一五]所言。至九年春[一六]，公佐訪古東吳，從太守元公錫泛洞庭，登包山，宿道者周焦君廬。入靈洞，探仙書，石穴間得古《岳瀆經》第八卷，文字古奇，編次蠹毁，不能解。公佐與焦君共詳讀之，云[一七]：「禹理水[一八]，三至桐柏山，驚風走[一九]雷，石號木鳴，土伯擁川[二〇]，天老肅兵，功[二一]不能興。禹怒，召集百靈，搜命夔、龍[二二]，桐柏千君長[二三]稽首請命。禹因因鴻蒙氏、章商氏、兜盧氏〔二四〕、犁婁氏。乃獲淮渦水神，名無支祁〔二五〕。善應對言語，辨江淮之淺深，原隰之遠近。形若猿猴〔二六〕，縮鼻高額，青軀白首，金目雪〔二七〕牙，頸伸百〔二八〕尺，力踰九象。搏擊騰踔，疾奔〔二九〕輕利，倏忽間視不可久〔三〇〕。禹授之童律〔三一〕，不能制；授之烏木田〔三二〕，不能制；授之庚辰，能制。鴟脾〔三三〕、桓胡〔三四〕、木魅、水靈、山妖、石怪，奔號叢遶者以千數〔三五〕，庚辰以戟逐去〔三六〕。遂頸鎖大索〔三七〕，鼻穿金鈴，徙淮陰之龜山之足下〔三八〕，俾淮水永安流注海也。庚辰之後，皆圖此形者，免淮濤風雨〔三九〕之難。」即李湯之見，與楊衡之説，與《岳瀆經》符矣。（據中華書局版汪紹楹點校本《太平廣記》卷四六七引《戎幕閑談》校録）

〔一〕貞元　前原有「唐」字，乃《廣記》編纂者所加，今删。

〔二〕浮　明鈔本、孫校本作「浄」，《會校》據改。

〔三〕釣　明鈔本、北宋樂史《太平寰宇記》卷一六《河南道十六·泗州·臨淮縣》引《淮陽記》（按：《太平御覽》卷八八二作《淮地記》）、南宋祝穆《古今事文類聚》前集卷一七、謝維新《古今合璧事類備要》前集卷七引《古嶽瀆經》、元陶宗儀《南村輟耕録》卷二九《淮渦神》引地志作「鈎」。

〔四〕漁者健疾沉於水下五十丈　「水」字原在「健」字下，據明鈔本、陳校本移改。

〔五〕牛　《寰宇記》作「大牛」。

〔六〕忽　此字原無，據明鈔本補。

〔七〕青猿　原作「猿」，據孫校本、《寰宇記》、《錦繡萬花谷》前集卷五引《異聞集》、《事文類聚》、《事類備要》、范成大《吴郡志》卷四五《異聞》引《戎幕閑談》、《輟耕録》、明王鏊《姑蘇志》卷五九《紀異》引《入(戎)幕閑談》補「青」字。明鈔本作「巨」，《會校》據改。

〔八〕長鬐　孫校本、《吴郡志》、《姑蘇志》作「長鬣」。《吴郡志》江蘇古籍出版社版陸振岳校：擇是居影宋本「長」校作「朱」。

〔九〕蹲踞之狀若猿猴　明鈔本、孫校本「猿」作「獮」。《寰宇記》作「蹲踞起伏若獮猴」。

〔一〇〕昧　孫校本、《寰宇記》、《吴郡志》、《事文類聚》、《事類備要》、《輟耕録》、《姑蘇志》作「醉」。

〔一一〕耳目口鼻皆悉水流如泉　原作「目鼻水流如泉」，據《寰宇記》補四字。

〔一二〕爾時乃漁者知鎖所其獸竟不復見　明鈔本作「爾因漁者特知鎖所，其獸竟不復見」，《會校》據改。《寰宇記》作「獸竟不復見，邇來漁者時知鎖所在」。

〔一三〕孟簡　「簡」原作「蕳」，據明鈔本、孫校本改。按：孟簡，新舊《唐書》有傳。

〔一四〕宵　此字原無，據孫校本補。

〔一五〕楊　明鈔本作「湯」，《會校》據改，誤。按：楊指前文所云楊衡，非李湯也。

〔一六〕春　孫校本作「秋」。

〔一七〕云　此字原無，據《吴郡志》、南宋羅泌《路史餘論》卷九《無支祁》、《姑蘇志》、明胡應麟《少室山房筆叢》卷三二《四部正譌下》引唐小説、徐應秋《玉芝堂談薈》卷二三《宛委山》補。

〔一八〕水　《路史》、《少室山房筆叢》、《玉芝堂談薈》作「淮水」。

〔一九〕走　孫校本作「迅」，《會校》據改。走，奔也。

〔二〇〕土伯擁川　「土」原作「五」，據《路史》、《少室山房筆叢》、《玉芝堂談薈》改。按：土伯，地神，土神。《楚辭·招魂》「土伯九約」王逸注：「土伯，后土之侯伯也。」「擁」明鈔本作「濬」，《會校》據改。按：擁，壅塞。《魏書》卷九八《島夷蕭衍傳》：「今徵發犬羊，侵軼徐部，築壘擁川，覬覦小利。」

〔二一〕功　此字原無，據《路史》、《少室山房筆叢》、《玉芝堂談薈》補。施元之等《施注蘇詩》卷三《濠州七絶·塗山》注引《古岳瀆經》作「水功」。

〔二二〕搜命夔龍　「搜命」，《姑蘇志》、《少室山房筆叢》、《玉芝堂談薈》、清馬驌《繹史》卷一一引《古岳瀆經》作「授命」。「夔、龍」，《施注蘇詩》作「九馗」。

〔二三〕千君長　《路史》作「等千君長」，《少室山房筆叢》作「等山君長」。

〔二四〕兜盧氏　《路史》、《少室山房筆叢》、《玉芝堂談薈》、明董斯張《廣博物志》卷一四引《古嶽瀆經》、《繹史》作「兜氏、盧氏」。

〔二五〕無支祁　《吴郡志》、《路史》、《萬花谷》、元陰勁弦等《韻府群玉》卷二引《岳瀆經》、《輟耕録》、明宋濂《文憲集》卷二《刪古嶽瀆經》、陳耀文《天中記》卷九引《古岳瀆經》、《姑蘇志》、《少室山房筆叢》、《廣博物志》、《繹史》作「無支祈」。宋王十朋《東坡先生詩集注》卷四《濠州七絶·塗山》程縯注引《異聞集》載《古嶽瀆經》作「巫支祁」，黄庭堅《山谷外集詩注》卷一六《别蔣穎叔》史容注引

《異聞集》載《古嶽瀆經》作「巫支祈」。

〔二六〕猿猴　《路史》、《少室山房筆叢》、《玉芝堂談薈》作「猨猱」。按：「猨」同「猿」。

〔二七〕雪　《路史》、《少室山房筆叢》作「霻」。按：「霻」同「雪」。

〔二八〕百　《吴郡志》陸振岳校：「影宋本據舊鈔本校作『一』。」按：諸書皆作「百」，《吴郡志》舊鈔本引作「一」，近乎情理，疑是。

〔二九〕疾奔　《吴郡志》、《姑蘇志》作「蹻疾」。

〔三〇〕倏忽間視不可久　「間」原作「聞」，據孫校本、《寰宇記》、《施注蘇詩》、《天中記》、《繹史》改。《寰宇記》作「倏忽閒人視之不可久」，《施注蘇詩》作「倏忽之間視之不可久」。

〔三一〕童律　原作「章律」，《寰宇記》、《吴郡志》、《路史》、《文憲集》、《天中記》、《姑蘇志》、《玉芝堂談薈》、《少室山房筆叢》、《廣博物志》、《繹史》作「童律」。按：五代杜光庭《墉城集仙録》卷三《雲華夫人》載：「時大禹理水，駐其山下，大風卒至，振崖谷隕，力不可制。因與夫人相值，拜而求助。即勑侍女授禹策召百神之書。因命其神狂章、虞余、黄魔、大翳、庚辰、童律等，助禹斬石疏波，決塞導阨，以循其流，禹拜而謝焉。」元趙道一《歷世真仙體道通鑑》後集卷二《雲華夫人》同。《墉城集仙録》多從古書取材，此亦採自古書，而作「童律」。李公佐當亦據古書爲説，似應作「童律」爲是，據改。《施注蘇詩》作「同律」，「同」乃「童」之音譌。

〔三二〕烏木田　原作「烏木由」，《廣記》《四庫全書》本、《少室山房筆叢》作「烏木由」，《寰宇記》、《吴郡志》、《路史》、《施注蘇詩》、《文憲集》、《天中記》、《玉芝堂談薈》、《廣博物志》、《繹史》作「烏木田」。按：《寰宇記》、《吴郡志》、《路史》、《施注蘇詩》等宋人書皆作「烏木田」，後世亦多承之，疑是，據改。烏木田當有所本，不詳所出。

〔三三〕鴟脾　《寰宇記》《四庫全書》本作「鵶脾」，中華書局版點校本（底本爲光緒八年金陵書局本）作「頸鵶脾」，「鵶」注「音脛」。按：「鵶」同「鴟」，疑「頸」字衍，《路史》亦作「鴟脾」。

〔三四〕桓胡　原無「胡」字，據《路史》、《天中記》、《少室山房筆叢》、《廣博物志》、《繹史》補。《寰宇記》作「柏」，中華書局點校本上與「脾」連讀。《玉芝堂談薈》作「柏胡」。

〔三五〕奔號叢遶者以千數　原作「奔號聚遶以數千載」，據《路史》、《少室山房筆叢》、《玉芝堂談薈》改。《寰宇記》、《吴郡志》、《姑蘇志》、《廣博物志》亦同，唯無「者」字。而《事文類聚》、《事類備要》、《天中記》、明彭大翼《山堂肆考》卷二一引《古嶽瀆經》則「者」作「幾」，餘亦同《路史》。《繹史》作「奔號藂繞以幾千數」。《廣記》孫校本作「奔號聚遶以千數」，明鈔本作「奔號聚達以千數」。按：「叢」、「聚」意思相同，然除《廣記》皆作「叢」字，「叢」又作「藂」，《廣記》當譌「藂」爲「聚」，故今改。

〔三六〕以戟逐去　「戟」原作「戰」，據《寰宇記》、《事文類聚》、《事類備要》、《天中記》、《玉芝堂談薈》、《山堂肆考》、《廣博物志》、《繹史》改。《寰宇記》作「以戟逐之」，其餘皆作「持戟逐去」，《天中記》「逐」譌作「遂」。

〔三七〕遂頸鎖大索　「遂」字原無，據《寰宇記》、《事文類聚》、《事類備要》、《文憲集》、《山堂肆考》補。「大索」，《御覽》作「大鐵」，《路史》、《少室山房筆叢》、《玉芝堂談薈》作「大械」。

〔三八〕徙淮陰之龜山之足下　《御覽》作「從淮之陰，鎖龜山之足」，《寰宇記》作「徙淮泗陰，鎖龜山之足」，校：「『泗』疑爲衍字。」《天中記》、《廣博物志》、《繹史》作「徙之淮陽之龜山足下」，《玉芝堂談薈》卷二五《落星潭異物》引《岳瀆經》作「鎖之於淮陽龜山之下」。《山堂肆考》作「遂鎖龜山之足」。

〔三九〕雨　《吳郡志》、《姑蘇志》、《天中記》作「水」。

按：本篇全文見引於《廣記》卷四六七，題《李湯》，注出《戎幕閑談》，南宋范成大《吳郡志》卷四五《異聞》所引，亦作《戎幕閑談》，而明王鏊《姑蘇志》卷五九《紀異》又據《吳郡志》引入，譌作《入幕閑談》。《戎幕閑談》乃唐韋絢撰，太和四年（八三〇）李德裕爲劍南西川節度副大使，絢爲巡官，五年記録德裕幕中所談而作是書。原書不存，《類説》卷五二、《説郛》卷七有摘録，《説郛》並録有自序，《廣記》所引佚文最多，然出處多有誤。《戎幕閑談》所記大都簡率，與本篇風格迥異，且乃記述德裕聞見，無採成文之例，《廣記》所注出處必誤。本篇曾選入陳翰《異聞集》，疑《戎幕閑談》乃《異聞集》之誤。《錦繡萬花谷》前集卷五引作《異聞集》，《東坡先生詩集注》卷四《濠州七絶·塗山》注引作「《異聞集》載《古嶽瀆經》」，《山谷外集詩注》卷一四《別蔣穎叔》注亦同。《施注蘇詩》卷三、《古今事文類聚》前集卷一七、《古今合璧事類備要》前集卷七則引作《古嶽瀆經》。《異聞集》引録皆有原題及撰人，觀「《異聞集》載《古嶽瀆經》」之語，似此作原題名《古嶽瀆經》，然其所引《古嶽瀆經》乃是經中文字，而後補叙鈞鎖牽獸之事，與《廣記》次第相左，故《古嶽瀆經》是否原題不易確定。魯迅《唐宋傳奇集》輯入此篇，題《古嶽瀆經》，今姑從之。《太平寰宇記》卷一六引《淮陽記》，《太平御覽》卷八八二引《淮地記》，所引《古嶽瀆經》蓋鈔《異聞集》。諸書皆不云作者，觀其内容，爲李公佐所作。原文當爲自述，亦如《謝小娥傳》，《廣記》編纂者改爲第三人稱，《廬江馮媪傳》亦然。寫作時間當在元和九年（八一四）。

謝小娥傳

李公佐　撰

小娥姓謝氏，豫章人，估客女也。生八歲喪母，嫁歷陽俠士段居貞〔一〕。居貞負氣重義，交遊豪俊。小娥父畜巨産，隱名商賈間，常與段壻同舟貨〔二〕，往來江湖。時〔三〕小娥年十四，始及笄。父與夫俱爲盜所殺，盡掠金帛。段之弟兄，謝之生姪，與童僕輩數十，悉沉於江。小娥亦傷胸〔四〕折足，漂流水中，爲他船所獲，經夕而活。因流轉乞食至上元縣，依妙果寺尼凈悟之室。初父之死也，小娥夢父謂曰：「殺我者，車中猴，門東草。」又數日，復夢其夫謂曰：「殺我者，禾中走，一日夫。」小娥不自解悟，常書此語，廣求智者辨之，歷年不能得。

至元和八年春，余罷江西從事，扁舟東下，淹泊建業，登瓦官寺閣。有僧齊物者，重賢好學，與余善，因告余曰：「有孀婦名小娥者，每來寺中，示我十二字謎語，某不能辨。」余遂〔五〕請齊公書於紙，乃憑檻書空，凝思默慮。坐客未倦，了悟其文。令寺童疾召小娥前至，詢訪其由。小娥嗚咽良久，乃曰：「我父及夫，皆爲賊所殺。邇後〔六〕嘗夢父告曰：『殺我者，車中猴，門東草。』又夢夫告曰：『殺我者，禾中走，一日夫。』歲久無人悟之。」余曰：「若然者，吾審詳矣。殺汝父是申蘭，殺汝夫是申春。且『車中猴』，『車』字去上下各一畫，是『申』字，又申屬猴，故曰『車中猴』。『草』下有『門』，『門』中有『東』，乃『蘭』字也。又，『禾中走』是穿田過，亦是『申』字也。『一日夫』者，『夫』上更一畫，下有『日』，是『春』字也。殺汝父是申蘭，殺汝夫是申春，足可明矣。」小娥慟哭再拜。書「申蘭申春」四字於衣中，誓將訪殺二賊，以復其冤。娥因問余姓氏官族，垂涕而去。

爾後小娥便爲男子服，傭保於江湖間。歲餘，至潯陽郡，見竹户上有紙牓子，云召傭〔七〕者。小娥乃應召詣門，問其主，乃申蘭也。蘭引歸，娥心憤貌順，在蘭左右，甚見親愛。金帛出入之數，無不委娥。已二歲餘，竟不知娥之女人也。先是謝氏之金寶錦繡、衣物器具，悉掠在蘭家，小娥每執舊物，未嘗不暗泣移時。蘭與春，宗昆弟也。時春一家住大江北獨樹浦，與蘭往來密洽。蘭與春同去經月，多獲財帛而歸。每留娥與蘭妻蘭〔八〕氏同守家室，酒肉衣服，給娥甚豐。或一日，春攜文鯉兼酒詣蘭，娥私歎曰：「李君精悟玄鑒，皆符夢言，此乃天啓其心，志將就矣。」是夕，蘭與春會，群賊畢至，酣飲。暨諸兇既去，春沉醉，卧於内室，蘭亦露寢于庭。小娥潛鎖春於内，抽佩刀，先斷蘭首，呼號鄰人並至。春擒於内，蘭死於外，獲贜收貨，數至千萬。初，蘭、春有黨數十，暗記其名，悉擒就戮。時潯陽太守張公〔九〕，喜娥節行，列聞廉使旌表〔一〇〕，乃得免死。時元和十二年夏歲也。復父夫之讐畢，歸本里，見親屬。里中豪族争求聘，娥誓心不嫁。遂剪髮披褐，訪道於牛頭山，師事大士尼蔣律師。娥志堅行苦，霜舂〔一一〕雨薪，不倦筋力。十三年四月，始受具戒於泗州開元寺，竟以小娥爲法號，不忘本也。

其年夏五〔一二〕月，余始歸長安，途經泗濱，過善義寺，謁大德尼令操，見新戒者數十，净髮鮮帔，威儀雍容，列侍師之左右。中有一尼問師曰：「此官豈非洪州李判官二十三郎者乎？」師曰：「然。」曰：「使我獲報家仇，得雪冤耻，是判官恩德也。」顧余悲泣。余不之識，詢訪其由，娥對曰：「某名小娥，頃乞食孀婦也。判官時爲辨申蘭、申春二賊名字，豈不憶念乎？」余曰：「初不相記，今即悟也。」娥因泣，具寫記申蘭、申春，復父夫之仇，志願粗畢，經營終始艱苦之狀。小娥又謂余曰：「報判官恩，當有日矣，豈徒然哉！」

嗟乎！余能辨二盜之姓名，小娥又能竟復父夫之讐冤，神道不昧，昭然可知。小娥厚貌深辭，聰敏端持〔一三〕，鍊指跛足，誓求真如。爰自入道，衣無絮帛，齋無鹽酪，非律儀禪理，口無所言。後數日，告我歸牛頭山，扁舟汎淮，雲遊南國，不復再遇。

君子曰：「誓志不捨，復父夫之讐，節也；傭保雜處，不知女人，貞也。女子之行，唯貞與節，能終始全之而已〔一四〕。如小娥，足以儆天下逆道亂常之心，足以勸〔一五〕天下貞夫孝婦之節。」余備詳前事，發明隱文，暗與冥會，符於人心。知善不録，非《春秋》之義也，故作傳以旌美之。（據中華書局版汪紹楹點校本《太平廣記》卷四九一《雜傳記八》校録）

〔一〕貞　《類説》卷二八《異聞集·謝小娥傳》作「正」。疑宋人避仁宗趙禎諱改。

〔二〕同舟貨　《唐人説薈》第十一集、《龍威秘書》四集、《藝苑捃華》、《晉唐小説六十種》之《謝小娥傳》作「合賈」。

〔三〕時　陳校本、《虞初志》卷五《謝小娥傳》、《全唐文》卷七二五《謝小娥傳》作「間」，屬上讀。

〔四〕胸　明鈔本作「腦」，《會校》據改。

〔五〕遂　陳校本、《虞初志》、《全唐文》作「遽」。

〔六〕邇後　下文作「爾後」。按：邇後，意即爾後。

〔七〕傭　《類説》作「月傭」。

〔八〕藺　原作「藺」，《緑窗女史》卷九《謝小娥傳》、《重編説郛》卷一一二《謝小娥傳》作「藺」；陳校本作「染」，《全唐文》作「梁」，蓋據陳校本而以「染」乃「梁」字之譌。按：「藺」、「蘭」形似，《補江總白猿傳》譌「蘭欽」爲「藺欽」，亦爲二字互譌之例。《初刻拍案驚奇》卷一九《李公佐巧解夢中言，謝小娥智擒船上盜》亦作「藺」。王夢鷗《唐人小説校釋》校改作「藺」，甚是。今據《緑窗女史》、《重編説郛》改。

〔九〕張公　《全唐文》作「張公覗」，則刺史爲張覗，不知何據。七卷本《虞初志》卷四作「張公喜」，下文「善」字明鈔本、陳校本作「喜」，乃誤爲其名。《新唐書》卷二〇五《列女傳·段居貞妻謝小娥》云「刺史張錫」。按：郁賢皓《唐刺史考全編》卷一五八江州（潯陽郡）列入張錫（約元和十二年）、張覗（元和十二年），所據即《新唐書·列女傳》與《全唐文》，稱張覗與張錫似爲同一人。

〔一〇〕喜娥節行列聞廉使旌表　談本原作「善□□行□□□□□」，汪校本據陳校本、黄本補作「善娥節行，爲具其事上旌表」。陳校本、《全唐文》作「喜娥節行，列聞廉使旌表」。《虞初志》作「喜□而行□□□簾吏旌表」，多有闕譌，七卷本「喜」字上讀，下作「因而行覈其事，廉吏旌表」。《緑窗女史》、《重編説郛》作「善其志行□旌表」。按：《新唐書·列女傳》云「白觀察使」，廉使即觀察使。小娥殺賊事出潯陽，江州刺史上報表彰必是江西觀察使。江州屬江南西道，時觀察使是裴堪。據陳校本、《全唐文》改。

〔一一〕春　原譌作「舂」，據《四庫》本、七卷本《虞初志》、《緑窗女史》、《唐人説薈》（民國二年石印本）改。

〔一二〕五　此字原無，據陳校本、《虞初志》補。

〔一三〕持　原作「特」，據明鈔本改。

〔一四〕而已　陳校本作「者」，《會校》據改。

〔一五〕勸　原作「覲」，據陳校本、《全唐文》改。

按：此傳當作於元和十三年（八一八）。原載《廣記》卷四九一《雜傳記八》，署李公佐譔，乃原文，未加删改。《類説》卷二八《異聞集》有《謝小娥傳》節文，知陳翰《異聞集》曾收此傳。《廣記》之文，後又收載於《虞初志》卷五、《緑窗女史》卷九、《重編説郛》卷一一二、《唐人説薈》第十一集（同治八年刊本卷一四）、《龍威秘書》四集《晉唐小説暢觀》、《藝苑捃華》、《晉唐小説六十種》及《全唐文》卷七二五。明高儒《百川書志》卷五傳記類著録李公佐《謝小娥傳》一卷，晁瑮《寶文堂書目》卷中子雜類亦有目，當據《虞初志》。

燕女墳記

李公佐 撰

宋末，娼家女〔一〕姚玉京，美態而聰慧。始笄歲，嫁襄陽小史〔二〕衛敬瑜。三月，敬瑜溺漢水而死。姚之父逼迫令他適，玉京割耳自誓獲免，守志養姑舅。所住户上，有雙燕巢梁間。一日，一爲鷙鳥所獲，其一孤飛悲鳴，不離庭户，若依玉京，玉京歎異之。數月，秋風忽興，群燕將去，獨啾啾翔集玉京之臂，如似告别。玉京以紅縷繫足，撫而祝曰：「新春定來，爲吾侣也。」明年，此燕果至，前縷猶存〔三〕，玉京因贈詩曰：「昔時無偶去〔四〕，今年還獨歸〔五〕。故人恩義〔六〕重，不忍更〔七〕雙飛。」自爾秋歸春來，凡六七歲〔八〕。其年秋燕去，玉京遇疾終。明年燕來，窺室間，訝其無人，徘徊哀鳴累夕〔九〕。姚氏之舉族泣曰：「玉京死矣，墳在南郭〔一〇〕，可往。」燕遂悲鳴至墳所，亦死，姚氏族因瘞於墳側。其後，每風清月明，襄人〔一一〕見玉京與燕，同遊於漢水之上〔一二〕。（據古典文學出版社周夷點校本南宋皇都風月主人《緑窗新話》卷下《姚玉京持志割耳》，參酌曾慥《類説》卷二九《麗情集·燕女墳》，孔傳《後六帖》卷六六引《燕女墳記》、卷九五《紅縷繫足》引宋李公佐《燕女墳記》，《錦繡萬花谷》後集卷四〇《紅縷繫足》引唐李公佐《燕女墳記》，祝穆《古今事文類聚》後集卷四五《燕女墳》引唐李公佐撰《燕女墳記》，謝維新《古今合璧事類備要》前集卷六七《孤燕尋墳》，別集卷七三《繫紅縷》引唐李公佐《燕女墳記》等綜合校録）

〔一〕娼家女　《緑窗新話》作「娼女」，此據《類説》、《事文類聚》，元佚名《群書通要》庚集卷七引唐李公佐《燕女墳記》、明王罃《群書類編故事》卷二四《燕女墳》引《燕女墳記》、梅鼎祚《青泥蓮花記》卷四引唐李公佐譔《燕女墳記》、陳耀文《天中記》卷五八及董斯張《廣博物志》卷二三引唐李公（按：脱佐字）撰《燕女墳記》。元佚名《氏族大全》卷六《守節養親》（無出處）亦云：「姚玉京，宋倡家女也。」《孔帖》卷六六及卷九五、《萬花谷》、《古今合璧事類備要》前集及別集、明彭大翼《山堂肆考》卷三〇《燕尋》（無出處）作「有女」。

〔二〕襄陽小史　《類説》作「襄州小校」，《事文類聚》、《群書通要》、《類編故事》、《天中記》、《青泥蓮花記》、《廣博物志》、馮夢龍《情史類略》卷二三《燕》作「襄州小吏」，《氏族大全》作「小吏」。按：襄陽，縣名，今湖北襄陽市，南朝劉宋時爲雍州襄陽郡治所，唐爲襄州（曾改襄陽郡）治所。小史，官府屬吏最低級者，亦小吏也。

〔三〕前縷猶存　《孔帖》卷九五、《萬花谷》、《事類備要》別集作「紅縷如舊」。

〔四〕昔時無偶去　《類説》天啓刊本作「昔躊新偶去」，「躊」乃「疇」字之譌，《四庫》本及《廣博物志》作「昔年無偶去」。

〔五〕今年還獨歸　《類説》天啓刊本作「今年春又歸」，《四庫》本及《廣博物志》作「今春猶獨歸」。

〔六〕義　《廣博物志》作「既」。

〔七〕更　《廣博物志》作「復」。

〔八〕六七歲　《緑窗新話》作「七歲」，此據《孔帖》卷六六及卷九九、《萬花谷》、《事類備要》前集及別集。《類説》、《事文類聚》、《群書通要》、《類編故事》、《青泥蓮花記》、《山堂肆考》、《廣博物志》作「六七年」。

〔九〕徘徊哀鳴累夕　「徘徊」，《類説》、《事文類聚》、《群書通要》、《天中記》、《青泥蓮花記》作「周章」，《孔帖》卷六六及卷九九、《萬花谷》、《事類備要》前集及別集、《山堂肆考》、《情史》、《廣博物志》作「周回（或迴）」。《類編故事》作「週遭」。「累夕」二字據《孔帖》卷九五、《萬花谷》、《事類備要》別集補，《山堂肆考》作「尋覓」。

〔一〇〕郭　《緑窗新話》作「城」，諸書皆作「郭」，今從。

〔二〕 襄人　《緑窗新話》作「有人」，此據《類説》、《事文類聚》、《群書通要》、《類編故事》、《天中記》、《青泥蓮花記》。

〔三〕 上　《事文類聚》、《群書通要》、《類編故事》、《青泥蓮花記》作「濱」，《氏族大全》作「間」。

按：李公佐此記原文不存，《類説》卷二九《麗情集》有《燕女墳》，乃節文。《麗情集》北宋張君房撰，彙編唐宋傳奇、歌行而成（參見李劍國《宋代志怪傳奇叙録》）。《古今事文類聚》後集卷四五《燕女墳》，文同《類説》，末注：「唐李公佐撰《燕女墳記》。」出處當據《麗情集》，蓋《麗情集》所載録者，皆標明原作者及原題也。此後，《群書通要》庚集卷七、《群書類編故事》卷二四、《天中記》卷五八、《青泥蓮花記》卷四、《廣博物志》卷二三所引，大抵據《事文類聚》。《孔帖》卷六六《燕女墳》引《燕女墳記》，卷九五《紅縷繫足》引宋（按：當作「唐」，傳刻之譌）李公佐《燕女墳記》，文句不同《類説》，當亦據《麗情集》徵引，而《錦繡萬花谷》後集卷四〇、《古今合璧事類備要》别集卷七三所引唐李公佐《燕女墳記》，皆又本《孔帖》。《緑窗新話》卷下《姚玉京持志割耳》，未注出處，蓋亦引自《麗情集》，在諸書中文字最備，然亦爲摘録。

唐五代傳奇集第二編卷十

鶯鶯傳

元稹 撰

元稹(七七九—八三一),字微之。行九。河南府洛陽(今河南洛陽市)人。德宗貞元九年(七九三)明經及第,移家長安。十九年與白居易同登書判拔萃科,授祕書省校書郎,娶太子賓客韋夏卿女韋叢。憲宗元和元年(八〇六)又登才識兼茂明於體用科第一,白居易同榜。授左拾遺,旋因得罪當政,出爲河南縣尉。四年除監察御史,使蜀還,分司東都。是年韋叢卒,韓愈作墓誌銘。明年爲權貴所嫉,貶江陵府士曹參軍。九年移唐州從事,十年徙通州司馬,十三年改虢州長史,明年徵還,授膳部員外郎。穆宗立,轉祠部郎中、知制誥。長慶元年(八二一)充翰林學士,拜中書舍人,尋罷翰林,遷工部侍郎。二年以工部侍郎同平章事,因與裴度不和同被罷相,出爲同州刺史。明年遷浙東觀察使、越州刺史。文宗太和三年(八二九)入爲尚書左丞。四年出爲武昌軍節度使兼鄂州刺史。明年暴疾卒官。撰《元氏類集》三百卷、《元氏長慶集》一百卷、《元白繼和集》一卷、《三州倡和集》一卷、《元和判策》三卷等,今存《元氏長慶集》六十卷、《補遺》六卷,今人復續補二卷,編爲《外集》八卷。(據《舊唐書》卷一六六及《新唐書》卷一七四《元稹傳》、《新唐書·藝文志》、《白居易集》卷七〇《河南元公墓誌銘并序》、宋趙令畤《侯鯖録》卷五《微之年譜》、卞孝萱《元稹年譜》、朱金城《白居易年譜》）

貞元〔一〕中，有張生者〔二〕，性温茂，美風容。內秉堅孤，非禮不可入。或朋從遊宴，擾雜其間，他人皆〔三〕洶洶拳拳，若將不及，張生容順而已，終不能亂。以是年二十二〔四〕，未嘗近女色。知者詰之，謝而言曰：「登徒子非好色者，是有淫〔五〕行。余真好色者，而適不我值。何以言之？大凡物之尤者，未嘗不留連於心，是知其非忘情者也。」詰者識〔六〕之。

無幾何，張生遊於蒲。蒲之東十餘里，有僧舍曰普救寺，張生寓焉。適有崔氏孀婦，將歸長安，路出於蒲，亦止茲寺。崔氏婦，鄭女也。張出於鄭，緒〔七〕其親，乃異派之從母。先是渾太師瑊薨於蒲〔八〕，是歲〔九〕，有中人丁文雅，不善於軍，軍人因喪而擾，大掠蒲人。崔氏之家，財產甚厚，多奴僕，旅寓惶駭，不知所托。先是，張與蒲將之黨有善，請吏護之，遂不及於難。十餘日，廉使杜確將天子命以總戎節，令於軍，軍由是戢。鄭厚張之德甚，因飾饌以命張，中堂宴之。復謂張曰：「姨之孤嫠未亡，提攜幼稚。不幸屬師徒大潰，寔不保其身。弱子幼女，猶君之生，豈可比常恩〔一〇〕哉！今俾以仁兄禮奉見，冀所以報恩也。」命其子，曰歡郎，可十餘歲，容甚温美。次命女〔一一〕：「出拜爾兄，爾兄活爾。」久之，辭疾。鄭怒曰：「張兄保爾之命，不然，爾且擄矣，能復遠嫌乎？」又〔一二〕久之，乃至。常服睟容〔一三〕，不加新飾，垂鬟接黛〔一四〕，雙臉銷紅〔一五〕而已。顔色豔異，光輝動人。張驚，爲之禮。因坐鄭旁。以鄭之抑而見也，凝睇怨絶，若不勝其體者。問其年紀，鄭曰：「今天子甲子歲之七月，終於貞元庚辰，生年十七矣。」張生稍以詞導之，不對。終席而罷。

張自是惑之，願致其情，無由得也。崔之婢曰紅娘，生私爲之禮者數四，乘間遂道其衷。婢果驚沮，腆然〔一六〕而奔，張生悔之。翼日〔一七〕，婢復至，張生乃羞而謝之，不復云所求矣。婢因謂張曰：「郎之言，所不敢言〔一八〕，亦不敢泄。然而崔之姻族，君所詳也，何不因其德〔一九〕而求娶焉？」張曰：「余始自孩提，性不苟合。或時紈綺間〔二〇〕居，曾莫流盼。不爲〔二一〕當年，終有所蔽。昨日一席間，幾不自持。數日來，行忘止，食忘飽，恐不能逾旦暮。若因媒氏而娶，納采問名，則三數月間，索我於枯魚之肆矣。爾其謂我何？」婢曰：「崔之貞慎〔二二〕自保，雖所尊不可以非語犯之，下人之謀，固難入矣。然而善屬文，往往沈吟章句，怨慕者久之。君試爲喻情詩以亂之，不然則無由也。」張大喜，立綴《春詞》二首以授之。是夕，紅娘復至，持綵牋以授張，曰：「崔所命也。」題其篇曰《明月三五夜》，其詞曰：「待月西廂下，迎〔二三〕風户半開。拂牆花影動〔二四〕，疑是玉人〔二五〕來。」張亦微喻其旨。

是夕，歲二月旬有四日矣。崔之東牆〔二六〕有杏花一株，攀援可踰。既〔二七〕望之夕，張因梯其樹而踰焉。達於西廂，則户果〔二八〕半開矣。紅娘寢於牀上〔二九〕，因驚之，紅娘駭曰：

「郎何以至？」張因紿之曰：「崔氏之牋召我也，爾爲我告之。」無幾，紅娘復來，連曰：「兄至矣！至矣！」張生且喜且駭，必謂獲濟[三〇]。及崔至，則端服嚴容，大數[三一]張曰：「兄之恩，活我之家，厚矣，是以慈母以弱子幼女見託。奈何因不令[三二]之婢，致淫逸之詞？始以護人之亂爲義[三三]，而終掠亂以求之，是以亂易亂，其去幾何？誠欲寢其詞，則保人之姦，不義[三四]。明之於母，則背人之惠，不祥。將寄於婢僕[三五]，又懼不得發其真誠。是用託短章，願自陳啓。猶懼兄之見難，是用鄙靡之詞，以求其必至。非禮之動，能不媿心！特願以禮自持，無及於亂！」言畢，翻然而逝。張自失者久之，復踰而出，於是絶望。

後[三六]數夕，張生臨軒獨[三七]寢。忽有人覺之，驚欻[三八]而起，則紅娘斂衾攜枕而至，撫張曰：「至矣！至矣！睡何爲哉？」並枕重衾而去。張生拭目危坐，久之，猶疑夢寐，然而修謹以俟。俄而紅娘捧崔氏而至，至則嬌羞融冶，力不能運支體，曩時端莊，不復同矣。是夕，旬有八日也，斜月晶瑩，幽輝半牀。張生飄飄然，且疑神仙之徒，不謂從人間至矣。有頃，寺鐘鳴，天將曉，紅娘促去。崔氏嬌啼宛轉，紅娘又捧之而去。終夕無一言。張生辨色而興，自疑於心[三九]曰：「豈其夢邪[四〇]？」所可明者，粧在臂[四一]，香在衣，淚光熒熒然，猶瑩於茵席而已。是後又十餘日，杳不復知。張生賦《會真詩》三十韻，未畢，而紅娘適至，因授之，以貽崔氏。自是復容之，朝隱而出，暮隱而入，同安於曩所謂西廂者，幾一月矣。張生常詰鄭氏之情，則曰：「知[四二]不可奈何矣，因欲就成之。」

無何，張生將之長安，先以情諭之。崔氏宛無難詞[四三]，然而愁怨之容動人矣。將行之再夕，不可復見，而張生遂西下[四四]。數月，復遊於蒲，會[四五]於崔氏者又累月。崔氏甚工刀札，善屬文，求索再三，終不可見。往往張生自以文挑，亦不甚覩覽。大略崔之出人者，藝必窮極，而貌若不知；言則敏辯，而寡於酬對。待張之意甚厚，然未嘗以詞繼之。時愁豔幽邃，恒若不識，喜愠之容，亦罕形見。異時，獨夜操琴，愁弄悽惻。張竊聽之，求之，則終不復鼓矣，以是愈惑之。張生俄以文調及期，又當西去。當去之夕，不復自言其情，愁歎於崔氏之側。崔已陰知將訣矣，恭貌怡聲，徐謂張曰：「始亂之，終棄之，固其宜矣，愚不敢恨。必也君亂之，君終之，君之惠也。則殁身之誓，其有終[四六]矣，又何必深感於此行？然而君既不懌，無以奉寧。君常謂我善鼓琴，向時羞顔，所不能及。今且往矣，既君此誠[四七]。」因命拂琴，鼓《霓裳羽衣序》[四八]。不數聲，哀音怨亂，不復知其是曲也。左右皆歔欷，張[四九]亦遽止之。崔投琴擁面[五〇]，泣下流連，趨歸鄭所，遂不復至。明旦而張行。

明年，文戰不勝，張遂止於京。因貽書於崔，以廣其意。崔氏緘報之詞，粗載於此，曰：「捧覽來問，撫愛[五一]過深。兒女之情，悲喜交集。兼惠花勝一合，口脂五寸，致耀首膏唇之飾。雖荷殊恩[五二]，誰復爲容？睹物增懷，但積悲歎耳。伏承使[五三]於京中就業，進修之道，固在便安。但恨僻陋之人，永以遐棄。命也如此，知復何言！自去秋已來，常忽忽如有所失。於諠譁之下，或勉爲語笑，閒宵自處，無不淚零。乃至夢寐之間，亦多〔五四〕感咽離憂之思。綢繆繾綣，暫若尋常，幽會未終，驚魂已斷。雖半衾如暖，而思之甚遥。一昨拜辭，倏逾舊歲。長安行樂之地，觸緒牽情，何幸不忘幽微，眷念無斁！鄙薄之志，無以奉酬。至於終始之盟，則固不忒。鄙昔中表相因，或同宴處，婢僕見誘，遂致私誠。兒女之心，不能自固。君子有援琴之挑，鄙人無投梭之拒。及薦寢席，義盛意深。愚陋〔五五〕之情，永謂〔五六〕終託。豈期既見君子，而不能以禮〔五七〕定情，松柏留心〔五八〕，致有自獻之羞，不復明侍巾幘。没身永恨，含歎何言。倘仁人用心，俯遂幽眇〔五九〕，雖死之日，猶生之年。如或達士略情，捨小從大，以先配爲醜行，謂〔六〇〕要盟爲可欺，則當骨化形銷，丹誠不泯。因風委露，猶託清塵。存没之誠，言盡於此。臨紙嗚咽，情不能申。千萬珍重，珍重千萬！玉環一枚，是兒嬰〔六一〕年所弄，寄充君子下體所佩。玉取其堅潤不渝，環取其終始不絶。兼致綵絲一絇〔六二〕，文竹茶碾子一枚。此數物不足見珍，意者欲君子如玉之貞〔六三〕，弊〔六四〕志如環不解。淚痕在竹，愁緒縈絲。因物達情〔六五〕，永以爲好耳。心邇身遐，拜會無期。幽憤所鍾，千里神合。千萬珍重！春風多厲，强飯爲嘉〔六六〕。慎言自保，無以鄙爲深念。」

張生發其書於所知，由是時人多聞之。所善楊巨源好屬詞，因爲賦《崔娘詩》一絶云：「清潤潘郎玉不如，中庭蕙草雪銷初〔六七〕。風流才子多春思，腸斷蕭娘一紙書。」河南元稹亦續生《會真詩》三十韻，詩曰：「微月透簾櫳，螢光度碧空。遥天初縹緲，低樹漸葱朧〔六八〕。龍吹過庭竹，鸞歌拂井〔六九〕桐。羅綃垂薄霧〔七〇〕，環珮響輕風。絳節隨金母，雲心捧玉童。更深人悄悄，晨會雨濛濛。珠瑩光文履〔七一〕，花明隱繡襱〔七二〕。瑶〔七三〕釵行綵鳳，羅帔〔七四〕掩丹虹。言自瑶華浦〔七五〕，將朝碧玉宫〔七六〕。因遊李城〔七七〕北，偶向宋家東。戲調初微拒，柔情已暗通。低鬟蟬影動，回步玉塵蒙。轉面流花雪〔七八〕，登牀抱〔七九〕綺叢。鴛鴦交頸舞〔八〇〕，翡翠合歡籠。眉黛羞偏〔八一〕聚，脣朱暖更融。氣清蘭蕊馥，膚潤玉肌豐。無力慵移腕〔八二〕，多嬌愛斂躬。汗流珠點點〔八三〕，髮亂緑葱葱〔八四〕。方喜千年〔八五〕會，俄聞五夜窮。留連時有恨〔八六〕，繾綣意難終。慢臉含愁態，芳〔八七〕詞誓素衷。贈環明運合〔八八〕，留結表心同。啼粉流宵鏡〔八九〕，殘燈遠暗蟲〔九〇〕。華光猶苒苒，旭日漸曈曈。乘鶩〔九一〕還歸洛，吹簫亦上〔九二〕嵩。衣香猶染麝，枕膩尚殘紅。冪冪臨塘草，飄飄思渚〔九三〕蓬。素琴鳴怨鶴〔九四〕，清漢望歸鴻〔九五〕。海闊誠難渡，天高不易沖〔九六〕。行雲無處〔九七〕所，蕭史在樓中。」張之友聞之者，莫不聳異之，然而張志亦絶矣。稹特與張厚，因徵其詞，張曰：「大凡天之所命尤物也，不妖其身，必妖於人。使崔氏子遇合富貴，乘寵嬌隆〔九八〕，不爲雲爲雨，則爲蛟爲螭〔九九〕，吾不知其所變化矣。昔殷之辛，周之幽，據百萬〔一〇〇〕之國，其勢甚厚，然而一女子敗之。潰其衆，屠其身，至今爲天下僇笑。予之德不足以勝妖孽，是用忍情。」於是坐者皆爲深歎。

後歲餘，崔已委身於人，張亦有所娶。適經其〔一〇一〕所居，乃因其夫言於崔，求以外兄見。夫語之〔一〇二〕，而崔終不爲出。張怨念之誠，動於顏色。崔知之，潛賦一章，詞曰：「自從消瘦〔一〇三〕減容光，萬轉千迴懶下牀。不爲旁人羞不起，爲郎憔悴却羞郎。」竟不之見。後數日，張生將行，崔〔一〇四〕又賦一章以謝絶，云：「棄置今何道，當時且自親。還將舊時〔一〇五〕意，憐取眼前人。」自是絶不復知矣。

時人多許張爲善補過者。予常於朋會之中，往往及此意者，使夫〔一〇六〕知者不爲，爲之者不惑。貞元歲九月，執事李公垂，宿於予靖安里第，語及於是。公垂卓然稱異，遂爲《鸎鸎歌》以傳之。崔氏小名鸎鸎，公垂以命篇。（據中華書局版汪紹楹點校本《太平廣記》卷四八八《雜傳記五》校録）

〔一〕貞元　前原有「唐」字，乃《廣記》編者所加，今删。

〔二〕有張生者　南宋趙令畤《侯鯖録》卷五《元微之崔鶯鶯商調蝶戀花詞》引「傳」作「余所善張君」。

按：末云「予常於朋會之中」，亦爲第一人稱。《廣記》加以改易。

〔三〕皆　《元氏長慶集補遺》卷六《鶯鶯傳》作「或」。《永樂大典》卷二七四二《崔鸎鸎》下引元稹《長慶集·崔鶯鶯傳》乃作「皆」。

〔四〕年二十二　原作「年二十三」，據《補遺》、《侯鯖録》卷五引王性之（名銍）《傳奇辨正》改。按：張生乃元稹自況，所叙年歲時間皆與元稹相合。此年乃貞元十六年（八〇〇），元稹正二十二歲。《傳奇辨正》云：「鶯鶯事在貞元十六年春……樂天作微之墓誌，以大和五年薨，年五十三。則當以大曆十四年己未生，至貞元十六年庚辰，正二十二歲矣。」注：「《傳奇》言：生年二十二歲，未知女色。」

〔五〕淫　原作「兇」，據《廣記》《四庫全書》本、《大典》、《補遺》、舊題明王世貞《豔異編》卷一七《鶯鶯傳》、秦淮寓客《緑窗女史》卷五《鶯鶯傳》、凌性德編刊七卷本《虞初志》卷五《鶯鶯傳》、佘象斗《萬錦情林》卷三《會真記》、馮夢龍《太平廣記鈔》卷八〇、《五朝小説·唐人百家小説》瑣記家《會真記》、《重編説郛》卷一一五《會真記》、詹詹外史《情史類略》卷一四《鶯鶯》、舊題楊循吉《雪窗談異》卷三《會真記》、清蓮塘居士《唐人説薈》第十二集《鶯鶯傳》、馬俊良《龍威秘書》四集《鶯鶯傳》、宣統元年夢梅仙館刊《無一是齋叢鈔·會真記》、民國俞建卿《晉唐小説六十種·鶯鶯傳》、朝鮮《删補文苑楂橘》卷一《崔鶯鶯》改。

〔六〕識　《四庫》本、《補遺》、《唐人百家小説》、《重編説郛》、《唐人説薈》、《龍威秘書》、《無一是齋叢鈔》、《文苑楂橘》作「哂」。

〔七〕緒　南宋曾慥《類説》卷二八《異聞集·傳奇》，天啓刊本「緒」作「推」，嘉靖伯玉翁舊鈔本則作「緒」。按：《侯鯖録》中華書局版孔凡禮點校本將「緒」字與前文「鄭」相連，以「鄭緒」爲人名，大謬。元末陶宗儀《説郛》卷三九《侯鯖録》作「叙」。

〔八〕先是渾太師瑊薨於蒲　原作「是歲渾瑊薨於蒲」，有誤。按：渾瑊薨於是歲前一年，即貞元十五年。《舊唐書》卷一三四《渾瑊傳》載，渾瑊（七三六—八〇〇），皋蘭州（在今蒙古國境内）人。本鐵勒九姓渾部人，世爲唐將，以渾爲姓。多有戰功，歷仕朔方、河中等道節度使，封咸寧郡王。貞元十五年十二月二日薨於河中，詔贈太師。河中節度使治所在河中府。河中府即蒲州，治河東縣，即山西永濟西南蒲州鎮。《類説》天啓刊本作「先是渾太師薨」，伯玉翁舊鈔本作「先是大帥渾瑊薨於蒲」，據改。

〔九〕是歲　此二字原在「渾瑊薨於蒲」前，誤。《蝶戀花詞》云「是歲丁文雅不善於軍」，故補於此。按：是歲指貞元十六年張生遊蒲之歲。

〔一〇〕比常恩　董解元《西廂記》諸宫調卷三作「忘其恩」。

〔一一〕女　此字下《蝶戀花詞》、《萬錦情林》有「曰鶯鶯」三字，《緑窗女史》、《唐人百家小説》、《重編説郛》、《唐人説薈》、《龍威秘書》、《無一是齋叢鈔》、《文苑楂橘》有「鶯鶯」二字。按：末稱「崔氏小名鶯鶯」，乃結尾點出其名，前不當有之。《蝶戀花詞》引述傳文終於鶯鶯「棄之今何道」一詩，故於此處補出鶯鶯名字。《緑窗女史》等則屬妄增。

〔一二〕又　此字原無，據《蝶戀花詞》、《董西廂》卷三補。

〔一三〕睟容　《四庫》本、《董西廂》卷三、《補遺》、《虞初志》、《豔異編》、《緑窗女史》、《廣記鈔》、《唐人百家小説》、《重編説郛》、《情史》、《雪窗談異》、《唐人説薈》、《龍威秘書》、《晉唐小説六十種》、《文苑楂橘》作「悴容」，《萬錦情林》作「晬容」。晬，通「睟」，温潤貌。

〔一四〕垂鬟接黛　《類説》、《蝶戀花詞》「接」作「淺」。《補遺》原校：「一作『鬟垂黛接』。」

〔一五〕銷紅　《蝶戀花詞》、《大典》、《補遺》、《虞初志》、《豔異編》、《緑窗女史》、《萬錦情林》、《唐人百家小説》、《重編説郛》、《情史》、《雪窗談異》、《唐人説薈》、《龍威秘書》、《晉唐小説六十種》、《文苑楂橘》作「斷紅」，《説郛》及《大典》卷二一七四二引《侯鯖録》作「桃紅」。按：銷紅，謂胭脂匀面。斷紅，謂未塗胭脂。《侯鯖録》孔校據《説郛》、《大典》及《侯鯖録》芸窗書院本、《稗海》本、鰲峰書院本改作「桃」，《大典》實作「斷紅」。

〔一六〕腆然　《董西廂》卷三作「忿然」，《大典》、《補遺》、七卷本《虞初志》、《豔異編》、《緑窗女史》、《唐人百家小説》、《重編説郛》、《情史》、《雪窗談異》、《無一是齋叢鈔》、《文苑楂橘》作「潰然」，《萬錦情林》作「潰」，脱「然」字。

〔一七〕翼日　明沈與文野竹齋鈔本「翼」作「翌」，張國風《太平廣記會校》據改。按：翼日即翌日，「翼」通「翌」。

〔一八〕言　《侯鯖録》孔校據《説郛》、《大典》、芸窗本、《稗海》本、鰲峰本改作「忘」。

〔一九〕德　《蝶戀花詞》作「媒」。

〔二〇〕間　《四庫》本、《豔異編》、《緑窗女史》、《情史》、《唐人百家小説》、《重編説郛》、《唐人説薈》、《龍威秘書》、《無一是齋叢鈔》、《晉唐小説六十種》、《文苑楂橘》作「閒」。按：閒，同「間」。

〔二一〕不爲　《補遺》「爲」作「謂」。按：不爲、不謂意同，不料，不意。

〔三二〕慎　《蝶戀花詞》、《大典》、《補遺》、《虞初志》、《豔異編》、《緑窗女史》、《萬錦情林》、《唐人百家小説》、《重編説郛》、《情史》、《雪窗談異》、《文苑楂橘》作「順」。

〔三三〕迎　原作「近」，據明鈔本、《四庫》本、蜀韋縠《才調集》卷一〇崔鶯鶯《答張生》、《大典》、《補遺》、《類説》、南宋皇都風月主人《緑窗新話》卷上《張公子遇崔鶯鶯》、《蝶戀花詞》、《董西廂》卷四、《虞初志》、《豔異編》、《緑窗女史》、《萬錦情林》、《廣記鈔》、《唐人百家小説》、《重編説郛》、《情史》、《唐人説薈》、《龍威秘書》、《無一是齋叢鈔》、《文苑楂橘》及南宋計有功《唐詩紀事》卷七九《鶯鶯》、王楙《野客叢書》卷一七《二李詩》引《麗情集》、王十朋《東坡先生詩集注》卷二五《再和楊公濟梅花十絶》趙次公注引《麗情集》、史容《山谷外集詩注》卷一二《社日奉寄君庸主簿》注引元稹作《張君傳》、洪邁《萬首唐人絶句》卷二〇、明高棅《唐詩品彙》卷四五、曹學佺《石倉歷代詩選》卷一一三、《全唐詩》卷八〇〇改。

〔三四〕拂牆花影動　明楊慎《丹鉛總録》卷一八《李益詩》引尤延之《詩話》、《唐詩品彙》「拂」作「隔」。明鈔本、《大典》、八卷本《虞初志》「影」作「樹」。

〔三五〕玉人　《才調集》、《唐詩紀事》、《東坡詩集注》、《唐詩品彙》作「故人」。

〔三六〕東牆　原作「東」，據《蝶戀花詞》補「牆」字。《董西廂》卷四云：「生潛至東垣，悄無人跡。」垣亦牆。《類説》作「東園」。

〔三七〕既　《類説》天啓本作「懸」，明嘉靖伯玉翁舊鈔本作「既」。

〔三八〕果　此字原無，據《類説》、《緑窗新話》補。按：《侯鯖録》之《蝶戀花詞》，孔校亦據《説郛》、《大典》、《稗海》本、鰲峰本補「果」字。

〔二九〕牀上　「上」字原作「生」，屬下讀。按：上下文未嘗有單稱張爲「生」者，據《大典》、《虞初志》、《豔異編》、《緑窗女史》、《唐人百家小説》、《重編説郛》、《雪窗談異》、《唐人説薈》、《龍威秘書》、《無一是齋叢鈔》、《文苑楂橘》改。《萬錦情林》作「席上」。

〔三〇〕必謂獲濟　《類説》作「張謂諧之必矣」。

〔三一〕數　《董西廂》卷四作「怒」。

〔三二〕令　《類説》作「仁」。

〔三三〕護人之亂爲義　《類説》伯玉翁舊鈔本作「怙人之亂爲惠」。

〔三四〕義　《董西廂》卷四作「貞」。

〔三五〕僕　《補遺》、《蝶戀花詞》作「妾」。

〔三六〕後　此字原無，據《蝶戀花詞》補。

〔三七〕獨　《補遺》、《虞初志》、《豔異編》、《緑窗女史》、《唐人百家小説》、《重編説郛》、《雪窗談異》、《文苑楂橘》作「猶」。

〔三八〕欸　原作「駭」，《蝶戀花詞》、《大典》、《補遺》、《虞初志》、《豔異編》、《緑窗女史》、《唐人百家小説》、《重編説郛》、《情史》、《雪窗談異》、《唐人説薈》、《龍威秘書》、《無一是齋叢鈔》、《晉唐小説六十種》、《文苑楂橘》作「欸」，義勝，據改。

〔三九〕於心　此二字原無，據《説郛》及《大典》引《侯鯖録》、《董西廂》卷五引《鶯鶯傳》補。

〔四〇〕豈其夢邪　《董西廂》卷五重複爲二句。

〔四一〕所可明者粧在臂　原作「及明，覩粧在臂」，《廣記》《四庫》本「覩」作「覩」。據《蝶戀花詞》、《董西廂》卷五改。按：「覩」乃上句「者」字之譌，又妄改「所可」爲「及」。

〔四二〕知　原作「我」，據明鈔本、《四庫》本、《大典》、《補遺》、《豔異編》、《緑窗女史》、《萬錦情林》、《唐人百家小説》、《重編説郛》、《雪窗談異》、《唐人説薈》、《龍威秘書》、《無一是齋叢鈔》、《晉唐小説六十種》、《文苑楂橘》改。

〔四三〕詞　《虞初志》作「諾」。

〔四四〕西下　《四庫》本、《蝶戀花詞》、《補遺》、《豔異編》、《緑窗女史》、《萬錦情林》、《唐人百家小説》、《重編説郛》、《情史》、《雪窗談異》、《唐人説薈》、《龍威秘書》、《無一是齋叢鈔》、《晉唐小説六十種》、《文苑楂橘》「下」作「不」，連下讀。《四庫全書考證》卷七二：「『不數月復遊於蒲』，刊本『不』訛『下』，據《會真記》改。」按：此異文耳，不必改。

〔四五〕會　《蝶戀花詞》、《大典》、《補遺》、《虞初志》、《豔異編》、《緑窗女史》、《萬錦情林》、《唐人百家小説》、《重編説郛》、《情史》、《雪窗談異》、《唐人説薈》、《龍威秘書》、《無一是齋叢鈔》、《晉唐小説六十種》、《文苑楂橘》作「舍」。

〔四六〕有終　明鈔本作「終存」。

〔四七〕既君此誠　《蝶戀花詞》作「既達君此誠」。

〔四八〕霓裳羽衣序　《類説》伯玉翁舊鈔本作「廣陵散」。

〔四九〕張　《廣記》及諸書皆作「崔」，據《蝶戀花詞》改。

〔五〇〕崔投琴擁面　原作「投琴」，據《蝶戀花詞》補三字。

〔五一〕撫愛　《類説》作「俯屬」，伯玉翁舊鈔本作「俯愛」。

〔五二〕殊恩　《蝶戀花詞》作「多惠」，《説郛》作「殊惠」。

〔五三〕使　《蝶戀花詞》、《大典》作「便」，《情史》作「示」。

〔五四〕亦多　《蝶戀花詞》、《董西廂》卷七、《大典》、《補遺》、《虞初志》、《豔異編》、《緑窗女史》、《萬錦情林》、《唐人百家小説》、《重編説郛》、《情史》、《雪窗談異》、《唐人説薈》、《龍威秘書》、《無一是齋叢鈔》、《晉唐小説六十種》、《文苑楂橘》作「亦多叙」。

〔五五〕陋　《蝶戀花詞》、《董西廂》卷七、《大典》、《萬錦情林》作「幼」，《補遺》、《虞初志》、《豔異編》、《緑窗女史》、《唐人百家小説》、《重編説郛》、《雪窗談異》、《唐人説薈》、《龍威秘書》、《無一是齋叢鈔》、《晉唐小説六十種》、《文苑楂橘》作「細」。

〔五六〕謂　明鈔本作「爲」。謂，通「爲」。

〔五七〕以禮　此二字原無，據《類説》、《蝶戀花詞》、《董西廂》卷七補。

〔五八〕松柏留心　此句原無，據《類説》、《董西廂》卷七、《説郛》及《大典》引《侯鯖録》補。

〔五九〕眇 《蝶戀花詞》、《董西廂》卷七、《大典》、《補遺》、七卷本《虞初志》、《豔異編》、《緑窗女史》、《萬錦情林》、《唐人百家小説》、《重編説郛》、《情史》、《雪窗談異》、《無一是齋叢鈔》、《文苑楂橘》作「劣」。

〔六〇〕謂 原作「以」，據《類説》、《蝶戀花詞》、《董西廂》卷七、《大典》、《補遺》、《虞初志》、《豔異編》、《緑窗女史》、《萬錦情林》、《唐人百家小説》、《重編説郛》、《情史》、《雪窗談異》、《唐人説薈》、《龍威秘書》、《無一是齋叢鈔》、《晉唐小説六十種》、《文苑楂橘》改。

〔六一〕嬰 《蝶戀花詞》作「幼」。

〔六二〕兼致綵絲一絇 原作「兼亂絲一絇」，《廣記》《四庫》本「絇」改作「約」。約，束也。據《蝶戀花詞》改。《類説》作「綵絲一絇」。按：唐代以絇爲絲之單位，《新唐書・百官志三》：「絲五兩爲絇。」兩，匹也。

〔六三〕貞 原作「真」，據《大典》、《補遺》、七卷本《虞初志》改。《蝶戀花詞》作「潔」。

〔六四〕弊 《蝶戀花詞》作「鄙」，《廣記》《四庫》本、《補遺》、《緑窗女史》、《唐人百家小説》、《重編説郛》、《雪窗談異》、《唐人説薈》、《龍威秘書》、《無一是齋叢鈔》、《晉唐小説六十種》、《文苑楂橘》作「俾」，《虞初志》八卷本作「比」，七卷本作「敝」，《豔異編》作「秘」，《廣記鈔》、《情史》作「矢」。按：此以「君子」（張生）與鶯鶯對舉，作「俾」、「比」、「秘」、「矢」皆譌。

〔六五〕情 明鈔本作「誠」。

〔六六〕嘉 明鈔本作「佳」。

〔六七〕中庭蕙草雪銷初　《董西廂》卷七作「中庭霜冷葉飛初」。

〔六八〕葱朧　《廣記》《四庫》本、《才調集》卷五元稹《會真詩三十韻》、《董西廂》卷五、《虞初志》、《豔異編》、《緑窗女史》、《萬錦情林》、《唐人百家小説》、《重編説郛》、《情史》、《雪窗談異》、《唐人説薈》、《龍威秘書》、《無一是齋叢鈔》、《晉唐小説六十種》、《文苑楂橘》、《全唐詩》卷四二二作「葱蘢」。按：《廣韻》「朧」、「蘢」同屬「東」韻。《會真詩》押「東」韻。

〔六九〕井　《類説》天啓刊本作「月」。

〔七〇〕霧　《豔異編》、《緑窗女史》、《唐人百家小説》、《重編説郛》、《雪窗談異》、《唐人説薈》、《龍威秘書》、《無一是齋叢鈔》、《晉唐小説六十種》、《文苑楂橘》作「露」。

〔七一〕珠瑩光文履　《類説》天啓本及《四庫》本「光文」作「文光」。

〔七二〕花明隱繡襱　「襱」原作「龍」。按：「龍」字《廣韻》屬「鍾」韻。檢《廣韻》「東」韻字，當爲「襱」字，《廣韻》：「襱，裙。」襱、履相對，皆爲服飾。今改。《類説》伯玉翁舊鈔本、《廣記鈔》、《全唐詩》作「櫳」，《才調集》、《大典》、《補遺》、《豔異編》、《緑窗女史》、《萬錦情林》、《唐人百家小説》、《重編説郛》、《情史》、《雪窗談異》、《唐人説薈》、《龍威秘書》、《無一是齋叢鈔》、《晉唐小説六十種》、《文苑楂橘》本作「籠」，均亦誤。《類説》天啓本及《四庫》本全句作「花明態隱籠」。

〔七三〕瑶　《類説》作「玉」，《才調集》、《類説》伯玉翁舊鈔本、《董西廂》卷五、《全唐詩》作「寶」。

〔七四〕帔　《董西廂》卷五作「帳」。

〔七五〕言自瑶華浦　《類説》天啓本及《四庫》本「言自」作「目照」。《董西廂》卷五、《補遺》「浦」作「圃」。

〔七六〕將朝碧玉宫　《才調集》、《大典》、《補遺》、《萬錦情林》、《全唐詩》「玉」作「帝」，《類説》伯玉翁舊鈔本作「落」。《類説》天啓本及《四庫》本作「眉持璇碧宫」（天啓本「宫」譌作「空」）。

〔七七〕李城　「李」原作「洛」，據《才調集》、《類説》、明陳耀文《天中記》卷一三引元稹《會真詩》、《全唐詩》改。按：「因遊李城北，偶向宋家東」二句本《玉臺新詠》卷七梁皇太子（即簡文帝蕭綱）《和湘東王名士悦傾城》詩：「美人稱絶世，麗色譬花叢。雖居李城北，住在宋家東。」（《藝文類聚》卷一八作梁昭明太子蕭統詩，三四句作：「經居李城北，來往宋家東。」）李城，指檇李城，又作醉李城、就李，李城乃其簡稱。在今浙江省嘉興市西南。《春秋》定公十四年：「五月，於越敗吴于檇李。」杜預注：「檇李，吴郡嘉興縣南醉李城。」又稱語兒鄉，《越絶書》卷八《越絶外傳記地傳》：「語兒鄉，故越界，名曰就李。……女陽亭者，句踐入官於吴，夫人從道，産女此亭，養於李鄉。句踐勝吴，更名女陽，更就李爲語兒鄉。」然據唐陸廣微《吴地記》載：「（嘉興）縣南一百里有語兒亭。勾踐令范蠡取西施以獻夫差，西施於路與范蠡潛通，三年始達於吴，遂生一子。至此亭，其子一歲，能言，因名語兒亭。《越絶書》曰：西施亡吴國後，復歸范蠡，同泛五湖而去。」生兒者乃西施。元徐碩《至元嘉禾志》卷一：「舊傳西施産兒於此，至能語方去。」然則居李城絶世美人乃指西施。《大典》、八卷本《虞初志》、《豔異編》、《緑窗女史》、《萬錦情林》、《唐人百家小説》、《重編説郛》、《雪窗談異》、《情史》、《唐人説薈》同治八年刊本卷一五、《龍威秘書》、《無一是齋叢鈔》、《晉唐小説六十種》、《文苑楂橘》作「里城」，《唐人説薈》民國二年石印本作「宋城」，均誤。

〔七八〕花雪　《大典》作「雲髴」。按：髴，同「髴」，頭髮下垂。

〔七九〕抱　《大典》作「簇」。

〔八〇〕舞　《類説》作「宿」。

〔八一〕偏　《補遺》、《全唐詩》作「頻」。

〔八二〕腕　《虞初志》、《豔異編》、《緑窗女史》、《唐人百家小説》、《重編説郛》、《情史》、《雪窗談異》、《唐人説薈》、《龍威秘書》、《晉唐小説六十種》、《文苑楂橘》作「履」，誤。

〔八三〕汗流珠點點　明鈔本、《才調集》、《類説》伯玉翁舊鈔本及《四庫》本、《董西廂》卷五、《大典》、《補遺》、《虞初志》、《豔異編》、《緑窗女史》、《萬錦情林》、《唐人百家小説》、《重編説郛》、《情史》、《雪窗談異》、《全唐詩》、《唐人説薈》、《龍威秘書》、《無一是齋叢鈔》、《晉唐小説六十種》、《文苑楂橘》「流」作「光」。《類説》天啓本作「汗光白點點」。

〔八四〕髮亂緑葱葱　《董西廂》卷五作「鬢亂緑鬆鬆」，《補遺》、《全唐詩》作「亂髮緑鬆鬆」。按：「亂髮」與「汗流」失對。「鬆」字屬「冬」韻，出韻。

〔八五〕年　《廣記》《四庫》本、《類説》《四庫》本作「金」。

〔八六〕恨　《才調集》、《類説》《四庫》本、《董西廂》、《補遺》、七卷本《虞初志》、《豔異編》、《緑窗女史》、《唐人百家小説》、《重編説郛》、《情史》、《雪窗談異》、《全唐詩》、《唐人説薈》、《龍威秘書》、《無一是齋叢鈔》、《晉唐小説六十種》、《文苑楂橘》作「限」。

〔八七〕芳 《類説》天啓本作「别」。

〔八八〕明運合 《類説》《四庫》本作「明遇合」，天啓本作「雙運合」。

〔八九〕啼粉流宵鏡 《廣記》《四庫》本、《類説》、《董西厢》卷五、《大典》、《補遺》、《豔異編》、《緑窗女史》、《萬錦情林》、《唐人百家小説》、《重編説郛》、《情史》、《雪窗談異》、《全唐詩》、《唐人説薈》、《龍威秘書》、《無一是齋叢鈔》、《晉唐小説六十種》、《文苑楂橘》「宵」作「清」。《才調集》作「啼粉留清鏡」。

〔九〇〕殘燈遠暗蟲 《才調集》、《廣記》《四庫》本、《董西厢》卷五、《豔異編》、《緑窗女史》、《萬錦情林》、《唐人百家小説》、《重編説郛》、《情史》、《雪窗談異》、《全唐詩》、《唐人説薈》、《龍威秘書》、《無一是齋叢鈔》、《晉唐小説六十種》、《文苑楂橘》「遠」作「遶」。《大典》「燈」作「爐」。《補遺》、《類説》伯玉翁舊鈔本作「殘鑪遶暗虫」，天啓本作「殘鑪遶暗蛩」，《四庫》本作「殘燈遶暗蛩」。按：作「蛩」誤。蛩，蟋蟀。且「蛩」在《廣韻》屬「冬」韻，「蛩」亦出韻。

〔九一〕乘鶩 《類説》作「警策」，《才調集》、《大典》、《萬錦情林》、《全唐詩》作「警乘」，《全唐詩》校：「一作『乘鶩』。」按：警策，以鞭策馬。曹植《應詔》詩：「僕夫警策，平路是由。」警乘，驅動車馬。曹植《洛神賦》：「騰文魚以警乘，鳴玉鸞以偕逝。」

〔九二〕上 《才調集》、《緑窗女史》、《萬錦情林》、《唐人百家小説》、《重編説郛》、《情史》、《雪窗談異》、《無一是齋叢鈔》、《文苑楂橘》作「止」。《全唐詩》校：「一作『止』。」

〔九三〕渚 《才調集》作「緒」，《全唐詩》校：「一作『緒』。」按：「緒」與「塘」失對，誤。

〔九四〕素琴鳴怨鶴 《類説》《四庫》本「琴」作「弦」，天啓本作「素弦鳴怨鵠」。按：「怨鶴」指琴曲《别鶴操》，抒寫夫妻思念，見《古今注》卷中。作「鵲」誤。

〔九五〕清漢望歸鴻　《類説》作「逝漢望驚鴻」，伯玉翁舊鈔本作「清漢望驚鴻」。《董西廂》卷五作「晴漢望驚鴻」。

〔九六〕沖　《類説》作「翀」。

〔九七〕處　《董西廂》卷五、《補遺》作「定」。

〔九八〕乘寵嬌隆　「乘」《廣記》清黄晟校刊本、《四庫》本作「秉」。「隆」字原無，據《大典》補。

〔九九〕不爲雲爲雨則爲蛟爲螭　原作「不爲雲，不爲雨，爲蛟爲螭」，據《廣記》《四庫》本、《大典》、《補遺》、《豔異編》、《緑窗女史》、《萬錦情林》、七卷本《虞初志》、《廣記鈔》、《唐人百家小説》、《重編説郛》、《情史》、《雪窗談異》、《唐人説薈》、《龍威秘書》、《無一是齋叢鈔》、《晉唐小説六十種》、《文苑楂橘》改。

〔一〇〇〕百萬　《補遺》作「萬乘」。

〔一〇一〕其　此字原無，據《蝶戀花詞》、《類説》、《唐詩紀事》、《大典》、《補遺》、《萬錦情林》補。

〔一〇二〕語之　《蝶戀花詞》作「已諾之」。

〔一〇三〕自從消瘦　南宋佚名《錦繡萬花谷》前集卷一七（無出處）、祝穆《古今事文類聚》後集卷一六引《麗情》作「一從消瘦」，《事文類聚》「消」作「銷」。《豔異編》、《緑窗女史》、《唐人百家小説》、《重編説郛》、《情史》、《雪窗談異》、《唐人説薈》、《龍威秘書》、《無一是齋叢鈔》、《晉唐小説六十種》、《文苑楂橘》作「自從别後」。

〔一〇四〕崔　此字原無，據《蝶戀花詞》補。

〔一〇五〕時　《蝶戀花詞》、《唐詩紀事》、南宋洪邁《萬首唐人絶句》卷二〇、《大典》、《補遺》、《虞初志》、《豔異編》、《緑窗女史》、《萬錦情林》、《唐人百家小説》、《重編説郛》、《情史》、《雪窗談異》、《唐人説薈》、《龍威秘書》、《無一是齋叢鈔》、《文苑楂橘》作「來」。

〔一〇六〕使夫　原作「夫使」，據《廣記》《四庫》本、《豔異編》、《緑窗女史》、《萬錦情林》、《唐人百家小説》、《重編説郛》、《唐人説薈》、《龍威秘書》、《無一是齋叢鈔》、《晉唐小説六十種》、《文苑楂橘》乙改。

按：元稹《元氏長慶集》原一百卷，傳世六十卷，未有《鶯鶯傳》。明萬曆三十二年（一六〇四），松江馬元調魚樂軒據嘉靖董氏雕本覆刊，編《補遺》六卷，補入《鶯鶯傳》。然《永樂大典》卷二七四二《崔鶯鶯》條下引元稹《長慶集》之《崔鶯鶯傳》，則至晚元明間傳世之《元氏長慶集》已收入此傳。《大典》與馬氏《補遺》所收，均非原作，乃自《太平廣記》取入。《廣記》編在《雜傳記五》。《雜傳記》共録十四篇唐傳奇，用原題，署作者，與《廣記》整體之體例迥別，然編纂者仍依例删改，或首加「唐」字（如《非煙傳》），或改第一人稱爲作者姓名（如《李娃傳》、《東陽夜怪録》、《東城老父傳》），《鶯鶯傳》亦然。唐末陳翰編《異聞集》、北宋張君房編《麗情集》均曾採録此傳。前者見《類説》卷二八《異聞集》；後者見《紺珠集》卷一一《麗情集》，《東坡先生詩集注》卷二一《張子野年八十五尚聞買妾述古令作詩》注及卷二五《再和楊公濟梅花十絶》注、《增廣箋注簡齋詩集》卷二〇《詠水僊花五韻》注、《山谷内集詩注》卷九《考試局與孫元忠博士竹間對窗夜聞元忠誦書聲調悲壯戲作竹枝歌三章和之》其二注、《古今事文類聚》後集卷一六等引《麗情集》。《類説》題作《傳奇》，《侯鯖録》卷五《傳奇辨正》、《元微之崔鶯鶯商調蝶戀花詞》亦作是稱，或以爲此爲元稹原題，非是，宋人改題也。《箋注簡齋詩集》注稱「元稹《鶯鶯傳》，見張君房《麗情集》」，《山谷内集詩注》稱「《麗情集·鶯鶯傳》」，可見張君房所據之本題同《廣記》，《董西廂》卷五亦云「有元微之《鶯鶯傳》爲證」，然則《鶯鶯傳》信爲原題。《類説》明嘉靖伯玉翁舊鈔本則作《會真記》，與天啓刊本之題《傳奇》者異。《會真記》之名，乃本張生《會真詩》、元稹《續會真詩》。曾慥《類説》所摘唐傳奇，依例用原題，今傳《類説》各本譌誤頗多，故疑《傳奇》、《會真記》者皆後人篡改，已非曾慥之舊。史容《山谷外集詩注》卷一二《社日奉寄君庸主簿》注引「元稹作《張君傳》」，《張君傳》亦爲宋人隨意改稱。

明清近代稗編收此傳者頗夥。《虞初志》卷六（凌性德刊七卷本卷五）、《豔異編》卷一七、《緑窗女史》卷五有《鶯鶯傳》，《豔異編》題注「即《會真記》」。《情史類略》卷一四題《鶯鶯》，跋則稱《會真記》。《萬錦情林》卷三、《五朝小説·唐人百家小説》、《重編説郛》卷一一五、《雪窗談異》卷三、《會真六幻》、《唐人説薈》第十二集（同治八年刊本卷一五）、《龍威秘書》四集《晉唐小説暢觀》、《無一是齋叢鈔》、《晉唐小説六十種》、《舊小説》乙集等皆題《會真記》。朝鮮人編《删補文苑楂橘》卷一亦收，題《崔鶯鶯》，不著撰人。此傳又多附於王實甫《西廂記》各本，如毛西河論定本、暖紅室本等。《豔異編》本附有《李紳相公鶯鶯本傳歌》八句、《杜舍人牧之次會真詩三十韻》、《王性之傳奇辨證》、《元微之古豔詩詞》十九首、《鶯鶯傳跋》，其餘各本亦多有附録，有所取捨而已，而《雪窗談異》、《唐人説薈》、《龍威秘書》、《晉唐小説六十種》等本於《會真記》之下正文又題《鶯鶯傳》，然則《會真記》者乃正文與附録之總稱。明清《百川書志》、《寶文堂書目》、《奕慶藏書樓書目》等皆有《鶯鶯傳》著録。

《鶯鶯傳》之張生乃元稹自寓，王銍初出此論遂「萬口同然」（明胡應麟《少室山房筆叢·華陽博議下》）。一九五〇年孫望復作《鶯鶯傳事迹考》（收入《蝸叟雜稿》），進而詳考之。貞元十六年（八〇〇）張見崔，時張二十二歲，元亦二十二歲。明年張文戰不勝止於京，後歲餘崔嫁張娶，蓋十九年，是歲元稹娶韋叢。傳文末云：「貞元歲九月，執事李公垂，宿於予靖安里第，語及於是。公垂卓然稱異，遂爲《鶯鶯歌》以傳之。崔氏小名鶯鶯，公垂以命篇。」「貞元」下當有脱文。卞孝萱《元稹年譜》考云，白居易《代書詩一百韻寄微之》有「初登典校司……閑吟短李詩」云云。短李即李紳。貞元十九年元稹登書判拔萃科，授祕書省校書郎，時與李紳已有交往。貞元十九年七月李紳作《蘇州畫龍記》，時在蘇州，則宿稹靖安里第當在貞元二十年九月，此紳作歌稹作傳之時，其説甚是。李紳《鶯鶯歌》，《董西廂》引有四段，四十二句，《豔異編》等只引八句。《施注蘇詩》卷一五《中秋見月寄子由》注引「恍然夢作瑶臺客」一句，爲《董西廂》所無。《全唐詩》只據明稗輯八句，童養年《全唐詩續補遺》卷六補三十五句。

感夢記

元　稹　撰

稹元和四年爲御史，鞫獄梓潼，樂天昆仲送至城西而别。後旬日，昆仲與李侍郎建閑遊曲江及慈恩寺，飲酣作詩曰：「花時同醉破春愁，醉折花枝作酒籌。忽憶故人天際去，計程今日到梁州。」後旬日，得元書，果以是日至褒，仍寄詩曰：「夢君〔一〕兄弟曲江頭，也到慈恩院院遊。驛吏唤人排馬去，忽驚身在古梁州。」千里魂交，合若符契。（據《四部叢刊初編》景印明嘉靖洪楩刊本南宋計有功《唐詩紀事》卷三七《元微之》校録）

〔一〕君　原作「見」，據《唐詩紀事》上海古籍出版社點校本、王仲鏞《唐詩紀事校箋》改。按：白行簡《三夢記》、孟啓《本事詩・徵異》、《元氏長慶集》卷一七《梁州夢》亦作「君」。

按：《唐詩紀事》末云：「自有《感夢記》，備叙其事。」、王仲鏞《唐詩紀事校箋》改「自」爲「白」，云：「此句『白』原作『自』，據張本、毛本改。」張本即明張子立刊本，毛本即毛晉汲古閣刊本。今按王校以此爲白行簡文，大誤。《唐詩紀事》洪楩刊本乃據南宋嘉定甲申（一二二四）王禧刊本翻刻，其作「自」字，王本固當如此，此一也。《紀事》前但云「樂天昆仲」，此言「白」則無從照應，不知「白」之爲誰，古人無此文法，此二也。白行簡所作爲《三夢記》，此則言《感夢記》，此三也。《三夢記》所記此事，文句頗不同，《紀事》絶非取自白記，此四也。白記不足二「白」字，焉得稱「備叙」，此五也。然則作「自」固是，乃指元稹也，謂元稹自作《感夢記》記此事，《紀事》即據《感夢記》而記。王仲鏞謂計氏蓋合《三夢記》及孟啓《本事詩》二者記之，非也。孟啓《本事詩・徵異》載：「元相公稹爲御史，鞫獄梓潼。時白尚書在京，與名輩遊慈恩，小酌花下，爲詩寄元曰：『花時同醉破新愁，醉折花枝作酒籌。忽憶故人天際去，計程今日到梁州。』時元果及褒城，亦寄夢遊詩曰：『夢君兄弟曲江頭，也向慈恩院院遊。驛吏唤人排馬去，忽驚身在古梁州。』千里神交，合若符契，友朋之道，不期至歟？」（據《顧氏文房小説》本）所記當本元氏《感夢記》也。

今傳《元氏長慶集》無《感夢記》，唯卷一七有《梁州夢》：「夢君同遶曲江頭，也向慈恩院院遊。亭吏呼人排去馬，忽驚身在古梁州。」前有序云：「是夜宿漢川驛，夢與杓直、樂天同遊曲江，兼入慈恩寺諸院。倏然而寤，則遞乘及階，郵吏已傳呼報曉矣。」《感夢記》當作於元和四年（八〇九）。觀《唐詩紀事》「備叙其事」之語，原文當叙事詳備，殆傳奇之體也。惜原文不傳，惟借《唐詩紀事》存其梗概耳。

崔徽歌序

元稹　撰

崔徽，河中娼〔一〕也。善舞，有容豔〔二〕。同郡裴敬中，爲興元幕察官，奉使河中〔三〕。一見爲動〔四〕，不能忍〔五〕，與徽〔六〕相從累月。敬中使罷〔七〕言旋，徽不得去，怨抑不能自支，久之成疾〔八〕。後數月，敬中密友東川白知退至河中〔九〕。有丘夏，善寫真〔一〇〕，知退爲徽致意于夏，果得絶筆〔一一〕。徽持畫〔一二〕謂知退曰：「爲妾謝敬中〔一三〕，崔徽一旦不及卷〔一四〕中人，徽且爲郎死矣。」明日，發狂。自是移疾〔一五〕，不復舊時形容〔一六〕而卒。

崔徽本不是娼家，教歌按舞娼家長。使君知有不自由，坐在顯時立在掌〔一七〕。

眼明正似琉璃缾，心蕩秋水橫波清〔一八〕。

舞態低迷誤招拍〔一九〕。

吏感徽心關鎖開〔二〇〕。

有客有客名丘夏，善寫儀容得豔恣。爲徽持此謝敬中，以死報郎爲終始〔二一〕。（據古典文學出版社周夷點校本南宋皇都風月主人《緑窗新話》卷上引《麗情集·崔徽私會裴敬中》，參酌曾慥《類説》卷二九《麗情集·崔徽》，朱勝非《紺珠集》卷一一《麗情集·卷中人》，葉廷珪《海録碎事》卷九下引《麗情集·卷中人》，《錦繡萬花谷》前集卷一七引《元集》，祝穆《古今事文類聚》後集卷一七，謝維新《古今合璧事類備要》前集卷五三引《元集》，王十朋《東坡先生詩集注》卷一二《和趙郎中見戲二首》宋援注及趙堯卿注、卷二七《章質夫寄惠崔徽真》宋援注，施元之《施注蘇詩》卷一二《和趙郎中見戲》注引《麗情集·元微之〈崔徽傳〉》，任淵《后山詩注》卷一二《送晁無咎守蒲中》注引元稹《崔徽歌序》，《山谷詩集注》卷九《出禮部試院王才元惠梅花三種皆妙絶戲答三首》其二任淵注引元稹《崔徽歌》，陳元龍集注《片玉集》卷八《蝶戀花》之二注引《崔徽詩(歌)》，元陰勁弦等《韻府群玉》卷四引張君房《麗情集》，明陳耀文《天中記》卷二〇引《麗情集》，彭大翼《山堂肆考》卷一一一，梅鼎祚《青泥蓮花記》卷四引《麗情集》，《重編説郛》卷七八《麗情集·卷中人》綜合校録)

〔一〕河中娼　原作「蒲妓」，《天中記》同，《類説》、《施注蘇詩》卷一二注、《后山詩注》、《韻府群玉》作「蒲女」。《萬花谷》、《事文類聚》、《事類備要》作「河中娼」，《東坡詩集注》卷一二宋援注作「河中倡」，卷二七宋援注作「河中娼婦」，《山堂肆考》作「河中妓」，《青泥蓮花記》作「河中府娼」。按：據《新唐書·地理志三》，蒲州開元八年(七二〇)置中都，爲府，是年罷都，復爲州，乾元三年(七六〇)復爲府。其時稱作河中府，據《萬花谷》等改。

〔二〕善舞有容豔　此五字據《后山詩注》補。

〔三〕同郡裴敬中爲興元幕察官奉使河中　原作「裴敬中爲梁使蒲」，《類説》作「同郡裴敬中爲梁使蒲」，

《萬花谷》、《事文類聚》、《事類備要》、《東坡詩集注》卷二七宋援注作「裴敬中以興元幕使河中」，《東坡詩集注》卷一二趙堯臣注作「裴欽中以興元幕使河中」，《山堂肆考》亦作「裴敬中以興元幕使河中」，「敬」字注「趙堯卿注作『欽』」，《韻府群玉》作「裴敬中使蒲」，《天中記》作「同郡裴敬中以興元幕爲梁使蒲」，《青泥蓮花記》作「裴敬中以興元幕使蒲州」，《紺珠集》、《海録碎事》、《重編説郛》作「唐裴敬中爲察官，奉使蒲中」，《東坡詩集注》卷一二宋注則稱「御史裴欽中」。按：據《新唐書・地理志四》，興元府本梁州，興元元年（七八四）昇爲府。又據《新唐書・方鎮表四》，廣德元年（七六三）置山南西道節度使，梁州爲治所。裴敬中在山南西道節度使府爲察官，察官即監察御史，此乃敬中在幕中所帶之職，所謂「御史」指此。河中府則爲河中節度使治所。今參酌諸書改。「裴欽中」，乃宋人避宋太祖趙匡胤祖趙敬諱改。

〔四〕一見爲動　《施注蘇詩》卷一二、《韻府群玉》作「徽一見動情」，《后山詩注》作「徽一見爲動」，《天中記》作「一見爲動情」。

〔五〕不能忍　此三字據《施注蘇詩》卷一二、《韻府群玉》補。

〔六〕與徽　此二字據《萬花谷》、《事文類聚》、《事類備要》、《東坡詩集注》卷二七宋注及卷一二趙注、《山堂肆考》、《青泥蓮花記》補。

〔七〕使罷　此二字據《后山詩注》補。

〔八〕久之成疾　此句據《紺珠集》、《海録碎事》、《施注蘇詩》卷一二、《韻府群玉》、《重編説郛》補。《青泥蓮花記》作「因而成疾」。

〔九〕敬中密友東川白知退至河中　「河中」原作「蒲」，《類説》、《天中記》同，《萬花谷》、《事類備要》、《山堂肆考》作「東川幕白知退歸」，《事文類聚》作「東川白知退歸」，《青泥蓮花記》作「東川幕府白知退歸」，《東坡詩集注》卷一二及卷二七作「東川幕白知退將自河中歸」，據《東坡詩集注》改「蒲」爲「河中」。

〔一〇〕真　《類説》作「人形」。

〔一一〕知退爲徽致意于夏果得絶筆　《青泥蓮花記》作「徽對鏡寫真」，《紺珠集》、《海録碎事》、《重編説郛》作「自寫其真」，《萬花谷》、《事文類聚》、《事類備要》、《山堂肆考》作「徽乃寫真」，《東坡詩集注》卷一二趙注及卷二七宋注作「徽乃託人寫真」。

〔一二〕持畫　《類説》、《東坡詩集注》卷一二及卷二七作「捧書」，《萬花谷》、《事文類聚》、《事類備要》、《山堂肆考》作「奉書」，《天中記》作「捧畫」。

〔一三〕爲妾謝敬中　《東坡詩集注》卷一二作「爲妾謂裴郎」。

〔一四〕卷　《青泥蓮花記》作「畫」。

〔一五〕移疾　《類説》作「稱疾」，意同。

〔一六〕舊時形容　《類説》作「見客」。《天中記》「舊」作「畫」。

〔一七〕按：以上四句乃《崔徽歌》，當爲開首。《緑窗新話》云：「元微之歌其略曰……」《青泥蓮花記》注亦云：「元微之歌略曰……」「顯」作「頭」，《全唐詩》卷四二三同。

〔一八〕按：此二句據康熙三十八年宋犖刻本《施注蘇詩》卷一五《百步洪》注引元微之《崔徽歌》。

〔一九〕按：此句據《片玉集》卷八《蝶戀花》之二注引「崔徽詩」。「詩」當爲「歌」之誤。

〔二〇〕按：此句據《山谷詩集注》卷九《出禮部試院王才元惠梅花三種皆妙絶戲答三首》其二注引元稹《崔徽歌》。

〔二一〕按：此四句《緑窗新話》稱「末云」，當爲末四句。「「有客有客」原作「有客」。《青泥蓮花記》注亦引，「有客」重疊，「儀容」作「容儀」，「豔姿」謁作「姿把」，「終始」二字闕。《全唐詩》全同《青泥蓮花記》。此歌爲七言歌行，據補「有客」二字。

按：元稹《崔徽歌并序》，今集不載。南宋無名氏《錦繡萬花谷》前集卷一七、謝維新《古今合璧事類備要》前集卷五三俱引作《元集》，是則《元氏長慶集》原有此作。任淵《后山詩注》卷一二《送晁無咎守蒲中》注引作《崔徽歌序》，而施元之《施注蘇詩》卷一二《和趙郎中見戲》引作《麗情集·元微之〈崔徽傳〉》，「傳」即指序。《麗情集》北宋張君房撰，所收多爲唐人傳奇及歌序。原書已佚，朱勝非《紺珠集》卷一一、曾慥《類説》卷二九均有摘録，中有崔徽事，皇都風月主人《緑窗新話》卷上《崔徽私會裴敬中》，亦出《麗情集》。《崔徽歌》原序當叙事詳贍，體近傳奇，故宋人或稱《崔徽傳》也。今綴合遺珠，僅得百三十餘字。

《崔徽歌》輯得十二句，今亦列後。《片玉集》卷二《秋蕊香》注引元微之詩「鳳凰寶釵爲郎似皆戴」，同卷《憶舊遊》注引元微之詩「鳳釵亂折金鈿碎」，陳尚君《全唐詩續拾》卷二五以爲「似皆《崔徽歌》佚文」而輯入《崔徽歌》。楊軍《元稹集編年箋注》（詩歌卷）元和十五年《崔徽歌》亦從輯。

序中白知退乃白行簡，字知退。行簡元和九年至十二年（八一四—八一七）在劍南東川節度使盧坦幕，爲掌書記，其使河中，在此間，即裴敬中會崔徽之時。元稹元和五年至十四年貶官江陵、唐州、通州、虢州，十五年徵還，授膳部員外郎。而行簡罷東川幕後，隨兄居易在江州、忠州，十五年居易徵還，授司門員外郎，行簡亦還京。意者此年元稹聞崔徽事於行簡，而作歌并序。卞孝萱《元稹年譜》即定爲元和十五年作。

唐五代傳奇集第二編卷十一

長恨歌傳

陳鴻撰

陳鴻，字大亮。德宗貞元二十一年（八〇五）擢進士第，閒居盩厔仙遊谷著《大統紀》，憲宗元和六年（八一一）書成，歷時七年，凡三十卷。白居易曾有《早朝賀雪寄陳山人》詩，云：「忽思仙遊谷，暗謝陳居士。」十三年前後爲太常博士，約十五年擢虞部員外郎。穆宗長慶元年（八二一）以本官充赴回鶻婚禮使判官，官至主客郎中。卒年不詳，宣宗大中三年（八四九）後猶在世。（據陳鴻《大統紀序》、《華清湯池記》、《全唐文補遺》第七輯《唐故朝議郎行大理司直臨濮縣開國男吴君墓誌銘并序》，元稹《授丘紓陳鴻員外郎等制》，韓愈《唐故少府監胡公墓神道碑》，《新唐書·藝文志》小説家類，《册府元龜》卷九七九）

開元中，泰階平，四海無事。玄宗在位歲久，勌于旰食宵衣，政無大小，始委於右丞相，稍[一]深居遊宴，以聲色自娱。先是，元獻皇后、武淑妃皆有寵，相次即世。宫中雖良家子千數，無可悦目者，上心忽忽不樂。時每歲十月，駕幸華清宫，内外命婦，熠燿景從。浴日餘波，賜以湯沐，春風靈液，澹蕩其間。上心油然，若有所遇，顧左右前後，粉色如土。詔高力士潛搜外宫，得弘農楊玄琰女于壽邸，既笄矣。鬒〔二〕髮膩理，纖穠中度，舉止閑冶，如漢武帝李夫人。别疏湯泉，詔賜澡〔三〕瑩。既出水，體弱力微，若不任羅綺。光彩焕發，轉動照人，上甚悦。進見之日，奏《霓裳羽衣曲》以導之。定情之夕，授金釵鈿合以固之。又命戴步摇，垂金璫。

明年，册爲貴妃，半后服用。繇是冶其容，敏其詞，婉孌萬態，以中上意，上益嬖焉。時省風九州，泥金五嶽，驪山雪夜，上陽春朝，與上行同輦，居同室，宴專席，寢專房。雖有三夫人、九嬪、二十七世婦、八十一御妻，暨〔四〕後宫才人、樂府妓女，使天子無顧盼意，自是六宫無復進幸者。非徒殊豔尤態獨能〔五〕致是，蓋才智明慧，善巧便佞，先意希旨，有不可形容者。叔父昆弟，皆列位清貴〔六〕，爵爲通侯。姊妹封國夫人，富埒王宫〔七〕，車服邸第，與大長公主侔矣，而恩澤勢力，則又過之，出入禁門不問，京師長吏爲之側目。故當時謡詠有云：「生女勿悲酸，生男勿喜歡。」又曰：「男不封侯女作妃，看女却爲門上楣〔八〕。」其〔九〕人心羨慕如此。

天寶末，兄國忠盜丞相位，愚弄國柄。及安禄山引兵嚮闕，以討楊氏爲詞。潼關不守，翠華南幸，出咸陽道，次馬嵬亭。六軍徘徊，持戟不進。從官郎吏伏上馬前，請誅鼂錯以謝天下。國忠奉氂纓盤水，死於道周。左右之意未快，上問之，當時敢言者，請以貴妃塞天下怨〔一〇〕。上知不免，而不忍見其死，反袂掩面，使牽之而去。倉皇展轉，竟就死於尺組之下。既而玄宗狩成都，肅宗受禪靈武。明年，大兇歸元〔一一〕，大駕還都，尊玄宗爲太上皇，就養南宫，自南宫遷于西内。時移事去，樂盡悲來。每至春之日、冬之夜，池蓮夏開，宫槐秋落，梨園弟子玉琯〔一二〕發音，聞《霓裳羽衣》一聲，則天顔不怡，左右歔欷。三載一意，其念不衰。求之夢魂，杳不能得。

適有道士自蜀來，知上皇心念楊妃如是，自言有李少君之術。玄宗大喜，命致其神。方士乃竭其術以索之，不至。又能遊神馭氣，出天界、没地府以求之，不見。又旁求四虚上下，東極天海〔一三〕，跨蓬壺，見最高仙山。上多樓闕，西廂下有洞户，東嚮，闔〔一四〕其門，署曰「玉妃太真院」。方士抽簪叩扉，有雙鬟童女，出應其門。方士造次未及言，而雙鬟復入。俄有碧衣侍女又至，詰其所從。方士因稱唐天子使者，且致其命。碧衣云：「玉妃方寢，請少待之。」于時，雲海沉沉，洞天日曉〔一五〕，瓊户重闔，悄然無聲。方士屏息斂足，拱手門下。久之，而碧衣延入，且曰：「玉妃出。」見一人，冠金蓮，披紫綃，珮紅玉，曳鳳〔一六〕舄，左右侍者七八人。揖方士，問皇帝安否，次問天寶十四載已還事，言訖憫默。指碧衣取金釵鈿合，各析〔一七〕其半，授使者曰：「爲我謝太上皇，謹獻是物，尋舊好也。」方士受辭與信，將行，色有不足。玉妃固〔一八〕徵其意，復前跪致詞：「請當時一事，不爲他人聞者，驗於太上皇。不然，恐鈿合金釵，負新垣平之詐也。」玉妃茫然退立，若有所思。徐而言曰：「昔天寶十載〔一九〕，侍輦避暑於驪山宫。秋七月，牽牛織女相見之夕，秦人風俗，是夜張錦繡，陳飲食，樹瓜華，焚香于庭，號爲乞巧，宫掖間尤尚之。時夜殆半，休侍衛於東西廂，獨侍上。上凭肩而立，因仰天感牛女事，密相誓心，願世世爲夫婦。言畢，執手各嗚咽。此獨君王知之耳。」因自悲曰：「由此一念，又不得居此。復墮下界，且結後緣。或爲天，或爲人〔二〇〕，決再相見，好合如舊。」因言：「太上皇亦不久人間，幸惟自安，無自苦耳。」使者還奏太上皇，皇心震悼，日日不豫。其年夏四月，南宫宴駕。

元和元年冬十二月，太原白樂天自校書郎尉于盩厔，鴻與琅邪王質夫家于是邑。暇日，相攜遊仙遊寺，話及此事，相與感歎。質夫舉酒於樂天前曰：「夫希代之事，非遇出世之才潤色之，則與時消没，不聞于世。樂天，深於詩、多於情者也。試爲歌之，如何？」樂天因爲《長恨歌》。意者不但感其事，亦欲懲尤物，窒亂階，垂於將來者也。歌既成，使鴻傳焉。世所不聞者，予非開元遺民，不得知。世所知者，有《玄宗本紀》在，今但傳《長恨歌》云爾。（據中華書局影印本《文苑英華》卷七九四校録，又《白氏長慶集》卷一二、《太平廣記》卷四八六、《文苑英華》卷七九四附《麗情集》及《京本大曲》）

〔一〕稍　《英華》《四庫全書》本作「苐」，「苐」同「第」，只也，但也。《白集》卷一二《長恨歌傳》無此字。

〔二〕鬒　原作「鬢」，《白集》作「鬒」。按：鬒，頭髮濃黑貌，「鬒髮」與「膩理」相對，據改。

〔三〕澡　原作「藻」，據《白集》、《廣記》卷四八六《長恨傳》、明陸采《虞初志》卷二《長恨傳》、《豔異編》卷一一《長恨歌傳》、秦淮寓客《緑窗女史》卷三《長恨歌傳》、胡文煥《稗家粹編》卷三《長恨傳》、《五朝小説·唐人百家小説》紀載家《長恨歌傳》、清蓮塘居士《唐人説薈》第十一集《長恨歌傳》、馬俊良《龍威秘書》四集《長恨歌傳》、顧之逵《藝苑捃華》、民國俞建卿《晉唐小説六十種·長恨歌傳》改。

〔四〕暨　原作「槩」，據《白集》、《廣記》、《虞初志》、《豔異編》、《緑窗女史》、《唐人百家小説》、《重編説郛》、《唐人説薈》、《龍威秘書》、《藝苑捃華》、《晉唐小説六十種》改。

〔五〕獨能　此二字原無，據《廣記》、《虞初志》、《豔異編》、《緑窗女史》、《稗家粹編》、《唐人百家小説》、《重編説郛》、《唐人説薈》、《龍威秘書》、《藝苑捃華》、《晉唐小説六十種》補。

〔六〕貴　《白集》、《廣記》清孫潛校本作「貫」。貫，事也，指官職。《舊唐書》卷一一八《楊炎傳》：「尚書左僕射楊炎，託以文藝，累登清貫。」

〔七〕王宫　《廣記》談愷刊本、明許自昌刊本、沈與文野竹齋鈔本作「主室」，清黄晟校刊本、《四庫全書》本、《筆記小説大觀》本及《白集》、《英華》附《麗情集》及《京本大曲》、《虞初志》、《豔異編》、《緑窗女史》、《稗家粹編》、《唐人百家小説》、《重編説郛》、《唐人説薈》、《龍威秘書》、《藝苑捃華》、《晉唐小説六十種》作「王室」。按：主，公主。

〔八〕看女却爲門上楣　《廣記》、《豔異編》、《緑窗女史》、《稗家粹編》、《唐人百家小説》、《重編説郛》、《唐人説薈》、《龍威秘書》、《藝苑捃華》、《晉唐小説六十種》作「君看女却爲門楣」。

〔九〕其　《廣記》、《豔異編》、《緑窗女史》、《稗家粹編》、《唐人百家小説》、《重編説郛》、《唐人説薈》、《龍威秘書》、《藝苑捃華》、《晉唐小説六十種》下有「爲」字。

〔一〇〕怨　《白集》作「怒」，《廣記》、《永樂大典》卷二一九四八引《太平廣記》、《麗情集》及《京本大曲》、《虞初志》、《豔異編》、《緑窗女史》、《稗家粹編》、《唐人百家小説》、《重編説郛》、《唐人説薈》、《龍威秘書》、《藝苑捃華》、《晉唐小説六十種》作「之怒」。

〔一一〕大兇歸元　原作「大赦改元」，誤，據《白集》、《廣記》、《虞初志》、《豔異編》、《緑窗女史》、《稗家粹編》、《唐人百家小説》、《重編説郛》、《唐人説薈》、《龍威秘書》、《藝苑捃華》、《晉唐小説六十種》改。按：天寶十四載（七五五）十一月，安禄山起兵范陽。明年六月，潼關失守，玄宗幸蜀，七月肅宗於靈武即帝位，改元至德。大兇指安禄山。歸元，授首，即被殺。元，首。至德二載正月，安禄山被其子安慶緒所殺。

〔一二〕玉琯　《廣記》、《虞初志》、《豔異編》、《緑窗女史》、《稗家粹編》、《唐人百家小説》、《重編説郛》、《唐人説薈》、《龍威秘書》、《藝苑捃華》、《晉唐小説六十種》作「玉管」。按：玉管即玉琯，玉製，六孔，如笛。

〔一三〕東極天海　《廣記》、《虞初志》、《豔異編》、《稗家粹編》、《緑窗女史》、《唐人百家小説》、《重編説郛》、《唐人説薈》、《龍威秘書》、《藝苑捃華》、《晉唐小説六十種》作「東極絶天涯」。

〔一四〕闚　《廣記》、《虞初志》、《豔異編》、《緑窗女史》、《稗家粹編》、《唐人百家小説》、《重編説郛》、《唐人説薈》、《龍威秘書》、《藝苑捃華》、《晉唐小説六十種》作「闞」，同「窺」。

〔一五〕曉　《英華》校、《白集》、《廣記》、《虞初志》、《豔異編》、《緑窗女史》、《稗家粹編》、《唐人百家小説》、《重編説郛》、《唐人説薈》、《龍威秘書》、《藝苑捃華》、《晉唐小説六十種》作「晚」。《麗情集》及《京本大曲》作「暖」。

〔一六〕鳳　《大典》作「星」。

〔一七〕析　原作「折」，據《白集》改。《廣記》作「拆」，明鈔本作「折」。

〔一八〕固　《廣記》、《虞初志》、《豔異編》、《緑窗女史》、《稗家粹編》、《唐人百家小説》、《重編説郛》、《唐人説薈》、《龍威秘書》、《藝苑捃華》、《晉唐小説六十種》作「因」。

〔一九〕十載　《麗情集》及《京本大曲》作「六年」。

〔二〇〕或爲天或爲人　《廣記》「爲」作「在」，清孫潛校本作「爲」。

按：白居易《白氏長慶集》卷一二收有《長恨歌傳》，題前進士陳鴻撰，後爲《長恨歌》。《文苑英華》卷七九四亦載，署陳鴻，無歌。二本文字鮮有不同，知《英華》亦取自白集。又見《太平廣記》卷四八六《雜傳記三》，題《長恨傳》，陳鴻譔，後有歌。（按：《永樂大典》卷二九四八引《太平廣記》，係節録。）其本與白集、《英華》文字多異，末節「餘具國史」云云非原文，乃概述大意，若「並前秀才陳鴻作傳，冠於歌之前」，顯然是根據白集中先傳後歌及題署而言（按：前秀才即前進士）。《廣記》本後收入《虞初志》卷二、《豔異編》卷一一、《稗家粹編》卷三、《緑窗女史》卷三、《五朝小説·唐人百家小説》紀載家、《重編説郛》卷一一一、《唐人説薈》第十一集（同治八年刊本卷一四）、《龍威秘書》四集、《藝苑捃華》、《晉唐小説六十種》等。《虞初志》、《稗家粹編》題《長恨傳》，餘皆題《長恨歌傳》。《緑窗女史》以下各本末附玄虛子志，乃取自舊題元伊世珍《瑯嬛記》卷下，作玄虛子《仙志》。《百川書志》、《寶文堂書目》均著録《長恨傳》，當據《虞初志》。《英華》本末有校語云：「此篇又見《麗情集》及《京本大曲》，頗有異同，並録于後。」以下即全文。彭叔夏《文苑英華辨證》卷七亦謂：「陳鴻《長恨歌傳》，見《麗情集》、《京本大曲》，詞多異同。以上二篇，今並録于本篇之後。」《麗情集》乃北宋張君房撰，多取唐人傳奇歌行。《京本大曲》不詳何人作，當是散韻相間，殆以《麗情集》爲本而以曲詞敷演。此本非照録陳傳原文，實是改寫，異辭極衆。北宋無名氏《五色線集》卷下引陳鴻《長恨傳》云：「貴妃賜浴華清池，清瀾三尺中洗明玉。政〔既〕出水，力役〔微〕不勝羅綺。」即據《麗情集》本。或謂《麗情集》本乃陳鴻原本，非也。

據《唐文粹》卷九五陳鴻《大統紀序》，陳鴻貞元丁（按：當作乙）酉歲亦即二十一年登進士第後，始閑居修《大統紀》。而據《長恨歌傳》，其閑居之處在京兆府盩厔縣。傳文云：「元和元年冬十二月，太原白居易自校書郎尉于盩厔，鴻與琅邪王質夫家于是邑。暇日，相攜遊仙遊寺，話及此事，相與感歎。質夫舉酒於樂天前曰：『夫希代之事，非遇出世之才潤色之，則與時消没，不聞于世。樂天，深於詩、多於情者也。試爲歌之，如何？』樂天因爲《長恨歌》。意者不但感其事，亦欲懲尤物，窒亂階，垂於將來者也。歌既成，使鴻傳焉。世所不聞者，予非開元遺民，不得知。世所知者，有《玄宗本紀》在，今但傳《長恨歌》云爾。」《麗情集》本乃云：「元和年冬十二月，太原白居易尉于盩厔，予與琅邪王質夫家仙游谷，因暇日攜手入山。質夫於道中語及於是，白樂天深於思者也，有出世之才，以爲往事多情而感人也深，故爲《長恨詞》以歌之，使鴻傳焉。世所隱者，鴻非史官，不知。所知者，有《玄宗内傳》今在，予所據，王質夫説之爾。」據此，是則陳、王俱閑居於仙遊谷。次年元和元年（八〇六）白居易爲盩厔縣尉，十二月暇日三人遊仙遊寺，王質夫話及此事，令白作歌，陳作傳。歌、傳之作當不會延以時日，應即在元和元年十二月也。

開元升平源

陳鴻撰

姚元崇初拒太平得罪，上頗德之。既誅太平，方任元崇以相，進拜同州刺史。張説素不叶，命趙彦昭騾彈之，不許。居無何，上將獵於渭濱，密召元崇會於行所。初，元崇聞上講武於驪山，謂所親曰：「凖式，車駕行幸，三百里内刺史合朝覲。元崇必爲權臣所擠，若何？」參軍李景初進曰：「某有兒母者，其父即教坊長入内。相公儻致厚賂，使其冒法進狀，可達。」公然之，輒效。燕公説使姜皎入曰：「陛下久卜河東總管，重難其人。臣有所得，何以見賞？」上曰：「誰邪？如愜，有萬金之賜。」乃曰：「馮翊太守姚元崇〔一〕，文武全材，即其人也。」上曰：「此張説意也。卿罔上，當誅。」皎首服萬死。即詔中官追赴行在。

上方獵于渭濱，公至，拜馬首。上曰：「卿頗知獵乎？」元崇曰：「臣少孤，居廣成澤〔二〕，目不知書，唯以射獵爲事。四十年〔三〕，方遇張憬藏，謂臣當以文學備位將相，無爲自棄。爾來折節讀書。今雖官位過忝，至於馳射，老而猶能。」於是呼鷹放犬，遲速稱旨，上大悦。上曰：「朕久不見卿，思有顧問，卿可於宰相行中行。」公行猶後，上縱轡久之，顧曰：「卿行何後？」公曰：「臣官疏賤，不合參宰相行。」上曰：「可兵部尚書、同平章事。」公不謝，上顧訝焉。

至頓，上命宰臣坐，公跪奏：「臣適奉作弼之詔而不謝者，欲以十事上獻，有不可行，臣不敢奉詔。」上曰：「悉數之，朕當量力而行，然〔四〕定可否。」公曰：「自垂拱已來，朝廷以刑法理天下。臣請聖政先仁義，可乎？」上曰：「朕深心有望於公也。」又曰：「聖朝自喪師青海，未有牽復之悔。臣請三數十年不求邊功，可乎？」上曰：「可。」又曰：「自太后臨朝以來，喉舌之任，或出於閹人之口。臣請中官不預公事，可乎？」上曰：「懷之久矣。」又曰：「自武氏諸親，猥侵清切權要之地，繼以韋庶人、安樂、太平用事，班序荒雜。臣請國親不任臺省官，凡有斜封、待闕、員外等官，悉請停罷，可乎？」上曰：「朕素志也。」又曰：「比來近密佞幸之徒，冒犯憲網者，皆以寵免。臣請行法，可乎？」上曰：「朕切齒久矣。」又曰：「比因豪家戚里，貢獻求媚，延及公卿、方鎮亦爲之。臣請除租庸賦稅之外，悉杜塞之，可乎？」上曰：「願行之。」又曰：「太后造福先寺，中宗造聖善寺，上皇造金仙、玉真觀，皆費鉅百萬，耗蠹生靈。凡寺觀宫殿，臣請止絶建造，可乎？」上曰：「朕每覩之，心即不安，而況敢爲者哉！」又曰：「先朝褻狎大臣，或虧君臣之敬。臣請陛下接之以禮，可乎？」上曰：「事誠當然，有何不可？」又曰：「自燕欽融、韋月將獻直得罪，由是諫臣沮色。臣請凡在臣子，皆得觸龍鱗，犯忌諱，可乎？」上曰：「朕非唯能容之，亦能行之。」又曰：「吕氏産、禄，幾危西京；馬、竇、閻、梁〔五〕，亦亂東漢。萬古寒心，國朝爲甚。臣請陛下書之史册，永爲殷鑒，作萬代法，可乎？」上乃潸然良久，曰：「此事真可爲刻肌刻骨者也。」公再拜曰：「此誠陛下致仁政之初，是臣千載一遇之日，臣敢當弼諧之地，天下幸甚！天下幸甚！」又再拜蹈舞，稱萬歲者三。從官千萬，皆出涕。

上曰：「坐。」公坐於燕公之下。燕公讓不敢坐，上問，對曰：「元崇是先朝舊臣，合首坐。」公曰：「張説是紫微宫使，今臣是客宰相，不合首坐。」上曰：「可紫微宫使居首座。」

（據古籍出版社點校本《資治通鑑》卷二一〇《考異》引《升平源》校録）

〔一〕姚元崇　原無「元」字。按：《舊唐書》卷九六《姚崇傳》載，姚崇本名元崇，武則天時，突厥叱利元崇構逆，則天不欲元崇與之同名，乃改爲元之。玄宗先天二年（七一三），玄宗講武在新豐驛，召元之代郭元振爲兵部尚書、同中書門下三品。避開元尊號，又改名崇。據《舊唐書》卷八七《玄宗紀上》載，先天二年十一月癸卯玄宗講武於驪山，甲辰畋獵於渭川，十二月，改元開元。然則先天二年十一月姚於渭濱見玄宗時，尚未改元開元，元崇亦未改名崇。此作「姚崇」，當脱「元」字。《四部叢刊初編》影印宋刊本《資治通鑑考異》卷一二有此字，據補。魯迅《唐宋傳奇集》有「元」字，所據即此本。

〔二〕廣成澤　中華書局影印宋刊本《太平御覽》卷六一四引《唐書》作「廣城大澤」，《四庫》本作「廣城澤」。按：唐李吉甫《元和郡縣圖志》卷七《河南道二·汝州·梁縣》：「廣成澤，在縣西四十里。」《新唐書》卷二《太宗紀》：貞觀十一年三月「辛亥，獵於廣成澤」。《新唐書》卷一二四《姚崇傳》亦作「廣成澤」。

〔三〕四十年　《御覽》作「年四十」。

〔四〕然　《唐宋傳奇集》作「然後」。

〔五〕馬竇閻梁　《考異》宋刊本、明楊慎《丹鉛總録》卷一一《二唐書》引《舊唐書》「竇」作「鄧」。按：馬、竇、閻、梁，皆指太后臨朝，外戚專政。據《後漢書》卷一〇《皇后紀》，伏波將軍馬援小女、明帝馬皇后，章帝即位尊爲皇太后。章帝竇皇后，和帝尊爲皇太后，兄憲，弟篤、景並顯貴，擅威權，密謀不軌被誅。安帝閻皇后，順帝時以皇太后臨朝。順帝梁皇后，沖帝尊爲皇太后，臨朝秉政。鄧則指和帝鄧皇后，殤帝立，尊爲皇太后，殤帝、安帝朝長期臨政，號令自出。其兄鄧騭，任大將軍，專斷朝政。太后死，安帝與宦官誅滅鄧氏，遂自殺。見《後漢書》卷一六《鄧騭傳》。竇、鄧皆在馬後閻、梁前，作「竇」作「鄧」皆可。

按：《新唐書·藝文志》小説家類著録陳鴻《開元升平源》一卷，《崇文總目》小説類作《開元平》一卷，有脱字，不著撰人。此後又著録於《郡齋讀書志》雜史類、《中興館閣書目》故事類（《玉海》卷六一引）、《直齋書録解題》雜史類、《宋史·藝文志》故事類、《文獻通考·經籍考》雜史類，撰人爲吴兢，《讀書志》、《通考》書名作《開元升平源記》。司馬光《資治通鑑考異》卷一二云：「世傳《生平源》以爲吴兢所撰，云……果如所言，則元崇進不以正。又當時天下之事止此十條，須因事啓沃，豈一旦可邀？似好事者爲之，依託兢名，難以盡信，今不取。」吴兢，《舊唐書》卷一〇二、《新唐書》卷一三三有傳，乃武周至玄宗朝著名史學家，著《唐春秋》、《貞觀政要》、《中宗實録》、《睿宗實録》等。本篇所述出自傳聞，兢爲史臣，又與姚元崇同時，必不能作此小説家言。《新唐志》著録爲陳鴻，且注：「字大亮，貞元主客郎中。」（按：岑仲勉《唐史餘瀋》卷二謂「貞元」下殆奪「進士」二字，説是。）其出鴻手固無疑義。

原文引於《資治通鑑考異》卷一二。《考異》原獨立爲書，《四庫全書》據明刊本收入，《四部叢刊初編》所收乃影印宋刊本。元胡三省爲《通鑑》作音注，將《考異》以小字散入《通鑑》正文各句之下，以便閲讀。清胡克家據元刊本覆刻，古籍出版社點校本即以胡刻本爲底本。此文在卷二一〇《唐紀二十六》玄宗開元元年「即拜兵部尚書、同中書門下三品」之下。魯迅《唐宋傳奇集》據《四部叢刊初編》影印宋刊本《考異》校録，題吴兢撰。《太平御覽》卷六一四引《唐書》一節，乃姚元崇渭濱射獵事，文句與《開元升平源》大同。明楊慎《丹鉛總録》卷一一《二唐書》亦有引録，楊氏引作「《舊唐書》文」。《舊唐書》實無此事，清張道《舊唐書疑義》卷三乃據《丹鉛總録》補之。岑仲勉謂「楊慎徵引常舛，前人言者已多，此必曾見傳本《升平源》而誤記爲《舊唐》耳」（《唐史餘瀋》卷二）。今按楊氏所引視《考異》多有異文，如末云：「上曰：『可。』元崇遂居首坐，天下稱賢相焉。」與《考異》頗不同，絶非據《考異》之《升平源》節録而誤記爲《舊唐書》。其所引當轉引他書，而他書殆亦引作《唐書》，楊氏遂誤爲《舊唐書》文。此本《唐書》不知何人作，而其所叙必本《開元升平源》也。《新唐書》卷一二四《姚崇傳》略載射獵及獻十事，十事相似，次第則異，蓋據陳記所改。

東城老父傳

陳鴻祖　撰

陳鴻祖，潁川（治今河南許昌市）在世。憲宗元和中（八〇六—八二〇）在世。（據本篇）

老父姓賈名昌，長安宣陽里人。開元元年癸丑生，元和庚寅歲，九十八年矣。視聽不衰，言甚安徐，心力不耗，語太平事，歷歷可聽。父忠，長九尺，力能倒曳〔一〕牛，以材官爲中宫幕士。景龍四年，持幕竿隨玄宗入大明宫誅韋氏，奉睿宗朝群后，遂爲景雲功臣，以長刀備親衛，詔徙家東雲龍門。昌生七歲，趫捷過人，能搏柱乘梁，善應對，解鳥語音。玄宗在藩邸時，樂民間清明節鬭雞戲。及即位，治雞坊於兩宫間。索長安雄雞，金毫〔二〕鐵距，高冠昂尾千數，養於雞坊。選六軍小兒五百人，使馴擾教飼。上之好之，民風尤甚。諸王子〔三〕家、外戚家、貴主家、侯家，傾帑破産市雞，以償雞直。都中男女以弄雞爲事，貧者弄假雞。帝出遊，見昌弄木雞於雲龍門道旁，召入爲雞坊小兒，衣食右龍武軍。三尺童子入雞群，如狎群小。壯者、弱者、勇者、怯者，水穀之時，疾病之候，悉能知之。舉二雞，雞畏而馴，使令如人。護雞坊中謁者王承恩言於玄宗，召試殿庭，皆中玄宗意，即日爲五百小兒長。加之以忠厚謹密，天子甚愛幸之。金帛之賜，日至其家。

開元十三年，籠雞三百，從封東岳。父忠死太山下，得子禮奉尸歸葬雍州。縣官爲葬器喪車，乘傳洛陽道。十四年三月，衣鬭雞服，會玄宗於温泉。當時天下號爲「神雞童」〔四〕，時人爲之語曰：「生兒〔五〕不用識文字，鬭雞走馬勝讀書。賈家小兒年十三〔六〕，富貴榮華代不如。能令金距期勝負，白羅繡衫〔七〕隨軟轝。父死長安千里外，差夫持〔八〕道輓喪車。」昭成皇后之在相王府，誕聖於八月五日。中興之後，制爲千秋節。賜天下民牛酒樂三日，命之曰餔，以爲常也。大合樂於宫中，歲或餔於洛。元會與清明節，率皆在驪山。每至是日，萬樂具舉，六宫畢〔九〕從。昌冠鵰翠金華冠，錦袖繡襦袴，執鐸拂，導群雞，敘立於廣場，顧眄〔一〇〕如神，指揮風生。樹毛振翼，礪吻磨距，抑怒待勝，進退有期，隨鞭指低昂，不失昌度。勝負既決，强者前，弱者後，隨昌雁行，歸於雞坊。角觝萬夫，跳劍尋撞〔一一〕，蹴毬踏繩，舞於竿顛者，索氣沮色，逡巡不敢入，豈教猱擾龍之徒歟？二十三年，玄宗爲娶梨園弟子潘大同女，男服珮玉，女服繡襦，皆出御府。昌男至信、至德。天寶中，妻潘氏以歌舞重幸於楊貴妃。夫婦席寵四十年，恩澤不渝，豈不敏於伎、謹於心乎？

上生於乙酉雞辰，使人朝服鬭雞，兆亂於太平矣。上心不悟。十四載，胡羯陷洛，潼關不守，大駕幸成都。奔衛乘轝，夜出便門。馬踣道穽，傷足，不能進，杖〔一二〕入南山。每進雞之日，則向西南大哭。禄山往年朝於京師，識昌於横門外。及亂二京，以千金購昌長安、洛陽市。昌變姓名，依於佛舍，除地擊鐘，施力於佛。洎太上皇歸興慶宫，肅宗受命於别殿，昌還舊里。居室爲兵掠，家無遺物，布衣顦顇，不復得入禁門矣。明日，復出長安南門道，見妻兒於昭國里〔一三〕，菜色黯焉。兒荷薪，妻負故絮。昌聚哭，訣於道，遂長逝。息長安佛寺，學大師佛〔一四〕旨。大曆元年，依資聖寺大德僧運平，往〔一五〕東市海池，立陁羅尼石幢。書能紀姓名，讀釋氏經，亦能了其深義至道〔一六〕，以善心化市井人。建僧房佛舍，植美草甘木。晝把土擁根，汲水灌竹，夜正觀於禪室。建中三年，僧運平人壽盡。服禮畢，奉舍利塔於長安東門外鎮國寺東偏，手植松柏百株。搆小舍，居於塔下。朝夕焚香灑掃，事師如生。順宗在東宮，捨錢三十萬，爲昌立大師影堂及齋舍。又立外屋，居游民，取傭給。昌因日食粥一杯，漿水一升，卧草席，絮衣，過是悉歸於佛。妻潘氏後亦不知所往。貞元中，長子至信，衣〔一七〕并州甲，隨大司徒燧〔一八〕入覲，省昌於長壽里。昌如己不生，絶之使去。次子至德歸，販繒洛陽市，來往長安間，歲以金帛奉〔一九〕昌，皆絶之。遂俱去，不復來。

元和中，潁川陳鴻〔二〇〕祖，攜友人出春明門，見竹〔二一〕柏森然，香煙聞於道，下馬覲昌於塔下。聽其言，忘日之暮。宿鴻祖於齋舍，話身之出處，皆有條貫。遂及王制，鴻祖問開元之理亂〔二二〕。昌曰：「老人少時，以鬭雞求媚於上。上倡優畜之，家於外宮，安足以知朝廷之事？然有以爲吾子言者。老人見黄門侍郎杜暹出爲磧西節度，攝御史大夫，始假風憲以威遠。見哥舒翰之鎮涼州〔二三〕也，下石堡，戍青海城，出白龍，逾葱嶺，界鐵關，總管河左道，七命始攝御史大夫。見張説之領幽州也，每歲入關，輒長轅輓輻車，輦河間、薊州傭調繒布，駕轊連軏，坌入關門，輸於王府。江淮綺縠，巴蜀錦繡，後宮玩好而已。河州、燉煌道，歲屯田，實邊食，餘粟轉輸靈州，漕下黄河，入太原倉，備關中凶年。關中粟麥藏於百姓。天子幸五嶽，從官千乘萬騎，不食於民。老人歲時伏臘得歸休，行都市間，見有賣白衫、白疊布，行鄰比鄘。間有人禳病，法用皁布一匹，持重價不克致，竟以幞頭羅代之。近者老人扶杖出門，閲街衢中，東西南北視之，見白衫者不滿百，豈天下之人皆執兵乎？開元十二年，詔三省侍郎有缺，先求曾任刺史者。郎官缺，先求曾任縣令者。及老人四十〔二四〕，三省郎吏，有理刑才名，大者出刺郡，小者鎮縣。自老人居大道旁，往往有郡太守休馬於此，皆慘然，不樂朝廷沙汰使治郡。開元取士，孝弟理人而已，不聞進士、宏詞、拔萃之爲其得人也。大略如此。」因泣下。復言曰：「上皇北臣穹廬，東臣雞林，南臣滇池，西臣昆夷，三歲一來會。朝覲之禮容，臨照之恩澤〔二五〕，衣之錦絮，飫〔二六〕之酒食，使展事而去，都中無留外國賓。今北胡與京師雜處，娶妻生子，長安中少年有胡心矣。吾子視首飾韉服〔二七〕之制，不與向同，得非物妖乎？」鴻祖默不敢應而罷〔二八〕去。（據中華書局版汪紹楹點校本《太平廣記》卷四八五《雜傳記二》校録）

〔一〕倒曳　《廣記》清孫潛校本作「曳倒」，張國風《太平廣記會校》據改。明陸采《虞初志》（八卷本卷七、七卷本卷六）、《五朝小説・唐人百家小説》紀載家、冰華居士《合刻三志》志寓類、《重編説郛》卷一一四、《全唐文》卷七二〇、清蓮塘居士《唐人説薈》第十集作「拽倒」。

〔二〕毫　明沈與文鈔本作「毛」，孫校本、八卷本《虞初志》，南宋陳元靚《歲時廣記》卷一七、祝穆《古今事文類聚》前集卷八引《東城父老傳》作「尾」，《會校》據改。孔傳《後六帖》卷九四、謝維新《古今合璧事類備要》別集卷八五引唐陳鴻《東城父老傳》作「鞝」。

〔三〕子　原作「世」，據明鈔本改。

〔四〕神雞童　宋馬永易《實賓録》（《説郛》卷三）引《異聞録》作「神鸛」。

〔五〕兒　《全唐文》作「男」，南宋蔡夢弼《杜工部草堂詩箋》卷二九《鬭雞》注引陳翰《異聞集》作「時」。

〔六〕三　明鈔本、《草堂詩箋》作「二」。

〔七〕白羅繡衫　「羅」《歲時廣記》卷一七引杜甫《鬭雞篇》注引陳翰《異聞録》作「錦」。「繡」明鈔本作「秀」。

〔八〕持　《虞初志》、《唐人百家小説》、《合刻三志》、《重編説郛》作「特」。

〔九〕畢　八卷本《虞初志》作「必」。

〔一〇〕眄　明鈔本作「盼」。

〔一一〕尋撞　魯迅《唐宋傳奇集》作「尋橦」。按：尋橦，爬竿，古代一種雜技。元馬端臨《文獻通考》卷一四七《樂考二十・散樂百戲》：「都盧尋橦。」注：「今之緣竿，見《西京賦》。」「尋橦」又作「尋撞」。唐鄭處誨《明皇雜録》卷下：「府縣教坊，大陳山車旱船，尋撞走索，丸劍角抵，戲馬鬥雞。」

〔一二〕杖　《虞初志》、《唐人百家小説》、《合刻三志》、《重編説郛》、《全唐文》作「伏」。

〔一三〕昭國里　「昭」原譌作「招」，今改。按：昭國里，長安里坊名，在晉昌坊大慈恩寺北。南過三坊即長安城南門啓夏門。見清徐松《唐兩京城坊考》卷三。

〔一四〕佛　孫校本作「真」。

〔一五〕往　原作「住」，據《虞初志》、《唐人百家小説》、《合刻三志》、《重編説郛》、《全唐文》、《唐人説薈》改。按：據《唐兩京城坊考》卷三，資聖寺在崇仁坊東南隅，其東南緊臨東市，東市西北隅有放生池，俗號爲海池。賈昌依資聖寺僧運平，必住寺中，而海池亦非居住之所。傳文所叙，乃是昌住資聖寺，而往海池立石幢也。《唐兩京城坊考》謂東市西坡亦有資聖寺，大誤，此實即崇仁坊東南隅之資聖寺也。參見辛德勇《隋唐兩京叢考》、李芳民《唐五代佛寺輯考》。

〔一六〕了其深義至道　「其」孫校本作「甚」。「至」明鈔本、孫校本作「聖」，《會校》據改。

〔一七〕衣　原譌作「依」，談愷刻本原作「衣」，《虞初志》、《唐人百家小説》、《合刻三志》、《重編説郛》、《全唐文》、《唐人説薈》同，今改。

〔一八〕大司徒燧　明鈔本作「太師徒燧」，誤。按：《舊唐書》卷一三四《馬燧傳》載，大曆十四年（七七九），馬燧檢校工部尚書、太原尹、北都留守、河東節度留後，尋爲節度使。建中二年（七八一），加檢校兵部尚書。興元元年（七八四），加檢校司徒，封北平郡王。貞元元年（七八五），遷光禄大夫，兼侍中。三年六月以燧守司徒，兼侍中。五年九月，燧與太尉李晟召見於延英殿。大司徒即指司徒，西漢稱大司徒，東漢光武帝建武二十七年（五一）去「大」字，後世或仍以大司徒指代司徒。

〔一九〕奉　孫校本作「求覲」，《會校》據改。

〔二〇〕鴻　原作「洪」，據七卷本《虞初志》、《唐人百家小説》、《合刻三志》、《重編説郛》、《全唐文》、《唐人説薈》改。

〔二一〕竹　八卷本《虞初志》作「行」。

〔二二〕理亂　八卷本《虞初志》無「亂」字。

〔二三〕哥舒翰之鎮涼州　按：據《資治通鑑》載，天寶六載十一月辛卯，以哥舒翰「判西平太守，充隴右節度使」。七載，「哥舒翰築神威軍於青海上，吐蕃至，翰擊破之。又築城於青海中龍駒島，謂之應龍城。吐蕃屏跡，不敢近青海」。八載六月，「上命隴右節度使哥舒翰，帥隴右、河西及突厥阿布思兵，益以朔方、河東兵，凡六萬三千，攻吐蕃石堡城。……拔之，獲吐蕃鐵刃悉諾羅等四百人。……閏月乙丑，以石堡城爲神武軍」。十二載五月，「隴右節度使哥舒翰擊吐蕃，拔洪濟、太漠門等城，悉收九曲部落。……以翰兼河西節度使。秋八月戊戌，賜翰爵西平郡王」。隴右節度使治所在鄯州（治今青海樂都縣）。文中稱「鎮涼州」，誤。涼州武德二年（六一九）置，治姑臧（今甘肅武威市），乃河西節度使治所，而哥舒翰天寶十二載（七五三）才兼任河西。

〔二四〕四十　前原有「見」字，據明鈔本、八卷本《虞初志》删。按：四十指賈昌年紀。賈昌生於開元元年（七一三），四十歲爲天寶十一載（七五二）。

〔二五〕三歲一來會朝覲之禮容臨照之恩澤　《虞初志》、《唐人百家小説》、《合刻三志》、《重編説郛》、《全唐文》作「三歲一來朝會。視之禮容，照之恩澤」。

〔二六〕飫　原作「飼」，據《虞初志》、《唐人百家小説》、《合刻三志》、《重編説郛》、《全唐文》、《唐人説薈》改。

〔二七〕韡服　《虞初志》、《唐人百家小説》、《合刻三志》、《重編説郛》、《全唐文》作「華服」。

〔二八〕罷　此字原無，據孫校本、《虞初志》、《唐人百家小説》、《合刻三志》、《重編説郛》、《全唐文》、《唐人説薈》補。

按：此傳作於元和五年（八一〇），初載於《太平廣記》卷四八五《雜傳記二》，題《東城老父傳》，陳鴻譔。《宋史·藝文志》傳記類作《東城父老傳》，一卷，撰人同。唐末陳翰《異聞集》曾收入，南宋蔡夢弼《杜工部草堂詩箋》卷二九《鬬雞》注引陳翰《異聞集》，陳元靚《歲時廣記》卷一七《治雞坊》引陳翰《異聞録》，馬永易《實賓録》（《説郛》卷三）引《異聞録》，皆摘録此傳。南宋人徵引此傳，如孔傳《後六帖》卷四又卷九四，宋氏《分門古今類事》卷一三《明皇制曲》，祝穆《古今事文類聚》前集卷八，施元之《施注蘇詩》卷四〇《十二月二十八日蒙恩責授檢校水部員外郎黄州團練副使復用前韻》注，《歲時廣記》，顧文薦《負暄雜録》（《説郛》卷一八），謝維新《古今合璧事類備要》别集卷八五，郭知達《九家集注杜詩》及黄希、黄鶴《補注杜詩》卷三〇《鬬雞》鮑文虎注，《草堂詩箋》，皆引作《東城父老傳》，而《孔帖》卷九四、《事類備要》、《草堂詩箋》皆又作唐陳鴻《東城父老傳》（《草堂詩箋》無唐字）。傳文首云「老父姓賈名昌」，是應作「老父」。至於作者，作陳鴻則非。傳文云「潁川陳鴻祖，攜友人出春明門」，「宿鴻祖於齋舍」，「鴻祖問開元之理亂」，「鴻祖默不敢應而罷去」，「鴻祖」之名凡四見，陳寅恪謂「是此傳作者之名爲鴻祖，絶無疑義」（《金明館叢稿初編·讀東城老父傳》）。《全唐文》卷七二〇將《東城老父傳》屬之陳鴻祖名下，清顧嗣立補注《温飛卿詩集箋注》，卷六《過華清宫二十二韻》、卷九《鴻臚寺有開元中錫宴堂樓臺池沼雅爲勝絶荒涼遺趾僅有存者偶成四十韻》亦引陳鴻祖《東城老父傳》，頗是。

明清稗叢收録此傳者頗夥，見《虞初志》卷七、《五朝小説·唐人百家小説》紀載家、《合刻三志》志寓類、《重編説郛》卷一一四、《唐人説薈》第十集（同治八年刊本卷一二）等，皆題《東城老父傳》。《虞初志》不著撰人，凌性德編刊七卷本《虞初志》、《合刻三志》、《唐人百家小説》、《重編説郛》皆署唐陳鴻祖，《唐人説薈》乃署唐陳鴻撰，沿《廣記》之誤。除《虞初志》，其餘諸本俱末附洪邁語，乃僞託。其文云：「洪邁曰：讀此傳，玄宗全盛，儼然在目。至寫昌一段，去國失寵，尤足寓悽感也。」

李章武傳

李景亮　撰

李景亮，字里不詳。據《唐會要》卷七六、《册府元龜》卷六四載，德宗貞元十年（七九四）十二月，李景亮登詳明政術可以理人科（《册府元龜》誤作十一年）。白居易《白氏長慶集》卷三四《中書制誥》有《翰林待詔李景亮授左司禦率府長史依前待詔制》。居易元和十五年至長慶元年（八二〇—八二一）爲主客郎中、知制誥、中書舍人，則翰林待詔李景亮授左司禦率府長史在此間。據《唐代墓誌彙編》王正拱元和十四年撰《大唐故隴西郡李公墓誌銘》與長慶三年李元古撰《大唐故隴西郡卑失氏夫人神道墓誌銘》，隴西郡公李素貞元八年續娶卑失氏，長子李景亮，元和十四年拜翰林待詔、襄州南漳縣尉，長慶三年爲右威衛長史、翰林待詔，此李景亮當即《白集》之李景亮。然其生於貞元八年之後，不可能在貞元十年登科，顯然與《唐會要》所載者非一人。此傳可能作於元和前幾年，李素子之景亮尚未成人，此傳必非其所能爲，作者當爲貞元十年登科者。

李章武，字飛卿，其先中山人。生而敏博，遇事便了，工文，學業〔一〕皆得極至。雖弘道自高，惡爲潔飾，而容貌閑美〔二〕，即之温然。與〔三〕清河崔信友善，信亦雅士，多聚古物。以章武精敏，每咨〔四〕訪辨論，皆洞達玄微，研究原本，時人比晉〔五〕之張華。貞元三年，崔信任華州别駕，章武自長安詣之。數日，出行，於市北街見一婦人，甚美，因紿信云：「須州外與親故知聞。」遂賃〔六〕舍於美人之家。主人姓王，此則其子婦也，乃悦而私焉。居月餘日，所計用直三萬餘，子婦所供費倍之。既而兩心克諧，情好彌切。無何，章武繫事，告歸長安，殷勤叙别。章武留交頸鴛鴦綺一端，仍贈詩曰：「□□鴛鴦綺〔七〕，知結幾千絲。别後尋交頸，應傷未别時〔八〕。」子婦答白玉指環一，又〔九〕贈詩曰：「捻指環相思，見環重相憶〔一〇〕。願君永持翫，循環無終極。」章武有僕楊果者〔一一〕，子婦齎錢一千，以獎其敬事之勤。

既别，積八九年，章武家長安〔一二〕，亦無從與之相聞。至貞元十一年，因友人張元宗寓居〔一三〕下邽縣，章武又自京師與元宗〔一四〕會。忽思曩好，乃迴車涉渭而〔一五〕訪之。日暝達華州，將舍於王氏之室。至其門，則闃無行跡，但外有賓榻〔一六〕而已。章武以爲下里之民〔一七〕或廢業即農，暫居郊野，或親賓邀聚，未始歸復，但休止其門。將別適他舍，見東鄰之婦，就而訪之。乃云：「王氏之長老，皆捨業而出遊，其子婦殁已再周矣。」又詳與之談，即云：「某姓楊，第六，爲東鄰妻。」復訪郎何姓，章武具語之。又云：「曩曾有傔姓楊名果乎？」曰：「有之。」因泣告曰：「某爲里中婦五年，與王氏相善。嘗云：『我夫室猶如傳舍，閱人多矣。其於往來見調者，皆殫財窮產，甘辭厚誓，未嘗動心。頃歲有李十八郎，曾舍於我家。我初見之，不覺自失。後遂私侍枕席，實蒙歡愛。今與之別累年矣，思慕之心，或竟日不食，終夜無寢。我家人故不可託〔一八〕，復被彼夫東西〔一九〕，不時會遇。脱有至者〔二〇〕，願以物色名氏求之。如不參差，相託祗奉，並語深意。但有僕夫楊果即是。』不二三年，子婦寢疾。臨死，復見託曰：『我本寒微，曾辱君子厚顧，心常感念。久以成疾，自料不治。曩所奉託，萬一至此，願申九泉啣恨，千古睽離之歎。仍乞留止此舍〔二一〕，冀神會於髣髴之中。』」

章武乃〔二二〕求鄰婦爲開門，命從者市薪芻食物。方將具絪席，忽有一婦人，持篲出房掃地，鄰婦亦不之識。章武因訪所從來〔二三〕，云是舍中人。又逼而詰之，即徐曰：「王家亡婦，感郎恩情深，將見會。恐生怪怖，故使相聞。」章武許諾，云：「章武所由來者，正爲此也。雖顯晦殊途，人皆忌憚，而思念情至，實所不疑。」言畢，執箒人欣然而去，逡巡映門，即不復見。乃具飲饌，呼祭[二四]。自食飲[二五]畢，安寢。至二更許，燈在牀之東南，忽爾稍暗，如此再三。章武心知有變，因命移燭背牆，置室東[二六]南隅。旋聞西[二七]北角悉窣有聲，如有人形，冉冉而至。五六步，即可辨其狀貌[二八]衣服，乃主人子婦也，與昔見不異，但舉止浮急，音調輕清[二九]耳。章武下牀，迎擁攜手，款若平生之歡。自云：「在冥録以來[三〇]，都忘親戚，但思君子之心，如平昔耳。」章武倍與狎暱，亦[三一]無他異，但數請令人視明星，若出，當須還，不可久住。每交歡之暇，即懇託謝[三二]鄰婦楊氏，云：「非此人，誰達幽恨？」

至五更，有人告可還。子婦泣下牀，與章武連臂出門，仰望天漢，遂嗚咽悲怨。却入室，自於裙帶上解錦囊，囊中取一物以贈之[三三]。其色紺碧，質又堅密，似玉而冷，狀如小葉。章武不之識也，子婦曰：「此所謂靺鞨寶，出崑崙玄圃中，彼亦不可得。妾近於西岳與玉京夫人[三四]戲，見此物在衆寶璫上，愛而訪之，夫人遂假[三五]以相授，云：『洞天群仙每得此一寶，皆爲光榮。』以郎奉玄道，有精識，故以投獻。常願寶之，此非人間之有。」遂贈詩曰：「河漢已傾斜，神魂欲超越。願郎更迴抱[三六]，終天從此訣。」章武取白玉寶簪一以酬之，並答詩曰：「分從幽顯隔，豈謂有佳期！寧辭重重別，所嘆去何之。」因相持泣。良久，子婦又贈詩曰：「昔辭懷後[三七]會，今別便[三八]終天。新悲與舊恨，千古閉窮泉[三九]。」章武答曰：「後期杳無約，前恨已相尋。別路無行信[四〇]，何因得寄心？」款曲叙别訖，遂却赴西北隅。行數步，猶回顧拭淚，云：「李郎無捨，念此泉下人。」復哽咽佇立。視天欲明，急趨至角，即不復見。但空室窅然，寒燈半滅而已。

章武乃促裝，却自下邽歸長安武定堡。下邽群官[四一]與張元宗攜酒宴飲，既[四二]酣，章武懷念，因即事賦詩曰：「水不西歸月暫圓，令人惆悵[四三]古城邊。蕭條明早分歧路，知更相逢何歲年。」吟畢，與群官别。獨行數里，又自諷誦，忽聞空中有嘆賞，音調悽惻。更審聽之[四四]，乃王氏子婦也。自云：「冥中各有地分，今於此别，無日交會[四五]。知郎思眷，故冒陰司之責，遠來奉送。千萬自愛！」章武愈感[四六]之。及至長安，與道友隴西李助[四七]話，亦感其誠而賦詩[四八]曰：「石沉遼海闊，劍别楚天長。會合知無日，離心滿夕陽。」

章武既事東平丞相府，因閑召玉工視所得靺鞨寶，工亦不知[四九]，不敢雕刻。後奉使大梁，又召玉工，粗能辨，乃因其形，雕作槲[五〇]葉象。奉使上京，每以此物貯懷中。至市東街，偶見一胡僧，忽近馬叩頭云：「君有寶玉在懷，乞一見爾。」乃引於静處開視。僧捧翫移時，云：「此天上至物，非人間有也。」章武後往來華州，訪遺楊六娘，至今不絶。（據中華書局版汪紹楹點校本《太平廣記》卷三四〇校録）

〔一〕工文學業　原無「業」字，「學」字屬上讀。據明陸楫《古今説海》説淵部别傳七《李章武傳》、梅鼎祚《才鬼記》卷四《王氏子婦》（題注「《李章武傳》」）、汪雲程《逸史搜奇》丙集一《李章武》補「業」字。《重編説郛》卷一一六《才鬼記》，明冰華居士《合刻三志》、清蓮塘居士《唐人説薈》第十五集及馬俊良《龍威秘書》四集、民國俞建卿《晉唐小説六十種》之《才鬼記·李章武》「學業」作「好學」。

〔二〕容貌閑美　《説海》、《才鬼記》、《逸史搜奇》作「美貌閒容」。

〔三〕與　清孫潛校本、《説海》、《逸史搜奇》、《豔異編》卷三七《李章武》、梅鼎祚《青泥蓮花記》卷九《華州王氏》（題注「李景亮撰《李章武傳》」）、詹詹外史《情史類略》卷八《李章武》、《重編説郛》、《合刻三志》、《唐人説薈》、《龍威秘書》、《晉唐小説六十種》前有「少」字。張國風《太平廣記會校》據孫本補。明沈與文野竹齋鈔本作「素」。

〔四〕咨　此字原無，據孫校本、《説海》、《才鬼記》、《青泥蓮花記》、《逸史搜奇》、《情史》、《唐人説薈》、《龍威秘書》、《晉唐小説六十種》補。《豔異編》、《重編説郛》、《合刻三志》作「尋」。

〔五〕晉　此字原無，據清黄晟校刊本、《四庫全書》本、《筆記小説大觀》本補。

〔六〕賃　《豔異編》、《青泥蓮花記》、《重編説郛》、《合刻三志》、《唐人説薈》、《龍威秘書》、《晉唐小説六十種》作「僦」。僦，義同。

〔七〕□□鴛鴦綺　原作「鴛鴦綺」，明鈔本「鴛鴦綺」上空闕二字。按：子婦所贈二詩皆五言詩，此句應闕二字，據補。《説海》、《逸史搜奇》二闕字在「鴛鴦綺」下。

〔八〕别後尋交頸應傷未别時　明鈔本「應」作「還」。《豔異編》、《重編説郛》、《合刻三志》、《唐人説薈》、《龍威秘書》、《晉唐小説六十種》作「別後尋難見，翻傷未別時」。

〔九〕又　《説海》、《才鬼記》、《逸史搜奇》、《情史》作「雙」，連上讀。

〔一〇〕捻指環相思見環重相憶　上句「環」字明鈔本作「還」，《會校》據改。按：環，環繞，亦即下句「重」字之意。「見」明鈔本作「看」。《豔異編》、《青泥蓮花記》、《重編説郛》、《合刻三志》此二句作「念指環，相思重相憶」。《説海》、《逸史搜奇》前句作「念子還相思」，《才鬼記》、明馮夢龍《太平廣記鈔》卷五八作「捻指環」，《重編説郛》作「念指環」，《情史》、《唐人説薈》、《龍威秘書》、《晉唐小説六十種》作「玉指環」。

〔一一〕章武有僕楊果者　「武」字原脱，據《豔異編》、《才鬼記》、《青泥蓮花記》、《重編説郛》、《合刻三志》、《唐人説薈》、《龍威秘書》、《晉唐小説六十種》補。「楊果」明鈔本、《豔異編》、《青泥蓮花記》、《重編説郛》、《合刻三志》、《唐人説薈》、《龍威秘書》、《晉唐小説六十種》作「楊杲」，下同。《説海》、《逸史搜奇》作「陽果」，下作「楊果」。

〔一二〕家長安　《豔異編》、《青泥蓮花記》、《重編説郛》、《合刻三志》、《唐人説薈》、《龍威秘書》、《晉唐小説六十種》作「游宦」。

〔一三〕張元宗寓居　「張元宗」之「元」明鈔本、孫校本作「玄」。《才鬼記》作「章元宗」。按：《唐詩紀事》卷三九有張元宗《登景雲寺閣》、《望終南山》二詩。「寓居」，《豔異編》、《青泥蓮花記》、《重編説郛》、《唐人説薈》、《龍威秘書》、《晉唐小説六十種》作「令」。

〔一四〕元宗　原無「宗」字，據《四庫》本、《廣記鈔》補。

〔一五〕渭而　明鈔本「而」作「曲」。渭曲，即渭水彎曲之處。按：華州在渭水南，此一帶渭水多彎曲。

〔一六〕賓榻　孫校本「賓」作「殯」，誤。殯榻，停放棺木之坐榻。

〔一七〕之民　此二字原無，據《豔異編》、《青泥蓮花記》、《重編説郛》、《合刻三志》、《唐人説薈》、《龍威秘書》、《晉唐小説六十種》補。

〔一八〕我家人故不可託　明鈔本作「總我家人，亦未之知」。《豔異編》、《青泥蓮花記》、《重編説郛》、《合刻三志》「託」作「説」。

〔一九〕復被彼夫東西　明鈔本作「彼天東西」，譌「夫」爲「天」。

〔二〇〕者　孫校本作「來」。

〔二一〕舍　此字原無，據《説海》、《逸史搜奇》、《才鬼記》、《青泥蓮花記》、《情史》、《合刻三志》、《唐人説薈》、《龍威秘書》、《晉唐小説六十種》補。

〔二二〕乃　《説海》、《逸史搜奇》、《情史》作「力」。

〔二三〕來　原作「者」，據《説海》、《逸史搜奇》、《青泥蓮花記》、《情史》、《唐人説薈》、《龍威秘書》、《晉唐小説六十種》改。

〔二四〕呼祭　明鈔本「祭」作「酒」，《會校》據改。按：呼祭，即呼名（王氏婦）而祭。前已云「具飲饌」，又何得呼酒耶？

〔二五〕食飲　明鈔本作「飲食」，《會校》據改。按：食飲即飲食。《周禮·天官冢宰·膳夫》：「膳夫掌王之食飲膳羞，以養王及后、世子。」《孟子·離婁上》：「學而不行其道，徒食飲而已，謂之餔啜也。」

〔二六〕東　明鈔本作「西」，《會校》據改。

〔二七〕西　原作「室」，據明鈔本、孫校本、《説海》、《豔異編》、《青泥蓮花記》、《逸史搜奇》、《情史》、《重編説郛》、《合刻三志》、《唐人説薈》、《龍威秘書》、《晉唐小説六十種》改。

〔二八〕狀貌　「貌」原作「視」，屬下讀，據《説海》、《才鬼記》、《逸史搜奇》、《情史》改。明鈔本作「形狀」，《會校》據改。《豔異編》、《青泥蓮花記》、《重編説郛》、《合刻三志》、《唐人説薈》、《龍威秘書》、《晉唐小説六十種》作「容色」。

〔二九〕輕清　明鈔本作「悽悵」，《會校》據改。

〔三〇〕以來　明鈔本作「之中」。

〔三一〕亦　明鈔本作「略」。

〔三二〕謝　原作「在」，據《豔異編》、《才鬼記》、《青泥蓮花記》、《重編説郛》、《合刻三志》、《唐人説薈》、《龍威秘書》、《晉唐小説六十種》改。

〔三三〕以贈之　《豔異編》、《重編説郛》、《合刻三志》、《唐人説薈》、《龍威秘書》、《晉唐小説六十種》作「似彈丸」。

〔三四〕近於西岳與玉京夫人　明鈔本、《説海》、《豔異編》、《青泥蓮花記》、《逸史搜奇》、《情史》、《重編説郛》、《合刻三志》、《唐人説薈》、《龍威秘書》、《晉唐小説六十種》作「近與西岳玉京夫人」。

〔三五〕假　《豔異編》、《青泥蓮花記》、《重編説郛》、《合刻三志》、《唐人説薈》、《龍威秘書》、《晉唐小説六十種》作「解」。

〔三六〕迴抱　明鈔本作「徘徊」。

〔三七〕後　明鈔本、《豔異編》、《重編説郛》、《合刻三志》、《唐人説薈》、《龍威秘書》、《晉唐小説六十種》作「復」。

〔三八〕便　孫校本作「更」。

〔三九〕閉窮泉　「閉」《説海》、《逸史搜奇》作「問」。「窮泉」《豔異編》、《青泥蓮花記》、《重編説郛》、《合刻三志》、《唐人説薈》、《龍威秘書》、《晉唐小説六十種》作「重泉」。

〔四〇〕別路無行信　《豔異編》、《重編説郛》、《合刻三志》作「別路行無信」。

〔四一〕群官　原譌作「郡官」，據《説海》、《豔異編》、《青泥蓮花記》、《逸史搜奇》、《重編説郛》、《合刻三志》、《唐人説薈》、《龍威秘書》、《晉唐小説六十種》改。下同。按：郡官即州官，下邽乃縣。

〔四二〕既　明鈔本作「飲」，《會校》據改。

〔四三〕惆悵　《説海》、《逸史搜奇》、《情史》作「恨望」，《豔異編》、《重編説郛》、《合刻三志》、《唐人説薈》、《龍威秘書》、《晉唐小説六十種》作「悵望」。

〔四四〕更審聽之　明鈔本作「章武問之」。

〔四五〕今於此別無日交會　《豔異編》、《青泥蓮花記》、《重編説郛》、《合刻三志》作「今於此聞郎高詠」。

〔四六〕惑　明鈔本、孫校本、《説海》、《豔異編》、《才鬼記》、《青泥蓮花記》、《逸史搜奇》、《情史》、《重編説郛》、《合刻三志》、《唐人説薈》、《龍威秘書》、《晉唐小説六十種》作「感」。《會校》據孫校本、明鈔本改。按：惑，迷戀也。

〔四七〕李助　孫校本、《説海》、《逸史搜奇》、《才鬼記》作「李訪」，《會校》據孫本、《説海》改。《情史》、《唐人説薈》、《龍威秘書》、《晉唐小説六十種》作「李昉」。

〔四八〕詩　此字原無，據明鈔本、《説海》、《豔異編》、《青泥蓮花記》、《逸史搜奇》、《才鬼記》、《重編説郛》、《情史》、《合刻三志》、《唐人説薈》、《龍威秘書》、《晉唐小説六十種》補。

〔四九〕工亦不知　談愷刻本作「工亦知」，汪校本據明鈔本改作「工不知」。據《廣記鈔》、《説海》、《豔異編》、《青泥蓮花記》、《逸史搜奇》、《才鬼記》、《重編説郛》、《情史》、《合刻三志》、《唐人説薈》、《龍威秘書》、《晉唐小説六十種》補「亦」字。

〔五〇〕檞　南宋朱勝非《紺珠集》卷一〇《異聞集·碧玉檞葉》、曾慥《類説》卷二八《異聞集·碧玉檞葉》、《説海》、《才鬼記》、《青泥蓮花記》、《逸史搜奇》、《情史》作「槲」。

按：此傳《廣記》題《李章武》，末注「出李景亮爲作傳」，原題當作《李章武傳》。陳翰《異聞集》曾收此作，《紺珠集》卷一〇《異聞集》、《類説》卷二八《異聞集》之《碧玉檞葉》即此傳摘録，《碧玉檞葉》乃就所摘片斷標目，非原題也。此後輾轉收録於《古今説海》説淵部別傳七（《李章武傳》）、《豔異編》卷三七（《李章武》）、《才鬼記》卷四（《王氏子婦》，題注「《李章武傳》」）、《青泥蓮花記》卷九(《華州王氏》,題注「李景亮撰《李章武傳》」)、《逸史搜奇》丙集一(《李章武》)、《情史類略》卷八(《李章武》)。《合刻三志》志鬼類、《重編説郛》卷一一六、《唐人説薈》第十五集(同治八年刊本卷一九)、《龍威秘書》四集《晉唐小説暢觀》、《晉唐小説六十種》收有僞書《才鬼記》,《合刻三志》、《唐人説薈》、《龍威秘書》、《晉唐小説六十種》題唐鄭蕡纂,中亦有《李章武》,《重編説郛》題宋張君房,只李章武一事,後有闕。

李章武與華州王氏婦之事,起貞元三年(七八七),終十一年。末又云「章武既事東平丞相府」,東平即鄆州,乃淄青平盧軍節度治所。據新舊《唐書》,貞元八年節度使李納死,子李師古繼之,十六年加同中書門下平章事(宰相虚銜,即所謂使相),元和元年(八〇六)卒。弟師道知節度事,未加相銜,十四年被殺,朝廷平其所據十三州。李章武事東平丞相府,且曾奉使大梁、上京,其時當在貞元十六年至元和元年之七年間。以後「往來華州,訪遺楊六娘,至今不絶」,所言之「今」估計在元和中前幾年(元和共十五年),此李景亮作傳之時也。

唐五代傳奇集第二編卷十二

石鼎聯句詩序

韓　愈　撰

韓愈（七六八—八二四），字退之。河南府河陽（今河南孟州市東南）人。因郡望爲昌黎，故世稱韓昌黎。德宗貞元八年（七九二）進士及第。十二年宣武節度使董晉辟爲觀察推官。十五年晉卒，往依武寧節度使張建封爲推官。十七年入爲國子四門博士，十九年轉監察御史，貶連州陽山令。順宗永貞元年（八〇五）移江陵法曹參軍。憲宗元和元年（八〇六）召還，歷國子博士，都官員外郎、河南令、職方員外郎等。七年復爲國子博士，明年改比部郎中、史館修撰。九年轉考功郎中、知制誥，十一年進中書舍人，復罷爲太子右庶子。十二年以行軍司馬從彰義軍節度使裴度赴淮西平定吴元濟叛亂，平叛後因功授刑部侍郎。十四年因上書諫迎佛骨，被貶潮州刺史，移袁州。明年穆宗立，召爲國子祭酒。長慶元年（八二一）遷兵部侍郎，二年改吏部，三年轉京兆尹兼御史大夫，不久復爲兵部、吏部侍郎。卒贈禮部尚書，謚文，故世稱韓文公。撰《順宗實録》五卷、《昌黎先生集》四十卷等。（據《舊唐書》卷一六〇、《新唐書》卷一七六《韓愈傳》，李翺《李文公集》卷一一《韓公行狀》，皇甫湜《皇甫持正文集》卷六《韓文公神道碑》、《韓文公墓銘》，宋吕大防《韓吏部文公集

年譜》，洪興祖《韓子年譜》等）

元和七年十二月四日，衡山道士軒轅彌明自衡下〔一〕來，舊與劉師服進士衡、湘中相識，將過太白，知師服在京，夜抵其居宿。有校書郎侯喜，新有能詩聲，夜與劉説詩，彌明在其側，貌極醜，白鬚黑面，長頸而高結喉，中〔二〕又作楚語，喜〔三〕視之若無人。彌明忽軒衣張眉，指鑪中石鼎謂喜曰：「子云能詩，能與我賦此乎？」劉往見衡、湘間人説云年九十餘矣，解捕逐鬼物，拘囚〔四〕蛟螭虎豹，不知其實能否也。見其老，頗貌敬之，不知其有文也。聞此説大喜，即援筆題其首兩句，次傳於喜，喜踊躍，即綴其下云云。

道士啞然笑曰：「子詩如是而已乎！」即袖手竦肩，倚北牆坐，謂劉曰：「吾不解世俗書，子爲我書〔五〕。」因高吟曰：「龍頭縮菌蠢，豕腹漲彭亨。」初不似經意，詩旨有似譏喜，二子相顧慚駭。欲以多窮之，即又爲而傳之喜，喜思益苦，務欲壓道士，每營度欲出口吻，聲鳴〔六〕益悲，操筆欲書，將下復止，竟亦不能奇也。畢，即傳道士，道士高踞大唱曰：「劉把筆，吾詩云云〔七〕。」其不用意而功益奇〔八〕，不可附説，語皆侵劉、侯，喜益忌之。劉與侯皆已賦十餘韻，彌明應之如響，皆穎脱含譏諷。

夜盡三更，二子思竭不能續，因起謝曰：「尊師非世人也〔九〕，某等〔一〇〕伏矣，願爲弟子，不敢更論詩。」道士奮髯〔一一〕曰：「不然，章不可以不成也。」又謂劉曰：「把筆來〔一二〕，吾與汝就之。」即又唱出四十字爲八句。書訖，使讀。讀畢，謂二子曰：「章不已就乎？」二子齊應曰：「就矣。」道士曰：「此〔一三〕皆不足與語，此寧爲文邪？吾就子所能而作耳，非吾之所學於師而能者也。吾所能〔一四〕者，子皆不足以聞也，獨〔一五〕文乎哉？吾語亦不當聞也，吾閉口矣。」二子大懼，皆起立牀下，拜曰：「不敢他有問也，願聞一言而已。先生稱吾不解人間書，敢問解何書？請聞此而已。」道士寂然若無聞也，累問不應，二子不自得，即退就座。道士倚牆睡，鼻息如雷鳴，二子怛然失色，不敢喘〔一六〕。

斯須，曙鼓動鼕鼕。二子亦困，遂坐睡。及覺，日已上，驚顧覓道士，不見。即問童奴，奴曰：「天且明，道士起，出門，若將便旋然。奴怪久不返，即出到門覓，無有也。」二子驚惋自責，若有失者。間遂詣余言，余不能識其何道士也。嘗聞有隱君子彌明，豈其人耶？韓愈序〔一七〕。

石鼎聯句詩〔一八〕

巧〔一九〕匠斲山骨，刳中事煎〔二〇〕烹。師服直柄未當權，塞口且吞聲。喜龍頭縮菌蠢，豕腹漲彭亨。彌明外苞乾蘚文，中有暗〔二一〕浪驚。師服在冷足自安，遭焚意彌貞。喜謬當鼎鼐間，妄使水火争〔二二〕。彌明大似烈士膽，圓如戰馬纓。師服上比香爐尖，下與鏡面平。喜秋瓜未落蔕，凍芋强抽萌。彌明一塊元氣閉，細泉幽竇傾。師服不值輸寫處，焉知懷抱清。喜方當洪鑪然，益見小器盈。彌明睆睆無刃迹，團團類天成。師服遥疑龜負圖，出曝曉正晴。喜旁有雙耳穿，上爲孤髻撑〔二三〕。或訝短尾銚，又似無足鐺。師服可惜寒食毬，擲此傍路坑。喜何當出灰灺，無計離缾罌。彌明〔二四〕陋質荷斟酌，狹中愧提擎。師服豈能煮仙藥，但未汙羊羹。喜形模婦女笑，度量兒童輕。彌明徒示〔二五〕堅重性，不過升合盛。師服傍〔二六〕似廢轂仰，側見折軸横。喜時於蚯蚓竅，微作蒼蠅鳴〔二七〕。彌明以兹〔二八〕翻溢愆，實負任使誠。師服常居顧眄〔二九〕地，敢有漏泄情。喜寧依暖熱弊，不與寒涼并。彌明區區徒自效，瑣瑣不足呈。喜〔三〇〕迴旋但兀兀，開闔惟〔三一〕鏗鏗。師服〔三二〕全勝瑚璉貴，空有口傳名。豈比俎豆古，不爲手所撜〔三三〕。磨礱去圭角，浸潤著光精〔三四〕。願君莫嘲誚，此物方施行。四韻並彌明所作。（據中華書局《四部備要》本宋廖瑩中校注《昌黎先生集》卷二一校録）

〔一〕衡下　南宋朱熹《韓文考異》卷二一：「『下』或作『山』。」宋魏仲舉編《五百家注昌黎文集》、祝穆《古今事文類聚》前集卷三四引《韓文》、續集卷二七引《石鼎聯句詩序》、姚鉉《唐文粹》卷九六《石鼎聯句詩序》、《全唐詩》卷七九一皆作「衡山」。

〔二〕中　《事文類聚》前集上有「喉」字。

〔三〕喜　《事文類聚》前集、續集無此字。

〔四〕拘囚　《考異》：「張作『罔兩』。」張指張文潛校本，見《韓集舉正》。

〔五〕子爲我書　南宋方崧卿《韓集舉正》卷七、《事文類聚》續集、《唐文粹》作「弟子爲我書吾句」，《事文類聚》前集作「子爲我書吾句」，五代杜光庭《仙傳拾遺·軒轅彌明》（《太平廣記》卷五五引）、元趙道一《歷世真仙體道通鑑》卷三八《軒轅彌明》作「子爲吾書之」。

〔六〕聲鳴　《廣記》作「吟聲」。

〔七〕劉把筆吾詩云云　《考異》：「張本作『劉進士把筆，則又高吟云云』。」

〔八〕其不用意而功益奇　《廣記》作「其不用意如初，所言益奇」。

〔九〕非世人也　《考異》：「或無『世』字，或作『非世人能出也』。」《事文類聚》前集無「世」字，續集作「非世人能出也」。《廣記》「世」作「常」。

〔一〇〕等　此字原無。《考異》：「張本『某』下有『等』字。」《廣記》亦有此字，據補。

〔一一〕髯　此字原無。《考異》：「『奮』下或有『髯』字，或有『目』字，或有『然』字。今按：恐或有『髯』字。」《事文類聚》續集、《唐文粹》並有「髯」字。按：《漢書》卷八三《朱博傳》：「博奮髯抵几曰：『觀齊兒欲以此爲俗邪！』」據補。

〔一二〕把筆來　《廣記》作「把筆把筆」。

〔一三〕此　《考異》：「或作『子』。」

〔一四〕所能　《考異》：「或作『所聞』。」明冰華居士《合刻三志》志奇類《怪道士傳》亦作「所聞」。

〔一五〕獨　《廣記》上有「豈」字。

〔一六〕 喘 《考異》：「張本『喘』上有『少』字。」《廣記》作「喘息」。

〔一七〕 韓愈序 《合刻三志》無此三字。

〔一八〕 石鼎聯句詩 《合刻三志》下有「曰」字。

〔一九〕 巧 宋阮閱《詩話總龜》前集卷三八引《古今詩話》、計有功《唐詩紀事》卷四一《侯喜》引《石鼎聯句詩序》作「妙」。

〔二〇〕 煎 《詩話總龜》作「調」。

〔二一〕 暗 《廣記》明沈與文野竹齋鈔本、清孫潛校本作「潛」。

〔二二〕 謬當鼎鼐間妄使水火爭 《廣記》「當」作「居」，「妄」作「長」。

〔二三〕 旁有雙耳穿上爲孤髻撑 此聯下脱注人名。《考異》：「諸本此下無『彌明』字。今按此似二子譏道士之詞，恐實非彌明語。」《五百家注昌黎文集》作「師服」，注：「洪（洪興祖）曰：一作『彌明』。」《唐詩紀事》、《事文類聚》續集、《唐文粹》、《合刻三志》作「彌明」。按：《考異》説是，此聯乃以石鼎之狀爲喻，調侃道士狀貌，必非彌明語。《廣記》引《仙傳拾遺》云：「師服又吟曰：『磨礱去圭角，浮（按：孫校本作浸）潤著光精。』訖，又授喜。喜思益苦，務欲壓彌明，每營度欲出口吻，吟聲益悲，操筆欲書，將下復止，亦竟不能奇，曰：『旁有雙耳穿，上爲孤髻撑。』」乃爲喜句。其上聯乃師服「磨礱去圭角，浸潤著光精」，而韓集皆在末四韻中，爲彌明句。疑《仙傳拾遺》是也。原文似應作：「磨礱去圭角，浸潤著光精。（師服）旁有雙耳穿，上爲孤髻撑。（喜）」

〔二四〕彌明　《唐詩紀事》作「師服」，誤。按：此聯譏諷劉、侯。

〔二五〕示　《考異》：「方作『爾』。」方指方崧卿。《廣記》、《唐詩紀事》、《事文類聚》續集、《真仙通鑑》、《唐文粹》作「爾」。

〔二六〕傍　《考異》：「方作『仍』。」《唐詩紀事》、《事文類聚》續集、《唐文粹》作「仍」。

〔二七〕時於蚯蚓竅微作蒼蠅鳴　《詩話總龜》「時」作「仍」，「微」作「更」。孟啓《本事詩·徵異》二句作「仍於蚯蚓竅，更作蒼蠅聲」。《廣記》、《事文類聚》前集「鳴」亦作「聲」。

〔二八〕以兹　《考異》：「或作『忽罹』。」《廣記》作「忽罹」。

〔二九〕眄　《唐詩紀事》作「盼」，《事文類聚》續集、《全唐詩》作「眄」。眄，同「盼」。

〔三〇〕區區徒自效瑣瑣不足呈喜　《廣記》「不」作「安」。《考異》：「諸本此下無『喜』字。」《五百家注昌黎文集》無「喜」字，注：「洪曰：一本注云『喜』。」《合刻三志》、《全唐詩》作「喜」，《唐詩紀事》、《事文類聚》續集、《唐文粹》作「師服」，《廣記》爲彌明句。

〔三一〕惟　《真仙通鑑》作「自」。

〔三二〕師服　《唐詩紀事》、《事文類聚》續集、《唐文粹》作「喜」。

〔三三〕豈比俎豆古不爲手所撜　《廣記》「豈」作「難」，「古」作「用」。《考異》：「方云：撜，徒庚切。《博雅》曰：揬也。《淮南子》：子路撜溺而受牛謝。注：撜，舉也。平、上聲通。洪本一作『振』。」《真仙通鑑》「豈比」作「雖此」，「撜」作「棖」。

〔三四〕精　《唐詩紀事》、《事文類聚》續集、《唐文粹》作「明」。

按：韓愈此作當作於元和七年（八一二），時爲國子祭酒。雖稱詩序，假語村言，滑稽爲文，實傳奇之體。孟啓《本事詩·徵異》稱「韓吏部作《軒轅彌明傳》」，而《合刻三志》志奇類取入全文（包含詩序及聯句），題作《怪道士傳》，署唐韓愈撰，改題如是，正作小説觀耳。末題云：「朱子謂此文韓子自況，詩亦寓譏訕輕侮之意。」前蜀道士杜光庭《仙傳拾遺》曾採入此事（《太平廣記》卷五五引），將聯句詩與序文重作綴合，連爲一體，而聯句未全録入，且次第、作者有異。此或爲光庭所改，然今本韓集已有舛亂，亦堪爲校勘之資也。

李赤傳

柳宗元　撰

柳宗元（七七三—八一九），字子厚。河東解縣（今山西運城市鹽湖區解州鎮）人。德宗貞元九年（七九三）登進士第，十四年復登博學宏辭科，授校書郎，調藍田尉。十九年授監察御史裏行。順宗即位後王叔文用事，擢禮部員外郎。叔文敗，貶邵州刺史，道貶永州司馬。憲宗元和十年（八一五）授柳州刺史。著《非國語》二卷、《注揚子法言》十三卷、《龍城録》一卷、《河東先生集》四十五卷、《外集》二卷。（據《舊唐書》卷一六〇、《新唐書》卷一六八《柳宗元傳》，韓愈《柳子厚墓誌

銘》，南宋文安禮《柳先生年譜》等）

李赤，江湖浪人也。嘗曰：「吾善爲歌詩，詩〔一〕類李白。」故自號曰李赤。遊宣州，州人〔二〕館之。其友與俱遊者有姻焉。間累日，乃從之館。赤方與婦人言，其友戲之。赤曰：「是媒我也，吾將娶乎是。」友大駭，曰：「足下妻固無恙，太夫人在堂，安得有是？豈狂易病惑耶？」取絳雪餌之，赤不肯〔三〕。有間，婦人至，又與赤言。即取巾經其脰，赤兩手助之，舌盡出。其友號而救之，婦人解其巾走去。赤怒〔四〕曰：「汝無道，吾將從吾妻，汝何爲者？」赤乃就牖間爲書，輾而圓封之。又爲書，博封之。訖，如厠。久〔五〕，其友從之，見赤軒厠抱甕詭笑而側視，勢且下。入，乃倒曳得之。又大怒曰：「吾已升堂面吾妻。吾妻之容，世固無有。堂宇〔六〕之飾，宏大富麗；椒蘭之氣，油然而起。顧視汝之世，猶溷厠也，而吾妻之居，與帝居鈞天、清都無以異，若何苦余至此哉？」然後其友知赤之所遭，乃厠鬼也。聚僕謀曰：「亟去是厠。」遂行宿三十里。夜，赤又如厠。久，從之，且復入矣。持出，洗其汙，衆環之以至旦。去抵他縣，縣之吏方宴，赤拜揖跪起無異者。酒行，友未及言，已飲〔七〕而顧赤，則已去矣。走從之，赤入厠，舉其牀捍〔八〕門，門堅不可入。其友叫且言之，衆發牆以入，赤之面陷不潔者半矣，又出洗之。縣之吏更召巫師善呪術者守赤，赤自若也。夜半，守者怠，皆睡。及覺，更呼而求之，見其足於厠外，赤死久矣。獨得尸歸其家。取其所爲〔九〕書讀之，蓋與其母、妻訣，其言辭猶人也。

柳先生曰：李赤之傳不誣矣。是其病心而爲是耶？抑固有〔一〇〕厠鬼耶？赤之名聞江湖間，其始爲士，無以異於人也。一惑於怪，而所爲若是，乃反以世爲溷，溷爲帝居清都，其屬意明白。今世皆知笑赤之惑也，及至是非取與向背決不爲赤者，幾何人耶？反修而身，無以欲利好惡遷其神而不返，則幸矣，又何暇赤之笑哉？（據中華書局版點校本《柳宗元集》卷一七校録）

〔一〕詩　此字原無，據廖瑩中世綵堂本《河東先生集》、南宋童宗説《增廣注釋音辯唐柳先生集》、韓醇《詁訓柳先生文集》、姚鉉《唐文粹》卷九九、祝穆《古今事文類聚》續集卷一〇、《全唐文》卷五九二補。

〔二〕州人　《柳宗元集》（底本爲《新刊增廣百家詳補注唐柳先生文集》）原校：「一本無『州人』二字。」《增廣注釋音辯唐柳先生集》、魏仲舉編《五百家注音辨柳先生文集》、明蔣之翹輯注《柳河東集》同。

〔三〕不肯　《唐文粹》下有「服」字。

〔四〕怒　《唐文粹》下有「其友」二字。

〔五〕久 《柳宗元集》此字下原校：「一有『而』字。」《詁訓柳先生文集》、《五百家注音辨柳先生文集》同。《事文類聚》：「集有『而』字。」蔣注《柳河東集》：「『訖』下一有『而』字。」當誤。

〔六〕字 此字原無，據《文苑英華》卷七九四、清何焯批校《增廣注釋音辯唐柳先生集》、《全唐文》補。

〔七〕已飲 《唐文粹》、《全唐文》作「飲已」。

〔八〕捍 《英華》校：「《文粹》作『杵』。」按：今本《唐文粹》作「扞」。「扞」、「捍」義同。

〔九〕爲 《唐文粹》、《全唐文》作「封」。

〔一〇〕有 《英華》作「是」。

河間傳

柳宗元 撰

按：柳宗元此傳及《河間傳》寄慨頗深，當作於永貞元年至元和十年（八〇五—八一五）貶官永州司馬期間。

河間，淫婦人也，不欲言其姓，故以邑稱。始婦人居戚里，有賢操。自未嫁，固已惡群戚之亂尨，羞與爲類，獨深居爲翦製縷結。既嫁，不及其舅，獨養姑，謹甚，未嘗言門外事，又禮敬夫賓友之相與爲肺腑者。其族類醜行者謀曰：「若河間何？」其甚者曰：「必壞之。」乃謀以車衆造門，邀之遨嬉，且美其辭曰：「自吾里有河間，戚里之人日夜爲飭厲，一有小不善，惟恐聞焉。今欲更其故，以相效爲禮節，願朝夕望若儀狀以自惕〔一〕也。」河間固謝不欲，姑怒曰：「今人好辭來，以一接新婦來爲得師，何拒之堅也？」辭曰：「聞婦人之道，以貞順静專爲禮。若夫矜車服，耀首飾，族出讙鬧，以飲食觀游，非婦人宜也。」姑强之〔二〕，乃從之游。過市，或曰：「市少南入浮圖祠，有國工吴叟始圖東南壁，甚怪。可使奚官先辟道乃入觀。」觀已，延及客位，具食幃牀之側。聞男子欬者，河間驚，跣走出，召從者馳車歸。泣數日，愈自閉，不與衆戚通。戚里乃更來謝曰：「河間之遽也，猶以前故，得無罪吾屬耶？向之欬者，爲膳奴耳。」曰：「數人笑於門，如是何耶？」群戚聞且退。

期年，乃敢復召，邀於姑，必致之。與偕行，遂入醴隄州〔三〕西浮圖兩池間，叩檻出魚鼈食之。河間爲一笑，衆乃歡。俄而，又引至食所，空無帷幕，廊廡廓然，河間乃肯入。先，壁群惡少於北牖下，降簾，使女子爲秦聲，倨坐觀之。有頃，壁者出宿選貌美陰大者主河間，乃便抱持河間。河間號且泣，婢夾持之，或諭以利，或罵且笑之。河間竊顧視持己者甚美，左右爲不善者已更得適意，鼻息咈然，意不能無動，力稍縱，主者幸一遂焉。因擁致之房，河間收泣甚適，自慶未始得也。至日仄，食具，其類呼之食，曰：「吾不食矣。」且暮，駕車相戒歸，河間曰：「吾不歸矣。必與是人俱死。」群戚反大悶，不得已，俱〔四〕宿焉。夫騎來迎，莫得見，左右力制，明日乃肯歸。持淫夫大泣，齧臂相與盟而後就車。

既歸，不忍視其夫，閉目曰：「吾病甚。」與之百物，卒不食。餌以善藥，揮去。心怦怦恒若危柱之絃。夫來，輒大罵，終不一開目，愈益惡之，夫不勝其憂。數日，乃曰：「吾病且死，非藥餌能已。爲吾召鬼解除之，然必以夜。」其夫自河間病，言如狂人，思所以悦其心，度無不爲。時上惡夜祠甚〔五〕，夫無所避。既張具，河間命邑人〔六〕告其夫召鬼祝詛。上下吏訊驗，笞殺之。將死，猶曰：「吾負夫人！吾負夫人！」河間大喜，不爲服，闢門召所與淫者，倮逐爲荒淫。

居一歲，所淫者衰，益厭，乃出之。召長安無賴男子，晨夜交於門，猶不慊。又爲酒壚西南隅，己居樓上，微觀之，鑿小門，以女侍餌焉。凡來飲酒，大鼻者，少且壯者，美顔色者，善爲酒戲者，皆上與合。且合且窺，恐失一男子也，猶日呻呼懵懵以爲不足。積十餘年，病髓竭而死。自是雖戚里爲邪行者，聞河間之名，則掩鼻〔七〕蹙頞皆不欲道也。

柳先生曰：天下之士爲脩潔者，有如河間之始爲妻婦者乎？天下之言朋友相慕望，有如河間與其夫之切密者乎？河間一自敗於强暴，誠服其利，歸敵其夫，猶盜賊仇讎，不忍一視其面，卒計以殺之，無須臾之慼。則凡以情愛相戀結者，得不有邪利之猾其中耶？亦足知恩之難恃矣！朋友固如此，況君臣之際，尤可畏哉！余故私自列云。（據中華書局版點校本《柳宗元集外集》卷上校録）

〔一〕惕　明秦淮寓客《緑窗女史》卷一一《河間傳》、舊題王世貞《豔異編》卷二五《河間傳》、詹詹外史《情史類略》卷一七《河間婦》作「閑」。閑，防範，約束。

〔二〕非婦人宜也姑强之　永州本《柳柳州外集》作「非禮甚矣，何以師爲？新婦不足辱也。姑不聽，强之，河間俛矉登車」。

〔三〕隑隑州　「隑」字字書無，疑爲「隑」字之譌而衍。按：隑州，岸曲長之洲。《漢書》卷五七下《司馬相如傳下》：「臨曲江之隑州兮，望南山之參差。」顔師古注：「張揖曰：『隑，長也。苑中有曲江之象，中有長洲也。』師古曰：『曲岸頭曰隑。隑即碕字耳。言臨曲岸之洲，今猶謂其處曰曲江。』」此當指長安曲江。

〔四〕俱　永州本作「留」。

〔五〕甚　《增廣注釋音辯唐柳先生外集》卷上、《古今事文類聚》後集卷一五引《河間傳》、明游居敬校刻本《柳文》、《緑窗女史》、《豔異編》、《情史》作「其」，屬下讀。

〔六〕人　《柳先生外集》、《五百家注柳先生新編外集》卷三、《詁訓柳先生文集外集》卷上、《柳河東外集》卷二等柳集各本及《事文類聚》、《緑窗女史》、《豔異編》、《情史》作「臣」。

〔七〕鼻　永州本作「耳」。

按：此傳曾收入《緑窗女史》卷一一、《豔異編》卷二五、《情史類略》卷一七，《情史》改題《河間婦》。民國吴曾祺《舊小説》乙集亦採之，題《河間婦傳》。明高儒《百川書志》傳記類著録柳子厚《河間傳》一卷。

記異

白居易　撰

白居易（七七二—八四六），字樂天，晚號香山居士。華州下邽（今陝西渭南市東北）人。祖籍太原（今山西太原市西南）。貞元十六年（八〇〇）進士及第，十九年登書判拔萃科，授祕書省校書郎。元和元年（八〇六）登才識兼茂明於體用科，授盩厔尉。二年召人翰林院，三年除左拾遺，仍充翰林學士，五年改官京兆府户曹參軍，充翰林學士如前。九年授太子左贊善大夫，明年得罪當政，貶江州司馬。十四年除忠州刺史，明年召爲司門員外郎，改主客郎中、知制誥。長慶元年（八二一）轉中書舍人，二年出刺杭州，四年除太子左庶子分司東都。寶曆元年（八二五）出爲蘇州刺史。太和元年（八二七）徵爲祕書監，明年遷刑部侍郎，三年罷爲太子賓客分司東都，復爲河南尹，七年罷，復任前官，九年改太子少傅分司東都。會昌二年（八四二）以刑部尚書致仕，六年（八四六）卒。撰《白氏長慶集》七十五卷（《新唐志》别集類），今存七十一卷，又有《外集》二卷。（據《舊唐書》卷一六六、《新唐書》卷一一九《白居易傳》，朱金城《白居易年譜》）

華州下邽縣東南三十餘里，曰延年里。里西南有故蘭若，而無僧居。元和八年秋七月，予從祖兄曰皡，自華州來訪予，途出於蘭若前。及門，見婦女十許人，服黄緑〔一〕衣，少長雜坐，會語於佛屋下，聲聞于門外。兄熱行方渴，將就憩，且求飲。望其從者蕭士清未至，因下馬，自縶轡於門柱。舉首忽不見，意其退藏於窗闥之間，從〔二〕之不見。又意其退藏於屋壁之後，從之又不見。周視其四旁，則堵牆環然，無隙缺。覆視其族談之所，則塵壤羃然，無足迹。由是知其非人，悸然大異之，不敢留，上馬疾驅，來告予。予亦異之，因訊其所聞。兄曰：「云云甚多，不能殫記，大抵多云王胤老如此。觀其辭意，若相與數其過者。」厥所去予舍八九里，因同往訪焉。果有王胤者，年老，即其里人也。方徙居於蘭若東百餘步，葺牆屋、築場藝樹僅畢，明日而入。既入，不浹辰而胤死，不越月而妻死，不逾時而胤之二子與二婦一孫死。餘一子曰明進，大恐懼，不知所爲，意新居不祥，乃撤屋拔樹，夜徙去，遂獲全焉。

嘻！推而徵之，則衆君子謀於社以亡曹，婦人來焚糜竺之室，信不虚矣。明年秋，予與兄出遊，因復至是。視胤之居，則井湮竈夷闃然，唯環牆在，里人無敢居者。異乎哉！若然者，命數耶？偶然耶？將所徙之居非吉土耶？抑王氏有隱慝，鬼得謀而誅之耶？茫乎不識其由。且志於佛室之壁，以俟辨惑者。九月七日，樂天云。（據中華書局版顧學頡校點《白居易集》卷四三校録，又《太平廣記》卷三四四引《白居易集》）

〔一〕緑　《廣記》作「綾」。

〔二〕從　《廣記》明鈔本作「索」，下同。張國風《太平廣記會校》據改。

按：據朱金城《白居易年譜》，居易元和六年丁母憂，退居下邽義津鄉金氏村，九年冬召授太子左贊善大夫。此記乃屏居下邽所聞見，作於元和九年九月。《廣記》卷三四四引此文，易題《王裔老》，乃避趙匡胤諱改。删去「嘻」以下，改爲第三人稱叙事。

盧逍遥傳

李象先　撰

李象先，羅浮山處士，元和中人。（據本篇）

永貞元年〔一〕，南海〔二〕貢奇女盧眉娘，年十四。眉娘生而眉如線細長也〔三〕。稱本北祖帝師之裔，自大足中流落於嶺表。後魏盧景祚、景裕、景宣、景融兄弟四人〔四〕，皆爲帝師，因號爲帝師也。幼而慧悟，工巧無比，能於一尺絹〔五〕上繡《法華經》七卷，字之大小，不逾粟粒，而點畫分明，細於毛髮。其品題章句，無有遺闕〔六〕。更善作飛僊蓋，以絲一縷分爲三縷〔七〕，染成五彩，於掌中結爲傘蓋五重〔八〕。其中有十洲三島、天人玉女、臺殿麟鳳之象，而外列執幢捧節之童，亦不啻千數。其蓋闊一丈，秤之無三數兩。自煎靈香膏傅之，則虬硬不斷。上歎其工，謂之神姑〔九〕，因令止於宫中。每日但食胡麻飯〔一〇〕二三合。至元和中，憲宗皇帝〔一一〕嘉其聰慧而奇巧，遂賜金鳳環，以束其腕。知眉娘不願住禁中〔一二〕，遂度以〔一三〕黄冠，放歸南海，仍賜號曰逍遥〔一四〕。及後神遷，香氣滿室〔一五〕。弟子將葬，舉棺覺輕，即徹〔一六〕其蓋，惟有藕履〔一七〕而已。後入海人往往見乘紫雲遊於海上。（據清康熙振鷺堂重刊明商濬《稗海》本《杜陽雜編》卷中校録，又《太平廣記》卷六六引《杜陽編》、《雲笈七籤》卷一一六《墉城集仙録》）

〔一〕永貞元年　《廣記》作「唐永真年」。按：「唐」字乃《廣記》所加。「真」字乃避宋仁宗趙禎諱改。

〔二〕南海　《太平御覽》卷六六四引《集仙録》（即杜光庭《墉城集仙録》）、《七籤》作「南海太守」。按：南海太守即廣州刺史，廣州又稱南海郡（治今廣東廣州市）。

〔三〕眉娘生而眉如線細長也　「眉如線」《廣四十家小説》本、《御覽》作「眉緑」，《七籤》作「生而眉長且緑」，「緑」疑爲「細」字之譌。《廣記》下有「故有是名」四字，《七籤》作「因以爲名」。

〔四〕後魏盧景祚景裕景宣景融兄弟四人　「魏」原作「漢」，《廣記》同。《七籤》云：「後魏北祖帝師盧景祚之後。」按：《魏書》卷八四《儒林傳》有《盧景裕傳》，云：「盧景裕，字仲孺，小字白頭，范陽涿人也。……少聰敏，專經爲學。……前廢帝初，除國子博士，參議正聲，甚見親遇，待以不臣之禮。……齊獻武王……聞景裕經明行著，驛馬特徵，既而舍之，使教諸子。」北魏前廢帝即元朗。齊獻武王即高歡，北齊開國皇帝高洋之父。盧景裕乃北魏人，後仕於東魏。作「後漢」誤，據《七籤》改。《廣記》景裕在景祚前，按景裕字仲孺，知非長兄。

〔五〕絹　蘇鶚《蘇氏演義》卷下、元趙道一《歷世真仙體道通鑑》後集卷五《盧眉娘》作「綃」。

〔六〕無有遺闕　《廣記》作「無不具矣」。

〔七〕以絲一縷分爲三縷　《廣記》作「以絲一鉤分爲三段」。

〔八〕染成五彩於掌中結爲傘蓋五重　《廣記》作「染成五色，結爲金蓋五重」，《七籤》作「染彩於掌中，結爲傘蓋五重」。

〔九〕上歎其工謂之神姑　「姑」原作「助」。《廣記》作「唐順宗皇帝嘉其工，謂之神姑」，《御覽》作「順宗嘆其在宫内，謂之神姑」，《七籤》作「順宗皇帝歎其巧妙，二宫内謂之神姑」，據改「助」爲「姑」。按：《廣記》、《集仙録》皆改稱「上」爲順宗廟號。

〔一〇〕食胡麻飯　《廣記》作「飲酒」，誤。《演義》、《御覽》、《七籤》、《真仙通鑑》均作「食胡麻飯」。

〔一一〕憲宗皇帝　按：原文當爲「上」或「今上」，此爲蘇鶚所改。

〔一二〕知眉娘不願住禁中　《御覽》、《七籤》作「久之，不願在宫掖」。

〔一三〕以　《廣記》、《御覽》、《七籤》、《真仙通鑑》作「爲」。

〔一四〕逍遥　《真仙通鑑》加「大師」二字。

〔一五〕及後神遷香氣滿室　《演義》「神遷」作「成仙」。《七籤》作「數年不食，常有神人降會，一旦羽化，香氣滿室」。按：此當爲杜光庭所改。

〔一六〕徹　《廣四十家小説》本、《演義》、《七籤》作「撤」。按：徹，撤也。

〔一七〕藕履　《演義》作「偶履」，《廣記》、《七籤》作「舊履」，《真仙通鑑》作「藕履」。按：藕，同「耦」，雙也。

三女星精

鄭　權　撰

鄭權（？—八二四），字復道，汴州開封（今屬河南）人。德宗貞元六年（七九〇）舉進士第。

按：《杜陽雜編》末云：「是時羅浮處士李象先，作《盧逍遥傳》。而象先之名無聞，故不爲世人傳焉。」（《廣記》談本譌作《羅逍遥傳》，明沈與文野竹齋鈔本不誤。）《墉城集仙録》亦云：「羅浮李象先作《盧逍遥傳》，蘇鶚載其事於《杜陽編》中焉。」知原爲李象先作，題《盧逍遥傳》，《杜陽雜編》乃節略之文。

十六年佐涇原節度使劉昌軍府，自試衛佐擢行軍司馬、御史中丞。入爲倉部郎中，轉兵部，遷河南尹。憲宗元和十一年（八六一），自河南尹出爲山南東道節度使兼襄州刺史，明年轉華州刺史、潼關防禦使、鎮國軍節度使，王建有《贈華州鄭大夫》詩。十三年徙德州刺史、德棣滄景節度使。十四年入爲右金吾衛大將軍，充左街使。穆宗立，改左散騎常侍，充入回鶻告哀使。長慶元年（八二一）使回，遷河南尹，徵爲工部侍郎，二年十月遷本部尚書。明年四月改刑部兼御史大夫，尋出爲廣州刺史、嶺南節度使，韓愈、王建、張籍有詩送之，韓愈並爲作序。四年十月卒官。敬宗寶曆二年（八二六）歸葬孟州。（據《舊唐書》卷一六二、《新唐書》卷一五九《鄭權傳》，《五百家注昌黎文集》卷一〇《送鄭尚書赴南海》、卷二一《送鄭權尚書序》及孫汝聽注，《全唐詩》卷二九九王建《送鄭尚書南海》、卷三八四張籍《送鄭尚書出鎮南海》、卷三八五張籍《送鄭尚書赴廣州》，南宋陳思《寶刻叢編》卷五，闕名《寶刻類編》卷五，《唐尚書省郎官石柱題名考》卷一七）

總章中〔一〕，御史姚生，失其名。罷官，居于蒲之左邑。有子一人、外甥二人，各一姓。年皆及壯，而頑駑不肖。姚之子稍長於二甥。姚怪〔二〕其不學，日以誨責，而怠遊不悛。遂於中條山〔三〕之陽，結茅以居之，兼〔四〕絶外事，得專藝學。林壑重深，囂塵不到。將遣之日，姚戒之曰：「每時季，一試汝之所能。學有不進，必檟撻〔五〕及汝！汝各宜勉焉。」

及到山中，二子曾不開卷，而但樸斲塗墍爲務。居數月，其長謂二人曰：「試期至矣，汝曹都不省書，吾爲汝懼。」二子曾不介意。其長學讀甚勤。忽一夕半夜，臨燭凭几披書之際，覺所衣之裘後裾爲物所牽，襟領漸下，亦不之異，徐引而襲焉。俄頃復爾，如是數四。遂迴視之，見一小豚，藉裘而伏，色甚潔白，光潤如玉。因以壓書界方擊之，豚聲駭而走。遽呼二子秉燭，索於堂中。牖户甚密，周視無隙，而莫知豚所往。

明日，有蒼頭騎馬〔六〕扣門，搢策〔七〕而入，謂三人曰：「夫人問訊，昨夜嬰兒〔八〕無知，誤入君衣裾，殊以爲慙。然君擊之過傷，今則平矣，君勿爲慮。」三人俱遜詞謝之，相視莫測其故。少頃，向來騎僮復至，兼抱持所傷之兒，并乳褓數人，衣襦皆綺紈，製造精麗，非尋常所見。復傳夫人語云：「小兒無恙，故以相示。」逼而觀之，自眉至鼻端，如丹鏤〔九〕焉，則界方稜所擊之跡也。三子愈恐，使者及乳褓，皆甘言慰安之。又云：「少頃夫人自來。」言訖而去。

三子悉欲潛去避之，惶惑未決。有蒼頭及紫衣宫監數十人，奔波而至。前施屏幄，綑席炳焕，香氣殊異。旋見一油壁車，青牛丹轂，其疾如風，寶馬數百，前後導從。及門下車，則夫人也。三子趨出再拜，夫人微笑曰：「不意小兒至此，君昨所傷，亦不至甚。恐爲君憂，故來相慰耳。」夫人年可三十許，風姿閑整，俯仰如神，亦不知何人也。問三子曰：「有家室未？」三子皆以未對。曰：「吾有三女，殊姿淑德，可以配三君子。」三子拜謝。夫人因留不去，爲三子各創一院。指顧之間，畫堂延〔一〇〕閣，造雲〔一一〕而具。

翌日，有輜軿至焉，賓從璨麗，逾於戚里。車服炫晃，流光照地，香滿山谷。三女自車而下，皆年十七八，玉顔紺髪，態度非常〔一二〕。夫人引三女昇堂，又延三子就座。酒饌珍備，果實豐衍，非常世所有，多未之識。三子殊不自意。夫人指三女曰：「各以配君。」三子避席拜謝。復有送女數十人，若神仙焉。是夕合巹。夫人謂三子曰：「人之所重者生也，所欲者貴也。但百日不泄於人，令君長生度世，位極人臣。」三子復拜謝。三子曰：「某等愚蒙，扞格難成，何以致貴〔一三〕？」夫人曰：「君勿憂，斯易耳。」夫人乃敕地上主者〔一四〕，令召孔宣父。須臾，宣父具冠劍而至。夫人臨階，宣父拜謁甚恭。夫人端立，微勞問之，謂曰：「吾三壻欲學，君其導之。」宣父乃命三子，指六籍篇目以示之，莫不了然解悟，大義悉通，咸若素習。既而宣父謝去。夫人又命周尚父，示以玄女兵符、玉璜〔一五〕祕訣，三子又得之無遺。復坐舉言〔一六〕，則皆文武全才，學究天人之際矣。三子相視，自〔一七〕覺風度夷曠，神用開爽，悉將相之具矣。

其後，姚使家僮饋糧至，則大駭而走。姚問其故，具對以屋宇帷帳之盛，人物豔麗之多。姚驚，謂所親曰：「是必山鬼所魅也。」促召三子。三子將行，夫人戒之曰：「慎勿泄露，縱加楚撻，亦勿言之。」三子至，姚亦訝其神氣秀發，占對〔一八〕閒雅。姚曰：「三子驟爾，皆有鬼物憑焉。」苦問其故，不言，遂鞭之數十。不勝其痛，具道本末，姚乃幽之别所。

姚素館一碩儒，因召而與語。儒者驚曰：「大異！大異！君何用責三子乎？向使三子不泄其事，則必爲公相，貴極人臣。今泄之，其命也夫！」姚問其故，而云：「吾見織女、婺女、須女星皆無光，是三女星降下人間，將福三子。今泄天機，三子免禍幸矣。」其夜，儒者引姚視三星，果〔一九〕無光。姚乃釋三子，遣之歸山，至則三女邈然如不相識。夫人讓之曰：「子不用吾言，既泄天機，當於此〔二〇〕訣。」因以湯飲三子。既飲，則昏頑如舊，一無所知。儒謂姚曰：「三女星猶在人間，亦不遠此地分。」密謂所親言其處。或云：河東張嘉貞〔二一〕家，其後將相三代矣。（據《道藏》本杜光庭《神仙感遇傳》卷三《御史姚生》及中華書局版汪紹楹點校本《太平廣記》卷六五引《神仙感遇傳·姚氏三子》綜合校録）

〔一〕總章中　此三字原無，據《紺珠集》卷一〇《異聞集·三女降星》補。按：總章，唐高宗年號（六六八—六七〇）。

〔二〕怪　《廣記》、明陸楫《古今説海》説淵部别傳二十五《姚生傳》、秦淮寓客《緑窗女史》卷一〇《三女星傳》、汪雲程《逸史搜奇》丁集七《姚生》、冰華居士《合刻三志》志幻類及舊題楊循吉《雪窗談異》卷七《稽神録·三女星》作「惜」。

〔三〕中條山　原無「中」字，據《紺珠集》、明嘉靖伯玉翁舊鈔本《類説》卷二八《異聞集・三女星精》、皇都風月主人《緑窗新話》卷上《星女配姚御史兒》（引《異聞録》）、《緑窗女史》補。按：中條山，位於今山西西南部、黄河北岸，呈東北西南走向。

〔四〕兼　《廣記》、《説海》、《緑窗女史》、《逸史搜奇》、《合刻三志》、《雪窗談異》、詹詹外史《情史類略》卷一九《織女婺女須女星》、馮夢龍《太平廣記鈔》卷八作「冀」。按：兼，盡也。

〔五〕撻　《廣記》、《説海》、《緑窗女史》、《逸史搜奇》、《合刻三志》、《雪窗談異》、《情史》、《廣記鈔》作「楚」。

〔六〕馬　此字原脱，據《説海》、《緑窗女史》、《逸史搜奇》、《合刻三志》、《雪窗談異》補。

〔七〕策　《廣記》、《情史》、《廣記鈔》作「笏」，誤。《廣記》明沈與文野竹齋鈔本、清孫潛校本、《説海》、《緑窗女史》、《逸史搜奇》、《合刻三志》、《雪窗談異》作「箠」。按：策、箠，馬鞭。

〔八〕嬰兒　《廣記》、《情史》、《廣記鈔》作「小兒」，《廣記》明鈔本作「小兒」。

〔九〕鏤　《廣記》、《説海》、《緑窗女史》、《逸史搜奇》、《合刻三志》、《雪窗談異》、《情史》、《廣記鈔》作「縷」。

〔一〇〕延　《説海》、《緑窗女史》、《逸史搜奇》、《合刻三志》、《雪窗談異》作「高」。

〔一一〕造雲　《説海》、《緑窗女史》、《逸史搜奇》、《合刻三志》、《雪窗談異》作「連雲」。《廣記》、《情史》、《廣記鈔》作「造次」。造次，片刻。

〔一二〕玉顔紺髮態度非常　此八字原脱，據《類説》補。《緑窗新話》作「貌異常」。

〔一三〕三子曰某等愚蒙扞格難成何以致貴　原作「但以愚昧扞格爲憂」，據《類説》改。《緑窗新話》亦同《類説》，唯「蒙」作「懵」，「扞」作「性」。《説海》、《緑窗女史》、《逸史搜奇》、《合刻三志》、《雪窗談異》作「但以遇姝廢業捶楚爲憂」。

〔一四〕地上主者　《緑窗新話》作「地藏王者」，《類説》伯玉翁舊鈔本作「左右」。

〔一五〕玉璜　《類説》作「玉童」。

〔一六〕舉言　《廣記》、《説海》、《緑窗女史》、《逸史搜奇》、《合刻三志》、《雪窗談異》、《情史》、《廣記鈔》作「與言」。按：舉言，發言，開言。《古詩爲焦仲卿妻作》：「府吏默無聲，再拜還入户。舉言謂新婦，哽咽不能語。」

〔一七〕自　《説海》、《緑窗女史》、《逸史搜奇》、《合刻三志》、《雪窗談異》作「頓」。

〔一八〕占對　《緑窗新話》、《説海》、《緑窗女史》、《逸史搜奇》、《合刻三志》、《雪窗談異》作「瞻對」。按：瞻對，指對上當面應對。

〔一九〕果　原作「星」，據《説海》、《緑窗女史》、《逸史搜奇》、《合刻三志》、《雪窗談異》改。

〔二〇〕於此　《類説》、《緑窗新話》、《説海》、《緑窗女史》、《逸史搜奇》、《合刻三志》、《雪窗談異》皆作「與子」。

〔二一〕張嘉貞　「貞」《廣記》原作「真」，乃宋人避仁宗趙禎諱改，據《四庫全書》本《廣記》、《説海》、《緑窗女史》、《逸史搜奇》、《合刻三志》、《雪窗談異》改。按：張嘉貞，《舊唐書》卷九九、《新唐書》卷一二七有傳。嘉貞，蒲州猗氏（今山西運城市臨猗縣）人。玄宗開元中爲中書侍郎、同平章事，進中書令。子延賞，德宗貞元初爲中書侍郎、同平章事。孫弘靖，憲宗元和中爲中書侍郎、同平章事。《新唐書·張嘉貞傳》稱「時號三相張家」。

按：本篇曾爲晚唐陳翰採入《異聞集》，見《紺珠集》卷一〇《異聞集》、《類説》卷二八《異聞集》、《緑窗新話》卷上引《異聞録》，皆爲摘録。杜光庭《神仙感遇傳》亦採之，見明《道藏》本卷三，止於「復坐舉言，則皆文」，以下闕。《太平廣記》卷六五亦引《神仙感遇傳》，乃全文。《類説》題《三女星精》。《類説》所摘《異聞集》標題多據原作，此似爲原題，今從之。《道藏》本題《御史姚生》，《廣記》題《姚氏三子》，《紺珠集》題《三女降星》，《緑窗新話》題《星女配姚御史》，皆自立題目。《廣記》本後又收入《古今説海》説淵部別傳二十五、《緑窗女史》卷一〇、《逸史搜奇》丁集七、《情史類略》卷一九，分别改題《姚生傳》、《三女星傳》、《姚生》、《織女婺女須女星》。《合刻三志》志幻類、《雪窗談異》卷七《稽神録》，託名唐雍陶撰，中《三女星》，文同《説海》。

《道藏》本首云：「御史姚生，失其名。鄭州刺史鄭權叙云……」是原作者爲鄭權。查唐文獻，有四鄭權。一爲開元十三年（七二五）横海軍節度使，見《唐會要》卷七一；二爲京兆府參軍鄭受子，官萬年令，三爲德宗相鄭珣瑜子，未仕，并見《新唐書·宰相世系表五上》；四爲長慶四年終於嶺南節度使者，即本篇作者。鄭權作本篇，時爲鄭州刺史。兩《唐書》本傳及其他文獻，鄭權未有此官，蓋失載。鄭權元和十一年爲河南尹，其刺鄭當在此前。而本篇末云「河東張嘉貞家，其後將相三代矣」，嘉貞孫弘靖，元和九年六月自河中節度使拜刑部尚書、同中書門下平章事，十一年正月罷爲河東節度使（見《新唐書·宰相表中》），故疑鄭權此作成於元和九年、十年間。

唐五代傳奇集第二編卷十三

烟中怨解

南　卓　撰

南卓（?—八五四），字昭嗣，行二十三。祖籍魯郡（治今山東曲阜市），洛陽（今屬河南）人。祖巨川，給事中；父纘，漢州刺史。元和十年（八一五）嘗貢京師，當未及第。大和二年（八二八）應賢良方正能直言極諫科第四等及第，與杜牧同科，宰相裴度引爲拾遺。四年裴度罷爲襄陽節度使，卓亦以諫諍出任松滋令。八年卓在忠州，任職不詳。開成元年（八三六）在劍州，《賈浪仙長江集》卷七《送南卓歸京》云：「殘春别鏡陂，罷郡未霜髭。……三省同虚位，雙旌帶去思。……長策並忠告，從容寫玉墀。」罷郡者疑指劍州刺史。此後調三省内職，所任不詳。會昌元年（八四一）爲洛陽令，與太子賓客劉禹錫、太子少傅白居易交遊。會昌四五年官郎中，後出爲商州、蔡州刺史。大中二年（八四八）改刺婺州，四年罷郡。後爲黔南觀察使、經略使，兼御史中丞。八年卒官，贈左散騎常侍，歸葬洛陽。著有《羯鼓録》一卷（今存）、《唐朝綱領圖》一卷、《南卓文》一卷、《駮史》三十卷等，大都亡佚。（據《千唐誌齋藏誌》南卓《唐故潁川陳君〔商〕夫人魯郡南氏墓誌銘并序》，《羯鼓録》，《沈下賢文集》卷一一《表劉薰蘭》及附南卓《題劉薰蘭表後》，《白氏長慶集》卷六九《酬南洛陽早春見寄》、卷七一《每見吕南二郎中新文輒竊有所歎惜因成長句以詠所懷》，《賈浪仙長江集》卷七《送南卓歸京》，《全唐詩》卷五四七朱景玄《題吕食新水閣兼寄南商州郎中》，《太平廣記》卷二五一引盧言《盧氏雜説》，段安節《樂府雜録》，范攄《雲溪友議》卷中《南黔南》，《玉泉子》，《唐大詔令集》卷一〇六《放制舉人敕》，《册府元龜》卷六四五，《唐會要》卷七六，《新唐書・藝文志》樂類、雜史類、别集類，《唐詩紀事》卷五四，《寶刻叢編》卷一八《唐創建歇馬五亭記》、卷一九《唐題仙都觀詩》，《寶刻類編》卷六《黔南觀察贈左散騎南公碑》，《直齋書録解題》卷一四音樂類等）

越溪有漁者楊父，一女絶色，年十四。能詩，每吟〔一〕不過兩句。人問：「胡不終篇？」答曰：「無奈情思纏繞，至兩句即思迷，不復爲繼。」有謝生求娶焉，父曰：「吾女宜配公卿。」謝曰：「諺云：『少女少郎，相樂不忘；少女老翁，苦樂不同。』且安有少年公卿耶？」父曰：「吾女爲詩，多不過兩句，子能續之，稱吾女意，則妻矣。」乃命女奴示其篇曰：「珠簾半床月，青竹滿林風。」謝續曰：「何事今宵景，無人解與同？」女曰：「此天生吾夫也。」遂偶之。後七年，夫婦每相樂必對泣，多欲引泛江湖。春日，女忽題曰：「春盡花隨盡，其如自是花。」謝曰：「何故爲此不祥之句？」女曰：「吾不久於人間矣，君且續之。」謝續曰：「從來説花意，不過此〔二〕容華。」女曰：「逝水難駐，千萬自保。」即以首枕生膝，瞑目而逝。謝感傷不已。後一〔三〕年，江上烟波〔四〕溶曳，見女立於江中，曰：「吾本水仙，謫居人間，今復爲仙。後倘思郎，即復謫下，不得爲仙矣〔五〕。」（據上海古籍出版社版周楞伽箋注《緑窗新話》卷上及文學古籍刊行社影印明天啓六年刻本《類説》卷二九《麗情集》綜合校録，又南宋施宿《嘉泰會稽志》卷一九《雜記》）

〔一〕每吟　《類説》、《會稽志》作「爲詩」。
〔二〕此　《緑窗新話》作「比」。
〔三〕一　《緑窗新話》作「二」。
〔四〕波　《類説》、《會稽志》作「光」。
〔五〕不得爲仙矣　《類説》作「不爲得仙矣」，據《會稽志》乙改。

按：此係節文。秦觀《淮海居士長短句》卷下《調笑令十首并詩》其九《煙中怨》，詩曰：「鑑湖樓閣與雲齊，樓上女兒名阿溪。十五能爲綺麗句，平生未解出幽閨。謝郎巧思詩裁剪，能使佳人動幽怨。瓊枝璧月結芳期，斗帳雙雙成眷戀。」曲子曰：「眷戀，西湖岸。湖面樓臺侵雲漢。阿溪本是飛瓊伴，風月朱扉斜掩。謝郎巧思詩裁剪，能動芳懷幽怨。」云女名阿溪，爲《類説》、《緑窗新話》所無，又云「十五能爲綺麗句」，與「年十四」不合。《沈下賢文集》卷二《湘中怨解》末云：「元和十三年，余聞之於朋中，因悉補其詞，題之曰

《湘中怨》，蓋欲使南昭嗣《烟中》之志爲偶倡也。」《類説》題《烟中仙》，《緑窗新話》題《謝生娶江中水仙》，末注南卓《解題叙》，程毅中《古小説簡目》據而題作《烟中仙解題叙》。按秦觀《調笑令》詠此事而題《烟中怨》，沈亞之仿作題《湘中怨解》，似原作當題《烟中怨解》。曰解者，蓋亦同《湘中怨解》之叙韋敖《湘中怨歌》本事，乃配《烟中怨歌》而作，惟《烟中怨歌》並撰人均已不可知矣。沈作撰於元和十三年（八一八），南作乃在此前。

明詹詹外史《情史類略》卷一二《楊越漁》所載亦此事，稱女名楊越漁（按：明田藝蘅《詩女史》卷一〇《楊氏女》云：「楊氏女越漁者，楊翁女也。」當本此），詩多四句，不知所據。《全唐詩》卷八〇一及清李調元編《全五代詩》卷七四録越溪楊女與謝生聯句二首，亦多此四句，全同《情史》。兹將《情史》所載録左：

越漁者，楊翁女也。容貌美麗，爲詩不過兩句。或問：「何不終篇？」答曰：「無奈情思纏繞，至兩句即思亂不勝。」有謝生求娶，父曰：「吾女宜配公卿。」謝曰：「諺云：『少女少郎，相樂不忘；少女老翁，苦樂不同。』安有少年公卿耶？」翁曰：「吾女詞多兩句，子能續之而稱其意，則妻矣。」遂以女詩示謝。女詩云：「珠簾半牀月，青竹滿林風。」謝續云：「何事今宵景，無人解與同？」又詩云：「春盡花隨盡，其如自是花。」謝續云：「從來説花意，不過此容華。」女覽詩，歎曰：「天生吾夫也。」遂爲夫婦。多引泛江湖，唱和爲樂。後七年春日，楊忽題詩二句云：「明月易虧輪，好花難戀春。」謝訝曰：「何故作此不祥語？」女曰：「君且續之。」謝應聲云：「常將花月恨，并作可憐人。」女曰：「逝水難駐，千萬自保。」即以首枕生膝而逝。

異夢録

沈亞之　撰

沈亞之，字下賢。湖州烏程（今浙江湖州市）人。憲宗元和五年（八一〇）始入貢京師，中間三黜禮部，李賀曾作詩送其下第東歸。元和十年擢進士。此年春右羽林將軍、左散騎常侍李彙拜涇原節度使，辟亞之爲掌書記，帶職祕書省正字。七月李彙亡故，罷職東歸。穆宗長慶元年（八二一）、文宗太和二年（八二八）兩度應試賢良方正能直言極諫科，均未登科。長慶二年出任櫟陽尉，四年入福建觀察使徐晦幕，爲福建都團練副使。敬宗寶曆二年（八二六）徐晦召爲工部侍郎，亞之大約亦罷幕回京。太和元年，横海節度使留後李同捷反，朝廷詔兩河諸鎮出兵，久而無功，三年乃授諫議大夫柏耆爲德州行營諸軍計會使，亞之爲判官、殿中侍御史，前往宣慰。李同捷勢窮請降，在押解回京途中，諜報成德軍節度使王廷湊欲劫李同捷，柏耆爲防不測不得已斬之。坐是柏耆貶爲循州司户參軍，亞之亦坐貶南康尉。太和五年改任郢州司户參軍，徐凝有《送沈亞之赴郢掾》詩。次年秋卧病，大約即卒於此年。有《沈下賢文集》十二卷，今存。（據《沈下賢文集》、《李賀歌詩編》卷一《送沈亞之歌》、《樊川文集》卷二《沈下賢》、《舊唐書·文宗紀上》、宋元祐丙寅《沈下賢文集序》、計有功《唐詩紀事》卷五一、晁公武《郡齋讀書志》卷一八、陳振孫《直齋書録解題》卷一

六、元辛文房《唐才子傳》卷六

元和十年，亞之以記室從隴西公軍涇州[一]，而長安中賢士，皆來客之。五月十八日，隴西公與客期，宴於東池便館。既坐[二]，隴西公曰：「余少從邢鳳游，得記其異，請語之。」客曰：「願備聽。」隴西公曰：「鳳，帥家子，無他能。後寓居長安平康里南，以錢百萬，質[三]得故豪家洞門曲房之第。即其寢而晝偃，夢一美人，自西楹來，環步從容，執卷且吟。爲古裝[四]，而高鬟長眉，衣方領，繡帶脩紳[五]，被廣袖之襦。鳳大説，曰：『麗者何自而臨我哉？』美人笑曰：『此妾家也，而君客[六]妾宇下，焉有自耶？』鳳曰：『願示其書之目。』美人曰：『妾好詩，而常綴此。』鳳曰：『麗人幸少留，得賜觀覽。』於是美人授詩[七]，坐西床。鳳發卷，示[八]其首篇，題之曰《春陽曲[九]》，終[一〇]四句。其後他篇，皆累數十句[一一]。美人曰：『君必欲傳之，無令過一篇。』鳳即起，從東廡下几[一二]上取綵牋，傳《春陽曲》。其詞曰：『長安少女踏[一三]春陽，何處春陽不斷腸。舞袖弓彎[一四]渾忘却，羅衣空换九秋霜[一五]。』鳳卒詩[一六]，請曰：『何爲弓彎？』曰：『妾傅年父母[一七]使教妾爲此舞。』美人乃起，整衣張袖，舞數拍，爲弓彎狀，以示鳳。既罷，美人泫然[一八]良久，即辭去。鳳曰：『願復少賜須臾間[一九]。』竟去。鳳亦覺[二〇]，昏然忘有記[二一]。鳳更衣，於襟袖得其詞，驚眎，復省所夢。事在貞元中。後鳳爲余言如是。」是日，監軍使與賓府郡[二二]佐，及宴客隴西獨孤鉉、范陽盧簡辭、常山張又新、武功蘇滌，皆歎息曰：「可記。」故亞之退而著録。

明日，客有後至者〔二三〕，渤海高允中〔二四〕、京兆韋諒、晉昌唐炎、廣漢李瑀〔二五〕、吴興姚合〔二六〕，洎亞之，復集於明玉泉，因出所著以示之。於是姚合〔二七〕曰：「吾友王炎者〔二八〕，元和初，夕夢遊吴，侍吴王久〔二九〕。聞宫中出輦，鳴笳吹〔三〇〕簫擊鼓，言葬西施。王悼悲不止，立詔詞客〔三一〕作挽歌。炎遂應教，詩曰〔三二〕：『西望吴王國〔三三〕，雲書鳳〔三四〕字牌。連江起珠帳〔三五〕，擇水〔三六〕葬金釵。滿〔三七〕地紅心草，三層碧玉階〔三八〕。春風無處所，悽恨不勝懷。』詞進，王甚嘉之。及寤，能記其事。炎，本太原人也。」（據上海涵芬樓景印明翻宋本《沈下賢文集》卷四《雜著》校録，又《太平廣記》卷二八二引《異聞録》）

〔一〕亞之以記室從隴西公軍涇州　《廣記》「亞之」下有「始」字，「從」下有「事」字，明《豔異編》卷二二《邢鳳》以及陸楫《古今説海》説淵部別傳三、《五朝小説·唐人百家小説》紀載家、《重編説郛》卷一一五、冰華居士《合刻三志》志夢類、託名明楊循吉《雪窗談異》卷一、清蓮塘居士《唐人説薈》九集、馬俊良《龍威秘書》四集、蟲天子《香豔叢書》七集卷四、民國俞建卿《晉唐小説六十種》之《夢遊録·邢鳳》同。

〔二〕坐　《廣記》、《説海》、《豔異編》、《唐人百家小説》、《重編説郛》、《合刻三志》、《雪窗談異》、《唐人説薈》、《龍威秘書》、《香豔叢書》、《晉唐小説六十種》作「半」。

〔三〕質　《廣記》、《唐人説薈》、《龍威秘書》作「買」。《廣記》明沈與文野竹齋鈔本、清孫潛校本作「質」。

〔四〕裝　《廣記》、《説海》、《豔異編》、《唐人百家小説》、《重編説郛》、《合刻三志》、《唐人説薈》、《龍威秘書》、《香豔叢書》、《晉唐小説六十種》、魯迅《唐宋傳奇集》(據影鈔小草齋本《沈下賢集》)、鄭還古《博異志・沈亞之》、明胡文焕《稗家粹編》卷三《沈亞之》作「粧」。

〔五〕繡帶翛紳　原作「繡翛帶紳」,據《唐宋傳奇集》改。清葉德輝《觀古堂彙刻書》本作「繡帶紳」,脱「翛」字。《説海》、《豔異編》、《唐人百家小説》、《重編説郛》、《合刻三志》、《雪窗談異》、《唐人説薈》、《龍威秘書》、《香豔叢書》、《晉唐小説六十種》作「繡帶」。

〔六〕客　《博異志》、《稗家粹編》、《唐宋傳奇集》作「容」。

〔七〕得賜觀覽於是美人授詩　「賜」字原無,據《四庫全書》本《沈下賢集》、《博異志》、《稗家粹編》補。《博異志》「於是」作「於人」,連上讀。《稗家粹編》作「得賜觀覽可矣,美人遂授詩」。

〔八〕示　沈集《四庫》本及《廣記》、《博異志》、《稗家粹編》、《説海》、《豔異編》、《唐人百家小説》、《重編説郛》、《合刻三志》、《雪窗談異》、《唐人説薈》、《龍威秘書》、《香豔叢書》、《晉唐小説六十種》皆作「視」。按:示,通「視」。

〔九〕春陽曲　南宋曾慥《類説》卷二四《博異志・舞袖弓彎》、阮閲《詩話總龜》前集卷三六引《脞説後集》(按:即北宋張君房《搢紳脞説》後集)作「陽春曲」。

〔一〇〕終　《唐宋傳奇集》作「纔」。

〔一一〕皆累數十句　《廣記》作「皆類此，數十句」。《廣記》《四庫》本及《説海》、《豔異編》、《唐人百家小説》、《重編説郛》、《合刻三志》、《雪窗談異》、《唐人説薈》、《龍威秘書》、《香豔叢書》、《晉唐小説六十種》乃作「皆類此，凡數十篇」。

〔一二〕几　原譌作「凡」，據《廣記》等改。《博異志》作「机」。机，通「几」。

〔一三〕踏　《廣記》、《詩話總龜》、《説海》、《豔異編》、《唐人百家小説》、《重編説郛》、《合刻三志》、《雪窗談異》、《唐人説薈》、《龍威秘書》、《香豔叢書》、《晉唐小説六十種》作「蹔」。

〔一四〕彎　《詩話總龜》作「腰」，下同。《稗家粹編》作「鞋」，誤。

〔一五〕羅衣空換九秋霜　《博異志》、《廣記》、《稗家粹編》、《説海》、《豔異編》、《唐人百家小説》、《重編説郛》、《合刻三志》、《雪窗談異》、《唐人説薈》、《龍威秘書》、《香豔叢書》、《晉唐小説六十種》作「羅幃空度九秋霜」，「幃」或作「帷」，《類説》作「羅帷空換九秋霜」，《詩話總龜》作「蛾眉空帶九秋霜」。

〔一六〕卒詩　《博異志》作「吟卒」，《廣記》、《説海》、《唐人百家小説》、《重編説郛》、《合刻三志》、《雪窗談異》、《唐人説薈》、《龍威秘書》、《香豔叢書》、《晉唐小説六十種》作「卒吟」，《稗家粹編》作「吟畢」。

〔一七〕傅年父母　《博異志》、《廣記》、《詩話總龜》、《稗家粹編》、《説海》、《豔異編》、《唐人百家小説》、《重編説郛》、《合刻三志》、《雪窗談異》、《唐人説薈》、《龍威秘書》、《香豔叢書》、《晉唐小説六十種》、《唐宋傳奇集》「傅年」作「昔年」。按：傅年父母，指師傅師母。

〔一八〕泫然　《廣記》、《唐人説薈》、《龍威秘書》、《香豔叢書》、《晉唐小説六十種》作「低頭」，《博異志》、《廣記》孫校本、《説海》、《豔異編》、《稗家粹編》、《唐人百家小説》、《重編説郛》、《合刻三志》、《雪窗談異》作「低然」，《廣記》明鈔本作「悵然」。

〔一九〕少賜須臾間　《廣記》、《説海》、《豔異編》、《唐人百家小説》、《重編説郛》、《合刻三志》、《雪窗談異》、《唐人説薈》、《龍威秘書》、《香豔叢書》、《晉唐小説六十種》、《唐宋傳奇集》「賜」作「留」。《博異志》、《稗家粹編》作「少從容」，「須臾間」連下讀。

〔二〇〕覺　《廣記》、《説海》、《豔異編》、《唐人百家小説》、《重編説郛》、《合刻三志》、《雪窗談異》、《唐人説薈》、《龍威秘書》、《香豔叢書》、《晉唐小説六十種》作「尋覺」，《博異志》作「旋覺」。

〔二一〕忘有記　觀古堂本、《全唐文》卷七三七「有記」作「有頃」。《博異志》、《廣記》、《説海》、《豔異編》、《唐宋傳奇集》「記」上有「所」字。《稗家粹編》作「忘昧所記」，《唐人百家小説》、《重編説郛》、《合刻三志》、《雪窗談異》、《唐人説薈》、《龍威秘書》、《香豔叢書》、《晉唐小説六十種》作「無有所記」。

〔二二〕郡　《廣記》《四庫》本、《説海》、《豔異編》、《唐人百家小説》、《重編説郛》、《合刻三志》、《雪窗談異》、《唐人説薈》、《龍威秘書》、《香豔叢書》、《晉唐小説六十種》作「群」。

〔二三〕客有後至者　《廣記》、《説海》、《唐人百家小説》、《重編説郛》、《合刻三志》、《雪窗談異》、《唐人説薈》、《龍威秘書》作「客復有至者」，《香豔叢書》、《晉唐小説六十種》脱「者」字。

〔二四〕高允中　《廣記》、《説海》、《唐人百家小説》、《重編説郛》、《合刻三志》、《雪窗談異》、《唐人説薈》、《龍威秘書》、《香豔叢書》、《晉唐小説六十種》作「高元中」，誤。《舊唐書》卷一七一、《新唐書》卷一七七有《高允中傳》。

〔二五〕李瑀　《廣記》作「李璹」，《説海》、《唐人百家小説》、《重編説郛》、《合刻三志》、《唐人説薈》、《龍威秘書》、《香豔叢書》作「李囑」，《雪窗談異》作「李屬」。按：此人不詳。

〔二六〕姚合　沈集《四庫》本作「邵合」，《詩話總龜》作「姚郃」，並誤。

〔二七〕「洎」至「姚合」　此二十字原闕，據《廣記》、《説海》、《唐人百家小説》、《重編説郛》、《合刻三志》、《雪窗談異》、《唐人説薈》、《龍威秘書》、《香豔叢書》、《晉唐小説六十種》補。

〔二八〕王炎者　《博異志》「者」作「云」。《廣記》、《詩話總龜》、《説海》、《唐人百家小説》、《重編説郛》、《合刻三志》、《雪窗談異》、《唐人説薈》、《龍威秘書》、《香豔叢書》、《晉唐小説六十種》「王炎」作「王生」。按：王炎，其兄王播、子王鐐，皆爲宰相。見《舊唐書》卷一六四《王播傳》。

〔二九〕久　《博異志》、《廣記》、《詩話總龜》、《稗家粹編》、《説海》、《唐人百家小説》、《重編説郛》、《合刻三志》、《雪窗談異》、《唐人説薈》、《龍威秘書》、《香豔叢書》、《晉唐小説六十種》作「久之」。

〔三〇〕吹　此字原無，據沈集《四庫》本、《廣記》、《詩話總龜》、《説海》、《唐人百家小説》、《重編説郛》、《合刻三志》、《雪窗談異》、《唐人説薈》、《龍威秘書》、《香豔叢書》、《晉唐小説六十種》、《全唐文》補。

〔三一〕詞客　《廣記》、《詩話總龜》、《説海》、《唐人百家小説》、《重編説郛》、《合刻三志》、《雪窗談異》、《唐人説薈》、《龍威秘書》、《香豔叢書》、《晉唐小説六十種》作「門客」。

〔三二〕詩曰　《博異志》、《稗家粹編》作「作西施挽歌，其詞曰」。

〔三三〕國　《博異志》、《廣記》、《五色線集》卷下《雲書鳳字牌》、《詩話總龜》、《稗家粹編》、《説海》、《唐人百家小説》、《重編説郛》、《合刻三志》、《雪窗談異》、《唐人説薈》、《龍威秘書》、《香豔叢書》、《晉唐小説六十種》作「闕」。

〔三四〕鳳　《詩話總龜》作「金」。

〔三五〕起珠帳　《五色線集》作「珠寶帳」，《詩話總龜》作「張蕙帳」。

〔三六〕水　沈集《四庫》本、《博異志》、《廣記》、《五色線集》、《詩話總龜》、《説海》、《稗家粹編》、《唐人百家小説》、《重編説郛》、《合刻三志》、《雪窗談異》、《唐人説薈》、《龍威秘書》、《香豔叢書》、《晉唐小説六十種》作「土」。

〔三七〕滿　《説海》、《唐人百家小説》、《重編説郛》、《合刻三志》、《雪窗談異》、《唐人説薈》、《龍威秘書》、《香豔叢書》、《晉唐小説六十種》作「鋪」。

〔三八〕階　《詩話總龜》作「臺」。按：「臺」字出韻，誤。

按：《異夢録》作於元和十年（八一五），收入《沈下賢文集》卷四《雜著》。晚唐鄭還古《博異志》曾採入，題《沈亞之》，有所删削。《稗家粹編》卷三《沈亞之》，即取自《博異志》。陳翰《異聞集》亦收之，《太平廣記》卷二八二引，作《異聞録》，題《邢鳳》。明世又收入《豔異編》卷二二，題《邢鳳》，删王炎事；《古今説海》説淵部别傳三《夢遊録》，六篇，不著撰人，實乃輯自《太平廣記》卷二八一、卷二八二《夢・夢遊》，第三篇即《邢鳳》。《夢遊録》後又取入明鍾人傑等編《唐宋叢書》載籍、《合刻三志》志夢類、《五朝小説・唐人百家小説》紀載家、《重編説郛》卷一一五、

《雪窗談異》卷一、《唐人説薈》第九集（同治八年刊本卷一一）、《龍威秘書》四集《晉唐小説暢觀》、《香豔叢書》七集卷四、《晉唐小説六十種》等，妄題唐任蕃撰。

南宋無名氏《錦繡萬花谷》前集卷三引《異聞録》：「邢鳳之子，夢一婦人歌《踏春曲》曰：『踏陽春，人間二月雨和塵。陽春踏盡秋風起，愁盡人間白髮人。』」陳元靚《歲時廣記》卷一《踏春歌》亦引。按：此實出北宋錢易《洞微志》，見《紺珠集》卷一二《洞微志·天麥毒》及南宋張杲《醫説》卷五引《洞微志》，乃後周顯德中齊州人事，作《異聞録》誤也。

馮燕傳

沈亞之 撰

馮燕者，魏豪人，父祖無聞名。燕少以意氣任專〔一〕，爲擊毬鬭雞戲。魏市有争財鬭者，燕聞之往，搏殺不平，遂沉匿田間。官捕急，遂亡滑，益與滑軍中少年雞毬相得。時〔二〕相國賈公耽在滑，能燕材〔三〕，留屬中軍〔四〕。

他日出行里中，見户傍婦人，翳袖〔五〕而望者，色甚冶。使人熟其意，遂室〔六〕之。其夫，滑將張嬰者也。嬰聞其故，累毆妻，妻黨皆望嬰〔七〕。會嬰暮從其飲類〔八〕，燕伺得間，復偃寢中，拒寢户。嬰還，妻開户納嬰，以裾蔽燕，燕卑脊〔九〕步就蔽，轉匿户扇後，而巾墮枕下，與佩刀近。嬰醉且瞑。燕指巾，令其妻取，妻取〔一〇〕刀授燕。燕熟視，斷其妻頸，遂巾而去〔一一〕。

明旦嬰起，見妻毁〔一二〕死，愕然，欲出自白。嬰鄰以爲真〔一三〕嬰煞，留縛之。趍〔一四〕告妻黨，皆來，曰：「常嫉毆吾女，廼誣以過失，今復賊煞之矣，安得他殺事？即其他殺，安得獨存〔一五〕耶？」共持嬰，且百餘笞，遂不能言。官家收繫煞人罪，莫有辨者。强伏其辜，司法官與〔一六〕小吏持朴者數十人，將嬰就市。看者圍面〔一七〕千餘人，有一人排看者來，呼曰：「且無令不辜者死〔一八〕。吾竊其妻，而又煞之，當繫我。」吏執自〔一九〕言人，乃燕也。司法官與俱見賈公，盡以狀對。賈公以狀聞，請歸其印，以贖燕死。上誼〔二〇〕之，下詔，凡滑城死罪皆免。

讚〔二一〕曰：余尚太史言，而又好叙誼事。其賓黨耳目之所聞見，而謂〔二二〕余道，元和中外郎劉元鼎語余以馮燕事〔二三〕，得傳焉。嗚呼！淫惑〔二四〕之心，有甚水火，可不畏哉！然而馮燕殺不誼，白不辜，真古豪矣。（據上海涵芬樓景印明翻宋本《沈下賢文集》卷四《雜著》校録，又《太平廣記》卷一九五引沈亞之《馮燕傳》、《文苑英華》卷七九五《馮燕傳》）

〔一〕任專　《廣記》、《情史類略》卷四《馮燕》、《唐人説薈》第十集（同治八年刊本卷一二）及《龍威秘書》四集、《藝苑捃華》、《香豔叢書》八集卷一、《晉唐小説六十種》之《馮燕傳》作「任俠專」，「專」字連下讀。《英華》校：「《麗情》作『俠集』。」「集」當爲「專」字之譌。

〔二〕時 此字原無，據《英華》、《廣記》、明賀復徵《文章辨體彙選》卷五三一《馮燕傳》、董斯張《吴興藝文補》卷一一《馮燕傳》、《情史》、《全唐文》卷七三七《馮燕傳》、《唐人説薈》、《龍威秘書》、《藝苑捃華》、《香豔叢書》、《晉唐小説六十種》補。

〔三〕能燕材 「能」《廣記》、《情史》作「知」。「材」原譌作「林」，據沈集《四庫》本、觀古堂本、《廣記》、《情史》改。《英華》、《文章辨體》、《藝文補》、《全唐文》、《唐人説薈》、《龍威秘書》、《藝苑捃華》、《香豔叢書》、《晉唐小説六十種》作「才」。

〔四〕中軍 《廣記》、《英華》、《情史》、《文章辨體》、《藝文補》、《唐人説薈》、《龍威秘書》、《藝苑捃華》、《香豔叢書》、《晉唐小説六十種》作「軍中」。《英華》校：「集作『中軍』。」

〔五〕袖 原譌作「神」，據以上諸本改。

〔六〕室 《情史》、《唐人説薈》、《龍威秘書》、《藝苑捃華》、《香豔叢書》作「通」。按：「室」亦「通」義，私通也。

〔七〕望嬰 觀古堂本、《英華》、《文章辨體》、《藝文補》、《全唐文》、《唐人説薈》、《龍威秘書》、《藝苑捃華》、《香豔叢書》、《晉唐小説六十種》作「怨望」。按：「望」亦有怨義。《漢書》卷五二《灌夫傳》：「嬰大望曰：『老僕雖棄，將軍雖貴，寧可以執相奪乎！』」顔師古注：「望，怨也。」

〔八〕會嬰暮從其飲類 「嬰暮」二字原無，「嬰」字據《四庫》本、觀古堂本、《文章辨體》、《藝文補》、《全唐文》、《唐人説薈》、《龍威秘書》、《藝苑捃華》、《香豔叢書》、《晉唐小説六十種》補，「暮」字據《英華》校引《麗情集》補。「飲類」諸本皆作「類飲」。按：飲類，酒伴，酒友。

〔九〕卑脊 《廣記》、《情史》「脊」作「蹐」。按：卑脊，彎背。蹐，小步走，輕步走。

〔一〇〕取 原作「即」，據《四庫》本、《英華》、《文章辨體》、《藝文補》、《全唐文》、《唐人説薈》、《龍威秘書》、《藝苑捃華》、《香豔叢書》、《晉唐小説六十種》改。

〔一一〕遂巾而去 「而去」二字原脱，據《廣記》、《情史》補。《四庫》本《廣記》、《英華》、《文章辨體》、《藝文補》、《全唐文》、《唐人説薈》、《龍威秘書》、《藝苑捃華》、《香豔叢書》、《晉唐小説六十種》作「遂持巾去」。

〔一二〕毁 《廣記》、《情史》、《文章辨體》、《藝文補》、《唐人説薈》、《龍威秘書》、《藝苑捃華》、《香豔叢書》、《晉唐小説六十種》作「殺」。

〔一三〕真 《英華》、《文章辨體》、《藝文補》作「妻」。

〔一四〕趁 《廣記》、《英華》作「趣」，《英華》校：「集作『趨』。」觀古堂本、《藝文補》作「趨」。「趁」同「趨」。《全唐文》作「輒」。

〔一五〕存 《英華》、《文章辨體》、《藝文補》、《唐人説薈》、《龍威秘書》、《藝苑捃華》、《香豔叢書》、《晉唐小説六十種》作「全」。

〔一六〕與 此字原脱，據《廣記》、《英華》校引《麗情集》、《情史》、《唐人説薈》、《龍威秘書》、《藝苑捃華》、《香豔叢書》、《晉唐小説六十種》補。

〔一七〕圍面　《廣記》作「團圍」。

〔一八〕不辜者死　原「者死」互倒，據觀古堂本、《全唐文》乙改。《情史》作「不辜死」。

〔一九〕自　《英華》、《文章辨體》、《藝文補》、《唐人説薈》、《龍威秘書》、《藝苑捃華》、《香豔叢書》、《晉唐小説六十種》作「有」。

〔二〇〕誼　《英華》、《文章辨體》、《藝文補》、《唐人説薈》、《龍威秘書》、《藝苑捃華》、《香豔叢書》、《晉唐小説六十種》作「義」。下同。按：《説文》言部：「誼，人所宜也。」段玉裁注：「誼、義，古今字。周時作誼，漢時作義，皆今之仁義字也。」

〔二一〕讚　《英華》、《文章辨體》、《藝文補》、《全唐文》、《唐人説薈》、《龍威秘書》、《藝苑捃華》、《香豔叢書》、《晉唐小説六十種》作「亞之」。《英華》校：「二字集作『贊』。」

〔二二〕而謂　「而」字《英華》校：「一作『者』。」《文章辨體》、《藝文補》、《唐人説薈》、《龍威秘書》、《藝苑捃華》、《香豔叢書》、《晉唐小説六十種》作「者」。「謂」《四庫》本、觀古堂本、《英華》、《文章辨體》、《藝文補》、《全唐文》、《唐人説薈》、《龍威秘書》、《藝苑捃華》、《香豔叢書》、《晉唐小説六十種》作「爲」。按：「謂」通「爲」。

〔二三〕以馮燕事　《英華》作「真元年中有馮燕事」，校：「『真元年中』，集無此四字。」「『有』集作『以』。」《全唐文》作「貞元中有馮燕事」。按：宋人避仁宗趙禎諱，改「貞元」爲「真元」。

〔二四〕惑　《英華》校：「一作忒。」

按：《馮燕傳》主要有三本：一載《沈下賢文集》卷四《雜著》；一載《文苑英華》卷七九五；一引於《太平廣記》卷一九五，題《馮燕》，末注：「出沈亞之《馮燕傳》。」刪去讚語。《情史》即據《廣記》。其餘若《文章辨體彙選》、《吴興藝文補》、《全唐文》、《唐人説薈》、《龍威秘書》、《藝苑捃華》、《香豔叢書》、《晉唐小説六十種》等皆爲全文，所據當爲《文苑英華》或沈集。

《英華》校語引《麗情集》異文，知北宋張君房《麗情集》亦採之。晚唐司空圖作有《馮燕歌》，《麗情集》亦一併採入。《英華》卷三四九收司空圖《馮燕歌》，題下注云：「《麗情集》作沈亞之，歌中亦云：『爲感詞人沈下賢，良（按：乃長字之譌）歌更與分明説。』下賢，沈亞之字也。」彭叔夏《文苑英華辨證》卷五亦云：「司空圖《馮燕歌》，按《麗情集》乃沈亞之作。……嘗作《馮燕傳》，併作此歌。而《司空圖集》無之，則非圖作也。」南宋皇都風月主人編《緑窗新話》卷下《馮燕殺主將之妻》，注出《麗情集》，所引止歌，稱「沈亞之歌曰」。以歌爲沈作，説非，「爲感詞人沈下賢」，明非下賢作也。《麗情集》當先載沈亞之傳文，又繫歌，而未署司空圖名，故彭叔夏等誤爲併爲沈作。

傳文云：「其賓黨耳目之所聞見，而謂余道，元和中外郎劉元鼎語余以馮燕事，得傳焉。」下賢元和九年（八一四）冬及十四年曾至滑州（見本集卷三《魏滑分河録》、《旌故平盧軍節士》），其聞馮事於馮燕賓黨當在滑，後又於元和中聞於員外郎劉元鼎。而元鼎元和十三年爲蔡州刺史（《唐刺史考全編》），然則此傳當作於元和九年之後不久。

湘中怨解

沈亞之　撰

《湘中怨》者，事本怪媚，爲學者未嘗[一]有述。然而淫溺之人，往往不寤。今欲概其論[二]，以著誠[三]而已。從生韋敖[四]，善譔樂府，故牽而廣之，以應其詠。

垂拱年中，駕幸[五]上陽宮。太學進士鄭生，晨發銅駝里，乘曉月渡洛橋，聞橋下有哭聲[六]甚哀。生下馬，循聲索[七]之。見有[八]豔女，翳[九]然蒙袖曰：「我孤，養於兄，嫂惡，常苦我[一〇]。今欲赴水，故留哀須臾。」生曰：「能遂[一一]我歸之乎？」應[一二]曰：「婢御無悔。」遂與居[一三]，號曰「汜人」[一四]。能誦楚人《九歌》、《招魂》、《九辯》之書[一五]，亦常擬其調[一六]，賦爲怨句[一七]。其詞麗絶[一八]，世莫有屬者。因譔《光風詞》[一九]曰：「隆佳秀兮昭盛時[二〇]，播薫[二一]緑兮淑華歸。顧室荑與處萼兮[二二]，潛重房以飾姿。見稚態之韶羞兮[二三]，蒙長靄以爲幃[二四]。醉融光兮渺瀰[二五]，迷千里兮涵洇湄[二六]。晨陶陶兮暮熙熙，舞婑娜[二七]之穠條兮，騁[二八]盈盈以披遲。酡遊顔兮倡蔓卉[二九]，縠流倩電兮石髮隨旎[三〇]。」生居貧，汜人嘗解篋，出輕繒一端，與賣，胡人酬之千金。居數歲[三一]，生將[三二]遊長安。是夕，謂生曰：「我湘中蛟宮之娣[三三]也，謫而從君。今歲滿，無以久留君所，欲爲訣耳[三四]。」即相持〔三五〕啼泣。生留之，不能〔三六〕，竟去。

後十餘年，生之兄爲岳州刺史。會上巳日，與家徒登岳陽樓，望鄂渚，張宴。樂酣，生愁吟曰〔三七〕：「情無垠兮蕩洋洋〔三八〕，懷佳期兮屬三湘。」聲未終，有畫艫浮漾而來。中爲綵樓，高百餘尺，其上施帷帳〔三九〕，欄籠畫飾〔四〇〕。帷褰〔四一〕，有彈弦鼓吹者，皆神仙娥眉，被服烟霓，裙袖皆廣長。其中一人起舞，含嚬凄怨，形類氾人，舞而〔四二〕歌曰：「泝青山兮江之隅〔四三〕，拖湘波兮裹緑裾〔四四〕。荷拳拳兮未舒〔四五〕，匪同歸兮將焉如〔四六〕？」舞畢，斂袖，翔然凝望〔四七〕。樓中縱觀方怡〔四八〕，須臾，風濤崩怒，遂迷所往。

元和十三〔四九〕年，余聞之於朋〔五〇〕中，因悉補其詞，題之曰《湘中怨》，蓋欲使南昭嗣《烟中》之志〔五一〕，爲偶倡〔五二〕也。（據上海涵芬樓景印明翻宋本《沈下賢文集》卷二《雜著》校録，又《太平廣記》卷二九八引《異聞集》，《文苑英華》卷三五八《湘中怨解并序》）

〔一〕未嘗　《英華》作「不當」，校：「集作『未嘗』。」「集」指《沈下賢集》。《吴興藝文補》卷一一《湘中怨解并序》、《唐人説薈》第七集《湘中怨詞》亦作「不當」。

〔二〕概其論　《英華》、《唐人説薈》作「慨其所論」，《藝文補》作「概其所論」。按：作「慨」譌。

〔三〕誠　沈集《四庫》本、觀古堂本作「誠」。

〔四〕韋敖　《英華》作「常敖」。按：據《唐摭言》卷二《等第罷舉》，韋敖寶曆二年（八二六）參加京兆府府試，名列等第（即前十名），但又被罷除貢舉。常敖，不詳何人。

〔五〕幸　此字原闕，據觀古堂本補。《英華》本、《四庫》本及《廣記》、《豔異編》卷二《太學鄭生》、《情史類略》卷一九《汜人》、《藝文補》、《唐人説薈》作「在」。

〔六〕聲　此字原闕，據觀古堂本、《廣記》、《類説》卷二八《異聞集·湘中怨》、《豔異編》、《情史》、《唐宋傳奇集·湘中怨辭并序》（據影鈔小草齋本《沈下賢集》）補。

〔七〕索　《英華》作「察」，校：「集作『索』。」《廣記》、《豔異編》、《情史》、《藝文補》、《唐人説薈》亦作「察」。

〔八〕有　原作「其」，據《四庫》本、觀古堂本、《唐宋傳奇集》改。《英華》校：「集作『見有』。」《廣記》、《豔異編》、《情史》作「一」。

〔九〕翳　觀古堂本、《唐宋傳奇集》作「繄」。

〔一〇〕嫂惡常苦我　《英華》校：「《麗情集》作『嫂惡視我』。」

〔一一〕遂　《四庫》本、觀古堂本、《廣記》、《類説》作「逐」。《英華》校：「集作『逐』。」《廣記》明鈔本、《豔異編》、《情史》、《唐人説薈》作「隨」。按：遂，順從。

〔一二〕應　觀古堂本上有「女」字。

〔一三〕遂與居　《英華》、《藝文補》、《唐人説薈》作「遂載與居」，《廣記》、《豔異編》、《情史》作「遂載與之歸所居」，《類説》作「遂載與俱」。

〔一四〕汜人　《唐宋傳奇集》作「汜人」。按：「汜」同「涘」，水邊。汜人意爲水邊之人，此女得於洛水之邊，故云。《四庫》本、觀古堂本、《廣記》、《豔異編》、《情史》均作「汜人」。

〔一五〕能誦楚人九歌招魂九辯之書　《英華》、《藝文補》、《唐人説薈》「能」作「所」，《廣記》、《豔異編》、《情史》「人」作「詞」。

〔一六〕其調　觀古堂本、《藝文補》作「其詞」。《廣記》、《豔異編》、《情史》作「詞」。據《英華》校，《麗情集》亦作「詞」。

〔一七〕句　《英華》、《藝文補》作「詞」，《唐人説薈》作「辭」，《廣記》、《麗情集》、《類説》、《豔異編》、《情史》作「歌」。

〔一八〕其詞麗絶　觀古堂本「詞」譌作「綺」。《廣記》、《麗情集》、《豔異編》、《情史》「麗絶」作「豔麗」。

〔一九〕光風詞　《廣記》、《英華》、《類説》、《豔異編》、《情史》、《藝文補》、《唐人説薈》、《全唐詩》卷四九三作「風光詞」。《英華》校：「集作『光風』。」按：「光風」出《楚辭·招魂》：「光風轉蕙，泛崇蘭些。」元王逸注：「光風，謂雨已日出而風，草木有光也。」《光風詞》即是模仿楚辭描寫春天和麗景象。元王沂《伊濱集》卷九《題西崑書院》：「明月只捐神女佩，光風誰續汜人文？」亦作「光風」。作「風光詞」誤。

〔二〇〕隆佳秀兮昭盛時　《英華》校：「『昭』《麗情集》作『招』。」「佳」《廣記》作「往」，《豔異編》、《情史》作「光」。

〔二二〕薰　《英華》校:「一作『芳』。」

〔二三〕顧室荑與處萼兮　《四庫》本作「顧里英與處萼兮」,觀古堂本作「願室英與處萼兮」,《廣記》作「故（按:明鈔本、孫校本作顧）室荑與處萼兮」,《英華》、《藝文補》、《唐人説薈》作「故里荑與處萼兮」,《英華》校:「『荑』集作『英』。」《豔異編》作「顧室漢兮有處萼」,《情史》作「顧空漢兮有處萼」。按:室荑、處萼,皆以處女比喻初生花草。以上諸本多有誤。

〔二四〕見稚態之韶羞兮　觀古堂本、《唐宋傳奇集》「稚」作「雅」。《廣記》作「見耀態之韶華兮」。《英華》、《藝文補》、《唐人説薈》作「見雅能之韶羞兮」,《英華》校:「『雅』集作『推』。」「『羞』《麗情集》作『容』。」《豔異編》、《情史》作「見耀態之韶美兮」。按:「能」通「態」,作「推」譌。

〔二五〕幃　《豔異編》、《情史》作「帷」,義同。《四庫》本作「衣」。

〔二六〕渺瀰　《四庫》本、觀古堂本、《英華》、《藝文補》、《唐人説薈》、《全唐詩》作「渺渺瀰瀰」,《廣記》、《豔異編》、《情史》作「眇眇瀰瀰」。

〔二七〕迷千里兮涵洇湄　《四庫》本「洇湄」作「湮湄」,《英華》、《唐人説薈》作「湮媚」,觀古堂本、《全唐詩》作「煙眉」,《藝文補》作「煙媚」。《廣記》、《豔異編》、《情史》全句作「遠千里兮涵煙眉」。按:「洇」同「湮」,「湮湄」謂湮没在岸邊。作「湮媚」、「煙媚」、「煙眉」並譌。

〔二八〕舞婑娜　「舞」《廣記》、《豔異編》、《情史》譌作「無」。「婑娜」《廣記》作「婑娜」,《四庫》本、觀古堂本作「婀娜」,《英華》、《藝文補》作「姚娜」,《唐人説薈》作「嫋娜」,《全唐詩》作「婑那」,義並同。

〔二九〕騁　《廣記》、《藝文補》、《情史》、《唐宋傳奇集》作「娉」。《英華》、《豔異編》、《唐人説薈》作「嫂」,

《英華》校：「集作『騁』。」按：騁，舒展。

〔二九〕酡遊顏兮倡蔓卉　《英華》作「酡遊顏兮倡蔓冉」，校：「『遊』《麗情集》作『容』。」《廣記》、《黷異編》、《情史》「酡」作「醻」或「酎」。

〔三〇〕縠流倩電兮石髮隨旎　「倩」原作「舊」，據《廣記》改。《四庫》本、《英華》、《藝文補》、《全唐詩》作「蒨」，鮮明也。《黷異編》譌作「情」。觀古堂本無此字。《全唐詩》「電」作「霓」。「隨」原作「髓」，據《廣記》改。《英華》校：「『髓』《麗情集》作『隨』。」《英華》、《藝文補》、《唐人説薈》、《唐宋傳奇集》「旎」作「施」。按：「隨旎」、「隨施」，意同，指水草柔順逶迤漂拂之狀。「施」音「夷」，逶迆斜行。

〔三一〕數歲　《廣記》、《黷異編》、《情史》作「歲餘」。

〔三二〕將　此字原無，據《廣記》、《類説》、《黷異編》、《情史》補。

〔三三〕湘中蛟宮之娣　《唐人説薈》「中」作「君」。《廣記》作「湖中蛟室之妹」。《類説》、《黷異編》、《情史》作「湖中蛟室之妹」。

〔三四〕欲爲訣耳　《廣記》、《黷異編》、《情史》作「乃與生訣」。

〔三五〕即相持　《藝文補》、《唐人説薈》「持」作「倚」。《英華》譌作「相椅」，校：「集作『即相持』。」

〔三六〕留之不能　《英華》校：「《麗情集》作『啼泣留之』。」

〔三七〕生愁吟曰　《四庫》本、《英華》、《藝文補》、《唐人説薈》作「生愁思，吟之曰」，《廣記》、《黷異編》、

《情史》作「生愁思，吟曰」。

〔三八〕情無垠兮蕩洋洋　「垠」《廣記》、《豔異編》、《情史》作「限」；「蕩」《四庫》本作「靄靄」，《英華》、《藝文補》、《唐人説薈》作「蕩蕩」。

〔三九〕其上施帷帳　《豔異編》、《情史》「施」作「花」。「帷」原作「緯」，觀古堂本、《英華》、《藝文補》作「幃」，《廣記》、《豔異編》、《情史》作「帷」。按：下文作「帷」，據改。

〔四〇〕欄籠畫飾　《英華》、《藝文補》、《唐人説薈》「籠」作「櫳」。《廣記》、《英華》、《藝文補》、《唐人説薈》「畫」作「盡」，《英華》校：「『盡』集作『畫』。」

〔四一〕褰　《廣記》、《豔異編》、《情史》譌作「囊」，《唐人説薈》作「搴」，通「褰」。

〔四二〕而　原作「之」，據諸本改。《藝文補》無此字。

〔四三〕泝青山兮江之隅　《英華》「青山」作「清風」，校：「集作『青山』。《麗情集》作『青春』。」《藝文補》、《唐人説薈》亦作「清風」。《廣記》、《豔異編》、《情史》作「青春」。《豔異編》、《情史》「泝」作「訴」。《岳陽風土記》引《湘中怨》「泝」作「沂」，「隅」作「湄」。

〔四四〕拖湘波兮裹綠裾　《英華》、《唐人説薈》「裾」作「裙」，出韻，誤。《廣記》、《豔異編》、《情史》「湘」作「湖」，《岳陽風土記》同，且「拖」作「泳」。

〔四五〕荷拳拳兮未舒　觀古堂本、《唐宋傳奇集》「拳拳」作「卷卷」。《四庫》本、觀古堂本、《英華》、《藝文補》、《唐人説薈》「兮」下有「情」字。《廣記》、《豔異編》、《情史》「未」作「來」。《岳陽風土記》全句作「意拳拳兮心莫舒」。

〔四六〕將焉如 《廣記》、《豔異編》、《情史》作「何如」。

〔四七〕翔然凝望 《廣記》作「索然」，《豔異編》、《情史》作「悵然」。

〔四八〕怡 《英華》、《藝文補》作「悟眙」，《英華》校：「二字《麗情集》作『臨檻』。」《唐人説薈》作「愕眙」。

〔四九〕三 《唐人説薈》譌作「七」。

〔五〇〕朋 《英華》、《藝文補》、《唐人説薈》作「朝」，《英華》校：「集作『朋』。」

〔五一〕志 《英華》、《藝文補》、《唐人説薈》作「述」，《英華》校：「集作『志』。」

〔五二〕倡 觀古堂本、《英華》、《藝文補》、《唐人説薈》作「唱」，音義皆同。《英華》校：「集作『倡』。」

按：下賢此作，作於元和十三年（八一八），乃配韋敖《湘中怨》歌行。載於《沈下賢文集》卷二《雜著》。《四部叢刊初編》景印明翻宋本題《湘中怨解》，觀古堂本題《湘中怨辭》，魯迅《唐宋傳奇集》以影鈔小草齋本爲底本，又據丁氏八千卷樓鈔本校改，亦題《湘中怨辭》。唐末陳翰編《異聞集》取入，《類説》卷二八《異聞集》之《湘中怨》，即此傳節文。《太平廣記》卷二九八引《異聞集》，改題《太學鄭生》，删去首尾。《豔異編》卷二《太學鄭生》、《情史類略》卷一九《汜人》，皆本《廣記》。《文苑英華》卷三五八《湘中怨解并序》，有周必大、彭叔夏校文，乃據本集及《麗情集》而校。《麗情集》北宋張君房撰，則亦爲《麗情集》所採也。《唐人説薈》七集（同治八年刊本卷九）亦取入，題《湘中怨詞》，乃全文，末附《九歌》之《湘君》、《湘夫人》。

感異記

沈亞之 撰

沈警，字玄機，吴興武康人也。美風調，善吟詠。爲梁東宫常侍，名著當時。每公卿宴集，必致騎〔一〕邀之，語曰：「玄機在席，顛倒賓客。」其推重如此。後荆楚陷没，入周爲上柱國。奉使秦隴，途過張女郎廟。旅行多以酒餚祈禱，警獨酌水具祝〔二〕，詞曰：「酌彼寒泉水，紅芳掇嵒谷。雖致之非遥，而薦之隨〔三〕俗。丹誠在此，神其感録。」既暮，宿傳舍，憑軒望月〔四〕，作《鳳將雛含嬌曲》，其詞曰：「命嘯無人嘯，含嬌何處嬌。徘徊花上月，空度可憐宵。」又續爲歌曰：「靡靡春風至，微微春露輕。可惜關山月，還成無用明〔五〕。」

吟畢，聞簾外歎賞之聲，復云：「閒宵豈虚擲，朗月豈無明〔六〕。」音旨清婉，頗異于常。忽見一女子褰簾而入，拜〔七〕云：「張女郎姊妹〔八〕見使致意。」警異之，乃具衣冠。未離坐而二女已入，謂警曰：「跋涉山川，因勞動止。」警曰：「行役在途，春宵多感。聊因吟咏，稍遣旅愁。豈意女郎，猥降仙駕，願知伯仲。」二女郎相顧而微笑。大女郎謂警曰：「妾是女郎妹，適廬山夫人長男。」指小女郎云：「適衡山府君小子。並以生日，同覲大姊。屬大姊今朝層城未旋，山中幽寂，良夜多懷，輒欲奉屈，無憚勞也。」遂攜手出門，共登一輜軿車，駕六馬，馳空而行。

俄至一處，朱樓飛閣，備極焕麗。令警止一水閣，香氣自外入内。簾幌多金縷翠羽，間以珠璣，光照滿室。須臾，二女郎自閣後冉冉〔九〕而至，揖警就坐，又具酒殽。於是大女郎彈箜篌，小女郎援琴，爲數弄，皆非人世所聞。警嗟賞良久，願請琴寫之。小女郎笑而謂警曰：「此是秦穆公〔一〇〕、周靈王太子，神仙所製，不可〔一一〕傳于人間。」警粗記數弄，不復敢訪。及酒酣，大女郎歌曰：「人神相合〔一二〕兮後會難，邂逅相遇兮暫爲歡。星漢移兮夜將闌，心未極兮且盤桓。」小女郎歌曰：「洞簫響兮風生流，清夜闌兮管絃遒。長相思兮衡山曲，心斷絶兮秦隴頭。」又歌〔一三〕曰：「隴上雲車不復居，湘川斑竹淚沾餘。誰念〔一四〕衡山煙霧裏，空看雁足不傳書。」警歌曰：「義起〔一五〕曾歷許多年，張碩凡得幾時憐。何意今人不及昔，暫來相見更無緣〔一六〕。」二女郎相顧流涕，警亦下淚。小女郎謂警曰：「蘭香姨、智瓊姊，亦常懷此恨矣。」警見二女郎〔一七〕歌詠極歡，而未知密契所在，警顧小女郎〔一八〕曰：「潤玉，此人可念也。」

良久，大女郎命履，與小女郎同出。及門，謂小女郎曰：「潤玉，可便〔一九〕伴沈郎寢。」警欣喜如不自得，遂攜手入門，已見小婢前施卧具。小女郎執警手曰：「昔從二妃遊湘川，見君于舜帝廟讀湘王碑〔二〇〕。彼時想念〔二一〕頗切，不意〔二二〕今宵得諧宿願。」警亦備記此事，執手款叙，不能自已。小婢麗質，前致詞曰：「人神路隔，别促〔二三〕會賒。況姮娥妬人，不肯留照；織女無賴，已復斜河。寸陰幾時，何勞煩瑣〔二四〕？」遂掩户就寢，備極歡昵。

將曉，小女郎起，謂警曰：「人神事異〔二五〕，無宜卜晝，大姊已在門首。」警於是抱持置于膝，共叙衷款〔二六〕。須臾，大女郎即復至前，相對流涕，不能自勝。復置酒。警又歌曰：「直恁〔二七〕行人心不平，那宜萬里阻關〔二八〕情。只今隴上分流水，更泛從來嗚咽〔二九〕聲。」警乃贈小女郎指環，小女郎贈警金縷〔三〇〕合歡結，歌曰：「結心纏萬縷〔三一〕，結縷〔三二〕幾千迴。結怨無窮極，結心終不開。」大女郎贈警瑶鏡子，歌曰：「憶昔窺瑶〔三三〕鏡，相望看明月。彼此俱照人，莫令光影〔三四〕滅。」贈答極多，不能備記，粗憶數首而已。遂相與出門，復駕輜軿車，送至廟下〔三五〕，乃執手嗚咽而别。

及至館，懷中探得瑶鏡、金縷結。良久，乃言于主人。夜而失所在。時同侣〔三六〕咸怪警夜有異香。警後使回，至廟中，于神座後得一碧箋，乃是小女郎與警書，備叙離恨。書末有篇云：「飛書報沈郎〔三七〕，尋〔三八〕已到衡陽。若存金石契，風月兩相望。」從此遂絶矣。（據中華書局版汪紹楹點校本《太平廣記》卷三二六引《異聞録》校録）

〔一〕騎　《古今説海》説淵部别傳三十二《潤玉傳》、《豔異編》卷一《沈警》、《逸史搜奇》丁集五《潤玉》、

《香豔叢書》十三集卷四《沈警遇神女記》作「驥」。

〔二〕具祝　《類説》卷二八《異聞集·感異記》作「獻花」。

〔三〕隨　孫校本、清陳鱣校本、《説海》、《豔異編》、《逸史搜奇》、《香豔叢書》作「略」。

〔四〕望月　《類説》下有「彈琴」二字。按：既曰「憑軒」，似不得復有彈琴之舉。

〔五〕還成無用明　明鈔本、《説海》、《逸史搜奇》作「還城無月明」，張國風《會校》據明鈔本改，誤。按：「還城」不可解。時沈警在傳舍，城者指何？此言春夜有月而虚度良宵，縱有明月亦無用也。

〔六〕朗月豈無明　《説海》、《逸史搜奇》「朗」作「山」。《情史類略》卷一九《張女郎》「朗」作「皓」，「無」作「空」。

〔七〕拜　《説海》、《豔異編》、《逸史搜奇》、《香豔叢書》作「再拜」。

〔八〕姊妹　孫校本、《永樂大典》卷七三二八引《太平廣記》、《説海》、《豔異編》、《逸史搜奇》、《香豔叢書》作「仲妹」。按：北宋樂史《太平寰宇記》卷三二《隴州·汧源縣》：「張女郎祠，故老相傳云漢張魯女死於此，時人爲之祠，民禱有驗。」據文中所叙，張女郎有二妹，仲妹即下文之大女郎。

〔九〕冉冉　《説海》、《逸史搜奇》作「乘羊車」。按：東漢劉熙《釋名·釋車》：「羊車。羊，祥也；祥，善也。善飾之車，今犢車是也。」

〔一〇〕秦穆公　《唐人説薈》第十二集、《龍威秘書》四集、《藝苑捃華》、《晉唐小説六十種》之《神女傳·張女郎》作「秦穆公女」。按：秦穆公女指弄玉。

〔一一〕可　孫校本、陳校本、《説海》、《豔異編》、《逸史搜奇》、《香豔叢書》作「願」。

〔一二〕合　《説海》、《逸史搜奇》作「舍」。

〔一三〕歌　原作「題」，據明鈔本、孫校本、《説海》、《豔異編》、《逸史搜奇》、《香豔叢書》改。

〔一四〕念　南宋洪邁《萬首唐人絶句》卷六五《贈沈警》作「論」。

〔一五〕義起　原作「義熙」，據《説海》、《豔異編》、《逸史搜奇》、《唐人絶句》卷五九《贈張神女》改。按：義起，爲弦超之字，神女成公智瓊嫁之。李劍國《新輯搜神記》卷七《成公智瓊》：「魏濟北國從事掾弦超，字義起。以嘉平中夜獨宿，夢有神女來從之。自稱天上玉女，東郡人，姓成公，字智瓊。早失父母，天帝哀其孤苦，遣令下嫁從夫。」《説海》《四庫》本作「天台」，《香豔叢書》作「劉郎」，皆爲妄改。

〔一六〕按：沈警此詩《情史》作：「會别須臾事，相思只夢知。不如牛共女，尚有隔年期。」不知何據。

〔一七〕二女郎　原脱「女」字，據《説海》、《豔異編》、《逸史搜奇》、明董斯張《廣博物志》卷一四引《異聞録》、《香豔叢書》及《唐人説薈》、《龍威秘書》、《藝苑捃華》本《神女傳》補。

〔一八〕警顧小女郎　《情史》、明馮夢龍《太平廣記鈔》卷五四《張女郎》作「大女郎顧小女郎」。《唐人説薈》、《龍威秘書》、《藝苑捃華》、《晉唐小説六十種》本《神女傳》作「大女郎顧警謂小女郎」。

〔一九〕便　原作「使」，據陳校本、《説海》、《豔異編》、《逸史搜奇》、《情史》、《香豔叢書》改。

〔二〇〕湘王碑　「湘王」原作「相王」，《説海》、《逸史搜奇》作「湘君」，《廣記鈔》、《豔異編》、《情史》、《香豔叢書》作「湘王」，《廣博物志》作「湘東」。按：南宋王象之《輿地紀勝》卷五五《荆湖南路·衡州·古迹》：「舜廟，在衡陽縣仙上峰。」是則衡陽有舜廟。南朝梁元帝蕭繹曾封湘東王，曾作有《南岳衡山九貞館碑》（《全梁文》卷一八，《藝文類聚》卷七八引），其舜帝廟碑則失考。所謂「湘王」殆指湘東王，故《廣博物志》改作「湘東」。據《廣記鈔》、《鱧異編》等改。

〔三二〕彼時想念　「彼」原作「此」，據陳校本改。《説海》、《逸史搜奇》作「比來相念」。

〔三三〕意　《説海》、《鱧異編》、《逸史搜奇》、《香鱧叢書》作「謂」。

〔三三〕促　孫校本、《説海》、《逸史搜奇》作「從」，《鱧異編》作「後」。《四庫》本《説海》改作「易」，《會校》據改。按：此實爲四庫館臣妄改，不可從。促，短促，與「賒」相對。賒，遥遠、渺茫。謂短暫相會即分別，而再會之日渺茫也。

〔三四〕瑣　《説海》、《逸史搜奇》作「語」，《鱧異編》、《香鱧叢書》作「數」。

〔三五〕異　《説海》、《鱧異編》、《逸史搜奇》、《香鱧叢書》作「殊」。

〔三六〕衷款　《説海》、《逸史搜奇》作「離情」，《鱧異編》、《香鱧叢書》作「離別」。

〔三七〕直恁　《唐人絶句》卷五九《離歌》作「直值」，《説海》、《逸史搜奇》作「正值」，《鱧異編》、《香鱧叢書》作「時值」。

〔三八〕關　《唐人絶句》卷五九作「閨」。

〔三九〕嗚咽　《鱧異編》、《香鱧叢書》作「哽咽」。

〔三〇〕縷　此字原無，據《永樂大典》卷七三二八引《太平廣記》補。

〔三一〕結心纏萬縷　《唐人絶句》卷二二《贈沈警金縷合歡結歌》作「心纏萬結縷」，《説海》、《逸史搜奇》作「心纏千萬結」，《豔異編》、《香豔叢書》作「心纏幾萬結」。

〔三二〕結縷　《説海》、《逸史搜奇》作「縷結」，《豔異編》、《香豔叢書》作「縷繫」。

〔三三〕瑶　《唐人絶句》卷二二《贈沈警鏡》、《説海》、《逸史搜奇》作「寶」。

〔三四〕影　原作「彩」，據孫校本、陳校本、《唐人絶句》、《説海》、《豔異編》、《逸史搜奇》、《香豔叢書》改。

〔三五〕廟下　原作「下廟」，《説海》、《逸史搜奇》作「于廟」。按：沈警所宿乃張女郎廟，不應離別時復送至于廟，「下廟」、「于廟」均有誤。《廣博物志》、《香豔叢書》作「廟下」，據改。

〔三六〕侣　《豔異編》、《香豔叢書》作「旅」。

〔三七〕飛書報沈郎　《唐人絶句》卷二二《別後篇》「書」作「牋」。《説海》、《逸史搜奇》「報」作「達」，《豔異編》、《香豔叢書》作「到」。

〔三八〕尋　《説海》、《逸史搜奇》作「今」。

按：《廣記》所引《異聞録》，題《沈警》，明末董斯張《廣博物志》卷一四亦引《異聞録》，當據《廣記》。此即《異聞集》，唐末陳翰編。宋朱勝非《紺珠集》卷一〇《異聞集·織女斜河》，葉廷珪《海録碎事》卷二引《聞異（異聞）集·織女斜河》，孔傳《後六帖》卷一引《異聞集·織女斜河》，皆其片斷。曾慥《類説》卷二八《異聞集》題作《感異記》，此其原題。胡穉《增廣箋注簡齋詩集》卷一〇《中秋不見月》注亦引《異聞集·感異記》，又北宋無名氏《五色線集》卷下引《感異記》。陳元龍集注《片玉集》卷五《霜葉飛》注引作《沈警感異記》，王十朋《東坡先生詩集注》卷六《百步洪》其二程縯注引作小説《沈警傳》，皆宋人改題。明清稗編多據《廣記》收此記，大都别製篇名。《古今説海》説淵部别傳三十二題《潤玉傳》，《豔異編》卷一題《沈警》，《逸史搜奇》丁集五題《潤玉》，《情史類略》卷一九題《張女郎》，《香豔叢書》十三集卷四題《沈警遇神女記》。明秦淮寓客編《緑窗女史》卷一〇題《張女郎傳》，删削頗劇，且止於「蘭香姨、智瓊姊，亦常懷此恨矣」。《説海》等皆不著撰人，《緑窗女史》乃署作元劉斧，頗謬。劉斧，北宋人也。

又者，明刊冰華居士編《合刻三志》志奇類及舊題楊循吉輯《雪窗談異》卷四有《神女傳》一卷，纂輯神女事而成，妄題唐孫頠輯（《雪窗談異》無輯字）。凡六事，末爲《張女郎》，文同《緑窗女史》。《神女傳》後又收入《唐人説薈》第十二集（或卷一四）、《龍威秘書》四集《晉唐小説暢觀》、《藝苑捃華》、《晉唐小説六十種》等。其《張女郎》，據《廣記》補足《緑窗女史》、《合刻三志》、《雪窗談異》所删文字。

本篇作者，今考爲沈亞之。南宋葛立方《韻語陽秋》卷二云：「少藴云：李益詩云：『開門風動竹，疑是故人來。』沈亞之詩云：『徘徊花上月，虚度可怜宵。』皆佳句也。」（按：宋阮閲《詩話總龜》後集卷一三引《丹陽集》、南宋張鎡《仕學規範》卷四〇皆有此語。）少藴即葉夢得，其

《石林詩話》卷上云：「『開簾風動竹，疑是故人來』與『徘徊花上月，空度可憐宵』，此兩聯，雖見唐人小説，其實佳句也。」葛立方或親聞於少藴，或轉述《石林詩話》語而自加作者，蓋其固知亞之有此詩句也。李益詩蔣防《霍小玉傳》用之，「徘徊」一聯則見於《感異記》，乃沈警作，其云「沈亞之」者，必是知《感異記》、《秦夢記》爲沈亞之所作耳。此外尚有數端可爲佐證：《感異記》寫遇合神女，與亞之《湘中怨解》、《秦夢記》題材相類，此一也。亞之生於隴州，而張女郎廟亦在隴州，此二也。亞之傳奇工爲情語，善用詩歌，又好擬騷調，此記詩歌十首，中有騷調二首，與《湘中怨解》、《秦夢記》風格頗近，此三也。亞之小説除《馮燕傳》以人名爲題，其餘《異夢録》、《湘中怨解》、《秦夢記》皆非是，《感異記》正復同類，此四也。主人公爲吴興沈氏，與亞之同姓同郡，託之沈警，自顯其族，或竟乃自況，若《秦夢記》之直以沈亞之自述，此五也。綜而觀之，此記以屬亞之，殆無疑焉。亞之曾於元和十二年、長慶元年遊隴（據沈集卷一〇《西邊患對》、卷五《隴州刺史廳記》），故就張女郎廟幻設成文，以發窈窕之思，其時殆在元和中也。

秦夢記

沈亞之 撰

大和〔一〕初，沈亞之將之邠，出長安城，客槖泉〔二〕邸舍。春時，晝夢入秦。主内史廖家，内史廖舉亞之〔三〕。秦公召至殿，膝前席〔四〕曰：「寡人欲强國，願知其方。先生何以教寡人？」亞之以昆、彭、齊桓對。公悦，遂試補中涓，秦官也。使佐西乞術〔五〕伐河西。晉、秦郊也。亞之帥將卒前，攻下五城。還報，公大悦，起勞曰：「大夫良苦，休矣。」

居久之，公幼女弄玉聓蕭史〔六〕先死，公謂亞之曰：「微大夫，晉五城非寡人有，甚德大夫。寡人有愛女，而欲與大夫備洒掃，可乎？」亞之少自立，雅不欲遇幸臣蓄之，固辭。不得請，拜左庶長〔七〕，尚公主，賜金二百斤。民間猶謂「蕭家公主」。其日，有黄衣中貴騎疾馬來，迎亞之入，宫闕甚嚴。呼公主出，鬒髮，着偏袖〔八〕衣，裝不多飾。其芳姝明媚，筆不可模樣〔九〕。侍女祇承，分立左右者數百人。召見亞之便館，居〔一〇〕亞之於宫，題其門曰「翠微宫」，宫人呼「沈郎院」。雖備位下大夫，繇公主故，出入禁衛。公主喜鳳簫，每吹簫，必于〔一一〕翠微宫高樓上，聲調遠逸，能悲人，聞者莫不自廢。公主七月七日生，亞之嘗無貺壽。内史廖曾爲秦以女樂遺西戎，戎主與廖水犀小〔一二〕合。亞之從廖得，以獻公主，公主悦受，嘗〔一三〕結裙帶之上。穆公遇亞之，禮兼同列，恩賜相望於道。

復一年春，秦公之始平。公主忽無疾卒，公追傷不已。將葬咸陽原，公命亞之作挽歌，應教而作曰：「泣葬一枝紅，生同死不同。金鈿墜芳草，香繡滿春風。舊日聞簫處，高樓當月中〔一四〕。梨花寒食夜，深閉翠微宫。」進公。公讀詞，善之。時宫中有出聲若不忍者，公隨泣下。又使亞之作墓誌銘，獨憶其銘，曰：「白楊風哭兮石甃髯莎〔一五〕，雜英滿地兮春色煙和。珠愁〔一六〕粉瘦兮不生綺羅，深深埋玉兮其恨如何！」亞之亦送葬咸陽原。宮中十四人殉之。

亞之以悼悵過戚，被病，卧在翠微宮。然處殿外特室，不入宮中矣。居月餘，病良已。公謂亞之曰：「本以小女將託久要，不謂不得周奉君子，而先物故。敝秦區區小國，不足辱大夫。然寡人每見子，即不能不悲悼，大夫盍適大國乎？」亞之對曰：「臣無狀，肺腑〔一七〕公室，待罪右庶長，不能從死公主。君〔一八〕免罪戾，使得歸骨父母國。臣不忘君恩，如今日〔一九〕。」將去，公追酒高會，聲秦聲，舞秦舞。舞者擊髆附〔二〇〕髀嗚嗚，而音有不快，聲甚怨。公執酒亞之前曰：「壽。予〔二一〕顧此聲少善，願沈郎賡揚歌以塞別。」公命趣進筆硯。亞之受命，立〔二二〕爲歌，辭曰：「擊髆〔二三〕舞，恨滿煙光無處所。淚如雨，欲擬著辭不成語。金鳳銜紅舊繡衣，幾度宮中同看舞。人間春日正歡樂，日暮東歸〔二四〕何處去？」歌卒，授舞者，雜其聲而和〔二五〕之，四座皆泣。既，再拜辭去。

公復命至翠微宮，與公主侍人別。重入殿內，時見珠翠遺碎青階下，窗紗檀點依然。宮人泣對亞之，亞之感咽良久。因題宮門，詩曰：「君王多感放東歸，從此秦宮不復期。春景自〔二六〕傷秦喪主，落花如雨淚〔二七〕燕脂。」竟別去。公命車駕送出函谷關。出關〔二八〕已，送吏曰：「公命盡此，且去。」亞之與別。語未卒，忽驚覺，卧邸舍。

明日，亞之與友人崔九萬具道。九萬，博陵人，諳古，謂余曰：「《皇覽》云：『秦穆公葬雍橐泉祈年宫下。』非其神靈憑乎？」亞之更求得秦時地誌，説如九萬云。嗚呼！弄玉既仙矣，惡又死乎？（據上海涵芬樓景印明翻宋本《沈下賢文集》卷二《雜著》校録，又《太平廣記》卷二八二引《異聞集》）

〔一〕大和　《豔異編》卷二二《沈亞之》、《逸史搜奇》辛集三《沈亞之》、《情史類略》卷九《沈亞之》及《古今説海》説淵部别傳三、《五朝小説·唐人百家小説》紀載家、《重編説郛》卷一一五、《合刻三志》志夢類、《雪窗談異》卷一、《唐人説薈》第九集、《龍威秘書》四集、《香豔叢書》七集卷四、《晉唐小説六十種》之《夢遊録·沈亞之》「大」作「太」。按：大，通「太」。

〔二〕橐泉　《廣記》、《説海》、《豔異編》、《逸史搜奇》、《唐人百家小説》、《重編説郛》、《合刻三志》、《雪窗談異》、《情史》、《唐人説薈》、《龍威秘書》、《香豔叢書》、《晉唐小説六十種》作「索泉」，誤。按：《三輔黄圖》卷一《秦宫》：「橐泉宫，《皇覽》曰：『秦穆公冢在橐泉宫祈年觀下。』」北宋歐陽忞《輿地廣記》卷一五《陝西秦鳳路上》：「寶應元年，省鳳翔入天興。有橐泉宫，秦孝公起。有祈年宫，秦惠公起。」程大昌《雍録》卷一《秦·祈年宫》云：「酈道元注《水經》曰雍縣中牢井，秦惠公之故居，所謂祈年宫也。孝公又謂之橐泉宫。据酈此言，則是惠公所都雍縣有祈年，至孝公命爲橐泉，名雖兩出，其實一宫也。」

〔三〕主内史廖家内史廖舉亞之　原作「主内史廖舉亞之」，據《廣記》孫校本及《四庫》本、朝鮮成任編《太平廣記詳節》卷二五、《説海》、《豔異編》、《逸史搜奇》、《唐人百家小説》、《重編説郛》、《合刻三志》、《雪窗談異》、《唐人説薈》、《龍威秘書》、《香豔叢書》、《晉唐小説六十種》補正。沈集《四庫》本作「主内史廖家，廖舉亞之」，《情史》作「内史廖家，内史廖舉亞之」，脱「主」字。按：主，客居，寓居。《史記》卷四七《孔子世家》：「孔子遂至陳，主於司城貞子家。」

〔四〕膝前席　《説海》、《豔異編》、《逸史搜奇》、《唐人百家小説》、《重編説郛》、《合刻三志》、《情史》、《雪窗談異》、《唐人説薈》、《龍威秘書》、《香豔叢書》、《晉唐小説六十種》「膝」作「促」。按：膝前席謂兩膝在坐席上前移，促前席謂坐席往前靠近，均爲尊敬對方、注意傾聽對方意見之意。

〔五〕西乞術　原脱「術」字，據沈集《四庫》本、《廣記》、《説海》、《豔異編》、《逸史搜奇》、《唐人百家小説》、《重編説郛》、《合刻三志》、《情史》、《雪窗談異》、《吴興藝文補》卷一一《秦夢記》、《唐人説薈》、《龍威秘書》、《香豔叢書》補。按：西乞術，姓西，名術，字乞，秦穆公將。穆公三十三年（前六二七）與孟明視、白乙丙率師伐鄭國，順道滅滑而返，在崤山遭晉國軍隊伏擊，三人被俘，不久釋放。見《左傳》僖公三十二年、三十三年。

〔六〕蕭史　「蕭」原作「簫」，據《四庫》本、觀古堂本、《廣記》、《説海》、《豔異編》、《逸史搜奇》、《唐人百家小説》、《重編説郛》、《合刻三志》、《情史》、《雪窗談異》、《藝文補》、《唐人説薈》、《龍威秘書》、《香豔叢書》、《晉唐小説六十種》、《唐宋傳奇集》（據影鈔小草齋本《沈下賢集》）改。下同。按：清王照圓《列仙傳校正》卷上作「蕭史」。

〔七〕左庶長　按：戰國秦爵位分二十級，級數越大爵位越高，左庶長第十級，右庶長第十一級。見《漢書》卷一九上《百官公卿表》。下文作右庶長，不應弄玉死後又升一級，疑此處「左」及下文「右」必有一譌。

〔八〕袖　原作「細」，據觀古堂本、《廣記》、《説海》、《豔異編》、《逸史搜奇》、《唐人百家小説》、《重編説郛》、《合刻三志》、《情史》、《雪窗談異》、《藝文補》、《唐人説薈》、《龍威秘書》、《香豔叢書》、《晉唐小説六十種》、《唐宋傳奇集》改。

〔九〕樣　《説海》、《豔異編》、《逸史搜奇》、《唐人百家小説》、《重編説郛》、《合刻三志》、《情史》、《雪窗談異》、《唐人説薈》、《龍威秘書》、《香豔叢書》、《晉唐小説六十種》作「畫」。

〔一〇〕居　下原有「之」字，連上讀。據《廣記》、《説海》、《豔異編》、《逸史搜奇》、《唐人百家小説》、《重編説郛》、《合刻三志》、《情史》、《雪窗談異》、《唐人説薈》、《龍威秘書》、《香豔叢書》、《晉唐小説六十種》、《唐宋傳奇集》删。

〔一一〕于　原作「下」，據《廣記》明鈔本改。《廣記》、《説海》、《豔異編》、《逸史搜奇》、《唐人百家小説》、《重編説郛》、《合刻三志》、《情史》、《雪窗談異》、《唐人説薈》、《龍威秘書》、《香豔叢書》、《晉唐小説六十種》、《唐宋傳奇集》無此字。

〔一二〕小　原作「兩」，據《廣記》、《説海》、《豔異編》、《逸史搜奇》、《唐人百家小説》、《重編説郛》、《合刻三志》、《情史》、《雪窗談異》、《唐人説薈》、《龍威秘書》、《香豔叢書》、《晉唐小説六十種》、《唐宋傳奇集》改。

〔一三〕公主悦受嘗　《廣記》、《説海》、《豔異編》、《逸史搜奇》、《唐人百家小説》、《重編説郛》、《合刻三志》、《情史》、《雪窗談異》、《唐人説薈》、《龍威秘書》、《香豔叢書》、《晉唐小説六十種》、《唐宋傳奇集》作「主悦，嘗愛重」，《廣記詳節》「嘗」作「常」。按：嘗，通「常」。

〔一四〕當月中　《五色線集》卷下《梨花寒食》作「月正中」。按：「月正中」與「聞簫處」失對，誤。

〔一五〕白楊風哭兮石甃髯莎　「白楊」原譌作「日揚」，據沈集《四庫》本、觀古堂本、《廣記》、《説海》、《豔異編》、《逸史搜奇》、《唐人百家小説》、《重編説郛》、《合刻三志》、《情史》、《雪窗談異》、《藝文補》、《唐人説薈》、《龍威秘書》、《香豔叢書》、《晉唐小説六十種》、《唐宋傳奇集》改。按：《古詩十九首》：「驅車上東門，遥望郭北墓。白楊何蕭蕭，松柏夾廣路。」「古墓犁爲田，松柏摧爲薪。白楊多悲風，蕭蕭愁殺人。」陶淵明《挽歌詩》：「荒草何茫茫，白楊亦蕭蕭。」白楊乃詩歌中常用墓地意象。「甃」字觀古堂本作「鬣」，疑譌。按：石甃，指墓地石磚所砌階或壁。髯莎，柔細如髯之莎草。北宋《王令集》卷一一《九曲池悼古》：「水寒波刺甲，土老岸髯莎。」又作「莎髯」。宋韓琦《安陽集》卷七《自和》：「隈林杏頰紅初抹，拂砌莎髯緑自虬。」

〔一六〕珠愁　《五色線集》卷下《朱愁粉瘦》（誤注出處作《異夢録》）、《説海》、《豔異編》、《逸史搜奇》、《唐人百家小説》、《重編説郛》、《合刻三志》、《情史》、《雪窗談異》、《唐人説薈》、《龍威秘書》、《香豔叢書》、《晉唐小説六十種》「珠」作「朱」。觀古堂本「愁」作「悲」。

〔一七〕肺腑　《廣記》下有「申」字，《廣記詳節》無。

〔一八〕君　《説海》、《豔異編》、《逸史搜奇》、《唐人百家小説》、《重編説郛》、《合刻三志》、《情史》、《雪窗談異》、《唐人説薈》、《龍威秘書》、《香豔叢書》、《晉唐小説六十種》、《唐宋傳奇集》作「幸」。

〔一九〕如今日　《廣記》、《説海》、《逸史搜奇》、《情史》、《唐人説薈》、《龍威秘書》、《香豔叢書》無「今」字。《豔異編》、《唐人百家小説》、《重編説郛》、《合刻三志》、《雪窗談異》作「時日」。時日，此日也。《尚書·湯誓》：「時日曷喪，予及汝皆亡。」按：「如日」乃指日發誓。《詩經·王風·大車》：「謂予不信，有如皦日。」

〔二〇〕附　沈集《四庫》本、《廣記詳節》、《説海》、《豔異編》、《逸史搜奇》、《唐人百家小説》、《重編説郛》、《合刻三志》、《情史》、《雪窗談異》、《藝文補》、《唐人説薈》、《龍威秘書》、《香豔叢書》、《晉唐小説六十種》、《唐宋傳奇集》作「拊」。按：附，通「拊」，拍也。

〔二一〕予　此字原無，據沈集《四庫》本、觀古堂本及《廣記》、《説海》、《豔異編》、《逸史搜奇》、《唐人百家小説》、《重編説郛》、《合刻三志》、《情史》、《雪窗談異》、《唐人説薈》、《香豔叢書》、《唐宋傳奇集》補。《龍威秘書》、《晉唐小説六十種》譌作「子」。

〔二二〕立　原作「去」，據《廣記》、《説海》、《豔異編》、《逸史搜奇》、《唐人百家小説》、《重編説郛》、《合刻三志》、《情史》、《雪窗談異》、《藝文補》、《唐人説薈》、《龍威秘書》、《香豔叢書》、《晉唐小説六十種》、《唐宋傳奇集》改。

〔二三〕髆　原作「體」，據觀古堂本、《廣記》明鈔本、《四庫》本、《廣記詳節》、《説海》《四庫》本、《唐人百家小説》、《重編説郛》、《合刻三志》、《雪窗談異》、《唐人説薈》、《龍威秘書》、《香豔叢書》、《晉唐小説六十種》、《全唐詩》卷四九三《夢別秦穆公》、卷八六八《秦夢詩》改。

〔二四〕東歸　觀古堂本、《廣記》、《藝文補》、《唐人説薈》、《龍威秘書》、《香豔叢書》、《晉唐小説六十種》、《唐宋傳奇集》、《全唐詩》作「東風」，《説海》、《豔異編》、《逸史搜奇》、《唐人百家小説》、《重編説郛》、《合刻三志》、《情史》、《雪窗談異》作「春風」。

〔二五〕和　原作「道」，據《廣記》《四庫》本、《説海》、《豔異編》、《逸史搜奇》、《唐人百家小説》、《重編説郛》、《合刻三志》、《情史》、《唐人説薈》、《龍威秘書》、《香豔叢書》、《晉唐小説六十種》改。《雪窗談異》作「合」。

〔二六〕自　《説海》《四庫》本、《萬首唐人絶句》卷二四《夢遊秦宫》、《全唐詩》作「似」。

〔二七〕淚　《全唐詩》卷八六八作「濕」。

〔二八〕出關　此二字原無，據《廣記》、《説海》、《豔異編》、《唐人百家小説》、《重編説郛》、《合刻三志》、《情史》、《雪窗談異》、《藝文補》、《唐人説薈》、《龍威秘書》、《香豔叢書》、《晉唐小説六十種》、《唐宋傳奇集》補。

按：本篇當作於文宗大和初（八〇六）。載《沈下賢文集》卷二《雜著》。《廣記》卷二八二引之，改題《沈亞之》，注出《異聞集》，知曾採入陳翰《異聞集》。《古今説海》説淵部別傳三《夢遊録》，六篇，不著撰人，均輯自《廣記》卷二八一、卷二八二《夢・夢遊》，第四篇即《沈亞之》。《夢遊録》後又取入《唐宋叢書》載籍、《合刻三志》志夢類、《五朝小説・唐人百家小説》紀載家、

《重編説郛》卷一一五、《雪窗談異》卷一、《唐人説薈》第九集（同治八年刊本卷一一）、《龍威秘書》四集、《香豔叢書》七集卷四、《晉唐小説六十種》等，妄題唐任蕃撰。《豔異編》卷二二、《逸史搜奇》辛集三、《情史類略》卷九皆亦據《説海》收録《沈亞之》。

唐五代傳奇集第二編卷十四

崔少玄傳

王 建 撰

王建(七六六—?),字仲初,一作仲和。行六。望出潁川(治今河南許昌市)。可能籍貫在關中。生於大曆元年,與張籍同歲。約建中四年(七八三)出關輔,往山東求學,與張籍同窗,此後於該地幕府從事數年。貞元、元和中又先後入幽州劉濟幕、嶺南幕、魏博節度使田弘正幕,在田幕帶職大理評事。元和八年(八一三)任昭應縣丞。歷太常寺丞、太府寺丞、祕書郎。長慶二年(八二二)遷祕書丞,復爲侍御史。大和二年(八二八)出爲陝州司馬,白居易有《送陝州王司馬赴任》,張籍有《贈別王侍御赴任陝州司馬》,賈島有《送陝府王建司馬》,劉禹錫有《送王司馬之陝州》。晚閑居咸陽原。有《王建集》十卷,今存《王建詩集》十卷、《王司馬集》八卷等本。(據《唐才子傳校箋》第二册卷四譚優學撰文及陶敏《全唐詩作者小傳補正》卷二九七)

崔少玄者,汾州刺史[一]崔恭之小女也。其母夢神人,衣綃[二]衣,駕紅龍,持紫函,受於碧雲之際,乃孕。十四月而生少玄。既生而異香襲人,端麗殊絶,紺髮覆目,耳璫及頤,右手有文曰「盧自列妻」。後十八年歸於盧陲，陲小字自列。

歲餘，陲從事閩中，道過建溪，遠望武夷山，忽見碧雲自東峰來，中有神人，翠冠緋裳，告陲曰：「玉華君來乎？」陲怪其言，曰：「誰爲玉華君？」曰：「君妻即玉華君也。」因是反告之，妻曰：「扶桑夫人、紫霄元君果來迎我，事已明矣，難復隱諱。」遂整衣出見神人，對語久之。然天〔三〕人之音，陲莫能辨。逡巡揖而退，陲拜而問之，曰：「少玄雖胎育之人，非陰騭所積，昔居無欲天〔四〕，爲玉皇左侍書，謚曰玉華君，主下界三十六洞學道之流。每至秋分日，即持簿書來訪志道之士，嘗貶落所犯。爾〔五〕爲與同宮四人，退居静室，嗟嘆其事，恍惚如有欲想。太上責之，謫居人世，爲君之妻，二十三年矣。又遇紫霄元君，已前至此，今不復近附於君矣。」

至閩中，日獨居静室。陲既駭異，不敢輒踐其間。往往有女真，或二或四，衣長綃衣，作古鬟髻，周身光明，燭燿如晝，來詣其室，升堂連榻，笑語通夕。陲至而看之，亦皆天人語言，不可明辨。試問之，曰：「神仙秘密，難復漏泄，沉累至重，不可不隱。」陲守其言誡，亦常隱諱。洎陲罷府，恭又解印組，得家於洛陽。陲以妻之誓，不敢陳泄於恭。

後二年，謂陲曰：「少玄之父，壽算止于二月十七日。某雖神仙中人，生於人世，爲有撫養之恩，若不救之，枉其報矣。」乃請其父曰：「大人之命，將極於二〔六〕月十七日，少玄受劬勞之恩，不可不護。」遂發絳箱，取扶桑大帝金書，《黃庭內景》之書〔七〕，致於其父曰：「大人之壽，常數極矣，若非此書，不可救免。今將授父，可讀萬徧，以延一紀。」乃令恭沐浴，南向而跪，少玄當几，授以功章，寫於青紙，封以素函，奏之上帝。又召南斗注生真君，附奏上帝。須臾，有三朱衣人自空而來，跪少玄前，進脯羞，噏酒三爵，手持功章而去。恭大異之，私訊於陲，陲諱之。

經月餘，遂命陲語曰：「玉清真侶將雪予於太上，今復召爲玉皇左侍書、玉華君，主化元精炁，施布仙品。將欲反神，還於無形，復侍玉皇，歸彼玉清。君莫泄是言，遺予父母之念。又以救父之事，泄露神仙之術，不可久留。人世之情，畢於此矣。」陲跪其前，嗚呼流涕曰：「下界蟻虱，黷污上仙〔八〕，永淪穢濁，不得昇舉。乞賜指喻，以救沉痼，久永不忘其恩。」少玄曰：「予留詩一首，以遺子。予上界天人之書，皆雲龍之篆，下界見之，或損或益，亦無會者。子當執管記之。」其詞曰：「得之一元〔九〕，匪受自天。太老〔一〇〕之真，無上之仙。光含影藏〔一一〕，形〔一二〕於自然。真安匪求，神之久留。淑美則〔一三〕真，體性剛柔。丹霄碧虚〔一四〕，上聖之儔。百歲之後，空餘墳丘。」陲載拜，受其辭。晦其義理，跪請講貫，以爲指明。少玄曰：「君之於道，猶未熟習，上仙之韻，昭明有時。至景申年中，遇琅琊先生能達，其時〔一五〕與君開釋，方見天路，末間〔一六〕但當保之。」言畢而卒。九日葬，舉棺如空，發櫬視之，留衣而蜕。處室十八，居閩三，歸洛二，在人間二十三年。

後陲與恭皆保其詩，遇儒道達[一七]者示之，竟不能會。至景申年中，九疑道士王方古，其先琅琊人也，遊華嶽迴，道次於陝郊。時陲亦客於其郡，因詩酒夜話，論及神仙之事。時會中皆貴道尚德，各徵其[一八]異。殿中侍御史郭固、左拾遺齊推、右司馬韋宗卿、王建[一九]，皆與崔恭有舊。因審少玄之事於陲，陲出涕泣，恨其妻所留之詩，絶無會者。方古請其辭，吟詠須臾，即得其旨。歎曰：「太無之化，金華大仙，亦有傳於後學哉！」時坐客聳聽其辭，句句解釋，流如貫珠，凡數千言，方盡其義。因命陲執筆，盡書先生之辭，目曰《少玄玄珠心鏡》。好道之士，家多藏之。（據中華書局版汪紹楹點校本《太平廣記》卷六七引《少玄本傳》校録）

〔一〕汾州刺史　上原有「唐」字，乃《廣記》所加，今删。

〔二〕綃　明沈與文野竹齋鈔本、清孫潛校本作「絹」，《永樂大典》卷九七六二引《太平廣記》作「繡」，又卷一三一三九引《太平廣記》則作「綃」。

〔三〕天　原作「夫」，據明陸采《虞初志》卷四及胡文焕《稗家粹編》卷五《崔少玄傳》改。

〔四〕天　《虞初志》無此字。《大明仁孝皇后勸善書》卷一〇有此字。

〔五〕爾　此字原無，據孫校本、《虞初志》、《稗家粹編》補。

〔六〕二 《勸善書》誤作「四」。

〔七〕黄庭内景之書 此六字原爲正文，明鈔本、孫校本、《虞初志》爲小字注文，據改。明鈔本、孫校本末有「也」字。《稗家粹編》無此六字。

〔八〕上仙 原作「仙上」，據明鈔本、孫校本、《虞初志》、《稗家粹編》乙改。

〔九〕得之一元 《道藏》棲真子王損之《玄珠心鏡注·守一詩》注作「得一之元」。

〔一〇〕老 《道藏》衡嶽真子（按：「真」上當脱「棲」字）《玄珠心鏡注》（簡本）作「無」。

〔一一〕光含影藏 《勸善書》作「含影藏形」。《虞初志》、《稗家粹編》作「叙美則真」。按：當爲「淑美其真」之譌。下文「淑美其真」《虞初志》、《稗家粹編》作「光含影藏」。

〔一二〕形 《勸善書》作「出」。

〔一三〕則 原作「其」，據《玄珠心鏡注》、《勸善書》改。

〔一四〕虚 簡本《玄珠心鏡注》作「墟」。

〔一五〕其時 明鈔本、《虞初志》、《稗家粹編》作「此辭」，連上讀。

〔一六〕末間 「末」原譌作「未」，據孫校本、《虞初志》、《稗家粹編》改。按：末間，以後。

〔一七〕達 上原有「適」字，據明鈔本、孫校本、《虞初志》、《稗家粹編》删。

〔一八〕其 孫校本作「奇」。

〔一九〕王建 原文當作「與予（余）」或「及予（余）」，説詳按語。

按：《廣記》末注出《少玄本傳》，原題當作《崔少玄傳》。《虞初志》卷四《崔少玄傳》不著撰人，凌性德刊七卷本乃題唐王建。文末所云詩酒夜話座中數人，郭固、齊推、韋宗卿皆具職銜，唯王建無，且綴末。卞孝萱謂正表明王建所撰（見卞氏《關於王建的幾個問題》，《文學遺産增刊》一九六一）説是。《廣記》體例，凡遇第一人稱大抵改作作者姓名，此處「王建」必是「與予」、「及予」字樣。七卷本《虞初志》常妄加撰人，此則得其實矣。《稗家粹編》卷五亦收入《崔少玄傳》，乃據《虞初志》。

景申年即丙申年（按：唐人避李淵父李昞諱，改丙爲景），亦即元和十一年（八一六）。王建得其事於盧陲，蓋亦作傳時也。

盧陲妻傳

長孫滋　撰

長孫滋，字巨澤，號王屋山樵，隱王屋山。元和時人。（據《玄珠心鏡注》）

汾州刺史崔恭幼女曰少玄，事范陽盧陲。陲爲福建從事，既構室，經歲餘，言於夫曰：「余雖胎育人世，質爲凡女，本金闕玉皇侍書。每秋分，輒領群仙府，刺落丹誠，録修學者名氏，多由觸染而墮。與同宫三侍女，默議其狀，怳然悟世情之穢慾，色界與慾界天人，猶有對景交接之道。玉皇侍書天女，屬無色界，乃是純陽精炁化生之身，都无穢慾，亦不知人世有夫妻之道矣。共在仙府，往往刺落丹誠，録人名氏，多由觸染而墮。同宫女三人，共憤歎之。因默議其狀，便有謫降爲世間之凡女也。〔一〕共憤歎之。未竟而仙府責其心興慾端，各謫降下世，爲盧氏妻二十三朞。今及年矣，當與君絶恩息念。」

常獨居一室，不踐夫域。自列本末，復仕前名也。陲或中夜聆室中有語音，試潛窺伺，有古鬟長綃衣女數人共坐，指陲而歎，皆梵音，不知其言。但見肌髮衣服，悉有光照，其妻獨不彰朗。暨旦告其妻，曰：「天界真仙皆梵語。」再詢之，則曰：「若恣傳泄，必生兩責。」又言於盧曰：「吾不久爲太上所召，將欲返神，還乎無形，復侍玉皇，歸於玉清。君無泄是言，貽吾父母之念。」盧亦共祕之。

常異日戚戚不樂，謂陲曰：「事迫矣，不告吾父母，是吾不女也。」遂啓絳箱，取《黄庭内景經》，獻於恭曰：「尊之筭〔二〕極於三月十七日，非《内景經》不能保護。然尊之孺人念之萬過，只可延一紀。」恭驚曰：「汝焉知吾之運日月邪？吾嘗遇異術人，告余前期。吾不能出口，而心患之。汝將若之何？」女乃設三机，敷重蓆，白筆具萬過功章，以召南斗主筭天官，令恭潔衣再請命。髣髴有三朱衣就坐，進羞酒竟，持功章而去。由是父母皆異之，仍曰：「今泄露天事，不可復久。」月餘告終。及葬，舉棺如空，留衣蜕而去。

初，陲既驚異其跡，乃請道於妻，留《守一詩》一章，曰：「世有修福之門，無知道之士。

君至丙申年，神理運會，遇異人琅邪君，必與開釋此詩。君今未屬於道，不可與言无爲之教。」長孫巨澤之友曰棲真子王君，行於陜之郊，覯陲，陲備言妻之狀，復以《守一詩》詢於王君。君覽詩，駭然曰：「此天真祕理，非可苟盡。」遂演成章句，目之曰《玄珠心鏡》，以受〔三〕陲。時元和丁酉歲，巨澤聆於王君，乃疏本末爲傳。其淵密奥旨，具列章句云。（據明正統《道藏》洞玄部衆術類《玄珠新鏡注》校録，又《全唐文》卷七一七）

〔一〕按：此爲王損之注。

〔二〕尊之筭　「之」下原有「孺人」二字，乃指崔恭夫人，蓋涉下文「尊之孺人念之萬過」而衍。今删。

〔三〕受　《全唐文》作「授」。受，通「授」。

按：《道藏》之《玄珠心鏡注》，題王屋山樵長孫滋巨澤傳，棲真子王損之章句。前爲傳文，後爲《守一詩》及《守一寶章》章句。《道藏》尚有一本《玄珠心鏡注》，題衡嶽真子注，無傳文，而有《守一詩》及《大道守一寶章》注，乃前本之删節。署名「真子」當脱「棲」字。王損之於陜郊覯盧陲聞其妻事，而王建《崔少玄傳》云，景（丙）申年（元和十一年，八一六），九疑道士王方古，於陜郊與衆客聞少玄之事於盧陲，陲出妻詩，方古爲解釋，凡數千言，目曰《少玄玄珠心鏡》，此王方古即王損之。次年丁酉歲長孫巨澤聞於王君，遂爲作傳，時元和十二年也。《全唐文》卷七一七《盧陲妻傳》，文同《玄珠心鏡注》，標題蓋自擬，今從。

上清傳

柳　珵　撰

柳珵，河東（治今山西永濟市南蒲州鎮）人。祖柳芳，集賢殿學士；父柳冕，福建觀察使；伯父柳登，右散騎常侍。撰《柳氏家學要録》二卷、《唐禮纂要》六卷、《常侍言旨》一卷，均佚。（據《新唐書・藝文志》、《郡齋讀書志》卷三下小説類、《宋史・藝文志》）

貞元壬申歲春三月，相國竇公居光福里第。月夜，閑步於中庭。有常所寵青衣上清者，乃曰：「今欲啓事，郎須到堂前，方敢言之。」竇公亟上堂。上清曰：「庭樹上有人，恐驚郎，請謹避之。」竇公曰：「陸贄久欲傾奪吾權位。今有人在庭樹上，吾禍將至。且此事奏與不奏皆受禍，必竄死於道路。汝在輩流中不可多得。吾身死家破，汝定爲宮婢。聖君〔一〕若顧問，善爲我辭焉。」上清泣曰：「誠如是，死生以之！」

竇公下階，大呼曰：「樹上君子，應是陸贄使來。能全老夫性命，敢不厚報！」樹上人〔二〕應聲而下，乃衣縗麄者也。曰：「家有大喪，貧甚，不辦葬禮。伏知相公推心濟物，所以卜夜而來，幸相公無怪。」公曰：「某罄所有，堂封絹千匹而已。方擬脩私廟，今且輟贈，可乎？」纔者拜謝，竇公荅之如禮。又曰：「便辭相公。請左右齎所賜絹，擲於牆外。某先於街中俟之。」竇公依其請。命僕使偵其絶蹤且久〔三〕，方敢歸寢。

翌日，執金吾先奏其事，竇公得次，又奏之。德宗厲聲曰：「卿交通節將，蓄養俠刺。位崇台鼎，更欲何求？」竇公頓首曰：「臣起自刀筆小才，官以〔四〕至貴。皆陛下獎拔，實不由人。今不幸至此，抑乃仇家所爲耳。陛下忽震雷霆之怒，臣便合萬死。」中使下殿宣曰：「卿且歸私第，待候進止。」越月，貶郴州别駕。會宣武節度使劉士寧通好于郴州，廉使條疏上聞。德宗曰：「交通節將，信而有徵。」流竇公于驩州，没入家資。一簪不著身，竟未達流所，詔自盡。

上清果隸名掖庭。後數年，以善應對，能煎茶，數得在帝左右。德宗謂曰：「宫掖間人數不少，汝了事〔五〕，從何得至此？」上清對曰：「妾本故宰相竇參家女奴。竇某妻早亡，故妾得陪掃灑。及竇某家破，幸得填宫。既侍龍顔，如在天上。」德宗曰：「竇某罪不止養俠刺，亦甚有贓汙，前時納官銀器至多。」上清流涕而言曰：「竇某自御史中丞，歷度支、户部、鹽鐵三使，至宰相。首尾六年，月入數十萬。前後非時賞賜，亦不知紀極。乃者郴州所送納官銀物，皆是恩賜。當部録日，妾在郴州，親見州縣希陸贄意旨刮去，所進銀器，上刻作藩鎮官銜姓名〔六〕，誣爲贓物。伏乞陛下驗之。」於是宣索竇某没官銀器覆視，其刮字處，皆如上清言。

時貞元十二年〔七〕。德宗又問蓄養俠刺事。上清曰：「本實無。悉是陸贄陷害，使人爲之。」德宗至是大悟，因〔八〕怒陸贄曰：「這〔九〕獠奴！我脱却伊緑衫，便與紫衫著。又常唤伊作陸九。我任使竇參，方稱意次，須教我枉殺却他。及至權入伊手，其爲軟弱，甚於泥團。」乃下詔雪竇參。時裴延齡探知陸贄恩衰，得恣行媒孽〔一〇〕，乘間攻之〔一一〕，贄竟受譴不迴。

後上清特勑丹書，度爲女道士，終嫁爲金忠義妻。世以陸贄門生名位多顯達者，不敢傳説〔一二〕，故此事絶無人知。（據《四部叢刊初編》景印宋刊本《資治通鑑考異》卷一九引柳珵《上清傳》校録，又《太平廣記》卷二七五引《異聞集》）

〔一〕君　《廣記》作「居」。朝鮮成任編《太平廣記詳節》卷二四作「君」。

〔二〕人　此字原無，據《廣記》、《類説》卷二八《異聞集》補。

〔三〕且久　原無「久」字，據《廣記》補。《考異》《四庫全書》本、《通鑑》中華書局點校本卷二三四《考異》「且」作「旦」。

〔四〕以　《廣記》、北宋王讜《唐語林》卷六作「已」，《廣記詳節》作「以」。以，通「已」。

〔五〕汝了事　《廣記》、南宋周守忠《姬侍類偶》卷下引《異聞集》作「汝大了事」，《唐語林》「大」作「最」。

〔六〕親見州縣希陸贄意旨刮去所進銀器上刻作藩鎮官銜姓名　《類説》作「見州縣希陸贄意，刮去銀器上字，刻作藩鎮姓名」。按：竇參銀器皆皇帝所賜，上當有皇家標識字樣。州縣將原字樣刮去，而刻上藩鎮官銜姓名，以充作官員行賄之物，進獻德宗，以陷害竇參。《通鑑》點校本點作「親見州縣希陸贄恩旨，刮去所進銀器上刻作藩鎮官銜姓名」，《唐語林校證》點作「親見州縣希贄意旨，盡刮去所進銀器上刻藩鎮官銜姓名」，大誤。

〔七〕時貞元十二年　《廣記》明沈與文野竹齋鈔本作小字雙行注。

〔八〕至是大悟因　此五字原無，據《廣記》補。

〔九〕這　《唐語林》作「者」，義同。《廣記》、《姬侍類偶》作「老」，蓋「者」之形譌。

〔一〇〕孽　《通鑑》上海古籍出版社影印清胡克家刻本作「櫱」，中華書局點校本作「糵」，《廣記》作「蘗」。

按：蘗、糵、櫱字同。孽，通「蘗」。

〔一二〕乘間攻之　此句原無，據《廣記》、《姬侍類偶》補。

〔一三〕不敢傳説　《廣記》作「世不可傳説」，《廣記詳節》作「後世不敢傳説」。

按：柳珵此傳見引於司馬光《資治通鑑考異》，《廣記》卷二七五亦引，出《異聞集》，是知陳翰《異聞集》曾採入此傳。柳珵曾撰《常侍言旨》一卷，《郡齋讀書志》袁本卷三下小説類云：「唐柳珵記其世父登所著六章，《上清》、《劉幽求》二傳附。」《紺珠集》卷五李德裕《明皇十七事》

(即《次柳氏舊聞》)注:「柳珵《常侍言旨》附。」其中摘《上清》、《陸九》二條,即出自《上清傳》。《唐語林》採唐人五十家小説而成,中有《常侍言旨》,卷六載有上清事,亦據《常侍言旨》所附《上清傳》而删節也。

柳登乃珵世父(伯父),元和初爲大理少卿,遷右散騎常侍致仕,長慶二年(八二二)卒,年九十餘。(《舊唐書》卷一四九、《新唐書》卷一三二《柳登傳》)《常侍言旨》記其所談,當成於元和中(八〇六—八二〇),而《上清》、《劉幽求》二傳,當亦作於元和間也。

劉幽求傳

柳珵 撰

「小子謀餐而已〔一〕,此人豈享富貴者乎?」幽求聞之,拂衣而出。盧令遽下堦捉幽求衣,伸謝之,幽求竟去。盧回,謂諸郎官曰:「輕笑劉生,禍從此始。」盧令竟爲宗、紀所排,左遷金州司馬。

六月,中宗晏駕。十五日醽酒間,裴漼卧於私第,幽求忽來詣漼,直入卧内,戴攕耳帽子,著白襴衫,底著短緋白衫,執漼手曰:「裴三,死生一決。」言訖而去。漼大驚,不測其故,謂其妻曰:「僕竟坐與〔二〕非笑此子,恐禍在須臾。」明日,原注:時去清明九十九日。中宗小祥，百官率〔三〕慰少帝。是日，月華門至辰巳後方開，傳聲曰：「斬決使劉相公出。」衣黄金甲，佩櫜鞬，統萬騎，兵士白刃耀日。自宗、紀及前時邪黨輕笑者，咸受戮於朝。又唤兵部員外郎裴潅，潅股慄而前。幽求曰：「相識否？」潅答曰：「不識。」劉曰：「幽求與公，俱以本官一例赴中書上任〔四〕。」其夜，凡制誥百餘首，皆幽求作也。自爲拜相白麻云：「前朝邑尉劉幽求，忠貞貫日，義勇横秋，首建雄謀，果成大業，可中書舍人，參知機務。賜甲第一區，金銀器皿十牀，細婢十人，馬百匹，錦綵千段。仍給鐵券，特恕十死。」翌日，命金州司馬盧齊卿京兆少尹知府事。

載柳沖常侍所著《姓系》劉氏卷中。（據中華書局版周勛初《唐語林校證》卷三校録）

〔一〕小子謀餐而已　《四庫全書》本館臣校：「案：此上有脱文。」

〔二〕僕竟坐與　四庫館臣校：「案：此下有脱文。」

〔三〕率　明齊之鸞本作「奉」。

〔四〕幽求與公俱以本官一例赴中書上任　齊之鸞本作「幽求請公便以本官知制誥，赴中書上任」。

按：此傳原附《常侍言旨》後。北宋王讜採五十家小説纂《唐語林》，中有《常侍言旨》。此傳今見《唐語林》卷三《夙慧》末條，前闕。事非夙慧，故清錢熙祚校云：「此當爲《豪爽門》首條，緣脱標題，故誤入《夙慧門》末。」（《守山閣叢書》本）《唐語林》原書不存，有明嘉靖齊之鸞所刻二卷殘本，《四庫全書》館臣據《永樂大典》所引參互校訂，將齊本析爲四卷，又補遺四卷，凡八卷。（見《四庫全書總目》卷一四一）《唐語林》今本據齊本校補而成，原本錯亂譌誤甚衆，故有此誤，錢校甚是。劉幽求事原爲《豪爽門》首條，前半闕，已無從校補。

此傳取材於柳沖《姓系》劉氏卷中。柳沖《舊唐書》卷一八九下、《新唐書》卷一九九《儒學傳》有傳。沖蒲州虞鄉人，玄宗先天初（七一二）奉詔與魏知古等撰《姓族系録》二百卷，開元二年（七一四）刊定，五年沖卒。《舊唐書·經籍志》、《新唐書·藝文志》譜牒類著録柳沖《大唐姓族系録》二百卷。

唐五代傳奇集第二編卷十五

東陽夜怪録

王洙　撰

王洙，字學源。其先琅琊（治今山東臨沂市西）人。元和十三年（八一八）擢進士第。（據本篇）

前進士王洙，字學源，其先琅琊人。元和十三年春擢第。嘗居鄒魯間名山習業。洙自云，前四年時，因隨籍入貢，暮次滎陽逆旅。值彭城客秀才成自虛者，以家事不得就舉，言旋故里，遇[一]洙，因話辛勤往復之意。自虛字致本，語及人間目覩之異。是歲，自虛十有一月八日東還，乃元和八年也。翼日，到渭南縣。方屬陰曀，不知時之早晚。縣宰黎謂留飲數巡，自虛恃所乘壯，乃命僮僕輜重，悉令先於赤水店俟宿，聊踟躕焉。東出縣郭門，則陰風刮地，飛雪霧天。行未數里，迨將昏黑。自虛僮僕既悉令前去，道上又行人已絶，無可問程，至是不知所届矣。路出東陽驛南，尋赤水谷口道。去驛不三四里，有下塢[二]林，月光[三]依微，略辨佛廟。自虛啓扉，投身突入，雪勢愈甚。自虛竊意佛宇之北〔四〕有住僧，將求委焉，則策馬入。其後纔認北横數間空屋，寂無燈燭。久之傾聽，微似有人喘息聲。遂繫馬於西面柱，連問：「院主和尚，今夜慈悲相救。」徐聞人應：「老病僧智高在此。適僮僕已使出〔五〕村中教化，無從以致火燭。雪若是，復當深夜，客何爲者？自何而來？四絶親鄰，何以取濟？今夕脱不惡其病穢，且此相就，則免暴露。兼撤〔六〕所藉芻藁分用，委質可矣。」自虚他計既窮，聞此内亦頗喜。乃問：「高公生緣何鄉？何故棲此？又俗姓云何？既接恩容，當還審其出處。」曰：「貧道俗姓安，以本身肉鞍之故也。生在磧西。本因捨力，隨緣來詣中國。到此未幾，房院疏蕪。秀才卒降，無以供待，不垂見怪爲幸。」自虚如此問答，頗忘前倦。乃謂高公曰：「方知探寶化城，如來非妄立喻，今高公是我導師矣。高公本宗，固有如是降伏其心之教。」

俄則沓沓然若數人聯步而至者，遂聞云〔七〕：「極好雪。師丈在否？」高公未應間，聞一人云：「曹長先行。」或曰：「朱八丈合先行。」又聞人曰：「路甚寬，曹長不合苦讓，偕行可也。」自虚竊謂人多，私心益壯。有頃，即似悉造座隅矣。内一人謂〔八〕曰：「師丈，此有宿客乎？」高公對曰：「適有客來詣宿耳。」自虚昏昏然，莫審其形質。唯最前一人俯簷映雪，彷彿若見着皁裘者，背及肋有搭白補處。其人先發問自虚云：「客何故瑀瑀丘主反〔九〕然犯雪，昏夜至此？」自虚則具以實告。其人因請自虚姓名，對曰：「進士成自虚。」

自虛亦從而語曰：「暗中不可悉揖清揚，他日無以爲子孫之舊，請各稱其官及名氏。」便聞一人云：「前河陰轉運巡官、試左驍衛胄曹參軍盧倚馬。」次一人云：「桃林客、副輕車將軍朱中正。」次一人曰：「去文，姓敬。」次一人曰：「鋭金，姓奚。」此時則似周坐矣。

初因成公應舉，倚馬旁及論文。倚馬曰：「某兒童時，即聞人詠師丈《聚雪爲山》詩，今猶記得。今夜景象，宛在目中，師丈，有之乎？」高公曰：「其詞謂何？試言之。」倚馬曰：「所記云：『誰家掃雪滿庭前，萬壑千峰在一拳。吾心不覺侵衣冷，曾向此中居幾年。』」自虛茫然如失，口呿眸眙〔一〇〕，尤所不測。高公乃曰：「雪山是吾家山，往年偶見小兒聚雪，屹有峰巒之〔一一〕狀，西望故國，悵然因作是詩。曹長大聰明，如何記得貧道舊時惡句？不因曹長誠念在口，實亦遺忘。」倚馬曰：「師丈騁逸步於遐荒，脱塵機機當爲羈。於維縶。巍巍道德，可謂首出儕流。如小子之徒，望塵奔走，曷曷當爲褐，用毛色而譏之。敢窺其高遠哉！倚馬今春以公事到城，受性頑鈍，闕下桂玉，煎迫不堪。旦夕羈羈當爲饑。旅，雖勤勞夙夜，料入況微。負荷非輕，常懼刑責。近蒙本院轉一虛銜，謂空驅作替驢。意在苦求脱免。昨晚出長樂坡〔一二〕下宿，自悲塵中勞役，慨然有山鹿野麋之志。因寄同侣，成兩篇惡詩。對諸作者，輒欲口占，去就未敢。」自虛曰：「今夕何夕，得聞佳句。」倚馬又謙曰：「不揆荒淺，況師丈、文宗在此，敢呈醜拙邪？」自虛苦請曰：「願聞，願聞。」倚馬因朗吟其詩曰：「長安城東洛陽道，車輪不息塵浩浩。争利貪前競着鞭，相逢盡是塵中老。其一日晚長川不計程，離群獨步不能鳴。賴有青青河畔草，春來猶得慰慰當作餵。羈羈當作饑。情。」合座咸曰：「大高作。」倚馬謙曰：「拙惡，拙惡。」

中正謂高公曰：「比聞朔漠之士，吟諷師丈佳句絶多。今此是潁川，況側聆盧曹長所念，開洗昏鄙，意爽神清。新製的多，滿座渴咏，豈不能見示三兩首，以沃群矚。」高公請俟他日。中正又曰：「眷彼名公悉至，何惜〔一三〕兔園！雅論高談，抑一時之盛事。今去市肆苦〔一四〕遠，夜艾興餘，杯觴固不可求，炮炙無由而致。賓主禮闕，慙恧空多。吾輩方以觀心朵頤，謂齕草之性，與師丈同。而諸公通宵無以充腹，赧然何補？」高公曰：「吾聞嘉話可以忘乎饑渴。秖如八郎，力濟生人，動循軌轍，攻城犒士，爲己所長。但以十二因緣，皆從觸〔一五〕起。茫茫苦海，煩惱隨生，何地而可見菩提？提當爲蹄。何門而得離火宅？亦用事〔一六〕譏之。」中正對曰：「以愚所謂，覆轍相尋，輪迴惡道，先後報應，事甚分明。引領修行，義歸於此。」高公大笑，乃曰：「釋氏尚其清净，道成則爲正覺，覺當爲角。覺則佛也。如八郎向來之談，深得之矣。」倚馬大笑。

自虚又曰：「適來朱將軍再三有請和尚新製，在小生下情，寔願觀寳。和尚豈以自虚遠客，非我法中，而見鄙之乎？且和尚器識非凡，岸谷深峻，必當格韻才思，貫絶一時，妍妙清新，擺落俗態。豈終祕咳唾之餘思，不吟一兩篇，以開耳目乎？」高公曰：「深荷秀才苦請，事則難於固違。況[一七]老僧殘疾衰羸，習讀久廢。章句之道，本非所長，却是朱八無端挑抉吾短。然於病中偶有兩篇自述，匠石能聽之乎？」曰：「願聞。」其詩曰：「擁褐藏名無定蹤，流沙千里度衰容。傳得南宗心地後，此身應便老雙峰。」「爲有閻浮珍重因，遠離西國赴[一八]咸秦。自從無力休行道，且作頭陀不繫身。」又聞滿座稱好聲，移時不定。

去文忽於座内云：「昔王子猷訪戴安道於山陰，雪夜皎然，及門而返，遂傳『何必見戴』之論。當時皆重逸興，今成君可謂以文會友，下視袁安、蔣詡。吾少年時，頗負雋氣，性好鷹鸇，曾於此時畋遊馳騁。吾故林在長安之巽維，御宿川之東時。此處地名苟家觜也。詠雪有《獻曹州[一九]房》一篇，不覺詩狂所攻，輒污泥高鑒耳。」因吟詩曰：「愛此飄飖[二〇]六出公，輕瓊洽絮[二一]舞長空。當時正逐秦丞相，騰躑川原喜北[二二]風。」「獻詩訖，曹州房頗甚賞僕此詩，因難云：『呼雪爲公，得無檢束乎？』余遂徵古人尚有呼竹爲君，後賢以爲名論，用以證之。曹州房結舌，莫知所對。然曹州房素非知詩者，烏大嘗謂吾曰：『難得臭味同。』斯言不妄。今涉彼遠官，參東州軍事，義見《古今注》。相去數千。苗十以五五之數，故第十。氣候啞吒，憑恃群親，索人承事。『魯無君子者，斯焉取諸？』」銳金曰：「安敢當。不見苗生幾日？」曰：「涉旬矣。」「然則苗子何在？」去文曰：「亦應非遠，知吾輩會於此，計合解來。」

居無幾，苗生遽至。去文〔二三〕僞爲喜意，拊背曰：「適我願兮！」去文遂引苗生與自虛相揖。自虛先稱名氏，苗生曰：「介立，姓苗。」賓主相諭之詞，頗甚稠沓。鋭金居其側，曰：「此時則苦吟之矣。諸公皆由，老奚詩病又發，如何？如何？」自虛曰：「向者承奚生眷與之分非淺，何爲尚吝瑰寶，大失所望？」鋭金退而逡巡曰：「敢不貽廣席一噱乎？」輒念三篇近詩云：「舞鏡爭鸞綵，臨場定鶻拳。正思仙仗日，翹首御樓前〔二四〕。」「養鬪形如木，迎春質似泥。信如風雨在，何憚跡卑棲。」「爲脱田文難，常懷紀涓恩〔二五〕。欲知疏野態，霜曉叫荒村。」鋭金吟訖，暗中亦大聞稱賞聲。

高公曰：「諸賢勿以武士見待朱將軍。此公甚精名理，又善屬文。而乃猶無所言，皮裹臧否吾輩，抑將不可。況成君遠客，一夕之聚，空門所謂多生有緣，宿鳥同樹者也。得不因此留異時之談端哉！」中正起曰：「師丈此言，乃與中正樹荊棘耳。苟衆情疑阻，敢不唯命是聽？然慮〔二六〕探手作事，自貽伊戚，如何？」高公曰：「請諸賢靜聽。」中正詩曰：「亂魯負虛名，遊秦感甯生。候驚丞相喘，用識葛盧鳴。黍稷滋農興〔二七〕，軒車乏道情。近來筋力退，一志在歸耕。」高公歎曰：「朱八文華若此，未離散秩，引駕者又何人哉！屈甚！屈甚！」

倚馬曰：「扶風二兄，偶有所繫。意屬自虛所乘。吾家龜茲，蒼文斃甚，樂喧厭静，好事揮霍，興在結束，勇於前驅。謂般輕貨首隊頭驢。此會不至，恨可知也。」去文謂介立曰：「胃〔二八〕家兄弟，居處匪遥，莫往莫來，安用尚志？《詩》云：『朋友攸攝。』而使『尚有遐心』，必須折簡見招，鄙意頗成其美。」介立曰：「某本欲訪胃大去，方以論文興酣，不覺遲遲耳。敬君命〔二九〕予，今且請諸公不起，介立略到胃家即回。不然，便拉胃氏昆季同至，可乎？」皆曰：「諾。」介立乃去。

無何，去文於衆前竊是非介立曰：「蠢兹爲人，有甚爪距？頗聞潔廉，善主倉庫。其如蜡姑之醜，難以掩於物論何？」殊不知介立與胃氏相攜而來，及門，瞥聞其説。介立攘袂大怒曰：「天生苗介立，鬭伯比之直下〔三〇〕，得姓於楚遠祖棼皇，茹分二十族。祀典配享，至於《禮經》。謂《郊特牲》八蜡，迎虎迎猫也。奈何一敬去文，盤瓠之餘，長細無别，非人倫所齒，只合馴狎稚子，獰守酒旗，諂伺〔三一〕妖狐，竊脂媚竈〔三二〕，安敢言人之長短？我若不呈薄藝，敬子謂我咸秩無文，使諸人異日藐我。今對師丈念一篇惡詩，且看如何。」詩曰：「爲惠食肉主恩深，日晏蟠蜿卧錦衾。且學志人知白黑，那將好爵動吾心。」自虚頗甚佳歎。去文曰：「卿不詳本末，厚加矯誣。我實春秋向戌〔三三〕之後，卿以我爲盤瓠裔〔三四〕，如辰陽比房〔三五〕，於吾殊所乖〔三六〕闊。」中正深以兩家獻酬未絶爲病，乃曰：「吾願作宜僚，以釋二忿，可乎？昔我逢丑父，實與向家、棼皇，春秋時屢同盟會。今座上有名客，二子何乃互毁祖宗？語中忽有綻露，是取笑於成公齒冷也。且盡吟詠，固請息喧。」

於是介立即引胃氏昆仲與自虚相見，初襜襜然，若白色〔三七〕。二人來前，長曰胃藏瓠，次曰藏立。自虚亦稱姓名。藏瓠又巡座云：「令兄令弟。」介立乃於廣衆延譽胃氏昆弟：「潛跡草野，行著及於名族；上參列宿，親密内達肝膽。況秦之八水，實貫天府；故林二十族，多是咸京。聞弟新有《題舊業》詩，時稱甚美，如何得聞乎？」藏瓠對曰：「小子謬厠賓筵，作者雲集，欲出口吻，先增慙怍。今不得已，塵汙諸賢耳目。」詩曰：「鳥鼠是家川，周王昔獵賢。一從離子卯，鼠兔皆變爲蝟也。應見海桑田。」介立稱好：「弟他日必負重名，公道若存，斯文不朽。」藏瓠斂躬謝曰：「藏瓠幽蟄所宜，幸陪群彦。兄揄揚太過，小子謬當重言，若負芒刺。」座客皆笑。

時自虚方聆諸客嘉什，不暇自念己文，但曰：「諸公清才綺靡，皆是目牛遊刃。」中正將謂有譏，潛然遁去。高公求之不得，曰：「朱八不告而退，何也？」倚馬對曰：「朱八世與炮氏爲讐，惡聞發硎之説而去耳。」自虚謝不敏。此時去文獨與自虚論詰，語自虚曰：「凡人行藏卷舒，君子尚其達節。摇尾求食，猛虎所以見幾〔三八〕。或爲知己吠鳴，不可以主人無德而廢斯義也。去文不才，亦有兩篇，言志奉呈。」詩曰：「事君同樂義同憂，那校糟糠滿志休。不是守株空待兔，終〔三九〕當逐鹿出林丘。」「少年嘗負饑鷹用，内顧〔四〇〕曾無寵鶴心。秋草毆除思去宇，平原毛血興從禽。」自虚賞激無限，全忘一夕之苦。

方欲自誇舊制，忽聞遠寺撞鐘，則比膊鍧然聲盡矣。注目略無所覩，但覺風雪透窗，臊穢撲鼻，唯窣颯如有動者，而厲聲呼問，絶無由答。自虚心神恍惚，未敢遽前捫攖〔四一〕。乃退尋所繫之馬，宛在屋之西隅，鞍韉被雪，馬則齕柱而立。遲疑間，曉色已將辨物矣。乃於屋壁之北，有槖駝一，貼腹跪足，儑耳齁口。自虚覺夜來之異，得以遍求之。室外北軒下，俄又見一瘁瘠烏驢，連脊有磨破三處，白毛茁然將滿。舉視屋之北拱，微若振迅有物，乃見一老雞蹲焉。前及設像佛宇塌座之北，東西有隙地數十步，牖下皆有彩畫處，土人曾以麥䴬〔四二〕之長者積於其間，見一大駁猫兒眠於上。咫尺又有盛餉田漿破瓠一，次有牧童所棄破笠一。自虚因蹴之，果獲二刺蝟，蠕然而動。自虚周求四顧，悄未有人。又不勝一夕之凍乏，乃攬轡振雪，上馬而去。週〔四三〕出村之北，道左經柴欄舊圃，覩一牛踣雪齕草。次此不百餘步，合村悉輂糞，幸此蘊崇。自虚過其下，群犬喧吠。中有一犬，毛悉齊𩨢〔四四〕，其狀甚異，睥睨自虚。

自虚驅馬久之，值一叟，闢荆扉，晨興開徑雪。自虚駐馬訊焉，對曰：「此故友右軍彭特進莊也。郎君昨宵何止？行李間有似迷途者。」自虚語及夜來之見，叟倚篲驚訝曰：

「極差！極差！昨晚天氣風雪，莊家先有一病橐駝，慮其爲所斃，遂覆之佛宇之北，念佛社屋下。有數日前，河陰官脚過，有乏驢一頭，不任前去。某哀其殘命未捨，以粟斛易留之，亦不羈絆。彼欄中瘠牛，皆莊家所畜。適聞此説，不知何緣如此作怪。」自虚曰：「昨夜已失鞍馱，今餒凍且甚。事有不可率〔四五〕話者，大略如斯，難於悉述。」遂策馬奔去。至赤水店，見僮僕，方訝其主之相失，始忙於求訪。自虚慨然〔四六〕，如喪魂者數日。（據中華書局版汪紹楹點校本《太平廣記》卷四九〇《雜傳記七》校録）

〔一〕遇　明陸采《虞初志》卷八、《重編説郛》卷一一四、冰華居士《合刻三志》志怪類、清蓮塘居士《唐人説薈》第十六集并作「偶」。偶，遇也。
〔二〕塢　明沈與文野竹齋鈔本無此字。
〔三〕光　此字原無，據《虞初志》、《重編説郛》、《合刻三志》、《唐人説薈》補。
〔四〕北　原作「居」，據《虞初志》、《重編説郛》、《合刻三志》、《唐人説薈》改。
〔五〕使出　原作「出使」，據明鈔本乙改。
〔六〕撤　《虞初志》、《重編説郛》、《合刻三志》、《唐人説薈》作「輟」。按：輟，讓出。
〔七〕云　《虞初志》、《重編説郛》、《合刻三志》、《唐人説薈》作「大」，連下讀。
〔八〕内一人謂　原作「内謂一人」，據明鈔本、《虞初志》、《重編説郛》、《合刻三志》、《唐人説薈》乙改。

〔九〕瑀瑀丘主反　「瑀瑀」《虞初志》作「螞螞」，凌性德編刊《虞初志》七卷本卷七、《重編説郛》、《合刻三志》、《唐人説薈》作「踽踽」。「丘主反」之「主」字原作「圭」，明鈔本、《四庫全書》本及八卷本《虞初志》作「主」。《重編説郛》、《合刻三志》、《唐人説薈》作「音禹」。按：「瑀瑀」、「螞螞」當義同「踽踽」，獨行貌。據《廣韻》，「主」、「踽」、「瑀」，皆屬上聲「麌」部，據改。

〔一〇〕眸眙　「眙」原譌作「貽」，據明鈔本、清黄晟校刊本、《四庫》本、《筆記小説大觀》本、《虞初志》、《重編説郛》、《合刻三志》、《唐人説薈》、魯迅《唐宋傳奇集》改。八卷本《虞初志》「眸」作「愕」。

〔一一〕之　原作「山」，據明鈔本、《四庫》本、《虞初志》、《重編説郛》、《合刻三志》、《唐人説薈》改。

〔一二〕長樂坡　「坡」原作「城」，據明鈔本、《四庫》本、《虞初志》、《重編説郛》、《合刻三志》、《唐人説薈》、《唐宋傳奇集》改。按：長樂坡，又名長樂阪，在長安城東門通化門以東。有驛，名長樂驛。《舊唐書》卷一〇五《韋堅傳》：「奏請於咸陽擁渭水作興成堰，截灞、滻水，傍渭東注，至關西永豐倉下，與渭合於長安城東九里長樂坡下。」《太平御覽》卷六二引《西京記》：「滻水西岸阪，舊名滻阪。隋文帝惡阪之名，改名長樂阪。」南宋程大昌《雍録》卷七《通化門》：「唐都城外郭東面三門，在最北者爲通化門。……門東七里有長樂坡，下臨滻水。本名滻阪，隋文帝惡其名與反同，故改阪爲坡。自其北可望漢長樂宫，故名長樂坡也。」北宋宋敏求《長安志》卷一一《萬年縣》：「長樂驛，在縣東十五里長樂坡下。」

〔一三〕惜　《虞初志》、《重編説郛》、《合刻三志》、《唐人説薈》作「謝」。按：謝，推辭。

〔一四〕苦　原譌作「若」，據明鈔本、《四庫》本、《虞初志》、《重編説郛》、《合刻三志》、《唐人説薈》、《唐宋傳奇集》改。

〔一五〕觸　原譌作「觴」，據明鈔本、《虞初志》、《重編説郛》、《合刻三志》、《唐人説薈》改。按：觸乃佛教十二因緣之一。十二因緣又稱十二緣生，即無明、行、識、名色、六處、觸、受、愛、取、有、生、老死十二支，概括生命體各階段相互間因果關係。「觸」爲第六支，處於中間。所謂「觸」指身心與外物接觸。「六處」緣「觸」，謂胎兒器官發育完備進入幼兒階段而產生觸覺。「觸」緣「受」，謂有觸覺便生出苦樂感受。由於「觸」在人生處於起始階段，故文中云「皆從觸起」。此處「觸」雙關牛角觸人，高公譏諷朱中正（牛）觸人惹禍。

〔一六〕事　八卷本《虞初志》、《重編説郛》、《合刻三志》、《唐人説薈》作「車」，誤。按：文中「何門而得離火宅」，乃雙關隱語。火宅，佛教以喻人生苦難。《法華經・譬喻品》：「三界無安，猶如火宅，衆苦充滿，甚可怖畏。常有生老病死憂患如是等火，熾然不息。」暗用「火牛」之事。《史記》卷八二《田單列傳》：「田單乃收城中得千餘牛，爲絳繒衣，畫以五彩龍文，束兵刃於其角，而灌脂束葦於尾，燒其端。鑿城數十穴，夜縱牛，壯士五千人隨其後。牛尾熱，怒而奔燕軍。燕軍夜大驚，牛尾炬火光明炫燿。燕軍視之皆龍文，所觸盡死傷。」亦含炰炙牛肉之意。

〔一七〕況　八卷本《虞初志》作「允」。允，確實，實在。

〔一八〕赴　黄本、《四庫》本、《筆記小説大觀》本、《唐宋傳奇集》作「越」。

〔一九〕曹州　八卷本《虞初志》作「南州」，誤，下作「曹州」。按：曹州指曹州所産之犬，唐代曹州出善犬，至宋猶然。張讀《宣室志》卷九《唐休璟門僧》：「張君赴郡之時，當令求二犬，高數尺而神俊者。」

「然嘗聞貴郡多善犬，願得神俊非常者二焉。」郡指曹州，張某爲曹州刺史。裴鉶《傳奇·崑崙奴》：「一品宅有猛犬守歌妓院門，非常人不得輒入，入必噬殺之。其警如神，其猛如虎，即曹州孟海之犬也。」南宋施宿《會稽志》卷一七《獸部》：「今海州猫最佳，俗云海州猫，曹州狗。」

〔二〇〕飆　《重編説郛》、《合刻三志》、《唐人説薈》作「飄」。

〔二一〕洽絮　《全唐詩》卷八六七《東陽夜怪詩》「洽」作「冷」。按：洽絮謂濕潤之柳絮，喻雪花。

〔二二〕北　明鈔本作「托」。

〔二三〕去文　八卷本《虞初志》作「師丈」，誤。

〔二四〕翹首御樓前　「御」原作「仰」，據明鈔本、《虞初志》、《重編説郛》、《合刻三志》、《唐人説薈》改。按：唐代逢大赦日在宫殿前樹金雞竿。《新唐書·百官志三》：「赦日，樹金雞於仗南，竿長七丈，有雞高四尺，黄金飾首，銜絳幡，長七尺，承以綵盤，維以絳繩，將作監供焉。」又《新唐書·五行志一》：「中宗即位，金雞竿折。樹雞竿，所以肆赦。」高彦休《唐闕史》卷下《御樓前一日雨》：「咸通丙戌歲，上以年和時豐，思減繇免罪，乃下詔，以其冬，御丹鳳樓，申眚災肆赦之命……詰旦，上御樓宣赦，百官畢集，樂懸具舉，兵仗羅列，建雞免囚。」

〔二五〕常懷紀洕恩　「常」明鈔本作「當」。「紀洕」《全唐詩》作「紀渻」。按：典出《莊子·達生》，謂紀渻子爲齊王養鬭雞，三十日而成，「望之似木雞矣，其德全矣，異雞無敢應者，反走矣」。《釋文》：「紀渻……人姓名也。一本作『消』。」此作「洕」，疑亦爲版本之異。

〔二六〕盧　原作「盧」，當譌。《唐宋傳奇集》、王夢鷗《唐人小説校釋》上集改作「盧」，今從。

〔二七〕興　《全唐詩》作「具」，《唐人説薈》作「性」，并通。

〔二八〕胃　談本原作「胄」，汪校本改作「胃」，下同。按：古有胄姓而無胃姓，然「胄」與刺蝟無涉，而「胃」諧「蝟」，當作「胃」也。黄刊本、《四庫》本、《筆記小説大觀》本、《虞初志》、《重編説郛》、《合刻三志》、《唐人説薈》均作「胃」。

〔二九〕命　八卷本《虞初志》作「走」。

〔三〇〕直下　《四庫》本、七卷本《虞初志》、《重編説郛》、《合刻三志》、《唐人説薈》作「胄下」。按：直下，直系子孫。胄下，帝王貴族後裔。

〔三一〕伺　原作「同」，據《虞初志》、《重編説郛》、《合刻三志》、《唐人説薈》改。

〔三二〕媚竈　明鈔本、八卷本《虞初志》「媚」作「眠」，張國風《太平廣記會校》據明鈔本改，誤。按：《論語·八佾》：「與其媚於奥，寧媚於竈。」媚竈，意謂討好廚子。

〔三三〕向戌　明鈔本作「向氏」，《會校》據改，大謬。按：向戌，春秋宋國大夫，有賢名，《左傳》多記其事。此借戌之名而影射狗，戌爲十二支之一，屬狗。

〔三四〕裔　談本原作「褭」，即「裔」字俗體，汪校本誤作「禠」。諸本均作「裔」，今改。

〔三五〕辰陽比房　「比」《虞初志》、《重編説郛》、《合刻三志》作「此」。按：比，鄰也，近也。辰陽比房，指産於辰陽之另一支族系。辰陽，縣名，唐名辰溪，屬辰州，今屬湖南。爲古蠻族地區，蠻族奉盤瓠爲祖先。《唐人説薈》作「北」，誤。

〔三六〕乖　原譌作「華」，據明鈔本、《虞初志》、《重編説郛》、《合刻三志》改。

〔三七〕初襘襘然若白色　「初」疑爲「衫」字之譌。「白」原譌作「自」，據明鈔本、《虞初志》、《重編説郛》、《合刻三志》、《唐人説薈》改。

〔三八〕猛虎所以見幾　《虞初志》、《重編説郛》、《合刻三志》「幾」作「機」。按：幾，端倪，迹象。《漢書》卷六二《司馬遷傳》：「猛虎處深山，百獸震恐。及其在穽檻之中，摇尾而求食，積威約之漸也。」機，通「幾」。

〔三九〕終　八卷本《虞初志》作「路」。

〔四〇〕顧　七卷本《虞初志》、《重編説郛》、《合刻三志》、《唐人説薈》、《全唐詩》作「顧」。

〔四一〕攖　明鈔本、《虞初志》、《重編説郛》、《唐人説薈》作「攫」。

〔四二〕麥麩　「麩」原作「穩」，據明鈔本、《虞初志》、《重編説郛》、《合刻三志》、《唐人説薈》改。按：麩，同「麸」，麥殻。

〔四三〕週　談愷刻本原作「週」，汪校本改作「繞」，校：「繞原作周，據明鈔本改。」《會校》亦改。按：週亦繞也。《虞初志》、《重編説郛》、《合刻三志》、《唐人説薈》皆作「週」。

〔四四〕躶　《虞初志》、《重編説郛》、《合刻三志》、《唐人説薈》作「裸」，《唐宋傳奇集》作「髁」。「躶」、「髁」同「裸」。王夢鷗校：「疑當作踝。」

〔四五〕卒　《虞初志》、《重編説郛》、《合刻三志》、《唐人説薈》作「卒」。

〔四六〕慨然　明鈔本作「憮然」。

按：此作載《廣記》卷四九〇《雜傳記七》，未題撰人。開頭一節云：「前進士王洙，字學源，其先琅琊人。元和十三年春擢第。嘗居鄒魯間名山習業。洙自云：……」此非原文，乃《太平廣記》編纂者將原作第一人稱「余」（或「予」）改作作者王洙姓名。而作品原署當爲「前進士琅琊王洙學源」，故《廣記》改動如此。作品當作於元和十三年（八一八）。《虞初志》卷八據《廣記》收録，不著撰人。凌性德編刊七卷本《虞初志》卷七、《合刻三志》志怪類、《重編説郛》卷一一四、《唐人説薈》第十六集（同治八年刊本卷二〇）皆署唐王洙。明清稗編多妄加撰人，此則得其實矣。《合刻三志》目録及《唐人説薈》省作《夜怪録》。明嘉靖間高儒《百川書志》、晁瑮《寶文堂書目》著録《東陽夜怪録》（《百川書志》作一卷），不著撰人，當據《虞初志》。

三夢記

白行簡　撰

白行簡（七七六—八二六），字知退。華州下邽（今陝西渭南市東北）人。白居易弟。憲宗元和二年（八〇七）登進士第，四年，授祕書省校書郎。九年，入劍南東川節度使盧坦幕，爲掌書記，帶監察御史銜。十二年坦卒罷幕。穆宗長慶元年（八二一）召爲左拾遺，遷主客員外郎。三年，代韋詞判度支，留充度支員外郎。四年，遷司門員外郎、主客郎中。敬宗寶曆二年（八二六）改膳部，冬病卒。文宗太和二年（八二八）白居易作《祭弟文》（《白氏長慶集》卷六〇），並編《白郎中集》二十卷。文集已亡，今存詩文不足三十篇，收於《全唐文》、《全唐詩》。又有《賦要》一卷，亡；《天地陰陽交歡大樂賦》，出敦煌遺書。（據《舊唐書》卷一六六、《新唐書》卷一一九《白行簡傳》、《新唐書·藝文志》、《唐會要》卷五九、《白氏長慶集》、《唐詩紀事》卷四一、《宋史·藝文志》、朱金城《白居易年譜》）

人之夢，異於常者有之。或彼夢有所往而此遇之者，或此有所爲而彼夢之者，或兩相通夢者。

天后時，劉幽求爲朝邑丞，常〔一〕奉使夜歸。未及家十餘里，適有佛堂院，路出其側。聞寺中歌笑歡洽，寺垣短缺，盡得覩其中。劉俯身窺之，見十數人，兒女雜坐，羅列盤饌，環繞之而共食。見其妻在坐中語笑，劉初愕然，不測其故。久之〔二〕，且思其不當至此，復不能捨之。又熟視容止言笑無異，將就察之，寺門閉，不得入。劉擲瓦擊之，中其罍洗，破迸走散，因忽不見。劉踰垣直入，與從者同視，殿廡皆無人，寺扃如故。劉訝益甚，遂馳歸。比至其家，妻方寢。聞劉至，乃叙寒暄訖。妻笑曰：「向夢中與數十人同〔三〕遊一寺，皆不相識，會食於殿庭。有人自外以瓦礫投之，杯盤狼藉，因而遂〔四〕覺。」劉亦具陳其見。

蓋所謂彼夢有所往而此遇之也。

元和四年，河南元微之爲監察御史，奉使劍外。去踰旬，予與仲兄樂天、隴西李杓直同遊曲江。詣慈恩佛舍，偏歷僧院，淹留移時。日已晚，同詣杓直修行里第。命酒對酬，甚歡暢。兄停杯久之，曰：「微之當達梁矣。」命題一篇於屋壁，其詞曰：「春來無計破春愁，醉折花枝作酒籌。忽憶故人天際去，計程今日到梁州。」實三月〔五〕二十一日也。十許日，會梁州使適至，獲微之書一函，後寄《紀夢詩》一篇，其詞曰：「夢君兄弟曲江頭，也入慈恩院裏遊。屬吏喚人排馬去，覺來身在古梁州。」日月與遊寺題詩日月率同。蓋所謂此有所爲而彼夢之者矣。

貞元中，扶風竇質與京兆韋旬同自亳入秦，宿潼關逆旅。竇夢至華岳祠，見一女巫，黑而長，青裙素襦，迎路拜揖，請爲之祝神。竇不獲已，遂聽之。問其姓，自稱趙氏〔六〕。及覺，具告於韋。明日，至祠下，有巫迎客，容質妝服，皆所夢也。顧謂韋曰：「夢有徵也。」乃命從者視囊中，得錢二鐶〔七〕與之。巫撫掌大笑，謂同輩曰：「如所夢矣。」韋驚問之，對曰：「昨夢二人從東來，一髯而短者祝醑〔八〕，獲錢二鐶焉。及旦，乃徧述於同輩，今則驗矣。」竇因問巫之姓氏，同輩曰：「趙氏。」自始及末，若合符契。蓋所謂兩相通夢者矣。

行簡曰：《春秋》及子史言夢者多，然未有載此三夢者也。世人之夢亦衆矣，亦未有

此三夢。豈偶然也，抑亦必前定也？予不能知。今備記其事以存録焉。（據上海涵芬樓張宗祥校明鈔本《説郛》卷四校録）

〔一〕常　《五朝小説·唐人百家小説》紀載家、《重編説郛》卷一一四、清蓮塘居士《唐人説薈》第十三集、馬俊良《龍威秘書》四集、蟲天子《香豔叢書》四集卷一、民國俞建卿《晉唐小説六十種》、《全唐文》卷六九二作「嘗」。常，通「嘗」。

〔二〕久之　《唐人百家小説》、《重編説郛》、《唐人説薈》、《龍威秘書》、《香豔叢書》作「久思之」。

〔三〕同　此字原無，據《唐人百家小説》、《重編説郛》、《唐人説薈》、《龍威秘書》、《香豔叢書》、《晉唐小説六十種》、《全唐文》補。

〔四〕遂　《全唐文》作「驚」。

〔五〕三月　此二字原無。《全唐文》作「二月」。按：《元氏長慶集》卷一七《使東川》：「元和四年三月七日，予以監察御史使川。」當作「三月」。今補。

〔六〕趙氏　《全唐文》作「趙二姊」。下同。

〔七〕二鐶　《唐人百家小説》、《重編説郛》、《唐人説薈》、《龍威秘書》、《香豔叢書》、《晉唐小説六十種》作「三環」。下同。

〔八〕醑　《全唐文》作「酹」。

按：《三夢記》當作於憲宗元和中（八〇六—八二〇）。最先載元末陶宗儀《説郛》卷四，題唐白行簡。後又取入《五朝小説·唐人百家小説》紀載家、《重編説郛》卷一一四、《全唐文》卷六九二、《唐人説薈》第十三集（同治八年刊本卷一六）、《龍威秘書》四集《晉唐小説暢觀》、《香豔叢書》四集卷一、《晉唐小説六十種》、《舊小説》乙集等。

記末原附「行簡云」一段，《全唐文》割出獨成一篇，去「行簡云」三字，題《紀夢》。今據《説郛》、《全唐文》，校録如下：

長安（《説郛》譌作「淮安」，據《全唐文》改）西市帛肆，有販粥求利而爲之平者。姓張，不得名。家富於財，居光德里，其女國色也。嘗因晝寢，夢至一處，朱門大户，棨戟森然。由門而入，望其中堂，若設燕張樂之爲，左右廊皆施幃幄。有紫衣吏引張氏於西廊幕次，見少女如張等輩十許人，皆花容綽約，釵鈿照耀。既至，吏促張妝飾，諸女迭助之，理澤傅粉。有頃，自外傳呼「侍郎來」。自（《全唐文》作「競」）隙間窺之，見一紫綬大官。張氏之兄嘗爲其小吏，識之，乃言曰：「吏部沈公也。」俄又呼曰「尚書來」，又有識者：「并帥王公也。」逡巡，復連呼曰「某來」，「某來」，皆郎官以上，六七箇，坐廳（《全唐文》作「定」））前。紫衣吏曰：「可出矣。」群女旋進，金石絲竹，鏗鍧震響。中署酒酣，并州見張氏而視之，尤屬意。謂之曰：「汝習何藝能（《全唐文》作『汝能習何技能』）？」對曰：「未嘗學聲音。」使與之琴，辭不能。曰：「第操之。」乃撫之而成曲。予之箏亦然，琵琶亦然，皆平生所不習也。王公曰：「可矣。」因命采牋爲詩一絶以與之，張受之，置之衣中（自「王公曰」至此據《全唐文》補）。王公曰：「恐汝或遺。」乃令口受詩：「鬢梳嫽俏（《全唐文》作『還梳鬧埽』）學宫妝，獨立閑庭（《全唐文》作『亭』）納夜涼。手把玉簪敲砌竹，清歌一曲月如霜。」謂張曰：「且歸辭父母，異日復來。」忽驚啼而（此字據《全唐文》補）寤，手捫衣帶謂母曰：「尚書詩遺矣。」索筆録之。問其故，泣對以所夢，且曰：「殆將死乎？」母怒曰：「汝作（《全唐文》作『乍』）魘爾，何以爲辭（《全唐文》作『嬖』），乃出不祥言如是？」因卧病累日。外親（《全唐文》作「視」）有持酒肴者，又有將食來者。女曰：「且須膏沐澡淪（《説郛》作『淪』，據《全唐文》改）。」母聽。良久，豔妝盛色（《全唐文》作「靚妝盛飾」）而至。食畢，乃偏拜父母及坐客，曰：「時不留某，今往矣。」因援（《説郛》作「授」，據《全唐文》改）衾而寢。父母環伺之，俄爾遂卒。會昌二年六月十五日也。

按：白行簡卒於寶曆二年（八二六），距會昌二年（八四二）已有十六年之久。又夢中所記吏部侍郎沈公（沈傳師）及尚書并帥王公（王璠），皆亡於太和九年（八三五），此亦在行簡卒後。且《三夢記》明言「三夢」，前序後贊，結構完整，不必再綴畫蛇之筆。然則「行簡云」必爲後人所附，狗尾續貂，嫁名行簡。而論者或竟以之反證《三夢記》爲僞，良可笑也。

李娃傳

白行簡　撰

汧國夫人李娃，長安之倡女也。節行瓌奇，有足稱者〔一〕，故監察御史白行簡爲傳述[二]。

天寶中，有常州刺史滎陽公者，略其名氏，不書，時望甚崇，家徒甚殷。知命之年，有一子，始弱冠矣。雋朗有詞藻，迥然不群，深爲時輩推伏。其父愛而器之，曰：「此吾家千里駒也。」應鄉賦秀才舉，將行，乃盛其服玩車馬之飾，計其京師薪儲之費，謂之曰：「吾觀爾之才，當一戰而霸。今備二[三]載之用，且豐爾之給，將爲[四]其志也。」生亦自負，視上第如指掌。

自毗陵發，月餘抵長安，居于布政里。嘗遊東市還，自平康東門入，將訪友于西南。至鳴珂曲，見一宅，門庭不甚廣，而室宇嚴邃。闔一扉，有娃方凭一雙鬟青衣立，妖姿要[五]妙，絕代未有。生忽見之，不覺停驂，久之，徘徊不能去。乃詐墜鞭于地，候其從者，敕取之，累眄[六]于娃。娃回眸凝睇，情甚相慕，竟不敢措辭而去。生自爾意若有失，乃密徵其友遊長安之熟者以訊之。友曰：「此狹邪女李氏宅也。」曰：「娃可求乎？」對曰：「李氏頗贍，前與之通[七]者多貴戚豪族，所得甚廣。非累百萬，不能動其志也。」生曰：「苟患其不諧，雖百萬何惜！」

他日，乃潔其衣服，盛賓從而往。扣其門，俄有侍兒啓扃。生曰：「此誰之第耶？」侍兒不答，馳走大呼曰：「前時遺策郎來[八]也！」娃大悅，曰：「爾姑止之，吾當整粧易服而出。」生聞之私喜。乃引至蕭牆間，見一姥，垂白上僂〔九〕，即娃母也。生跪拜前致詞曰：「聞茲地有隙院，願税以居，信乎？」姥曰：「懼其淺陋湫隘，不足以辱長者所處，安敢言直耶？」延生于遲賓之館，館宇甚麗。與生偶坐，因曰：「某有女嬌小，技藝薄劣，欣見賓客，願將見之。」乃命娃出。明眸皓腕，舉步豔冶〔一〇〕。生遽驚起〔一一〕，莫敢仰視。與之拜畢，叙寒燠，觸類妍媚，目所未覩。復坐，烹茶斟酒，器用甚潔。

久之，日暮，鼓聲四動。姥訪其居遠近，生紿之曰：「在延平門外數里。」冀其遠而見留也。姥曰：「鼓已發矣，當〔一二〕速歸，無犯禁。」生曰：「幸接歡笑，不知日之云夕。道里遼闊，城内又無親戚，將若之何？」娃曰：「不見責僻陋，方將居之，宿何害焉？」生數目姥，姥曰：「唯唯。」生乃召其家僮，持雙縑，請以備一宵之饌。娃笑而止之曰：「賓主之儀，且不然也。今夕之費，願以貧窶之家，隨其粗〔一三〕糲以進之，其餘以俟他辰。」固辭，終不許。俄徙坐西堂，帷幕簾榻，焕然奪目，粧奩衾枕，亦皆侈麗。乃張燭進饌，品味甚盛。徹饌，姥起。生與〔一四〕娃談話方切，詼諧調笑，無所不至。生曰：「前偶過卿門，遇卿適在屏間。厥後心常勤念，雖寢與食，未嘗或捨。」娃答曰：「我心亦如之。」生曰：「今之來，非直〔一五〕求居而已。願償平生之志，但未知命也若何。」言未終，姥至，詢其故，具以告。姥笑曰：「男女之際，大欲存焉。情苟相得，雖父母之命，不能制〔一六〕也。女子固陋，曷足以薦君子之枕席？」生遂下階，拜而謝之，曰：「願以己爲廝養。」姥遂目之爲郎，飲酣而散。及旦，盡徙其囊橐，因家于李之第。自是生屏跡戢身，不復與親知相聞。日會倡優儕類，狎戲遊宴。囊中盡空，乃鬻駿〔一七〕乘及其家童。歲餘，資財僕馬蕩然。邇來姥意漸怠，娃情彌篤。

他日，娃謂生曰：「與郎相知一年〔一八〕，尚無孕嗣。常聞竹林神者，報應如響，將致薦酹求之，可乎？」生不知其計〔一九〕，大喜。乃質衣于肆，以備牢醴，與娃同謁祠宇而禱祝焉。信宿而返，策驢而後。路出宣陽里〔二〇〕，至里北門，娃謂生曰：「此東轉小曲中，某之姨宅也。將憩而覲之，可乎？」生如其言。前行不踰百步，果見一車門，窺其際，甚弘敞。其青衣自車後止之曰：「至矣。」生下驢〔二一〕，適有一人出訪曰：「誰？」曰：「李娃也。」乃入告。俄有一嫗〔二二〕至，年可四十餘，與生相迎，曰：「吾甥來否？」娃下車，嫗逆訪〔二三〕之曰：「何久疏絕？」相視而笑。娃引生拜之，既見，遂偕入西戟門偏院。中有山亭，竹樹葱蒨，池榭幽絕。生謂娃曰：「此姨之私第耶？」笑而不答，以他語對。俄獻茶果，甚珍奇。

食頃，有一人控大宛〔二四〕，汗流馳至，曰：「姥遇暴疾，頗甚，殆不識人，宜速歸。」娃謂姨曰：「方寸亂矣。某騎而前去，當令返乘，便與郎偕來。」生擬隨之，其姨與侍兒偶語，以手揮之，令生止于户外，曰：「姥且殁矣，當與某議喪事，以濟其急，奈何遽相隨而去？」乃止，共計其凶儀齋祭之用。日晚，乘不至。姨言曰：「無復命，何也？郎驟往覘之，某當繼至。」生遂往。至舊宅，門扃鑰甚密，以泥緘之。生大駭，詰其鄰人。鄰人曰：「李本稅此而居，約已周矣，第主自收。姥徙居，而且再宿矣。」徵徙何處，曰：「不詳其所。」生將馳赴宣陽，以詰其姨，日已晚矣，計程不能達。乃弛其裝服，質饌而食，賃榻而寢。生恚怒方甚，自昏達旦，目不交睫。質明，乃策蹇而去。既至，連扣其扉，食頃無人應。生大呼數四，有宦〔二五〕者徐出，生遽訪之：「姨氏在乎？」曰：「無之。」生曰：「昨暮在此，何故匿之？」訪其誰氏之第，曰：「此崔尚書宅。昨者有一婦人〔二六〕稅此院，云遲中表之遠至者，未暮去矣。」

生惶惑發狂，罔知所措。因返訪布政舊邸，邸主哀而進膳。生怨懣，絶食三日，遘疾〔二七〕甚篤，旬餘愈甚。邸主懼其不起，徙之于凶肆之中。綿綴移時，合肆之人共傷嘆而互飼之。後稍愈，杖而能起。由是凶肆日〔二八〕假之，令執繐帷，獲其直以自給。累月，漸復壯。每聽其哀歌，自歎不及逝者〔二九〕，輒嗚咽流涕，不能自止，歸則效之。生，聰敏者也，無何，曲盡其妙，雖長安無有倫比。

初，二肆之傭凶器者，互爭勝負。其東肆，車轝皆奇麗，殆不敵，唯哀挽劣焉。其東肆長知生妙絶，乃醵錢二萬索顧焉。其黨耆舊，共較其所能者，陰教生新聲，而相讚和。累旬，人莫知之。其二肆長相謂曰：「我欲各閱所傭[三〇]之器于天門街，以較優劣。不勝者罰直五萬，以備酒饌之用，可乎？」二肆許諾。乃邀立符契，署以保證，然後閱之。士女大和會，聚至數萬。於是里胥告于賊曹，賊曹聞于京尹。四方之士，盡赴趨焉，巷無居人。自旦閱之，及亭午，歷舉[三一]輦轝威儀之具，西肆皆不勝，師有慙色。乃置層榻于南隅，有長髯[三二]者，擁鐸而進，翊衛數人。於是奮髯揚眉，扼腕頓顙而登，乃歌《白馬》之詞。恃其夙勝，顧眄[三三]左右，旁若無人。齊聲讚揚之，自以爲獨步一時，不可得而屈也。有頃，東肆長于北隅上設連榻，有烏巾少年，左右五六人，秉翣而至，即生也。整衣服，俯仰甚徐，申喉發調，容若不勝。乃歌《薤露》之章，舉聲清越，響振林木。曲度未終，聞者歔欷掩泣[三四]。西肆長爲衆所誚，益慙恥，密置所輸之直于前，乃潛遁焉。四坐愕眙，莫之測也。

先是，天子方下詔，俾外方之牧，歲一至闕下，謂之入計。時也適遇生之父在京師[三五]，與同列者易服章，竊往觀焉。有老豎，即生乳母壻也，見生之舉措辭氣，將認之而未敢，乃泫然流涕。生父驚而詰之，因告曰：「歌者之貌，酷似郎之亡子[三六]。」父曰：「吾子以多財[三七]爲盜所害，奚至是耶？」言訖亦泣。及歸，豎間馳往，訪于同黨，曰：「向歌者誰？若斯之妙歟？」皆曰：「某氏之子。」徵其名，且易之矣。豎凜然[三八]大驚，徐往，迫而察之。生見豎，色動回翔，將匿于衆中。豎遂持其袂[三九]曰：「豈非某郎[四〇]乎？」相持而泣，遂載以歸。至其室，父責曰：「志行若此，污辱吾門。何施面目，復相見也？」乃徒行出，至曲江西杏園東，去其衣服，以馬鞭鞭之數百。生不勝其苦而斃，父棄之而去。其師命相狎暱者陰隨之，歸告同黨，共加傷歎，令二人齎葦席瘞焉。至，則心下微温，舉之，良久氣稍通。因共荷而歸，以葦筒灌勺飲，經宿乃活。月餘，手足不能自舉，其楚撻之處皆潰爛，穢甚，同輩患之，一夕棄於道周。行路咸傷之，往往投其餘食，得以充腸。十旬，方杖策而起，被布裘，裘有百結，繿縷如懸鶉。持一破甌，巡于閭里，以乞食爲事。自秋徂冬，夜入于糞壤窟室，晝則周遊廛肆。

一旦大雪，生爲凍餒所驅，冒雪而出，乞食之聲甚苦，聞見者莫不悽惻。時雪方甚，人家外户多不發。至安邑東門，循里垣北轉第七八，有一門獨啓左扉，即娃之第也。生不知之，遂[四一]連聲疾呼：「饑凍之甚！」音響悽切，所不忍聽。娃自閤中聞之，謂侍兒曰：「此必生也，我辨其音矣。」連步而出。見生枯瘠疥癘，殆非人狀。娃意感焉，乃謂曰：「豈非某郎也[四二]？」生憤懣絶倒，口不能言，頷頤而已。娃前抱其頸，以繡襦擁而歸于西廂，失聲長慟曰：「令子一朝及此，我之罪也！」絶而復蘇。姥大駭奔至，曰：「何也？」娃曰：「某郎。」姥遽[四三]曰：「當逐之，奈何令至此？」娃斂容却睇[四四]曰：「不然。此良家[四五]子也，當昔驅高車，持金裝，至某之室，不踰期而蕩盡。且[四六]互設詭計，捨而逐之，殆非人行。

令其失志，不得齒于人倫。父子之道，天性也，使其情絶，殺而棄之，又困躓若此。天下之人，盡知爲某也。生親戚滿朝，一旦當權者熟察其本末，禍將及矣。況欺天負人，鬼神不祐，無自貽其殃也[四七]。某爲姥子，迨今有二十歲矣，計其貲，不啻直千金。今姥年六十餘，願計二十年衣食之用以贖身，當與此子别卜所詣[四八]。所詣非遥，晨昏得以温凊，某願足矣。」姥度其志不可奪，因許之。

給姥之餘，有數百金[四九]，北隅[五〇]四五家，税一隙院。乃與生沐浴，易其衣服。先[五一]爲湯粥，通其腸，次以酥乳潤其臟。旬餘，方薦水陸之饌。頭巾履襪，皆取珍異者衣之。未數月，肌膚稍腴。卒歲，平愈如初。異時，娃謂生曰：「體已康矣，志已壯矣。淵思寂慮，默想曩昔之藝業，可温習乎？」生思之，曰：「十得二三耳。」娃命車出遊，生騎而從。至旗亭南偏門鬻墳典之肆，令生揀而市之，計費百金，盡載以歸。因令生斥棄百慮以志學，俾夜作晝，孜孜矻矻。娃常偶坐，宵分乃寐。伺其疲倦，即諭之綴詩賦。二歲而業大就，海内文籍，莫不該覽。生謂娃曰：「可策名試藝矣。」娃曰：「未也，且令精熟，以俟百戰。」更一年，曰：「可行矣。」於是遂一上登甲科，聲振禮闈。雖前輩見其文，罔不斂袵敬羨[五二]，願女[五三]之而不可得。娃曰：「未也。今秀士苟獲擢一科第[五四]，則自謂可以取中朝之顯職，擅天下之美名。子行穢跡鄙，不侔于他士，當礱淬利器，以求再捷，方可以連衡多士，争霸群英。」生由是益自勤苦，聲價彌甚。其年遇大比，詔徵四方之雋，生應直言極諫科，策〔五五〕名第一，授成都府參軍。三事以降，皆其友也。

將之官，娃謂生曰：「今日之事〔五六〕，復子本軀，某不相負也。願以殘年，歸養老姥。君當結媛鼎族，以奉蒸嘗。中外婚媾，無自黷也。勉思自愛，某從此去矣。」生泣曰：「子若棄我，當自剄以就死。」娃固辭不從，生勤請彌懇。娃曰：「送子涉江，至于劍門，當令我回。」生許諾。月餘，至劍門。未及發而除書至，生父由常州詔入，拜成都尹，兼劍南採訪使。浹辰〔五七〕，父到，生因投刺，謁于郵亭。父不敢認，見其祖父官諱，方大驚。命登階，撫背慟哭移時，曰：「吾與爾父子如初。」因詰其由，具陳其本末。大奇之，詰娃安在，曰：「送某至此，當令復還。」父曰：「不可。」翌日，命駕與生先之成都，留娃于劍門，築別館以處之。明日，命媒氏通二姓之好，備六禮以迎之，遂如秦晉之偶。

娃既備禮，歲時伏臘，婦道甚修，治家嚴整，極爲親所眷尚。後數歲，生父母偕〔五八〕歿，持孝甚至。有靈芝産于倚廬，一莖三秀〔五九〕，本道上聞。又有白鷰數十，巢其層甍。天子異之，寵錫加等。終制，累遷清顯之任。十年間，至數郡。娃封汧國夫人。有四子，皆爲大官，其卑者猶爲太原尹。弟兄姻媾皆甲門，内外隆盛，莫之與京。

嗟乎！倡蕩之姬，節行如是，雖古先烈女，不能踰也，焉得不爲之歎息哉！予伯祖嘗牧晉州，轉户部，爲水陸運使，三任皆與生爲代，故諳詳其事。貞元〔六〇〕中，予與隴西公佐〔六一〕話婦人操烈之品格，因遂述汧國之事。公佐拊掌竦〔六二〕聽，命予爲傳。乃握管濡翰，疏而存之。時乙亥〔六三〕歲秋八月，太原白行簡云。（據中華書局版汪紹楹點校本《太平廣記》卷四八四《雜傳記一》》校録）

〔一〕者　明陸采《虞初志》卷五《李娃傳》，舊題明王世貞《豔異編》卷二九《李娃傳》，秦淮寓客《緑窗女史》卷一二、《重編説郛》卷一一三、闕名《無一是齋叢鈔》之《汧國夫人傳》，朝鮮人編《删補文苑楂橘》卷一《汧國夫人》，冰華居士《合刻三志》志奇類、秦淮寓客《緑窗女史》卷一二及舊題楊循吉《雪窗談異》卷四之《義妓傳·李娃》作「歟」。

〔二〕故監察御史白行簡爲傳述　此句原文當是「故余爲傳述」。《廣記》體例之一乃改人稱，凡作者以「予」、「余」、「吾」等叙事，大抵改爲作者姓名，此即是也。編纂者在鈔録時改「余」爲白行簡，又據作者原署加其職銜監察御史。行簡元和九年（八一四）赴梓州入劍南東川節度使盧坦幕，爲掌書記，當帶監察御史銜。長慶元年（八二一）入爲左拾遺。元和十四年（八一九）寫本篇時（説詳按語）尚未授左拾遺，故署銜監察御史。

〔三〕二　《緑窗女史》、《重編説郛》、《義妓傳》、《無一是齋叢鈔》作「一」，當誤。

〔四〕爲　《緑窗女史》，《重編説郛》，明馮夢龍《太平廣記鈔》卷八〇《李娃傳》，詹詹外史《情史類略》卷一六《滎陽鄭生》，清蓮塘居士《唐人説薈》第十一集、馬俊良《龍威秘書》四集、顧之逵《藝苑捃華》、民國俞建卿《晉唐小説六十種》之《李娃傳》、《無一是齋叢鈔》作「遂」，明梅鼎祚《青泥蓮花記》卷四《李娃傳》作「篤」。

〔五〕要　《豔異編》、《無一是齋叢鈔》、《文苑楂橘》作「嬌」，《緑窗女史》、《重編説郛》、《義妓傳》作「驕」。

〔六〕眄　南宋曾慥《類説》卷二八《異聞集·汧國夫人傳》、《豔異編》、《緑窗女史》、《青泥蓮花記》、《重編説郛》、《情史》、《文苑楂橘》、《義妓傳》、《無一是齋叢鈔》作「盻」。盻，同「盼」。

〔七〕之通　原作「通之」，據《廣記》明許自昌刻本、《廣記鈔》、《虞初志》、《豔異編》、《青泥蓮花記》、《緑窗女史》、《重編説郛》、《文苑楂橘》、《義妓傳》、《無一是齋叢鈔》乙改。

〔八〕來　此字原無，據《類説》、南宋羅燁《新編醉翁談録》癸集卷一《李亞仙不負鄭元和》、南宋朱勝非《紺珠集》卷一一張君房《麗情集·遺策郎》、《永樂大典》卷七三二八引張君房《麗情集》補。《情史》作「至」。

〔九〕僂　《虞初志》、《豔異編》、《青泥蓮花記》、《文苑楂橘》、《義妓傳》作「接」。《唐人説薈》、《龍威秘書》、《藝苑捃華》作「樓」，誤。

〔一〇〕冶　《廣記》清孫潛校本、《虞初志》八卷本作「裔」。裔，衣裾。明凌性德刊《虞初志》七卷本（卷四）、《豔異編》、《緑窗女史》、《青泥蓮花記》、《重編説郛》、《文苑楂橘》、《義妓傳》、《無一是齋叢鈔》作「異」。

〔一一〕起　《緑窗女史》、《重編説郛》、《無一是齋叢鈔》作「止」。

〔一二〕當　《緑窗女史》、《重編説郛》、《義妓傳》、《無一是齋叢鈔》作「幸」。

〔一三〕粗　孫校本、《虞初志》、《緑窗女史》、《重編説郛》、《義妓傳》作「疏」。

〔一四〕與　此字原無，據明沈與文野竹齋鈔本補。

〔一五〕直　《緑窗女史》、《重編説郛》、《義妓傳》作「真」。

〔一六〕制　《虞初志》、《豔異編》、《緑窗女史》、《青泥蓮花記》、《重編説郛》、《文苑楂橘》、《義妓傳》、《無一是齋叢鈔》作「止」。

〔一七〕駿　明鈔本作「俊」，孫校本作「後」。

〔一八〕娃謂生曰與郎相知一年　《類説》、《醉翁談録》作「姥曰：女與郎相知一年矣」，南宋皇都風月主人《緑窗新話》卷下《李娃使鄭子登科》同，無「矣」字。按：此語出自姥口較之出娃口更爲合適，疑《廣記》誤。

〔一九〕不知其計　《虞初志》八卷本、《豔異編》、《緑窗女史》、《青泥蓮花記》、《重編説郛》、《文苑楂橘》、《義妓傳》、《無一是齋叢鈔》作「不之悟」，《虞初志》七卷本作「不知悟」。

〔二〇〕路出宣陽里　此句原脱，據《類説》、《醉翁談録》補。按：宣陽里，在平康里南、東市西。宣陽北門正對平康南門。見《唐兩京城坊考》。

〔二一〕驢　此字原無，《廣記》《四庫全書》本補「驢」字，今從。

〔二二〕嫗　《青泥蓮花記》作「嫗」。

〔二三〕訪　《青泥蓮花記》作「詢」。

〔二四〕大宛　《類説》明嘉靖伯玉翁舊鈔本、《醉翁談録》、《緑窗女史》、《青泥蓮花記》、《重編説郛》、《無一是齋叢鈔》下有「馬」字。《義妓傳》「馬」與下文「汗」字誤乙。

〔二五〕宦者　《類説》作「官者」，伯玉翁舊鈔本作「守者」，《醉翁談録》作「官人」，《情史》作「閽者」。

〔二六〕婦人　原作「人」，據《類説》、《醉翁談録》補「婦」字。

〔二七〕疾　《虞初志》、《豔異編》、《緑窗女史》、《青泥蓮花記》、《重編説郛》、《文苑楂橘》、《義妓傳》作「癘」。

〔二八〕日　明鈔本作「多日」，張國風《太平廣記會校》據補「多」字。按：日，天天，每天。

〔二九〕逝者　《緑窗女史》、《重編説郛》無此二字。

〔三〇〕傭　明鈔本作「備」，《會校》據改。按：前文作「傭」。傭，出租。

〔三一〕舉　《虞初志》、《豔異編》、《緑窗女史》、《青泥蓮花記》、《重編説郛》、《文苑楂橘》、《義妓傳》作「抵」。抵，比也，競也。

〔三二〕髯　《虞初志》八卷本、《豔異編》、《緑窗女史》、《青泥蓮花記》、《重編説郛》、《文苑楂橘》、《義妓傳》、《無一是齋叢鈔》作「鬣」。按：《左傳》昭公七年：「楚子享公于新臺，使長鬣者相。」杜預注：「鬣，鬚也。」

〔三三〕眄　《虞初志》、《豔異編》、《緑窗女史》、《青泥蓮花記》、《重編説郛》、《文苑楂橘》、《義妓傳》、《無一是齋叢鈔》作「昑」或「盼」。

〔三四〕歔欷掩泣　《類説》作「掩耳」。按：掩耳謂不忍聽也。

〔三五〕時也適遇生之父在京師　《義妓傳》無「也」字。《緑窗女史》、《重編説郛》、《無一是齋叢鈔》作「適遇，時生之父在京師」。

〔三六〕郎之亡子　《類説》作「郎子」，《醉翁談録》作「官人之子」。按：唐代奴僕稱主人曰郎。《舊唐書》卷九六《宋璟傳》：「當時朝列皆以二張内寵，不名官，呼易之爲五郎，昌宗爲六郎。天官侍郎鄭善果謂璟曰：『中丞奈何呼五郎爲卿？』璟曰：『以官言之，正當爲卿。若以親故，當爲張五。足下非易之家奴，何郎之有？鄭善果一何懦哉！』」《資治通鑑》卷二〇七則天皇后長安三年胡三省注：「門生、家奴呼其主爲郎，今俗猶謂之郎主。」又卷一〇五孝武皇帝太元九年：「慕容農之奔列人也，止於烏桓魯利家，利爲之置饌，農笑而不食。利謂其妻曰：『惡奴！郎貴人家，貧無以饌之，奈何？』妻曰：『郎有雄才大志，今無故而至，必將有異，非爲飲食來也。君亟出遠望，以備非常。』利從之。農謂利曰：『吾欲集兵列人，以圖興復，卿能從我乎？』利曰：『死生唯郎是從。』」注：「今世俗多呼其主爲郎主，又呼其主之子爲郎君。」是則晉代已呼主爲郎。清顧炎武《日知録》卷二四《郎》：「郎者，奴僕稱其主人之辭。」

〔三七〕財　《類説》作「藏」。「藏」音「葬」，財寶、財物。

〔三八〕凛然　《虞初志》、《豔異編》、《青泥蓮花記》、《文苑楂橘》、《義妓傳》「凛」作「懔」。按：凛然、懔然，此皆指驚懼之狀。

〔三九〕遂持其袂　《虞初志》、《豔異編》、《緑窗女史》、《青泥蓮花記》、《重編説郛》、《文苑楂橘》、《義妓傳》、《無一是齋叢鈔》「遂」作「遽」；《類説》、《虞初志》「袂」作「袪」，《醉翁談録》作「袖」。袂、袪，皆指衣袖。

〔四〇〕郎　此字原無，據《類説》、《醉翁談録》補。

〔四一〕遂　《虞初志》、《豔異編》、《緑窗女史》、《青泥蓮花記》、《重編説郛》、《文苑楂橘》、《義妓傳》、《無一是齋叢鈔》作「偶」。

〔四二〕某郎也　《緑窗女史》、《重編説郛》、《無一是齋叢鈔》作「我某邪」。按：「某」乃代指滎陽（鄭）生姓名，因隱其姓名故曰某。「某郎」即「鄭郎」，或稱行第，稱「幾郎」、「鄭幾郎」。「我某」意爲「我之鄭郎（幾郎）」。

〔四三〕遽　《類説》、《醉翁談録》作「怒」，《虞初志》作「忽」。

〔四四〕却睇　《豔異編》、《緑窗女史》、《青泥蓮花記》、《重編説郛》、《文苑楂橘》、《義妓傳》、《無一是齋叢鈔》「睇」作「涕」。按：「却睇」謂回頭斜看（滎陽生）。「却涕」謂止淚、住泣。

〔四五〕良家　《青泥蓮花記》作「宦家」。

〔四六〕且　《類説》、《緑窗新話》、《醉翁談録》作「母子」。

〔四七〕無自貽其殃也　《緑窗女史》、《重編説郛》、《義妓傳》、《無一是齋叢鈔》作「徒自貽其殃耳」，《豔異編》、《文苑楂橘》同，唯「貽」作「遺」。

〔四八〕詣　《類説》譌作「諧」，《醉翁談録》作「居」。

〔四九〕數百金　原無「數」字，據《類説》補。按：下文云購書已用百金，娃所餘不得只百金也。

〔五〇〕北隅　《豔異編》、《緑窗女史》、《重編説郛》、《文苑楂橘》、《義妓傳》、《無一是齋叢鈔》上有「離」字。

〔五一〕先　此字原無，據《類説》、《醉翁談録》補。

〔五二〕罔不斂衽敬羡　「敬羡」《虞初志》、《青泥蓮花記》作「喜歎」，《豔異編》、《文苑楂橘》作「喜躍」。《緑窗女史》、《重編説郛》、《無一是齋叢鈔》作「莫不斂手喜躍」，《義妓傳》作「莫不喜躍」。

〔五三〕女　談愷刻本作「女」，汪校本據明鈔本改作「友」字，清黄晟校刊本、《四庫》本、《筆記小説大觀》本、《廣記鈔》、《虞初志》、《豔異編》、《緑窗女史》、《青泥蓮花記》、《重編説郛》、《情史》、《唐人説薈》、《文苑楂橘》、《義妓傳》、《無一是齋叢鈔》亦作「友」。按：作「友」誤，及一第何至前輩「願友之而不可得」？女，去聲，嫁也。《左傳》莊公二十八年：「晉伐驪戎，驪戎男女以驪姬。」杜預注：「納女於人曰女。」

〔五四〕今秀士苟獲擢一科第　《廣記鈔》「士」作「才」。《虞初志》、《豔異編》作「今秀士苟得一科，擢一第」，《緑窗女史》、《重編説郛》、《文苑楂橘》、《義妓傳》、《無一是齋叢鈔》作「今秀才苟得一科，擢一第」。按：鄉貢參加禮部進士試者稱進士、貢士、舉人、舉子，又稱秀才。《唐會典》卷七五《貢舉上》：「（開元）二十五年二月敕：今之明經、進士，則古之孝廉、秀才。」此後對進士常稱作秀才。滎陽生已擢進士第，不得仍稱秀才，作「秀士」是也。

〔五五〕科策　原作「策科」，據黄本、《四庫》本、《廣記鈔》、《青泥蓮花記》、《情史》、《唐人説薈》、《龍威秘書》、《藝苑捃華》、《無一是齋叢鈔》、《晉唐小説六十種》乙改。

〔五六〕今日之事　原作「今之」，據《類説》、《醉翁談録》補二字。

〔五七〕浹辰　《類説》作「浹日」，《醉翁談録》作「旬日」。按：以干支紀日，自子至亥一周爲浹辰，乃十二天；自甲至癸一周爲浹日，乃十天。旬日，十天。

〔五八〕偕　《緑窗女史》、《重編説郛》、《義妓傳》、《無一是齋叢鈔》作「皆」。

〔五九〕一莖三秀　「莖」原作「穗」，據《類説》改。按：一莖三秀指靈芝一柄長三朵菌蓋，古以爲祥瑞之物。《舊唐書·肅宗紀》：上元二年，「延英殿御座梁上生玉芝，一莖三花，上制《玉靈芝詩》」。孫校本、《醉翁談録》、《虞初志》、《青泥蓮花記》、《豔異編》、《文苑楂橘》、《義妓傳》作「歲」。

〔六〇〕貞元　應爲「元和」之誤。

〔六一〕公佐　《虞初志》、《青泥蓮花記》作「李公佐」。

〔六二〕悚　《虞初志》八卷本作「諦」，七卷本、《青泥蓮花記》作「歎」。

〔六三〕乙亥　當爲「己亥」，「己」、「乙」形近而譌。按：己亥歲是元和十四年（八一九）。若在貞元中，則乙亥歲是貞元十一年（七九五）。可能在傳鈔過程中先譌「己亥」爲「乙亥」，後人見元和無乙亥，遂又改前文之「元和」爲「貞元」。

按：此傳初載於《太平廣記》卷四八四《雜傳記一》，題《李娃傳》，未注撰人，末稱「太原白行簡云」，注：「出《異聞集》。」《類説》卷二八陳翰《異聞集》，有此傳之節録，題《汧國夫人傳》。《廣記》雜傳記所收傳奇皆用原題，若《異聞集》題作《汧國夫人傳》，《廣記》必亦如是，不必另改題目。曾慥《類説》摘録《異聞集》，依例亦不應改題。今傳《類説》各本譌誤頗多，故疑《汧國夫人傳》者乃後人篡改，正猶改《鶯鶯傳》爲《傳奇》或《會真記》，已非曾慥之舊也。元稹曾撰有《李娃行》，配傳而作。南宋陳振孫《直齋書録解題》卷一六《元氏長慶集》解題云：「今世所傳《李娃》、《鶯鶯》、《夢遊春》……諸詩，皆不見於六十卷中。」《李娃行》不傳，其佚句見引於宋《許彦周詩話》、任淵《后山詩注》卷二《黄梅》注及《徐氏閑軒》注，凡五句。歌行不作《汧國夫人行》而作《李娃行》，傳題爲何可知。唐末李匡文《資暇集》卷上《分寸亂》有「若撰《節行倡娃傳》」語，似行簡原題乃《節行倡李娃傳》，若此則《李娃傳》乃省稱，然亦不可遽斷也。

傳文末云：「貞元中，予與隴西公佐話婦人操烈之品格，因遂述汧國之事。公佐拊掌竦聽，命予爲傳。乃握管濡翰，疏而存之。時乙亥歲秋八月，太原白行簡云。」貞元乙亥歲即十一年（七九五），時作者二十歲。研究者多疑乙亥歲有誤，或謂乙酉（永貞元年，八〇五）之譌，或謂己丑（元和四年，八〇九）之譌，或謂己亥（元和十四年，八一九）之譌。據朱金城《白居易年譜》，貞元七年父白季庚除襄州别駕，白居易隨侍，作者年十六，亦當在襄。十年父卒官，暫窆襄陽，十一年白氏兄弟當在襄陽服喪。然傳文開篇云：「汧國夫人李娃，長安之倡女也。節行瓌奇，有足稱者，故監察御史白行簡爲傳述。」行簡元和二年（八〇七）方登進士第，四年授祕書省校書郎，其時何來監察御史？《廣記》引述文字，常常改動原文人稱或稱謂。原文若用第一人稱，大抵改作作者姓名。此處原文當是「故余爲撰述」，而文末所題必爲「監察御史太原白行簡云」，《廣記》遂據此而改。行簡作傳時署監察御史，乃爲盧坦幕所帶之銜。元和九年（八一四）行簡赴梓州入劍南東川節度使盧坦幕，爲掌書記，當帶監察御史銜。十二年九月盧坦卒，次年行簡赴潯陽會兄，時白居易爲江州司馬。十四年春居易除忠州刺史，行簡隨行。次年夏居易召還，授司門員外郎，行簡亦隨同入京。長慶元年（八二一）行簡除左拾遺。可見是傳之作在元和十四年己亥歲，時尚未授左拾遺，故署銜監察御史。今本《廣記》「貞元」、「乙亥」皆謁。作傳時行簡當在忠州。

北宋張君房《麗情集》曾採録此傳，《紺珠集》卷一一《麗情集》摘録《遺策郎》片斷，《永樂大典》卷七三二八亦引《麗情集》此段。明清民國稗編多見收録此傳，其原皆出《廣記》。但各本在傳名、撰人題署及傳文取捨上不相一致。《虞初志》（《續修四庫全書》八卷本）卷五《李娃傳》，不著撰人。《四庫全書存目叢書》所收另一明刊八卷本及凌性德刊七卷本《虞初志》卷四《李娃傳》，署唐白行簡，「嗟乎」改爲「贊曰」，删去結末「太原白行簡云」。《唐人説薈》第十一集（同治八年刊本卷一四）、《龍威秘書》四集《晉唐小説暢觀》、《藝苑捃華》、《無一是齋叢鈔》、《晉唐小説六十種》（實取《晉唐小説暢觀》），署唐白行簡譔，係全文，且未加改動。《青泥蓮花記》卷四亦改末節「嗟乎」爲「贊曰」，末注《異聞集》。《豔異編》卷二九《李娃傳》，依例不著撰人，末節止於「焉得不爲歎息哉」，《删補文苑楂橘》卷一同，而題《汧國夫人》。《緑窗女史》卷一二題《汧國夫人傳》，署唐白行簡，止於「其卑者猶爲太原尹」，《重編説郛》卷一一三與之版式字體全同。《無一是齋叢鈔》題亦同，署唐白行簡撰，止於「其卑者猶爲太原尹云」。《情史類略》卷一六改題《滎陽鄭生》，亦止此，末云「唐人白行簡作《李娃傳》」，正文删改頗劇。《太平廣記鈔》卷八〇亦多删削，止於「不能踰也」。《合刻三志》志奇類、《緑窗女史》卷一二及《雪窗談異》卷四之題吴張獻翼輯（《緑窗女史》、《雪窗談異》無「輯」字）《義妓傳》亦有《李娃》，止於「其卑者猶爲太原尹」。末有贊云：「史稱設形容、揳鳴琴、揄長袂、躡利屣，固庸態也。娃之濯淖泥滓，仁心爲質，豈非所謂蟬蜕者乎？士不困辱不激，不激事不成。假令鄭子能自竪，建顯當世，則娃幾與蕲王夫人媲美矣。」據《合刻三志》題署及明賀復徵編《文章辨體彙選》卷四二三《義俠傳總論》，贊乃鄒之麟作。

《新編醉翁談録》癸集卷一《李亞仙不負鄭元和》，文句與《類説》删節本幾同，知據《類説》，惟首云：「李娃，長安娼女也，字亞仙，舊名一枝花。有滎陽鄭生，字元和者，應舉之長安。」乃其增飾。「舊名一枝花」五字見於明刊《類説》末注：「舊名一枝花。本説《一枝花》自演（寅）。」文有脱譌。元稹《酬翰林白學士代書一百韻》：「翰墨題名盡，光陰聽話移。」自注云：「樂天每與予遊從，無不書名屋壁。又嘗於新昌宅説一枝花話，自寅至巳，猶未畢詞也。」强將李娃與「一枝花」捏合。而據嚴一萍校訂《類説》，明嘉靖伯玉翁舊鈔本卷二六《異聞集·汧國夫人傳》無此注，則此語原出何書終屬疑問。頗疑《類説》此注乃好事者捏合《醉翁談録》及元注所加，而《醉翁談録》則據宋人説話增飾爾。「一枝花」與李娃了不相涉，人多以《一枝花話》即李娃故事，大謬。至曰李亞仙、鄭元和者，乃據宋人話本。《醉翁談録》著録小説話本名目中有《李亞仙》，南宋莊綽《雞肋編》卷下、劉克莊《後村詩話》前集卷一亦言及鄭元和。

唐五代傳奇集第二編卷十六

瞿童述

温　造　撰

温造（七六六—八三五），字簡輿。并州祁縣（今屬山西）人，一説河内（今河南沁陽市）人。少隱居王屋山，壽州刺史張建封招之，妻以兄女。穆宗長慶元年（八二一），授京兆府司録參軍。遷殿中侍御史，拜起居舍人。出爲朗州刺史，有德政，居四年，召拜侍御史，遷左司郎中，知御史雜事，進御史中丞。文宗大和二年（八二八）遷尚書右丞，封祁縣子。四年授山南西道節度使，平定興元兵亂。五年入爲兵部侍郎，復除東都留守、河陽懷節度觀察等使。七年入爲御史大夫，九年轉禮部尚書，其年六月病卒，年七十，贈右僕射。有文集八十卷，佚。（據《舊唐書》卷一六五、《新唐書》卷九一《温造傳》）

瞿童，字柏庭，以字爲名，辰州辰谿人也。華眉廣顙，長準秀目，勤事〔一〕而寡言。大曆四年，西川潰將楊林爲澧陽守，不戢部下兵，縱其黨賈子華率千人假道武陵，劫五溪，五溪之人逃難四散。時柏庭年〔二〕十四，侍母走武陵，寓居崇義鄉烏頭里桃源觀道士黄山寶偏宅〔三〕。柏庭因山寶，願師事上清三洞法師黄洞源。山寶引覿，具道柏庭志。洞源辭以柏庭奉母須甘旨，山寶曰：「柏庭母在山寶廬，幸有繼給。倘蒙收拾貧賤，所望容納。」洞源許之，後亦時給柏庭母衣食。僅二周載，六年正月，柏庭喪母。既葬服勤，事洞源不懈，凡事役力辦不倦〔四〕。抛棄惡食，必興〔五〕愛惜，辭〔六〕而飯之。

七月，洞源買藥至襄陽市。每入市，令柏庭持裝橐，柏庭必閉目處衆〔七〕中。洞源讓曰：「處衆而睡，人奪汝攜。」柏庭曰：「非有睡也，閟衆之喧喧耳。」九月，洞源南歸，行及宜城，去襄陽百餘里，洞源遽曰：「香爐捐主人，柰何？」柏庭請復取，白洞源暫休以俟。不時頃持爐還，洞源驚問，答曰：「尊師方在途，恐留滯，故疾行。」洞源信然。七年二月，朗州刺史胡叔清招洞源下郡。赴之，留柏庭山中植果藥。踰二〔八〕十日，洞源來。柏庭一不植，詰之，答曰〔九〕：「自尊師去州，祇於僊〔一〇〕林尋僊穴。」洞源問所尋何見，答曰：「見石室、石牀、石几。」洞源曰：「石室何許？」曰：「約去一里半。」洞源疑而不窮。又旬〔一一〕，柏庭於藝圃〔一二〕中得一棊子，捧呈洞源，曰：「秦人棊子。」洞源異之，曰：「誰爲謂汝？烏知其然？」復曰：「是誠秦人棊子。」洞源諦視之，狀若小龜，光潤如玉，遂貯籙囊中。後因閲籙開囊，緘記如舊，亡棊子矣。夏四月，忽白洞源，願屈歸巖洞。時久霖雨澍，洞源既未決信，竟不果行。

八年五月二十七日始昕，洞源命柏庭河畔視船，往復不二里，及午方回。洞源訶之：「來何遲？」柏庭曰：「觀西南十五步許有〔一三〕小橋，橋上遇一老尊〔一四〕，負杖掛物，呼令隨去。柏庭不敢，由是晚。」三十早朝，褫常所繫〔一五〕布帶，以一紙繩束腰，跣足履草屨，昇尊殿及洞源嚴修之處，各焚香跪拜。既而辭洞源，又拜。洞源凭几問曰：「汝辭吾安往？」答曰：「歸僊洞。」洞源曰：「吾隨汝可乎？」曰：「不可。」洞源又曰：「何爲不可？」柏庭曰：「前時尊師不決去，迺今不可。」因諭洞源，當以時遷〔一六〕棲。洞源曰：「十年易居，昔賢遺旨，吾有志矣。今汝去，何時復見？」答曰：「期十八年。」洞源欲留之不尅，即聲命同觀道士朱靈詧曰：「朱老師，看僊人來。」靈詧睨柏庭曰：「童子今日顔色異常光輝〔一七〕。」洞源門人胡清鎬、朱神静，童子陳景昕、譚伯璡偕圜矚。柏庭服短布衣、烏繒〔一八〕巾，逡巡却行，三移步〔一九〕，忽然不見。洞源與道徒皆愕眙。庭際有一栗樹，謂暫旁立〔二〇〕。洞源曰：「得無映樹乎？」求之無蹤。即聲鐘集觀户〔二一〕，將遍〔二二〕索林莽。觀户至東北林際，遇一大蛇當路而止。

十一年，兄僊信從辰州來，聞弟登僊。至桃源，又師事洞源爲道士。巖薜兩茂，遊嵩山，失所止。建中元年四月，洞源遷居江州廬山。貞元五年十一月〔二三〕，復還居潤州茅山。十八年春，潤州郵檄人於延陵縣界，見一少年前行，行如人。郵者促步期及，竟不能迭。

延陵間〔二四〕茅山三十里，郵人望見徐步入山門。是日，女道士蕭冷〔二五〕然在鶴臺，見少年持小漆函，蓋貯素書，直來〔二六〕及門，舉一足履閾〔二七〕，冷然問曰：「汝爲誰？」答曰：「瞿柏庭。」因問冷然：「黄尊師何在？」冷然指示路處。髣髴記有柏庭名，卒然不悟。久之，忽了辨，即攝衣詣洞源，問：「瞿柏庭來乎？」洞源唯唯不明諭。秋八月既朔之旬，洞源謂門弟子曰：「吾將蹈滄海，爲備裝。」或以未可行爲請。踰一日〔二八〕當午，洞源化真。

造曰：代人傳瞿童登僊之跡，皆怪異可惑。予自右史〔二九〕貶武陵守，至之日，則詳詢舊老，洒詠〔三〇〕詭加甚。值暇日，遊沅江，觀〔三一〕滄浪合流，聞之於漁人曰：「柏庭有同學陳景昕，已五徙〔三二〕居，今復爲桃源觀道士，易名通微，又改正長。始均執勞，久練行事。傳疑百説，不若一見。」予得言忘食，遂命迓之。未獲至，若不克見。及期而朝，門吏導景昕前庭。冠青蘿冠，衣〔三三〕碧緑衣，冰顏雪膚，皓髭蒼眉，端簡促〔三四〕跡，肅容陳詞，予不知幸之喜之〔三五〕至也。既至休館，徐徐問〔三六〕所惑，景爲具辨。因裂牘直紀，用祛後疑。長慶二年五月三日，朗州刺史温造述上清三洞道士陳通微傳實。（據明正統《道藏》本北宋吴淑《江淮異人録》校録，又《全唐文》卷七三〇）

〔一〕事　《廣四十家小説》本作「筆」，當譌。

〔二〕年　此字原無，據《廣四十家小説》本及《全唐文》補。

〔三〕偏宅　《全唐文》作「編宫」。

〔四〕凡事役力辨不倦　《廣四十家小説》本「辨」作「亦」。《全唐文》作「凡是役力，辨不俟勉」，無下「抛」字。

〔五〕興　《全唐文》作「與」。

〔六〕辭　《全唐文》作「飼」。

〔七〕衆　此字原無，據《廣四十家小説》本、《知不足齋叢書》本補。

〔八〕二　《全唐文》作「一」。

〔九〕柏庭一不植詰之答曰　「植」字原無，據《全唐文》補。《知不足齋叢書》本「一」作「一一」。《廣四十家小説》本作「柏庭一不話，卒然曰」。

〔一〇〕僊　《全唐文》作「山」。

〔一一〕疑而不窮又旬　《全唐文》作「疑而不窮入，旬日」。

〔一二〕藝圃　《全唐文》作「蓺藥園」。

〔一三〕有　《廣四十家小説》本作「過」。

〔一四〕老尊　《廣四十家小説》本作「老尊師」。按：老尊，老父也。

〔一五〕繄　此字原無，據《全唐文》補。

〔一六〕遷　《廣四十家小説》本作「仙」。

〔一七〕顏色異常光輝　南宋陳葆光《三洞群仙録》卷六引本傳作「顏色光彩異常」。

〔一八〕繪　《全唐文》作「繪」，誤。

〔一九〕步　《全唐文》、《三洞群仙録》作「足」。

〔二〇〕旁立　《廣四十家小説》本作「映之」。

〔二一〕觀户　《廣四十家小説》本作「觀衆」。按：觀户，即租用桃源觀田地之佃户。

〔二二〕遍　《三洞群仙録》作「大」。

〔二三〕十一月　《廣四十家小説》本作「十月」。

〔二四〕間　原作「闖」，據《全唐文》改。按：間，相隔、相距。

〔二五〕泠　《全唐文》作「泠」，下同。按：泠，通「泠」。

〔二六〕來　原譌作「未」，據《廣四十家小説》本改。

〔二七〕閾　《廣四十家小説》本作「聞」，連下讀。按：閾，門檻。

〔二八〕日　原作「年」，據《全唐文》改。

〔二九〕右史　原譌作「幼」，據《全唐文》改。按：右史，即起居舍人，唐高宗、武則天時曾兩度改起居舍人爲右史，此用舊稱。

〔三〇〕詼　《全唐文》作「妖」，《廣四十家小説》本譌作「談」。

〔三一〕觀　此字原無，據《全唐文》補。

〔三二〕徙　原譌作「從」，據《廣四十家小説》本、《知不足齋叢書》本、《全唐文》改。

〔三三〕衣　此字原無，據《廣四十家小説》本、《知不足齋叢書》本補。

〔三四〕促　原譌作「足」，據《全唐文》改。

〔三五〕之　此字原無，據《全唐文》補。

〔三六〕問　原譌作「閱」，據《知不足齋叢書》本改。

按：《新唐書・藝文志》道家類著録温造《瞿童述》一卷，注：「大曆辰溪童子瞿柏庭昇仙，造爲朗州刺史，追述其事。」《崇文總目》道書類、《通志・藝文略》道家類、《宋史・藝文志》小説類書名、卷帙、撰人並同，《通志略》注云：「大曆八年辰溪童子瞿柏庭於桃源觀升仙。」原文載於宋初吴淑《江淮異人録》，改題《瞿童》。末有小字注云：「此記乃簡輿親札，曩爲好事者磨去重刻，惟存碑側數字。」注文當係吴淑所加，知温文原刻於桃源觀碑石上，吴淑即録自碑刻也。南宋王象之《輿地紀勝》卷七五《辰州・碑記》云：「《瞿柏庭記》，長慶二年刺史温造刻石紀其事于桃源。」又同卷《仙釋》云：「瞿柏庭，辰溪人。唐大歷四年避寇武陵，師事法師黄洞仙（按：當爲『源』字之譌），因有所遇，仙去。」卷六八《常德府・仙釋》亦略記瞿柏庭事迹，云：「瞿柏庭，辰州辰溪人。唐大歷四年，逃難走武陵，事桃源宫道士黄洞源。而柏庭得一碁子，曰秦人碁子。後又遇一老尊，遂辭洞源曰：『歸仙洞去。』洞源留之不可，約十八年再見。後十八年，洞源往潤州之茅山，柏庭忽至，而洞源曰：『吾將蹈蒼海。』次日亦化真。事見温造記。」是南宋碑猶存，王象之蓋據碑而記。

《全唐文》卷七三〇亦收此記，題《瞿童述》，與史志著録同，然不知來歷。《全唐文》多有闕字，止於「用祛後疑」，末無温造題識。據題識，作於長慶二年（八二二）刺朗任上。

昭義軍記室别録

盧弘止　撰

盧弘止（？—八五〇），字子彊，范陽（治今北京城西南隅）人，後徙家于蒲（治今山西永濟市西南蒲州鎮）。父盧綸。憲宗元和末登進士第，佐昭義軍節度使劉悟府，爲掌書記。歷仕監察御史、江西團練副使、侍御史。文宗太和中遷兵部郎中，八年（八三四）曾爲昭應縣令。武宗開成中爲歙州刺史兼御史中丞，除度支郎中。出刺鄭州，後入爲吏部郎中。會昌三年（八四三）除楚州刺史，明年入爲給事中。復爲邢、洺、磁三州及河北兩鎮宣慰使，還拜工部侍郎。宣宗大中初轉户部侍郎，領度支，充鹽鐵轉運使。出爲義成軍節度使。三年（八四九）爲檢校户部尚書、徐州刺史、武寧軍節度使、徐泗濠觀察等使。四年遷檢校兵部尚書、汴州刺史、宣武軍節度、宋亳潁觀察等使，卒于鎮。（據《舊唐書》卷一六三、《新唐書》卷一七七《盧弘止傳》，《資治通鑑》卷二四八大中三年，北宋錢易《南部新書》乙集，《楚州金石録·楚州官屬題名幢》，參考郁賢皓《唐刺史考全編》、陶敏

《全唐詩人名彙考》）

潞之女伶曰孟[一]思賢，巧黠人也，嘗爲君侯王制之寵貯焉。制之所私伊宙，亦衙門將，多與制遊思賢舍，故僕射慎之子也。風流善杯酒，思賢心悦之，遂私焉。關鎖益牢，即踰牆而奔於宙。制知不可奈何，遂逐思賢出門，宙且納焉。宙有女奴曰解兒，有愛於宙，思賢心忌之。一日，加解兒他過，杖[二]解兒脛間，出血見骨，解兒瘡甚死。明年長慶二年，軍亂，伊宙遇飛矢而死。思賢無所庇，復[三]投制。制得之，喜曰：「有甘吾心者矣。」遂命以短兵關思賢二脛，踣且極捶之。制臨觀，語思賢曰：「其能踰牆而奔於伊宙耶？」迨夜，閉[四]於幽室。思賢終夜呼曰：「解兒，解兒，不能惠我速死耶？」竟不勝其楚毒，再宿而死。遂與宙同瘞於邢之東門外。（據《叢書集成初編》排印《稗海》本南宋温豫《續補侍兒小名録》引《昭義軍記室別録》、《四庫全書存目叢書》影印明鈔本南宋周守忠《姬侍類偶》卷下引《昭義軍別室別録》綜合校録）

〔一〕孟　《姬侍類偶》作「蓋」。
〔二〕杖　《姬侍類偶》作「叩」。
〔三〕復　《姬侍類偶》作「往」。

〔四〕閑　《小名録》作「閑」。

按：南宋祕書省《四庫闕書目》小説類著録盧弘正《昭義軍別録》一卷，《祕書省續編到四庫闕書目》小説類亦有盧弘正《昭義記室別録》一卷，又見鄭樵《通志·藝文略》小説類、尤袤《遂初堂書目》雜傳類，題目同《續編四庫闕書目》，唯不著撰人，《遂初堂書目》且無卷數。《宋史·藝文志》小説類著録同《四庫闕書目》。盧弘正應作盧弘止，《舊唐書》等常譌「止」爲「正」。原文不傳，《太平廣記》未有引録，初見引於南宋温豫《續補侍兒小名録》，題《昭義軍記室別録》，嘉定十三年（一二二〇）周守忠編《姬侍類偶》，卷下亦引，題作《昭義軍別室別録》。二書文字大同，皆爲節文。

昭義軍乃今河南、河北、山西間方鎮。據《新唐書·方鎮表三》，廣德元年（七六三）置相衛節度使，治相州（治今河南安陽市），領相、衛、貝、邢、洺、磁六州及河陽三城。大曆元年（七六六）賜號昭義軍節度使。建中元年，昭義軍節度使兼領澤、潞二州，徙治潞州（治今山西長治市）。又據《舊唐書》卷一六一《劉悟傳》及穆宗、敬宗二紀，元和十五年（八二〇）十月劉悟爲昭義節度使，寶曆元年（八二五）九月病卒。其間，長慶二年（八二二）曾發生軍亂。《資治通鑑》卷二四二長慶二年二月：「昭義監軍劉承偕恃恩，陵轢節度使劉悟，數衆辱之，又縱其下亂法。陰與磁州刺史張汶謀縛悟送闕下，以汶代之。悟知之，諷其軍士作亂，殺汶。圍承偕，欲殺之……囚之府舍。」此録所言「長慶二年軍亂」即此。《舊唐書·盧弘正(止)傳》云「元和末登進士第，累辟使府掌書記」，又云「李德裕曰給事中盧弘正嘗爲昭義判官」，《新唐書·盧弘止傳》稱「佐劉悟府」。弘止元和末(十五年)登第，是年十月劉悟移鎮昭義，乃辟弘止爲昭義節度使掌書記。李德裕稱嘗爲昭義判官，此處判官乃泛指所有幕職，非指判官一職。舊題唐李翺《卓異記·兄弟四人皆任掌記》載：「盧簡能夏州，簡辭河孟，弘正(止)昭義，簡求鄂州。按使下書記，必擇有文學得時稱者任之，盧簡能兄弟四人，並當嘉選，時亦無比。」亦謂弘止爲掌書記。掌書記掌表奏書檄文辭之事，與漢晉之記室職事略同，故唐人或稱掌書記爲記室。弘止此作題曰《昭義記室別録》或《昭義軍記室別録》，記室即指掌書記，謂昭義軍掌書記盧弘止所録也，以其非史傳之正，故曰「別録」。劉知幾《史通》卷七《内篇·品藻》謂「旁求別録，側窺雜傳」。別録者，別傳也。《姬侍類偶》引作《昭義軍別室別録》，別室即側室、妾(《太平廣記》卷三八六引《玄怪録·盧頊表姨》，中麗人曰「某今爲李判官別室」)，乃指孟思賢。「別」字雖爲譌字，亦頗合其事。是録所記乃弘止在昭義所聞見，記有長慶二年事，殆作於長慶二三年間也。

柳及傳

孟弘微　撰

孟弘微，平昌(治今山東安丘市)人。宣宗時官郎中。(據《前定録》、《北夢瑣言》卷九)

柳及，河南人。貞元中進士登科殊之子也，家於澧陽。嘗客遊至南海，元帥以其父有名於搢紳士林間，俾假掾於廣。未幾，娶會長岑氏之女，生一男，名甑甑。及以親老家遠，不克迎候，乃攜妻子歸寧於澧陽。未再歲後，以家給不足，單車重遊南中，至則假邑於蒙，于武仙再娶沈氏。

會公事之郡，獨沈氏與母孫氏在縣廨。時當秋，夜分之後，天晴月皎。忽於牖中見一小兒，手招沈氏曰：「無懼，無懼，某幾郎子也。」告説事狀，歷然可聽。沈氏以告其母，母乃問是何人，有何所請，荅曰：「某甑甑也，以去年七月身死，故來辭别。凡人夭逝，未滿七歲者，以生時未有罪狀，不受業報。縱使未即托生，多爲天曹權録驅使。某使當職役，但送文書，來往地府耳。天曹記人善惡，每月一送地府。其間有暇，亦得閑行。」沈氏因告曰：「汝父之郡會計，亦當即至。」

俄爾及歸，沈氏具告，及固不信，曰：「荒徼之地，當有妖怪，假託人事，殆非山精木魅之所爲乎？」其夕，即又於牖間以手招及。及初疑，尚正辭詰之，乃聞説本末，知非他鬼，乃欷歔涕泗。因詢其夭横之由，荅曰：「去年七月中戲弄，遂得痢疾，醫藥不救，以至於此，亦命也。今爲天曹收役，亦未有託生之期。」及曰：「汝既屬冥司，即人生先定之事可知也。試爲吾檢窮達性命，一來相告。」荅云：「諾。」

後夕乃至，曰：「冥間有一大城，貴賤等級，咸有本位，若棊布焉。世人將死，或半年，或數月内，即先於城中呼其名，時甑甑已聞呼父名也，輒給而對。」既而私謂沈氏曰：「阿爺之名已被呼矣，非久在人間。他日有人求娶沈氏者，慎勿許之。若有姓周，職在軍門者，即可許之，必當偕老，衣食盈羨。」其餘所述近事，無不徵驗。後一夕又來曰：「某以拘役有限，不得到人間，從此永訣矣。」言詞悽愴，欷歔而去。後四月，及果卒。沈氏尋亦萍泊南海，或有求納者輒不就。後有長沙小將姓周者，部本郡錢帛，貨貿〔一〕於廣州，求娶沈氏，一言而許之，至今在焉。（據民國陶湘涉園影刻宋本左圭《百川學海》本《前定録》校録，又《太平廣記》卷一四九引《前定録》）

〔一〕貿 《四庫全書》本作「貲」，《廣記》作「殖」。

按：《前定録》末云：「平昌孟弘微與及相識，具録其事。」《前定録》當取自孟作，蓋有删縮。原題不知，姑據《前定録》所題加「傳」字。《前定録》作於大和中，此傳作於其前。柳及乃貞元進士柳殊子，傳文所叙之事殆在元和中。柳及卒後沈氏改嫁周某，而云「至今在焉」。今者作傳之時也，似在長慶、寶曆間。

蔡少霞

薛用弱　撰

薛用弱，字中勝，河東（治今山西永濟市西南蒲州鎮）人。穆宗長慶中（八二一—八二四）自禮部郎中出任光州刺史，爲政嚴而不殘。（據《新唐書·藝文志》小説家類、唐皇甫枚《三水小牘》卷下《黑水將軍靈異》）

蔡少霞者，陳留人也。性情恬和，幼而奉道。早歲明經得第，選蘄州參軍。秩滿，漂寓江淮者〔一〕久之。再授兖州泗水丞，遂於縣東二十里，買山築室，爲終焉〔二〕之計。居處深僻，俯近〔三〕龜、蒙，水石雲霞，境象殊勝。少霞世累早祛〔四〕，尤諧夙尚。

於〔五〕一日沿溪獨行，忽得美蔭，因就憩焉。神思昏然，不覺成寐。因爲褐衣鹿幘之人〔六〕夢中召去，隨之遠遠〔七〕，乃至城郭處〔八〕所。碧天虚曠，瑞日曈曨〔九〕，人俗潔清，卉木鮮茂。少霞舉目移足，惶惑不寧，即被導之令前。經歷門堂，深邃莫測。遥見玉人〔一〇〕當軒獨立，少霞遽脩敬謁。玉人謂曰：「愍子虔心，今〔一一〕宜領事。」少霞靡知所謂，復爲鹿幘人引至東廊，止于石碑之側，謂少霞曰：「召君書此，賀遇良因。」少霞素不工書，即極辭讓。鹿幘人曰：「但按文而録，胡乃拒違〔一二〕？」

俄有二青僮自北而至，一捧牙箱，内有兩幅紫絹文書，一賚筆硯，即付少霞，曰：「法此而寫。」少霞凝神搦管，頃刻而畢。因覽讀之，已記于心矣。題云：「蒼龍溪新宫銘，紫陽真人山玄卿撰。良常西麓，源澤東澨〔一三〕。新宫宏宏，崇軒轆轆。雕珉盤礎〔一四〕，鏤檀竦楶〔一五〕。碧〔一六〕瓦鱗差，瑶階肪〔一七〕截。閣凝瑞霧〔一八〕，樓横祥霓。騶虞巡徼，昌明捧闑。珠樹規連，玉泉矩洩。靈飆遐集，聖日俯晣〔一九〕。太上游儲〔二〇〕，無極便闕。百神守護，諸真斑〔二一〕列。仙翁鵠駕〔二二〕，道師冰潔。飲玉成漿，饌瓊爲屑。桂旗不動，蘭屋〔二三〕互設。妙樂競臻〔二四〕，流鈴間發。天籟虚徐，風簫泠〔二五〕澈。鳳歌諧律，鶴舞會節。三變《玄雲》，九成《絳雪》〔二六〕。易遷虚〔二七〕語，童初浪〔二八〕説。如毁乾坤，自有日月。清寧二百三十一年四月十二日建。」於是少霞方更周〔二九〕視，遂爲鹿幘人促之，忩〔三〇〕遽而返。醒然遂寤，急命紙筆，登即紀録。

自是兖、豫好奇之人，多詣少霞，詢訪其事。有鄭還古者，爲立傳焉。用弱亦常至其居，就求第一本視之，筆〔三一〕迹宛有書石之態。少霞無文，乃孝廉一叟耳，固知其不妄矣。少霞爾後修道尤劇，元和末已云物故。（據上海涵芬樓景印明顧元慶《顧氏文房小説》重刻宋本《集異記》卷一校録，又《太平廣記》卷五五引《集異記》、元陶宗儀《説郛》卷二五《集異記》）

〔一〕江淮者　《廣記》、明吴大震《廣豔異編》卷一二《蔡少霞》、《續豔異編》卷七《蔡少霞》作「江浙間」。《廣記》清孫潛校本乃作「江淮者」。

〔二〕終焉　清蓮塘居士《唐人説薈》本（第十四集）、民國王文濡《説庫》本作「終身」。

〔三〕近　《廣記》、《廣豔異編》、《續豔異編》作「瞰」，《廣記》孫校本作「近」。

〔四〕祛　《廣記》、《廣豔異編》、《續豔異編》作「絶」，義同。

〔五〕於　《廣記》、《廣豔異編》、《續豔異編》、《唐人説薈》本、《説庫》本作「偶」。

〔六〕之人　原作「人之」，據《廣記》、明陸采《虞初志》卷一、《廣豔異編》、《續豔異編》、《唐人説薈》、《説庫》乙改。

〔七〕遠遠　《廣記》、《廣豔異編》、《續豔異編》作「遠遊」。按：唐人多用「遠遠」一詞，《太平廣記》卷二六《葉法善》（出《集異記》及《仙傳拾遺》）：「曠望逡巡，徐步凌波，遠遠而没。」權德輿《桃源篇》：「一路鮮雲雜彩霞，漁舟遠遠逐桃花。」張祜《送韋整尉長沙》：「遠遠長沙去，憐君利一官。」蓋《廣記》妄改。

〔八〕處　《廣記》、《廣豔異編》、《續豔異編》作「一」，《廣記》明沈與文野竹齋鈔本、孫校本作「處」。

〔九〕曈曨　原作「瞳曨」，據《四庫全書》本、《廣記》、《説郛》、《續豔異編》、《説庫》改。按：《説文》日部：「曈，曈曨，日欲明也。」

〔一〇〕玉人　《虞初志》作「主人」。

〔一一〕今　《説郛》作「合」。

〔一二〕違　《説郛》作「爲」。

〔一三〕溠　《廣記》、北宋蘇軾《東坡先生詩集注》卷三《遊羅浮山一首示兒子過》自注引《新宫銘》、南宋洪邁《容齋隨筆》卷一三《東坡羅浮詩》引薛用弱《集異記》、明胡應麟《少室山房筆叢》卷三七《二酉綴遺下》引薛用弱《集異記》、《廣豔異編》、《續豔異編》作「洩（或泄）」。按：溠，水濱。與上文「麓」相對。且下文「玉泉矩洩」已押「洩」字，作「洩」誤。

〔一四〕雕珉盤礎　「珉」原作「玳」，據《四庫》本、《廣記》、《容齋隨筆》、《廣豔異編》、《續豔異編》改。《集異記》中華書局點校本據《廣記》改。《少室山房筆叢》作「甍」。按：珉，似玉之石。此句言雕琢玉石以作柱礎。

〔一五〕鏤檀竦楶　「楶」原作「棨」，據《廣記》孫校本、《容齋隨筆》、《少室山房筆叢》改。中華書局點校本據《容齋隨筆》改。《廣記》談愷刻本、《廣豔異編》、《續豔異編》譌作「棟臬」。按：楶，斗拱。《文選》卷五左思《吴都賦》：「彫欒鏤楶，青瑣丹楹。」此句言雕刻檀木以作斗拱。

〔一六〕碧　原作「壁」，《説郛》、明凌性德編刊七卷本《虞初志》、《唐人説薈》作「璧」，據《廣記》、南宋朱勝非《紺珠集》卷二葛洪《神仙傳·碧瓦鱗差瑶堦肪截》、曾慥《類説》卷三《神仙傳·新宫銘》、胡穉箋注《增廣箋注簡齋詩集》卷一一《登大清寺塔》引葛洪《神仙傳》（按：東晉葛洪《神仙傳》不當有此，蓋後人增益）、《容齋隨筆》、《少室山房筆叢》、《廣豔異編》、《續豔異編》改。

〔一七〕肪　原譌作「昉」，據《四庫》本、《廣記》明鈔本、孫校本及《四庫》本、《容齋隨筆》，《説郛》，《虞初志》，《廣豔異編》、《續豔異編》、《五朝小説·唐人百家小説》紀載家、《合刻三志》志異類、《重編説郛》卷一一五、《唐人説薈》、《説庫》改。

〔一八〕霧　《廣記》、《廣豔異編》、《續豔異編》作「霞」。

〔一九〕晰　《四庫》本、《説郛》、《少室山房筆叢》、七卷本《虞初志》、《廣豔異編》、《續豔異編》、《唐人説薈》、《説庫》作「晰」，《廣記》作「晣」。按：作「晣」是，「晣」同「晳」。《説文》日部：「晳，昭晳，明也。」

〔二〇〕儲　《廣記》、《廣豔異編》、《續豔異編》作「詣」。

〔二一〕斑　《廣記》、《容齋隨筆》、《説郛》、《虞初志》、《少室山房筆叢》、《廣豔異編》、《續豔異編》、《唐人説薈》、《説庫》作「班」。按：斑，通「班」。

〔二二〕駕　《廣記》、《紺珠集》、《類説》、《容齋隨筆》、《少室山房筆叢》、《廣豔異編》、《續豔異編》作「立」。

〔二三〕屋　《廣記》、《容齋隨筆》、《少室山房筆叢》、《廣豔異編》、《續豔異編》作「幄」。按：「屋」同「幄」，帷帳，與「旗」相對。

〔二四〕競臻　「競」原作「竟」，據《四庫》本、《容齋隨筆》、《少室山房筆叢》、《續豔異編》改。《廣記》、《廣豔異編》作「兢」，乃「競」字之譌。「臻」《廣記》、《容齋隨筆》、《少室山房筆叢》、《續豔異編》、《廣豔異編》作「奏」。

〔二五〕泠　《四庫》本、《廣記》、《容齋隨筆》、《續豔異編》、《廣豔異編》作「泠」。按：泠，通「泠」。

〔二六〕 絳雪 「雪」原作「闕」，與前文重，據《廣記》、《紺珠集》、《類説》、《容齋隨筆》、《少室山房筆叢》、《廣豔異編》、《續豔異編》、《唐人説薈》、《説庫》改。按：上句「玄雲」乃歌曲名。《晉書·樂志下》：「漢時有《短簫鐃歌》之樂，其曲有……《玄雲》、《黄爵行》、《釣竿》等曲，列於鼓吹，多序戰陣之事。」「絳雪」當亦爲歌名。

〔二七〕 虚 《廣記》、《容齋隨筆》、《少室山房筆叢》、《廣豔異編》、《續豔異編》作「徒」。

〔二八〕 浪 《廣記》、《容齋隨筆》、《少室山房筆叢》、《廣豔異編》、《續豔異編》、《唐人説薈》、《説庫》作「詎」。

〔二九〕 周 《説郛》作「再」。

〔三〇〕 㤂 《廣記》、《續豔異編》、《合刻三志》、《唐人百家小説》、《重編説郛》、舊題明楊循吉《雪窗談異》卷一《集異記》、《唐人説薈》、《説庫》作「忽」，《説郛》作「急」，《虞初志》譌作「忿」。㤂，同「忽」。

〔三一〕 筆 原譌作「笙」，據以上諸書改。筆，竹名。

按：《崇文總目》小説類、《新唐書·藝文志》小説家類、《通志·藝文略》傳記類冥異及袁本《郡齋讀書志》卷三下小説類著録薛用弱《集異記》三卷，衢本作二卷，云：「右唐薛用弱撰，集隋唐間譎詭之事。一題《古異記》。首載徐佐卿化鶴事。」《文獻通考·經籍考》小説家著録同衢本。《通志略》傳記類冥異有《古異記》二卷，《新唐志》作一卷，均未著撰人，晁公武以爲《古異記》即《集異記》，當曾寓目。《宋史·藝文志》著録《集異記》一卷。二卷本與一卷本蓋係殘本，足本三卷也。《宋志》又有《嘯旨集異記博異志》一卷，乃三書合編本，估計後二書均非完帙。明清書目亦頗見之，或一卷或二卷、三卷不等。明高儒《百川書志》小説家著録二卷，稱「凡十六事」，其餘諸目所著，要皆同此，蓋均非足本。

今存之本，以明顧元慶刊《顧氏文房小説》本最爲通行，此本分第一、第二兩卷，題河東薛用弱撰，凡十六篇，各有標目，首爲《徐佐卿》。書末題「陽山顧氏十友齋宋本重刻」，蓋同《郡齋讀書志》之二卷本。《北京圖書館善本書目》著録明鈔本二卷，當亦同顧本。《叢書集成初編》、《世界文庫》取入顧本。中華書局一九八〇年出版點校本（與《博異志》合爲一册），亦以顧本爲底本。又有一卷本，載明刊《虞初志》卷一、《續百川學海》庚集、《歷代小史》、《古今逸史》逸記、《唐宋叢書》載籍、《合刻三志》志異類、《五朝小説·唐人百家小説》紀載家、《重編説郛》卷一一五、《雪窗談異》卷一、《祕書廿一種》、《四庫全書》小説家類，題唐薛用弱（或有河東二字），皆爲十六事，與顧本同，乃合二卷爲一卷也。又有《唐人説薈》本（第十四集，同治八年刊本卷一七），亦一卷，題唐河東薛用弱撰。於十六事外，從《太平廣記》補輯《裴越客》、《丁嵒》、《張華》、《蔣琛》四事，末二事均非本書。《説庫》取入此本。南宋曾慥《類説》卷八摘録《集異録》（明嘉靖伯玉翁舊鈔本作《集異記》）十一條，署唐薛用弱，陶宗儀《説郛》卷二五選録四篇，注二卷，署唐薛用弱。《類説》、《説郛》所録均在今本中，可見所據均爲二卷殘本。

《太平廣記》所引《集異記》逸出今本者極夥，他書亦有引者，清末陸心源曾輯《集異記校補》四卷，載《潛園總集》。中華書局點校本《補編》輯佚文七十二條，《孫氏》等五條「疑非薛著，附録備考」。《廣記》所引《集異記》實出三書，尚有劉宋郭季産、晚唐陸勳同名書，且有誤注出處者。《孫氏》等五事乃郭書。薛書記事下及長慶，而陸書出於薛書後，記事多有大和中者；且風格有别，陸書怪誕，多言鬼怪及犬事，而薛書雅潔，事較平實，多記神仙異人文士之事，間或末繫論讚或聞見緣由，是故差可判分也。據《廣記》及他書，薛書佚文可考得三十五事。

《新唐志》著録本書注云：「字中勝，長慶光州刺史。」此必是據原書題署或自序而云。則用弱著此書在穆宗長慶中（八二一—八二四），時任光州刺史。唐末皇甫枚《三水小牘》卷下《黑水將軍靈異》載：「弋陽郡東南有黑水河，河湄有黑水將軍祠。大和初，薛用弱自儀曹郎出守此郡，爲政嚴而不殘。」《太平廣記》卷三一二引《三水小牘》作「太和中」。弋陽郡即光州。用弱自禮部郎中（儀曹即禮部，黑水將軍稱用弱爲郎中）刺光，稱在太（「大」通「太」）和初或太和中，晚於長慶（太和元年爲八二七年），蓋傳聞有誤。本書《符契元》（《廣記》卷七八）云僕射馬總時方爲刑部尚書，中疾，不旬日而殁。據《舊唐書》卷一五七《馬總傳》，總元和十四年爲檢校刑部尚書、鄆州刺史、天平軍節度使，就加檢校尚書、左僕射，入爲户部尚書，長慶三年卒，贈右僕射。又《王維》云「今崇義里竇丞相易直私第，即圓（崔圓）舊宅也」，據《新唐書·宰相表下》，長慶四年（八二四）五月户部侍郎、判度支竇易直同中書門下平章事，大和二年（八二八）十月罷爲山南東道節度使。然則本書當作於長慶四年。

本篇今本題《蔡少霞》，《廣記》卷五五引同。《説郛》卷二五《集異記》題作《蒼龍宫銘》，疑爲改題。明汪雲程編《逸史搜奇》壬集十《蔡少霞》，全同顧本，吴大震《廣豔異編》卷一一及《續豔異編》卷七《蔡少霞》，則取自《太平廣記》。本篇文中云「有鄭還古者，爲立傳焉」，鄭還古所作傳已佚，本篇當有所取資。

王維

薛用弱 撰

王維右丞，年未弱冠，文章得名。性閑音律，妙能琵琶，遊歷諸貴之間，尤爲岐王〔一〕之所眷重。時進士張九皋，聲稱籍甚，客有出入九公主〔二〕之門者，爲其致公主邑司牒京兆試官〔三〕，令以九皋爲解頭。維方將應舉，具其事言於岐王，仍求庇借〔四〕。岐王曰：「貴主之强，不可力争，吾爲子畫焉。子之舊詩清越者，可録十〔五〕篇；琵琶之新聲怨切者，可度一曲。後五日當詣此。」維即依命，如期而至。岐王謂曰：「子以文士，請謁貴主，何門可見哉？子能如吾之教乎？」維曰：「謹奉命。」岐王則出錦繡衣服，鮮華奇異，遣維衣之。仍令賫琵琶，同至公主之第。

岐王入曰：「承貴主出内，故攜酒樂奉讌。」即令張筵，諸伶旅進。維妙年潔白，風姿都美，立於前行。公主顧之，謂岐王曰：「斯何人哉？」荅曰：「知音者也。」即令獨奏新曲，聲調哀切，滿座動容。公主自詢曰：「此曲何名？」維起曰：「號《鬱輪袍》。」公主大奇之。岐王曰：「此生非止音律，至於詞學，無出其右。」公主尤異之，則曰：「子有所爲文乎？」維即出獻懷中詩卷〔六〕。公主覽讀，驚駭曰：「皆我素所誦習者，常謂古人佳作，乃子之爲乎？」因令更衣，昇之客右。維風流蘊籍，語言諧戲，大爲諸貴之所欽矚。岐王因曰：「若使京兆今年得此生爲解頭，誠爲國華矣。」公主乃曰：「何不遣其應舉？」岐王曰：「此生不得首薦，義不就試。然已承貴主論託張九皋矣。」公主笑曰：「何預兒事？本爲他人所託。」顧謂維曰：「子誠取解，當爲子力〔七〕。」維起謙謝。公主則召試官至第，遣宫婢傳教。維遂作解頭，而一舉登第。

及爲太樂丞〔八〕，爲伶人舞《黄師子》，坐出官。《黄師子》者〔九〕，非一人不舞也。天寶末，禄山初陷西京，維及鄭虔、張通等皆處賊庭。洎尅復，俱囚於宣陽里〔一〇〕楊國忠舊宅。崔圓因召於私第，令畫數壁。當時皆以圓勳貴無二，望其救解，故運思精巧，頗絶其能。後由此事，皆從寬典，至於貶黜，亦獲善地。今崇義里竇丞相易直私第，即圓舊宅也，畫尚在焉。維累爲給事中，禄山授以僞官。及賊平，弟縉〔一一〕爲北都副留守，請以己官爵贖之，由是免死。累爲尚書右丞，於藍田置别業，留心釋典焉。（據上海涵芬樓景印明顧元慶《顧氏文房小説》重刻宋本《集異記》卷二校録，又《太平廣記》卷一七九引《集異記》）

〔一〕岐王　「岐」原譌作「歧」，據《四庫》本、《廣記》、《紺珠集》卷七《廣異記·鬱輪袍》（按：此係闌入）、《類説》卷八《集異録（記）·王維登第》、葉廷珪《海録碎事》卷一六《鬱輪袍》（無出處）、計有功《唐詩紀事》卷一六引《集異記》、明刊本《錦繡萬花谷》前集卷二二引《廣（集）異記》、謝維新《古今合璧事類備要》前集卷三七引《廣林（集異）記》（《四庫全書》本）、楊伯嵒《六帖補》卷二〇引《集異》、《虞初志》、《合刻三志》、《唐人百家小説》、《重編説郛》、《雪窗談異》、秦淮寓客《緑窗女史》卷二《鬱輪袍傳》、《唐人説薈》、蟲天子《香豔叢書》九集卷二《鬱輪袍傳》、《説庫》改。下同。按：《舊唐書》卷九五《睿宗諸子·惠文太子範》：「惠文太子範，睿宗第四子也。……初封鄭王，尋改封衛王。……睿宗踐祚，進封岐王。」

〔二〕出入九公主　原作「出入于公主」，《廣記》、《唐人説薈》、《説庫》作「出入公主」。「于」乃「九」字之譌，據《類説》、《虞初志》改。《六帖補》亦稱「同至九公主第」。按：《唐才子傳》卷二《王維》云：「王維九歲知屬辭，工草隸，嫻音律，岐王重之。維將應舉，岐王謂曰：『子詩清越者，可録數篇琵琶新聲，能度一曲，同詣九公主第。』」當據《集異記》。九公主，又稱九仙媛、如仙媛。唐柳珵《常侍言旨》（《説郛》卷五）載，玄宗爲太上皇，幸興慶宫勤政樓。樓下市人傳呼萬歲，聲動天地。宦官李輔國誣奏云：「此皆九仙媛、高力士、陳玄禮之異謀也。」下矯詔遷太上皇於西内，絶其扈從。高力士等被貶，九仙媛於嶺南安置。《太平廣記》卷一八八引《戎幕閒談》亦載。此事《新唐書》卷二〇八《宦者傳下・李輔國傳》、《資治通鑑》卷二二一肅宗上元元年（七六〇）亦有記。《新唐書》稱太上皇居興慶宫，陳玄禮、高力士、玉真公主等常在太上皇左右。上元中劍南奏事，吏過樓下因上謁。太上皇賜之酒，詔公主及如仙媛主之。《資治通鑑》亦云陳玄禮、高力士久侍衛上皇，上又命玉真公主、如仙媛内侍。有劍南奏事官過樓下拜舞，上皇命玉真公主、如仙媛爲之作主人。《新唐書》、《通鑑》均言如仙媛被流歸州。《通鑑考異》曰：「《常侍言旨》作九仙媛，《唐曆》作九公主女媛。……蓋舊宫人也。」司馬光以爲如仙媛乃舊日宫人。《御定（康熙）孝經衍義》卷二一注「如仙媛」云：「唐制，九嬪中有昭媛、修媛、充媛，如仙必媛之名。」然則如仙媛殆爲玄宗父睿宗生前所寵嬪妃，名如仙。之所以稱九仙媛、九公主，蓋排行第九。而稱公主者，非其封號，蓋玄宗後宫稱呼，言其地位尊如公主也。唐李濬《松窗雜録》曾載宰相張説爲宰相姚崇所構，托人求情於九公主而獲免之事，九公主之貴重可知。裴鉶《傳奇・張雲容》中亦記開元中劉蘭翹、蕭鳳臺「亦當時宫人有容者，爲九仙媛所忌毒而死之」。

〔三〕爲其致公主邑司牒京兆試官　《廣記》、《唐人説薈》、《説庫》作「爲其地，公主以詞牒京兆試官」。按：邑司，爲公主管理事務之機構。《舊唐書・職官志一》：「王公以下置府佐國官，公主置邑司。」此言爲張九皋求得九公主邑司，致函於京兆府試官。「爲其地」，意謂替他活動門路。

〔四〕借　《廣記》孫校本作「惜」。

〔五〕十　《紺珠集》、《海録碎事》、《唐才子傳》作「數」，《六帖補》作「十餘」。

〔六〕維即出獻懷中詩卷　《廣記》下有「呈公主」三字。

〔七〕當爲子力　《廣記》下有「致焉」二字。

〔八〕及爲太樂丞　自此至文末原無，據《廣記》補。

〔九〕者　原衍一「者」字，據《廣記》明鈔本、孫校本、《四庫》本及清趙殿成《王右丞集箋注》卷首引《太平廣記》删。

〔一〇〕宣陽里　「陽」原譌作「楊」，今改。按：宣陽里，即宣陽坊，長安皇城東第一街自北向南第六坊。楊國忠宅在此，見《唐兩京城坊考》。

〔一一〕弟縉　「弟」原作「凡」，明鈔本、孫校本、《四庫》本作「兄」。張國風《太平廣記會校》據明鈔本、孫校本改作「兄」，誤。按：王縉乃王維弟，官至宰相。《舊唐書》卷一一八《王縉傳》：「王縉，字夏卿，河中人也。少好學，與兄維早以文翰著名。」又《新唐書》卷二〇二《王維傳》：「王維……與弟縉齊名。」《王右丞集箋注》改作「弟」。今改。

按：《集異記》今本皆止於「而一舉登第」，《廣記》所引末多「及爲太樂丞」一節，文氣連貫，當屬原有，今本闕焉。明秦淮寓客《緑窗女史》卷二自今本取入，改題《鬱輪袍傳》，妄署唐鄭還古。此本又載入清末蟲天子《香豔叢書》九集卷二。

李清

薛用弱 撰

李清，北海人也，代傳染業。清少學道，多延齊魯之術士道流，必誠敬接奉之，終無所遇，而勤求之意彌切。家富於財，素爲州里之豪甿[一]。子孫及内外姻族，近百數[二]家，皆能游手射利於益都。每清生日，則争先餽遺，凡積百餘萬。清性仁儉，來則不拒，納亦不散，如此相因，填累藏舍。年六十九，生日前一旬，忽召姻族，大陳酒食。已而謂曰：「吾賴爾輩勤力無過，各能生活，以是吾獲優贍。然吾布衣蔬食，逾三十年矣，寧復有意於華侈哉！爾輩以吾老長行，每餽吾生日衣裝玩具，侈亦至矣[三]。然吾自久所得[四]，緘之一室，曾未閲視。徒損爾之給用，資吾之糞土，竟何爲哉！幸天未録吾魂氣，行將又及吾之生辰，吾固知爾輩又營續壽之禮[五]，吾所以先期而會，蓋止爾之常態耳。」子孫皆曰：「續壽自遠有之，非此將何以展卑下孝敬之心，願無止絶，俾姻故之不安也[六]。」清曰：「苟爾輩志不可奪，則從吾[七]所欲而致之，可乎？」皆曰：「願聞尊旨。」清曰：「各能遺吾洪纖麻縻百尺，總而計之，是吾獲數千百丈矣。以此爲紹續吾壽，豈不延長哉！」皆曰：「謹奉教。然尊旨必[八]有所以，卑小敢問。」清笑謂曰：「終亦須令爾輩知之。吾下界俗人，妄意求道，精神心力，夙夜勤勞，於今六十載矣，而曾無影響。吾年已老耄，朽蠹殆盡〔九〕，自期筋骸不過〔一〇〕三二年耳。欲乘視聽步履之尚能，將行早志，爾輩幸無吾阻。」

先是，青州南十里有高山，俯壓郡城。峰頂中裂，豁爲關崖。州人家家坐對嵐岫，歸雲過鳥，歷歷盡見。按圖經云雲門山，俗亦謂之劈山。而清蓄意多時，及是謂姻族曰：「雲門山，神仙之窟宅也，吾將往焉。吾生日，坐大竹簣，以轆轤自縋而下，以纖縻爲媒焉〔一一〕。脱不可前，吾當急引其媒，爾則出吾於媒末。設有所遇，而能肆吾志，亦當復來歸〔一二〕。」子孫姻族泣諫曰：「冥寞深遠，不測紀極。況山精木魅，蛇虺怪物，何類不儲？忍以千金之身，自投於斯〔一三〕，豈久視永年之階乎？」清曰：「吾志也，汝輩必阻，則吾私行矣，是不獲竹〔一四〕簣洪縻之安也。」衆知不可迴，則共治其事。

及期而姻族鄉里，凡千百人，競齎酒饌。遲明，大會於山椒。清乃揮手辭謝而入焉。良久及地，其中極暗。仰視天，纔如手掌〔一五〕。捫四壁，止容兩席許。東南有穴，可俯僂而入，乃棄簣遊焉。初甚狹細，前往則可伸腰。如此約行三十里，晃朗微明。俄及洞口，山川景象，雲煙草樹，宛非人世。曠望久之，惟東南十數里，隱映若有居人焉。因徐步詣之，至則陡絶一臺，基級極峻。而南向〔一六〕可以登陟，遂虔誠而上，頗懷恐懼。及至，闞其〔一七〕堂宇甚嚴，中有道士四五人。清於是扣門，俄有青童應門問焉，答曰：「青州染工李清。」青童如詞以報。清聞中堂曰：「李清伊來也。」乃令前。清惶怖趨拜，當軒一人遥語曰：「未宜來，何即遽至？」因令遍拜諸賢。其時日已午，忽有白髮翁自門而入，禮謁，啓曰：「蓬萊霞明觀丁尊師新到，衆聖令邀諸真登上清赴會。」於是列真偕行。謂清曰：「汝且居此。」臨出顧曰：「慎無開北扉。」

清巡視院宇，兼啓東西門。情意飄飄然，自謂〔一八〕永棲真境。因至堂北，見北户斜掩。偶出顧望，下爲青州，宛然在目〔一九〕。離思歸心，良久方已〔二〇〕。悔恨思返，諸真則已還矣。其中相謂曰：「令其勿犯北門，竟爾自惑，信知仙界不可妄至也。」因與瓶中酒一甌〔二一〕，其色濃白。既而謂曰：「汝可且歸。」清則叩頭求哀，又云：「無路却返。」衆謂清曰：「會當至此，但時限未耳。汝無苦無途，但閉目，足至地，則到鄉也。」清不得已，流涕辭行。或相謂曰：「既遣其歸，須令有以爲生。」清心恃豪富，訝此語爲不知己。一人顧清曰：「汝於堂内閣上，取〔二二〕一軸書去。」清既得，謂清曰：「脱歸無倚〔二三〕，可以此書自給。」

清遂閉目，覺身如飛鳥，但聞風水之聲相激。須臾履地，開目，即青州之南門，其時纔申未〔二四〕。城隍阡陌，髣髴如舊。至於屋室、樹木、人民、服用，已盡變改。獨行盡日，更無一人相識者。即詣故居，朝來之大宅宏門，改張新舊，曾無倣像。左側有業染者，因投詣，與之語。其人稱姓李，自云：「我本北海富家。」因指前後閭閈，「此皆我祖先之故業。曾聞先祖於〔二五〕隋開皇四年生日，自緦南山，不知所終。因是家道淪破。」清悒怏久之，乃換姓氏，寓遊城邑。因取所得書閲〔二六〕之，則療小兒諸疾方也。其年，青州小兒癘疫，清之所醫，無不立愈。不旬月，財産復振。時高宗永徽元年，天下富庶。而北海往往有知清者，因是齊魯人從而學道術者，凡百千輩。至五年，乃謝門徒云：「吾往泰山觀封禪。」自此莫知所往。（據中華書局版汪紹楹點校本《太平廣記》卷三六引《集異記》校録）

〔一〕州里之豪甿　「州里」孫校本作「州」，明鈔本作「州青」，「青」字譌。明陸楫《古今説海》説淵部别傳四十六《李清傳》、《逸史搜奇》丙集八《李清》、《廣豔異編》卷三《李清傳》作「青州」。按：唐之北海縣（今山東濰坊市）屬青州，青州治益都，即今青州市。「甿」明鈔本作「强」。

〔二〕百數　《説海》、《逸史搜奇》、《廣豔異編》作「數百」。

〔三〕衣裝玩具侈亦至矣　《説海》、《逸史搜奇》、《廣豔異編》作「衣裝服玩，其侈亦至矣」。按：玩具，亦服玩之義，非今之兒童玩具。唐蘇鶚《杜陽雜編》卷下：「其衣服玩具，悉與生人無異。」戴孚《廣異記·盧彦緒》（《太平廣記》卷二七九）：「彦緒取釵、鏡等數十物，乃閉之。夕夢婦人云：『何以取吾玩具？』」

〔四〕然吾自久所得　「自」下原有「以」字，據孫校本、《説海》、《逸史搜奇》删。《廣豔異編》「久」作「受」。

〔五〕又營續壽之禮　明鈔本作「果營償續之財」，孫校本作「營償續之財」，《説海》、《逸史搜奇》作「果營餽續之財」。《説海》《四庫全書》本改同《廣記》。《廣豔異編》作「必營餽續之財」。按：續壽，添壽也。《類説》卷一九《駭聞録·知縣生日》：「知縣之生日……至日，各持縑獻之，曰續壽衣，宰一無所拒。」作「餽續」亦不誤，餽贈續壽之謂。

〔六〕俾姻故之不安也　《説海》、《逸史搜奇》、《廣豔異編》作「婚媾故舊不安也」。按：姻故即婚媾故舊。

〔七〕從吾　《説海》、《逸史搜奇》作「從容」，《説海》《四庫》本改同《廣記》。按：從容，順從也。作「從容」亦通。

〔八〕必　孫校本、《説海》、《逸史搜奇》、《廣豔異編》作「的」。

〔九〕吾年已老耄朽蠹殆盡　《説海》、《逸史搜奇》、《廣豔異編》作「吾年老矣，耄朽殆盡」。

〔一〇〕不過　《説海》、《逸史搜奇》、《廣豔異編》作「止可遷延」。明鈔本、孫校本作「戴百日者」，「百」疑爲「白」字之譌。

〔一一〕以轆轤自縋而下以纖縻爲媒焉　孫校本、《説海》、《逸史搜奇》、《廣豔異編》作「以轆轤自縋，而用纖縻爲媒焉」。

〔一二〕爾則出吾於媒未設有所遇而能肆吾志亦當復來歸　明鈔本、孫校本、《説海》、《逸史搜奇》、《廣豔異編》作「爾則出吾於媒。未振，候及實而止。肆吾志所如，當復來歸」。

〔一三〕忍以千金之身自投於斯　明鈔本「忍」作「忽」。孫校本作「忍以千金之身，而自絶投」。《説海》、《逸史搜奇》、《廣豔異編》作「忽以千金，自絶而投」，《説海》《四庫》本據《廣記》改。

〔一四〕竹　原譌作「行」，據明鈔本、孫校本、《説海》、《逸史搜奇》、《廣豔異編》、明馮夢龍《太平廣記鈔》卷七改。

〔一五〕手掌　明鈔本、孫校本作「掌手」，「手」連下讀，《會校》據改。

〔一六〕向　明鈔本、孫校本作「門」，《説海》、《逸史搜奇》、《廣豔異編》作「行」。

〔一七〕闚其　明鈔本、孫校本、《説海》、《逸史搜奇》、《廣豔異編》作「先闚（或窺）」。

〔一八〕謂　《説海》、《逸史搜奇》、《廣豔異編》作「惟」。

〔一九〕目　明鈔本、孫校本、《説海》、《逸史搜奇》、《廣豔異編》作「掌」。按：掌，一掌之握。

〔二〇〕已　《説海》、《逸史搜奇》、《廣豔異編》作「爾」。

〔二一〕一甌　《説海》、《逸史搜奇》、《廣豔異編》上有「飲」字。

〔二二〕取　明鈔本、孫校本作「課取」。課，取也。

〔二三〕脱歸無倚　明鈔本作「脱無依頭」，孫校本、《説海》、《逸史搜奇》、《廣豔異編》作「脱無依賴」。

〔二四〕末　原譌作「未」，據孫校本、《説海》、《逸史搜奇》、《廣豔異編》改。

〔二五〕曾聞先祖於　孫校本作「聞曾祖求道」，《會校》據改。《説海》、《逸史搜奇》、《廣豔異編》作「曾祖求道」。

〔三六〕閲　明鈔本、孫校本、《説海》、《逸史搜奇》、《廣豔異編》作「開」。

按：此篇今本不載，引於《廣記》卷三六。《古今説海》説淵部别傳四十六《李清傳》，即據《廣記》。《説海》本後又載入《逸史搜奇》丙集八、《廣豔異編》卷三，分别題《李清》、《李清傳》。

韋仙翁

薛用弱　撰

代宗〔一〕皇帝大曆中，因晝寢，常夢一人謂曰：「西嶽太華山中，有黄帝〔二〕壇，何不遣人求訪，封而拜之，當獲大福。」即日詔遣監察御史韋君，馳驛詣山尋訪。至山下，州縣陳設一店，具飯〔三〕店中，所有行客，悉令移之。有一老翁謂店主曰：「韋侍御一湌即過，吾老病，不能遠去，但於房中坐，得否？」店主從之。

少頃，韋君到店。良久，忽聞房中嗽聲，韋問：「有何人在此？」遣人視之，乃曰：「有一老父。」韋君訪老父何姓，答曰：「姓韋。」韋君曰：「相與宗盟，合有繼叙。」邀與同席。老父因訪韋公祖父官諱，又訪高祖爲誰，韋君曰：「曾祖諱某〔四〕，任某官。高祖奉道不仕，隋朝入此山中，不知所在。」老父喟然歎曰：「吾即爾之高祖也。吾名集〔五〕，有二子，爾即吾之小子曾孫也，豈知於〔六〕此與爾相遇。」韋君涕泣載〔七〕拜，老父止之，謂曰：「爾祖母見在。爾有二祖姑，亦在山中。今遇寒食，故入郭與渠輩求少脂粉耳。有一布襆，襆內有茯苓粉片，欲貨此市買。」問韋君：「爾今何之？」韋君曰：「奉勑於此山中求真〔八〕壇，州縣及山中人，莫有知者，不審翁能知此處否。」老父曰：「蓮花中峰西南〔九〕上，有一古壇，髣髴餘址，此當是也，但不定耳〔一〇〕。」遂與韋君同宿。老父絶糧不食，但飲少酒及人參茯苓湯。

明日，韋君將入山，老父曰：「吾與爾同去。」韋君乃以乘馬讓之，老父曰：「爾自騎，吾當杖策先去。」韋君乘馬奔馳，竟不能及，常在馬前三十步。至山足，道路嶮阻，馬不能進，韋君遂下，隨老父入谷。行不里許，到一石〔一一〕室，見三〔一二〕嫗。老父曰：「此乃爾之祖母及爾之二祖姑也。」韋君悲涕載〔一三〕拜。祖母年可七八十，姑各四十餘，俱垂髮〔一四〕，皆以木葉爲衣。相見甚喜，謂曰：「年代遷變，一朝遂見玄孫。」欣慰〔一五〕久之，遂與老父上山訪壇。登攀嶮峻，韋君殆不可堪，老父行步若飛，迴顧韋君而笑。直至中峰西南隅，果有一壇。韋君灑掃拜謁，立標記而迴。却到老父石室，辭出谷。韋君曰：「到京奏報畢，當請假却來請覲。」老父曰：「努力，好事君主。」韋君遂下山。

返〔一六〕到闕庭，具以事奏。代宗歎異，乃遣韋君齎手詔入山，令刺史以禮邀致。韋君到山中求覓，遂失舊路，數日尋訪不獲。訪山下故老，皆云自少年已來，三二年則見此老父一到城郭，顔狀只如舊，不知其所居。韋君望山慟哭而返。代宗悵恨，具以事跡宣付史館。（據中華書局版汪紹楹點校本《太平廣記》卷三七引《異聞集》校録）

〔一〕代宗　前原有「唐」字，今删。

〔二〕黄帝　原譌作「皇帝」，據《紺珠集》卷一〇《異聞集·韋仙翁》、《類説》卷二八《異聞集·韋仙翁》、《三洞群仙録》卷二〇引《異聞集》改。《廣記》《四庫》本亦改。明施顯卿《新編古今奇聞類紀》卷六引《異聞録》作「仙真」。

〔三〕飯　孫校本作「飲」。

〔四〕某　明鈔本作「集」，《會校》據改，誤。按：集乃其高祖名。

〔五〕集　孫校本作「某」。

〔六〕於　明鈔本、孫校本作「如」。

〔七〕載　明鈔本、孫校本、清黄晟校刊本、《四庫》本、《筆記小説大觀》本、《奇聞類紀》作「再」。

〔八〕真　明鈔本作「玄」，孫校本作「員」。

〔九〕蓮花中峰西南　孫校本下有「山」字，《會校》據補。按：此言蓮花中峰之西南部位，非峰西南之山也。下文「直至中峰西南隅」可證。「山」字疑衍。

〔一〇〕但不定耳　明鈔本、孫校本作「亦不定之」。

〔一一〕到一石室　「一石」二字原無，據《紺珠集》、《類説》、《奇聞類紀》補。《群仙録》無「一」字。

〔一二〕三　《類説》、《群仙録》作「二」，誤。

〔一三〕載　明鈔本、孫校本、黄本、《四庫》本、《筆記小説大觀》本作「再」。

〔一四〕垂髮　明鈔本作「雙髻」，孫校本、《類説》、《群仙録》作「雙鬟」。

〔一五〕欣慰　明鈔本、孫校本作「憩」。

〔一六〕返　明鈔本作「及」。

按：此篇爲陳翰《異聞集》所採，原出則爲《集異記》。南宋羅泌《路史·發揮》卷六《關龍逢》：「而《集異記》韋侍御華山遇老翁，引見諸祖姑及阿婆等，乃《逸史》楊越公六代孫事。」《集異記》當爲薛氏書，非陸勳者，風格不類也。《集異記》中華書局點校本未輯。

玉女

薛用弱　撰

開元中〔一〕，華山雲臺觀，有婢名〔二〕玉女，年十四五〔三〕。大疾，徧身潰爛臭穢。觀中人懼其污染，即共送于山澗〔四〕幽僻之處。玉女痛楚呻吟，忽有道士過前，遥擲青草三四株。其草如菜，謂之曰：「勉食此，不久當愈。」玉女即茹之。自是疾漸痊，不旬日復舊。初忘飲食，惟恣游覽，但意中飄飖，不喜人間，及觀之前後左右，亦不願過。此觀中人謂其消散久矣，亦無復有訪之者。

玉女周旋山中，酌泉水，食木實而已。後於巖下，忽逢前道士，謂曰：「汝疾既瘥，不用更在人間。雲臺觀西二里，有石池，汝可日至辰時，投以小石，當有水芝一本自出。汝可掇之而食，久久當自有益。」玉女即依其教。自後筋骸輕健，翱翔自若。雖屢爲觀中人逢見，亦不知爲玉女耳。如此數十年，髮長六七尺，體生緑毛，面如白花。往往山中之人過之，則叩頭遥禮而已。

大曆中，有書生班行達者，性氣麄疏，誹毁釋道，爲學於觀之〔五〕西序，而玉女日日往來石池，因以爲常。行達伺候窺覘〔六〕，又熟見投石採芝，時節有准。於一日，稍先至池上。及其〔七〕玉女投小石，水芝果出，行達乃搴取。玉女遠在山巖，或棲樹杪，既在採去，則呼歎而還。明日，行達復如此。積旬之外，玉女稍稍與行達争先。步武相接，欻然遽捉其髮，而玉女騰去，不得。因以勇力挈其膚體，仍加逼迫。玉女號呼求救，誓死不從，而氣力困憊，終爲行達所辱，扃之一室。翌日，行達就觀，乃見皤然一嫗，尪瘵異常，起止殊艱，視聽甚昧。行達驚異，遽召觀中人，細話其事。即共伺問玉女，玉女備述始終。觀中人固有聞知其故者，計其年，蓋百有餘矣。衆哀之，因共放去，不經月而殁。（據中華書局版汪紹楹點校本《太平廣記》卷六三引《集異記》校録）

〔一〕開元中　前原有「唐」字，乃《廣記》編纂者所加，今删。

〔二〕名　此字原無，據明鈔本、孫校本、南宋周守忠《姬侍類偶》卷上引《集異記》補，

〔三〕年十四五　原作「年四十五」，當誤。孫校本、清陳鱣校本作「年十四五」，《姬侍類偶》作「年四十六」。按：《姬侍類偶》下字作「疾」，無「大」字，則「六」字必爲「大」字之譌，「四十」蓋爲「十四」之倒。據孫校本、陳校本改。

〔四〕澗　明鈔本作「間」，《會校》據改。

〔五〕之　此字原無，據明鈔本、孫校本補。

〔六〕因以爲常行達伺候窺覘　孫校本作「因是常爲行達伺候窺覘」。

〔七〕其　明鈔本、孫校本作「期」。《廣豔異編》卷四《玉女》作「見」。

按：《廣豔異編》卷四採入，題《玉女》。

李子牟

薛用弱 撰

李子牟者，蔡王〔一〕第七子也，風儀爽秀，才調高雅，性閑音律，尤善吹笛，天下莫比其能。江陵舊俗，孟春望夕，尚列影燈。其時士女緣江，軿闐縱觀。子牟客遊荆門，適逢其會，因謂朋從曰：「吾吹笛一曲，能令萬衆寂爾無譁。」於是同遊贊成〔二〕其事。子牟即登樓，臨軒迴〔三〕奏，清聲一發，百戲皆停，行人駐足〔四〕，坐者起聽。曲罷良久，衆聲復喧。而子牟恃能，意氣自若。

忽有白叟，自樓下小舟行吟而至，狀貌古峭，辭韻清越。子牟洎坐客，争前致敬。叟謂子牟曰：「向者吹笛，豈非王孫乎？天格絶高，惜者樂器常常耳。」子牟則曰：「僕之此笛，乃先帝〔五〕所賜也。神鬼異物，則僕不知；人寰〔六〕之中，此爲至寶。平生閲〔六〕視，僅〔八〕過萬數，方僕所有，皆莫比倫〔九〕，而叟以爲常常，豈有〔一〇〕説乎？」叟曰：「吾少而習焉，老猶未倦。如君所有，非吾敢知。王孫以爲不然，當爲一試。」子牟以授之。而叟引氣發聲，聲成而笛裂。四座駭愕，莫測其人。

子牟因叩顙求哀，希逢珍異。叟對曰：「吾之所貯，君莫能吹。」即令小僮，自舟齎至。

子牟就視，乃白玉耳。叟付子牟，令其發調，氣力殆盡，纖響無聞。子牟彌不自寧，虔恭備極。叟乃授之微弄〔一一〕，座客心骨泠然。叟曰：「吾愍子志尚，試爲一奏。」清音激越，遐韻泛溢，五音六律，所不能偕。曲未終，風濤噴騰，雲雨昏晦。少頃開霽，則不知叟之所在矣。（據中華書局版汪紹楹點校本《太平廣記》卷八二引《集異記》校録，又朝鮮成任編《太平通載》卷九引《太平廣記》）

〔一〕蔡王　前原有「唐」字，今删。

〔二〕成　孫校本作「試」。

〔三〕迴　明鈔本作「獨」，《會校》據改。

〔四〕足　原作「愁」，據明鈔本改。孫校本作「聽」。

〔五〕先帝　《太平通載》作「大」，當譌。孫校本空闕十四字。

〔六〕人寰　原作「音樂」，據《太平通載》改。孫校本作「人代」，即「人世」。

〔七〕闋　此字原脱，據《太平通載》補。

〔八〕僅　《太平通載》作「謹」。

〔九〕皆莫比倫　原作「皆莫能知」，據《太平通載》改。明鈔本作「皆莫之比」。

〔一〇〕有　孫校本此下空闕五字。

〔二〕弄　孫校本、《太平通載》作「哢」，《會校》據孫本及《太平廣記詳節》卷七（按：《詳節》目録卷七確有《李子牟》，然此卷已散佚。韓國首爾學古房二〇〇五年影印殘存二十六卷，中無第七卷）改。按：哢，樂聲。弄，彈撥吹奏樂器。

唐五代傳奇集第二編卷十七

賈人妻

薛用弱　撰

餘干〔一〕縣尉王立調選，傭居大寧里。文書有誤，爲主司駁放，資財蕩盡，僕馬喪失，窮悴頗甚。每丐食於佛祠，徒行晚歸，偶與美婦人同路，或前或後依隨。因誠意與言，氣甚相得。立因邀至其居，情款甚洽。翌日，謂立曰：「公之生涯，何其困哉！妾居崇仁里，資用稍備，儻能從居乎？」立既悦其人，又幸其給，即曰：「僕之厄塞，阽於溝瀆。如此勤勤，所不敢望焉〔二〕。子又何以營生？」對曰：「妾素賈人之妻也，夫亡十年，旗亭之内，尚有舊業。朝肆暮家，日贏錢三百，則可支矣。公授官之期尚未，出遊之資且無，脱不見鄙，但同處，以須冬集可矣。」立遂就焉。閱其家，豐儉得所，至於扃鎖之具，悉以付立。每出，則必先營辦立之一日饌焉。及歸，則又攜米肉錢帛以付立，日未嘗闕。立憫其勤勞，因令傭買僕隸，婦託以他事拒之，立不之彊也。周歲産一子，唯日中再歸爲乳耳。

凡與立居二載。忽一日夜歸，意態遑遑〔三〕，謂立曰：「妾有冤仇，痛纏肌骨，爲日深矣。伺便復仇，今乃得志。便須離京，公其努力。此居處五百緡自置，契書在屏風中。室内資儲，一以相奉。嬰兒不能將去，亦公之子也，公其念之。」言訖，收〔四〕淚而別。立不可留止，則視其所攜皮囊，乃人首耳。立甚驚愕，其人笑曰：「無多疑慮，事不相縈〔五〕。」遂挈囊，踰垣而去，身如飛鳥。立開門出送，則已不及矣。方徘徊於庭，遽聞却至。立迎門接俟，則曰：「更乳嬰兒，以豁〔六〕離恨。」就撫子，俄而復去，揮手而已。立迴燈褰帳，小兒身首已離矣。立惶駭，達旦不寐。則以財帛買僕乘〔七〕，遊抵近邑，以伺其事。久之，竟無所聞。其年立得官，即貨鬻所居歸任，爾後終莫知其音問也。（據中華書局版汪紹楹點校本《太平廣記》卷一九六引《集異記》校録）

〔一〕餘干　前原有「唐」字，今删。

〔二〕焉　明鈔本、孫校本、《太平廣記詳節》卷一四、《劍俠傳》卷三作「然」，《會校》據明鈔本、孫校本改。《唐人説薈》第十一集、《龍威秘書》四集、《藝苑捃華》、《説庫》之《劍俠傳》作「然則」，連下讀。

〔三〕遑遑　《劍俠傳》、《唐人説薈》、《龍威秘書》、《藝苑捃華》、《説庫》作「徬徨」。

〔四〕收　《廣記詳節》作「抆」。抆，拭也。

〔五〕縈　《廣記》《四庫》本作「累」。

〔六〕豁　《劍俠傳》、《唐人説薈》、《龍威秘書》、《藝苑捃華》、《説庫》作「畢」。

〔七〕買僕乘　《廣記詳節》作「傭僕買乘」。

按：《劍俠傳》卷三收入《賈人妻》。《劍俠傳》載於明吳琯編《古今逸史》，不著撰人，四卷。又收入清汪士漢編《祕書廿一種》。明王世貞《弇州四部稿》卷七一有《劍俠傳小序》，余嘉錫《四庫提要辨證》卷一九據而斷爲王世貞所作。《五朝小説·唐人百家小説》、《重編説郛》卷一一二收一卷本，題唐，不具名氏，共十一篇，全在四卷本前兩卷中。清蓮塘居士所編《唐人説薈》第十一集（同治八年刊本卷一三）亦有《劍俠傳》一卷，妄題唐段成式著，亦爲四卷本之節録，中有《賈人妻》。此本後又收入《龍威秘書》四集《晉唐小説暢觀》、《藝苑捃華》、《説庫》、《晉唐小説六十種》等。又明冰華居士《合刻三志》志奇類《續劍俠傳》，僞題元喬夢符撰（目録作《劍俠傳》，小字注「洪邁續」），舊題明楊循吉《雪窗談異》卷五《續劍俠傳》，僞題宋洪邁，中亦有《賈人妻》，文同四卷本《劍俠傳》。《廣豔異編》卷一三《賈人妻》，乃取自今本《廣記》。

衛庭訓

薛用弱　撰

衛庭訓，河南人，累舉不第。天寶初，乃以琴酒爲事，凡飲皆敬酬之。恒遊東市，遇友人飲於酒肆。一日，偶值一舉人，相得甚歡，乃邀與之飲。庭訓復酧，此人昏然而醉。庭訓曰：「君未飲，何醉也？」曰：「吾非人，乃華原梓桐[一]神也。昨日從酒肆過，已醉君之酒，故今日訪君。適醉者，亦感君之志。今當歸廟，他日有所不及，宜相訪也。」言訖而去。

後旬日，乃訪之。至廟，神已令二使迎庭訓入廟。庭訓欲拜，神曰：「某年少，請爲弟。」神遂拜庭訓爲兄，爲設酒食歌舞，既夕而歸。來日復詣，告之以貧。神顧謂左右：「看華原縣下有富人命衰者，可收生魂來。」鬼偏索之。其[二]縣令妻韋氏衰，乃收其魂，掩其心。韋氏忽心痛，殆絶。神謂庭訓曰：「可往，得二百千與療。」庭訓乃歸主人，自署云「解醫心痛」。令召之，庭訓如[三]神教，求二百千，令許之。庭訓投藥，即愈如故。兒女忻忭，令亦喜，奉錢留宴飲。自爾無日不醉，主人諭之曰：「君當憶貧窘[四]，何苦使用不節乎？」庭訓曰：「但有梓桐神在，何苦貧也？」主人以告令，令召問之，具以實對。令怒，逐庭訓而焚梓桐神廟。

庭訓夜宿村店，忽見梓桐神來曰：「非兄之過，乃弟合衰。弟今往濯錦江立廟，極盛於此，可詣彼也。」言訖不見。庭訓又往濯錦江，果見新廟。神見夢於鄉人：「可請衛秀才爲廟祝。」明日，鄉人請留之。歲暮，神謂庭訓曰：「吾將至天曹，爲兄問禄壽。」去數日歸，謂庭訓曰：「兄來歲合成名，官至涇陽主簿。」秩不滿，有人迎充判官。」於是神置酒餞之。至京，明年果成名，釋褐授涇陽縣主簿。在任二載，分務閒暇，獨坐[五]廳事。有一黄衫吏，

持書而入，拜曰：「天曹奉命爲判官。」遂卒於是夕。（據中華書局版汪紹楹點校本《太平廣記》卷三〇二引《集異記》校録）

〔一〕桐　陳校本作「橦」，下同。

〔二〕其　陳校本作「唯」。

〔三〕如　原譌作「入」，據《四庫》本改。

〔四〕君當憶貧窘　「憶」原作「隱」，據明鈔本、陳校本改。《四庫》本改作「君嘗患貧窘」。

〔五〕坐　原作「立」，據明鈔本改。

李納

薛用弱　撰

貞元初，平盧帥李納病篤〔一〕，遣押衙王祐，禱于岱嶽。齋戒而往，及嶽之西南，遥見山上有四五人，衣碧汗衫半臂。其餘三四人，雜色服飾，乃從者也。碧衣持彈弓，彈古樹上山鳥，一發而中，鳥墮樹，從者争掩捉。王祐見前到山下人，盡下車却蓋，向山齊拜。比祐欲到〔二〕，路人皆止祐下車，曰〔三〕：「此三郎子、七郎子也。」遂拜碧衣人。從者揮路人，令上車。路人躊躇未敢〔四〕，碧衣人自揮手，又令人上。持彈弓於殿西南，以彈弓斲〔五〕地俯視，如有所伺。見王祐，乃召之前曰：「何爲來？」祐具以對。碧衣曰：「君本使已來矣，何必更爲此行？要見本使〔六〕乎？」遂命一人曰：「引王祐見本使。」遂開西院門引入，見李納荷校滅耳，踞席坐於庭。王祐驚泣前伏，抱納左〔七〕脚，噬其膚。引者曰：「王祐可退。」却引出。碧衣尤〔八〕在殿堦，謂祐曰：「要見新使邪？」又命一人從東來，形狀短闊，神彩可愛。碧衣曰：「此君新使也。」祐拜訖，無言。祐以欠嚏〔九〕而遲者久之，忽無所見，惟蒼苔松柏〔一〇〕，悄然嚴静，乃薦奠而迴。

見納，納呼入卧内，問王祐，祐不敢實對〔一一〕，但以薦奠畢，擲樗蒲〔一二〕投，具得吉兆告〔一三〕納。納曰：「祐何不實言？何故噬吾足？」於是舉足，乃祐所噬足跡也。祐頓首，具以實告。納曰：「適〔一四〕見新使爲誰？」祐曰：「見則識，不知其名也。」納乃召三人出，至師古，曰：「此是也。」納遂授以後事，言畢而卒。王祐初見納荷校，問曰：「僕射何故如此？」納曰：「平生爲臣之幸〔一五〕也，蓋不得已如何，今日復奚言也。」（據中華書局版汪紹楹點校本《太平廣記》卷三〇五引《集異記》校録）

〔一〕貞元初平盧帥李納病篤　按：紀時有誤。《舊唐書・德宗紀下》：貞元八年（七九二）五月「癸酉，平盧淄青節度使、檢校司徒、平章事李納卒」。當爲原作之誤。

〔二〕欲到　明鈔本、孫校本作「行」，《會校》據改。

〔三〕曰　此字原無，據明仁孝皇后《勸善書》卷一五補。

〔四〕未敢　此二字原無，據明鈔本補。

〔五〕斲　《勸善書》作「卓」。按：卓地，以所執物事豎向叩擊地面。舊題唐陸廣微《吴地記》後集：「寶華寺，在縣西南三十里，梁天監二年置，舊名寶林院。含面和尚住持，以錫卓地爲井。」張祜《答僧贈柱杖》：「畫空疑未决，卓地計初成。」

〔六〕本使　原作「使者」，據明鈔本改。《勸善書》作「使主」，意同，均指平盧節度使李納。

〔七〕左　明鈔本作「右」。

〔八〕尤　《筆記小説大觀》本、《勸善書》作「猶」。《會校》據黄本（按：實爲《筆記小説大觀》本，黄本作「尤」）改。按：尤，猶也。

〔九〕以欠呿　「以」原譌作「似」，據明鈔本改。明鈔本無「欠」字。欠，打呵欠。

〔一〇〕柏　《勸善書》作「栢」。

〔一一〕不敢實對　此四字原無，據明鈔本補。

〔一二〕樗蒲　《四庫》本、《筆記小説大觀》本作「樗蒱」，《勸善書》則作「樗蒲」。按：樗蒲又作樗蒱，一種博戲。

〔一三〕告　《勸善書》作「對」。

〔一四〕適　《勸善書》作「遣」。

〔一五〕辜　明鈔本作「報」，《會校》據改。按：辜，罪過。

沈聿

薛用弱　撰

貞元中，庶子沈華〔一〕致仕永崇里。其子聿，尉三原，素有别業在邑之西。聿因官，遂修葺焉。於莊之北平原十餘里垣古埏，以建牛坊。秩滿，因歸農焉。一日，晝寢堂之東軒，忽驚寤〔二〕，見二黄衣吏，謂聿曰：「府司召郎。」聿自謂官罷，無事詣府，拒之未行。二吏堅呼，聿不覺隨出。經歷親愛洎家人，揮霍告語，曾無應者。二吏呵驅甚迫，遂北行，可二十里，至一城署。人民稀少，道路蕪薈。正衙之東街，南北二巨門對啓。吏導入北門，止聿屏外，入云：「追沈聿到。」良久，廳上讀狀，付司責問。

聿惶懼〔三〕而逃，莫知所詣，遂突入南門。門内有廳，重施簾幕。聿危急，徑入簾下，則見紫衣貴人，寢書案後。聿欣有所投，又懼二吏之至，因聲氣撼動。紫衣遂寤，熟視聿曰：「子爲何〔四〕者？」聿即稱官及姓名。紫衣曰：「吾與子親且故，子其知乎？」聿驚惑未對。又曰：「子非張氏之彌甥〔五〕乎？吾而祖舅也。子在人間，亦知張謂侍郎乎？」聿曰：「幼稚時則聞之，家有文集，尚能記念。」紫衣喜曰：「試爲我言。」聿念：「櫻桃解結垂簷子，楊柳能低入户枝。」紫衣大悦。二吏走至前庭曰：「秋局召沈聿。」因遥拜，呼紫衣曰「生曹」，禮謁甚恭。紫衣謂曰：「沈聿，吾之外孫〔六〕也。爾可致吾意於秋局，希緩其期。」二吏承命而出。俄返曰：「敬依教。」紫衣曰：「爾死矣，宜速歸。」聿謝辭而出。吏伺聿於門，笑謂聿曰：「生曹之德，其可忘哉！」因引聿而南。聿大以酒食錢帛許之。忽若夢覺，日已夕矣。亦不以告人，即令夢致奠二吏於野外。聿亦無恙。

又五日，聿晚於莊門，復見二吏曰：「寃訴不已，須得郎爲證。」聿即詢其事犯，二吏曰：「郎建牛坊，平夷十古塚，大被論理，候郎對辯。」聿謂曰：「此主役之家人銀鑰擅意也。」二吏相顧曰：「置郎召奴，或可矣。」因忽不見。其夜，銀鑰氣蹶而卒。數日，忽復遇二吏，謂聿曰：「銀鑰稱郎指教，屈辭甚切，郎宜自往〔七〕。」聿又勤求，特希一爲告於生曹，二吏許諾。有頃復至，曰：「生曹遣郎今夕潛遯，慎不得洩。藏伏三日，事則濟矣。」言訖不見。聿乃密擇捷〔八〕馬，乘夜獨遊。聿曾於同州法輪寺寓居習業，因往詣之。及至，遇所友之僧出，因投其房，留宿累日。懼貽嚴君之憂，則徑歸京，不敢以實啓。莊夫至云：「前後火發，北原之牛坊，已爲煨燼矣。」聿終免焉。（據中華書局版汪紹楹點校本《太平廣記》卷

三〇七引《集異記》校録）

〔一〕沈華　談愷刻本原譌作「沈聿」，汪校本據明鈔本校改作「沈華」。《會校》亦據明鈔本、黄刊本改。《四庫》本改作「沈元」。

〔二〕驚寤　明鈔本作「夢中」，《會校》據改。

〔三〕惶懼　明鈔本、陳校本作「惶遽」。惶遽，恐慌。

〔四〕爲何　明鈔本作「何爲」，《會校》據改。

〔五〕彌甥　明鈔本作「外甥」，《會校》據改，誤。按：彌甥即遠甥，外甥之子。《左傳》哀公二十三年載宋景公之母卒，魯國季康子（名肥）使冉有弔，曰：「以肥之得備彌甥也。」杜預注：「彌，遠也。康子父之舅氏，故稱彌甥。」《正義》：「季桓子爲景公之甥，景公爲康子父之舅氏也，桓子於景公爲親甥，故康子致辭於景公，自以爲彌遠之甥。」季康子父桓子（名斯）乃宋景公外甥，康子於宋景公則爲彌孫。下文紫衣云「吾而祖舅也」，祖舅即父之舅。孫校本作「孫甥」，是。下文稱外孫，亦指彌甥、孫甥。

〔六〕外孫　明鈔本作「外甥」，《會校》據改，誤。

〔七〕往　明鈔本作「直」，陳校本作「行」。按：直，辨白。

〔八〕捷　明鈔本、陳校本作「健」，《會校》據改。捷，快也。

劉元迥

薛用弱　撰

劉元迥者，狡妄人也。自言能鍊水銀作黄金，又巧以鬼道惑衆〔一〕，衆多迷之，以是致富。李師古鎮平盧，招延四方之士，一〔二〕藝者至，則厚給之。元迥遂以此術干師古，師古異之，面〔三〕試其能，或十銖五銖，皆立成焉，蓋先以金屑置於汞中也。師古曰：「此誠至寶，宜何用？」元迥貴成其奸，不虞後害，乃曰：「雜之他藥，徐燒三年，可以飛仙。爲食器，可以避毒。以爲翫用，可以辟邪。」師古大神之，因曰：「再燒其期稍緩，子且爲我化十斤，將備吾所急之器也。」元迥本衒此術，規師古錢帛，逡巡則謀遯去。爲師古縻之，專令燒金，其數極廣。元迥無從而致，因以鬼道説師古曰：「公紹續〔四〕一方三十餘載，雖戎馬倉廪，天下莫與之儔，然欲遺四方仰歸威德，所圖必遂者，須假神祇之力。」師古甚悦，因而詢之。元迥則曰：「泰嶽天齊王，玄宗東封，因以沈香刻製其像，所以玄宗享國永年。公能以他寶易其像，則受福與開元等矣。」師古狂悖，甚然之。元迥乃〔五〕曰：「全軀而致，或恐卒〔六〕不能辨。且以黄金十五斤，鑄换其首，固當獲祐矣。」師古曰：「君便先爲燒之，速成其事。」元迥大笑曰：「天齊雖曰貴神，乃鬼類耳。若以吾金爲其首，豈冥鬼敢依至靈之物哉！是則斥逐天齊，何希其福哉！但以山澤純〔七〕金而易之，則可矣。」師古尤異之，則以藏金二十斤，恣元迴所爲，仍命元迴就嶽廟而易焉。元迴乃以鉛錫雜類，鎔其外而易之，懷其真金以歸。爲師古作飲食器皿，靡不辦集矣。師古尤加禮重，事之如兄。玉帛、姬妾、居第，資奉甚厚。

明年，師古方宴僚屬將吏，忽有庖人，自廚徑詣師古，於衆會之中，因舉身丈餘，蹈空而立，大詬曰：「我五嶽之神，是何賊盜，殘我儀質？我上訴於帝，涉歲方歸。及歸，我之甲兵車〔八〕馬、帑藏財物，皆爲黄石公所掠去。」則又極罵，復聳身數丈，良久履〔九〕地。師古令曳去，庖人無復知覺，但若沈醉者數日。師古則令畫作戎車戰士、戈甲旌旗，及紙錢、綾帛數十車〔一〇〕，就泰山而焚之。尚未悟元迴之奸。方將理之，而師古暴瘍，不數日，腦潰而卒。其弟師道領事，即令判官李文會、虞早等按之。元迴辭窮，戮之于市。（據中華書局版汪紹楹點校本《太平廣記》卷三〇八引《集異記》校録）

〔一〕惑衆　明鈔本作「干人」。

〔二〕一　明鈔本作「及」，連上讀。

〔三〕面　《四庫》本作「而」。

〔四〕紹續　陳校本「續」作「鎮」。按：《國語·晉語二》：「天降禍於晉國，讒言繁興，延及寡君之紹續昆裔，隱悼播越，託在草莽，未有所依。」韋昭注：「紹，繼也。續，嗣也。」李師古乃平盧節度使李納子，納死繼之。作「紹鎮」亦不誤。

〔五〕乃　明鈔本作「又」。

〔六〕卒　明鈔本作「猝」，字同。

〔七〕純　明鈔本作「之」。

〔八〕車　原作「軍」，據明鈔本改。

〔九〕履　孫校本作「伏」。

〔一〇〕車　明鈔本作「萬」。

裴越客

薛用弱　撰

乾元初〔一〕，吏部尚書張鎬貶辰州〔二〕司户。先是，鎬之在京，以次女德容，與僕射裴冕第三子、前藍田尉越客結婚焉。已尅迎日，而鎬左遷，遂改期來歲之春季。其年，越客則速裝〔三〕南邁，以畢嘉禮。春仲，拒辰百里，鎬知其將至矣。張斥在遠，方抱憂惕，深喜越客遵約而至。因命家族宴於花園，而德容亦隨姑姨妹遊焉。山郡蕭條，竹樹交〔四〕密。日暮，衆將歸，或後或先，紛紜笑語。忽有猛虎出自竹間，遂擒德容，跳入翳薈。衆皆驚駭，奔告張。夜色已昏，計力俱盡，舉家號哭，莫知所爲。及曉，則大發人徒，求骸骨於山野間。迴遠近，曾無蹤由。

是夕之前夜〔五〕，越客行舟，去郡三二十里，尚未知其妻之爲虎暴。乃召僕夫十數輩登岸徐行，其船亦隨焉。不二三里，遇水次板屋，屋内有榻，因掃拂，即之憩焉。僕從羅列於前後。俄聞有物來自林木之間，衆乃静伺。微月之下，忽見猛虎負一物至。衆皆惶撓〔六〕，則共闞喝之，仍大擊板屋并物以驚之〔七〕。其虎徐行，尋俯於板屋側，留下所負物，遂入山間。共〔八〕窺看，皆〔九〕云是人，尚有餘喘。越客即令舁之登舟，因促使解纜。然後船中烈〔一〇〕燭熟視，乃是十六七美女也，容貌衣服固非村間之所有。越客深異之，則遣群婢看胗〔一一〕之。雖髻髮〔一二〕被散，衣破服裂，而身膚無少損。群婢漸以湯飲灌之，即能微微入口。久之，神氣安集，俄復開目。與之言語，莫肯〔一三〕應。

夜久，即有自郡至者，皆云張尚書次女昨夜遊〔一四〕園，爲暴虎所食，至今求其殘骸未獲。聞者遂以之告於越客〔一五〕，即遣群婢具以此詢德容，因號啼不止。越客既登岸，遂以其事列於鎬。鎬凌晨躍馬而至，既悲且喜，遂與同歸，而婚媾果諧其期。自是，黔、峽往往建立虎媒之祠焉，今尚有存者。（據中華書局版汪紹楹點校本《太平廣記》卷四二八引《集異記》校録）

〔一〕乾元初　前原有「唐」字，今删。按：下文言張鎬被貶，而其時在上元二年（七六一）。《舊唐書·肅宗紀》載，上元二年四月，「左散騎常侍張鎬貶辰州司户長任」。此稱「乾元初」，乾元元年乃公元七五八年，當爲作者記憶有誤。

〔二〕辰州　原譌作「宸州」，據明陳繼儒《虎薈》卷三、《情史類略》卷二二引《雜（集）異記》改。下同。

〔三〕速裝　孫校本及《情史》、《廣豔異編》卷二八《虎媒志》「速」作「束」。按：速，通「束」。

〔四〕交　孫校本、《虎薈》作「荒」。

〔五〕曾無蹤由是夕之前夜　原「蹤」下有「跡」字，「由」字連下讀。《虎薈》無「跡」字，《情史》無「由」字。按：「由是夕」文義不通。蹤由，蹤跡，綫索。唐柳祥《瀟湘録·逆旅道士》（《廣記》卷四四〇引）：「長安道中有群寇，晝伏夜動，行客往往遭殺害。至明旦，略無蹤由。」嚴子休《桂苑叢談·沙彌辯詩意》：「僧人大悟，追前人，杳無蹤由。」據《虎薈》删「跡」字。《虎薈》「前夜」作「明夜」，指月明之夜。

〔六〕惶撓　《情史》作「惶懼」。

〔七〕仍大擊板屋并物以驚之　此句原作「仍大擊板屋并物」，陳校本作「仍大擊板屋以驚之」，《虎薈》作「乃大擊屋板以驚逐之」，據陳校本補「以驚之」三字。

〔八〕共　《情史》作「僕從」。

〔九〕皆　此字原無，據《虎薈》補。

〔一〇〕烈　明鈔本、陳校本、《虎薈》作「列」，《情史》、《廣豔異編》作「燃」。《會校》據明鈔本、陳校本改。按：烈，燒，燃。遠古有烈山氏。《孟子·滕文公上》：「益烈山澤而焚之。」

〔一一〕胗　《虎薈》作「診」，同「胗」，視也。《情史》作「撫」。

〔一二〕髮　此字原無，據陳校本、《虎薈》補。《情史》作「雲」。

〔一三〕肯　《虎薈》作「有」。

〔一四〕遊　孫校本、《虎薈》作「春」。

〔一五〕遂以之告於越客　「遂」《虎薈》作「遽」。「之告」原作「告之」，據明鈔本乙改。

按：此篇《虎薈》卷三、《廣豔異編》卷二八取入，後書題《虎媒志》。又《情史類略》卷一二《裴越客》，末云「出《雜異記》」，「雜」字譌。《唐人説薈》本（第十四集）、《説庫》本《集異記》自《廣記》輯入本篇。

丁岊

薛用弱　撰

貞元十四年，申、光虎暴〔一〕，白晝噬人。時淮上阻兵，因以武將王徵〔二〕牧申州焉。徵至，則大修擒虎之術〔三〕，兵仗〔四〕坑穽，靡不備設。又重懸購，得一虎而酧十縑焉。有老卒丁嵒者，善爲陷穽，遂列於太守，請於山間至路隅〔五〕，張設以圖之。徵既許，不數日，而獲一虎焉。虎在深坑，無施勇力。嵒遂俯而〔六〕下視，呵叱〔七〕侮誚。虎則跳躍哮吼，怒聲如雷。而聚觀之徒，千百其衆。嵒銜其計〔八〕得，誇喜異常。時方被酒，因爲衣襟罥挂踉蹌〔九〕，而墜穽中。衆共嗟駭，謂糜〔一〇〕粉於暴虎之爪牙矣。及就窺，嵒乃端坐，而虎但瞪視耳。

嵒之親愛憂嵒，乃共設計，以轆轤下巨索，伺〔一一〕嵒自縛，當遽引上，或希十一之全。嵒得索，則纏縛腰肢〔一二〕，揮手，外人則共引〔一三〕之。去地三二尺，其虎則以前足捉其索而留焉，意態極仁。如此數四。嵒因而謂之曰：「爾輩縱暴〔一四〕，入郭犯人，事須剪除，理宜及此。顧爾之命，且在頃刻。吾因〔一五〕沉醉，誤落此中，衆所未便屠者，蓋以我故也。爾若損我，固激怒衆人。我氣未絶，即當薪火亂投，爾爲灰〔一六〕燼矣。爾不若縱吾〔一七〕，當啓白太守，捨爾之命。冀爾率領群輩，遠離此土，斯亦渡河他適，爾所知者矣。我當質之天日，不渝此約。」其虎諦聽，若有知解。嵒則引繩，衆共出之，虎乃弭耳矚目，不復留。

嵒既得出，遂〔一八〕以其事白於邦伯，曰：「今殺一虎，不足禳群輩之暴。況與誠〔一九〕約，乞捨之，冀其率侶四出，管界獲寧耳。」徵許之。嵒遂以太守之意，丁寧告諭。虎於陷中踴躍盤旋，如荷恩施。嵒即積覆土坑，則稍益淺〔二〇〕，猶深丈許，虎乃躍而出，奮迅躑騰，嘯風而逝。自是旬朔之内，群虎屏跡，而山野晏然矣。

吁！保全軀命〔二二〕之計，雖在異類，亦有可觀者焉。若暴虎之猛悍，況厄陷穽，得人固當恣其狂怒，決裂噬嚙，以豁其情。斯虎乃因嵓以圖全，而果諧焉，何其智哉！而嵓能以言詞誘諭，通於强戾，果致族〔二三〕行出境之異，況免挂罥之害，又何智哉！斯乃信誠交感之致耳。於戲！信誠之爲物也，何其神歟！（據中華書局版汪紹楹點校本《太平廣記》卷四二九引《集異記》校録）

〔一〕貞元十四年申光虎暴　「申光」譌作「中多」，據《太平廣記詳節》卷三七改。《虎薈》卷三作「申先」，譌「光」爲「先」。按：唐代申州治義陽縣，今河南信陽市，東鄰光州，治定城縣，今河南潢川縣。

〔二〕王徵　《廣記詳節》作「王微」。按：王徵或王微無考，郁賢皓《唐刺史考全編》卷一三三《申州》，據《太平廣記》著録王徵。

〔三〕之術　原作「具」，據《廣記詳節》、《虎薈》改。明鈔本、陳校本作「之具」。

〔四〕仗　《虎薈》作「備」。

〔五〕請於山間至路隅　原無「於」字，《廣記詳節》、《虎薈》作「請於山門徑路」，據補「於」字。

〔六〕而　《廣記詳節》、《虎薈》作「面」。

〔七〕呵叱　原作「加以」，據《廣記詳節》改。《虎薈》譌作「可以」。

〔八〕計　《虎薈》作「術」。

〔九〕因爲衣襟罥挂跟蹌　「跟蹌」原作「樹根」，據《廣記詳節》改。按：衣襟爲樹根所掛而墜穽，於事理有所不合。跟蹌者，行步跌撞貌，墜穽則可解矣。《虎薈》「罥挂跟蹌」作「掛跟」，「跟」顯爲「踉」字之譌。

〔一〇〕糜　原作「靡」，據《廣記》《四庫》本、《廣記詳節》、《虎薈》改。

〔一一〕伺　《廣記詳節》作「使」。

〔一二〕纏縛腰肢　《廣記詳節》、《虎薈》作「纏束腰股」。

〔一三〕引　《廣記詳節》、《虎薈》作「汲」。

〔一四〕暴　《虎薈》作「横」。

〔一五〕因　《廣記詳節》作「適」。

〔一六〕灰　明鈔本、陳校本作「煨」。

〔一七〕爾不若縱吾　汪校：「不若二字原倒置，據明鈔本改。」《四庫》本作「爾若不然」，「吾」連下讀，亦誤。《虎薈》作「爾不若從我」，《廣記詳節》「從」作「縱」，據改。

〔一八〕遂　《廣記詳節》、《虎薈》作「遽」。

〔一九〕誠　原作「試」，據明鈔本、《廣記詳節》、《虎薈》改。

〔二〇〕積覆土坑則稍益淺　原作「積土坑側，稍益淺」，據《廣記詳節》、《虎薈》改，《廣記詳節》「覆」作

「復」。

〔二二〕保全軀命　《廣記詳節》、《虎薈》作「保身全軀」。

〔二三〕族　《虎薈》作「旅」。

按：此篇《虎薈》卷三及《唐人説薈》本、《説庫》本《集異記》自《廣記》輯入。

唐五代傳奇集第二編卷十八

神告録

陸藏用 撰

陸藏用，不詳何人。

隋開皇末[一]，有老翁詣唐高祖神堯帝，狀貌甚異。神堯欽遲之，從容置酒。飲酣，語及時事，曰：「隋氏將絶，李氏將興，天之所命，其在君乎[二]？願君自愛。」神堯惕然自失，拒之，翁曰：「既爲神授，寧用爾耶？隋氏無聞前代，繼周而興，事踰晉、魏。雖偷安天位，平定南土，蓋爲君驅除，天將有所啓耳。」神堯陰喜其言，因訪世故。翁曰：「公積德之[三]門，又負至貴之相[四]，若應天受命，當不勞而定，但當在丹丘子之後。」帝曰：「丹丘爲誰？」翁曰：「與公近籍[五]，但公不知耳。神器所屬，唯此二人。然丹丘先生凝情物外，恐不復以世網累心。儻或俯就，公若不相持於中原，當爲其佐[六]。」神堯曰：「先生安在？」曰：「隱居鄠、杜[七]間。」帝遂袖劍詣焉。

帝之來，雖將不利於丹丘，然而道德玄〔八〕遠，貌若冰壺〔九〕，覩其儀而〔一〇〕心駭神聳，至則伏謁於苦宇之下。先生隱几持頤，塊然自處。拜未及起，先生遽言曰：「吾久厭濁世，汝擅於時者，顯晦既殊，幸無見忌。」帝愕而謝之，因跪起曰：「隋氏將亡，已有神告，當天禄者，其在我宗。僕夙叶冥徵，謂鍾末〔一一〕運，竊〔一二〕知先生之道，亦將契天人之兆。夫兩不相下，必將決雄雌於鋒刃，衒智力於權詐。苟修德不競，僕懼中原久罹劉、項之患。是來也，實有心焉，欲濟斯人於塗炭耳，殊不知先生棄唐、虞之揖讓，躡巢、許之遐蹤，僕所謂醯雞〔一三〕、夏蟲，未足以窺大道也。」先生笑而頷之。

帝復進曰：「以天下之廣，豈一心一慮所能周哉！余視前代之理亂，在輔佐得其人耳。苟非伊、周、皋、夔之徒，秦、漢以還，皆瑣瑣庸材不足數。漢祖得蕭、張而不盡其用，可爲太息。今先生尚不屈堯、舜之位，固蔑視伊、皋矣。一言可以致昌運，得無有以誨我乎？」先生曰：「昔陶朱以會稽五千之餘衆，卒殄彊吴。後去越相齊，於齊不足稱者，豈智於越而愚於齊？蓋功業隨時，不可妄致。廢興既自有數，時之善否，豈人力所爲？且非吾之知也。」訖不對。帝知其不可挹也，悵望而還。武德初，密遣太宗鄂、杜訪焉，則其室已墟矣〔一四〕。（據中華書局版汪紹楹點校本《太平廣記》卷二九七引陸□用《神告録》校録，按：清孫潛校本作「陸藏用」）

〔一〕末　《類説》卷二八《異聞集·神告録》作「中」。

〔二〕其在君乎　南宋委心子《新編分門古今類事》卷二引《神告録》作「將在君也」。

〔三〕之　原譌作「入」，據明沈與文鈔本、孫校本、《四庫全書》本、《分類補注李太白詩》卷七《西嶽雲臺歌送丹丘子》宋楊齊賢注引《開皇神告録》改。

〔四〕相　明鈔本、孫校本、楊注作「表」。

〔五〕與公近籍　《古今類事》作「公之道籍」。按：「道」乃「近」之譌，楊注亦作「與公近籍」。《古今類事》《四庫》本改作「道侶」，頗妄。近籍者，李氏近宗也。

〔六〕儻或俯就公若不相持於中原當爲其佐　楊注「儻」作「偶」。《類説》作「倘或屑就，公後相持於中原，當爲佐矣」。

〔七〕鄠杜　明鈔本「杜」作「社」，誤。按：鄠，鄠縣（今陝西户縣）。杜，杜陵，漢宣帝劉詢陵墓，在長安東南。班固《西都賦》：「商洛緣其隈，鄠杜濱其足。」

〔八〕玄　楊注作「弘」。

〔九〕壺　《古今類事》作「雪」。

〔一〇〕而　楊注作「貌」。

〔一一〕末　《古今類事》作「大」。

〔一二〕竊　《古今類事》作「切」。切，同「竊」。

〔一三〕 醘雞　《四庫》本、《古今類事》「醘」作「醯」。按：醘，同「醯」。

〔一四〕 則其室已墟矣　《古今類事》此句下有「高祖遂有天下」一句，乃引述者委心子語。

按：《宋史·藝文志》小説類著録陸藏用《神告録》一卷。《廣記》有引，撰名作「陸□用」，闕「藏」字，孫校本作「陸藏用」，黄晟校刊本、《四庫全書》本作「陸氏」。乾符中陳翰編《異聞集》，選入本篇。見《紺珠集》卷一〇《異聞集·丹丘子》、《類説》卷二八陳翰《異聞集·神告録》。《新編分門古今類事》卷二引《神告録》、《分類補注李太白詩》卷七《西嶽雲臺歌送丹丘子》楊齊賢注引《開皇神告録》，皆節文也。《神告録》收於《異聞集》，自出乾符前，今姑列爲中唐之作。

后土夫人傳

闕　名　撰

京兆韋安道，起居舍人真〔一〕之子。舉進士，久不第。大足〔二〕年中，於洛陽早出，至慈惠里西門。晨鼓初發，見中衢有兵仗，如帝者之衛。前有甲騎數十隊，次有宦者〔三〕，持大杖，衣畫袴，於〔四〕夾道前驅，亦數十輩。又見黄屋左纛，有月旗而無日旗。又有近侍、才人、宫監之屬，亦數百人。中有飛傘玲瓏〔五〕，傘下見衣珠翠之服，乘大馬，如后之飾〔六〕。

美麗光豔，其容動人。又有後騎，皆好〔一七〕婦人、才官，持鉞，負弓矢，乘馬，從亦千餘人。時天后在洛，安道初謂天后之遊幸。時天尚未明，問同行者，皆云不見。又怪衢中金吾街吏，不爲静路。久之漸明，見有〔八〕後騎一宫監馳馬而至，安道因留〔九〕問之：「前所過者，非人主乎？」宫監曰：「非也。」安道請問其事，宫監但指慈惠里之西門曰：「公但自此〔一〇〕去，由里門循牆而南，行百餘步，有朱扉西向者，扣之問其由，當自知矣。」

安道如其言扣之。久之，有朱衣宦者出應門〔一一〕，曰：「公非韋安道乎？」曰：「然。」宦者曰：「后土夫人相候已久矣。」遂延入。見一大門如戟門者，宦者入通。頃之，又延入。有紫衣宫監，與安道叙〔一二〕語於庭。延入〔一三〕一宫中，置湯沐。頃之，以大箱奉美服一襲，其間有青袍、牙笏、紫綬及巾靴〔一四〕畢備，命安道服之。宫監曰：「可去矣。」遂乘安道以大馬，女騎道〔一五〕從者數人。

宫監與安道聯轡，出慈惠之西門，由正街西南，自通利街東行，出建春門。又東北行，約二十餘里，漸見夾道戍守者，拜於馬前而去〔一六〕。凡數處，乃至一大城，又西乃黄河、汾水〔一七〕。甲士守衛甚嚴，如王者之城。凡經數重，遂見飛樓連閣。下有大門，如天子之居，而多宫監。安道乘馬，經翠樓朱殿而過。又十餘處，遂入一門内。行百步許，復有大殿，上陳廣筵重〔一八〕樂，羅列罇俎。九奏萬舞，若鈞天之樂。美婦人十數〔一九〕，如妃主之狀，列於筵左右。前所與同行宫監，引安道自西階而上。頃之，見殿内宫監如贊者，命安道西間東向而立〔二〇〕。頃之，自殿後門，見衛從者先羅立殿中，乃微聞環珮之聲。有美婦人，備首飾褘衣，如謁廟之服，至殿間〔二一〕西向，與安道對立，乃是昔於慈惠西街飛傘下所見者也。宫監乃贊曰：「后土夫人與公〔二二〕，乃〔二三〕冥數合爲匹偶。」命安道拜，夫人受之，夫人拜，安道受之，如人間賓主之禮。遂去禮服，與安道對坐於筵上。前所見十數美婦人，亦列坐於左右。須臾進饌，樂人奏《雙合鳳曲》〔二四〕，及昏而罷。於是儐相引安道入帳，合巹成親，夫人尚處子也〔二五〕。如此者蓋十餘日，所服御飲饌，皆如帝王之家。

夫人因謂安道曰：「某爲子之妻。子有父母，不告而娶，不可謂禮。願從子而歸，廟見尊舅姑，始〔二六〕得成婦之禮，幸也。」安道曰：「諾。」因下令命車駕，即日告備。夫人乘黄犢之車，車有金翠瑶玉〔二七〕之飾，蓋人間所謂庫車也，上有飛傘覆之。車徒儐從，如慈惠之西街所見。安道乘馬，從車而行。安道左右侍者十數人，皆材官、宦者之流。行十餘里，有朱幕〔二八〕供帳，女吏列後，如〔二九〕行宫供頓之所。夫人遂入供帳中，命安道與同處，所進飲饌華美。頃之，又去，下令命所從車騎減去十七八。相次又行三數百〔三〇〕里，復下令去從者。乃至建春門，左右才有二十騎人馬，如王者之遊。

既入洛陽，欲〔三一〕至其家。安道先入，家人怪其車服之異。安道遂見其父母，二親驚愕久之，謂曰：「不見爾者，蓋月餘矣，爾安適耶？」安道拜而明言〔三二〕曰：「偶爲一家迫以婚姻。今〔三三〕新婦即至，故先上告。」父母驚問未竟，車騎已及門矣。遂有侍婢及閹奴數十輩，自外正門傳繡茵綺席，羅列於庭，及以翠屏畫帷飾於堂門。左右施細繩牀二〔三四〕，請舅姑對座。遂自門外設二錦步障，夫人衣禮服，垂珮而入。修婦禮畢，奉翠玉金瑶羅紈，蓋十數箱，爲人間賀遺之禮，置於舅姑之前。爰及叔伯諸姑家人，皆蒙其禮。因曰：「新婦請居東院。」遂又有侍婢閹奴，持房帷供帳之飾，置於東院，修飾甚周，遂居之。

父母相與憂懼，莫知所來。是時天后朝，法令嚴峻，懼禍及之，乃具以事上奏請罪。天后曰：「此必魅物也，卿不足憂。朕有善呪術者，釋門之師九思、懷素二僧，可爲卿去此妖也。」因詔九思、懷素往。僧曰：「此不過妖魅狐狸之屬，以術去之易耳。當先命於新婦院中設饌，置坐位，請期翌日而至。」真歸，具以二僧之語命之。新婦承命，具饌設位，輒無所懼。明日，二僧至。既畢饌端坐，請與新婦相見，將施其術。新婦遽至，亦致禮於二僧。二僧忽若物擊〔三五〕之，俯伏稱罪，目眥鼻口流血。

又具以事上聞，天后問之，二僧對曰：「某所〔三六〕呪者，不過妖魅鬼物。此不知其所從來，想不能制。」天后曰：「有正諫大夫明崇儼，以太一異術制録天地諸神祇，此必可使也。」遂召崇儼。崇儼謂真曰：「君可以今夕於所居堂中潔誠静〔三七〕坐，以候新婦所居室上，見異物至而觀。其勝則已，或不勝，則當更以别法制之。」真如其言，至甲夜，見有物如飛雲，赤光若驚電，自崇儼之居飛躍而至。及新婦屋上，忽若爲物所撲滅者，因而不見。使人候新婦，乃平安如故。乙夜，又見物如赤龍之狀，拏攫噴毒，聲如群鼓，乘黑雲有光者，至新婦屋上。又若爲物所撲，有呦然之聲而滅。使人候新婦，又如故。又至子夜，見有物朱髪鋸牙，盤鐵輪，乘飛雷，輪鋩〔三八〕角，呼奔而至。既及其屋，又如爲〔三九〕物所殺，稱罪而滅。

既而質〔四〇〕明，真怪懼，不知其所爲計，又具以事告。崇儼曰：「前所爲法，是太乙符籙法也，但可攝制狐魅耳。今既無效，請更聵〔四一〕之。」因致〔四二〕壇醮之籙，使徵八紘厚地、山川河瀆、丘墟水木主職鬼魅之屬。其數無闕，崇儼異之。翌日，又徵人世上天界部八極之神，其數無闕。崇儼異之〔四三〕，曰：「神祇所爲魅者，則某能制之。若然，則不可得而知也，請試自見而聵〔四四〕之。」因命於新婦院設饌，請崇儼。崇儼至坐，請見新婦。新婦方肅容〔四五〕將拜崇儼。崇儼又忽若爲物所擊，奄然斥倒〔四六〕，稱罪請命，目眥鼻口流血於地。

真又益驚懼，不知所爲。其妻因謂〔四七〕真曰：「此九思、懷素、明正諫所不能制也，爲之奈何？聞昔安道初與偶之時，云是后土夫人。此雖人間百術，亦不能制之。今觀其與安道，夫婦之道亦甚相得，試使安道致詞，請去之，或可也。」真即命安道謝之曰：「某寒門，新婦靈貴之神。今幸與小子伉儷，不敢稱敵。又天后法嚴，懼因是禍及。幸新婦且歸，爲舅姑之計。」語未終，新婦泣涕而言曰：「某幸得配偶君子，奉事舅姑。夫爲婦之道〔四八〕，所宜奉舅姑之命。今舅姑既有命，敢不敬從。」因以即日命駕而去，遂具禮告辭於堂下，因請曰：「新婦，女子也，不敢獨歸，願得與韋郎同去。」真悦而聽之，遂與安道俱行。至建春門外，其前時車徒悉至，其所都城、僕使兵衛悉如前。

至城之明日，夫人被法服，居大殿中，如天子朝〔四九〕見之像。遂見奇容異人之來朝。或有長丈餘者，皆戴華冠長劍，被朱紫之服，云是四海之内嶽瀆河海之神。次有數千百人，云是諸山林樹木之神。已而〔五〇〕，又有〔五一〕天下諸國之王悉至。時安道於夫人坐側置一小牀，令觀之。因最後通一人，云大羅天女。安道視之，天后也。夫人乃笑謂安道曰：「此是子之地主，少避之。」令安道入殿内小室中。既而天后拜於庭下，禮甚謹。夫人乃延天后上，天后數四辭，然後登殿，再拜而坐。夫人謂天后曰：「某以有冥數，當與天后〔五二〕部内一人韋安道者爲匹偶。今冥數已盡，自當離異，然不能與之無情。此人苦無壽，某前當在其家〔五三〕，本願與延壽三〔五四〕百歲，使官至三品。爲其尊父母厭迫，不得久居人間，因不果與成其事。今天女幸至，爲與之錢五百萬，與官至五品。無使過此，恐不勝之，安道命薄耳。」因而命安道出，使拜天后。夫人謂天后曰：「此天女之屬部人也，當受其拜。」天后進退，色若不足而受之，於是諾而去。夫人又〔五五〕謂安道曰：「以郎常善畫，某爲郎更益此藝，可成千世之名耳。」因居安道於一小殿，使垂簾設幕，召自古帝王及功臣之有名者於前，令安道圖寫。凡經月餘，悉得其狀，集成二十卷。於是安道請辭去。夫人命車駕，於所都城西，設離帳祖席，與安道訣别。涕泣執手，情若不自勝。並遺以金玉珠寶，盈載而去。

安道既至東都，入建春門，聞金吾傳令，於洛陽城中訪韋安道，已將月餘。既至，謁天后。坐小殿見之，具〔五六〕述前夢，與安道所叙同。遂以安道爲魏王府長史，賜錢五百萬。取安道所畫帝王功臣圖視之，與秘府之舊者皆驗，至今行於代焉。天寶〔五七〕中，安道竟卒於官。（據中華書局版汪紹楹點校本《太平廣記》卷二九九引《異聞録》校録）

〔一〕真　《虞初志》凌性德刊七卷本卷二《韋安道傳》、《豔異編》卷一《韋安道》作「貞」。按：新舊《唐書》無韋真或韋貞。

〔二〕大足　原作「大定」。按：此爲武則天時事，無大定年號，而有大足。「定」字必爲「足」之形譌。《廣記》《四庫》本改作「足」，是也，今改。前原有「唐」字，乃《廣記》編纂者所加，今删。

〔三〕宦者　「宦」原作「官」，據《虞初志》、《豔異編》改。

〔四〕於　原作「袽」，連上讀。《豔異編》作「於」。按：袽，破衣。據《豔異編》改。

〔五〕玲瓏　此二字原無，據南宋皇都風月主人《緑窗新話》卷上《韋生遇后土夫人》（無出處）、元佚名《異聞總録》卷二補。

〔六〕后之飾　談愷刻本原作「后主人飾」，汪校本據明野竹齋鈔本改作「后之飾」。《四庫》本作「后夫人飾」，清孫潛校本、八卷本《虞初志》卷三、《太平廣記鈔》卷五二《后土夫人》作「后主之飾」，《豔異編》作「后妃之飾」，《緑窗新話》作「玉女之飾」，《筆記小説大觀》本《異聞總録》亦同，《稗海》本作「王女之飾」。張國風《太平廣記會校》據孫校本及明鈔本改作「后主之飾」。后主，皇后、公主。

〔七〕好　此字原無，據孫校本補。

〔八〕有　原作「其」，據明鈔本、孫校本、《緑窗新話》、《異聞總録》、《虞初志》、《豔異編》改。

〔九〕留　明鈔本作「要」。

〔一〇〕自此　明鈔本作「向北」，誤。

〔一一〕有朱衣宦者出應門　「宦」原作「官」，據明鈔本、孫校本、《虞初志》、《豔異編》改。下同。《緑窗新話》、《異聞總録》「官者」作「吏」。明鈔本、孫校本、《虞初志》「門」作「問」，連下讀。《會校》據明鈔本、孫校本改。按：應門，聞叩門而開門應客。

〔一二〕叙　明鈔本作「揖」。

〔一三〕入　此字原無，據明鈔本、孫校本、《虞初志》、《豔異編》補。

〔一四〕紫綬及巾靴　原無「紫」字，據明鈔本補。《豔異編》作「青」。「綬」孫校本作「爰」，連「及」讀。爰及，以及。清黄晟刊本、《四庫》本、《筆記小説大觀》本「及」作「衣」。

〔一五〕道　明鈔本、孫校本、《虞初志》、《豔異編》、《情史類略》卷一九《后土夫人》、《廣記鈔》作「導」。《會校》據明鈔本、孫校本改。按：道，通「導」。

〔一六〕去　孫校本作「行」。

〔一七〕又西乃黄河汾水　此句原無，據《緑窗新話》、《異聞總録》補。《異聞總録》「又」作「城」。按：《舊唐書·禮儀志四》載，汾陰脽上有后土祠。韋安道之行乃去汾陰也。

〔一八〕重　明鈔本、孫校本、《虞初志》、《豔異編》作「衆」。《會校》據明鈔本、孫校本改。

〔一九〕十數　明鈔本作「數十」。

〔二〇〕西間東向而立　《豔異編》「間」作「殿」。《情史》、《廣記鈔》作「東間西向而立」，誤。

〔二一〕間　《虞初志》、《情史》作「門」。

〔二二〕與公　此二字原無，據《緑窗新話》、《異聞總録》補。

〔二三〕乃　孫校本作「以」。

〔二四〕須臾進饌樂人奏雙合鳳曲　此二句原作「奏樂飲饌」，據《緑窗新話》、《異聞總録》改補。

〔二五〕於是儐相引安道入帳合巹成親夫人尚處子也　原作「則以其夕偶之，尚處子也」，據《緑窗新話》、《異聞總録》改補。《緑窗新話》「儐」作「嬪」。

〔二六〕始　此字原無，據孫校本、《虞初志》補。

〔二七〕金翠瑶玉　《虞初志》七卷本、《豔異編》作「金璧寶玉」，《虞初志》八卷本作「金畢班文玉」。「畢」乃「璧」譌。

〔二八〕朱幕　下原衍「城」字，據《豔異編》、七卷本《虞初志》删。

〔二九〕如　原作「於」，汪校本據明鈔本改作「乃」。孫校本作「如」，據改。

〔三〇〕數百　原無「百」字，據孫校本補。

〔三一〕欲　明鈔本作「將」，《會校》據改。按：欲，將也。

〔三二〕明言　孫校本、《豔異編》作「對」，《會校》據孫校本改。明鈔本作「告」，《情史》、《廣記鈔》作「言」。

〔三三〕今　原作「言」，據明鈔本改。

〔三四〕二　原作「一」，據孫校本、《四庫》本、《豔異編》改。

〔三五〕擊　孫校本作「繫」。

〔三六〕所　原作「所以」，據明鈔本、孫校本、《虞初志》、《豔異編》、《情史》、《廣記鈔》删「以」字。

〔三七〕静　此字原無，據明鈔本補。

〔三八〕鉒　孫校本作「鐵」。

〔三九〕爲　此字原無，據明鈔本補。

〔四〇〕質　明鈔本作「箕」。

〔四一〕 賾　《四庫》本作「跡」，《豔異編》、《虞初志》七卷本作「索」，下同。

〔四二〕 致　黄刊本、《四庫》本、《筆記小説大觀》本作「制」。

〔四三〕 異之　此二字原無，據孫校本補。

〔四四〕 賾　原譌作「頤」，據孫校本改。賾，探尋。

〔四五〕 容　原作「答」，《會校》：「疑爲『容』之誤。」説是，今改。

〔四六〕 斥倒　孫校本「斥」作「而」，《會校》據改。《虞初志》作「自」。《情史》、《廣記鈔》「斥倒」改作「倒地」。

〔四七〕 謂　原作「爲」，據孫校本、《四庫》本、《虞初志》、《情史》、《廣記鈔》改。

〔四八〕 夫爲婦之道　《豔異編》作「爲夫婦之道」。

〔四九〕 朝　孫校本作「廟」。

〔五〇〕 已而　原乙作「而已」，據《四庫》本、《虞初志》、《豔異編》、《情史》、《廣記鈔》乙改。

〔五一〕 有　原譌作「乃」，據孫校本、《虞初志》改。黄刊本、《四庫》本、《筆記小説大觀》本、《情史》、《廣記鈔》作「召」，《豔異編》作「報」。

〔五二〕 后　《虞初志》、《情史》、《廣記鈔》作「女」。

〔五三〕 某前當在其家　「前」字原無，據明鈔本補。「當」《豔異編》作「嘗」。「其」原譌作「某」，據孫校本、《虞初志》、《豔異編》、《情史》、《廣記鈔》改。

〔五四〕三　孫校本作「二」。

〔五五〕又　此字原無，據孫校本補。

〔五六〕具　原作「且」，據孫校本、《虞初志》改。

〔五七〕天寶　原作「天策」。按：唐無天策年號，當爲「天寶」之譌，今改。

按：《后土夫人傳》，作者失考。傳載《廣記》卷二九九，出《異聞録》，題《韋安道》。《異聞録》即唐末陳翰所編傳奇總集《異聞集》。宋葉夢得《避暑録話》卷三云：「唐人至有爲《后土夫人傳》者，今所在多有爲后土夫人祠，而揚州爲盛，皆塑爲婦人像。」胡仔《苕溪漁隱叢話》後集卷一八引《藝苑雌黄》亦云「唐人作《后土夫人傳》」，則原題應爲《后土夫人傳》。《二程文集》卷一〇《伊川文集》中《答吕進伯簡》云：「因唐妖人作《韋安道傳》，遂爲塑像以配食。」稱作《韋安道傳》，當據《廣記》。此傳事及天寶，收入《異聞集》，乃作於中晚唐，具體時間不可考，今姑列爲中唐作品。

《虞初志》卷三《韋安道傳》、《豔異編》卷一《韋安道》、《情史類略》卷一九《后土夫人》，均據《廣記》，不著撰人。《虞初志》凌性德刊七卷本卷二乃題唐張泌，頗謬。

達奚盈盈傳

闕　名　撰

達奚盈盈〔一〕者，天寶中貴人之妾，姿豔冠絶一時。會貴人者病，同官之子爲千牛備身者，父遣往視之。因是以祕計相親盈盈，遂匿于其室甚久。千牛父失子，索之甚急。明皇聞之，詔大索京師，無所不至，而莫見其跡。因問近往處，其父言：「貴人病，嘗往問之。」詔且索貴人之室。盈盈謂千牛曰：「今勢不能自隱矣，出亦甚無害。」千牛懼得罪，盈盈因教曰：「第不可言在此，恐上問何往，但云所見人物如此，所見帟幕屏幃如此，所食物如此，勢不由己，則決無患矣。」既出，明皇大怒。問之，對如盈盈言，上笑而不問。後數日，虢國夫人入内，明皇戲謂曰：「何久藏少年不出耶？」夫人亦大笑而已。（據中華書局版朱杰人點校宋王銍《默記》卷下校録）

〔一〕達奚盈盈　《默記》原省「達奚」，今補。達奚，複姓。

按：《默記》卷下云：「《達奚盈盈傳》，晏元獻家有之，蓋唐人所撰也。」下引其梗概。末云：「爲人妾者，智術固可慮矣。又見天寶後，掖庭戚屬莫不如此，國何以久安耶！此傳晏元獻手書，在其甥楊文仲家。其間叙婦人姿色及情好曲折甚詳，然大意若此。」（按：晏元獻，晏殊謚元獻。）原文不存，作者亦不詳，今姑列爲中唐之作。

明陳耀文《天中記》卷一九引《盈盈傳》，馮夢龍《增廣智囊補》卷二七《達奚盈盈》，《情史類略》卷三《盈盈》，皆鈔《默記》。

曹惟思

闕　名　撰

蜀郡法曹參軍曹惟思〔一〕，當章仇兼瓊之時，爲西山運糧使，甚見委任。惟思白事於兼瓊，瓊與語畢，令還運。惟思妻生男有疾，因以情告兼瓊，請留數日。兼瓊大怒，叱之令出，集衆斬之。其妻聞之，乘車攜兩子與之訣。惟思已辮髮束縛，兼瓊出監斬之。惟思二男叩頭乞命〔二〕，來抱馬足，馬爲不行。兼瓊爲之下泣，云：「業已斬〔三〕矣。」猶未釋。郡有禪僧，道行至高，兼瓊母〔四〕師之。禪僧乃見兼瓊曰：「曹法曹命且盡，請不須殺，免之。」兼瓊乃赦惟思。

明日，使惟思行瀘府〔五〕長史事，賜緋魚袋，專知西山轉運使，仍許與其妻行。惟思至瀘州，因疾夢僧告之曰：「曹惟思一生中，負心殺人甚多，無分毫善事。今冤家債主將至，爲之奈何？」惟思哀祈甚至，僧曰：「汝能度兩子爲僧，家中錢物衣服，盡用施寺，仍合〔六〕家素飡，堂前設道場，請名僧晝夜誦經禮懺，可延百日〔七〕之命。如不能，即當死矣。」惟思曰：「諸事易耳，然苦不食肉〔八〕，若之何？」僧曰：「取羊肝水浸，加以椒醬食之，即能飡矣。」既覺，具告其妻，妻贊之。即僧二子，又如言置道場轉經，且食羊肝，即飯矣。

如是月餘，晨坐，其亡母亡姊，皆來視之。惟思大驚，趨走迎候。有一鬼子，手執絳旛前引，昇自西階，植絳旛焉。其亡姊不言，但於旛下儛，僛僛不輟。其母泣曰：「惟思在生不知罪，殺人無數，今冤家欲來，吾不忍見汝受苦辛，故來視汝。」惟思命設祭母，母食之。其姊舞更不已，不交一言。母食畢，與姊皆去。

惟思疾轉甚，於是羊肝亦不食，常臥道場中。晝〔九〕日眠覺，有二青衣童子，其長等僬僥也，一坐其頭，一坐其足。惟思問之，童子不與語。而童子貌甚閒暇，口有四牙，出於脣外。明日食時，惟思見所殺人，或披〔一〇〕頭潰腸，斷截手足，或斬首流血，盛怒來詬惟思曰：「逆賊，與我同事，急反〔一一〕殺我滅口。我今訴於帝，故來取汝。」言畢昇階，而二童子推之，不得進，但謾罵，日中乃去〔一二〕。惟思知不免，具言其事。如此每日常來，皆爲童子所推，不得至惟思所。月餘，忽失二童子，惟思大懼，與妻子別。於是死者大至，衆見惟思如被曳狀，墜於堂〔一三〕下，遂卒。惟思不臧人也，自千牛備陞〔一四〕爲澤州、相州判司，常養賊徒數十人，令其所在爲盜而館之。及事發，則殺之以滅口，前後殺百餘人，故禍及也。（據中華書局版汪紹楹點校本《太平廣記》卷一二六校録）

〔一〕蜀郡法曹參軍曹惟思　前原有「唐」字，今删。《大明仁孝皇后勸善書》卷一七、明曹學佺《蜀中廣記》卷九〇「思」作「恩」。

〔二〕乞命　《勸善書》作「食土」，《蜀中廣記》作「謝之」。

〔三〕斬　《蜀中廣記》作「令」，《勸善書》作「斬」。按：「業已斬矣」乃兼瓊哄騙語，作「令」疑《蜀中廣記》所改。《蜀中廣記》此爲《四庫全書》本，或館臣所改亦未可知。

〔四〕母　《勸善書》、《蜀中廣記》作「每」。

〔五〕瀘府　「瀘」原譌作「盧」，據《四庫全書》本、《勸善書》、《蜀中廣記》改。按：下文作「瀘州」。

〔六〕合　《勸善書》作「令」。

〔七〕百日　《蜀中廣記》作「旬月」。按：旬月，有一個月、十個月、十天至一月諸義，皆與本篇所叙不合，應作「百日」，即三個多月。

〔八〕肉　此字原脱，據清孫潛校本補。《蜀中廣記》作「問口之不食」。

〔九〕書　《蜀中廣記》作「盡」。

〔一〇〕披 《蜀中廣記》作「破」。

〔一一〕反 《勸善書》作「乃」。

〔一二〕日中乃去 原作「曰終須去」，據《勸善書》、《蜀中廣記》改。

〔一三〕堂 《勸善書》作「牀」。

〔一四〕陞 《四庫》本改作「身」，《蜀中廣記》亦作「身」。按：千牛備爲千牛備身之簡稱。

按：《廣記》闕出處，不知原出何書。前云「當章仇兼瓊之時」，據《舊唐書·玄宗紀下》，章仇兼瓊爲劍南節度使在開元二十七年（七三九）至天寶五載（七四六）。然則書出玄宗後，今姑列爲中唐作品。

櫻桃青衣

闕 名 撰

天寶初，有范陽盧子，在東都應舉〔一〕，頻年不第，漸窘迫。嘗暮乘驢遊行，見一精舍中有僧開講，聽徒甚衆。盧子方詣講筵，倦寢，夢至精舍門，見一青衣，攜一籃櫻桃在下坐。盧子訪其誰家，因與青衣同飡櫻桃。青衣云：「娘子姓盧，嫁崔家，今孀居在城。」因訪近屬，即盧子再從姑也。青衣曰：「豈有阿姑同在一都，郎君不往起居？」

盧子便隨之，過天津橋，入水南一坊。有一宅，門甚高大。盧子立於門下，青衣先入。少頃，有四人出門，與盧子相見，皆姑之子也。一任户部郎中，一任[二]鄭州司馬，一任河南功曹，一任太常博士。二人衣緋，二人衣緑，形貌甚美。相見言叙，頗極歡暢。斯須，引入北堂拜姑。姑衣紫衣，年可六十許，言詞高朗，威嚴甚肅。盧子畏懼，莫敢仰視。令坐，悉訪内外，備諳氏族。遂問[三]：「兒婚姻未？」盧子曰：「未。」姑曰：「吾有一外甥女子，姓鄭，早孤，遺[四]吾妹鞠養。甚有容質，頗有令淑。當爲兒[五]平章，計必允遂。」盧子遽即拜謝。

乃遣迎鄭氏妹。有頃，一家並到，車馬甚盛。遂檢曆擇日，云：「後日大吉。」因與盧子定議。姑云：「聘財、函信、禮席[六]，兒並莫憂，吾悉與處置。兒在城有[七]何親故，並抄名姓，並具家第。」凡三十餘家，並在臺省及府縣官。明日下函，其夕成結[八]，事事華盛，殆非人間。明日拜[九]席，大會都城親表。拜席[一〇]畢，遂入一院，院中屏帷牀席，皆極珍異。其妻年可十四五，容色美麗，宛若神仙。盧生心不勝喜，遂忘家屬[一一]。

俄而不覺又及秋試[一二]之時，姑曰：「禮部侍郎與姑有親，必合極力，更勿憂也。」明春[一三]遂擢第。又應宏詞，姑曰：「吏部侍郎與兒子弟當家連官，情分偏洽，令渠爲兒必取高第。」及牓出，又登甲科，授祕書郎[一四]。姑云：「河南尹是姑堂外甥，令渠奏畿縣尉。」數月，敕授王屋尉。遷監察，轉殿中，拜吏部員外郎，判南曹。銓畢，除郎中，餘如故。知制誥，數月即真〔一五〕，遷禮部侍郎。兩載知舉，賞鑒平允，朝廷稱之，改河南尹。旋屬車駕還京，遷兵部侍郎。扈從到京，除京兆尹，改吏部侍郎。三年掌銓，甚有美譽，遂拜黄門侍郎、平章事。恩渥綢繆，賞賜甚厚。作相五年，因直諫忤旨，改左僕射，罷知政事。數月，爲東都留守、河南尹，兼御史大夫。自婚媾後，至是經二〔一六〕十年，有七男三女，婚宦俱畢，内外諸孫十人〔一七〕。

後因出行，却到昔年逢攜櫻桃青衣精舍門，復見其中有講筵，遂下馬禮謁。以故相之尊，處端揆居守之重，前後導從，頗極貴盛，高自簡貴，輝映左右。升殿禮佛，忽然昏醉，良久不起。耳中聞講僧唱云：「檀越何久不起？」忽然夢覺，乃見著白衫，服飾如故，前後官吏，一人亦無。迴遑〔一八〕迷惑，徐徐出門，乃見小豎捉驢執帽在門外立，謂盧曰：「人驢並饑，郎君何久不出？」盧訪其時，奴曰：「日向午矣。」盧子罔然〔一九〕，歎曰：「人世榮華窮達，富貴貧賤，亦當然也。而今而後，不更求官〔二〇〕達矣！」遂尋仙訪道，絶跡人世矣。（據中華書局版汪紹楹點校本《太平廣記》卷二八一校録）

〔一一〕在東都應舉　原無「東」字，據宋孔傳《後六帖》卷九九引《異聞集》、《錦繡萬花谷》後集卷三七引

《異聞集》、謝維新《古今合璧事類備要》別集卷四一引《異聞録》、陳景沂《全芳備祖》後集卷九引《異聞録》補。下文言及天津橋，正在東都洛陽。按：唐代禮部進士試在京城長安（西京、上都）舉行。《册府元龜》卷六三九載，自代宗永泰元年（七六五）始置兩都貢舉，禮部侍郎官號皆以兩都爲名，每歲兩地各放及第進士。至大曆十一年（七七六）停東都貢舉（《唐會要》卷七六作十年）。文宗太和元年（八二七）又權於東都置貢。天寶初並無東都貢舉，此處叙述不合史實。

〔二〕任　前原有「前」字，據明沈與文野竹齋鈔本删。

〔三〕問　原作「訪」，據明鈔本改。

〔四〕遺　清孫潛校本、明鈔本作「遣」，張國風《太平廣記會校》據改。

〔五〕兒　明秦淮寓客《緑窗女史》卷六《櫻桃青衣傳》，《豔異編》卷二二《櫻桃青衣》，《五朝小説·唐人百家小説》紀載家、《重編説郛》卷一一五、冰華居士《合刻三志》志夢類、舊題楊循吉《雪窗談異》卷一《夢遊録·櫻桃青衣》作「兒婦」。

〔六〕席　明陸楫《古今説海》説淵部別傳三、清蓮塘居士《唐人説薈》九集、馬俊良《龍威秘書》四集、蟲天子《香豔叢書》七集卷四、民國俞建卿《晉唐小説六十種》之《夢遊録·櫻桃青衣》，汪雲程《逸史搜奇》辛集四《盧生》及《緑窗女史》、《豔異編》、《唐人百家小説》、《重編説郛》、《合刻三志》、《雪窗談異》作「物」。

〔七〕在城有　原作「有在城」，據朝鮮成任編《太平廣記詳節》卷二五、《説海》、《緑窗女史》、《豔異編》、《唐人百家小説》、《重編説郛》、《逸史搜奇》、《合刻三志》、《雪窗談異》、《唐人説薈》、《龍威秘書》、

《香豔叢書》、《晉唐小説六十種》改。

〔八〕結　《四庫》本改作「婚」。

〔九〕拜　《緑窗女史》、《豔異編》、《唐人百家小説》、《重編説郛》、《合刻三志》、《雪窗談異》、《唐人説薈》、《龍威秘書》、《香豔叢書》、《晉唐小説六十種》作「設」。

〔一〇〕席　《緑窗女史》、《豔異編》、《唐人百家小説》、《重編説郛》、《合刻三志》、《雪窗談異》、《唐人説薈》、《龍威秘書》、《香豔叢書》、《晉唐小説六十種》作「禮」。

〔一一〕屬　明鈔本作「焉」。

〔一二〕俄而不覺又及秋試　「俄而不覺」原作「俄」，據明鈔本補三字。「秋試」《廣記詳節》、《説海》、《逸史搜奇》作「秋賦」，意同。

〔一三〕明春　明鈔本作「是秋」，誤。省試畢發榜在春二月。

〔一四〕祕書郎　疑當作「校書郎」。按：祕書郎爲祕書省屬員，從六品上。校書郎正九品上。士人起家，此爲良選。

〔一五〕即真　明鈔本「真」作「日」，張國風《太平廣記會校》據改。上下文斷作「知制誥。數月，即日遷禮部侍郎」，大謬。按：即真，即真除、轉正。唐制，中書省中書舍人（正五品上）掌起草詔敕，稱知制誥，以他官知制誥者稱兼知制誥。盧生以郎中（從五品上，吏部正五品上）知制誥，實爲兼知制誥。因郎中品級不低，故數月即真也。《枕中記》：「俄遷監察御史，轉起居舍人、知制誥。三載即真，出典同州，遷陝牧。」

〔一六〕二　《孔帖》、《萬花谷》、《事類備要》、《全芳備祖》、《説海》、《緑窗女史》、《豔異編》、《唐人百家小説》、《重編説郛》、《逸史搜奇》、《合刻三志》、《雪窗談異》、《唐人説薈》、《龍威秘書》、《香豔叢書》、《晉唐小説六十種》作「三」。

〔一七〕人　明鈔本作「餘」。

〔一八〕迴遑　《説海》、《緑窗女史》、《豔異編》、《唐人百家小説》、《重編説郛》、《逸史搜奇》、《合刻三志》、《雪窗談異》、《唐人説薈》、《龍威秘書》、《香豔叢書》、《晉唐小説六十種》作「徬徨」。

〔一九〕罔然　明鈔本、《四庫》本、《太平廣記鈔》卷五一作「惘然」，義同。《會校》據明鈔本改。

〔二〇〕官　《唐人説薈》、《龍威秘書》、《香豔叢書》、《晉唐小説六十種》作「宦」。

按：本篇《廣記》缺出處，《孔帖》卷九九、《錦繡萬花谷》後集卷三七、《古今合璧事類備要》別集卷四一、《全芳備祖》後集卷九引作《異聞録》，知曾爲唐末陳翰《異聞集》取入。原出何書、作者何人、寫作時代均不詳。事在天寶初，今姑列爲中唐作品。

後收入《緑窗女史》卷六，題作《櫻桃青衣傳》，妄署撰人爲唐任蕃。《古今説海》説淵部別傳三《夢遊録》、《豔異編》卷二二夢遊部亦有載，題《櫻桃青衣》。《夢遊録》乃明人纂輯《太平廣記》夢遊門而成，凡六篇。後又收入《唐宋叢書》載籍、《合刻三志》志夢類、《五朝小説·唐人百家小説》紀載家、《重編説郛》卷一一五、《雪窗談異》卷一、《唐人説薈》九集（同治八年刊本卷一一)、《龍威秘書》四集《晉唐小説暢觀》、《香豔叢書》七集卷四、《晉唐小説六十種》等,並妄題唐任蕃撰。

霍小玉傳

蔣防撰

蔣防,字子微,常州義興(今江蘇宜興市)人。十八歲作《秋河賦》知名於世,于簡妻以女。約在憲宗元和十五年(八二〇)即席賦《韝中鷹》詩,翰林學士李紳薦爲右拾遺。穆宗長慶元年(八二一)改右補闕,十一月又因元稹、李紳推薦,入翰林院充學士,賜緋,王建作《和蔣學士新授章服》詩。二年加司封員外郎,三年加知制誥,朱慶餘曾有《上翰林蔣防舍人》詩。四年,李紳受宰相李逢吉排擠,自户部侍郎貶爲端州司馬,蔣防亦被貶爲汀州刺史,尋改連州,文宗太和二年(八二八)又調袁州刺史。此後行跡失考,大約卒於太和中,開成二年(八三七)李紳作《追昔遊詩·趨翰苑遭誣構四十六韻》時,蔣防已故。著《蔣防集》、《蔣防賦集》各一卷,均佚。(據《全唐文》卷七一九蔣防卷,《舊唐書》卷八《敬宗紀》、卷一四九《于敖傳》、卷一六六《龐嚴傳》,《郎官石柱題名》,丁居晦等《重修承旨學士壁記》,杜光庭《道教靈驗記》卷二,宋王溥《唐會要》卷六一,計有功《唐詩紀事》卷四一,陳思《寶刻叢編》卷一九,《寶刻類編》卷五,史能之《咸淳毗陵志》卷一六,《永樂大典》卷七八九三引胡太初等《臨汀志》,王象之《輿地紀勝》卷九二《連州》,《宋史·藝文志》别集類,明

吴亮《毗陵人品記》卷二，凌迪知《萬姓統譜》卷八六）

大曆中，隴西李生名益，年二十，以進士擢第。其明年，拔萃，俟試於天官。夏六月，至長安，舍於新昌里。生門族清華，少有才思，麗詞嘉句，時謂無雙，先達丈人，翕然推伏。每自矜風調，思得佳偶，博求名妓，久而未諧。長安有媒鮑十一娘〔一〕者，故薛駙馬〔二〕家青衣也，折券從良，十餘年矣。性便僻，巧言語，豪家戚里，無不經過，追風挾策，推爲渠帥。常受生誠託厚賂，意頗德之。

經數月，李方閒居舍之南亭。申未間，忽聞扣門甚急，云是鮑十一娘至。攝衣從之，迎問曰：「鮑卿，今日何故惠然〔三〕而來？」鮑笑曰：「蘇姑子作好夢也未〔四〕？有一仙人，謫在下界，不邀財貨，但慕風流。如此色目，共十郎相當矣。」生聞之驚躍，神飛體輕，引鮑手，且拜且謝曰：「一生作奴，死亦不憚。」因問其名居，鮑具説曰：「故霍王小女，字小玉，王甚愛之。母曰净持，净持即王之寵婢也。王之初薨，諸弟兄以其出自賤庶，不甚收録，因分與資財，遣居於外，易姓爲鄭氏，人亦不知其王女。姿質穠豔，一生未見，高情逸態，事事過人，音樂詩書，無不通解。昨遣某求一好兒郎，格調相稱者。某具説十郎，他亦知有李十郎名字，非常歡愜。住在勝業坊古寺曲，甫上車門宅〔五〕是也。已與他作期約，明日午時，但至曲頭覓桂子，即得矣。」

鮑既去，生便備行計。遂令家僮秋鴻，於從兄京兆參軍尚公處，假青驪駒、黄金勒。其夕，生澣衣沐浴，修飾容儀，喜躍交并，通夕不寐。遲明，巾幘，引鏡自照，惟懼不諧也。徘徊之間，至於亭午，遂命駕疾驅，直抵勝業。至約之所，果見青衣立候，迎問曰：「莫是李十郎否？」即下馬，令牽入屋底，急急鎖門。見鮑果從内出來，遥笑曰：「何等兒郎造次入此？」生〔六〕調誚未畢，引入中門。庭間有四櫻桃樹，西北懸一鸚鵡籠，見生入來，即〔七〕語曰：「有人〔八〕入來，急下簾者！」生本性雅淡，心猶疑懼，忽見鳥語，愕然不敢進。逡巡，鮑引浄持下堦相迎，延入對坐。年可四十餘，綽約多姿，談笑甚媚。因謂生曰：「素聞十郎才調風流，今又見容儀雅秀，名下固無虚士。某有一女子，雖拙教訓，顏色不至醜陋，得配君子，頗爲相宜。頻見鮑十一娘説意旨，今亦便令永奉箕帚。」生謝曰：「鄙拙庸愚，不意顧盼，倘垂採録，生死爲榮。」

遂命酒饌，即令小玉自堂東閤子中而出。生即拜迎，但覺一室之中，若瓊林玉樹，互相照曜，轉盼精彩射人。既而遂坐母側，母謂曰：「汝嘗愛念『開簾風動竹，疑是故人來〔九〕』，即此十郎詩也。爾終日吟想，何如一見？」玉乃低鬟微笑，細語曰：「見面不如聞名，才子豈能無貌？」生遽起，連拜〔一〇〕曰：「小娘子愛才，鄙夫重色〔一一〕。兩好相暎，才貌相兼。」母女相顧而笑。遂舉酒，數巡，生起，請玉唱歌。初不肯，母固强之，發聲清亮，曲度精奇。

酒闌及暝，鮑引生就西院憩息。閒庭邃宇，簾幕甚華。鮑令侍兒桂子、浣沙，與生脱靴解帶。須臾玉至，言叙温和，辭氣宛媚。解羅衣之際，態有餘妍。低幃暱枕，極其〔一二〕歡愛，生自以爲巫山、洛浦不過也。中宵之夜，玉忽流涕謂〔一三〕生曰：「妾本倡家，自知非匹。今以色愛，托其仁賢，但慮一旦色衰，恩〔一四〕移情替，使女蘿無托，秋扇見捐。極歡之際，不覺悲至。」生聞之，不勝感歎。乃引臂替枕，徐謂玉曰：「平生志願，今日獲從，粉骨碎身，誓不相捨，夫人何發此言！請以素縑，著之盟約。」玉因收淚，命侍兒櫻桃，褰幄執燭，授生筆研〔一五〕。玉管絃之暇，雅好詩書，筐箱筆研，皆王家之舊物。遂取朱絲縫繡囊〔一六〕，出越姬烏絲欄素縑〔一七〕三尺以授生。生素多才思，援筆成章。引諭山河，指誠日月，句句懇切，聞之動人。染〔一八〕畢，命藏於寶篋之内。自爾婉孌相得，若翡翠之在雲路〔一九〕也。

如此二歲，日夜相從。其後年〔二〇〕春，生以書判拔萃登科，授鄭縣主簿。至四月，將之官，便拜慶於東洛。長安親戚，多就筵餞。時春物尚餘，夏景初麗，酒闌賓散，離思縈懷。玉謂生曰：「以君才地名聲，人多景慕，願結婚媾，固亦衆矣。況堂有嚴親，室無冢婦，君之此去，必就佳姻，盟約之言，徒虚語耳。然妾有短願，欲輒指陳，永〔二一〕委君心，復能聽否？」生驚怪曰：「有何罪過，忽發此辭？試説所言，必當敬奉。」玉曰：「妾年始十八，君纔二十有二，迨君壯室之秋，猶有八歲〔二二〕。一生歡愛，願畢此期。然後妙選高門，以諧秦晉，亦未爲晚。妾便捨棄人事，剪髮披緇，夙昔之願，於此足矣。」生且媿且感，不覺涕流。因謂玉曰：「皎日之誓，死生以之，與卿偕老，猶恐未愜素志，豈敢輒有二三。固請不疑，但端居相待。至八月，必當却到華州，尋使奉迎，相見非遠。」更數日，生遂訣別東去。

到任旬日，求假往東都覲親。未至家日〔二三〕，太夫人已與商量表妹盧氏，言約已定。太夫人素嚴毅，生逡巡不敢辭讓，遂就禮謝，便有近期。盧亦甲族也，嫁女於他門，聘財必以百萬爲約，不滿此數，義在不行。生家素貧，事須求貸〔二四〕，便托假故，遠投親知，涉歷江淮，自秋及夏。生自以孤負盟約，大愆回期，寂不知聞，欲斷其望，遥託親故，不遺漏言。

玉自生逾期，數訪音信，虚詞詭説，日日不同。博求師巫，遍詢卜筮，懷憂抱恨，周歲有餘，羸卧空閨，遂成沈疾。雖生之書題竟絶，而玉之想望不移，賂遺親知，使通消息。尋求既切，資用屢空，往往私令侍婢潛賣篋中服玩之物，多託於西市寄附鋪侯景先〔二五〕家貨賣。曾令侍婢浣沙，將紫玉釵一隻，詣景先家貨之。路逢内作老玉工，見浣沙所執，前來認之，曰：「此釵吾所作也。昔歲霍王小女，將欲上鬟，令我作此，酬我萬錢，我嘗不忘。汝是何人，從何而得？」浣沙曰：「我小娘子即霍王女也，家事破散，失身於人。夫壻昨向東都，更無消息。悒怏成疾，今欲二年。令我賣此，賂遺於人，使求音信。」玉工悽然下泣曰：「貴人男女，失機落節，一至於此。我殘年向盡，見此盛衰，不勝傷感。」遂引至延光公主〔二六〕宅，具言前事。公主亦爲之悲歎良久，給錢十二萬焉。

時生所定盧氏女在長安，生既畢於聘財，還歸鄭縣。其年臘月，又請假入城就親〔二七〕，潛卜靜居，不令人知〔二八〕。有明經崔允明者，生之中表弟〔二九〕也，性甚長厚。昔歲〔三〇〕常與生同歡於鄭氏之室，盃盤笑語，曾不相間。每得生信，必誠告於玉。玉常以薪蒭衣服，資給於崔，崔頗感之。生既至，崔具以誠告玉。玉恨歎〔三一〕曰：「天下豈有是事乎！」遍請親朋，多方召致。生自以愆期負約，又知玉疾候沈綿，慙恥忍割，終不肯往，晨出暮歸，欲以迴避。玉日夜涕泣，都忘寢食，期一相見，竟無因由，寃憤益深，委頓牀枕。自是長安中稍有知者。風流之士，共感玉之多情；豪俠之倫，皆怒生之薄行。

時已三月，人多春遊。生與同輩五六人，詣崇敬寺翫牡丹花，步於西廊，遞吟詩句。有京兆韋夏卿者，生之密友，時亦同行。謂生曰：「風光甚麗，草木榮華。傷哉鄭卿〔三二〕，銜寃空室。足下終能棄置，寔是忍人。丈夫之心，不宜如此，足下宜爲思之。」歎讓之際，忽有一豪士，衣輕黄紵衫，挾朱彈〔三三〕，丰神雋美，衣服輕華，唯有一剪頭胡雛從後，潛行而聽之。俄而前揖生曰：「公非李十郎者乎？某族本山東，姻連外戚。雖乏文藻，心嘗樂賢。仰公聲華，常思覯止。今日幸會，得覯清揚。某之敝居，去此不遠，亦有聲樂，足以娱情。妖姬八九人，駿馬十數匹，唯公所欲，但願一過。」生之儕輩，共聆斯語，更相歎美。因與豪士策馬同行，疾轉數坊，遂至勝業。生以近鄭之所止，意不欲過，便託事故，欲回馬首。豪士曰：「敝居咫尺，忍相棄乎？」乃輓挾其馬，牽引而行。遷延之間，已及鄭曲。生神情恍惚，鞭〔三四〕馬欲回，豪士遽命奴僕數人，抱持而進。疾走推入車門，便令鎖却，報云：「李十郎至也！」一家驚喜，聲聞於外。

先此一夕，玉夢黄衫丈夫抱生來，至席，使玉脱鞋。驚寤而告母，因自解曰：「鞋者，諧也，夫婦再合。脱者，解也，既合而解，亦當永訣。由此徵之，必遂相見，相見之後當死矣。」凌晨，請母粧梳。母以其久病，心意惑亂，不甚信之。僶勉之間，强爲粧梳。粧梳纔畢，而生果至。玉沈綿日久，轉側須人，忽聞生來，欻然自起，更衣而出，恍若有神。遂與生相見，含怒凝視，不復有言。羸質嬌姿，如不勝致，時復掩袂，返顧李生。感物傷人，坐皆欷歔。頃之，有酒餚數十盤，自外而來。一座驚視，遽問其故，悉是豪士之所致也。因遂陳設，相就而坐。玉乃側身轉面，斜視生良久，遂舉杯酒酹地曰：「我爲女子，薄命如斯；君是丈夫，負心若此。韶顏稚齒，飲恨而終。慈母在堂，不能供養。綺羅絃管，從此永休。徵〔三五〕痛黄泉，皆君所致。李君李君，今當永訣！我死之後，必爲厲鬼，使君妻妾，終日不安！」乃引左手握生臂，擲盃於地，長慟號哭數聲而絶。母乃舉尸寘於生懷，令喚之，遂不復蘇矣。

生爲之縞素，旦夕哭泣甚哀。將葬之夕，生忽見玉繐帷之中，容貌妍麗，宛若平生。着石榴裙[三六]、紫榼襠、紅緑帔子，斜身倚帷，手引繡帶，顧謂生曰：「媿君相送，尚有餘情。幽冥之中，能不感歎。願君努力，善保煇光[三七]。」言畢，遂不復見。明日，葬於長安御宿原。生至墓所，盡哀而返。

後月餘，就禮於盧氏，傷情感物，鬱鬱不樂。夏五月，與盧氏偕行，歸於鄭縣。至縣旬日，生方與盧氏寢，忽帳外叱叱作聲[三八]。生驚視之，則見一男子[三九]，年可二[四〇]十餘，姿狀溫美，藏身暎幔，連招盧氏。生惶遽走起，遶幔數匝，倏然不見。生自此心懷疑惡，猜忌萬端，夫妻之間，無聊生矣。或有親情，曲相勸喻，生意稍解。後旬日，生復自外歸，盧氏方鼓琴於牀，忽見自門拋一斑犀[四一]鈿花合子，方圓一寸餘，中有輕絹[四二]，作同心結，墜於盧氏懷中。生開而視之，見相思子二，叩頭蟲一[四三]，發殺觜一，驢駒媚少許。生當時憤怒叫吼，聲如豺虎，引琴撞擊其妻，詰令實告，盧氏亦終不自明。爾後往往暴加捶楚，備諸毒虐，竟訟於公庭而遣之。

盧氏既出，生或侍婢媵妾之屬，蹔同枕席，便加妬忌，或有因而殺之者。生嘗遊廣陵，得名姬曰營十一娘者，容態潤媚，生甚悅之。每相對坐，嘗謂營曰：「我嘗於某處得某姬，犯某事，我以某法殺之。」日日陳説，欲令懼己，以肅清閨門。出則以浴斛〔四四〕覆營於牀，週迴封署，歸必詳視，然後乃開。又畜一短劍，甚利，顧謂侍婢曰：「此信州葛溪鐵，唯斷作罪過頭。」大凡生所見婦人，輒加猜忌。至於三娶，率皆如初焉〔四五〕。（據中華書局版汪紹楹點校本《太平廣記》卷四八七《雜傳記四》校録）

〔一〕鮑十一娘　元陶宗儀《南村輟耕録》卷一四《婦女曰娘》、明顧起元《説略》卷五《人紀》引《霍小玉傳》作「鮑十二娘」。

〔二〕薛駙馬　南宋温豫《續補侍兒小名録》引蔣防《霍小玉傳》、《輟耕録》、《説略》作「薛蒼駙馬」。按：兩《唐書》無此人。據《新唐書·諸帝公主傳》，薛姓駙馬時代相近者有：玄宗女唐昌公主嫁薛鏽，薛鏽死於開元二十五年（七三七）；常山公主曾嫁薛譚；樂城公主嫁薛履謙，薛履謙死於上元二年（七六一）；肅宗女蕭國公主凡三嫁，先嫁鄭巽，再嫁薛康衡，乾元元年（七五八）嫁回紇英武威遠可汗。

〔三〕惠然　原作「忽然」，據《小名録》改。按：《詩經·邶風·終風》：「終風且霾，惠然肯來。」本此。

〔四〕未　明秦淮寓客《緑窗女史》卷五、《五朝小説·唐人百家小説》傳奇家、《重編説郛》卷一一二、清蓮塘居士《唐人説薈》第十一集、馬俊良《龍威秘書》四集、顧之逵《藝苑捃華》、《無一是齋叢鈔》、民國俞建卿《晉唐小説六十種》之《霍小玉傳》無此字而作「適」，連下讀。

〔五〕車門宅　《豔異編》卷二九《霍小玉傳》、《緑窗女史》、《唐人百家小説》、梅鼎祚《青泥蓮花記》卷四《霍小玉傳》、詹詹外史《情史類略》卷一六《李益》作「東閑宅」。明陸采《虞初志》卷六《霍小玉傳》、冰華居士《合刻三志》志奇類及舊題楊循吉《雪窗談異》卷五《豪客傳・黄衫客》譌作「車閑宅」，凌性德刊七卷本卷五祚「東閑宅」。按：車門指可以出入車馬之門，車門寬敞，富貴人家有之。

〔六〕生　疑前脱「與」字。

〔七〕即　《虞初志》、《豔異編》、《緑窗女史》、《唐人百家小説》、《重編説郛》、《豪客傳》、《青泥蓮花記》、《情史》、《唐人説薈》、《龍威秘書》、《藝苑捃華》、《無一是齋叢鈔》、《晉唐小説六十種》作「鳥」。

〔八〕有人　《虞初志》、《豔異編》、《唐人百家小説》、《重編説郛》、《豪客傳》、《青泥蓮花記》、《無一是齋叢鈔》作「李郎」。

〔九〕開簾風動竹疑是故人來　按：《全唐詩》卷二八三李益《竹窗聞風寄苗發司空曙》作「開門復動竹，疑是故人來。」北宋吴幵《優古堂詩話》：「《異聞集・霍小玉傳》爲『開簾風動竹』，改一『風』字，遂失詩意。」南宋吴曾《能改齋漫録》卷八《沿襲・開簾風動竹》亦云。「開門復動竹」與「開簾風動竹」有二字不同，乃流傳中所出異文。

〔一〇〕遽起連拜　原作「遂連起拜」，據《四庫全書》本、《虞初志》、《緑窗女史》、《唐人百家小説》、《重編説郛》、《豪客傳》、《情史》、《唐人説薈》、《龍威秘書》、《藝苑捃華》、《無一是齋叢鈔》、《晉唐小説六十種》改。《廣記》明沈與文野竹齋鈔本作「遂起連拜」，張國風《太平廣記會校》據改。《豔異編》、《青泥蓮花記》作「遽起速拜」。

〔一一〕色　《虞初志》、《豔異編》、《緑窗女史》、《唐人百家小説》、《重編説郛》、《豪客傳》、《青泥蓮花記》、《情史》、《唐人説薈》、《龍威秘書》、《藝苑捃華》、《無一是齋叢鈔》、《晉唐小説六十種》作「貌」。

〔一二〕其　《虞初志》、《豔異編》、《緑窗女史》、《唐人百家小説》、《重編説郛》、《豪客傳》、《青泥蓮花記》、《唐人説薈》、《龍威秘書》、《藝苑捃華》、《無一是齋叢鈔》、《晉唐小説六十種》作「甚」。

〔一三〕謂　原作「觀」，據《四庫》本、《豔異編》、《青泥蓮花記》、《情史》改。《緑窗女史》、《唐人百家小説》、《重編説郛》、《豪客傳》、《唐人説薈》、《龍威秘書》、《藝苑捃華》、《無一是齋叢鈔》、《晉唐小説六十種》作「顧」。

〔一四〕恩　《虞初志》八卷本、《豔異編》、《緑窗女史》、《唐人百家小説》、《重編説郛》、《豪客傳》、《唐人説薈》、《龍威秘書》、《藝苑捃華》、《無一是齋叢鈔》、《晉唐小説六十種》作「思」。

〔一五〕研　明鈔本及《虞初志》、《豔異編》、《緑窗女史》、《青泥蓮花記》、《唐人百家小説》、《情史》、《重編説郛》、《豪客傳》、《唐人説薈》、《龍威秘書》、《藝苑捃華》、《無一是齋叢鈔》、《晉唐小説六十種》作「硯」，《會校》據明鈔本改，下同。按：研，通「硯」。

〔一六〕朱絲縫繡囊　「朱絲縫」三字原無，據《錦繡萬花谷》前集卷三二引《異聞集·霍小玉傳》、南宋謝維新《古今合璧事類備要》前集卷四六引《異聞集·霍小玉傳》補。南宋任淵《山谷内集詩注》卷七《戲以前韻寄王定國》注引《異聞集·霍小玉傳》作「朱絡縫」，《小名録》、南宋祝穆《古今事文類聚》別集卷一四引《異聞集》作「珠絡縫」。

〔一七〕烏絲欄素縑　「欄」《小名録》、宋刻本《萬花谷》譌作「襴」。「縑」《山谷内集詩注》、《小名録》、《萬花谷》、《事文類聚》、《事類備要》、《虞初志》、《豔異編》、《緑窗女史》、《青泥蓮花記》、《唐人百家小説》、《情史》、《重編説郛》、《豪客傳》、《唐人説薈》、《龍威秘書》、《藝苑捃華》、《無一是齋叢鈔》、《晉唐小説六十種》作「段」。段，同「緞」。

〔一八〕染　《四庫》本、《虞初志》、《豔異編》、《緑窗女史》、《唐人百家小説》、《重編説郛》、《豪客傳》、《青泥蓮花記》、《情史》、《唐人説薈》、《龍威秘書》、《藝苑捃華》、《無一是齋叢鈔》、《晉唐小説六十種》作「揩」。按：染，蘸墨書寫。

〔一九〕雲路　《青泥蓮花記》作「赤霄」。

〔二〇〕年　《青泥蓮花記》作「季」。

〔二一〕永　《青泥蓮花記》作「未」。

〔二二〕八歲　《虞初志》八卷本作「四歲」，《豔異編》、《青泥蓮花記》、《情史》作「六歲」，均誤。按：《禮記·曲禮上》：「三十曰壯，有室。」鄭玄注：「有室，有妻也。妻稱室。」二十二歲去三十歲乃八歲。

〔二三〕未至家日　《虞初志》、《緑窗女史》、《豔異編》、《唐人百家小説》、《重編説郛》、《豪客傳》、《青泥蓮花記》、《情史》、《唐人説薈》、《龍威秘書》、《藝苑捃華》、《無一是齋叢鈔》、《晉唐小説六十種》作「至家旬日」。

〔二四〕貸　《虞初志》、《緑窗女史》、《豔異編》、《唐人百家小説》、《重編説郛》、《豪客傳》、《青泥蓮花記》、《情史》、《唐人説薈》、《龍威秘書》、《藝苑捃華》、《無一是齋叢鈔》、《晉唐小説六十種》作「丐」。

〔二五〕侯景先　宋末俞德鄰《佩韋齋輯聞》卷三引《異聞集》薛（蔣）防《霍小玉傳》無「先」字。

〔二六〕延光公主　「光」原譌作「先」，明活字本作「光」（見王夢鷗《唐人小説校釋》上集，臺灣正中書局一九九四年版），據改。按：《册府元龜》卷三〇〇《外戚部·選尚》：「裴徽尚肅宗女延光公主。」注：「後降蕭升，封郜國。」《新唐書·諸帝公主傳·肅宗七女》：「郜國公主，始封延光，下嫁裴徽，又嫁蕭升。」

〔二七〕親　《豔異編》、《青泥蓮花記》作「請」。

〔二八〕知　《虞初志》八卷本作「道」，《緑窗女史》、《豔異編》、《唐人百家小説》、《重編説郛》、《豪客傳》、《青泥蓮花記》、《唐人説薈》、《龍威秘書》、《藝苑捃華》、《無一是齋叢鈔》、《晉唐小説六十種》作「通」。

〔二九〕中表弟　《虞初志》、《豔異編》、《唐人百家小説》、《重編説郛》、《豪客傳》、《青泥蓮花記》、《情史》、《唐人説薈》、《龍威秘書》、《藝苑捃華》、《無一是齋叢鈔》、《晉唐小説六十種》作「重表弟」。

〔三〇〕昔歲　《虞初志》、《豔異編》、《唐人百家小説》、《重編説郛》、《豪客傳》、《青泥蓮花記》、《唐人説薈》、《龍威秘書》、《藝苑捃華》、《無一是齋叢鈔》、《晉唐小説六十種》作「等歲」。

〔三一〕恨歎　《虞初志》、《豔異編》、《唐人百家小説》、《重編説郛》、《豪客傳》、《青泥蓮花記》作「且數」。數，數落，責備。《唐人説薈》、《龍威秘書》、《藝苑捃華》、《無一是齋叢鈔》、《晉唐小説六十種》作「恨且歎」。

〔三二〕卿　《虞初志、《緑窗女史》、《豔異編》、《唐人百家小説》、《重編説郛》、《豪客傳》、《青泥蓮花記》、《情史》、《唐人説薈》、《龍威秘書》、《藝苑捃華》、《無一是齋叢鈔》、《晉唐小説六十種》作「君」。

〔三三〕朱彈　南宋姚寬《西溪叢語》卷下引蔣防《霍小玉傳》、《青泥蓮花記》作「朱筋彈」，清黄晟校刊本、《四庫》本作「弓彈」。按：朱彈，紅色彈弓。朱筋彈，紅筋彈弓。

〔三四〕鞭　《緑窗女史》、《唐人百家小説》、《重編説郛》、《豪客傳》、《唐人説薈》、《龍威秘書》、《藝苑捃華》、《無一是齋叢鈔》、《晉唐小説六十種》作「勒」。

〔三五〕徵　《豔異編》、《情史》作「卹」。按：徵，招致。

〔三六〕石榴裙　《虞初志》、《緑窗女史》、《豔異編》、《唐人百家小説》、《重編説郛》、《豪客傳》、《青泥蓮花記》、《情史》、《唐人説薈》、《龍威秘書》、《藝苑捃華》、《無一是齋叢鈔》、《晉唐小説六十種》上有「舊」字。

〔三七〕願君努力善保煇光　此八字原無，據《類説》卷二八《異聞集·霍小玉傳》補。

〔三八〕忽帳外叱叱作聲　《類説》作「忽聞鄭有叱詫之聲」。

〔三九〕男子　《類説》作「美丈夫」。

〔四〇〕二　《虞初志》、《緑窗女史》、《豔異編》、《唐人百家小説》、《重編説郛》、《豪客傳》、《青泥蓮花記》、《唐人説薈》、《龍威秘書》、《藝苑捃華》、《無一是齋叢鈔》、《晉唐小説六十種》作「三」。

〔四一〕犀　原作「屏」，據《四庫》本、《類説》、《緑窗女史》、《豔異編》、《虞初志》七卷本、《唐人百家小説》、《重編説郛》、《豪客傳》、《青泥蓮花記》、《情史》、《唐人説薈》、《龍威秘書》、《藝苑捃華》、《無一是齋叢鈔》、《晉唐小説六十種》改。

〔四二〕絹　明鈔本作「綃」。

〔四三〕一　《青泥蓮花記》、《情史》作「二」。

〔四四〕浴斛　《緑窗女史》、《唐人百家小説》、《重編説郛》、《豪客傳》、《虞初志》七卷本、《青泥蓮花記》譌作「所解」、《虞初志》八卷本譌作「浴解」。按：浴斛，浴盆。《北齊書》卷五二《南陽王高綽傳》：「後主即夜索蠍一斗，比曉得三二升，置諸浴斛，使人裸卧斛中，號叫宛轉，帝與綽臨觀，喜噱不已。」

〔四五〕率皆如初焉　《類説》無「焉」字，下作「如鄭之誓也」（天啓刊本），明嘉靖伯玉翁舊鈔本作「以負所誓也」。

按：《霍小玉傳》原載於《廣記》卷四八七《雜傳記四》，此後又收入《虞初志》卷六（凌性德刊七卷本卷五）、《豔異編》卷二九、《青泥蓮花記》卷四、《緑窗女史》卷五、《五朝小説·唐人百家小説》傳奇家、《情史類略》卷一六、《重編説郛》卷一一二、《唐人説薈》第十一集（同治八年刊本卷一四）、《龍威秘書》四集、《藝苑捃華》、《無一是齋叢鈔》、《晉唐小説六十種》等，《豔異編》、《情史》不著撰人，其餘皆署唐蔣防，《情史》改題《李益》。《青泥蓮花記》末注《虞初志》，乃據《虞初志》，然文字與之有所不同。又，《合刻三志》志奇類及《雪窗談異》卷五《豪客傳》，題唐杜光庭撰，凡三篇，其三爲《黄衫客》，即本篇。

傳名《霍小玉傳》當有誤。小玉乃霍王庶出小女。據《新唐書·宗室世系表下》，高祖李淵子元軌封霍王，孫志順封嗣霍王，玄孫暉爲左千牛員外將軍，封嗣霍王。（按：《册府元龜》卷二八四《宗室部·承襲第三》：「霍王元軌，高祖子，垂拱四年，坐謀逆與長子緒俱死。神龍初，追復爵土，封緒男暉爲嗣霍王。」暉爲元軌孫。《舊唐書·霍王元軌傳》：「神龍初……仍封緒孫暉爲嗣霍王。景龍四年加銀青光禄大夫，開元中左千牛員外將軍。」《新唐書·高祖諸子傳·霍王元軌傳》：「神龍初……以緒孫暉嗣王，開元中爲左千牛員外將軍。」則暉爲元軌曾孫。今從《新唐書·宗室世系表》。）唐初到大曆中已一百五十年左右，傳中霍王時代與嗣霍王李暉相當。又據《新唐書》卷一五三《顔真卿傳》，天寶十四載（七五五）安禄山反，破東都，詔拜顔真卿爲户部侍郎，佐李光弼討賊，真卿以李暉自副，李暉蓋嗣霍王。大曆中小玉十八歲。若小玉果爲嗣霍王女，則即李暉也。然以王女而作娼，無此情理，傳文所云乃高其門第耳。嗣霍王姓李，其女不當姓霍，隨母易姓爲鄭氏，則爲鄭小玉。篇題《霍小玉傳》疑應作《霍王小女玉傳》或《霍王女小玉傳》，今本有脱字。

此傳於李益聲名有污，而蔣防與李益曾同朝爲官。憲宗、穆宗、敬宗朝益爲祕書少監、集賢殿學士、祕書監、太子賓客、左散騎常侍等。據《李益墓誌銘》，文宗即位之初益以禮部尚書致仕，卒於太和三年（八二九），年八十四。而蔣防元和、長慶中歷仕右拾遺、右補闕、知制誥等，並充翰林學士，長慶四年方貶汀州刺史，此後再未入朝居官。蔣防作此傳似不得在李益生前，疑在益卒後不久，殆作於太和三年或稍後。

唐五代傳奇集第三編卷一

鄭仁鈞

韋絢撰

韋絢（八〇二—？），原名袒，字文明。京兆（治今陝西西安市）人。韋執誼子，元稹之婿。穆宗長慶元年（八二一）冬劉禹錫除夔州刺史，次年正月到任，曾前往從學，時二十一歲。文宗太和二年（八二八）登賢良方正能直言極諫科，授校書郎。四年李德裕任劍南西川節度副大使，辟爲節度巡官。明年，奉李德裕之命記録李德裕及其賓佐所談異聞雜事，成小説集《戎幕閑談》一卷。開成末（八四〇）自左補闕爲起居舍人。武宗會昌四年（八四四）後遷吏部員外郎、司封員外郎。宣宗大中十年（八五六）撰小説集《劉賓客嘉話録》一卷，時官江陵府少尹。前後尚任河南府少尹。約懿宗咸通四年至七年間（八六三—八六六）爲定州刺史、義武軍節度使兼御史大夫。著作尚有《佐談》十卷，已佚。（據《新唐書·宰相世系表四上》，《新唐書·藝文志》，《白氏長慶集》卷六一《河南元公墓誌銘》，韋絢《劉賓客嘉話録》及序、《戎幕閑談》及序，段成式《酉陽雜俎》續集卷三《支諾皋下》，《册府元龜》卷六四五，《唐會要》卷七六，《唐大詔令集》卷一〇六，北宋贊寧《宋高僧傳》卷三〇《唐上都大安國寺好直傳》，《郡齋讀書志》小説類，《祕書省續編到四庫闕書目》小説

類，《宋史·藝文志》小説類，《唐尚書省郎官石柱題名考》卷四又卷六，《唐方鎮年表》卷四）

鄭仁鈞，欽説之子也。博學多聞，有父風。洛陽上東門外有別墅，與弟某及姑子表弟某同居。弟有姊[一]，嫁楊國忠之子。時表弟因時疾[二]喪明，眉睫覆目毿毿然，又自髮際，當鼻準中分，至於頷下。其左冷如冰而色白，其右熱如火而色赤。姑與弟皆哀憐之，不知其何疾也。

時洛中有鄭生者，號爲卜祝[三]之士。先是御史大夫崔琳，奉使河朔，路經洛陽。知鄭生有術，乃召與俱行。及使回，入洛陽，鄭生在後，至上東門道，素[四]知仁鈞莊居在路傍，乃詣之。未入里門，而鄭生遽稱死罪，或言合死，詞色懾懼。仁鈞問之，鄭生無他言，唯云合死。仁鈞固詰之，鄭生曰：「某纔過此，不幸飢渴，知吾宗在此，遂爲不速之客。豈知殊不合來，此是合死於今日也。」仁鈞曰：「吾與姑及弟在，更無異人，何畏憚如此？」鄭生股慄愈懼。仁鈞初以無目表弟，不之比數。忽念疾狀冷熱之異，安知鄭生不屬意於此乎？乃具語表弟之狀。鄭生曰：「彼天曹判官，某冥中胥吏。今日偶至此，非固有所犯。然謁之亦死，不謁亦死，禮須謁也。」遂書刺曰：「地府法曹吏鄭某再拜謁。」時仁鈞弟與表弟，堂上擲錢爲戲，仁鈞即於門屏呼引鄭生，讀其刺通之。鄭生趨入，再拜謝罪而出。表弟再顧，長睫颯然，如有怒者[五]。仁鈞爲謝曰：「彼不知弟在此，故來。願貰其罪，可乎？」良久始〔六〕朗言曰：「爲兄恕之。」復詰之再三，終不復言。姑聞之，召於屏内，誘之以母子之情，感激使言，終不肯述其由。

後數年，忽謂母曰：「促理行裝，此地當有兵至，兩京皆亂離。且挈我入城，投楊氏姊，匄三二百千，旬日便謀東歸江淮避亂也。此時楊氏百口，皆當誅滅。唯姊與甥，可以免矣。」母居常已異之，乃入京，館於楊氏。其母具以表弟之言告於女。其姊素知弟有鄭生之言，及見其狀貌，益異之。密白其夫，以啓其父。國忠怒曰：「姻親須錢，何不以直告，乃妖言相恐耶？」終無一錢與之。其女告母曰：「盡箱篋所有，庶可得辦，何必〔七〕彊吾舅？」時母子止楊氏，已四五日矣。表弟促之曰：「無過旬日也。」其女得二三十萬，與母去。臨别，表弟謂其姊曰：「别與我一短褐之袍。」其姊以紫綾加絮爲短褐，與之而别。

明年，禄山叛，駕至馬嵬，軍士盡滅楊氏，無少長皆死。其姊聞亂，竄於旅舍後，潛匿草中得脱。及兵去之後，出於路隅，見楊氏一家，枕籍而死。於亂屍中，得乳兒青衣，已失一臂，猶能言。姊問：「我兒在否？」曰：「在主人榻上，先以比者紫褐覆之。」其姊遽往視之，則其兒尚寐。於是乃抱之東走。姊初走之次，忽顧見一老嫗繼踵而來，曰：「楊新婦緩行，我欲〔八〕汝偕隱。」姊問爲誰，曰：「昔日門下賣履嫗也。」兵散後能出及得兒者，皆此老嫗導引保護。全於草莽，是無目表弟，使物保持也。不然者，何以滅族之家，獨漏此二

人哉？（據中華書局版汪紹楹點校本《太平廣記》卷三〇三引《戎幕閑談》校録）

〔一〕姊　原作「妹」，下文作「姊」，據南宋委心子《新編分門古今類事》卷四引《唐宋遺史》改。

〔二〕疾　明沈與文野竹齋鈔本作「疫」。

〔三〕卜祝　明鈔本作「筮卜」，張國風《太平廣記會校》據改。按：卜祝，占卜祈禱。《舊唐書·玄宗紀上》：「又下制約百官不得與卜祝之人交遊來往。」

〔四〕素　明鈔本、清陳鱣校本作「委」。委，知悉。

〔五〕者　明鈔本作「意」，《會校》據改。按：楊樹達《詞詮》卷五《者》：「語末助詞，表擬度。」《論語·鄉黨》：「孔子於鄉黨，恂恂如也，似不能言者。」

〔六〕始　此字原無，據明鈔本補。

〔七〕必　原作「以」，據明鈔本改。

〔八〕我欲　明鈔本作「與」。

按：韋絢《戎幕閑談》一卷，著録於《崇文總目》小説類、《新唐書·藝文志》小説家類、《通志·藝文略》諸子類小説、《郡齋讀書志》小説類、《直齋書録解題》小説家類、《文獻通考·經籍考》小説家類、《宋史·藝文志》小説類。《遂初堂書目》小説類亦有著録，無撰人卷數。明清書目亦見其目，明《文淵閣書目》子雜類有《李德裕戎幕閑談》一部一册，清孫從添《上善堂宋元板精鈔舊鈔書目》有舊鈔《戎幕閑談》一卷，陳揆《稽瑞樓書目》有鈔本《戎幕閑談》一册，不知是原帙還是輯本。《太平廣記》引十五條，非盡本書之文，闌入柳珵《常侍言旨》等書文字。《類説》卷五二摘九條，嘉靖伯玉翁舊鈔本卷四四題唐巡官韋絢撰。《説郛》卷七録序及正文五條，題下注一卷，題唐韋絢。《重編説郛》卷四六取入《説郛》本。他書間亦有引。佚文可靠者凡十五條。段成式《酉陽雜俎》續集之《支動》、《支植》多引衛公、韋絢語，疑或有取資於本書者。

自序云：「贊皇公博物好奇，尤善語古今異事。當鎮蜀時，賓佐宣吐，亹亹不知倦焉。乃謂絢曰：『能題而紀之，亦足以資於聞見。』絢遂操觚録之，號爲《戎幕閒談》。大和五年十一月二十三日巡官韋絢引。」贊皇公即李德裕，大和四年（八三〇）十月至六年十二月爲成都尹、劍南西川節度使（見《舊唐書·文宗紀下》）。《戎幕閑談》作於大和五年，時韋絢爲節度巡官。

暢璀

韋　絢　撰

暢璀〔一〕自負才氣，年六十餘，始爲河北相、衛間一宰。居常慷慨，在縣唯尋術士日者問將來窮達，而竟不遇。或竊言於暢曰：「何必遠尋，公部下伍伯，判冥者也。」暢默喜。其日入，便具簪笏，召伍伯。升階答拜，命坐設食，伍伯恐聳，不知所爲。良久，謂之曰：

「某自揣才業不後於人，年已六十，官爲縣宰。不辭碌碌守職，但恐終不出下流。要知此後如何，苟能晚達，即且守之，若其終無，即當解綬入山，服餌尋道。未能一決，知公是幽冥主者，爲一言也。」伍伯避席色沮，曰：「小人蒙公異禮如此，是今日有隱於公，即負深恩，不隱即受禍，然勢不得已而言也。某非幽冥〔二〕主者，所掌亦冥中伍伯耳，但於杖數量人之死生。凡人將有厄，皆先受數杖，二十已上皆死，二十已下但重病耳。以此斟酌，往往言於里中〔三〕，未嘗差也。」暢即詰之曰：「當今主者爲誰？」曰：「公慎不可泄露，鄰縣令某是也。聞即當來此，公自求之，必不可言得之於某。」

旬日，鄰宰果來，與暢俱詣州季集。暢凌晨遠迎，館於縣宅，燕勞加等。既至，乃一老翁，七十餘矣。當時天下承平，河北簿尉皆豪貴子弟，令長甚選名士。老宰謝暢曰：「公名望高，某寒賤，以明法出身。幸因〔四〕鄰地，豈敢當此優禮。」詞色感愧。暢〔五〕乃與之俱詣郡，又與同歸，館於縣宅，益爲歡洽。明日將別，其夜延於深室，具簪笏再拜，如問伍伯之詞，而加懇切。老宰厲聲曰：「是誰言耶？」詞色甚怒。曰：「不白所言人，終不爲公言也。」如是久之。暢不得已，乃告伍伯之名。既而俛首拗怒。頃刻，吏白曰：「伍伯於酒壚間暴卒。」暢聞，益敬懼，而陳乞〔六〕轉懇。乃徐謂暢曰：「愧君意深禮重，固不可隱。宜〔七〕灑掃一院，凡有孔隙，悉塗塞之。嚴戒家人，切不得窺，違者禍及其身。堂上設一榻，置案筆硯，紙七八幅。」其夕宰入之，令暢躬自扃鎖，天明持鑰相迓於此。暢拂旦秉簡，啓户見之，喜色被面而出，遥賀暢曰：「官禄甚高，不足憂也。」乃遺一書，曰：「慎不可先覽，但經一事，初改一官，即開〔八〕之。」後自此縣辟從事，拜殿中侍御史，入爲省郎、諫議大夫。發其書，則除授時日皆不差。及貶辰州司馬，取視之，曰爲某事貶也。徵爲左丞，終工部尚書，所記事無有異詞。（據中華書局版汪紹楹點校本《太平廣記》卷三〇四引《戎幕閒談》校録）

〔一〕暢璀　《分門古今類事》卷四引韋絢《戎幕閒談》作「楊璀」，誤。按：《舊唐書》卷一一一《暢璀傳》：「暢璀，河東人也。鄉舉進士。天寶末，安禄山奏爲河北海運判官，三遷大理評事。副元帥郭子儀辟爲從事。至德初……拜諫議大夫，累轉吏部侍郎。廣德二年十二月，爲散騎常侍、河中尹，兼御史大夫。永泰元年，復爲左常侍，與裴冕並集賢院待制。大曆五年，兼判大常卿，遷户部尚書。十年七月卒，贈太子太師。」

〔二〕冥　原作「明」，前文作「冥」，據明鈔本、《四庫全書》本改。

〔三〕言於里中　前原有「誤」字，據明鈔本删。明鈔本「中」作「人」。

〔四〕因　明鈔本作「同」，《會校》據改。按：因，連也。《逸周書·作雒解》：「及將致政，乃作大邑成周于土中……南繫于洛水，北因于郟山，以爲天下之大湊。」孔晁注：「繫、因，皆連接也。」

〔五〕暢　此字原無，據明鈔本補。

〔六〕陳乞　原作「乞曰」，明鈔本「曰」作「言」，《會校》據改。清黄晟校刊本、《四庫》本、《筆記小説大觀》本作「陳乞」，據改。

〔七〕宜　明鈔本、陳校本作「且」。

〔八〕開　原作「聞」，據明鈔本、《四庫》本、《筆記小説大觀》本、《古今類事》改。

費雞師

韋絢　撰

蜀川有一費雞師者，目赤無黑〔一〕，善知將來之事，而亦能爲人禳救。多在邛州，蜀人皆神之。時有一僧，言往者雙流縣保唐寺，寺有張二〔二〕師者，因巡行僧房，見有空院，將欲住持，率家人掃灑之際，於柱上得一小瓶子。二師觀之，見一蛇在瓶内。覆瓶出之，約長一尺，文彩斑駁，五色備具。以杖觸之，隨手而長。衆悉驚異，二師令一物挾之，送於寺外。當攜掇之際，隨觸隨大，以至丈餘，如屋椽矣。二人擔之方舉，送者愈懼，觀者隨而益多。距寺約二三里，所在撼動之時，增長不已。衆益懼，遂擊傷，至於死。明日，此寺院中有虹蜺，亭午時下寺中。僧有事至臨邛，見雞師説之。雞師曰：「殺龍女矣。張二師與汝寺之僧徒，皆當死乎！」後卒如其言。他應驗不可勝紀，竟不知是何術。

絢〔三〕長兄爲杜元穎從事，其弟妹皆識費師，於京中已悉知有此事。自到，即詢訪雞師之術。凡有病者來告，雞師即抱一雞而往。及其門，乃持咒呵其雞〔四〕，令入内，抵病者之所。雞入而死，病者差。雞出，則病者不起矣。時人遂號爲費雞師。又以石子置病者腹上，作法結印，其石子斷者，其人亦不起也〔五〕。又能書符，先焚符爲灰，和湯水，與人吞之，俄復吐出，其符宛然如不燒。又云，城南建昌橋下，其南岸先有龍窟，歲常損人，至有連馬而溺者，如有攫拏於水。當韋臯時，前後運石填〔六〕，凡幾萬數。頃之，石復失焉。後命道士投簡于内，以土築之，方滿。自此之後，龍窟移于建昌寺佛殿下，與西廊龍井通焉，而建昌橋下，往往損人而不甚也。詢問吏卒，往時人馬溺於其間，良久尸浮皆白，其血被吮吸已盡，而尸乃出焉。（據中華書局版汪紹楹點校本《太平廣記》卷四二四引《戎幕閑談》校録）

〔一〕目赤無黑　此句原無，據南宋陳葆光《三洞群仙録》卷七引《戎幕閑談》補。

〔二〕二　明曹學佺《蜀中廣記》卷七八引《戎幕閒談》作「三」。

〔三〕絢　原作「韋絢」，「韋」字疑爲《廣記》編者所加，今删。或原作「余」，《廣記》改。

〔四〕乃持咒呵其雞　「呵」字原無，據南宋曾慥《類説》卷五二《戎幕閑談·雞師》補。《群仙録》作「設祭於庭」。

〔五〕又以石子置病者腹上作法結印其石子斷者其人亦不起也　《群仙録》作「又取一石如雞卵大，令病人握之，乃罡步作氣嘘叱，雞旋轉而死，石亦四破，則病者瘥矣」。

〔六〕填　此字原無，據孫校本補。

裴諝

鍾輅　撰

鍾輅（一作簵），大和二年（八二八）進士擢第，與杜牧同榜。大和中官崇文館校書郎。（據本書自序、《登科記考》卷二〇）

寶應二年，户部郎中裴諝出爲廬州刺史。郡有二遷客，其一曰武徹，自殿中侍御史貶爲長史；其一曰于仲卿，自刑部員外郎貶爲別駕。諝至郡三日，二人來候謁。諝方與座，俄而吏持一刺云：「寄客前巢縣主簿房觀請謁。」諝方與二客話舊，不欲見觀，語吏云：「謝房主簿相訪，方對二客，請俟他日。」吏以告觀，觀曰：「某以使君有舊，宜以今日謁。」固不受命。吏又入白諝，諝曰：「吾中外無有房氏爲舊者。」乃令疏其祖父〔一〕官諱，觀具以對。又於懷中探一紙舊書，以受吏。諝覽之愀然，遽命素服，引於東廡，而弔之甚哀。既出，未及易服，顧左右問曰：「此有府職月請八九〔二〕千者乎？」左右曰：「有名逐要者是也。」遽命吏出牒以署觀。時二客相顧，甚異之，而莫敢發問。

諝既就榻，歎息，因謂二客曰：「君無爲復患遷謫，事固已前定。某開元七年，罷河南府文學，時至大梁。有陸仕佳爲浚儀尉，某往候之。仕佳座客有陳留尉李揆、開封主簿崔器方食，有前襄州功曹參軍房安禹繼來。時坐客聞其善相人，皆請之。安禹無所讓，先謂仕佳曰：『官當再易，後十三年而終。』次謂器曰：『君去此二十年，當爲府寺官長，有權位，而不見曹局，亦有壽考。』次謂揆曰：『君今歲名聞至尊，十三年間位極人臣，後二十年〔三〕廢棄失志，不知其所以然也。』次謂某曰：『此後歷踐清要，然無將相，年至八十。』言訖將去，私謂某曰：『少間有以奉託，幸一至逆旅。』安禹既歸，某即繼往，至則言款甚密，曰：『君後二十八年，當從正郎，爲江南郡守。某明年當有一子，後合爲所守郡一官。君至三日，當令奉謁。然此子命薄，不可厚禄，願假俸十千已下。』此即安禹子也。」徹等咸異其事。

仕佳後再受監察御史，卒。器後爲司農丞，肅宗在靈武，以策稱旨，驟拜大司農。及歸長安，累奉使，後十餘年，竟不至本曹局。揆其年授右拾遺，累至宰相。後與時不叶，放逐南中二十年，除國子祭酒，充吐蕃會盟使，既將行而終，皆如其言。安禹開元二十一年進士及第，官止南陽令。（據民國陶湘涉園影刻宋本左圭《百川學海》本《前定録》校録，又《太平廣

記》卷一五〇引《前定録》）

〔一〕祖父　《廣記》作「父祖」。按：祖父指祖父與父親。

〔二〕八九　《廣記》作「七八」。

〔三〕二十年　《廣記》作「十二年」，下文作「二十年」。按：《舊唐書》卷一二六《李揆傳》：「開元末，舉進士，補陳留尉。獻書闕下，詔中書試文章，擢拜右拾遺。改右補闕、起居郎，知宗子表疏。遷司勳員外郎、考功郎中，並知制誥。扈從劍南，拜中書舍人。乾元初，兼禮部侍郎。……遷中書侍郎、平章事、集賢殿崇文館大學士，修國史。……乃貶揆萊州長史同正員……後累年，揆量移歙州刺史。……元載以罪誅，除揆睦州刺史，入拜國子祭酒、禮部尚書，爲盧杞所惡。德宗在山南，令充入蕃會盟使，加左僕射。行至鳳州，以疾卒，興元元年四月也，年七十四。贈司空，喪事官給。」據《新唐書·宰相表》，李揆乾元二年（七五九）拜相，上元二年（七六一）貶。《舊唐書·代宗紀》：大曆十二年（七七七）三月，「制中書侍郎、平章事元載賜自盡。……以前祕書監李揆爲睦州刺史。揆故宰相，爲元載所忌，二十年流落丐食江湖間，載誅，方得爲郡。」自上元二年至大曆十二年實首尾十六年。

按：《崇文總目》小説類、《新唐書·藝文志》小説家類、《通志·藝文略》傳記冥異類、《文獻通考·經籍考》小説家類引陳振孫《直齋書録解題》(今本無)、《宋史·藝文志》小説類著録《前定録》一卷,《崇文總目》、《書録解題》、《宋志》撰人作鍾輅,餘作鍾簵。《遂初堂書目》小説類亦有著録,無卷數、撰人。《宋志》又有鍾輅《感定録》一卷,此即《通志略》之《感定命録》,無撰人,《宋志》誤爲鍾輅。《廣記》引有佚文,乃五代人作。

是書今存,最早刊於南宋咸淳九年(一二七三)左圭編刊《百川學海》甲集,一卷,二十三則,有自序,署崇文館校書郎鍾輅纂。陳氏《解題》云:「《前定録》一卷,唐崇文館校書郎鍾輅撰,凡二十二事。別本又有《續録》二十四事。」「二十二」當爲「二十三」之譌。明鍾人傑等《唐宋叢書》載籍、《五朝小説·唐人百家小説》紀載家、《重編説郛》卷七二、《四庫全書》子部小説家類、清蓮塘居士《唐人説薈》十三集(或卷一六)、張海鵬《學津討原》十六集、民國王文濡《説庫》等皆收此本,《唐人説薈》、《説庫》本末多《杜琮》,乃輯自《太平廣記》卷二二三,題《李生》,而《廣記》明鈔本注出《感定録》(五代闕名撰),是也。涵芬樓校本《説郛》卷一〇〇所收本只十五條。

據自序,本書作於「大和中讎書春閣」之時。而書中紀事,《李敏求》下及大和三年(八二九),《王璠》下及大和四年,《豆盧署》爲無名氏《大唐傳載》採入,《大唐傳載》記唐初至元和中雜事,自序云八年作,當爲大和八年,則本書當作於大和四年至八年間。

《百川學海》於《前定録》下又有《續前定録》一卷,二十四事,《崇文總目》小説類云鍾輅撰,《重編説郛》本亦題唐鍾輅。明冰華居士《合刻三志》志寓類所收《前定録》,題唐鍾輅撰,實是

《續前定録》。此本實雜取《因話録》、《龍城録》、《盧氏雜説》、《松窗雜録》、《獨異志》、《宣室志》（或《仙傳拾遺》）、崔龜從文等而成，中有五代事，必是五代北宋人所造也。

劉邈之

鍾輅撰

彭城劉邈之，天寶中調授岐州陳倉尉。邈之從母弟吴郡陸康，自江南來〔一〕，有主簿楊豫、尉張潁者，聞康至，皆來賀邈之。時冬寒，因飲酒。方酣適，有魏山人琮來，邈之命下簾帷，迎於庭，且問其所欲。琮曰：「某將入關，請一食而去。」邈之顧左右，命具芻米於館。琮曰：「某非悠悠求一食者，今將追延山人就於驛，日旰矣，若就館，則慮不及，請於此食而過。」邈之以方飲，有難色，琮曰：「某頗能知人，若果從容，亦有所獻。」邈之聞之喜，遽命褰帷，而坐客亦樂聞其説，咸與揖讓而坐。

時康已醉卧於東榻，邈之乃具饌。既食，邈之有所請，琮曰：「自此當再名聞某〔二〕，官至〔三〕二邑宰而不主務，二十五年而終。」言訖將去，豫、潁固止之，皆有所問〔四〕。謂豫曰：「君後八月〔五〕勿食驢肉，食之遇疾，當不可救。」次謂潁曰：「君後政官，宜與同僚善，勿與官長不叶，如或不叶，必爲所害。」豫、潁不悦。琮知其意，乃曰：「某先知者，非能爲君禍福也。」因指康曰：「如醉者，不知爲誰也，明年當成名，歷官十餘政，壽考禄位，諸君子不及也。」言訖遂去，亦不知所往。

明年，逆胡陷兩京，玄宗幸蜀，陳倉當路。時豫主郵務，常念琮之言，記之於手板。及驛騎交至，或有與豫舊者，因召與食，誤啗驢腸數臠，至暮腹脹而卒。潁後爲臨濮丞，時有寇至，郡守不能制，爲賊所陷。臨濮令薛景先，率吏及武士持刀〔六〕與賊戰。賊退郡平，節度使以聞，即日拜景先爲長史，領郡務。而潁常與不叶，及此因事笞〔七〕之，遂陰污〔八〕而卒。邈之後樓某下〔九〕登科，拜汝州臨汝縣令，轉潤州上元縣令。在任無政，皆假掾以終考。明年，康明經及第，授祕書省正字，充隴右巡官。府罷，調授咸陽尉，遷監察御史、盩厔令、比部員外郎，連典大郡，歷官二十二考。（據民國陶湘涉園影刻宋本左圭《百川學海》本《前定録》校録，又《太平廣記》卷一五〇引《前定録》）

〔一〕自江南來　《廣記》「江南」下有「同官」二字，汪紹楹校：「疑應在來字下。」

〔二〕名聞某　《廣記》無「某」字。按：下文云「邈之後樓某下登科」，某指知貢舉者。

〔三〕至　《廣記》作「止」，《四庫全書》本亦作「止」，當據《廣記》改。

〔四〕問　《四庫》本作「請」。

〔五〕後八月　「後」字原無，據《廣記》補，《唐人説薈》本、《説庫》本亦補。按：後八月指八個月之後，非指八月份。《新唐書·玄宗紀》載，天寶十五載（七五五）六月甲午玄宗幸蜀，辛丑次陳倉。時未至八月。

〔六〕刀　《廣記》作「兵」。

〔七〕笞　《廣記》、《唐人説薈》本、《説庫》本譌作「笞」，汪校本據明鈔本改作「陷」，孫校本作「笞」。

〔八〕陰污　《説郛》作「因忿」，《四庫》本改作「憤惋」。按：陰污謂陰暗汙濁之地，喻處境惡劣，此指遭遇排斥打壓，館臣妄改。

〔九〕樓某下　《登科記考》卷二七《附考·進士科》引《前定録》，按云：「『樓』疑『楊』之誤，天寶中知舉無樓姓者。」按：劉邈之天寶中爲岐州陳倉尉，後登科在天寶十五載之後，且當爲制科，徐松誤。然天寶前後確無樓姓知貢舉者，「樓」字必誤。《説郛》作「某年」。《四庫》本作「留都下」，亦妄改也。

武殷

鍾　輅　撰

武殷者，鄴郡林慮人也。少有名譽，鄉里信愛。嘗欲娶同郡鄭氏，則殷從母之女也，姿色絶世，雅有令德。殷甚悦慕，女意亦願從之。因求爲壻，有誠〔一〕約矣。無何，逼於知己所薦，將舉進士，期以三年，從母許之。殷至洛陽，聞勾龍生善相人，兼好飲酒，時殷持榼造焉。生極喜，與之竟夕，因謂殷曰：「子之禄與壽甚厚，然而晚遇，未至七十而小厄。」殷曰：「今日之慮〔二〕，未暇於此，請以近事言之。」生曰：「君言近事，非名與婚乎？」殷曰：「然。」生曰：「自此三年，必成大名。如其婚娶，殊未有兆。」殷曰：「約有所娶，何言無兆？」生笑曰：「君之〔三〕娶鄭氏乎？」曰：「然。」生曰：「此固非君之妻也，君當娶韋氏。後二年始生，生十七年〔四〕而君娶之，時當官，未踰年而韋氏卒。」殷異其言，固問鄭氏之夫，曰〔五〕：「即同郡郭子元也，子元娶五年而卒。然將嫁之夕，君其夢之。」

既二年，殷下第〔六〕。有内黄人郭紹，家富於財，聞鄭氏美，納賂以求其婚。鄭之母聚其族謀曰：「女年既笄，殷未成事，吾老矣，且願見其所適。今有郭紹者求娶，吾欲許之，何如？」諸子曰：「唯命。」鄭氏聞之泣恚，將斷髮爲尼者數四。及嫁之夕，忽得疾昏眩，若將不救。時殷在京師，其夕夢一女子，嗚咽流涕，似有所訴，視之，即鄭氏也。殷驚問其故，良久言曰：「某常仰慕君子之德，亦知君之意，且曾許事君矣。今不幸爲尊長所逼，將適他氏，没身之恨，知復何言！」遂〔七〕相對而泣。因驚覺悲惋，且異其事，乃發使驗之，則果適人，問其姓氏，則郭紹也。殷數日思勾龍生言頗驗，然疑其名之異耳。及肅宗在儲邸，名紹，遂改子元。

殷明年擢第，更二年而子元卒。後十餘年，殷歷位清顯，每求娶輒不應。後自尚書郎謫官韶陽，郡守韋安貞，固以女妻之。殷念勾龍生之言，懇辭不免，娶數月而韋氏亡矣。其後皆驗，如勾龍生之言爾。（據民國陶湘涉園影刻宋本左圭《百川學海》本《前定録》校録，又《太平廣記》卷一五九引《前定録》）

〔一〕誠　《説郛》、《四庫》本、《唐人説薈》本、《永樂大典》卷一三一三五引《前定録》作「成」。
〔二〕盧　《四庫》本作「事」。
〔三〕之　朝鮮成任編《太平廣記詳節》卷一一及其《太平通載》卷一九引《太平廣記》作「欲」。
〔四〕年　此字原無，據《廣記》、《説郛》補。
〔五〕曰　此字原無，據《廣記》補。
〔六〕既二年殷下第　「殷」原作「既」，據《四庫》本、《唐人説薈》本、《説庫》本、《廣記詳節》、《太平通載》改。《説郛》作「殷是年下第」。按：應舉來年春方試，作「是年」誤。
〔七〕遂　《廣記》作「言訖」。

李敏求

鍾　輅　撰

京兆尹趙郡李敏求，應進士，八就禮部試不利。大和元年〔一〕秋，旅居宣平里，日晚擁膝愁坐，忽如沉醉。俄而精魄去身，約行六七十里，至一城府。門之外有數百人，忽有一人出拜之，敏求曰：「何人也？」荅曰：「某即十年前所使張岸也。」敏求曰：「汝前年隨吾旅遊，卒於涇州，何得在此？」對曰：「某自離二十二郎，後事柳十八郎，職甚雄盛，今作泰山府君判官。二十二郎既至此，亦須一見。」遂於稠人中引入通見。入門，兩廊多有衣冠，或有愁立者，或白衣者，或執簡板者，或有將通狀者，其服率多慘紫〔二〕或緑色。既至廳，柳揖與之言曰：「公何爲到此？得非爲他物所誘乎？公宜速去，非久住之所也。」敏求具如此荅，柳命吏送出。

將去，懇求知將來之事，柳曰：「人生在世，一食一宿，無不前定。所不欲人知者，慮君子不進德修業，小人惰於農耳。君固欲見，亦不難爾。」乃命一吏引敏求至東院，西有屋一百餘間，從地至屋，書架皆滿，文簿籤帖，一一可觀。吏取一卷，唯出三行，其第一行云：「大和二年罷舉。」第二行云：「其年婚姻，得伊宰宅錢二十四萬。」其第三行云：「受官於張平子。」餘不復見。

敏求既醒，具書於禩〔三〕秩之間。明年客遊西京，過時不赴舉，明年遂娶韋氏。韋之外親伊宰，將鬻别第，召敏求而售之。因訪所親，得價錢二百萬，伊宰乃以二十萬貺敏求。既而當用之券頭，以四萬爲貨。時敏求與萬年尉、户曹善，因請之，卒不〔四〕用所資，伊亦貺焉。累爲二十四萬。明年以蔭調授河南北縣尉，縣有張平子墓。時説者失其縣名，以俟知者。（據民國陶湘涉園影刻宋本左圭《百川學海》本《前定録》校録）

〔一〕大和元年　「元年」原作「九年」。按：下文言冥府文簿云敏求大和二年罷舉，其年婚姻，而敏求明年客遊西京，過時不赴舉，娶韋氏，顯然「九年」應爲「元年」。《廣記》卷一五七引《河東記·李敏求》作「大和初」是也，今改。

〔二〕慘紫　《四庫》本改作「紫色」。按：慘紫，淺紫色。

〔三〕縹　《四庫》本改作「縹」。

〔四〕不　原作「君」，《四庫》本改作「不」，今從之。

杜思温

鍾輅　撰

貞元初，有太學生杜思温，善鼓琴，多遊於公侯門館。每登臨宴賞〔一〕，往往得與。嘗從賓客〔二〕夜宿城南荀家觜，中夜後，山月如晝，而遊客皆醉，思温獨攜琴臨水閑泛。忽有一叟支頤來聽，思温謂是座客，殊不回顧。及曲罷，與語，乃知非向者同遊之人，遽置琴而起。老人曰：「少年勿怖，余是秦時河南太守梁陟也，遭難身没於此中。平生好鼓琴，向來聞君撫琴，紘軫清越，故來聽耳。知音難遇，無辭，更爲我彈之。」思温奏爲〔三〕《沉湘》，老人曰：「此弄初成，吾嘗尋之，其間音指稍異此。」思温因求其異，隨而正之，聲韻涵古，又多怨切，時人莫之聞焉。

叟因謂思温曰：「君非太學諸生乎？」曰：「然。」叟曰：「君何不求於名譽，而常爲王門之伶人乎？」思温竦然〔四〕受教，且問窮達之事，叟曰：「余之少子，主管人間禄籍，當爲君問之。此後二日，當再會於此。」至期而思温往見，叟亦至焉，乃告曰：「惜哉！君終不成名，亦無正官，然有假禄在巴蜀，一十九年，俸入不絶。然慎勿爲武職，當有大禍，非禳所免。誌之！誌之！」言訖，遂不見。

思温明年又下第，遂罷舉，西遊抵成都，以所藝謁韋令公。公甚重之，累署要籍。隨軍十七八年，所請雜俸，月不下二萬。又娶大將軍女，車馬第宅甚盛。而妻父常欲思温在轅門，思温記老人之言，輒辭不就。後二〔五〕日，密〔六〕請韋令公，遂補討擊使。牒出方告，不敢復辭，而常懼禍至，求爲遠使，竟不果。及劉闢〔七〕反叛，時思温在鹿頭城，城陷，爲官軍所殺，家族不知所在也。（據民國陶湘涉園影刻宋本左圭《百川學海》本《前定録》校録，又《太平廣記》卷一四九引《前定録》）

〔一〕賞　此字原脱，據《永樂琴書集成》卷一七引《續前定録》（按：書名誤）補。《説郛》作「客」。
〔二〕客　《琴書集成》作「寮」。
〔三〕奏爲　《琴書集成》作「爲奏」。
〔四〕悚然　《廣記》、《唐人説薈》本、《説庫》本下有「曰」字。
〔五〕二　《説郛》、《琴書集成》作「一」。
〔六〕密　《四庫》本作「家」，誤。
〔七〕劉闢　《四庫》本作「劉霸」，誤。按：《舊唐書》卷一四〇《劉闢傳》，載劍南西川節度使劉闢反叛事。

李相國揆

鍾輅　撰

李相國揆，以進士調集在京師，聞宣平坊王生善《易》筮，往問之。王生每以五百文決一局，而來者雲集，自辰至酉，不得次〔一〕而有空反者。揆時持一縑〔二〕晨往，生爲之開卦，曰：「君非文字〔三〕之選乎？當得河南道一尉。」揆負才華，不宜爲此色，悒忿而去。王生曰：「君無怏怏，自此數月，當爲左拾遺，前事固不可涯也〔四〕。」揆怒未解，生曰：「若果然，幸一枉駕。」

撰以書判不中第，補汴州陳留尉，始以王生之言有徵。後〔五〕詣之，生於几下取一緘書，可十數紙〔六〕，以授之，曰：「君除拾遺，可發此緘，不爾，當大咎。」撰藏之。既至陳留，時採訪使倪若水，以撰才華族望，留假府職。會郡有事，須上請，擇與中朝通者，無如撰，乃請行。開元中，郡府上書，姓李者皆先謁宗正。時李璆爲宗長，適遇上尊號。撰既謁璆，璆素聞其才，請爲表三通，以次上之。上召璆曰：「百官上表，無如卿者，朕甚佳之。」璆頓首謝曰：「此非臣所爲，是臣從子陳留尉撰所爲。」乃下詔召撰。時撰寓宿于懷遠坊〔七〕盧氏姑之舍，子弟聞召，且未敢出，及知上意，欲以推擇，遂出。既見，乃宣命宰臣試文詞。時陳黄門爲題目三篇，其一曰《紫絲盛露囊賦》，二曰《答吐蕃書》，三曰《代南越獻白孔雀表》。撰自午及酉而成。既封，請曰：「前二首無所遺恨〔八〕，後一首或有所疑，願得詳之。」乃許拆其緘，塗八字，旁注兩句。既進，翌日授左拾遺。

旬餘，乃發王生之緘，視之，三篇皆在其中，而塗注者亦如之。遽命駕，往宣平坊訪王生，則竟不復見矣。（據民國陶湘涉園影刻宋本左圭《百川學海》本《前定録》校録，又《太平廣記》卷一五〇引《前定録》）

〔一〕不得次　《説郛》「次」作「决」。按：次，次序，不得次謂排不上次序。

〔二〕縑　《説郛》作「練」，誤。
〔三〕字　《廣記》、《廣豔異編》卷一七《李揆》作「章」。
〔四〕前事固不可涯也　《説郛》「前」作「前程」。《唐語林》卷六作「前事固不準也」，誤。
〔五〕後　《四庫》本、《説郛》、《唐語林》作「復」。
〔六〕一緘書可十數紙　《唐語林》作「一卷書」。
〔七〕懷遠坊　《唐語林》作「遠房」，誤。按：懷遠坊，長安里坊名，在外郭城西城西市南。
〔八〕恨　《廣記》譌作「限」，《廣豔異編》不誤。

薛少殷

鍾輅撰

按：《廣豔異編》卷一七據《廣記》輯入。

河東〔一〕薛少殷，舉進士。忽一日暴亡於長安崇義里〔二〕。有一使持牒云：「大使追。」俄引至府門，既入〔三〕，見府官，即鮮于叔明也。少殷欲有所訴，叔明曰：「寒食將至，何爲鏤雞子食也？」東面有一僧，手持寶塔，門扇雙開，少殷已在其中。叔明曰：「某方欲立事，和尚何爲救此人？」乃迫而出，令引少殷見判官。及出門之西院，閽者入白，逡巡，聞命素服，乃引入，所見乃亡兄也。敘泣良久，曰：「吾以汝久未成名，欲薦汝於此，分主公事，故假追來，非他也。」少殷時新婚姻，懇不願住。兄曰：「吾同院有王判官，職居西曹，汝既來此，可以一謁而去。」乃命引少殷於西院見之，接待甚厚。俄聞備饌，海陸畢備。未食，王判官忽起，顧見向者持塔僧，僧曰：「不可食，食之則無由歸矣。」少殷曰：「饑甚，柰何？」僧曰：「唯蜜煎薑可食。」乃取食之。而王判官竟不至，僧曰：「可去矣。」

少殷復出詣兄〔四〕，且請去，兄知不可留，乃白府官，許之。少殷曰〔五〕：「既得歸人間，願知當爲何官。」兄曰：「此甚難言，亦何用知之？」少殷懇請，乃召一吏，取籍尋閱，不令少殷見之。曰：「汝後年方成名，初任當極西之官，次得歷畿赤簿尉，又一官極南，此外吾不知也。」臨别，兄曰：「吾舊使祇承人李俊，令隨汝去，有危急，即可念之。」既去，每過危險〔六〕，皆見其僧前引。少殷曰：「弟子素不相識，和尚何乃見護如此？」僧曰：「吾爲汝持《金剛經》，故相護爾。」

既醒，具述其事。後年春，果及第。未幾授祕書省正字，充和蕃判官。及回，改同官〔七〕主簿。秩滿，遇趙昌爲安南節度，少殷與之有舊，懇求爲從事，欲壓〔八〕極南之官，昌許之，曰：「乘遞之鎮，未暇有表，至江陵，當以表請。」及表至，少殷尋以母丁憂。服除，選授萬年縣尉。時青淄卒吏，與駙馬家童鬬死，京兆府不時奏，德宗怒。時少殷主賊曹務，一日乃貶高州雷澤縣尉。十餘年備歷艱苦，而李俊常有所護。及順宗嗣位，有詔收録貶官，少殷移至桂陽，與貶官李定同行。過水勒馬，與一從人言，即李俊也，云：「某月日已足。」拜别而去。少殷曰：「吾兄言官止於此。李俊復去，將不久矣。」李定驚感，蹙問其事〔九〕，具以告之。少殷十數日而卒。（據民國陶湘涉園影刻宋本左圭《百川學海》本《前定録》校録，又《太平廣記》卷一五二引《前定録》）

〔一〕河東　原作「河南」，據《廣記》、《唐人説薈》本、《説庫》本改。按：薛姓望出河東。

〔二〕崇義里　「義」原作「儀」，據《廣記》、《唐人説薈》本、《説庫》本改。按：崇義里在長安外郭城東城務本坊南、長興坊北。

〔三〕既入　此二字原無，據《廣記》補。

〔四〕詣兄　《廣記》下有「泣」字。

〔五〕曰　此字原無，據《廣記》、《唐人説薈》本、《説庫》本補。

〔六〕每過危險　《廣記》作「每遇危際」。

〔七〕同官　原作「同安」，據《廣記》改。按：前文云「次得歷畿赤簿尉」，同官縣屬京兆府，等級爲畿（按：唐代縣分赤、畿、望、緊、上、中、下七等），見《新唐書・地理志一》。唐無同安縣而有同安郡，即舒州。

〔八〕壓　《廣記》作「厭」。壓，同「厭」。《説文》厂部：「厭，合也。」

〔九〕李定驚感蹙問其事　《廣記》作「李定驚慘其事」。

唐五代傳奇集第三編卷二

杜子春

牛僧孺 撰

牛僧孺（七八〇—八四八），字思黯。安定鶉觚（今甘肅平涼市靈台縣）人。德宗貞元二十一年（八〇五）進士及第，憲宗元和三年（八〇八）登賢良方正科，授伊闕尉。遷監察御史，進累考工員外郎、集賢殿直學士。穆宗立，以庫部郎中知制誥，改御史中丞，執法頗嚴。長慶二年（八二二）拜户部侍郎，明年以本官平章事。敬宗立，封奇章郡公，拜集賢殿大學士。出爲鄂州刺史、武昌軍節度使。文宗太和四年（八三〇）李宗閔薦入朝，以兵部尚書平章事。六年因吐蕃事招物議，出爲淮南節度副大使。開成二年（八三七）改東都留守，與白居易爲詩友。三年召拜尚書左僕射，四年出爲山南東道節度使。武宗會昌元年（八四一）爲太子少保，進太子少師，後貶循州長史。宣宗立，徙衡、汝二州，還爲太子少師。大中二年十月二十七日薨于東都，年六十九。（按：《舊唐書》本傳云大中初卒，此據杜牧《牛公墓誌銘并序》。李珏《牛公神道碑》作大中戊辰歲十二月二十九日薨。大中戊辰歲乃二年，然十二月二十九日公曆已及八四九年。）有《牛僧孺集》五卷，佚。（據

（《舊唐書》卷一七二、《新唐書》卷一七四本傳，《樊川文集》卷七《唐故太子少師奇章郡開國公贈太尉牛公墓誌銘并序》，《文苑英華》卷八八八李珏《故丞相太子少師贈太尉牛公神道碑》）

杜子春者，周、隋間人〔一〕，少落魄〔二〕，不事家產。然以心氣閒縱，嗜酒邪遊〔三〕，資產蕩盡，投於親故，皆以不事事故〔四〕見棄。方冬，衣破腹空，徒行長安中。日晚未食，彷徨〔五〕不知所往，於東市西門〔六〕，饑寒之色可掬，仰天長吁。有一老人策杖於前，問曰：「君子何歎？」子春言其心，且憤其親戚疏薄也，感激之氣，發於顏色。老人曰：「幾緡則豐用？」子春曰：「三五萬則可以活矣。」老人曰：「未也，更言之。」「十萬。」曰：「未也。」乃言：「百萬。」亦曰：「未也。」曰：「三百萬。」乃曰：「可矣。」於是袖出一緡，曰：「給子今夕，明日午時，俟子於西市波斯邸，慎無後期。」及時，子春往，老人果與錢三百萬，不告姓名而去。

子春既富，蕩心復熾，自以爲終身不復羈旅也。乘肥衣輕，會酒徒，徵絲竹歌舞於倡樓，不復以治生爲意。一二年間，稍稍而盡。衣服車馬，易貴從賤，去馬而驢，去驢而徒，倏忽如初。既而復無計，自歎於市門，發聲而老人到，握其手曰：「君復如此奇作〔七〕，吾將復濟子，幾緡方可？」子春慚不對。老人因逼之，子春愧謝而已。老人曰：「明日午時，來前期處。」子春忍愧而往，得錢一千萬。未受之初，發憤以爲從此謀生〔八〕，石季倫、猗頓，小豎耳。錢既入手，心又翻然，縱適之情，又却如故。不三四〔九〕年間，貧過舊日。復遇老人於故處，子春不勝其愧，掩面而走。老人牽裾止之，曰：「嗟乎！拙謀也。」因與三千〔一〇〕萬，曰：「此而不痊，則子貧在膏肓矣。」子春曰：「吾落魄邪游，生涯罄盡。親戚豪族，無相顧者，獨此叟三給我，我何以當之？」因謂老人曰：「吾得此，人間之事可以立，孤孀可以足衣食，於名教復圓矣。感叟深惠，立事之後，唯叟所使。」老人曰：「吾心也。子治生畢，來歲中元，見我於老君祠〔一一〕雙檜下。」子春以孤孀多寓淮南，遂轉資揚州。買良田百頃，郭中起甲第，要路置邸百餘間，悉召孤孀，分居第中。婚嫁甥姪，遷祔旅櫬〔一二〕。恩者煦之，讎者復之。

既畢事，及期而往。老人者方嘯於二檜之陰。遂與登華山雲臺峰。入四十里餘，見一居處，室屋嚴潔，非常人居。綵雲遥覆，鸞鶴飛翔。其上有正堂，中有藥爐，高九尺餘，紫焰光發，灼煥窗户。玉女數〔一三〕人，環爐而立。青龍白虎，分據前後。時日將暮，老人者不復俗衣，乃黄冠絳帔士也。持白石三丸、酒一巵遺子春，令速食之訖。取一虎皮，鋪於内西壁，東向而坐，戒曰：「慎勿語，雖尊神、惡鬼、夜叉、猛獸、地獄，及君之親屬爲所囚縛，萬苦皆非真實，但當不動不語耳〔一四〕。安心莫懼，終無所苦。當一心念吾所言。」言訖而去。

子春視庭，唯一巨甕，滿中貯水而已。道士適去，而旌旗戈甲，千乘萬騎，遍滿崖谷來，呵斥之聲，震動天地〔一五〕。有一人稱大將軍，身長丈餘，人馬皆着金甲，光芒射人。親衛數百人，皆〔一六〕拔劍張弓，直入堂前，呵曰：「汝是何人，敢不避大將軍！」左右竦劍而前，逼問姓名，又問作何物，皆不對。問者大怒，催斬，争射之，聲如雷，竟不應。將軍者拗〔一七〕怒而去。俄而猛虎、毒龍、狻猊、獅子、蝮蛇〔一八〕萬計，哮吼拏攫而前，争欲搏噬〔一九〕，或跳過其上，子春神色不動。有頃而散。既而大雨滂澍，雷電晦瞑，火輪走其左右，電光掣其前後，目不得開。須臾，庭際水深丈餘，流電吼雷，勢若山川開破，不可制止。瞬息之間，波及坐下。子春端坐不顧，未頃而散。

將軍者復來，引牛頭獄卒、奇貌鬼神，將大鑊湯而置子春前，長槍刃〔二〇〕叉，四面迨迊〔二一〕，傳命曰：「肯言姓名即放，不肯言，即當心叉取，置之鑊中。」又不應。因執其妻來，捽於階下，指曰：「言姓名免之。」又不應。乃鞭捶流血，或射或斫，或煮或燒，苦不可忍。其妻號哭曰：「誠爲陋拙，有辱君子。然幸得執巾櫛，奉事十餘年矣。今爲尊鬼所執，不勝其苦。不敢望君匍匐拜乞，但得公一〔二二〕言，即全性命矣。人誰無情，君乃忍惜一言。」雨淚庭中，且呪且罵，子春終不顧。將軍且曰：「吾不能毒汝妻耶！」令取剉碓，從脚寸寸剉之。妻叫哭愈急，竟不顧之。

將軍曰：「此賊妖術已成，不可使久在世間。」敕左右斬之。斬訖，魂魄被領見閻羅王。王曰：「此乃雲臺峰妖民乎？」促〔二三〕付獄中。於是鎔銅、鐵杖、碓擣、磑磨、火坑、鑊湯、刀山、劍林之苦，無不備嘗。然心念道士之言，亦似可忍，竟不呻吟。獄卒告受罪畢，王曰：「此人陰賊，不合得作男，宜令作女人。」配生宋州單父縣丞王勤家，生而多病，針灸醫藥之苦〔二四〕，略無停日。亦嘗墜火墮牀，痛苦不濟，終不失聲。俄而長大，容色絶代，而口無聲，其家目爲啞女，親戚相狎，侮之萬端，終不能對。同鄉有進士盧珪者，聞其容而慕之，因媒氏求焉。其家以啞辭之，盧曰：「苟爲妻而賢，何用言矣，亦足以戒長舌之婦。」乃許之。盧生備禮〔二五〕，親迎爲妻。數年，恩情甚篤，生一男，僅二歲，聰慧無敵。盧抱兒與之言，不應。多方引之，終無辭。盧大怒曰：「昔賈大夫之妻鄙其夫，纔不笑爾。然觀其射雉，尚釋其憾。今吾陋不及賈，而文藝非徒射雉也，而竟不言。大丈夫爲妻所鄙，安用其子！」乃持兩足，以頭撲於石上，應手而碎，血濺數步。子春愛生於心，忽忘其約，不覺失聲云：「噫！」

噫聲未息，身坐故處，道士者亦在其前，初五更矣。見其紫焰穿屋上天〔二六〕，火起四合，屋室俱焚。道士歎曰：「措大誤余乃如是！」因提其髻，投水甕中。未頃火息。道士前曰：「出。吾子之心，喜、怒、哀、懼、惡、欲，皆能忘也。所未臻者，愛而已。向使子無噫聲，吾之藥成，子亦上仙矣。嗟乎！仙才之難得也！吾藥可重煉，而子之身，猶爲世界所容矣。勉之哉！」遥指路使歸。子春强登臺〔二七〕觀焉，其爐已壞，中有鐵柱，大如臂，長數尺。道士脱衣，以刀子削之。

子春既歸，愧其恩〔二八〕，誓復自效，以謝其過。行至雲臺峰，無人迹，歎恨而歸。（據中華書局版程毅中點校十一卷本《玄怪録》卷一校録，又《太平廣記》卷一六引《續玄怪録》）

〔一〕周隋間人　《廣記》前有「蓋」字。

〔二〕落魄　《廣記》作「落拓」，朝鮮成任編《太平廣記詳節》卷二作「落托」。按：落托，同「落拓」，與落魄義同，放蕩不羈。

〔三〕然以心氣閒縱嗜酒邪遊　《廣記》作「然以志氣閒曠，縱酒閒遊」，《廣記詳節》作「然以心氣閒，縱酒閑遊」。

〔四〕不事事故　陳應翔刊本、明胡文焕《稗家粹編》卷五《杜子春》作「不事之故」，《廣記》作「不事事」，《廣記詳節》作「不事之」，明陸楫《古今説海》説淵部别傳十及《五朝小説·唐人百家小説》傳奇家、清蓮塘居士《唐人説薈》第十集、馬俊良《龍威秘書》四集、民國俞建卿《晉唐小説六十種》之《杜子春傳》，汪雲程《逸史搜奇》己集三《杜子春》作「不事事之故」。

〔五〕傍徨　《稗家粹編》作「彷彿」。按：作「彷彿」譌，諸本皆作「傍徨」。

〔六〕東市西門　陳本作「東門西市」，誤。按：長安西市在西城，與城東門（凡三門）遠不相及。

〔七〕奇作　《廣記》作「奇哉」。

〔八〕謀生　《廣記》作「謀身治生」。

〔九〕三四　《廣記》作「一二」，《廣記詳節》作「三四」。

〔一〇〕千　陳本、《稗家粹編》作「百」，誤。

〔一一〕祠　此字原無，據《歲時廣記》卷二九《感仙叟》引《續玄怪録》補。

〔一二〕遷祔旅櫬　「祔」原譌作「袝」，據《廣記》、《説海》、《逸史搜奇》、《稗家粹編》、《唐人百家小説》、《唐人説薈》、《龍威秘書》、《晉唐小説六十種》改。《廣記》此句作「遷祔族親」，《廣記詳節》作「遷祔旅櫬」。按：袝，合葬。袝，衣服華麗整齊，作「袝」誤。

〔一三〕數　《廣記》作「九」。陳本、《稗家粹編》脱此字。

〔一四〕耳　《廣記》作「宜」，連下讀。《廣記詳節》作「耳」。

〔一五〕震動天地　原作「動天」，據《廣記》補二字。《廣記詳節》、《説海》、《逸史搜奇》、《唐人百家小説》、《唐人説薈》、《龍威秘書》、《晉唐小説六十種》作「動天地」。

〔一六〕皆　此字原無，據《廣記》補。

〔一七〕拗　《廣記》作「極」。

〔一八〕蛇　《廣記》、《類説》卷一一《幽怪録·貧居膏肓》（嘉靖伯玉翁舊鈔本作《貧在膏肓》）作「螁」。

《廣記》明沈與文野竹齋鈔本、清孫潛校本、《廣記詳節》作「蛇」。

〔一九〕哮吼拏攫而前争欲搏噬　陳本、《廣記》、《稗家粹編》作「哮吼拏攫而争前，欲搏噬」。

〔二〇〕刃　《廣記》作「兩」，《廣記詳節》作「刃」，作「兩」誤。

〔二一〕迨迊　《廣記》作「週匝」，孫校本作「迫匝」，《廣記詳節》作「迨匝」。

〔二二〕一　此字原無，據《廣記》、《類説》、《歲時廣記》、《説海》、《逸史搜奇》、《稗家粹編》、《唐人百家小説》、《唐人説薈》、《龍威秘書》、《晉唐小説六十種》補。

〔二三〕促　《廣記》作「捉」，《廣記詳節》作「促」。

〔二四〕針灸醫藥之苦　《廣記》無「之苦」二字，孫校本、《廣記詳節》作「針灸苦藥之醫」。

〔二五〕禮　《廣記》作「六禮」。《廣記詳節》無「六」字。

〔二六〕見其紫焰穿屋上天　「見」字原無，據《廣記》、《歲時廣記》補。「天」《廣記》、《歲時廣記》作「大」，連下讀。孫校本、《廣記詳節》作「天」。

〔二七〕臺　陳本、《廣記》、《稗家粹編》作「基」。

〔二八〕恩　陳本、《廣記》作「忘」，與下文「誓」連讀。《廣記》孫校本、《廣記詳節》作「恩」。

按：牛僧孺撰《玄怪録》，著録於《崇文總目》小説類、《新唐書·藝文志》小説家類、《通志·藝文略》傳記類冥異目、《中興館閣書目》小説家類、《郡齋讀書志》小説類、《宋史·藝文志》小説類，十卷。《直齋書録解題》小説家類著録十一卷本（目作十卷，疑脱「一」字）。《遂初堂書目》小説類作《幽怪録》，無卷數及撰人，「幽」乃避宋始祖趙玄朗諱改。

今存之本，有書林松溪陳應翔刊本（藏國家圖書館，《四庫全書存目叢書》影印），四卷，四十四事，附李復言《續幽怪録》一卷。繆荃孫謂「似元時刻」（《藝風藏書記》卷八小説），傅增湘謂「似元明坊本」（《藏園群書題記》續集卷三），可能是明刻本。此本避宋諱，蓋原出宋本。中華書局一九八二年出版程毅中點校《玄怪録》（與《續玄怪録》合編），上海古籍出版社二〇〇〇年出版《唐五代筆記小説大觀》，均以此本爲底本。另有十一卷本，明末高承埏稽古堂刊，載《稽古堂群書祕簡》，與《續玄怪録》合編，稱《正續玄怪録》，亦四十四事，然篇目次第與四卷本有異。此本分卷與《直齋書録解題》同，明高儒《百川書志》卷八亦著録《幽怪録》十一卷，「凡四十四事」。二〇〇六年中華書局出版程毅中點校新版《玄怪録》（與《續玄怪録》合編），即以高本爲底本。

《太平廣記》引用本書頗多。《類説》卷一一摘録《幽怪録》二十五條，除《狐誦通天經》，全見四卷本，次第亦頗同。《紺珠集》卷五摘録《幽怪録》十八條，中《四真》、《郭登》爲《續玄怪録》條目，其餘則皆不出今本之外。其所據蓋牛、李二書合編本。《説郛》卷一五《幽怪録》選録二條，書題下注十一卷，所據乃十一卷本。《五朝小説·唐人百家小説》紀載家、冰華居士《合刻三志》志怪類取入《説郛》本，署唐王惲，頗妄。《重編説郛》卷一一七亦取之，又取入《紺珠集》本，署唐牛僧孺。《唐人説薈》第十四集(同治八年刊本卷一七)《幽怪録》,乃取《五朝小説》、《合刻三志》、《重編説郛》之王惲《幽怪録》二條,又删縮今本二條湊成,署唐王惲撰。馬俊良《龍威秘書》四集兼收《唐人説薈》本及《重編説郛》之牛撰本,後本止十七條,缺一條。民國俞建卿輯《晉唐小説六十種》復據《龍威秘書》載入。

今本非原書,多有脱佚。鄭振鐸曾據《太平廣記》輯録《玄怪録》佚文三十一條,載《世界文庫》第十册,尚有遺漏,且混入《續録》之文。程毅中初版點校本補遺十二條,新版增一條。

由於本書與《續玄怪録》爲正續之書,常常合編,故而在流傳中篇什每相混淆。十一卷本及四卷本均爲宋人重編本,其中《張老》、《党氏女》、《齊饒州》、《尼妙寂》、《許元長》、《王國良》、《葉氏婦》等均應爲《續録》篇目,而《崔環》、《吴全素》、《掠剩使》、《馬僕射總》、《李沈》等亦似李書。

本書所記爲梁陳隋唐事,《齊饒州》、《党氏女》事在太和二年及六年,《李沈》涉及太和三四年。此三篇皆可疑,此外則《張寵奴》,爲長慶元年(八二一)事。長慶凡四年,以下爲寶曆,凡二年有餘,寶曆三年二月改元太和。然則《玄怪録》書成似在太和中。又《廣記》卷三六五引《鄭絪》,明鈔本作《玄怪集》,疑即《玄怪録》。末云「相國(鄭絪)相次而卒」,據《舊唐書》卷一五九《鄭絪傳》,時在太和三年(八二九)。若此條確出本書,則書成在太和三年之後。約在開成中(八三六—八四〇),薛漁思作《河東記》,以續僧孺也。

《杜子春》之篇，《廣記》所引注出《續玄怪録》，《太平廣記詳節》卷二同，南宋陳元靚《歲時廣記》卷二九節引，題《感仙叟》，亦云出《續玄怪録》，誤。按：《玄怪録》叙事多託之「梁陳隋唐」（《玄怪録》卷七《張左》），此作事在周、隋，其出牛書無疑。

《古今説海》説淵部别傳十採入本篇，題《杜子春傳》，不著撰人。《逸史搜奇》己集三據《説海》録入，題《杜子春》。《稗家粹編》卷五亦有《杜子春》，大抵同陳應翔刊本。《五朝小説·唐人百家小説》傳奇家、《唐人説薈》第十集（同治八年刊本卷一二）、《龍威秘書》四集《晉唐小説暢觀》、《晉唐小説六十種》亦收，均妄題唐鄭還古撰。

裴諶

牛僧孺　撰

裴諶、王敬伯、梁芳，約爲方外之友。隋大業中，相與入白鹿山學道，謂黄白可成，不死之藥可致，雲飛羽化，無非積學，辛勤採煉，手足胼胝，十數年間。無何，梁芳死，敬伯謂諶曰：「吾所以去國忘家，耳絶絲竹，口厭肥豢，目棄奇色，去華屋而樂茅齋，賤歡娱而貴寂寞者，豈非覬乘雲駕鶴，遊戲蓬壺？縱其不成，亦望長生，壽畢天地耳。今仙海無涯，長生未致，辛勤於雲山之外，不免就死。敬伯所樂，將下山乘肥衣輕，聽歌玩色，遊於京洛。意足然後求達，垂功立事，以榮耀人寰。縱不能憩三山，飲瑶池，驂龍衣霞，歌鸞飛〔一〕

鳳，與仙翁〔二〕爲侶，且腰金拖紫，圖影凌煙，廁卿大夫之間，何如哉？子盍歸乎？無空死深山。」諶曰：「吾乃夢醒者，不復低迷。」敬伯遂歸，諶留之不得。

時唐貞觀初，以舊籍調授左武衛騎曹參軍，大將軍趙朏妻之以女。數年間，遷大理廷評，衣緋，奉使淮南。舟行過高郵，制使之行，呵叱風生，行〔三〕船不敢動。時天微雨，忽有一漁舟突過，中有老人，衣簑戴笠，鼓棹而去，其疾如風。敬伯以爲吾乃制使，威振遠近，此漁父敢突過我。試視之，乃諶也。遽令追之，因請維舟，延之坐内，握手慰之曰：「兄久居深山，拋擲名宦而無成，到此極也。夫風不可繫，影不可捕，古人倦夜長，尚秉燭遊，況少年白晝而擲之乎？敬伯粵自出山數年，今廷尉評事矣。昨者推獄平允，乃天錫命服。淮南疑獄，今讞於有司，上擇詳明吏覆訊之，敬伯預其選，故有是行。雖未可言官達，比之山叟，自謂差勝。兄甘勞苦，竟如囊日，奇哉！奇哉！今何所須，當以奉給。」諶曰：「吾儕野人，心近雲鶴，未可以腐鼠嚇也。吾沉子浮，魚鳥各適，何必矜炫也！夫人世之所須者，吾當給爾，子何以贈我？吾與〔四〕山中之友，或市藥於廣陵，亦有息肩之地。青園橋東，有數里櫻桃園，園北車門，即吾宅也。子公事少隙，當尋我於此。」遂倏然而去。

敬伯到廣陵十餘日，事少閒，思諶言，因出尋之。果有車門，試問之，乃裴宅也。人引以入，初尚荒涼，移步愈佳。行數百步，方及大門，樓閣重複，花木鮮秀，似非人境。煙翠葱蘢，景色妍媚，不可形狀。香風颯來，神清氣爽，飄飄然有凌雲之意，不復以使車爲重。視其身若腐鼠，視其徒若螻蟻。既而稍聞劍珮之聲，二青衣出曰：「阿〔五〕郎來。」俄有一人，衣冠偉然，儀貌奇麗，敬伯前拜，視之乃諶也。裴慰之曰：「塵界仕官，久食腥羶，愁慾之火，焰於心中，負之而行，固甚勞困。」遂揖以入，坐於中堂。窗户棟梁，飾以異寶，屏帳皆畫雲鶴。有頃，四青衣捧碧玉臺盤而至，器物珍異，皆非人世所有。香醪嘉饌，目所未窺。既而日將暮，命其僕〔六〕促席，燃九光之燈，光華滿座。女樂二十人，皆絶代之色，列坐其前。裴顧小黄頭曰：「王評事，昔吾山中之友，道情不固，棄吾下山。别近十年，纔爲廷尉屬。今俗心已就，須俗妓以樂之。顧令家女無足召者，當召士大夫之女已適人者。如近無姝麗，五千里内，皆可擇之。」小黄頭唯唯而去。

諸妓調碧玉箏，調未諧而黄頭已復命，引一妓自西階登，拜裴席前。裴指〔七〕曰：「參評事。」敬伯答拜，細視之，乃敬伯妻趙氏也。敬伯驚訝不敢言，妻亦甚駭，目之不已。遂令坐玉階下，一青衣捧玳瑁箏授之，趙素所善也。因令與妓合曲以送酒。敬伯坐間取一殷色朱李投之，趙顧敬伯，潛繫於衣帶。妓作〔八〕之曲，趙皆不能逐。裴乃令隨趙所奏，時時停之，以呈其曲。其歌雖〔九〕非雲韶九奏之樂，而清亮宛轉，酬獻極歡。天將曉，裴召前黄頭曰：「送趙氏夫人。」且謂曰：「此堂乃九天畫堂，常人不到。吾昔與王爲方外之交，憐其爲俗所迷，自投湯火，以智自燒，以明自賊，將浮沉於生死海中，求岸不得，故命於此，一以醒之。今日之會，誠難再得，亦夫人宿命，乃得暫遊，雲山萬重，往復勞苦，無辭也。」趙拜而去。裴謂敬伯曰：「評公使車，留此一宿，得無驚郡將乎？宜且就館。未赴闕閒時，訪我可也。塵路遐遠，萬愁攻人，努力自愛。」敬伯拜謝而去。後五日將還，潛詣取別，其門不復有宅，乃荒涼之地，煙草極目，惆悵而反。

及京奏事畢，得歸私第。詣趙，竟怒曰〔一〇〕：「女子誠陋拙，不足以奉事君子。然已辱厚禮，亦宜敬之。夫上以承先祖，下以繼後嗣〔一一〕，豈苟而已哉！奈何以妖術致之萬里，而娛人之視聽乎？朱李尚在，其言〔一二〕足徵，何諱乎？」敬伯盡言之，且曰：「當此之時，敬伯亦自不測。此蓋裴之道成矣，以此相炫也。」其妻亦記得裴言，遂不復責。

吁！神仙〔一三〕之變化，誠如此乎？將幻者鬻術以致惑乎？固非常智之所及。且夫雀爲蛤，雉爲蜃，人爲虎，腐草爲螢，蜣蜋〔一四〕爲蟬，鯤爲鵬，萬物之變化，書傳之記者，不可以智達，況耳目之外乎？（據中華書局版程毅中點校十一卷本《玄怪録》卷一校録，又《太平廣記》卷一七引《續玄怪録》）

〔一〕飛　《廣記》、《古今説海》説淵别傳二十八《王恭伯傳》、《豔異編》卷四《裴諶》、秦淮寓客《緑窗女史》卷一〇《裴諶傳》、《逸史搜奇》丙集七《王恭伯》、《稗家粹編》卷五《裴諶》、《合刻三志》志幻類《稽神録·擲仙李》、朝鮮人編《删補文苑楂橘》卷二《裴諶》作「舞」

〔二〕翁　《廣記》作「官」。明鈔本、孫校本、《太平廣記詳節》卷二作「翁」。

〔三〕行　《廣記》、《豔異編》、《緑窗女史》、馮夢龍《太平廣記鈔》卷六、《文苑楂橘》作「舟」。

〔四〕與　此字原無，據《廣記》、《豔異編》、《緑窗女史》、《文苑楂橘》補。《豔異編》、《緑窗女史》、《稗家粹編》上無「吾」字。

〔五〕阿　《廣記》、《廣記鈔》作「裴」，《廣記詳節》作「阿」。

〔六〕僕　此字稽古堂刊本原無，程校本據《豔異編》補。按：《緑窗女史》亦有此字。

〔七〕裴指　陳本、《説海》、《逸史搜奇》、《稗家粹編》、《合刻三志》作「詣」。

〔八〕作　《廣記》、《豔異編》、《緑窗女史》、《廣記鈔》、《文苑楂橘》作「奏」。

〔九〕雖　陳本、《廣記詳節》、《説海》、《豔異編》、《緑窗女史》、《逸史搜奇》、《稗家粹編》、《合刻三志》作「舞」。

〔一〇〕詣趙竟怒曰　「詣」原作「諸」，據《廣記》孫校本改。《稗家粹編》作「請」，亦譌。「竟」原作「競」，通「竟」，陳本、《稗家粹編》作「竟」，據改。

〔一一〕嗣　陳本、《廣記》、《稗家粹編》、《文苑楂橘》作「事」。

〔一二〕言　陳本、《廣記詳節》、《説海》、《逸史搜奇》、《稗家粹編》、《合刻三志》作「筵」。

〔一三〕仙　《廣記詳節》作「佛」，當謁。

〔一四〕蜋　此字稽古堂本原無，程校本據《廣記》、《豔異編》補。按：《緑窗女史》、《文苑楂橘》亦有此字。

按：本篇《廣記》引作《續玄怪録》，誤，首云「隋大業中」，託之隋朝，牛書也。《古今説海》説淵别傳二十八《王恭伯傳》、《豔異編》卷四《裴諶》、《緑窗女史》卷一〇《裴諶傳》、《逸史搜奇》丙集七《王恭伯》、《稗家粹編》卷五《裴諶》均即本篇。《緑窗女史》署闕名，其餘皆不著撰人。《合刻三志》志幻類妄題唐雍陶撰《稽神録》，中《擲仙李》亦即本篇，文同《説海》。

朝鮮活字本《删補文苑楂橘》卷二亦收本篇，文同談本《廣記》。

韋氏

牛僧孺　撰

京兆韋氏女者，既笄二年，母告之曰：「有秀才裴爽者，欲聘汝。」女笑曰：「非吾夫也。」母記之。雖媒媪日來，盛陳裴之才，其家甚慕之，然終不諧。又一年，母曰：「有王悟者，前參京兆軍事，其府之司録張審約者，汝之老舅也，爲王媒之，將聘汝矣。」女亦曰：「非也。」母又曰：「張既〔一〕熟我，又爲王之媒介也，其辭不虚矣。」亦終不諧。又二年，進士張楚金求之，母以告之，女笑曰：「吾之夫，乃此人也。」母許之，遂擇吉焉。

既成禮訖，因其母徐問之，對曰：「吾此乃夢徵矣。然此〔二〕生之事皆見矣，豈獨適楚金之先知乎？某既笄，夢年二十適清河楚金，以尚書節制廣陵，在鎮七年，而楚金伏法，闔門皆死，惟某與新婦一人，生入掖庭。蔬食而役者十八年，蒙詔放出。自午承命，日暮方出宮闕。與新婦渡水，迨暗及灘，四顧將昏然，不知所往。因與新婦相抱於灘上，掩泣相勉曰：『此不可久立，宜速渡。』遂南行。及岸數百步，有壞坊焉。自入西門，隨垣而北，其東大門屋，因造焉，又無人而大開，遂入。及壞戟門，亦開，又入。踰屏，迴廊四合，有堂既扃，階前有四大櫻桃樹林，花發正茂。及月色滿庭，似無人居，不知所告，因與新婦對卧階下。未幾，有老人來訴逐，告以前情，遂去。又聞西廊步履之聲，有一少年郎來訴，且呼老人，令逐之。苦告之，少年郎低首而走。徐乃白衫素履，哭拜階下，曰：『某尚書之姪也。』乃慟哭曰：『無處問耗，不知阿母與阿嫂至，乃自天降也。此即舊宅，堂中所鎖，無非舊物。』慟哭開户，宛如故居之地。居之九年，前後從化。」其母大奇之。

且人之榮悴，無非前定，素聞之矣，豈夢中之信，又如此乎？乃心記之。俄而楚金授鉞廣陵，神龍中以徐敬業有興復之謀，連坐伏法，惟妻與婦免死，配役掖庭十八年。則天因降誕日，大縱籍没者，得隨例焉。午後受詔，及行，總監緋閹走留食候之，食畢，實將暮矣。其[三]褰裳涉水而哭，及宅所在，無差夢焉。噫！夢信足徵也，則前所敘扶風公之見[四]，又何以偕[五]焉。（據中華書局版程毅中點校十一卷本《玄怪録》卷二校録）

〔一〕既　陳本作「亦」。

〔二〕此　《逸史搜奇》癸集十《張楚金》無此字。

〔三〕其　《逸史搜奇》作「共」。

〔四〕則前所敘扶風公之見　《稗家粹編》卷三《韋氏》作「則人所叙，凡夢中之見」。按：此疑爲胡氏所改，非原文也。

〔五〕偕　《稗家粹編》作「諧」。偕，義同「諧」。

按：末云「前所敘扶風公之見」，見卷七（陳本卷三）《張左》。原書本篇在其後，今反居前，足可證今本非舊帙。《廣記》未引。《逸史搜奇》癸集十、《稗家粹編》卷三皆收入，分别題《張楚金》、《韋氏》。

郭代公

牛僧孺　撰

代國公郭元振，開元中下第，自晉之汾。夜行，陰晦失道，久而絶遠有燈火之光，以爲人居也，逕往投〔一〕之。八九里，有宅，門宇甚峻。既入門，廊下及堂上燈燭輝煌，牢饌羅列，若嫁女之家，而悄無人。公繫馬西廊前，歷階而升，徘徊堂上，不知其何處也。俄聞堂中東閣有女子哭聲，嗚咽不已。公問曰：「堂中泣者，人耶，鬼耶？何陳設如此，無人而獨泣？」曰：「妾此鄉之祠，有烏將軍者，能禍福人。每歲求偶於鄉人，鄉人必擇處女之美者而嫁焉。妾雖陋拙，父利鄉人之五百緡，潛以應選。今夕，鄉人之女並爲遊宴者到是，醉妾此室，共鎖而去，以適於將軍者也。今父母棄之，就死而已，惴惴哀懼〔二〕。君誠人耶？能相救免，畢身爲除掃之婦，以奉指使。」公大憤曰：「其來當何時？」曰：「二更〔三〕。」公曰：「吾忝爲大丈夫也，必力救之。如不得，當殺身以徇汝，終不使汝枉死於淫鬼之手也。」女泣少止。於是坐於西階上，移其馬於堂北，令一僕侍立於前，若爲賓〔四〕而待之。

未幾，火光照耀，車馬駢闐，二紫衣吏入而復走出，曰：「相公在此。」逡巡，二黄衣吏入而出，亦曰：「相公在此。」公私心獨喜：「吾當爲宰相，必勝此鬼矣。」既而將軍漸下，導吏復告之。將軍曰：「入。」有戈劍弓矢翼引〔五〕以入，即東階下。公使僕前曰：「郭秀才見。」遂行揖。將軍曰：「秀才安得到此？」曰：「聞將軍今夕嘉禮，願爲小相耳。」將軍者喜而延坐，與對食，言笑極歡。公囊中有利刀，思取刺之，乃問曰：「將軍曾食鹿腊〔六〕

乎？」曰：「此地難遇。」公曰：「某有少許珍者，得自御廚，願削以獻。」將軍者大悦。公乃起，取鹿腊並小刀，因削之，置一小器，令自取。將軍喜，引手取之，不疑其他。公伺其無機〔七〕，乃投其脯〔八〕，捉〔九〕其腕而斷之。將軍失聲而走，導從之吏，一時驚散。公執其手，脱衣纏之，令僕夫出望之，寂無所見。乃啓門謂泣者曰：「將軍之腕已在於此矣。尋其血蹤，死亦不久。汝既獲免，可出就食。」泣者乃出，年可十七八，而甚佳麗，拜於公前，曰：「誓爲僕妾。」公勉諭焉。天方曙，開視其手，則豬蹄也。

俄聞哭泣之聲漸近，乃女之父母兄弟及鄉中耆老，相與舁櫬而來，將收其屍，以備殯殮。見公及女，乃生人也。咸驚以問之，公具告焉。鄉老共怒殘其神，曰：「烏將軍，此鄉鎮神，鄉人奉之久矣，歲配以女，纔無他虞。此禮少遲，即風雨雷雹爲虐。奈何失路之客，而傷我明神？致暴於人，此鄉何負！當殺公以祭烏將軍，不爾，亦縛送本縣。」揮少年將令執公。公諭之曰：「爾徒老於年，未老於事。我天下之達理者，爾衆聽吾言。夫神，承天而爲鎮也〔一〇〕，不若諸侯受命於天子而疆理天下乎？」曰：「然。」公曰：「使諸侯漁色於中國〔一一〕，天子不怒乎？殘虐於人，天子不伐乎？誠使爾呼將軍者，真神明〔一二〕也，神固無豬蹄，天豈使淫妖之獸乎？且淫妖之獸，天地之罪畜也，吾執正以誅之，豈不可乎！爾曹無正人，使爾少女年年横死於妖畜，積罪動天。安知天不使吾雪焉？從吾言，當爲爾除之，永無聘禮[一三]之患，如何？」鄉人悟而喜曰：「願從命。」公乃令數百人，執弓、矢、刀、鎗、鍬、钁之屬，環而自隨，尋血而行。纔二十里，血入大塜穴中，因圍而斸之，應手漸大如甕口，公令束[一四]薪燃火投入照之。其中若大室，見一大豬，無前左蹄，血卧其地，突煙走出，斃於圍中。

鄉人翻共相慶，會錢[一五]以酬公。公不受，曰：「吾爲人除害，非鬻獵者。」得免之女辭其父母親族曰：「多幸爲人，託質血屬，閨闈未出，固無可殺之罪。今者貪錢五十萬[一六]，以嫁妖獸，忍鎖而去，豈人所宜！若非郭公之仁勇，寧有今日？是妾死於父母而生於郭公也。請從郭公，不復以舊鄉爲念矣。」泣拜而從公。公多歧援諭止之，不獲，遂納爲側室。生子數人。公之貴也，皆任大官之位。事已前定，雖生遠地而棄焉[一七]，鬼神終不能害，明矣。（據中華書局版程毅中點校十一卷本《玄怪録》卷二校録，又《説郛》卷一五《幽怪録》）

〔一〕投　《説郛》卷一五《幽怪録》、《五朝小説·唐人百家小説》紀載家、《合刻三志》志怪類、《重編説郛》卷一一七、《唐人説薈》第十四集、《龍威秘書》四集、《晉唐小説六十種》唐王惲《幽怪録》作「尋」。

〔二〕懼　陳本、《稗家粹編》卷七《郭代公》作「思」。

〔三〕二　《説郛》汪季清藏明抄殘本作「二三」。見張宗祥《説郛校勘記》。

〔四〕賓　《説郛》、《古今説海》説淵部别傳四十九《烏將軍記》、《豔異編》卷三二《烏將軍》、《逸史搜奇》戊集六《郭元振》、施顯卿《新編古今奇聞類紀》卷八引《烏將軍傳》、《合刻三志》志怪類及《雪窗談異》卷六《物怪録·烏將軍記》、《唐人説薈》、《龍威秘書》、《晉唐小説六十種》作「儐」。按：賓，通「儐」。

〔五〕翼引　《説郛》作「引翼」，義同。按：《詩經·大雅·行葦》：「以引以翼。」鄭玄箋：「在前曰引，在旁曰翼。」《唐人百家小説》、《合刻三志·幽怪録》、《重編説郛》、《唐人説薈》、《龍威秘書》、《晉唐小説六十種》無「引」字。

〔六〕腊　《説郛》、《唐人説薈》（民國二年石印本）作「脯」，下同。

〔七〕無機　《説郛》無「無」字。按：無機，没有注意，不加防備。

〔八〕乃投其脯　《類説》卷一一《幽怪録·烏將軍娶婦》、南宋祝穆《古今事文類聚》後集卷四〇引《幽怪録》、謝維新《古今合璧事類備要》别集卷八三引《幽怪録》、明王罃《群書類編故事》卷二四引《幽怪録》作「公取佩刀」。

〔九〕捉　《事文類聚》、《事類備要》、《類編故事》作「斫」。

〔一〇〕承天而爲鎮也　《説郛》明抄殘本「而」作「命」。《説海》、《豔異編》、《逸史搜奇》、《合刻三志·物怪録》、《雪窗談異》作「受天之命而爲鎮也」。

〔一二〕中國　《説郛》、《唐人百家小説》、《合刻三志·幽怪録》及《物怪録》、《重編説郛》、《唐人説薈》、《龍威秘書》、《晉唐小説六十種》作「國中」。

〔一三〕真神明　《説郛》「神明」作「明神」。《唐人百家小説》、《合刻三志·幽怪録》、《雪窗談異》、《重編説郛》作「其神明」、《唐人説薈》、《龍威秘書》、《晉唐小説六十種》作「其明神」。

〔一三〕禮　《合刻三志·物怪録》作「娶」。

〔一四〕東　《説郛》作「采」。

〔一五〕錢　原作「餞」，據《説郛》、《稗家粹編》、《唐人百家小説》、《合刻三志·幽怪録》、《重編説郛》、《唐人説薈》、《龍威秘書》、《晉唐小説六十種》改。

〔一六〕五十萬　《説郛》作「五百萬」，誤。

〔一七〕雖生遠地而棄焉　《説郛》「生」譌作「主」，明抄殘本作「生」，《豔異編》無此字。《説郛》「焉」作「于」，《唐人百家小説》、《合刻三志·幽怪録》、《重編説郛》、《唐人説薈》、《龍威秘書》、《晉唐小説六十種》「棄焉」作「至於」。

按：本篇《廣記》未引。《古今説海》説淵部别傳四十九、《豔異編》卷三二、《逸史搜奇》戊集六、《稗家粹編》卷七取入，分别題《烏將軍記》、《烏將軍》、《郭元振》、《郭代公》。《合刻三志》志怪類及《雪窗談異》卷六《物怪録》，託名唐徐嶷撰，中亦有《烏將軍記》。又《合刻三志》志怪類、《五朝小説·唐人百家小説》紀載家及《重編説郛》卷一一七題唐王惲《幽怪録》，《唐人説薈》第十四集及《龍威秘書》四集、《晉唐小説六十種》題唐王惲撰《幽怪録》亦有本篇。

柳歸舜

牛僧孺　撰

吴興柳歸舜，隋開皇九年〔一〕，泛舟抵巴陵〔二〕，遇風吹至君山〔三〕。因維舟登岸，尋小徑，不覺行三四五里，興酣，踰越磎澗，不由徑路。忽道傍有一大石，表裏洞徹，圓而坦〔四〕平，周匝六七畝。其外盡生翠竹，圓大如盎，高百餘尺，葉曳白雲，森羅映天，清風徐吹，戛戛爲絲竹音。石中央又生一樹，高百餘尺，條幹偃陰爲五色，翠葉如盤，花徑尺餘，色深碧，蕊深紅，異香成煙，著物霏霏。有鸚鵡數千，丹嘴翠衣，尾長二三尺，翺翔其間，相呼姓字，音旨清越〔五〕。有名武遊郎者，有名阿蘇兒者，有名武仙郎〔六〕者，有名自在先生者，有名踏蓮露〔七〕者，有名鳳花台〔八〕者，有名戴蟬兒者，有名多花子者。

或有唱歌者曰：「吾此曲是漢武鈎弋夫人常所唱，詞曰：『戴蟬兒，分明傳與君王語。建章殿裏未得歸，朱箔金缸雙鳳舞。』」名阿蘇兒者曰：「我憶阿嬌〔九〕深宫下淚時，唱〔一〇〕曰：『昔請司馬郎〔一一〕，爲作《長門賦》。徒使費百〔一二〕金，君王終不顧。』」又有誦司馬相如

《大人賦》者曰：「吾初學賦時，爲趙昭儀抽七寶釵横鞭，余痛實不徹。今日誦得，還是終身一藝。」名武遊郎者言：「余昔見漢武帝，乘鬱金檝，泛積翠池，自吹縹玉笛[一三]，音韻朗暢，帝意歡適。李夫人歌以隨，歌曰：『顧鄙賤，奉恩私，願吾君，萬歲期。』」

又名武仙郎者，問歸舜曰：「君何姓氏、行第？」歸舜曰：「姓柳，第十二。」曰：「柳十二自何許來？」歸舜曰：「吾將至巴陵，遭風泊舟，興酣至此耳。」武仙郎曰：「柳十二官人，偶因遭風，得臻異境，此所謂因病致妍耳。然下官禽鳥，不能致力生人，爲足下轉達桂家三十娘子。」因遥呼曰：「阿春，此間有客。」即有紫雲數片，自西南飛來。去地丈餘，雲氣漸散，遂見珠樓翠幕，重檻飛楹，周匝石際。一青衣自户出，年始十三四，身衣珠翠，顏甚姝[一四]美，謂歸舜曰：「三十娘子使阿春傳語郎君，貧居僻遠，勞此檢校，不知朝來食否？請垂略坐，以具蔬饌。」即有捧水晶牀出者，歸舜再讓而坐。

阿春因呼：「鳳花台鳥何不看客？三十娘子以黄郎不在，不敢接對郎君。汝若等閒，似前度受捶。」有一鸚鵡即飛至，曰：「吾乃鳳花台也。近有一篇，君能聽乎？」歸舜曰：「平生所好，實契所願。」鳳花台乃曰：「吾昨[一五]過蓬萊玉樓，因有一章詩曰：『露接朝陽生，海波翻水晶。玉樓瞰[一六]寥廓，天地相照明。此時下棲止，投跡依舊楹。顧余復何忝，日[一七]侍群仙行。』」歸舜曰：「麗則麗矣，足下師乃誰人？」鳳花台曰：「仆在王母[一八]

左右千餘歲，杜蘭香教我真籙，東方朔授我秘訣。漢武帝求太中大夫，遂在石渠署見揚雄、王褒等賦頌，始曉箴論。王莽之亂，方得還吴。後爲朱然所得，轉遺陸遜，復見機、雲制作，方學綴篇什。機、雲被戮，便至於此。殊不知近日誰爲宗師〔一九〕？」歸舜曰：「薛道衡、江總也。」因誦數篇示之。鳳花台曰：「近代非不靡麗，殊少骨氣。」

俄而阿春捧赤玉盤，珍羞萬品，目所不識，甘香裂鼻。飲食訖，忽有二道士自空飛下，顧見歸舜，曰：「大難得！與鸚鵡相對。君非柳十二乎？君船以風便，索君甚急，何不促〔二〇〕回？」因投尺綺〔二一〕曰：「以此掩眼，即去矣。」歸舜從之，忽如身飛，却墜，以〔二二〕達舟所。舟人欲發，問之，失歸舜已三〔二三〕日矣。後却至此，泊舟尋訪，不復見也。（據中華書局版程毅中點校十一卷本《玄怪録》卷四校録，又《太平廣記》卷一八引《續玄怪録》）

〔一〕九年　《廣記》、明吴大震《廣豔異編》卷四及《續豔異編》卷二《柳歸舜傳》作「二十年」。

〔二〕泛舟抵巴陵　陳本、《類説》卷一一《幽怪録·君山鸚鵡》、陳葆光《三洞群仙録》卷一八引《幽怪録》、《古今説海》説淵部别傳五十七《柳歸舜傳》、《逸史搜奇》庚集二《柳歸舜》、明陳耀文《天中記》卷五九引《幽怪録》作「自巴陵泛舟」。《廣記》、《廣豔異編》、《續豔異編》作「自江南抵巴陵」。

按：下文云「吾將至巴陵」，作「自巴陵泛舟」誤。

〔三〕遇風吹至君山　《廣記》、《廣豔異編》、《續豔異編》作「大風吹至君山下」。

〔四〕坦　陳本作「碍」，《廣記》、《廣豔異編》、《續豔異編》作「砥」。

〔五〕音旨清越　宋阮閲《詩話總龜》前集卷四九（人民文學出版社點校本）引《幽怪録》作「有名清越者」，誤。

〔六〕武仙郎　南宋周守忠《姬侍類偶》卷上引《續玄怪録》作「武仙都」。

〔七〕露　《詩話總龜》作「路」。

〔八〕鳳花台　陳本、《紺珠集》卷五《幽怪録・鸚鵡能歌》、孔傳《後六帖》卷九四引《幽怪録》、《詩話總龜》、《天中記》作「鳳皇（或凰）臺」。

〔九〕阿嬌　《廣記》孫校本作「陳阿嬌」。

〔一〇〕唱　《廣記》孫校本作「唱者」，張國風《太平廣記會校》據補「者」字。按：詳文意，此爲阿嬌所唱，非别一唱者。

〔一一〕司馬郎　《廣記》、《説海》、《逸史搜奇》作「司馬相如」，《詩話總龜》作「馬相如」。按：此爲五言詩，作「司馬相如」誤。

〔一二〕百　《詩話總龜》作「千」。

〔一三〕縹玉笛　《廣記》「縹」作「紫」，明鈔本、孫校本作「縹」，《説海》、《逸史搜奇》、《廣豔異編》亦作「紫」。《續豔異編》作「紫玉簫」。《紺珠集》卷五《幽怪録・鬱金櫬》作「縹玉長笛」。

〔一四〕姝　《廣記》孫校本作「殊」。

〔一五〕昨　《説海》、《逸史搜奇》作「時」。

〔一六〕瞰　《説海》、《逸史搜奇》作「間」。

〔一七〕日　《説海》、《逸史搜奇》作「自」。

〔一八〕王母　《廣記》作「王丹」，孫校本、《廣豔異編》、《續豔異編》作「王母」。《説海》、《逸史搜奇》無此二字。

〔一九〕師　《廣記》、《廣豔異編》、《續豔異編》作「匠」。

〔二〇〕促　《廣記》明鈔本、孫校本作「早」，《會校》據改。按：促，快，趕緊。

〔二一〕尺綺　《廣記》、《群仙録》、《説海》、《逸史搜奇》、《廣豔異編》、《續豔異編》上有「一」字。

〔二二〕以　《廣記》孫校本作「已」。以，通「已」。《廣記》、《廣豔異編》、《續豔異編》作「巴陵」，連上讀。

〔二三〕三　《詩話總龜》作「二」。

按：《廣記》、《姬侍類偶》引作《續玄怪録》，誤。觀其事託於隋，格主興趣，出牛書無疑。《古今説海》説淵部別傳五十七、《廣豔異編》卷四、《續豔異編》卷二、《逸史搜奇》庚集二採入，前三書并題《柳歸舜傳》，《逸史搜奇》題《柳歸舜》。

崔書生

牛僧孺　撰

開元、天寶中，有崔書生者，不知何許人也〔一〕，偶居東州邏谷口〔二〕。好植花竹，乃於户外別蒔〔三〕名花。春暮之時，英蕊芬郁，遠聞百步。書生每晨必盥漱獨看。忽見一女郎，自西乘馬東行，青衣老少數人隨後。女郎有殊色〔四〕，所乘馬駿〔五〕。崔生未及細視，而女郎已過矣。明日又過，崔生於花下先致酒茗罇杓，鋪陳茵席，乃迎馬首曰：「某以性好花木，此園無非手植。今正值〔六〕香茂，似堪流盼。伏見女郎頻日過此，計僕馭當疲，敢具單〔七〕醪，希垂憩息。」女郎不顧而過。其後青衣曰：「但具酒饌，何憂不至。」女郎顧叱曰：「何故輕與人言！」言訖遂去。

崔生明日又於山下別致醪酒，候女郎至，崔生乃鞭馬〔八〕隨之，到別墅之前，又下馬拜請。良久，一老青衣謂女郎曰：「馬〔九〕甚疲，暫歇無傷〔一〇〕。」因自控女郎馬，至堂寢下。老青衣謂崔生曰：「君既未婚，予爲聘〔一一〕可乎？」崔生大悦，再拜跪，請不相忘。老青衣曰：「事即必定，後十五日，大吉辰，君於此時，但具婚禮所要，並於此備酒饌。小娘子阿姊在邏谷中，有微疾，故小娘子日往看省。某去，便當咨啓，至期則皆至此矣。」於是促行。崔生在後，即依言營備吉席〔一二〕所要。至期，女郎及姊皆到。其姊亦儀質極麗。遂以女郎歸於崔生。

母在舊居，殊不知崔生納室。以不告而娶，但啓聘媵〔一三〕。母見女郎，新婦之禮甚具〔一四〕。經月餘日，忽有一人送食於女郎，甘香特異。後崔生覺母慈顔衰悴，因伏問几下。

母曰：「吾有汝一子，冀得永壽〔一五〕。今汝所納新婦，妖美無雙。吾於土塑圖畫之中，未嘗識〔一六〕此，必恐是狐媚之輩，傷害於汝，遂致吾憂。」崔生入室見女郎，女郎涕淚交下，曰：「本〔一七〕侍箕帚，仗望〔一八〕終天，不知尊夫人待以狐媚輩，是不能容〔一九〕。明晨即便請行，相愛今宵耳。」崔生掩淚不能言。

明日，女郎車騎至。女郎乘馬，崔生亦乘一馬〔二〇〕從送之。入邏谷三十餘里，山間有川〔二一〕，川中異香珍果，不可勝紀。館宇屋室，侈於王者。青衣百許，迎拜女郎，曰：「小娘子，無行崔生，何必將來！」於是捧〔二二〕入，留崔生於門外。未幾，一青衣傳女郎姊言曰：「崔生遺行，使太夫人疑阻，事宜便絶，不合相見。然小妹曾奉周旋，亦當奉屈。」俄而召崔生入，責誚再三，辭辯清婉，崔生但拜伏受譴而已。遂坐於中寢對食。食訖，命酒，召女樂洽飲，鏗鏘萬變。樂闋，其姊謂女郎曰：「須令崔郎却回，汝有何物贈送？」女郎遂袖中〔二三〕出白玉合子遺崔生，崔生亦有〔二四〕留別，於是各嗚咽而出。行〔二五〕至邏谷口，迴望，千巖萬壑，無徑路，自慟哭歸家。常持玉合子，鬱鬱不樂。

忽有胡僧扣門求食，崔生出見，胡僧曰：「君有至寶，乞相示也。」崔生曰：「某貧士，何有是〔二六〕請？」僧曰：「君豈不有異人奉贈乎？貧道望氣知之。」崔生因〔二七〕出合子示胡僧。僧起，拜請曰：「請以百萬市之。」遂將去。崔生問僧曰：「女郎是誰？」曰：「君所納妻，王母第三女玉卮娘子也〔二八〕，姊亦負美名在仙都，况復人間。所惜君娶之不得久遠。倘住一年，君舉家必仙矣。」崔生歎怨迨卒。（據中華書局版程毅中點校十一卷本《玄怪録》卷四校録，又《太平廣記》卷六三引《玄怪録》）

〔一〕不知何許人也　此句原無，據南宋皇都風月主人《緑窗新話》卷上《崔生遇玉卮娘子》引《幽怪録》補。

〔二〕偶居東州邏谷口　「偶」字原無，《緑窗新話》作「偶於東周邏谷口居」，據補。「州」字陳本、《類説》卷一一《幽怪録·王母玉女卮娘子》、《緑窗新話》、《三洞群仙録》卷一一引《幽怪録》、《錦繡萬花谷》别集卷一三引《幽怪録》、《稗家粹編》卷五《崔書生》作「周」，「邏」陳本作「羅」。按：東州、東周皆指洛陽，東周都洛陽，故云。邏谷口，當指谷口山。《明一統志》卷二九《河南府》：「谷口山，在府城西南三十里，谷水所出。」

〔三〕蒔　陳本譌作「時」，《稗家粹編》作「時」。按：時，田界，此處用如動詞，謂分畦種花。

〔四〕女郎有殊色　《緑窗新話》作「姿態豔麗」。

〔五〕馬駿　《廣記》作「駿馬極佳」。按：駿，通「俊」。明鈔本作「馬駿極」，孫校本作「馬極駿」，均爲此義。

〔六〕正值　此二字原無，據《廣記》、明余象斗《萬錦情林》卷一、林近陽《增補燕居筆記》卷七、馮夢龍

《增補批點圖像燕居筆記》卷七《崔生遇仙記》、《情史類略》卷一九《玉卮娘子》補。

〔七〕單　陳本、《萬錦情林》、《燕居筆記》、《稗家粹編》作「簞」。

〔八〕馬　原譌作「焉」，據陳本、《廣記》、《萬錦情林》、《燕居筆記》、《稗家粹編》、《情史》改。

〔九〕馬　原作「車馬」，據《廣記》、《萬錦情林》、《燕居筆記》、《情史》删「車」字。陳本作「單馬」。

〔一〇〕無傷　《廣記》、《萬錦情林》、《燕居筆記》、《情史》作「無爽」。按：無傷，無妨。爽，差錯。

〔一一〕聘　《廣記》、《情史》作「媒妁」，《萬錦情林》、《燕居筆記》作「媒娉」。

〔一二〕吉席　《廣記》、《萬錦情林》、《燕居筆記》作「吉日」。

〔一三〕但啓聘媵　《廣記》、《萬錦情林》、《燕居筆記》、《情史》「聘」作「婢」。《稗家粹編》作「歸啓迎慈」。

〔一四〕母見女郎新婦之禮甚具　陳本作「母見女郎，女郎悉歸之禮甚具」，有譌誤。《萬錦情林》、《燕居筆記》作「母見親（新）婦之容儀禮甚備」，《稗家粹編》作「母見女郎，女郎爲婦之禮甚具」。《廣記》作「母見新婦之姿甚美」，明鈔本、孫校本「姿甚美」作「禮甚備」。

〔一五〕永壽　《廣記》、《萬錦情林》、《燕居筆記》、《情史》作「求全」。

〔一六〕嘗識　《廣記》、《萬錦情林》、《燕居筆記》、《情史》作「曾見」。

〔一七〕本　《緑窗新話》作「妾本欲」。

〔一八〕仗望　陳本、《類説》、《緑窗新話》、《群仙録》、《萬花谷》別集、《稗家粹編》作「便望」，《廣記》、《萬錦情林》、《燕居筆記》作「望以」。

〔一九〕是不能容　此句原無，據《緑窗新話》補。

〔二〇〕亦乘一馬　此四字原無，據《廣記》、《萬錦情林》、《燕居筆記》補。

〔二一〕川　《稗家粹編》作「門」，下同。

〔二二〕捧　《稗家粹編》作「獨」。按：捧，簇擁。

〔二三〕袖中　此二字原無，據《廣記》、《萬錦情林》、《燕居筆記》、《情史》補。

〔二四〕有　陳本作「自」，《廣記》、《萬錦情林》、《燕居筆記》無此字。

〔二五〕行　《廣記》、《萬錦情林》、《燕居筆記》作「門」，連上讀。

〔二六〕是　原作「見」，據《廣記》、《萬錦情林》、《燕居筆記》、《情史》改。

〔二七〕因　《廣記》、《情史》作「試」。

〔二八〕玉卮娘子也　《萬錦情林》、《燕居筆記》「娘子」作「仙子」。陳本、《稗家粹編》「也」作「他」，連下讀。

按：《萬錦情林》卷一、《增補燕居筆記》卷七、《增補批點圖像燕居筆記》卷七皆有《崔生遇仙記》，又四十五卷本《豔異編》卷六有《崔書生》，均輯自《廣記》，觀其篇首作「唐開元天寶」可知（今傳《玄怪録》無「唐」字）。《情史類略》卷一九亦自《廣記》採入，題《玉卮娘子》，有所删略。《稗家粹編》卷五《崔書生》，蓋據傳本《玄怪録》。

來君綽

牛僧孺　撰

隋煬帝征遼，十二軍盡没，總管來護坐法受戮，煬帝盡欲誅其諸子[一]。君綽憂懼連誅，因與秀才羅巡、羅逖、李萬進結爲奔走之友，共亡命至海州。夜黑迷路，路旁有燈火，因與共投[二]之。扣門數下，有一蒼頭迎拜君綽。君綽因問：「此是誰家？」答曰：「科斗郎君，姓威，即當府秀才也。」遂啓門，又自閉，敲中門，曰：「蝸兒，外有四五個客。」蝸兒即又一蒼頭也。遂開門，秉燭引客，就館客位，牀榻茵褥甚備。

俄有二小童持燭自中門出，曰：「大[三]郎子出來。」君綽等降階見主人，主人辭彩[四]朗然，文辯紛錯，自通姓名曰「威污蠖」。敘寒温訖，揖客由阼階，坐曰：「污蠖忝以本州鄉賦，得與足下同聲。清宵良會，殊是所[五]願。」即命酒合[六]坐。漸至酣暢，談謔交至，衆所不能對。君綽頗不能平，欲以理挫之，無計，因舉觴曰：「君綽請起一令，以坐中姓名雙聲者，犯罰如律。」君綽曰：「威污蠖。」實譏其姓。衆皆撫手大笑，以爲得言。及至污蠖，改令曰：「以坐中人姓爲歌聲，自二字至五字。」令曰：「羅李，羅來李，羅李羅來，羅李羅李來。」衆皆慚其辯捷。羅巡又問：「君聲雅之輩[七]，足得自比雲龍，何玉名之自貶耶？」

污蠖曰：「僕久從賓貢〔八〕，多爲主司見屈。以僕後於群士，何異尺蠖於污池乎？」巡又問：「公華宗，氏族何爲不載？」污蠖曰：「我本田氏，出於齊威王，亦猶桓、丁之類，何足下之不學耶？」既而蝸兒舉方丈盤至，珍羞水陸，充溢其間。君綽及僕者無不飽飫。夜闌徹燭，連榻而寢。遲明敘别，悵悵俱不自勝。

君綽等行數里，猶念污蠖，復來，見向所宿處〔九〕，了無人居，唯污池，池邊有大螾，長數尺。又有蝸螺、丁子〔一〇〕，皆大常者數倍，方知污蠖及二豎皆此物也。遂共惡昨宵所食，各吐出青泥及污水數升。（據中華書局版程毅中點校十一卷本《玄怪録》卷四校録，又《太平廣記》卷四七四引《玄怪録》）

〔一〕諸子　「諸」字原無，據《廣記》明鈔本補。談愷刻本及《廣豔異編》卷二五《科斗郎君》、《續豔異編》卷一一《科斗郎君》作「家」，「子」字與下文「君綽」連讀。

〔二〕投　《廣記》作「頓」，明鈔本、陳校本作「投」，《廣豔異編》、《續豔異編》作「趨」。

〔三〕大　陳本、《廣記》、《廣豔異編》作「六」。

〔四〕辭彩　《廣記》明鈔本作「丰采」，《會校》據改。按：辭彩，此指口才。

〔五〕所　《廣記》、《廣豔異編》、《續豔異編》作「忻」。

〔六〕合　《廣記》、《廣豔異編》、《續豔異編》作「洽」。

〔七〕聲雅之輩　原作「風雅之士」，明鈔本同，汪校本、《會校》據改。《廣豔異編》作「聲雅之輩」，談本《廣記》譌作「聲推之事」。按：晉崔豹《古今注》卷中：「蚯蚓，一名蜿蟺，一名曲蟺。善長吟於地中。江東謂之歌女，或爲吟砌。」「聲雅」暗示蚯蚓吟唱，據《廣豔異編》改。

〔八〕賓貢　《廣記》、《廣豔異編》「貢」作「興」。按：賓貢、賓興意同，均指貢舉。

〔九〕見向所宿處　《廣記》、《廣豔異編》作「見昨所會之處」。

〔一〇〕蝸螺丁子　「蝸」《廣記》作「蝸」，明鈔本作「二」，陳校本乃作「蝸」。按：蝸螺即螺螄，丁子即蛤蟆。若依明鈔本作「二螺丁子」，則爲二小螺，亦通。

按：《廣豔異編》卷二五、《續豔異編》卷一一據《廣記》輯入，均題《科斗郎君》，《續豔異編》略有删削。

唐五代傳奇集第三編卷三

曹惠

牛僧孺　撰

國初[一]，有曹惠者，制授江州參軍。官舍有佛堂，堂中有二木偶人，長尺餘，雕飾甚巧，丹青剥落，惠因持歸與稚兒。後稚兒[二]方食餅，木偶即引手請之。兒驚報惠，惠笑曰：「取木偶來。」即言曰：「輕紅、輕素自有名，何呼木偶！」於是轉盼馳走，悉無異人。惠問曰：「汝何時物，頗能作怪？」輕素曰：「某與輕紅是宣城太守謝家俑偶[三]，當時天下工巧，總不及沈隱侯家老蒼頭孝忠也。輕素、輕紅，即孝忠所造。隱侯哀宣城無常[四]，葬日故有此贈。時輕素壙中，方持湯與樂家娘子[五]濯足，聞外有持兵稱敕聲[六]，夫人[七]畏懼，跣足化爲白螻。少頃，二賊執炬至，盡掠財物。謝郎時領瑟瑟環，亦爲賊敲頤脱之。賊人照見輕紅等，曰：『二冥器[八]不惡，可與小兒爲戲具。』遂持出，時天正[九]二年也。自爾流落數家，陳末，麥鐵杖猶子咬頭[一〇]將至此，以到今日。」

惠又問曰：「曾聞謝宣城婚王敬則女，爾何遽云樂家娘子？」輕素曰：「王氏乃生前之妻，樂家乃冥婚耳。王氏本屠酤種，性粗率〔一一〕多力，至冥中猶與宣城琴瑟不睦，伺宣城顔嚴，則礫石抵關〔一二〕以爲威脅。宣城自密啓於天帝，帝許逐之。二女一男，悉隨母歸矣。遂再娶樂彦輔第八娘子〔一三〕，美姿質，善書，好彈琴，尤與殷東陽仲文、謝荆州晦夫人相得，日恣追尋。宣城嘗云：『我才方古人〔一四〕，唯不及東阿耳。其餘文士，皆吾机〔一五〕中之肉，可以宰割矣。』見爲南曹典銓郎，與潘黄門同列。乘肥衣輕，貴於生前百倍。然十日〔一六〕一朝晉、宋、齊、梁，可以爲勞，近聞亦已停矣。」

惠又問曰：「汝二人靈異若此，吾欲捨汝，何如？」即皆喜〔一七〕曰：「以輕素等變化，雖無不可，君意如不放，終不能逃。廬山山神欲索輕素等〔一八〕作舞姬久矣，今此奉辭，便當受彼榮富。然君能終恩，請命畫工，便賜粉黛。」即令工人爲圖〔一九〕之，使被〔二〇〕錦繡。輕素喜笑曰：「此度非論舞姬，亦當彼夫人。無以奉酬，請以微言留别。百代之中，但有他人會者，無不爲忠臣居大位矣。言曰：『雞角入骨，紫鶴喫黄鼠〔二一〕，甲〔二二〕不害，五通泉室，爲六代吉昌。』」言訖而滅。

後有人禱廬山神，女巫云：「神君新納二夫人〔二三〕，要翠花釵簪〔二四〕，汝宜求之，當降大福。」禱者求薦〔二五〕之，遂如願焉。惠亦不能知其微言，訪之時賢，皆不識。或云中書令岑文本識其三句，亦不爲人説云。（據中華書局版程毅中點校十一卷本《玄怪録》卷四校録，又《太平

廣記》卷三七一引《玄怪録》）

〔一〕國初　《廣記》、《廣豔異編》卷二一《輕素輕紅》作「武德初」。宋王銍《補侍兒小名録》引《幽怪録》、《姬侍類偶》卷下引《玄怪録》作「武德中」。

〔二〕後稚兒　此三字原無，據《廣記》、《廣豔異編》補。

〔三〕輕素曰某與輕紅是宣城太守謝家俑偶　《廣記》、《廣豔異編》作「輕素與輕紅曰：是宣城太守謝家俑偶」。

〔四〕常　陳本作「辜」。按：謝宣城指謝朓，南朝蕭齊時曾爲宣城太守，故稱謝宣城。東昏侯永元元年（四九九），江祏、江祀兄弟欲立始安王蕭遥光，謀於尚書吏部郎謝朓，遥光亦遣親信致意於朓，欲以爲肺腑。朓不肯答應而泄其謀，遥光等遂構罪害之，下獄而死。見《南齊書》卷四七本傳。

〔五〕樂家娘子　《廣記》、《廣豔異編》作「樂夫人」。下同。

〔六〕持兵稱敕聲　《廣記》明鈔本作「持兵杖之聲」。

〔七〕夫人　《廣記》明鈔本下有「聞之」二字。

〔八〕冥器　陳本、《廣記》作「明器」，《廣記》明鈔本作「盟器」。按：明器即冥器，又作「盟器」。

〔九〕天正　原作「天平」，據陳本改。按：天正乃梁年號，正在齊後。天平乃東魏孝静帝年號，誤。

〔一〇〕咬頭　《廣記》、《廣豔異編》無此二字。

〔一一〕 率　《廣記》明鈔本作「悍」，《會校》據改。

〔一二〕 礫石抵關　《廣記》、《廣豔異編》作「礫石拄關」。

〔一三〕 娘子　《廣記》、《廣豔異編》作「女」。

〔一四〕 人　《廣記》、《廣豔異編》作「詞人」。

〔一五〕 机　《廣記》、《廣豔異編》作「杌」，《廣記》明鈔本、孫校本作「机」，《會校》據改。按：机、杌，皆爲案板。

〔一六〕 日　《廣記》作「月」，當爲譌字。

〔一七〕 喜　《廣記》、《廣豔異編》作「言」。

〔一八〕 索輕素等　「索」原作「娶」，據陳本、《小名録》、南宋葉廷珪《海録碎事》卷一三下引《幽怪録》改。《廣記》、《廣豔異編》作「取」。「等」字原無，按：前文有「等」字，據補。山神索偶，不得獨遺輕紅也。

〔一九〕 圖　《姬侍類偶》、《小名録》作「飾」。

〔二〇〕 被　《廣記》、《廣豔異編》作「擿」。

〔二一〕 鼠　陳本、《紺珠集》卷五《幽怪録·輕紅輕素》、《孔帖》卷六六引《幽怪録》作「角」。

〔二二〕 甲　《廣記》、《孔帖》、《廣豔異編》作「申」。

〔二三〕 二夫人　「二」原作「一」，按：《廣記》、《廣豔異編》作「二妾」，《廣記》明鈔本作「二夫人」，據改。

〔二四〕 翠花釵簪 《廣記》、《廣豔異編》作「翠釵花簪」。

〔二五〕 薦 《廣記》、《廣豔異編》作「而焚」。按：禱神非如祭鬼，不宜焚也。

滕庭俊

牛僧孺 撰

按：本篇《廣豔異編》卷二一據《廣記》採入，題《輕素輕紅》。

文明〔一〕元年，毗陵掾滕庭俊〔二〕，患熱病積年，每發身如燒，熱數日方定。召醫，醫不能治〔三〕。後之洛調選，行至滎陽〔四〕西十四五里，天向暮，未達前所，遂投一道旁莊家。主人暫出未至〔五〕，庭俊心無聊賴，自歎吟曰：「爲客多苦辛，日暮無主人。」即〔六〕有老父，鬚髮甚秃，衣服亦弊，自堂西出而〔七〕曰：「老父〔八〕雖無所解，然性好文章。適不知郎君來，正與和且耶聯句〔九〕次，聞郎君吟『爲客多苦辛，日暮無主人』，雖曹丕『客子常畏人』不能過也。老父與和且耶同作渾家門客，門客雖貧，亦有斗酒接郎君清話耳。」庭俊甚異之，問：「老父居止何所？」老父曰〔一〇〕：「僕忝渾家掃門之客，姓麻，名束禾〔一一〕，第大〔一二〕，君何不呼爲麻大？」庭俊即謝不敏。

與之偕行，繞堂西隅，遂見一〔一三〕門，門啓，華堂複閣甚綺秀，館中有樽酒盤杓〔一四〕。麻大揖庭俊同坐。良久，門中一客出〔一五〕，麻大曰：「和至矣。」庭俊即降階揖讓。還坐，且耶謂麻大曰：「適與君欲〔一六〕聯句，詩題成未〔一七〕？」麻大自書題目曰：「同在渾平原門〔一八〕聯句一首。予已爲四句矣。」麻大詩曰：「自與渾家〔一九〕鄰，馨香遂滿身。無關好清浄〔二〇〕，有〔二一〕用去灰塵。僕作四句成矣〔二二〕。」且耶良久乃曰：「僕是七言，韻又不同，如何？」麻大曰：「但自爲一章，亦不惡。」於是且耶即吟曰：「冬朝〔二三〕每去依煙火，春至還歸〔二四〕養子孫。曾向苻〔二五〕王筆端坐，邇來求食渾家門。」庭俊猶未悟。見其館華盛，因有淹留歇馬〔二六〕之計，乃書四言云：「田文稱好客，凡養〔二七〕幾多人。如使馮驩在〔二八〕，今希廁下賓。」且耶、麻大皆〔二九〕笑曰：「何得相譏！向使君得在渾家，一日自當足〔三〇〕矣。」於是餐饍肴饌，引滿數十巡〔三一〕。

主人至，覓庭俊不見，家人叫呼之〔三二〕，庭俊應曰：「唯。」而館宇並麻、和〔三三〕二人一時不見，身在〔三四〕廁屋下，傍有大蒼蠅、秃帚而已。庭俊先有熱疾，自此後頓愈，不復更發矣。

（據中華書局版程毅中點校十一卷本《玄怪録》卷五校録，又《太平廣記》卷四七四引《玄怪録》）

〔一一〕文明　陳本作「元明」，誤。按：古無元明年號，文明乃唐睿宗年號。

〔二〕毗陵掾滕庭俊　「掾」《廣記》、《廣豔異編》卷二五《和且耶》無此字。按：掾指州郡屬官參軍事等。「庭」《類説》卷五〇《縉紳脞説》（北宋張君房撰）之《渾家聯句》作「廷」，下同。

〔三〕召醫醫不能治　《廣記》、《廣豔異編》作「名醫不能治」。

〔四〕滎陽　《廣記》、《廣豔異編》作「滎水」。按：《唐儲光羲詩集》卷五《滎陽馬氏二子》：「暝過滎水上，聞説鄭卿賢。」滎水當即索水，經滎陽東流入汴水。《縉紳脞説》作「洛陽」。

〔五〕至　《廣記》明鈔本作「回」，《會校》據改。按：後文作「至」。

〔六〕即　《縉紳脞説》作「忽」。

〔七〕而　《廣記》、《廣豔異編》作「拜」。

〔八〕老父　《廣記》《四庫》本「父」作「夫」，下同。

〔九〕聯句　《廣記》作「連句」，《會校》據明鈔本改作「聯句」。按：連句即聯句。《宋書》卷四四《沈懷文傳》：「文義之士畢集，爲連句詩，懷文所作尤美，辭高一座。」《全唐詩》卷七八九有耿湋、陸羽《連句多暇贈陸三山人》。

〔一〇〕曰　《廣記》上有「怒」字。

〔一一〕束禾　《廣記》、《廣豔異編》作「來和」，誤。按：束禾言束禾爲帚也。《縉紳脞説》作「和」。

〔一二〕第大　《廣記》原作「弟大」，汪校本據明鈔本改作「行一」，《會校》改作「行第一」。按：唐人習慣以行輩稱人與自稱，第大、行一均指排行老大。第、弟義同，次第。

〔一三〕一　《廣記》、《廣豔異編》作「二」。

〔一四〕杓　《廣記》、《廣豔異編》作「核」。按：核指有核之果品，泛言果品。

〔一五〕門中一客出　《廣記》、《廣豔異編》作「中門又有一客出」。

〔一六〕欲　此字原無，據《廣記》、《廣豔異編》補。

〔一七〕詩題成未　陳本作「詩頭來未」。

〔一八〕渾平原門　《廣記》、《廣豔異編》作「渾家平原門館」，《縉紳脞説》作「渾家平原館」。

〔一九〕渾家　陳本作「慎終」。按：「渾」諧「溷」，廁也。慎終亦隱喻排泄便溺。

〔二〇〕無關好清浄　《廣記》、《廣豔異編》、《全唐詩》卷八六七《渾家門客聯句》作「無心好清静」。《縉紳脞説》作「無心好清浄」。

〔二一〕有　原作「又」，據《縉紳脞説》改。《廣記》、《廣豔異編》、《全唐詩》作「人」。

〔二二〕僕作四句成矣　此句原無，據《廣記》、《廣豔異編》補。

〔二三〕朝　原作「日」，《廣記》、《類説》、《廣豔異編》、《全唐詩》作「朝」。按：此處依律應用平聲字，據《廣記》等改。

〔二四〕歸　《全唐詩》作「家」。

〔二五〕苻　《廣記》、《廣豔異編》、《縉紳脞説》作「符」，誤。按：《廣記》卷四七三引《廣古今五行記》曰：「前秦苻堅欲放赦，與王猛、苻融密議甘露堂，悉屏左右。堅親爲赦文，有一大蒼蠅集于筆端，聽而復出。俄而長安街巷人相告曰：『官今大赦。』有司以聞，堅驚曰：『禁中無屬耳之理，事何從泄也？』敕窮之。咸曰有小人衣青，大呼於市曰：『官今大赦。』須臾不見。歎曰：『其向蒼蠅也？』」亦見《太平御覽》卷九四四引《前秦書》。

〔二六〕馬　《廣記》譌作「爲」，《四庫》本改作「宿」，《會校》據明鈔本、孫校本、陳校本改作「焉」，《廣豔異編》作「息」。

〔二七〕養　《縉紳脞説》作「有」。

〔二八〕如使馮驩在　《廣記》作「如欠馮諼在」，《廣豔異編》作「如欠馮讙在」，「欠」字譌，《會校》改作「次」，未説明依據，誤。《縉紳脞説》作「如有馮讙在」。按：《戰國策·齊四》作「馮諼」，《史記》卷七五《孟嘗君列傳》作「馮驩」，《集解》：「音歡。復作煖，音許袁反。」《索隱》：「音歡。字或作諼，音況遠反。」

〔二九〕皆　《廣記》、《縉紳脞説》作「相顧」，《廣豔異編》作「乃相顧」。

〔三〇〕足　《廣記》、《廣豔異編》作「厭飫」，《縉紳脞説》作「厭足」。

〔三一〕於是餐饍肴饌引滿數十巡　原作「治飲引滿十巡」，據《廣記》、《類説》、《廣豔異編》改。《類説》脱「饍」字。

〔三二〕家人叫呼之　《廣記》、《廣豔異編》作「使人叫喚之」，明鈔本、陳校本作「便大叫喚之」，《會校》據改。

〔三三〕館宇並麻和　原作「館宇麻大」，據《廣記》、《廣豔異編》改。

〔三四〕身在　《廣記》、《廣豔異編》作「乃坐」，《廣記》明鈔本、孫校本、陳校本、《類説》作「身坐」，《會校》據明鈔等三本改。

按：《廣豔異編》卷二五據《廣記》採入，題《和且耶》。

顧總

牛僧孺　撰

梁天監元年，顧總爲武昌縣小吏〔一〕，性昏戇，不任事，數爲縣令鞭朴〔二〕。嘗〔三〕鬱鬱懷憤，因逃墟墓之間，彷徨惆悵，不知所適。忽有二黄衣見顧總，曰：「劉君，頗憶疇昔周旋否？」總驚曰：「弊宗顧氏，先未曾面清顔，何有周旋之問？」二人曰：「僕二人，王粲、徐幹也。足下生前〔四〕是劉楨，爲坤明侍中，以納賂金，謫爲小吏，公今當不知矣〔五〕。然公言辭歷歷，猶有記室音旨。」因出袖中五〔六〕軸書示總曰：「此君集也，當諦視之。」總試省覽，乃了然明悟，便覺藻思泉湧〔七〕。

其集人多有本，惟卒後數篇，記得一章詩，題目曰《從駕遊幽麗宫，却憶平生西園文會，因寄修文府〔八〕正郎蔡伯喈》，詩曰：「在漢絶綱紀〔九〕，溟瀆多騰湍。煌煌魏英祖〔一〇〕，拯溺静波瀾。天紀已垂定，邦人亦保完。大開相公府，掇拾盡幽蘭。始從衆君子，日侍真主〔一一〕歡。文皇在春宫，蒸孝踰問安。監撫多餘閒〔一二〕，園囿〔一三〕恣遊觀。末臣戴簪筆，翊聖從和鸞〔一四〕。月出行殿涼，珍木清露漙〔一五〕。天文信輝麗，鏗鏘振琅玕。被命仰爲和〔一六〕，顧己誠所難〔一七〕。弱質不自持，危脆朽萎殘。豈意十餘年，陵寢梧〔一八〕楸寒。今朝〔一九〕坤明國，再顧簪蟬冠。侍遊於離宫，高〔二〇〕躡浮雲端。却憶西園時，生死暫悲酸。君昔漢公卿，未央冠群賢。倘若念平生，覽此同愴然。」其餘七篇，傳者失本。

王粲謂總曰：「吾本短小，無何娶樂進女，似其父〔二一〕，短小尤甚。自別君後，改娶劉荆州女。尋生一子，荆州與名似翁奴〔二二〕，今年十八，長七尺三寸，所恨未得參丈人也。當渠年十一，與余同覽鏡，余謂之曰：『汝首魁梧於余。』渠立應余曰：『防風骨節專車，當不如白起頭小而鋭。』余又謂曰：『汝長大當爲將。』又應余曰：『仲尼三尺童子，羞言霸道。』況某承大人嚴訓，敢措意於相斫刺乎？』余知其了了過人矣。不知足下生來有郎娘否？」

良久沉思，稍如相識，因曰：「二君既是總友人，何計可脱小吏之厄？」徐幹曰：「君但執前集訴於縣宰，則脱矣。」總又問：「坤明是何國？」幹曰：「魏〔二三〕開國鄴地也。公昔爲開〔二四〕國侍中，何遽忘也？公在坤明國家累悉無恙，賢小娘子嬌羞娘，有一篇奉憶，昨者已誦似丈人矣。詩曰：『憶爺爺〔二五〕，抛女不歸家。不作侍中爲小吏，就他〔二六〕辛苦棄榮華。願爺相念早相見，與兒買李市甘瓜。』」誦訖，總不覺涕泗交下。因〔二七〕爲一章，寄嬌羞娘云：「憶兒貌，念兒心，望兒不見淚沾襟。時殊〔二八〕世異難相見，棄謝此生當訪〔二九〕尋。」

既而王粲、徐幹與總殷勤敘别。乃攜〔三〇〕《劉楨集》五卷，見縣宰〔三一〕，並具陳見王粲、徐幹之狀，仍説前生是劉楨。縣宰因見楨卒後詩，大驚曰：「不可使劉公幹爲小吏。」即解遣，以賓禮待之。後不知總所在，集亦尋失矣。時人曷子弟皆曰：「死劉楨猶庇得生顧總，可不進修〔三二〕哉！」（據中華書局版程毅中點校十一卷本《玄怪録》卷五校録，又《太平廣記》卷三二七引《玄怪録》）

〔一〕顧總爲武昌縣小吏　原作「顧總爲縣吏」，《類説》卷一一《幽怪録·死劉禎庇生顧總》、《逸史搜奇》庚集七《顧總》同。《紺珠集》卷五《幽怪録·顧總是劉稹後身》作「顧總始爲縣吏」，《海録碎事》卷一三下引《幽怪録》作「顧總爲小吏」。《廣記》、明梅鼎祚《才鬼記》卷二及董斯張《廣博物志》卷一五引《玄怪録》作「武昌小吏顧總」，據補三字。按：武昌縣，孫權置，兩晉南朝屬武昌郡治，即今湖北鄂州市。

〔二〕性昏戇不任事數爲縣令鞭朴　此數句原作「數被鞭捶」，據《廣記》、《才鬼記》、《廣博物志》補改。

〔三〕嘗　《廣記》、《廣博物志》作「常」。嘗，通「常」。

〔四〕生前　《廣記》、《海録碎事》、《才鬼記》、《廣博物志》作「前生」，《類説》作「前身」。

〔五〕公今當不知矣　《廣記》、《廣博物志》作「公當自知矣」。

〔六〕五　《廣記》、《廣博物志》無此字。

〔七〕泉湧　《廣記》、《廣博物志》作「坌湧」。按：坌，聚集。

〔八〕修文府　《廣記》、《廣博物志》作「地文府」。按：《玄怪録・劉諷》：「某三四女伴，總嫁得地府司文舍人。」地文府殆即地府司文機構。

〔九〕絶綱紀　《廣記》、《廣博物志》作「繩綱緒」。

〔一〇〕魏英主　陳本、《才鬼記》、《逸史搜奇》「英」作「世」。

〔一一〕真主　《廣記》、《廣博物志》作「賢王」，《才鬼記》作「賢主」。

〔一二〕閒　《廣記》、《才鬼記》、《廣博物志》作「暇」。

〔一三〕囿　《廣記》、《才鬼記》、《廣博物志》作「圃」。

〔一四〕和鸞　《廣記》、《才鬼記》、《廣博物志》「鸞」作「鑾」。按：和鸞、和鑾意同。《詩經・小雅・蓼蕭》：「和鸞雝雝，萬福攸同。」毛傳：「在軾曰和，在鑣曰鸞。」班固《東都賦》：「和鑾玲瓏。」

〔一五〕溥　《廣記》、《才鬼記》、《廣博物志》、《逸史搜奇》作「團」。

〔一六〕被命仰爲和　陳本作「被中仰微和」，《逸史搜奇》作「披中似微和」，《才鬼記》作「披中仰微和」，並有譌誤。

〔一七〕顧已誠所難　《廣記》、《廣博物志》作「顧已試所難」，「已」字譌。陳本作「顧征成所難」，《逸史搜奇》「成」作「誠」。

〔一八〕梧　《逸史搜奇》作「松」。

〔一九〕朝　《廣記》、《才鬼記》、《廣博物志》作「來」。

〔二〇〕高　《廣記》、《廣博物志》作「足」。

〔二一〕似其父　陳本、《逸史搜奇》作「似肥」。

〔二二〕似翁奴　《廣記》、《永樂大典》卷一八二〇八引《太平廣記》、《才鬼記》、《廣博物志》無「似」字，誤。按：似翁奴，言狀貌似其外祖劉表。《三國志·魏書·劉表傳》：「劉表……長八尺餘，姿貌甚偉。」下文「似丈人」，即指似翁奴。

〔二三〕魏　《廣記》、《才鬼記》、《廣博物志》作「魏武」。

〔二四〕開　《廣記》、《才鬼記》、《廣博物志》作「其」。

〔二五〕憶爺爺　原作「憶爺」，與下五字連爲一句，《廣記》、《廣博物志》作「爺爺」。按：視其節奏，此三字似應獨立成句，故據《廣記》、《廣博物志》補一字。古稱父親爲爺。古樂府《木蘭詩》：「軍書十二卷，卷卷有爺名。」

〔二六〕他　陳本、《海録碎事》、《逸史搜奇》無此字。

〔二七〕因　此字原無，據《廣記》、《才鬼記》、《廣博物志》補。

〔二八〕殊　《廣記》、《才鬼記》、《廣博物志》作「移」。

〔二九〕訪　《廣記》、《才鬼記》、《廣博物志》作「重」。

〔三〇〕攜　《廣記》、《才鬼記》、《廣博物志》作「遺」。

〔三一〕見縣宰　此三字原無，《廣記》、《廣博物志》有「見縣令」三字，《類説》、《古今合璧事類備要》續集卷五六引《幽怪録》作「見縣宰」，據補。縣宰即縣令。

〔三二〕進修　《廣記》、《廣博物志》作「修進」。

按：《逸史搜奇》庚集七據《玄怪録》刊本採入，題《顧總》。《才鬼記》卷二引《玄怪録》，題《劉楨》，注「嬌羞娘」。

周静帝

牛僧孺　撰

周静帝初，居延部落主勃都〔一〕骨低，富虐陵暴，奢逸好樂，居處甚盛。忽有人數十至門，一人先投刺曰：「省名部落主成多受。」因趨入。骨低問曰：「何爲省名部落？」多受曰：「某等數人各殊，名字皆不別造，有姓馬者，姓皮者，姓鹿者，姓熊者，姓麞者，姓衛者，姓斑〔二〕者，然皆名受，唯其帥〔三〕名多受耳。」骨低曰：「君等悉似伶官，不知有何所解？」多受曰：「曉弄椀珠，性不愛俗，言皆經義。」骨低大喜曰：「目所未睹者。」有一優即前曰：「某等肚飢，膈膈恰恰〔四〕，皮漫遶身三匝。主人食若不充，開口終當不合〔五〕。」骨低甚驚〔六〕，命加食。一人曰：「某請弄大小相成，終始相生。」於是長人吞短人，肥人吞瘦人，相吞殘兩人〔七〕。共一人人〔八〕，長者又曰：「請作終始相生耳。」遂吐下一人，吐者又吐一人，遞相吐出，人數復足。骨低甚驚，因重賜賚遣之。

明日又至，戲弄如初。連翻半月〔九〕，骨低頗煩，不能設食。諸伶皆怒曰：「主人當以某等爲幻術，請借郎君娘子試之。」於是持骨低兒女弟妹甥姪妻妾等，吞之於腹中，皆啼呼請命〔一〇〕。骨低惶怖，降階頓首，哀乞親屬。伶者皆笑曰：「此無傷，不足憂。」即吐之出，親屬完全如初。

骨低深懷喜怒〔一一〕，欲伺隙〔一二〕殺之。因令密訪諸伶，果於一廳宅基〔一三〕而滅。骨低聞而令掘之，深數尺，得瓦礫，瓦礫之下得一大木檻，檻中有皮袋數十〔一四〕。檻旁有穀麥，觸即爲灰。檻中得竹簡書，文字磨滅不可識，唯隱隱似有三數字，若是「陵」字。骨低知諸袋爲怪，欲舉出焚之，諸袋因號呼檻中曰：「某等無命，尋合化滅。緣李都尉李少卿留水銀在此〔一五〕，欲得且存。某等即李都尉李少卿般糧袋，屋崩平壓，因至時綿歷歲月。今已有命，見爲居延山神收作伶人。伏乞存情於神，不相殘毀，自爾不敢更擾高居矣。」骨低利其水銀，盡焚諸袋，無不爲冤楚聲，血流漂灑。焚訖，骨低房廊户牖皆爲冤痛之音，如焚袋時，經旬月餘日不止。其年，骨低舉家病死，死者相繼，周歲，無復孑遺。其水銀後亦失所在也。（據中華書局版程毅中點校十一卷本《玄怪録》卷五校録，又《太平廣記》卷三六八引《玄怪録》）

〔一〕都　陳本作「那」。

〔二〕斑　陳本、《廣記》、《廣豔異編》卷二一《省名部落主》作「班」。

〔三〕帥　陳本作「師」。

〔四〕恰恰　《廣記》，《廣豔異編》，《合刻三志》志怪類、《雪窗談異》卷六及清蓮塘居士《唐人説薈》第十六集《靈怪録·居延部落主》作「恰恰」，誤。《廣記》明鈔本作「恰恰」。按：臈臈恰恰，狀肚飢腹鳴聲，「恰」與下文「匝」、「合」押韻。

〔五〕合　《廣記》、《廣豔異編》、《靈怪録》作「拾」，誤。《廣記》明鈔本作「合」。

〔六〕甚驚　《廣記》、《廣豔異編》、《靈怪録》作「悦」。

〔七〕相吞殘兩人　《靈怪録》作「相吞訖，止殘兩人」。

〔八〕共一人人　程毅中校：「疑有誤。《廣記》、《廣豔》無。似當作『其一人』。」《靈怪録》無此四字。

〔九〕連翻半月　「翻」《廣記》、《廣豔異編》、《靈怪録》作「翩」，《廣記》明鈔本作「綿」。「半」《靈怪録》作「十」。

〔一〇〕皆啼呼請命　《廣記》、《廣豔異編》、《靈怪録》前有「腹中」二字，《廣記》清孫潛校本無。

〔一一〕深懷喜怒　《廣記》、《廣豔異編》、《靈怪録》作「深怒」。

〔一二〕伺隙　《廣記》、《廣豔異編》、《靈怪録》作「用釁」。《廣記》明鈔本「用」作「因」。

〔一三〕果於一廳宅基　「廳」《廣記》、《廣豔異編》作「古」。《靈怪録》作「見至一古棺墓」。

〔一四〕十　《廣記》、《廣豔異編》作「千」，《廣記》明鈔本作「十」。按：前云「有人數十」，作「千」誤。

〔一五〕緣李都尉李少卿留水銀在此　《廣記》、《廣豔異編》、《靈怪録》無「李少卿」三字。按：李陵，字少卿。《漢書・武帝本紀》載：天漢二年夏五月，遣「騎都尉李陵將步兵五千人出居延北，與單于戰……陵兵敗降匈奴」。《唐人説薈》「此」作「山」。

劉諷

牛僧孺　撰

按：《合刻三志》志怪類、《雪窗談異》卷六《靈怪録》，託名唐牛嶠撰，《唐人説薈》第十六集（或卷二〇）收入，中有《居延部落主》。《廣豔異編》卷二一據《廣記》輯入，題《省名部落主》。

文明年〔一〕，竟陵〔二〕掾劉諷，夜投夷陵空館，月明下憩〔三〕。忽有四女郎自西軒至〔四〕，儀質温麗，緩歌閒步，徐徐至中軒〔五〕，迴命青衣曰：「紫綏〔六〕，取西堂花茵來，兼屈劉家六姨姨、十四舅母、南鄰翹翹小娘子，並將溢奴來，傳語道此間好風月，足得遊樂。彈琴詠詩，大是好事。雖有竟陵判司，此人已睡明月下，不足迴避也。」未幾而三女郎至，攜〔七〕一孩兒，色皆絶國。於是紫綏鋪花茵於庭中，揖讓班坐。坐中設犀角酒樽，象牙杓，緑罽九例反，氈類。花觶，白琉璃盞，醪醴馨香，遠聞空際。女郎談謔歌詠，音詞清婉。

一女郎爲明府，一女郎爲録事。明府女郎舉觴澆酒曰：「願三姨婆壽等祇果山〔八〕，六姨姨與三姨婆壽等。劉姨夫得太山府君糾判官〔九〕，翹翹小娘子嫁得諸餘國〔一〇〕太子，溢奴便作諸餘國宰相。某三四女伴，總嫁得地府司文舍人，不然，嫁得平等王郎君六郎子、七郎子，則平生素望足矣。」一時皆笑曰：「須與蔡家娘子賞口。」翹翹時爲〔一一〕録事，獨下一籌，罰蔡家娘子曰：「劉姨夫才貌温茂，何故不與他五道主使，空稱糾判官？怕六姨姨不歡，深〔一二〕喫一盞。」蔡家娘子即持盃曰：「誠知被罰，直緣劉姨夫年老眼〔一三〕暗，恐看五道黄紙文書不得，誤大神伯公事。飲亦何傷。」於是衆女郎皆笑倒。又一女郎起傳口令，仍抽一翠簪，急説，須傳翠簪，翠簪過，令不通即罰。令曰：「鸞腦老，頭腦好，好頭腦，鸞腦老〔一四〕。」傳説數巡，因令紫〔一五〕綏下坐，使説令。紫綏素吃訥，令至，但稱「鸞鸞〔一六〕」。女郎皆笑〔一七〕，曰：「昔賀若弼弄長孫鸞侍郎，以其年老口吃，又無髮，故造此令。」

三更後，皆彈琴擊筑，齊〔一八〕唱迭和。歌曰：「明月清〔一九〕風，良宵會同。星河易翻，歡娱不〔二〇〕終。緑樽翠杓，爲君斟酌。今夕〔二一〕不飲，何時歡樂？」又歌曰：「楊柳楊柳〔二二〕，裊裊隨風急。西樓美人春夢中[二三]，翠[二四]簾斜卷千條入。」又歌曰：「玉户[二五]金釭，願陪君王。邯鄲宫中，金石絲簧。衛女秦娥，左右成行。紈縞繽紛，翠眉紅妝。王歡轉盼[二六]，爲王歌舞。願得君歡，常[二七]無災苦。」

歌竟，已是四[二八]更。即有一黄衫人，頭有角，儀貌甚偉，走入拜曰：「婆提王屈娘子，使[二九]請娘子速來！」女郎等皆起而受命，却傳[三〇]曰：「不知王見召，適相與望月至此。既蒙王呼唤，敢不奔赴。」因命青衣收拾盤筵。諷因大聲嚏咳，視庭中無復一物。明旦，諦視之，拾得翠釵數箇[三一]。將出示人，更不知是何物也。（據中華書局版程毅中點校十一卷本《玄怪録》卷六校録，又《太平廣記》卷三二九引《玄怪録》）

〔一〕文明年　《才鬼記》卷三《夷陵館女郎》（末注《玄怪録》）「年」作「中」。按：睿宗文明年號（六八四）只行七個月。

〔二〕竟陵　《永樂琴書集成》卷一七引《縉紳挫（脞）説》作「零陵」。按：竟陵，縣名，今湖北天門市，唐屬復州。零陵，縣名，今湖南永州市，唐屬永州。下文云「夜投夷陵空館」，夷陵亦縣名，今湖北宜昌市，唐屬峽州。夷陵在竟陵西，中隔荆州，零陵則遠在南方，當以「竟陵」爲是。

〔三〕下憩　《廣記》、《豔異編》卷三六《劉諷》作「不寢」。按：下文云「此人已睡明月下」，作「不寢」誤。

〔四〕四女郎自西軒至　「自」字原無，據《縉紳脞説》補。「四」《廣記》作「一」，明鈔本、孫校本、陳校本、

《縉紳脞説》作「四」。按：下文明府女郎（即蔡家娘子）云「某三四女伴」，此在劉家六姨姨、十四舅母、翹翹三女郎之外，則作「四女郎」是也。《類説》卷一一《幽怪録·女郎傳鸞腦令》、《豔異編》、《逸史搜奇》壬集二《劉諷》、《才鬼記》並作「四女郎」。《古今事文類聚》續集卷六、《古今合璧事類備要》别集卷一四、《群書類編故事》卷一九、《天中記》卷一四引《幽怪録》云：「竟陵掾劉諷，夜投空館，有三女郎至。」乃是略其前文「忽有四女郎西軒至」，但引後文耳。

〔五〕軒　《縉紳脞説》作「庭」。

〔六〕綏　《類説》作「綬」。

〔七〕攜　此字原無，據《類説》補。

〔八〕祇果山　《廣記》作「祁山」，孫校本及《豔異編》、《才鬼記》作「祁果山」。

〔九〕糾判官　《廣記》、《豔異編》、《才鬼記》作「糾成判官」，《逸史搜奇》作「判官」，並下同。

〔一〇〕諸餘國　《廣記》、《豔異編》「諸」作「朱」，下同。

〔一一〕時爲　此二字原無，據《廣記》、《豔異編》、《才鬼記》補。

〔一二〕深　《廣記》作「請」。

〔一三〕眼　《廣記》、《豔異編》作「昏」。

〔一四〕鸞腦老頭腦好好頭腦鸞腦老　末一「腦」字原脱，據嘉靖伯玉翁舊鈔本《類説》補。《廣記》、《豔異編》、《才鬼記》作「鸞老頭腦好，好頭腦鸞老」。

〔一五〕紫　《廣記》、《豔異編》譌作「翠」，下同。

〔一六〕鸞鸞　《廣記》作「鸞老鸞老」，《豔異編》作「鸞鸞鸞鸞」，《才鬼記》作「鸞鸞老老」。

〔一七〕笑　《廣記》、《才鬼記》前有「大」字。

〔一八〕齊　《廣記》作「更」。

〔一九〕清　《廣記》、《豔異編》作「秋」。

〔二〇〕不　《緍紳脞説》作「莫」。

〔二一〕夕　《類説》作「宵」。

〔二二〕楊柳楊柳　《緍紳脞説》作「楊柳枝楊柳枝」。

〔二三〕西樓美人春夢中　《廣記》、《全唐詩》卷八六六夷陵女郎《空館夜歌》「中」作「長」。南宋趙令時《侯鯖録》卷二引作「西樓美人春睡濃」。《緍紳脞説》無「西樓」二字。

〔二四〕翠　《廣記》、《豔異編》、《才鬼記》、《全唐詩》作「繡」。

〔二五〕户　《廣記》譌作「口」。

〔二六〕盼　《廣記》、《才鬼記》作「眄」，《類説》作「盻」，「盻」同「盼」。

〔二七〕常　《緍紳脞説》、《類説》、《豔異編》、《逸史搜奇》作「長」。

〔二八〕四　《類説》作「五」。

〔二九〕使　陳本、《逸史搜奇》、《才鬼記》作「便」。

〔三〇〕却傳　《廣記》、《才鬼記》作「即傳語」，《豔異編》作「却傳語」。

〔三一〕箇　《廣記》、《類説》、《事文類聚》、《事類備要》、《類編故事》、《天中記》、《豔異編》、《才鬼記》作「隻」。

按：《豔異編》卷三六、《逸史搜奇》壬集二、《才鬼記》卷三採入本篇，前二書題《劉諷》，《才鬼記》題《夷陵館女郎》，末注《玄怪録》。《豔異編》、《才鬼記》主要據《廣記》，《逸史搜奇》據傳本《玄怪録》。《合刻三志》志鬼類、《雪窗談異》卷八、《唐人説薈》第十五集（同治八年刊本卷一九）、《龍威秘書》四集《晉唐小説暢觀》、《晉唐小説六十種》收有《才鬼記》一卷，託名唐鄭蕡纂，中有《劉諷》（《雪窗談異》點校本「諷」譌作「楓」）。

董慎

牛僧孺　撰

隋大業元年，兖州佐史董慎，性公直，明法理。自都督以下，用法有不直，必起犯顔而諫之。雖加誚〔一〕責，亦不懼，必俟刑正而後退。嘗因事暇偶〔二〕歸家，出州門，逢一黄衣使者曰：「太山府君呼君爲録事，知之乎？」因出懷中牒示慎。牒曰：「董慎名稱茂實，案牘精練，將平疑獄，必俟良能，權差知右曹録事者。」印處〔三〕分明，及後署曰「倨」。慎謂使者曰：「府君呼我，豈有不行，然不識府君名諱何。」使者曰：「録事勿言，到府[四]即知矣。」因持大布囊，内慎於中，負之趨出兖州郭。致囊於路左，汲水調泥，封慎兩目。慎目既無所覩，都不知經過遠近。

忽聞大唱曰：「范慎追董慎到。」使者曰：「諾。」趨入。府君曰：「所追録事，今復何在？」使者曰：「冥司幽祕，恐或漏洩，向請左曹匿影布囊盛之。」府君大笑曰：「使一[五]范慎追一董慎，取左曹布囊盛一右曹録事，可謂能防慎矣。」便令寫[六]出，抉去目泥，便賜青縑衫、魚須笏、豹皮靴，文甚斑駮。邀登副階，命左右取榻令坐，曰：「藉君公正，故有是請。今有閩州司馬令狐寔等六人，置無間獄。承天曹符，以寔是太元夫人三等親，准令[七]遞減三等。昨罪人程翥一百二十人引例，喧訟紛紜，不可止遏。已具名申天曹，天曹以爲罰疑唯輕，亦令量減二等。余恐後人引例多矣，君謂宜如何？」慎曰：「夫水照妍蚩而人不怒[八]者，以其至清無情。況於天地刑法，豈宜恩貸奸慝？然慎一胥吏耳，素無文字，雖知不可，終語無條貫。當府[九]秀才張審通，辭彩雋拔，足得備君管記。」府君令帖召之，俄頃審通至，曰：「此易耳，當爲判狀以申[一〇]。」府君曰：「君善爲辭。」即補充左曹録事，仍賜衣服如董慎。各給一玄狐，每出即乘之。

審通判曰：「天本無私，法宜畫一。苟從恩貸，是恣姦行。令狐寔前命減刑，已同私請；程翥後申簿訴，且異罪疑。倘開遞減之科，實失公家之論。請依前付無間獄，仍録狀申天曹者。」即有黄衫人持狀而往。少頃，復持天符，曰：「所申文狀，多〔一一〕起異端。奉主之宜，但合遵守。《周禮》八議，一曰『議親』，又《元化匱中釋沖符》，亦曰『無不親』。是則典章昭然，有何不可？豈可使太元功德，不能庇三等之親？仍敢愆違，須有懲謫。府君可罰不紫衣〔一二〕六十甲子，餘依前處分者。」府君大怒審通曰：「君爲判辭，使我受譴。」即命左右取方寸肉，塞却一耳，遂無聞。審通訴曰：「乞更爲判申，不允，則甘罪〔一三〕再罰。」府君曰：「君爲我去罪，即更與君一耳。」審通又判曰：「天大地大，本以〔一四〕無親。若使奉主〔一五〕，何由得一？苟欲因情變法，實將生僞喪真。太古以前，人猶至朴；中古之降，方聞各親。豈可合〔一六〕太古育物之心，生仲尼觀蜡之歎？無不親，是非公也，何必引之？請寬逆耳之辜，敢薦沃心之藥。庶其閲實，用得平均。令狐寔等並〔一七〕請依正法，仍録〔一八〕申天曹者。」黄衣人又持往。須臾，又有天符來，曰：「再省所申，甚爲允當。府君可加六天副正使，令狐寔、程翥等，並正法處置者。」府君悦，即謂審通曰：「非君不可以正此獄。」因命左右割下耳中肉，令一小兒擘之爲一耳，安於審通額上，曰：「塞君一耳，與君三耳，何如？」又謂慎曰：「甚賴君薦賢，以成我美。然不可久留君，當壽〔一九〕一周年相報耳。君兼本壽，得二十一年矣。」即促送歸家。

使者復以泥封二人，布囊各送至宅，欻如寫〔一〇〕出。而顧問妻子，妻子云：「君亡精魂已十餘日矣。」慎自此果二十一年而卒。審通數日額角〔一一〕癢，遂踴出一耳，通前三耳，而踴出者尤聰。時人笑曰：「天有九頭鳥〔一二〕，地有三耳秀才。」亦呼爲雞冠秀才者。慎初思府君稱鄰，後方知倨乃鄰字〔一三〕也。（據中華書局版程毅中點校十一卷本《玄怪録》卷六校録，又《太平廣記》卷二九六引《玄怪録》）

〔一〕誚　陳本作「削」，《廣記》、《廣豔異編》卷一《泰山君》作「譙」。

〔二〕事暇偶　《廣記》、《廣豔異編》作「授衣」。按：授衣，指九月備置寒衣。《詩經·豳風·七月》：「七月流火，九月授衣。」毛傳：「九月霜始降，婦功成，可以授冬衣矣。」

〔三〕處　《廣記》、《廣豔異編》作「甚」。

〔四〕府　《廣記》、《廣豔異編》作「任」。

〔五〕使一　《廣記》作「已死」，當譌。《廣豔異編》作「以」。

〔六〕寫　《逸史搜奇》戊集二《董慎》、《廣豔異編》作「瀉」。寫，同「瀉」。

〔七〕令　陳本、《逸史搜奇》作「令式」。

〔八〕怒　《廣記》、《廣豔異編》作「怨」，《逸史搜奇》作「恕」，當爲「怒」之譌。

〔九〕當府　《玄怪録》稽古堂刊本原作「當州府」，《廣記》同，陳本、《逸史搜奇》、《廣豔異編》作「常州府」，程毅中據陳本改。按：《玄怪録》卷四《來君綽》：「君綽憂懼連誅，因與秀才羅巡、羅逖、李萬進結爲奔走之友，共亡命至海州。夜黑迷路，路旁有燈火，因與共投之。扣門數下，有一蒼頭迎拜君綽，君綽因問：『此是誰家？』答曰：『科斗郎君，姓威，即當府秀才也。』」當府即當州，本州也，《來君綽》指海州，本篇指兖州。《魏書》卷五八《楊津傳》：「永安初，詔除津本將軍、荆州刺史，加散騎常侍、當州都督。」《舊唐書》卷四三《職官志二》：「凡軍行器物，皆於當州分給之，如不足，則令自備。」常州遠在兖州之南，董慎何以知之？疑「州」字衍，又妄改「當州」爲「常州」。今回改「常」爲「當」，删「州」字。

〔一〇〕當爲判狀以申　原作「君當判以狀申」，據《廣記》明鈔本改。

〔一一〕多　陳本、《逸史搜奇》作「來」。

〔一二〕紫衣　《廣記》、《逸史搜奇》、《廣豔異編》作「衣紫」。

〔一三〕罪　《廣記》、《廣豔異編》作「當」。

〔一四〕以　《廣記》、《廣豔異編》作「乃」。

〔一五〕奉主　《廣記》作「無親」。

〔一六〕合　《廣記》、《逸史搜奇》、《廣豔異編》作「使」。

〔一七〕並　《廣記》原作「也」，汪校本據明鈔本改作「乞」，孫校本作「並」。

〔一八〕録　《廣記》、《廣豔異編》下有「狀」字。

〔一九〕壽　《廣記》明鈔本作「加」。

〔二〇〕寫　《廣記》明鈔本、孫校本、《逸史搜奇》、《廣豔異編》作「瀉」，《會校》據明鈔本、孫校本改。按：「寫」與「瀉」音義皆同。

〔二一〕角　《廣記》、《廣豔異編》作「覺」。

〔二二〕鳥　《孔帖》卷三〇引《幽怪録》、《永樂大典》卷二三四六引《太平廣記》作「烏」。

〔二三〕字　陳本作「家」。

按：《逸史搜奇》戊集二、《廣豔異編》卷一採入，分别題《董慎》、《泰山君》。《古今譚概》委蜕部略載其事，題《三耳秀才》。

袁洪兒誇郎

牛僧孺　撰

陳朱崖太守袁洪兒，小名誇郎，年二十，生來性好書樂静，别處一院，頗能玄言。嘗野見翠翠鳥，命羅得之。袁甚好玩，清夜月明，徹燭長吟：「露濕寒塘草，月映清淮流。」忽失翠翠鳥所在，見一雙鬟婢子立在其左，曰：「袁郎此篇甚爲佳妙，然未知我二十七郎封郎，能押劇韻，又爲三言四言句詩，一句開口，一句合口〔一〕。《詠春詩》曰：『花落也，蛺蝶舞，人何多疾，吁足憂苦！』如劇韻押法之詩，有一二百首，不能盡記得。」詩郎甚異之，曰：「汝是誰家青衣，乃得至此？且汝封郎，吾可屈致之乎？」婢子曰：「某王家二十七郎子從嫁，本名翡翠。偶因化身遊行，使爲袁郎子羅得。封郎去此不遠，但具主人之禮，少頃封郎即至。」詩郎乃命酒具茶器，未移時〔二〕，翡翠至，曰：「封郎在門外。」出見一少年，可二十餘，言辭温雅，風流爽邁。揖讓登席，博〔三〕論子史，自晡竟夕，賓主相得。詩郎曰：「足下高居，當垂見喻。」封郎曰：「平仲來日當有蔬饌奉邀，然非僕本居，贅於瑯琊耳。」再三殷勤而別。

及明日辰〔四〕後，有小童前拜曰：「封郎使歸兒送書，令從二郎領路。」啓書讀曰：「佳辰氣茂，思得良會，駐足層台，企俟光儀，唯足下但東馳耳。」詩郎即策馬從之。可行十里，忽見泉石瑩徹〔五〕，異花駢植，賓館宏敞，窮極瑰寶。門懸青綃幕，下宛一尺餘，皆爇獸炭。詩郎與封郎相見，方顧異之，平仲回叱一小童曰：「捧筆奴，早令汝煎火浣幕，何故客至猶未畢？」但令去火，而幕色尤鮮。坐未幾，又有四人出宅，皆風雅士也。封生曰：「主人王二兄、三兄、四兄、六郎子，其名曰準，曰推，曰惟，曰淮。」詩郎相見坐訖，即有六青衣，皆有殊色，悉衣珠翠，捧方丈盤至，珍羞萬品，中〔六〕有珍異，無不殫盡。王淮曰：「有少家樂，請此奉娛。」即有女娃十餘人並出，別有胡優，咬指翹足，一時拜員外資，次即爲給舍〔七〕。

淮指一妓曰：「石崇妾仙娥娘也，名稱亞於緑珠。」於是絲竹並作，鏗鏘清亮。日晚，王氏兄弟醉寢，封生謂誇郎曰：「此亦足爲富貴，然丈人爲太守，當不以此盛〔八〕。」誇郎曰：「不以鄙賤，願陪行末〔九〕，不審何以致之？」封生曰：「君誠能結同心，僕便請爲行人。拙室有姨，美淑善音，請袁君思之。」誇郎曰：「但恐龍門下難爲魚耳。」封生因入白王氏尊長，即出曰：「允矣。明日吉，便爲迎日。」誇郎大悦，許之。

明日，王氏昆弟方陳設於堂下，茵榻〔一〇〕帷帳，赫然炫目。及誇郎入，簾下有女郎曰：「袁郎行動趨蹌，猶似把書入學時。」又老青衣過，誇郎拜謝訖，目之，即又笑曰：「禽霏無乳久矣，袁郎何用目之！」將暮，儐樂皆至，有青衣持牋請〔一一〕催妝詩，誇郎下筆賦詩曰：「好花本自有春暉，不偶紅妝亂玉姿。若用何郎面上粉，任將多少借光儀。」其餘吉禮，無不畢備。篇詠甚多，而不悉記得。唯憶得《詠花扇詩》曰：「圓扇畫方新，金花照錦茵。那言燈下見，更值月中人。」誇郎妻殊麗絶國，舉止閒雅，小名曰從從，正名攡。第二十七儀質亦得類娣娣〔一二〕，辯捷善戲謔，贈袁郎詩曰：「人家女美大須愁，往往魄郎門外求。昨日金剛脚下見，今朝何得此間遊？」及後班坐桐陰，封平仲鼓琴，顧謂誇郎曰：「姨夫豈無一言相贈？」誇郎即賦詩曰：「寶匣開玉琴，高梧退〔一三〕煩暑。商絃一以發，白雲飄然舉。何必蒼梧東，激琴懷怨浦。」

詩郎日恣飲嘯，遂無歸思。忽覺妻皆慘然，又飾行裝。詩郎問封生，封生曰：「丈人晉侍中王濟也，久爲陰道交州牧，近改并州刺史。若足下以賢尊在此，不能俱往，則當從此有終天之别。」其妻嗚咽流涕曰：「君本自殊途，不期與會，致今日之别，亦封郎二兄之過。」遂聞外人呼聲，走出。迴顧，已蒼然不复見一物。太守求不得，已近一年。及至數月，猶惝怳，往往奔至前所，别無所見，复涕泣而退，終歲乃如故。（據中華書局版程毅中點校十一卷本《玄怪録》卷六校録）

〔一〕口　《才鬼記》卷二《王濟女》引《幽怪録》無此字。

〔二〕時　此字原脱，據《才鬼記》補。

〔三〕博　陳本作「討」，《才鬼記》作「持」。

〔四〕辰　《才鬼記》作「晨」。

〔五〕徹　《才鬼記》作「澈」。

〔六〕中　疑當作「所」。

〔七〕次即爲給舍　程校：「以上似有脱誤。」

〔八〕盛　程校：「『盛』上疑脱『爲』字。」

〔九〕願陪行末　《才鬼記》作「百陪行來」。

〔一〇〕榻　《才鬼記》作「褥」。

〔一一〕請　此字原脱，據《才鬼記》補。

〔一二〕娣娣　《才鬼記》作「姊姊」。

〔一三〕退　原譌作「追」，據《才鬼記》改。

按：《廣記》未引。《才鬼記》卷二《王濟女》即本篇，末注：「《幽怪録》。即《玄怪録》。」